Jet

Bibl

Barbara Taylor Bradford

PLAZA & JANES

BARBARA TAYLOR BRADFORD

Protege mi Sueño

**Traducción de
Juan Luque**

PLAZA & JANES EDITORES, S. A.

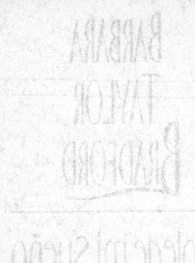

Título original: *Hold the Dream*
Diseño de la portada: Método, S. L.

Séptima edición en esta colección: octubre 1998
(Segunda con esta portada)

© 1985, Barbara Taylor Bradford
Reservados todos los derechos.
© de la traducción, Juan Luque
© 1986, Plaza & Janés Editores, S. A.
   Travessera de Gràcia, 47-49. 08021 Barcelona

Printed in Spain – Impreso en España

ISBN: 84-01-49131-2 (col. Jet)
ISBN: 84-01-49722-1 (vol. 131/2)
Depósito legal: B. 34.295 - 1998

Impreso en Litografía Rosés, S. A.
Progrés, 54-60. Gavà (Barcelona)

L 49722 A

Dedicado a Bob, quien hace que todo me resulte posible, con amor.

PERSONAJES

LA MADRE

EMMA HARTE LOWTHER AINSLEY, conocida como Emma Harte.

SUS HIJOS

EDWINA, CONDESA VIUDA DE DUNVALE, hija ilegítima habida con Edwin Fairley.
CHRISTOPHER «KIT» LOWTHER, hijo de su primer matrimonio, con Joe Lowther.
ROBIN AINSLEY, hijo de su segundo matrimonio, con Arthur Ainsley.
ELIZABETH DE RAVELLO, hermana gemela de Robin.
DAISY McGILL AMORY, hija ilegítima habida con Paul McGill.

SUS NIETOS

PAULA McGILL AMORY FAIRLEY, hija de Daisy, nieta de Paul McGill.
PHILIP McGILL AMORY, hijo de Daisy, nieto de Paul McGill.
EMILY BARKSTONE, hija de Elizabeth, nieta de Arthur Ainsley.
ALEXANDER BARKSTONE, hijo de Elizabeth, nieto de Arthur Ainsley.

SARA LOWTHER, hija de Kit, nieta de Joe Lowther.

JONATHAN AINSLEY, hijo de Robin, nieto de Arthur Ainsley.

ANTHONY STANDISH, conde de Dunvale, hijo de Edwina, nieto de Edwin Fairley.

AMANDA LINDE, hija de Elizabeth, nieta de Arthur Ainsley.

FRANCESCA LINDE, hermana gemela de Amanda, nieta de Arthur Ainsley.

SUS BISNIETOS

LORNE MCGILL HARTE FAIRLEY, hijo de Paula, bisnieto de Paul McGill y Edwin Fairley.

TESSA MCGILL HARTE FAIRLEY, hija de Paula, bisnieta de Paul y Edwin.

SUS PARIENTES DE LA FAMILIA HARTE

RANDOLPH HARTE, su sobrino, hijo de su hermano Winston y su esposa Charlotte.

WINSTON HARTE, su sobrino-nieto, hijo de Randolph, nieto de Winston.

SALLY HARTE, su sobrina-nieta, hija de Randolph.

VIVIENNE HARTE, su sobrina-nieta, hija de Randolph.

CHARLOTTE HARTE, su cuñada, viuda de Winston, madre de Randolph.

NATALIE HARTE, su cuñada, viuda de Frank.

ROSAMUND HARTE ELLSWORTHY, su sobrina nieta, hija de Natalie y Frank.

OTROS PARIENTES

DAVID AMORY, su hijo político, esposo de Daisy, padre de Paula y Philip, abuelo de Lorne y Tessa.

JAMES ARTHUR FAIRLEY, su nieto político, esposo de Paula, nieto de Edwin.

MARGUERITE REYNOLDS, su nieta política, esposa de Alexander.

LOS O'NEILL

SHANE PATRICK DESMOND O'NEILL, conocido como Blackie.

BRYAN SHANE PATRICK O'NEILL, hijo único de Blackie.

GERALDINE INGHAM O'NEILL, esposa de Bryan.

SHANE DESMOND INGHAM O'NEILL, nieto de Blackie y de su fallecida esposa Laura, hijo de Bryan y Geraldine.

MIRANDA O'NEILL, nieta de Blackie, hija de Bryan y Geraldine.

LAURA O'NEILL, nieta de Blackie, hija de Bryan y Geraldine.

LOS KALLINSKI

RONALD KALLINSKI, hijo de David, nieto de Abraham y Janessa.

MARK KALLINSKI, hijo de David, nieto de Abraham y Janessa.

MICHAEL KALLINSKI, hijo de Ronald, nieto de David, bisnieto de Abraham y Janessa.

Ella poseía, en el más alto grado, todas las cualidades requeridas en un gran príncipe.

GIOVANNI SCARAMELLI
Embajador de Venecia
en la corte de Isabel Tudor,
Reina de Inglaterra.

Debo advertirle que en mi reino los hombres no son tan pocos como para que no haya entre ellos algún que otro granuja.

ISABEL TUDOR,
Reina de Inglaterra.

Libro primero

MATRIARCADO

Digo la verdad: no toda la que quisiera, sino tanta como me atrevo; y me atrevo a decir un poco más a medida que envejezco.

MONTAIGNE

CAPÍTULO PRIMERO

Emma Harte tenía cerca de ochenta años.

No los aparentaba, ya que siempre había llevado la edad con ligereza. Desde luego, se sentía una mujer mucho más joven que lo que era cuando se sentó a la mesa de su despacho, en el piso superior de «Pennistone Royal», aquella mañana clara de abril de 1969.

Se sentó erguida, y sus despiertos ojos verdes, de mirada astuta y prudente bajo los párpados arrugados, no dejaban escapar nada. Hacía mucho tiempo que el tono caoba dorado de su cabello se había vuelto gris plateado, pero ella lo llevaba impecablemente peinado, a la última moda, y la línea de nacimiento del mismo seguía rematando en aquel curioso pico central, que resaltaba aún más su cara ovalada. Si ésta aparecía ya arrugada y marcada por los años, la excelente estructura ósea había conservado sus trazos diáfanos y la piel aún mostraba la translucidez de la juventud. Así, aunque empañada por el paso del tiempo, su gran belleza seguía llamando la atención, y su aspecto, como siempre, resultaba elegante.

Para el agitado día de trabajo que la esperaba, había elegido un vestido de lana de corte sencillo, del tono azul pálido que tanto le gustaba y favorecía. Un vaporoso cuello de encaje blanco añadía el toque justo de suavidad y femineidad a su garganta. Aparte de unos discretos pendientes de diamantes, un reloj de oro y unos anillos, no llevaba otros adornos.

Después del ataque de bronconeumonía del año anterior,

había disfrutado de una salud desbordante, no tenía enfermedades que pudieran considerarse como tales, y se encontraba llena de incansable vigor y la energía que habían marcado los días de su juventud.

«Ése es mi problema; no saber dónde dirigir toda esta tremenda energía», reflexionó, dejando la pluma y recostándose en el respaldo de la silla. Sonrió y pensó: «El diablo suele tentar a los ociosos, así que más vale que empiece a trabajar pronto en un nuevo proyecto, antes de que me ponga a hacer tonterías.» Sonrió de nuevo. La mayoría de la gente pensaba que ya tenía más que suficiente para sentirse plenamente ocupada, ya que seguía controlando sus enormes empresas, que se extendían por medio mundo. Y, realmente, éstas requerían su constante atención; sin embargo, ya no suponían el reto de antes. Emma siempre se crecía ante los desafíos, y era esto precisamente lo que añoraba. El oficio de perro guardián no le resultaba particularmente excitante. No encendía su imaginación, ni le hacía bullir la sangre ni segregar adrenalina como le ocurría con las negociaciones e intrigas financieras. Medirse con sus adversarios en los negocios y luchar para conseguir el poder y la supremacía en el mercado internacional se había convertido en parte tan importante de su naturaleza, que ya le eran imprescindibles para su bienestar.

Se levantó inquieta, atravesó la habitación con pasos suaves y rápidos y abrió una de las altas ventanas emplomadas. Respiró profundamente y miró fuera. El cielo estaba completamente azul, sin una sola nube, resplandeciente, en el sol primaveral. Brotes nuevos, de un verde tierno, surgían de las esqueléticas ramas de los árboles y, bajo el gran roble, en un extremo del jardín, un macizo de narcisos plantados sin orden balanceaba sus flores, de un amarillo intenso, en la suave brisa.

«Vagué solitario como una nube que flota sobre valles y colinas cuando, de repente, vi una multitud, una hueste de narcisos dorados», recitó en voz alta, y pensó: «¡Dios mío! Aprendí ese poema de Wordsworth en el colegio rural de Fairley. ¡Hace tanto tiempo! ¡Y pensar que lo he recordado durante todos estos años!»

Al levantar la mano izquierda para cerrar la ventana, la gran esmeralda «McGill» de su dedo anular lanzó un destello bajo la clara luz del Norte. El brillo de la gema captó su atención. Hacía cuarenta y cuatro años que llevaba aquella sortija: desde que Paul McGill se la puso en el dedo aquel día de mayo de 1925. Él le había quitado el anillo de casada, símbolo de su desastroso matrimonio con Arthur Ainsley, y deslizado la imponente piedra cuadrada en su dedo.

—Puede que no tengamos la bendición eclesiástica —dijo Paul aquel día memorable—, pero, en lo que a mí respecta, tú eres mi esposa. Desde este día y hasta que la muerte nos separe.

La mañana anterior había nacido su hija, su adorada Daisy, concebida y criada con amor. Su favorita de entre todos sus hijos, al igual que Paula, la hija de Daisy, también era su nieta preferida, heredera del enorme imperio de tiendas y de la mitad de la fortuna de McGill, que había pasado a ser de Emma a la muerte de Paul, en 1939. Y hacía cuatro semanas que Paula había tenido gemelos; le había dado sus primeros bisnietos que serían bautizados al día siguiente, en la antigua iglesia de Fairley.

Emma contrajo los labios, preguntándose de repente si habría cometido un error al acceder al deseo del marido de Paula, Jim Fairley. Éste era muy tradicional y quería que sus hijos fueran bautizados en la misma pila donde lo fueron todos los Fairley..., y, en cuanto a eso, todos los Harte, incluida ella misma.

«Bueno —pensó—, no me puedo volver atrás a estas alturas, y quizá sea lo más adecuado.» Había jurado vengarse de los Fairley. La *vendetta* en la que había estado empeñada casi toda su vida había llegado a su fin, y las dos familias se habían unido a través del matrimonio de Paula con James Arthur Fairley, el último de la vieja familia. Era un nuevo comienzo.

Pero cuando Blackie O'Neill se enteró de la elección de la iglesia, alzó una ceja blanca y, riendo entre dientes, hizo un comentario sobre cómo los cínicos se vuelven sentimentales a la edad de Emma, una puya que, últimamente, lanzaba a su amiga con frecuencia. Puede que Blackie tuviese razón. Por otra parte, el pasado ya no la turbaba como antes. El pasado había sido enterrado con los muertos. Sólo le importaba el futuro. Y Paula, Jim y los hijos de éstos eran ese futuro.

Los pensamientos de Emma se centraron en el pueblo de Fairley mientras se sentaba de nuevo a su mesa. Después, se puso las gafas y miró a la agenda que tenía enfrente. Se la había regalado su nieto Alexander, quien, con su hijo Kit, dirigía sus fábricas; era muy práctica, al estilo inimitable de Alexander. La fábrica de Fairley tenía seis problemas. Había estado a punto de quebrar durante bastante tiempo y daba un pasivo considerable. Una decisión crucial se cernía sobre su cabeza: cerrar la fábrica o seguir manteniéndola a pesar de las pérdidas habituales. Emma, siempre pragmática, sabía que la solución más acertada sería cerrar las instalaciones de Fairley, pero se resistía a tomar tan drástica medida, porque eso llevaría consigo malos tiempos para su pueblo natal. Le había pedido a Alexander que encontrase una alternativa, una solución viable, y esperaba que la hubiese hallado. Lo sabría pronto. No tardaría en llegar a su despacho.

Una solución que les permitiría resolver la situación de la fábrica de Fairley se le había ocurrido a Emma, pero quería que Alexander intentase resolver el problema por sí solo. «Ponerle a prueba —admitió—, como hago con mis nietos a menudo.» Y, ¿por qué no? Ésa era su prerrogativa, ¿verdad? Todo lo que poseía lo había conseguido con esfuerzo, construido con una vida dedicada a un solo propósito, con un trabajo agotador, una determinación inamovible, constancia y un terrible sacrificio. No le habían puesto nada en bandeja. Aquel poderoso imperio había salido enteramente de sus manos, y ya que era suyo, y de nadie más, podía disponer de él a su gusto.

Así, con calmada deliberación, ponderación y selectividad, había elegido a sus herederos hacía un año, dejando aparte a cuatro de sus cinco hijos en favor de sus nietos en el nuevo testamento que había redactado. Y, sin embargo, seguía observando a la tercera generación con sus viejos ojos astutos, evaluando siempre su capacidad, buscando sus debilidades a la vez que rezaba en su interior para no encontrar ninguna.

«Han satisfecho mis expectativas», se tranquilizó a sí misma, y luego pensó con una repentina punzada de consternación: «No, eso no es estrictamente cierto. Hay uno de quien no estoy segura, uno de quien no creo que me pueda fiar.»

Emma abrió el cajón superior del escritorio, sacó una hoja de papel y estudió los nombres de sus nietos, escritos en una lista que había elaborado la noche anterior, cuando brotaron los primeros sentimientos de inquietud en ella. «¿Hay algún comodín en esta baraja, tal como sospecho?», se preguntó preocupada mientras miraba los nombres. «Y si realmente los hay, ¿cómo demonios lo controlaré?»

Sus ojos enfocaron un nombre. Movió la cabeza con tristeza, reflexionando.

Hacía tiempo que la traición había dejado de sorprender a Emma, ya que su astucia y penetración psicológica se habían agudizado enormemente durante una vida larga, a menudo difícil y siempre extraordinaria. De hecho, pocas cosas la sorprendían ya y, con su capacidad para el cinismo, había aprendido a esperar lo peor de la gente, familia incluida. A pesar de ello, el año anterior se quedó estupefacta cuando descubrió, a través de Gaye Sloane, su secretaria, que sus cuatro hijos mayores estaban conspirando deliberadamente contra ella. Incitados por la avaricia y una jactanciosa ambición, habían tratado de arrebatarle su imperio secreto, y la habían subestimado seriamente al intentarlo. La sorpresa inicial y el dolor de la traición se vieron sustituidos muy pronto por una ferocidad glacial. Su respuesta fue rápida, hábil y experta, como siempre que se enfrentaba a un oponente. Dejó a un lado el sentimentalismo y las emociones y no permitió que los sentimientos le nublaran esa inteligencia que siempre la había salvado de situaciones desastrosas en el pasado.

Si había descubierto a los ineptos conspiradores y los había hecho quedar como unos estúpidos incompetentes, al final llegó a la amarga y espeluznante conclusión de que la sangre no es más densa que el agua y que los vínculos sanguíneos y familiares no cuentan cuando están en juego enormes sumas de dinero y, lo que es más importante, un gran poder. La gente no dudaba en matar aunque sólo fuese para conseguir una parte insignificante de ambos. A pesar del gran disgusto y la desilusión que le provocaron sus hijos, había estado muy segura de sus nietos y de la devoción que le profesaban, aunque uno de ellos le hacía reconsiderar su opinión y poner en duda su confianza.

El nombre le daba vueltas en la cabeza... Quizás estaba equivocada. Deseaba equivocarse. En realidad, no tenía nada en que basarse, sólo en el instinto y la presciencia. Pero, al igual que la inteligencia, ambos le habían prestado un gran servicio en su vida.

Cuando se enfrentaba con esa clase de dilema, la actitud instintiva de Emma era esperar... y observar. Una vez más, decidió dar tiempo al tiempo. De esa manera, podría encubrir sus verdaderos sentimientos, apostar por que los acontecimientos se desarrollaran de forma ventajosa para ella, y actuar entonces con severidad. «Pero soltaré la cuerda», añadió en su interior. La experiencia le había enseñado que cuando se dejaba suelta una cuerda larga en manos inexpertas, invariablemente acababa llena de nudos.

Emma consideró las múltiples consecuencias de que eso llegara a ocurrir, y en su cara se dibujó un gesto lúgubre, y su mirada se ensombreció. No le hacía ninguna gracia volver a coger la espada para defenderse, a sí misma y sus intereses, además de a los otros herederos.

«La historia se repite a sí misma —pensó con cansancio—, especialmente en mi vida. Pero me niego a anticiparme. Eso sólo traería más problemas.» Guardó la lista con firmeza en el cajón, lo cerró y se metió la llave en el bolsillo.

Emma Harte tenía el envidiable don de relegar los problemas irresolubles y concentrarse en las prioridades. De esa manera consiguió acallar la persistente y molesta sospecha de que uno de sus nietos no resultaba de fiar y que, por lo tanto, constituía una adversario potencial. Los asuntos del día eran el imperativo inmediato, y centró su atención en las citas que tenía para ese día con tres de los seis nietos que trabajaban para ella.

Alexander llegaría primero.

Emma miró su reloj. En unos quince minutos lo tendría allí, a las diez y media. Sería puntual, si es que no llegaba antes de su hora. Esbozó una sonrisa. Alexander se había convertido en un maniático de la puntualidad. Incluso le había reprendido a ella la semana anterior por haberle hecho esperar, y siempre estaba luchando con su madre, quien sufría de indiferencia crónica hacia el reloj. Su sonrisa divertida se desvaneció y fue sustituida por una contracción de labios fría y desaprobadora cuando pensó en su segunda hija.

Elizabeth estaba empezando a agotar su paciencia: iba por la vida de la forma más escandalosa posible, casándose y divorciándose a su capricho y con asombrosa frecuencia. La inestabilidad e incoherencia de su hija ya no la desconcertaban, pues había comprendido que Elizabeth era la heredera de las peores cualidades de su padre. Arthur Ainsley había sido un hombre débil y egoísta, cuyo único objetivo era vivir bien. Esos lamentables defectos aparecían extremados en su hija y, siguiendo el modelo paterno, la hermosa, alocada y obstinada Elizabeth se burlaba de todas las reglas y permanecía indómita. «Y terriblemente infeliz», reconoció Emma. Se había convertido en un lamentable espectáculo, que inspiraba más lástima que condena.

Se preguntó dónde estaría su hija en aquel momento, pero desechó el pensamiento inmediatamente. No tenía importancia, suponía, porque apenas si se hablaban después del tema del testamento. Resultaba sorprendente que incluso a Alexander lo tratase su madre con frialdad, por haber sido favorecido en su lugar, y eso que lo adoraba. Pero Elizabeth no había podido soportar la fría indiferencia que su hijo mostraba hacia sus sentimientos, y los berrinches histéricos y los ríos de lágrimas cesaron de repente cuando se dio cuenta de que estaba perdiendo el tiempo. Había capitulado frente a su indiferencia, desaprobación y un desprecio apenas oculto. Pero, aparentemente, la buena opinión que su hijo tuviese de ella y su amor resultaban vitales para Elizabeth, que había hecho las paces con él y enmendado su actitud. «Pero no por mucho tiempo», pensó Emma con mordacidad. Pronto volvió a caer en sus malos hábitos. «Desde luego, no ha sido gracias a esa mujer estúpida y frívola por quien Alexander se había convertido en una persona tan estupenda.»

Emma experimentó un pequeño arrebato de entusiasmo y satisfacción al pensar en su nieto. Había llegado a ser el hombre que era gracias a la fuerza de su carácter y a su integridad. Era firme, trabajador, fiable. Si carecía de la brillantez de su prima Paula y de su excelente visión para los negocios, él se comportaba, sin embargo, de forma muy juiciosa. Su actitud conservadora mostraba un cierto grado de flexibilidad y tenía auténtica capacidad para sopesar los pros y los contras de cualquier situación y tomar una decisión cuando fuese necesario. Alexander sabía ver las cosas desde la perspectiva adecuada y eso tranquilizaba a Emma, que era una realista nata.

Hacía un año, Alexander le había demostrado ser merecedor de su fe en él, y Emma no tuvo inconveniente en hacerle el principal heredero de «Harte Enterprises», dejándole el cincuenta y dos por ciento de las acciones de dicha compañía privada. Y mientras él llevaba las fábricas, ella consideró esencial que tuviese un conocimiento verdadero de todos los aspectos de la compañía, por lo que le preparaba para el día en que ella dejase las riendas en sus manos.

«Harte Enterprises» controlaba las fábricas de tejidos de lana y las manufacturas de ropa, propiedades inmobiliarias, la «General Retail Trading Company» y la «Yorkshire Consolidated Newspaper Company», y estaba valorada en muchos millones de libras. Hacía mucho tiempo que había comprendido que la tendencia a la cautela de Alexander no haría incrementar mucho los beneficios de la empresa, pero sabía asimismo que tampoco la arruinaría con decisiones apresuradas o especulaciones temerarias. Mantendría la compañía dentro del rumbo fijo que ella había trazado tan minuciosamente, siguiendo directrices y principios que ella había establecido muchos años antes. Así lo quería Emma y, en realidad, así lo había planeado.

Emma acercó la agenda y comprobó la hora de su almuerzo con Emily, la hermana de Alexander.

Emily llegaría a la una en punto.

Cuando Emily la llamó por teléfono a principios de aquella semana, habló con tono enigmático; se limitó a decirle que tenía que comentar un problema serio. En lo que a Emma concernía, no había ningún misterio. Sabía cuál era el problema de Emily, lo sabía desde hacía mucho tiempo. Lo único que le sorprendía era que su nieta no le hubiera pedido hablar de ello antes. Alzó la cabeza y se quedó mirando a la nada pensativamente, reflexionando sobre el asunto; luego, frunció el ceño. Dos semanas antes había llegado a una decisión acerca de Emily, y estaba convencida de que era la adecuada. Pero, ¿estaría de acuerdo Emily? «Sí —se respondió—. La chica verá que tiene sentido. Estoy segura.» Emma volvió a mirar la agenda abierta.

Paula pasaría por su despacho al final de la tarde.

Paula y ella iban a discutir el proyecto Cross. «Si Paula lleva ese asunto con habilidad y las negociaciones concluyen favorablemente, tendré la oportunidad de enfrentarme a ese reto que estoy buscando», pensó Emma. Su boca recuperó el gesto de siempre cuando se concentró en los balances de la «Aire Communications Company», propiedad de los Cross. Las cifras eran desastrosas e irrecusables. Pero aparte de los problemas financieros, la empresa soportaba otros inconvenientes de tal envergadura que sobrecogían. Según Paula, estos problemas podían ser superados y solucionados, y había trazado un plan simple, pero ideado con tal maestría, que Emma había quedado intrigada e impresionada.

—Compremos la compañía, abuela —le dijo Paula pocas semanas antes—. Comprendo que la «Aire» parece un desastre, y de hecho lo es, pero sólo a causa de la mala dirección y su estructura actual. Es un lío de empresa. Demasiado diversificada. Con demasiados departamentos. Los que obtienen beneficios se ven desbordados por la carga de los que tienen pérdidas. —Luego, Paula fue esbozando paso a paso el plan y Emma comprendió al instante cómo la «Aire» podía ser puesta a flote en poco tiempo. Ordenó a su nieta que empezase las negociaciones inmediatamente.

¡Cómo iba a disfrutar si lograba poner sus manos en aquella pequeña empresa! Quizá lo hiciese, y pronto, si había comprendido la situación tan bien como pensaba. Emma estaba convencida de que Paula era la más capacitada para negociar con John Cross y su hijo Sebastian. Y es que Paula se había convertido en una negociadora hábil y dura. Ya no se equivocaba cuando Emma la dejaba sola ante delicadas situaciones de negocios que requerían rapidez de decisión y perspicacia, cosas que Paula poseía en buena medida. Y últimamente había aumentado la confianza en sí misma.

Emma miró otra vez su reloj, y luego reprimió el impulso de llamar a Paula al almacén de Leeds para darle unos consejos de última hora sobre cómo negociar sobre seguro con John Cross. Paula había demostrado que sabía moverse sin ayuda, y Emma no quería que pensase que estaba siempre atosigándola.

—Sonó el teléfono. Emma lo cogió.

—¿Hola?

—Soy yo, tía Emma. Shane. ¿Cómo estás?

—¡Hola, Shane! Me alegra mucho oírte. Estoy bien, gracias. Tú tampoco pareces estar mal. Espero verte mañana en el bautizo. —Mientras hablaba se quitó las gafas, las dejó en la mesa y se recostó en la silla.

—Esperaba verte antes, tía Emma. ¿No te apetecería salir esta noche con dos juerguistas solteros?

Emma se rió alegremente.

—¿Y quién es el otro juerguista?

—El abuelo, naturalmente. ¿Quién, si no?

—¡Juerguista! Ahora que lo mencionas, te diré que se ha quedado chapado a la antigua.

—Yo no diría eso, querida. —La voz de Blackie tronó al otro lado del aparato. Ya había apartado a su nieto del teléfono—. Apuesto a que todavía podría hacerte pasar un rato apurado si tuviese la oportunidad.

—Estoy segura de que lo harías, querido. —Emma sonrió, llena de simpatía hacia él—. De cualquier forma, me temo que no podré ofrecerte esa oportunidad esta noche,

Blackie. Algunos familiares llegan hoy por la tarde y tengo que estar con ellos.

—No —le interrumpió Blackie de forma autoritaria—. Ya los verás mañana. Así que no me digas que no, querida —dijo con tono invitador—. Aparte de desear el placer de tu encantadora compañía, necesito tu consejo en un importante asunto de negocios.

—¡Ah! —Emma se quedó sorprendida con esta petición. Blackie se había retirado y había dejado la dirección de sus empresas a su hijo Bryan y a Shane. Naturalmente, le picó la curiosidad—. ¿Qué clase de negocios?

—No quiero comentarlo por teléfono, Emma —dijo Blackie en un ligero reproche—. No es algo tan sencillo que se pueda solucionar en unos pocos minutos. Tenemos que verlo de arriba abajo, paso a paso, y creo que deberíamos hacerlo delante de un whisky irlandés y una buena comida.

Emma se rió en voz baja, preguntándose hasta qué punto sería importante aquel asunto de negocios, pero se encontró a sí misma accediendo.

—Supongo que puedo dejar que se las arreglen solos. Si te digo la verdad, no me apetecía mucho lo de esta noche. Aunque estén aquí Daisy y David, la perspectiva de una reunión en familia no es muy excitante. Así que acepto. ¿Y dónde planeáis llevarme tú y tu apuesto nieto? Leeds no es muy excitante.

Blackie asintió riendo y dijo:

—No te preocupes, prepararemos algo. Te prometo que no te aburrirás.

—Entonces, ¿a qué hora?

—Shane te recogerá sobre las seis. ¿Te parece bien, preciosa?

—Perfecto.

—Bien, bien. Hasta luego, entonces. ¡Ah! ¿Emma?

—¿Sí, Blackie?

—¿Has vuelto a pensar en mi pequeña propuesta?

—Sí, y tengo serias dudas de que funcione.

—¡Vaya! Así que aún sigue siendo mi Emma *la Indecisa*, después de todos estos años. Ya veo. Bien, también discutiremos eso esta noche, y puede que todavía te convenza.

—Quizá —murmuró con suavidad al colgar.

Emma se recostó de nuevo, pensando en Blackie O'Neill. Emma *la Indecisa*. Una vaga sonrisa iluminó sus ojos. ¿Cuándo le había llamado así por primera vez? ¿Fue en 1904 o en 1905? Ya no estaba segura pero, más o menos, fue por entonces. Y Blackie había sido su amigo más íntimo y querido durante estos sesenta y cinco años. Toda una vida. Siempre dispuesto cuando le necesitaba, leal, fiel, servicial y cariñoso. Habían soportado juntos las exigencias de la vida, las pérdidas terribles y las derrotas, el dolor y la angustia; habían celebrado los triunfos y alegrías mutuos. De sus contemporáneos, sólo quedaban ellos dos, y estaban más unidos que nunca. En realidad, eran inseparables. No sabría qué hacer si a él le sucediera algo. Eliminó con resolución este pensamiento inaceptable antes de que tomase fuerza en su mente. Blackie era un auténtico veterano, igual que ella, y aunque tenía ochenta y tres años, todavía le quedaba energía y vitalidad. «Pero nadie dura indefinidamente», pensó, experimentando una punzada de ansiedad al reconocer lo inevitable. A su edad, la mortalidad era algo tangible, algo que no se podía discutir, y la muerte cercana era como un viejo familiar no bien venido.

Llamaron a la puerta.

Emma miró hacia ella, adoptó su expresión normal de fría inescrutabilidad, y gritó:

—¡Adelante!

La puerta se abrió y entró Alexander. Era alto, delgado y bien proporcionado; tenía la piel del mismo color moreno de su madre y sus mismos grandes ojos azules claros. Sin embargo, su semblante serio y taciturno le hacía parecer mayor de veinticinco años y le daba un aire de dignidad. Llevaba un impecable traje de lana gris, camisa blanca y corbata de seda roja oscura, un conjunto que reflejaba y reforzaba su sobria personalidad.

—Buenos días, abuela —dijo acercándose a ella. Al llegar a la mesa, añadió—: ¡Oye, tienes muy buen aspecto hoy!

—Buenos días, Alexander, y gracias por el cumplido, pero ya sabes que adulándome no vas a llegar a ninguna parte —respondió, tajante. Sin embargo, le brillaron los ojos, y se lo agradeció profundamente.

Alexander la besó en la mejilla, se sentó frente a ella y prometió:

—No estoy tratando de embaucarte, abuela; de verdad que no. Estás estupendamente. Ese color te sienta muy bien, y el vestido es muy elegante.

Emma asintió con impaciencia, hizo un gesto de benevolencia y miró a su nieto de forma fija y penetrante.

—¿Qué es lo que traes?

—La única solución al problema de «Fairley» —empezó

a decir Alexander, comprendiendo que su abuela quería cortar la cháchara y entrar de lleno en los negocios. Emma detestaba postergar las cosas, a no ser que eso fuese parte de sus planes; entonces sabía hacer un arte del retraso. Pero raramente toleraba éste a los demás, así que Alexander continuó—: Tenemos que modificar nuestros productos. Esto quiere decir que hay que dejar de fabricar los tejidos caros de lana y estambre, que apenas se venden, y empezar a mezcla fibras. Fibras sintéticas como el nailon y el poliéster, mezcladas con lana. Ésa es nuestra alternativa.

—¿Y crees que con esta acción podremos salir de los números rojos? —preguntó Emma, intensificando su mirada.

—Sí, abuela —le contestó con tono de seguridad—. Uno de nuestros principales problemas en «Fairley» ha sido tratar de competir con las fibras sintéticas que hay hoy en el mercado. Ya nadie quiere pura lana, solamente los jovencitos presumidos, y no son un mercado lo suficientemente grande para absorber la producción de «Fairley». Mira, o fabricamos las mezclas de fibras, o liquidamos el negocio, cosa que tú no quieres. Es así de simple.

—¿Podemos llevar a cabo la transformación fácilmente?

Alexander asintió categóricamente.

—Sí. Fabricando productos más baratos, podremos captar el mercado de precios populares, aquí y en el extranjero, y aumentar el volumen de ventas. Por supuesto, es cuestión de vender y alcanzar una buena posición en este mercado, pero estoy seguro de que podremos conseguirlo. —Metió la mano en el bolsillo interior de la chaqueta y sacó un papel—. He analizado todos los detalles del plan, y estoy seguro de que no me he olvidado de nada. Aquí está.

Enma lo cogió, se puso las gafas y estudió el papel. Estaba apretadamente mecanografiado. Inmediatamente se dio cuenta de que había hecho la tarea con su diligencia habitual. Había perfeccionado la idea que ella misma había considerado, pero que no tenía ninguna intención de revelar, pues no quería herirle ni menospreciar sus esfuerzos. Levantó la vista, se quitó las gafas y le obsequió con una cálida sonrisa de felicitación.

—¡Bien hecho, Sandy! —exclamó, llamándole por el diminutivo de su infancia—. Todo lo que me has expuesto es sensato y razonable, y estoy encantada, realmente satisfecha.

—Eso es un alivio —dijo, esbozando una sonrisa. Aunque

de naturaleza reservada, Alexander siempre se mostraba abierto y comunicativo con su abuela, a quien quería de verdad. Luego confesó—: Realmente me he estrujado el cerebro, abuela. No me importa confesarlo, le he dado vueltas a un montón de ideas complicadas. Pero siempre volvía a mi plan original de crear nuevas mezclas. —Se inclinó sobre la mesa y la miró fijamente—. Aunque, conociéndote, tengo el presentimiento de que ya habías pensado en la solución antes de exponerte el problema.

A Emma le divirtió su perspicacia, pero ahogó la risa que le subía por la garganta. Miró sus sinceros ojos azules y negó, moviendo lentamente la cabeza.

—No, no lo hice —mintió. Luego, observando su incredulidad, añadió—: Pero supongo que al final lo hubiese hecho.

—Seguro que lo harías —contestó él, cambiando de postura, cruzando las piernas y preguntándose cómo empezaría a darle las malas noticias. Decidió hacerlo sin rodeos—. Aunque hay otra cosa, abuela —dudó, con la cara ensombrecida por la preocupación—. Me temo que tendremos que reducir los costes de mantenimiento de la fábrica. Apretarnos bien los cinturones, si queremos funcionar de forma más eficiente y rentable. Odio tener que decirte esto, pero habrá que despedir a cierto número de trabajadores. —Hubo una ligera pausa antes de que continuase con tono triste—. Despedirlos de forma definitiva.

La cara de Emma se crispó.

—¡Dios mío! —asintió lentamente, como si estuviese confirmándose algo—. Bien. Esperaba algo de eso, Alexander. Si lo tienes que hacer, lo tienes que hacer. Supongo que serán los más viejos, los que estén más cerca de la jubilación —preguntó, levantando una ceja.

—Sí. Creo que es lo más justo.

—Asegúrate de que tengan una prima especial, indemnización o como quieras llamarlo. Naturalmente, las pensiones se harán efectivas de inmediato. Nada de tacañerías ni de hacerles esperar hasta que lleguen a la edad del retiro. No quiero tonterías de ésas, Sandy.

—Sí, por supuesto. En eso me he adelantado. Estoy preparando una lista con los nombres de las personas y nuestras obligaciones financieras para con ellos. Te la daré la semana que viene, si te parece bien. —Se echó hacia atrás, esperando.

Emma no respondió. Se levantó y se dirigió lentamente

hacia el mirador, desde donde contempló los hermosos jardines de «Pennistone Royal». La preocupación se dibujó en su cara arrugada al pensar en la fábrica de Fairley. ¡Su vida había estado unida a ella en tantas formas! Su padre había trabajado allí, y también su hermano, Frank, a una edad en que tenía que haber estado en el colegio. Frank había sido canillero, esclavizado del amanecer al anochecer, casi incapaz de arrastrar las débiles piernas hasta casa después del largo día de trabajo, un muchacho de una palidez enfermiza por la falta de aire y sol.

Adam Fairley, señor de Fairley y bisabuelo de Jim, era entonces el propietario de la fábrica. ¡Cómo le odiaba cuando era niña! En realidad, le había odiado durante la mayor parte de su vida. Con la sensatez que da la edad, supo que Adam no había sido el tirano que ella pensaba. Pero había sido un despreocupado, y eso ya era un delito para ella. Su gran desidia, la preocupación egoísta por sus problemas personales y su amor exclusivista hacia Olivia Wainright habían causado graves problemas a los menos afortunados. Sí, Adam Fairley había sido culpable de abdicar de sus deberes de la forma más despreocupada e insensible y de no echar una mirada siquiera a aquellos pobres desgraciados que trabajaban en sus fábricas: los obreros que habían hecho posible su vida de bienestar y privilegio, que dependían de él y eran, en un sentido estricto, responsabilidad suya. Ahora, medio siglo después, comentaba en silencio: «Quizás actualmente entienda un poco más a la persona, pero no olvidaré lo que hizo. Nunca.»

Se miró las manos pequeñas y fuertes, suaves y bien cuidadas, las uñas limadas con costosa perfección. Aquellas manos habían estado enrojecidas en otro tiempo, agrietadas de fregar, frotar, lavar y cocinar para los Fairley cuando, de niña, la pusieron a trabajar para ellos. Alzó una mano y se palpó la mejilla, recordando con asombrosa claridad las bofetadas de Murgatroyd. El detestable Murgatroyd, mayordomo de Adam Fairley, quien le permitió gobernar aquella casa de ambiente callado y pernicioso con una crueldad que rayaba en el salvajismo. A pesar de su violencia y del constante acoso a que la tenía sometida, Murgatroyd nunca la había asustado. Era aquella casa monstruosa la que la llenaba de un terror indecible y de la que siempre quiso escapar.

Luego, un día, ella fue la propietaria de aquella especie de gran mausoleo —la locura de Fairley, lo llamaban los del pueblo—, y supo inmediatamente que no viviría allí, que nunca haría el papel de gran señora de la hacienda. En una intensa y repentina visión, comprendió lo que debía hacer. Debía borrarla de la faz de la Tierra, como si nunca hubiese existido. Y la derribó, ladrillo a ladrillo, hasta que no quedó rastro de ella, y ahora recordaba la escalofriante sensación que experimentó al destruirla por completo.

Ahora, después de cuatro décadas, oía el eco de su propia voz diciéndole a Blackie:

—Y destruye este jardín, acaba completamente con él. No quiero que quede un solo brote, una sola hoja.

Blackie hizo exactamente lo que ella le había ordenado y arrancó el jardín cercado de rosales donde Edwin Fairley la había repudiado, a ella y al hijo que tenía en sus entrañas, de forma tan inhumana y vergonzosa. Milagrosamente, en pocas horas, el jardín también desapareció como si nunca hubiese estado allí, y sólo entonces se sintió, al fin, libre de los Fairley.

Por aquella época, Emma adquirió la fábrica. Hizo todo lo posible por pagar a los obreros sueldos dignos, pagas extraordinarias y todo tipo de emolumentos complementarios, y había mantenido la vida del pueblo durante años, a menudo con gran coste económico para ella. En cierta forma, los trabajadores eran parte de su ser, ya que ella provenía de la misma clase y ellos ocupaban un lugar único en su corazón. El pensamiento de tener que despedir a un solo hombre le angustiaba aunque, según parecía, no tenía elección. Era mejor seguir manteniendo la fábrica a mitad de su capacidad que cerrarla definitivamente.

Volviéndose a medias, dijo:

—A propósito, Alexander, ¿has hablado de esto con Kit?

—¡El tío Kit! —exclamó con un tono sobresaltado—. No, no lo he hecho —admitió—. Por una razón: que no ha aparecido y, además, porque no tiene interés en ninguna de las fábricas. Y menos en la de Fairley. Parece que todo le importa un comino desde que lo excluiste de tu testamento.

—Me parece una forma muy inexacta de hablar —dijo Emma bruscamente, volviendo a la mesa con aire enérgico—. No le *excluí*, como tú dices. Le postergué. En favor de su hija, recuérdalo. Como hice con tu madre por ti y por Emily, y con tío Robin por Jonathan. Y ya conoces las razones, así que no me molestaré en explicártelas otra vez. No olvidemos tampoco que mi testamento no tiene valor hasta que yo muera, lo que tardará mucho en suceder, si puedo hacer algo al respecto.

—Y si yo puedo hacer algo —contestó Alexander, consternado como siempre que ella mencionaba la muerte.

Emma le sonrió, consciente de la devoción que sentía por ella, de su sincera preocupación por su bienestar. Continuó en tono de negocios:

—Bueno, peor para Kit. *Mmmm*. Desde luego, me he dado cuenta de que descuidaba un poco sus obligaciones. Por otro lado, creía que hacía alguna visita ocasional, sólo por guardar las apariencias.

—Sí, sí, la hace. Pero se muestra tan huraño y tan poco comunicativo, que es como si no estuviese allí —explicó Alexander. Luego añadió—: No consigo imaginarme qué es lo que hace para pasar el tiempo.

—No mucho, si conozco bien a mi hijo mayor. Nunca tuvo mucha imaginación —contestó Emma mordazmente, con una sonrisa despectiva en la boca.

Emma pensó que tendría que hablar con Sarah, la hija de Kit, sobre el comportamiento de su padre. «Realmente huraño —meditó Emma con disgusto—. Él solo se creó los problemas. No, no es verdad. También le ayudaron Robin, Elizabeth y Edwina, su cohorte de conspiradores contra mí.»

Consciente de que Alexander esperaba, Emma concluyó:

—De todas formas, ya que Kit no se deja ver mucho, no te molestará como otras veces. Tienes el camino despejado. Pon este plan en marcha inmediatamente. Cuentas con mi apoyo.

—Gracias, abuela. —Se inclinó hacia delante y dijo con seriedad—: *Estamos* haciendo lo que hay que hacer.

—Sí, lo sé.

—Y no te preocupes por los hombres que se van a jubilar. Estarán perfectamente, de verdad.

Le lanzó una mirada rápida, con los ojos casi ocultos tras los párpados entornados. Pensó: «Me alegra mucho que no sea de Alexander de quien sospecho la traición y la duplicidad. Eso no lo podría soportar. Acabaría conmigo.» Luego dijo:

—Me complace que te hayas preocupado de la fábrica de Fairley de una forma tan personal, Sandy. Te *preocupas*, y eso es lo importante. Y aprecio tu comprensión..., me refiero a mi relación con esta fábrica en particular —sonrió forzadamente y movió la cabeza—. El pasado, ya lo sabes, está siempre con nosotros, y nos acosa inexorablemente para exigirnos una parte de nosotros mismos. Yo aprendí hace mucho tiempo que no podemos escapar.

—Sí —dijo él lacónicamente, aunque la mirada de sus ojos expresaba mucho más.

Emma dijo:

—He decidido ir a la fábrica de Fairley la semana que viene. Yo seré quien explique los cambios que vamos a efectuar. Les diré lo de las jubilaciones yo misma, con mis propias palabras. Es lo más adecuado.

—Sí, lo es, abuela. Y les emocionará verte. Todos te adoran, aunque tú ya lo sabes.

—¡Bah! —dijo con un soplido—. No seas tonto, Alexander. Y no exageres. Ya sabes que no soporto las exageraciones.

Alexander se tragó una sonrisa y permaneció callado, mirándola detenidamente mientras ella, con la cabeza inclinada, ordenaba unos papeles de su mesa. Había hablado con rapidez, incluso con brusquedad, pero precisamente por esa curiosa tensión en su voz, supo que sus palabras le habían emocionado. Le divirtió su leve reprimenda. ¡Por Dios, si toda su vida había sido una extraordinaria exageración! ¡La exageración en persona!

—¿Todavía estás aquí? —preguntó Emma en tono amenazador, levantando la vista y fingiendo estar enojada—. Pensé que, con todo lo que tienes que hacer hoy, a estas horas estarías ya a medio camino de tu oficina. ¡Lárgate!

Alexander se rió, se levantó de un salto y rodeó la mesa. Cogió a su abuela por los hombros y la besó en la coronilla de la cabeza plateada.

—No hay nadie en este mundo como tú, Emma Harte —dijo dulcemente—. Nadie en absoluto.

CAPÍTULO II

—Nadie en este mundo excepto Emma Harte sugeriría una propuesta tan ridícula —gritó Sebastian Cross con indignación, echando chispas por los ojos y cada vez más encolerizado.

—No fue ella quien lo sugirió, fui yo —le contestó Paula en un tono frío, correspondiendo a su mirada enfurecida con otra tranquila e inmutable.

—¡Tonterías! ¡Es tu abuela quien habla, no tú!

Paula se puso rígida en la silla y acalló la rápida respuesta que le surgía de los labios. El autocontrol era esencial en todas las negociaciones financieras y, en particular, con aquel hombre odioso. No permitiría que la hiciese callar con la acusación de que su abuela manejaba desde lejos las negociaciones.

—Piensa lo que quieras —dijo después de una ligera pausa—, sea quien sea el que lo haya planeado, el trato es así, tal como lo he expuesto. Es una cuestión de tomarlo o dejarlo.

—Entonces lo dejaremos, muchas gracias —respondió Sebastian lleno de rencor hacia ella, por su extraña pero irresistible belleza, por su dinero y por su poder. Sus ojos oscuros brillaron coléricos mientras añadía—: Nadie os necesita, ni a ti ni a tu abuela.

—Bueno, bueno, Sebastian, no nos apresuremos —dijo John Cross, tranquilizador—. Y, por favor, cálmate. —Lanzó una mirada de desaprobación a su hijo y luego se volvió a Paula, con ademán inesperadamente conciliador—. Tiene que comprender a mi hijo. Naturalmente, está muy alterado. Después de todo, su propuesta ha sido una especie de *shock* para él. Está totalmente dedicado a la «Aire Communications», como lo he estado yo, y no tiene ningún deseo de dejar la compañía. Yo tampoco. En resumen, que ambos esperamos, que tenemos la intención de conservar nuestros cargos actuales. Yo, como presidente del consejo, y Sebastian, como director gerente. «Harte Enterprises» tendrá que acceder a eso.

—No creo que sea posible, señor Cross —dijo Paula.

—Olvídalo, papá —casi chilló Sebastian—. Iremos a otro lado a por el dinero.

—No tenéis adonde ir. —Paula no pudo evitar replicar con frialdad mientras cogía su cartera de la mesa de la sala de conferencias. Se levantó y anunció con determinación—: Ya que hemos llegado a un punto muerto, no hay, obviamente, más que decir. Creo que es mejor que me marche.

John Cross se levantó de un salto y la cogió del brazo.

—Por favor, siéntese. Hablemos un poco más sobre esto.

Paula dudó y se quedó mirándole. Durante la entrevista, relativamente corta, mientras su hijo gritaba y gruñía,

John Cross había adoptado una postura inflexible, tranquila, pero firme actitud de resolución para conducir las negociaciones como él quería a pesar del acuerdo inicial. Ahora, por primera vez, detectaba un signo de vacilación en él. Y, se diese cuenta o no, los meses precedentes de tensión y ansiedad habían hecho mella en su firmeza. Los problemas de su tambaleante empresa eran absolutamente evidentes, estaban marcados claramente en su cara demacrada y cansada, y había una silenciosa desesperación tras aquellos ojos inyectados en sangre que mostraban la sombra de un pánico nuevo. «Sabe que tengo razón en todo —pensó, analizando minuciosamente a John Cross una vez más—, pero no lo admitirá. Imbécil.» Se corrigió inmediatamente. El hombre que estaba plantado frente a ella había construido «Aire Communications» de la nada, así que difícilmente podía calificarle de estúpido. Mal aconsejado, sí —y, lamentablemente, sufría la grave enfermedad de la ceguera paternal—. Había visto en su hijo cualidades que Sebastian no poseía, ni poseería nunca, y ahí radicaba su fallo.

—De acuerdo —dijo al fin, sentándose indecisa en el borde de la silla—. Me quedaré unos minutos más para oír lo que tenga que decirme pero, francamente, pienso que hemos llegado a un punto muerto.

—En mi opinión, eso no es estrictamente cierto —respondió sonriendo vagamente y, mientras cogía un cigarrillo y lo encendía, apenas pudo ocultar la satisfacción que experimentó al ver que Paula se quedaba en la habitación—. Su proposición es un poco absurda. Queremos una nueva forma de financiación. No deseamos que se nos expulse de nuestra propia empresa. No, no, no estábamos pensando en eso cuando recurrimos a ustedes —finalizó, recalcando sus palabras con repetidos vaivenes de la cabeza.

Paula le miró con asombro y le sonrió extrañamente.

—Acaba de mencionar la clave del asunto, *ustedes* vinieron a *nosotros*, recuérdelo. Nosotros no les buscamos. Y ustedes, ciertamente, sabían lo suficiente de «Harte Enterprises» como para comprender que nosotros no invertimos en empresas que tienen problemas. Nos hacemos cargo de ellas, las reorganizamos y ponemos al frente de ellas una nueva dirección. Nuestra dirección. En otras palabras, las hacemos funcionar con normalidad, de forma eficiente y sobre una base rentable. No nos interesa financiar los desastres continuos de otras personas. No es rentable.

John Cross puso mala cara a aquella arremetida, pero

resistió el ataque. Se limitó a decir:

—En efecto, en efecto. He estado pensando... Puede que lleguemos a un compromiso factible.

—¡Papá! ¡No! —explotó Sebastian airadamente, moviéndose con brusquedad en la silla.

Su padre levantó una mano y le miró con severidad.

—Escúchame hasta el final, Sebastian. Y ahora, Paula, esto es lo que se podría hacer, cómo podríamos cerrar el trato, después de todo: «Harte Enterprises» podría comprar el cincuenta y dos por ciento de las acciones de «Aire Communications». Eso le daría el control que tanto insisten en tener. Establecería su dirección, reorganizaría la empresa como deseara, pero tendría que permitir que nos quedemos en...

—¡Papá! ¿Qué estás diciendo? ¿Estás loco? —rugió Sebastian, y la cara, ya congestionada, se oscureció aún más—. ¿Dónde nos dejaría eso? Te lo diré. Completamente al margen de todo.

—¡Sebastian, por favor! —le gritó John Cross perdiendo ya la compostura a la par que aumentaba su exasperación—. Déjame acabar, por una vez en mi vida.

—Espere un momento, señor Cross —cortó Paula al instante, con la irritación reflejada en su voz—. Antes de que continúe, debo señalar *una vez más* que no estaríamos interesados en esa solución. Debe ser una compra *total*. El cien por cien o nada. Y se lo digo desde el princ...

—Ya está hablando otra vez el diablo, papá —la interrumpió Sebastian burlonamente, contorsionando la boca con una mueca—. ¡Emma Harte! ¡Por Dios, el único corazón lo tiene en el nombre! No negocies con ellas, papá. Son unas rapaces; las dos, y ésta ha aprendido mucho pegada a la otra, eso se ve a la legua. Quiere comernos a nosotros de la misma forma que su abuela se ha tragado a otras empresas durante estos años. Te lo digo, no les necesitamos.

Paula decidió pasar por alto este arrebato desenfrenado y vengativo, y considerarlo indigno de respuesta. Centró su atención en John Cross. Le asombraba y enfurecía su tortuosidad, pero le dijo con el tono más tranquilo que pudo:

—Empecé diciéndole, señor Cross, que recuerdo claramente haberle mencionado lo de la compra total mucho antes de esta entrevista de hoy. Me resulta difícil creer que se ha olvidado ya de las prolongadas conversaciones que mantuvimos sobre el asunto. —Le miró duramente, preguntándose si pensaba que era estúpida.

John Cross se sonrojó ante su insistente mirada. Recordaba demasiado bien sus afirmaciones iniciales. Pero él creyó que llegaría a interesar a «Harte Enterprises» en su empresa, que abriría el apetito a Emma Harte y luego conduciría las negociaciones de un modo que satisficiera sus intereses. Se sorprendió agradablemente al ver que sería Paula quien llevaría las negociaciones. Creyó que podría manipular la situación a su conveniencia. Su plan había fallado por alguna razón. Puede que Sebastian tuviese razón. Sí, Emma Harte estaba, sin ninguna duda, detrás de todo aquello; tenía su sello inconfundible. Una ira irracional surgió de él, y exclamó acalorado:

—¡Mire! No está siendo justa.

—¿Justa? —repitió Paula. Sonrió levemente y añadió en tono escueto—: La cuestión de si es justo o injusto no viene al caso. —Sus llamativos ojos azules le tenían dominado—. Me sorprende que *usted* use esa palabra. Le dije al principio de esta reunión que «Harte Enterprises» está dispuesta a pagar dos millones de libras por «Aire Communications». Eso es más que *justo*. Es verdaderamente generoso. Su empresa es un auténtico desastre. Podría hundirse en cualquier momento. —Se encogió de hombros—. Bueno, señor Cross, supongo que eso es asunto suyo y no mío. —Se levantó y cogió su cartera—. Parece que no tenemos nada más que decirnos.

John Cross dijo:

—Si, y digo si, decidimos aceptar su oferta, ¿podría quedarse mi hijo en la empresa?

Ella negó con la cabeza.

John Cross pensó con rapidez y llegó a una decisión necesaria pero difícil de aceptar.

—Yo estaría dispuesto a permanecer al margen. Después de todo, me queda poco para jubilarme. —Apagó el cigarrillo y fijó en ella sus claros ojos azules—. De cualquier forma —siguió con firmeza—, debe reconsiderar su decisión con respecto a Sebastian. Nadie conoce la empresa como mi hijo. Les sería de una ayuda inestimable. Debo insistir en que sea designado para el nuevo consejo de dirección, con un contrato de cinco años como consejero técnico. Tendría que darme su garantía por escrito antes de que sigamos adelante.

—No —dijo ella—. Si nos hacemos cargo de la compañía, no habrá sitio en ella para su hijo.

El viejo se quedó en silencio.

Sebastian miró fijamente a su padre, con una expresión siniestra y condenatoria al mismo tiempo. John Cross bajó los ojos, incapaz de afrontar su mirada acusadora, jugueteó con su pluma de oro y no dijo nada. Sebastian se levantó bruscamente, lívido de cólera, y atravesó la habitación con pasos firmes. Se plantó ante la ventana con el cuerpo rígido, maldiciendo a Paula Fairley en voz baja.

Paula siguió a Sebastian con la mirada. Sintió la malevolencia y la tensión que había dentro de él, pero intuitivamente, ya que no podía verle la cara. La ocultaban las sombas que proyectaban la ventana y los edificios del exterior. Se estremeció involuntariamente y volvió los ojos a John Cross. Se observaron el uno al otro atentamente, preguntándose quién haría el siguiente movimiento. Ninguno lo hizo.

Paula veía ante ella a un hombre delgado y canoso, de poco más de sesenta años, un hombre que había triunfado por su propio esfuerzo, sin que nadie le hubiese ayudado y que, en el proceso, había adquirido un lustre distinguido y un refinamiento superficial. Era también un hombre asustado. Su empresa se hundía como un barco con un agujero en la proa, y, sin embargo, y por amor a su hijo, parecía dispuesto a despreciar el salvavidas que ella le había lanzado. El hijo que había dirigido tan mal «Aire Communications», que había llevado a la empresa a una situación de desvalimiento y parálisis. Notó cómo al señor Cross se le crispaba un músculo de la cara y apartó la vista.

John Cross, por su parte, estaba sentado frente a una mujer distinguida, vestida de forma elegante. Llevaba un traje de lana color magenta, cortado y confeccionado de manera impecable, obviamente una costosa pieza de alta costura, y una camisa blanca de seda de corte masculino. No llevaba joyas, excepto un sencillo reloj de oro y un brazalete de boda. Sabía que Paula McGill Amory Fairley tenía unos veinticinco años, aunque, a causa de su innata prudencia y sus modales fríos y autoritarios, daba la impresión de ser mucho mayor. Le recordaba a su abuela, aunque físicamente fuese tan distinta. El pelo liso, brillante y negro que le caía recto sobre la mandíbula, los ojos azules salpicados de violeta y la piel de color marfil, eran indiscutiblemente llamativos; pero, mientras el magnífico tono rojo cobrizo del pelo de Emma siempre había sugerido dulzura y una feminidad seductora, la belleza de Paula era, de alguna forma, austera, al menos para su gusto. Su rostro tampoco era tan perfecto como había sido el de Emma. No obstante, ambas tenían la misma personalidad imponente y, aparentemente, Paula había heredado la inflexibilidad acerada de la vieja, así como aquel pico central en el nacimiento del cabello y aquellos ojos penetrantes que escrutaban con aguda inteligencia. El alma se le cayó a los pies mientras continuaba estudiando la bella pero inflexible cara pálida que tenía ante sí.

Nunca ganaría con ella. A la vez que esta desagradable constatación tomaba forma, cambió de opinión una vez más, tomó otra decisión, y ésta fue la definitiva. Buscaría la financiación en otro lugar e insistiría en que el trato incluyese a Sebastian. Debía asegurar el futuro de su hijo en la compañía, una empresa que había creado expresamente para él. Eso era lo único que podía hacer, lo correcto y apropiado. Sí, debía proteger a su hijo por encima de todo; de lo contrario, ¿para qué había servido su vida?

Fue John Cross quien rompió el prolongado silencio.

—Hemos llegado a un callejón sin salida, Paula. Debo renunciar. —Levantó las manos en un gesto de impotencia y luego las dejó caer fláccidamente sobre la mesa—. Gracias por dedicarme su tiempo. Y, por favor, dígale a su abuela que las condiciones son demasiado ásperas para mi paladar.

Paula se rió con suavidad al levantarse ambos.

—Son mis condiciones, señor Cross, y no voy a insistir más en eso. —Como mujer educada que era, le ofreció la mano—. Le deseo mucha suerte —dijo con estudiada consideración.

—Gracias —le contestó, con una voz tan educada como la de ella, pero no tan tranquila—. Déjeme acompañarla hasta el ascensor.

Al pasar junto a la ventana, Paula dijo:

—Adiós, Sebastian.

Éste volvió la cabeza, asintió bruscamente, y Paula se alarmó tanto al ver el odio grabado en su cara agria y fría, que apenas si oyó el murmullo de su respuesta. Había reconocido a un enemigo sumamente peligroso.

CAPÍTULO III

Paula estaba que echaba chispas.

Bajó rápidamente por Headrow, una de las calles principales de Leeds, y pronto puso distancia entre ella y el edificio de la «Aire Communications». Su mente hervía. Aunque había advertido el aguijón de la personalidad vengativa y luchadora de Sebastian Cross y había comprendido que él la detestaba y que se había convertido en su gran enemigo, sus pensamientos, con buen motivo, se centraban ahora en su padre. A pesar de haberse mostrado más o menos de acuerdo con sus condiciones desde el principio, John Cross se había vuelto atrás en el último momento y, lo que es más, lo había hecho de la forma más traicionera y despreciable.

No necesitaba analizar mucho la situación para comprender por qué se había comportado así. Estaba claro que no quería quedar mal ante su dominante hijo, cuya presencia le turbaba, le ponía a la defensiva y, posiblemente, le había llevado a mostrarse más inflexible de lo que había sido en toda su vida. Con toda seguridad, el honor y la integridad le importaban más que cualquier otra cosa. ¿Y lo de conservar el respeto de su hijo? Paula se rió en su interior por entretenerse con tales pensamientos. Un carácter pérfido como el del joven Sebastian no sabía de esas particulares cualidades. Durante la reunión, cuando comprendió que John Cross no era de fiar, se había quedado momentáneamente desconcertada. El señor Cross gozaba de una excelente reputación en los círculos financieros de Yorkshire. Si no el más prudente, siempre había sido considerado un hombre honrado. Le resultaba inconcebible que se retractara de su palabra.

Al pensar en las energías, pensamientos y tiempo que había dedicado a «Aire Communications», aceleró el paso y se enfureció aún más. Su abuela se iba a poner tan furiosa como ella. Emma Harte no toleraría que la tomaran por tonta, ni aguantaría a nadie que no negociase limpiamente. La abuela reaccionaría de una de estas dos maneras: o bien se encogería de hombros despectivamente y volvería la espalda al asunto, o bien armaría una bronca al señor

Cross como nunca se la habían armado en la vida. Su abuela tenía un rígido concepto del honor, nunca se volvería atrás de un apretón de manos o de su palabra, y ambas cosas eran tan válidas para ella como un contrato por escrito. Eso lo sabía todo el mundo.

La idea de Emma arreglándole las cuentas al falso de John Cross imprimió un brillo de alegría en los ojos azul violeta de Paula. Se merecía eso por lo menos. Pero, en realidad, Cross se enfrentaba a algo mucho peor que las agrias palabras y la condena virulenta de Emma. Se enfrentaba directamente al desastre. A la quiebra. A la ruina total. Paula sabía que John Cross estaba convencido de que podría encontrar fácilmente otra compañía o sociedad que financiase a «Aire». También sabía que esta idea disparatada era totalmente errónea. Ella estaba al tanto de las cosas y todo el mundo lo comentaba: nadie quería tocar la «Aire Communications». Ni siquiera esos rapaces saqueadores de patrimonios que compraban empresas, las saqueaban y luego dejaban a un lado las cajas vacías.

Según entraba por Albion Street, Paula pensó de repente que, por increíble que fuese, John Cross no tenía ni idea de lo que le iba a pasar a él y a su empresa. Luego se acordó de los que arrastraría consigo y de los muchos empleados que se quedarían sin trabajo. «Podíamos haberle salvado, es más, *les* podíamos haber salvado —se dijo a sí misma—. Ese hombre no tiene escrúpulos.» Desde que la memoria le era fiel, su abuela siempre le había inculcado el sentido de la responsabilidad, uno de los mandamientos del código moral particular de Emma.

—El poder y la riqueza implican enormes responsabilidades, no lo olvides nunca —le había dicho la abuela una y otra vez—. Debemos cuidar de quienes trabajan para y con nosotros porque son ellos los que hacen posible todo esto. Y dependen de nosotros, igual que nosotros dependemos de ellos de otro modo —le recordaba constantemente.

Paula era consciente de que había industriales y magnates que tenían envidia de Emma Harte y que, como adversarios, la tenían por una mujer dura, implacable, Eso era algo que todos los empleados de Harte sabían por propia experiencia, de ahí la extraordinaria devoción, lealtad y el gran amor que sentían por su abuela.

Paula se paró de pronto y respiró profundamente varias veces. Debía librarse del encono que hervía en su interior. Era agotador y gastaba muchas de sus preciosas energías,

energías que podía utilizar en propósitos mucho mejores. Además, la ira bloqueaba el pensamiento razonable e inteligente. Empezó a andar otra vez, pero con pasos más lentos y acompasados y, para cuando llegó a Commercial Street, se había calmado considerablemente. Se entretuvo un poco mirando los escaparates de las tiendas, hasta que por fin se detuvo ante «E. Harte», los almacenes de su abuela que estaban al final de la calle. Sonrió al portero uniformado, a quien conocía desde que era niña.

—Hola, Alfred —le dijo.

—Hola, señorita Paula —respondió con una sonrisa benevolente, llevándose la mano a la gorra—. Es un día hermoso. Vaya que sí, señorita Paula. Esperemos que el tiempo siga así hasta mañana, por el bautizo.

—Esperémoslo, Alfred.

Sonrió otra vez y le abrió la puerta. Ella le dio las gracias, atravesó con rapidez la sección de perfumes y tomó el ascensor para subir a su despacho, en la planta cuarta.

Su secretaria, Agnes, alzó la vista y exclamó, con el ceño un poco fruncido:

—¡Vaya por Dios, señora Fairley! Se acaba de ir el señor O'Neill. Shane O'Neill, quiero decir, y hace tan sólo unos minutos. ¡Qué pena! Esperó un rato largo y luego tuvo que salir corriendo a una cita.

—¡Vaya! —Paula se paró en seco, estupefacta, pero se rehízo y preguntó inmediatamente—: ¿Dijo el motivo de su visita? ¿Dejó algún recado?

—Supongo que pasaba por la tienda y simplemente entró a decir hola. Pero no dejó ningún recado, solamente decirle que iría al bautizo.

—Ya. ¿Algo más, Agnes?

—El señor Fairley llamó desde Londres. No puede telefonearle usted, porque iba a un almuerzo en el «Hotel Savoy». Tiene previsto llegar a las seis, con los padres de usted. Los otros mensajes están en su mesa. Nada importante. —Agnes dudó un momento y luego preguntó—: ¿Cómo ha ido su reunión en «Aire»?

Paula puso cara de contrariedad.

—No muy bien, Agnes. De hecho, me atrevería a decir que ha ido tremendamente mal.

—Lo siento, señora Fairley. Sé la cantidad de trabajo que ha dedicado a esos horribles balances y el tiempo que le ha llevado lo de los contratos.

Agnes Fuller, con el cabello gris a los treinta y ocho años, de rasgos sencillos y con una expresión severa que, en realidad, escondía un corazón enormemente bondadoso, había ascendido por propio esfuerzo entre el personal de la tienda de Leeds. Se sintió halagada, aunque también un poco recelosa, cuando Paula la nombró su secretaria particular. Después de todo, Paula era la presunta heredera, y la favorita de Emma Harte; pero también había en la tienda quien pensaba que era fría, distante, inflexible, un poco esnob y sin el extraordinario don de gentes de Emma. Pero Agnes descubrió pronto que no tenía ninguna de las características que tan severamente le atribuían sus detractores. Era reservada por naturaleza —incluso un poco tímida—, cauta y prudente, y una trabajadora incansable y, sencillamente, esos rasgos habían sido mal interpretados. En los tres últimos años, Agnes había llegado a tomar afecto a la joven, la admiraba y la consideraba una brillante mujer de negocios, una persona cariñosa y atenta, y una empresaria considerada.

Al mirar a su jefa a través de las gafas, Agnes se dio cuenta de que Paula estaba más pálida y preocupada de lo normal. La miró con simpatía y lástima.

—Es una pena —masculló con lástima, moviendo la cabeza—. Espero que no permitirá que eso la preocupe, especialmente este fin de semana.

—No, se lo prometo —aseguró Paula—. Como dice mi abuela, unas veces se gana y otras se pierde. Esta vez hemos perdido... —No terminó la frase. Su expresión se tornó reflexiva—. Pero, en el fondo, puede que sea mejor así —pareció pensar antes de continuar: Perdóneme, Agnes; la veré después.

Paula entró en su despacho y se sentó a la mesa grande y antigua que dominaba la estancia. Tras sacar de la cartera los papeles de «Aire Communications», cogió una pluma roja y escribió con letras mayúsculas *Sin solución* en la primera página de la carpeta. Se levantó, fue hasta el fichero, la metió dentro y luego volvió a su mesa. El asunto estaba acabado en lo que a ella concernía. Las negociaciones habían fracasado y, en consecuencia, ella había perdido todo interés en «Aire Communications».

De entre todos los descendientes de los Harte, era Paula quien había heredado más características de Emma y, las que no eran innatas, las había adquirido por ósmosis en los años que había trabajado junto a ella. La principal era la capacidad de admitir cualquier fallo abierta y francamente y, después, olvidar el error con filosofía. Al igual que Emma, ella decía en esos casos: «No ha funcionado. Quizás estaba equivocada. Pero sigamos adelante. No debemos mirar hacia atrás.»

Y esto era exactamente lo que pensaba ahora. «Aire Communications» ya era para ella asunto del pasado. Si había cometido un grave error al juzgar a John Cross y le había dedicado gran parte de su tiempo y esfuerzo, no tenía intención de agravar las cosas pensando en él ni un minuto más. Se preguntó si debía llamar por teléfono a su abuela para explicarle lo que había sucedido, pero decidió no hacerlo. La abuela iba a estar ocupada esa mañana charlando con Alexander y Emily. Más tarde, según lo previsto, ella misma iría a «Pennistone Royal» y la pondría al corriente de la situación. «La abuela se va a decepcionar, desde luego —pensó, clasificando el montón de mensajes—. Pero se le pasará pronto, y no tardaré en encontrar otro proyecto para ella.»

Paula tomó el teléfono, contestó a todas las llamadas de negocios, firmó el mazo de cartas que Agnes había escrito y, después, se sentó de nuevo en la silla y echó un vistazo a los mensajes personales.

Había llamado su madre. *Nada importante. No se moleste en llamarla. Ha dicho que la verá esta noche,* había escrito Agnes, y luego añadido una de sus inimitables posdatas: *La señora Amory parecía maravillada, encantada por lo de mañana. Tuvimos una agradable conversación. Se ha hecho un peinado nuevo y se pondrá para el acontecimiento un traje gris de «Christian Dior».*

Paula sonrió al comentario de Agnes y luego miró el mensaje de su prima Sarah Lowther. Según decía, tenía un resfriado y quizá no fuese al bautizo. *Pero no parecía enferma en absoluto,* había escrito Agnes enigmáticamente. «¡Qué extraño!», pensó Paula, frunciendo el ceño y volviendo a leer la nota. «Obviamente, Sarah no quiere venir. Me pregunto por qué.» Como no podía adivinar el motivo, pasó a la última nota. Miranda O'Neill estaba en el despacho de «O'Neill Hotels International» en Leeds. *Por favor, llámela antes del almuerzo,* le decía Agnes.

Inmediatamente, Paula marcó el número particular de Miranda. Oyó la señal de comunicando, como ocurría siempre que Miranda venía a la ciudad. Al igual que su abuelo, Miranda tenía lo que el poeta Dylan Thomas había llamado «el hermoso don del parloteo». Podía perfectamente estar hablando toda la hora siguiente. Automáticamente, los pensamientos de Paula se centraron en Shane, el hermano de Miranda e, instantáneamente, vio en su imaginación su cara viva y sonriente. Le había decepcionado enormemente no haber podido verle antes. Sus visitas eran muy raras. Durante años, había tenido la costumbre de pasarse a verla, tanto aquí como en Londres, y cuando estas visitas ocasionales cesaron repentinamente, quedó dolida y desconcertada.

Shane O'Neill, hijo de Bryan y nieto de Blackie, había sido amigo íntimo de Paula desde la niñez. Habían crecido uno junto al otro, habían pasado todas sus vacaciones juntos y sido inseparables la mayor parte de sus vidas, hasta el punto que Emma le puso de mote Paula *la Sombra*. Al pensar ahora en Shane, Paula se dio cuenta de que no le había visto desde hacía muchos, muchos meses. Últimamente estaba siempre viajando, yendo continuamente a España y el Caribe, donde se hallaban algunos de los hoteles de la cadena «O'Neill»; cuando estaba en Inglaterra y se encontraba con él casualmente, le parecía ver en él un aire preocupado y una actitud distante. Suspiró suave y lentamente. Era extraño que su intimidad hubiera acabado de aquella manera hacía años. Aún le desconcertaba. Cuando consiguió pillar a Shane desprevenido, le preguntó qué había sucedido entre ellos, y él la miró de una forma muy extraña y negó que hubiese pasado algo. Le echó la culpa a los negocios y a su apretada agenda. Puede que simplemente se sintiera mayor que ella. A menudo, las amistades de la niñez cambian radicalmente. Muchas veces se deterioran de tal manera, que nunca vuelven a ser lo que eran. «Lamentablemente —pensó—. Y le echo de menos. ¡Ojalá hubiese estado aquí esta mañana!»

El timbre del teléfono cortó sus pensamientos. Tomó el auricular. Era Agnes:

—La señorita O'Neill, señora Fairley.

—Gracias, Agnes. Póngame con ella, por favor.

Un segundo después, oyó la voz alegre de Miranda a través del teléfono.

—Hola, Paula. He pensado que era mejor que te llamase yo otra vez, porque sé que mi teléfono está siempre comunicando.

—Eso es justo —le dijo Paula con una risa cariñosa—. ¿Cuándo llegaste de Londres?

—Anoche. Vine en coche con Shane, y será la última vez.

Cuando conduce es un maníaco. Me trajo con las ruedas chirriando todo el camino. Creía que acabábamos en una cuneta. Estaba tan nerviosa y pálida cuando llegamos a casa, que mamá supo inmediatamente qué había pasado. Me ha prohibido ir más en coche con él. Le echó una buena y...

—¡Lo dudo! —Paula rompió a reír—. Tu madre piensa que todo lo que hace Shane está bien. Para ella, es incapaz de hacer nada malo.

—Bueno, pues ha caído en desgracia, querida. Mamá le armó una bronca y papá también.

—Shane ha venido a verme hoy, Miranda.

—¡Vaya, ésas son buenas noticias! Yo tampoco puedo entender por qué se muestra tan distante contigo últimamente, pero ¡es tan raro este hermano mío! Puede que tenga mucha sangre celta en sus venas. Bueno, ¿y qué te dijo?

—Nada, Miranda, porque yo no estaba aquí. Estaba en una reunión.

—¡Qué pena! Aunque va a venir al bautizo. Ya sé que tú lo dudabas, pero me dijo que vendría con toda seguridad. Incluso se ofreció a llevarme en coche. —Miranda gruñó fingiendo terror—. Me negué. Iba a ir con el abuelo pero, naturalmente, él acompañará a tía Emma. Así que tendré que ir sola. Oye, Paula, te llamaba para saludarte y para ver si te apetecía que comiésemos juntas. Tengo que pasarme por la tienda a recoger un paquete para mi madre. Podríamos vernos en «La Jaula» dentro de media hora. ¿Qué te parece?

—Una idea estupenda, Merry. Te veré a mediodía.

—Quedamos en eso, entonces —dijo Miranda—. Adiós.

—Adiós.

Mientras limpiaba la mesa de papeles, Paula se sintió repentinamente contenta por la sugerencia de Miranda. Su amiga era una compañía encantadora y una chica muy especial, llena de naturalidad, dulzura, alegría y efervescencia. Tenía un carácter jovial y despreocupado, con la sonrisa siempre en los labios, razón por la que el apodo de *Mirry* pronto se convirtió en *Merry*.

Paula sonrió, pensando qué llevaría hoy puesto Miranda, qué sorpresa le tendría guardada. A sus veintitrés años, Merry era aficionada a crear los modelos —disfraces, en realidad— más singulares, pero combinaba las prendas con imaginación y estilo y, ciertamente, sabía lucirlas. Hubiesen parecido totalmente ridículas en cualquier otra persona, pero, de algunas manera, resultaban perfectas cuando las llevaba Miranda O'Neill. Aparte de que iban de maravilla con su figura alta, un tanto masculina, eran como un complemento de su personalidad caprichosa y un tanto alocada. O, al menos, eso le parecía a Paula, que consideraba a Merry un ser original, el único espíritu libre que conocía. Su abuela la quería tanto como ella, y decía que la nieta de Blackie era el mejor tónico del mundo, ya que quitaba las penas a todos.

—Esa chica es todo corazón —le había comentado Emma a Paula recientemente—. Y, ahora que ha crecido, me recuerda mucho a su abuela. Merry tiene mucho de Laura Spencer, principalmente su bondad. También es una chica lista, y me alegra que seáis tan amigas. Toda mujer necesita una amiga íntima en quien confiar. Yo lo sé bien. Nunca tuve otra, después de que Laura muriese.

Al recordar estas palabras de Emma, Paula pensó: «Pero siempre tuvo a Blackie, y aún le tiene; y yo he perdido a Shane. Es gracioso que Miranda y yo intimáramos más cuando Shane se alejó de mí...»

Llamaron a la puerta y, en seguida, Agnes asomó la cabeza.

—Acaban de llegar estas pruebas del departamento de publicidad. ¿Puede darles el visto bueno?

—Sí, pase, Agnes.

—Son los anuncios del periódico para la campaña de primavera —explicó Agnes.

Después de examinar los anuncios durante unos segundos, Paula puso en ellos sus iniciales, se los devolvió a su secretaria y le dijo:

—Voy a salir a la tienda un rato, Agnes. Haz el favor de llamar a «La Jaula» y decirles que necesito mi mesa de siempre. A mediodía.

—En seguida —dijo Agnes, y salieron juntas.

Cuando Emma abrió el café en la segunda planta de la tienda de Leeds, lo llamó el «Belvedere Isabelino». Lo había decorado como un jardín rural inglés. Combinando papel pintado a mano representando escenas pastoriles, celosías blancas, figuras de animales y jaulas antiguas, había creado un marco encantador.

Con los años, cambió la decoración, y el nombre variaba para ajustarse al tema o viceversa. Pero siempre prevalecía el tema de los jardines o de los exteriores, a menudo con un sabor internacional, pues Emma daba allí rienda suelta a su imaginación y fantasía con talento y no poco ingenio. Después de un viaje al Bósforo con Paul McGill, se le ocurrió crear el jardín de un serrallo. Combinó mosaicos, papel pintado con motivos de pavos reales, palmeras y una fuente. Lo llamó «Delicia Turca» y quedó encantada al comprobar su intantánea popularidad, como lugar de reunión, no solamente para mujeres que salían de compras, sino también para hombres de negocios que venían a comer. Algunos años después, Emma pensó que se imponía un motivo más sencillo. Eligió el nombre de «Fling Escocés», y el lugar tomó el aspecto del patio de un castillo de los *highlands*, con muebles rústicos y vistosos tartanes. Con el tiempo, este ambiente dejó paso a otro que sugería una casa de té oriental, y la decoración se inspiró en los elegantes elementos ornamentales del Lejano Oriente. El café se llamó «Muñeca China». Luego vino el «Balalaika», evocador de la Rusia del siglo XIX; después se convirtió en el «Riviera Terrace» y, aún una vez más, en 1960, Emma volvió a transformar el café. Esta vez usó un tema sofisticado, basado en el panorama de los altos edificios de Nueva York, y cubrió las paredes con grandes fotografías murales de Manhattan. La decoración sugería el jardín de un ático en una gran ciudad, y lo llamó «Rascacielos». A finales del verano de 1968, Emma había perdido la afición a la decoración y, como el café necesitaba una remodelación completa, se la encargó a Paula, y le pidió que crease algo diferente.

Paula lo sabía todo acerca de la cadena de grandes almacenes «Harte», y recordaba las fotografías del «Belvedere Isabelino». Fue a los archivos, encontró los planos y proyectos originales y se quedó impresionada al instante por la singularidad y belleza de las antiguas jaulas de pájaros. Como sabía que estaban guardadas en cajas en el sótano, mandó que las desembalasen y se las llevasen. Y así nacieron el motivo y nombre actuales.

Paula mandó limpiar y pintar las jaulas, de latón y madera, y después de añadir algunas más a la colección, las dispuso por todo el restaurante. Destacaban elegantemente sobre el fondo verde lima del papel de la pared, con diseño de celosías blancas; las sillas blancas de mimbre con mesas a juego sugerían aún más un ambiente al aire libre. A Paula le encantaban las plantas, de hecho estaba muy dotada para la jardinería, así que su toque maestro final fue una combinación exuberante de arbolitos, arbustos en flor y plantas. Las numerosas hortensias y azaleas eran lo que le daba a «La Jaula» su sello particular, y este auténtico jardín en el corazón de los almacenes florecía todas las estaciones bajo su supervisión personal. Emma reconoció inmediatamente que era una evocación de su primer diseño y, como pequeño tributo, lo recibió halagada.

Pocos minutos después de las doce de la mañana de aquel viernes, Paula entró apresuradamente en «La Jaula» y, como siempre, le sorprendió agradablemente la refrescante visita de las flores y las hojas, una escena que parecía alegrar a todo el mundo. Sorteando las mesas donde comían los compradores mañaneros, Paula vio que Miranda O'Neill ya había llegado. El brillante cabello rojizo le caía en cascadas de ondulaciones y rizos alrededor de la cara ovalada, y parecía atraer toda la luz. Era como una señal luminosa al fondo de la sala. Miranda levantó la vista de la carta, vio a Paula y le hizo señas con la mano.

—Siento haberte hecho esperar —se excusó Paula cuando llegó a la mesa—. Me he entretenido en la sala de diseño. Hemos tenido muchos problemas con la nueva iluminación y quería revisarla otra vez. Me temo que todavía no está bien.

Besó a su amiga y se acomodó en la silla contigua.

Miranda se rió socarronamente y dijo:

—¡Ah, querida, las preocupaciones y molestias de dirigir unos grandes almacenes! Cambiaremos los trabajos un día de éstos. Hacer de relaciones públicas para una cadena hotelera puede ser a veces un infierno.

—Si no recuerdo mal, acosaste implacablemente a tu padre para conseguir ese trabajo.

—Es verdad. Aunque no lo habría hecho si hubiese sabido en lo que me estaba metiendo —refunfuñó Miranda poniendo cara larga. Pero luego se rió y admitió—: Supongo que, en realidad, me gusta. Es que me siento agobiada de vez en cuando. Pero, ahora mismo, mi padre está a buenas conmigo. Parece muy contento con mi última campaña, hasta el punto de que el otro día me llamó innovadora. Eso, desde luego, es una alabanza viniendo de él. Ya sabes que no es muy dado a hacerme cumplidos. Ha dicho incluso que, si me porto bien, me va a mandar a las Barbados para inspeccionar el hotel que acabamos de comprar. Cuando lo hayamos reformado y decorado, será de superlujo, y tan elegante como el «Sandy Lane». Todos pensamos que va a ser un elemento importante de nuestra cadena.

—Eso es maravilloso, Merry. Realmente emocionante. Bueno, ¿pedimos el menú? No quiero meterte prisa, pero tengo que salir temprano de la tienda.

—No te preocupes, yo también tengo prisa. —Miranda volvió a mirar la carta y dijo—: Creo que tomaré platija con patatas.

—Buena idea. Yo me apunto.

Paula llamó a la camarera, pidió los dos platos y se volvió hacia Miranda. La miró de arriba abajo, fascinada con su atuendo. Hoy llevaba un jubón bastante teatral, de cuello amplio y mangas tres cuartos, anudado por delante sobre una camisa de seda blanca y mangas largas. Los ojos de Paula brillaron de forma especial al decir:

—Merry, con todo ese ante verde pareces un Robin Hood femenino. Lo único que te falta es la aljaba con las flechas y la gorrilla de fieltro con la pluma.

Miranda se echó a reír.

—¡No te creas que no tengo el sombrero! *Lo tengo*, pero no me he atrevido a ponérmelo, por si pensabas que estaba majareta. Todo el mundo lo piensa. —Se dio la vuelta para mostrar las piernas, que estaban encasquetadas en pantalones de ante verdes muy ajustados y botas a juego que le llegaban a las rodillas—. Cuando Shane me ha visto esta mañana, me ha dicho que parecía la primera figura de una pantomima. Me temo que me he pasado con este traje. ¿Te parece demasiado extravagante?

—No, de verdad. Y podrías haberte puesto el sombrero. A mí, por lo menos, me gustas con estos trajes fantasiosos que llevas.

Miranda parecía encantada.

—Viniendo de una elegante como tú, es todo un cumplido. —Se inclinó hacia delante y continuó—: ¿Tenéis algún compromiso esta noche tú y Jim? Me preguntaba si os podía invitar a cenar.

—Me gustaría mucho que *tú* vinieses con nosotros, si crees que no te vas a aburrir. La abuela ha organizado una cena familiar esta noche en «Pennistone Royal».

—No estoy segura de que eso siga en pie todavía, Paula. *Tu* abuela tiene una cita «muy íntima» con *mi* abuelo. —La risa de Miranda sonó con una malicia que, al hablar, se reflejó en sus ojos—. ¿Te imaginas? ¡A su edad!

Esta afirmación desconcertó a Paula.

—Debes de estar equivocada. Estoy segura de que la

abuela tiene la intención de estar presente en la cena de esta noche.

—No me equivoco, de verdad que no. Oí a Shane hablar con mi padre hace un rato. El abuelo va a llevar a Emma a cenar fuera esta noche. Pero sólo estaba bromeando cuando dije que es una cita íntima, porque Shane va con ellos.

—Así que la abuela ha cambiado de plan —dijo Paula, horrorizada ante el pensamiento de la cena sin la presencia de su abuela—. Entonces será mi madre quien haga los honores en su lugar; no puedo imaginar que la abuela lo haya cancelado todo sin decírmelo antes.

—No, no creo que haya dispuesto eso. —Miranda se inclinó hacia delante, con tono aún burlón, y dijo—: Cuando mi abuelo y tu abuela se juntan, son incorregibles. El otro día le dije que ya era hora de que se casase con tía Emma y la hiciese una mujer honrada.

—¡Si hay alguien incorregible, ésa eres tú, Merry! ¿Y qué dijo a eso el tío Blackie?

—Se rió, y me dijo que sólo estaba esperando mi aprobación y que ahora que la tenía, iba a plantear el asunto. Claro que yo sabía que estaba tomándome el pelo. Pero, si te digo la verdad, no creo que sea tan mala idea, ¿no te parece?

Paula se limitó a sonreír. Dijo:

—De cualquier forma, volviendo a la cena familiar, te veremos con gusto. Ven sobre las siete y media para tomar el aperitivo. La cena es a las ocho y media.

—Eres un encanto, Paula. Gracias. Me acabas de salvar de una noche aburrida con mamá y papá. Lo único que hacen estos días es hablar del bebé.

—No estoy segura de que la cena con nosotros sea mucho más estimulante. Mi madre se ha convertido en una especie de abuela chocha. Se pasa todo el día encima de los mellizos. No hay forma de que cambie de tema.

—Pero yo adoro a tía Daisy. Es una persona encantadora, que no se parece en nada al resto de vosotros... —Miranda se paró en seco, horrorizada por sus palabras. Su cara blanca y pecosa enrojeció intensamente.

—¿Y qué se supone que significa eso? —exigió Paula, levantando una ceja para fingir que se sentía ofendida, pero con una sonrisa traicionera en la boca.

—No he querido decir eso que he dicho —exclamó Miranda, turbada—. No me refería a ti o a tía Emma o a tus primos, sino a tus tías y tíos. Lo siento. He sido muy grosera.

—No te excuses, da la casualidad de que estoy de acuerdo contigo. —Paula se quedó callada, pensando en concreto en su tía Edwina, la condesa viuda de Dunvale, que iba a llegar ese mismo día de Irlanda.

Fue por Edwina por quien Jim y ella habían tenido su primera discusión seria. Hacía algunas semanas, y para su gran asombro e incredulidad, Jim había decidido que se debía invitar a Edwina al bautizo. Paula se había opuesto firmemente, y le había recordado que la abuela no apreciaba mucho a Edwina. Jim hizo caso omiso de sus protestas, y le dijo que no fuese tonta. Y, luego, *él* le recordó a *ella* que Emma quería olvidar el pasado, buscar la paz en la familia.

—Bueno, más vale que no invites a Edwina hasta que yo se lo haya dicho a la abuela —le previno Paula, y él por lo menos había accedido a esta sugerencia.

Cuando se lo contó a la abuela, Emma se mostró distante, incluso indiferente, y le dijo que aceptase la situación con delicadeza, que dejase a Jim invitar a Edwina y pusiese buena cara si ella aceptaba. Pero los ojos de Emma miraban de forma extraña, y Paula sospechó que Jim había decepcionado a la abuela. Lo mismo que a ella, pero Paula había superado este sentimiento, y le volvió a amar como antes; y, también, había excusado a Jim, pues no tenía familia a la que invitar al bautizo de sus hijos, y Edwina era medio Fairley. ¡Si solamente no se mostrase tan hostil con Emma y con ella!

Miranda estudió a su amiga y, al verla preocupada, aventuró:

—Te has quedado muy pensativa de repente, Paula. ¿Te preocupa algo?

—No, no, claro que no. —Paula forzó una sonrisa y, cambiando de tema, preguntó—: ¿Cómo está tu madre?

—Está mucho mejor, gracias. También creo que, finalmente, se ha repuesto de la conmoción de haberse quedado embarazada a los cuarenta y cinco, y de haber dado a luz una hija que altera su vida. Y la pequeña Laura es adorable. Me encanta ver jugar con ella al abuelo. Está encaprichado con la niña y, por supuesto, encantado de que le hayan puesto el nombre de mi abuela. Estuvo a punto de ponérmelo a mí, ¿sabes?

—No lo sabía, Merry.

—Sí. Supongo que luego cambiaron de opinión. No me hubiese importado que me hubieran puesto el nombre de mi abuela y, ciertamente, me hubiese gustado mucho conocerla. Tuvo que ser una persona extraordinaria. Todo el mundo, y en especial tía Emma, la quería mucho.

—Sí, y la abuela me dijo el otro día que no ha dejado de echarla de menos desde que murió.

—Todos estamos muy mezclados, ¿verdad, Paula?

—¿Qué quieres decir?

—Los Harte y los O'Neill. Y también los Fairley. Nuestras vidas están unidas inextricablemente... En realidad, no podemos escapar los unos de los otros, ¿verdad?

—No. Creo que no.

Miranda extendió la mano y cogió la de Paula.

—Me alegra que no podamos. Es muy agradable para mí teneros a ti, a tía Emma y a tía Daisy como mi segunda familia.

Sus grandes ojos marrones brillaron con pequeños prismas dorados. Rebosaban de cordialidad y afecto.

Paula le devolvió el apretón de mano.

—También lo es para mí tener a los O'Neill.

La llegada de la camarera con el almuerzo interrumpió este intercambio y, durante los siguientes quince minutos, las dos jóvenes charlaron sobre los niños de Paula, el bautizo del día siguiente y la recepción que daría Emma tras la ceremonia. Luego, Miranda adoptó, repentinamente, un tono serio y dijo:

—Hay algo muy importante que me gustaría comentar contigo.

Paula, dándose cuenta inmediatamente del cambio en la actitud de su amiga, preguntó con rapidez:

—¿Tienes problemas?

—No, en absoluto. Pero tengo una idea de la que me gustaría hablar, para ver tu reacción.

—¿Qué clase de idea, Merry? —preguntó con curiosidad.

—Tú y yo haciendo negocios juntas.

—¡Oh! —Esto era lo último que esperaba Paula y, después de su exclamación, permaneció callada un momento.

Miranda sonrió abiertamente y, sin darle oportunidad de comentar o desechar la idea, siguió hablando:

—La semana pasada, cuando analizaba el proyecto de un nuevo hotel que estamos construyendo en Marbella, tuve una ráfaga de inspiración. El arquitecto ha proyectado una galería comercial, y me di cuenta inmediatamente de que debíamos incluir una *boutique*. Naturalmente, pensé en «Harte»; luego me di cuenta de que una sola *boutique* no te interesaría. Así que llevé la idea un poco más lejos... «Boutiques Harte» en todos nuestros hoteles. Estamos reconstruyendo uno en Barbados, vamos a reformar el hotel de Torremolinos y, con el tiempo, a modernizar toda nuestra cadena. Podríamos poner una *boutique* en cada hotel y «Harte» las llevaría. —Miranda se recostó en su asiento y examinó la cara de Paula en busca de una señal que mostrase sus sentimientos, pero permaneció impasible. Preguntó con impaciencia—: Bueno, ¿qué piensas?

—No estoy segura —dijo Paula sin comprometerse—. ¿Lo has discutido con el tío Bryan?

—Sí, y a papá le gusta la idea. De hecho, le pareció muy bien, y me dijo que hablase contigo. —Miranda observó a su amiga con expectación y cruzó los dedos—. ¿Estarías dispuesta a embarcarte en esta aventura con nosotros?

—Creo que podríamos. Claro que tengo que consultarlo con mi abuela. —Paula dijo esto con su precaución habitual, pero no pudo ocultar el interés que se reflejaba en su cara. Con cierta agitación, pensó: «Podría ser el proyecto perfecto para la abuela. El plan que he estado buscando, y el que le sacaría la espina del chasco con los Cross.» Paula se envaró y dijo, más convencida—: Dame más detalles, Merry. —Y escuchó atentamente a la otra joven. A los pocos minutos empezó a reconocer las innumerables posibilidades y ventajas inherentes en la idea de Miranda O'Neill.

CAPÍTULO IV

Emma se incorporó bruscamente.

«No puedo creerlo, casi me duermo —pensó con exasperación—. Sólo las viejas se duermen en cualquier sitio.» Se echó a reír. Bueno, ella era una vieja, ¿no? Aunque aborreciese admitirlo ante alguien y, menos aún, ante ella misma.

Se irguió en el sofá, se arregló la falda e, inmediatamente, advirtió el calor que despedía la chimenea. Era sofocante hasta para ella: ella, que siempre sentía frío y raramente lograba calentarse. No era de extrañar que se hubiese quedado adormecida.

Con un arranque de energía, se levantó del sofá y se dirigió a las ventanas. Abrió una de ellas, respiró profundamente varias veces y se abanicó con una mano. El aire fresco le sentó bien, la brisa le acarició la cara y le entonó. Antes de volver sobre sus pasos, permaneció allí un momento, al fresco.

Se volvió lentamente, mirando a su alrededor mientras rodeaba los dos mullidos sofás situados en el centro de la habitación. Asintió con satisfacción, pensando lo bonita que resultaba la estancia en ese momento, bañada por los dorados rayos de sol que entraban por las numerosas ventanas. Aunque siempre le había parecido bonita, y prefería estar allí más que en ningún otro lugar del mundo.

«¿Es la edad lo que te hace buscar los lugares más conocidos, las cosas familiares y queridas? ¿Son los recuerdos los años vividos, de aquellos seres que nos importaron tanto, lo que nos ata a estos lugares y los hace tan queridos?» Así lo creía; al menos, así sentía ella. Segura y cómoda en el escenario donde se habían desarrollado tantos episodios de su larga y pintoresca vida.

Ese sitio era «Pennistone Royal», una casa con historia, antigua y desproporcionada, en las afueras de Ripon, que había comprado en 1932. Le gustaba en particular esta habitación —el salón-recibidor de arriba, un lugar donde, a lo largo de los años, había pasado tantas horas felices. A menudo se preguntaba por qué habría llegado a llamarse el recibidor de arriba, ya que no tenía nada que le diera el aspecto de un recibidor. Esto le volvió a sorprender, mientras se fijaba en los impresionantes detalles arquitectónicos y en el espléndido mobiliario.

Debido a sus dimensiones, la habitación era de una grandeza singular, con su artesonado jacobino rematado con elaborados decorados de escayola, las altas ventanas emplomadas que flanqueaban el único mirador y la chimenea de roble blanqueado y labrado. Y, sin embargo, a pesar de esos detalles de grandeza y de su tamaño, Emma había imprimido a la estancia un encanto delicado y una elegancia sutil, fruto de mucho tiempo y paciencia, de un gusto extraordinario y de gran cantidad de dinero.

Siempre segura de sus elecciones, Emma no había considerado necesario cambiar nada, así que la habitación había permanecido igual durante treinta años. Sabía, por ejemplo, que ninguna otra pintura podía superar a los excelentes retratos de Sir Joshua Reynolds, de un joven noble y su mujer, o el inapreciable paisaje de Turner. Los tres óleos armonizaban perfectamente con las antigüedades de estilo rey Jorge, conseguidas con tanta dedicación y cuidado. Objetos como la alfombra de la Savonnerie, ahora de una belleza descolorida, o la porcelana Rose Medallion dispuesta en la vitrina Chippendale daban a la habitación un toque incomparable de elegancia y estilo. Hasta las paredes se repintaban siempre del mismo color amarillo claro, ya que, a los ojos de Emma, ese tono tenue y delicado era el fondo más apropiado para la sutileza y las brillantes pátinas del artesonado de madera oscura, e introducía en el ambiente la alegría y luminosidad que tanto le gustaba.

Esta mañana, el ambiente primaveral de la estancia, resultado de la alegre combinación de colores y del estampado de los sofás, quedaba subrayado por las macetas de porcelana rebosantes de junquillos, tulipanes y jacintos que derramaban sobre las superficies brillantes y oscuras sus alegres amarillos, rojos, rosas y malvas, y aromatizaban el aire limpio y suave con sus fragancias.

Emma dio unos pasos más y luego se paró otra vez frente a la chimenea. Nunca se cansaba de contemplar el cuadro de Turner, que colgaba en lo alto del hogar, dominando éste con sus verdes y azules apagados. El paisaje era bucólico, evocador, y un ejemplo magnífico de las interpretaciones poéticas y visionarias de Turner sobre el tema pastoril.

«Definitivamente, es la luz», pensó Emma por centésima vez, fascinada como siempre por el cielo luminoso del cuadro. En opinión de Emma, nadie había sabido atrapar la luz en un cuadro del modo en que lo había hecho Turner. Siempre había asociado la luz clara y fría de aquella obra maestra con el cielo del Norte, bajo el que había crecido y vivido durante la mayor parte de su vida, y que siempre amaría. Lo consideraba único por la claridad y transparencia que, a veces, parecían sobrenaturales.

Sus ojos se posaron en el reloj de la repisa de la chimenea. Era casi la una. Debía serenarse, pues Emily llegaría de un momento a otro, y todo el mundo tenía que estar ojo avizor cuando la voluble e inquieta Emily estaba presente. «Especialmente las ancianas», añadió con un murmullo.

Se fue de prisa al dormitorio contiguo y se sentó frente al tocador. Después de empolvarse la nariz, se volvió a pintar los labios de rosa y se pasó el peine por el pelo. «Eso es, ya está. Pasable —añadió en voz baja, mirándose en el espejo—. No, más que pasable. Hoy tengo un aspecto estupendo, como dijo Alexander.»

Volvió la cabeza a un lado y contempló la fotografía de Paul. que le miraba desde una esquina del tocador. Empezó a hablarle. Era ésta una vieja costumbre que se había convertido en una especie de ritual.

Me preguntó qué pensarías si me vieses ahora. ¿Reconocerías a tu gloriosa Emma, como solías llamarme? ¿Pensarías, como pienso yo, que he envejecido con garbo?

Tomó la fotografía con ambas manos y se quedó mirándola. Después de todos aquellos años, aún recordaba perfectamente cada detalle de su persona, como si le hubiese visto ayer. Quitó una mota de polvo del cristal con un soplido. ¡Qué elegante estaba con su camisa blanca y su frac! Fue la última foto que le hicieron. En Nueva York, el 3 de febrero de 1939. Recordaba la fecha claramente. Fue en su cincuenta y nueve cumpleaños; ella había invitado a un grupo de amigos a tomar unas copas en su lujoso piso de la Quinta Avenida. Luego fueron al «Metropolitan Opera» para oír a Risë Stevens y Ezio Pinza en *Mignon*. Después, Paul les invitó a cenar en «Delmonico's», y fue una noche maravillosa, solamente empañada al principio, cuando Daniel Nelson habló de la inminente guerra y Paul hizo un frío análisis de la situación mundial. Más tarde, durante la cena, Paul se mostró contento. Pero fue la última noche despreocupada que pasaron juntos.

Recorrió con el dedo las patillas canosas del hombre de la foto y sonrió en su interior. Los mellizos que iban a ser bautizados mañana eran también los primeros bisnietos de él, una continuación de su sangre. Tras su muerte, la dinastía McGill había pasado a sus manos, y ella cuidaba de su descendencia con fidelidad, igual que, tal como anunció que haría, había conservado y multiplicado la gran fortuna de él.

«Dieciséis años —pensó—. Sólo estuvimos juntos dieciséis años. En realidad, no mucho tiempo para toda una vida... En particular, para una vida larga como la mía.»

Sin darse cuenta habló en voz alta.

—¡Si hubieses vivido un poco más! Si hubiésemos podido compartir nuestros últimos años, haber envejecido juntos. ¡Qué hermoso hubiera sido!

Inesperadamente se le humedecieron los ojos y sintió que se le cerraba la garganta. «¡No seas estúpida! ¡Vieja imbécil! Llorando por algo que está más allá de las lágrimas.» Con un movimiento tenso y brusco devolvió la fotografía a su sitio.

—Abuela..., ¿estás sola? —preguntó Emily, desde la puerta, con voz indecisa.

Emma, sobresaltada, giró en la silla. Su cara se iluminó.

—¡Ah, hola, querida Emily! No te he oído atravesar la habitación. Por supuesto que estoy sola.

Emily se acercó corriendo, le dio un beso sonoro y se quedó mirándola con curiosidad. Con una graciosa sonrisita, dijo:

—Juraría que te estaba oyendo hablar con alguien, abuela.

—Y lo estaba. Con él. —Señaló la fotografía con la cabeza y añadió con sequedad—: Y si piensas que me estoy volviendo loca, olvídalo. Llevo treinta años hablándole a esa fotografía.

—¡Por Dios, abuela, eres la última persona de quien pensaría que está loca! —se apresuró a asegurar Emily, con toda sinceridad—. De mamá, quizá, pero nunca de ti.

Emma fijó en su nieta sus ojos fríos y penetrantes.

—¿Dónde está tu madre, Emily? ¿Lo sabes?

—En Haití. Tomando el sol. Al menos, allí es donde creo que se fue.

· —Haití. —Emma se enderezó, sorprendida; luego, soltó una pequeña carcajada—. ¿No es ése el sitio donde practican el vudú? Espero que no se haya buscado una muñeca de cera a la que llame Emma Harte y esté clavándole alfileres mientras me desea todos los males, como siempre.

Emily también se rió, moviendo la cabeza.

—De verdad, abuela, eres una exagerada. Mamá jamás pensaría algo así. Dudo que haya oído hablar alguna vez del vudú. Además, estoy segura de que está bastante ocupada. Con el francés.

—¡Ah! Así que se ha buscado otro ligue, ¿no? Y esta vez con un francés. Tu madre se está convirtiendo en una especie de Naciones Unidas.

—Sí, abuela. Parece que se ha aficionado a los caballeros

extranjeros. —Emily se balanceó sobre los talones y sus ojos verdes chispeaban de risa. Miraba a su abuela con regocijo, disfrutando de la charla. No había nadie como la abuela cuando se trataba de lanzar una estocada mordaz que llegase hasta el corazón del asunto.

Emma dijo:

—Conociendo a tu madre, no hay duda de que ese individuo tendrá dudosa reputación, así como algún título dudoso. ¿Cómo se llama éste?

—Marc Deboyne. Puede que hayas leído algo sobre él. Siempre aparece en los ecos de sociedad. Y tienes razón sobre su reputación. Aunque no tiene título, ni dudoso ni de ningún tipo.

—Eso es un alivio. Estoy hasta las narices de todos esos condes, príncipes y barones de nombres impronunciables, ideas grandiosas y carteras vacías que tu madre se dedica a recoger. Y con los que, invariablemente, se casa. Así que Deboyne es un playboy, ¿no?

—Yo lo clasificaría de CHC, abuela.

—¿Qué diablos significa eso, querida? —preguntó Emma, levantando las cejas con expresión de asombro.

—Chupóptero Cosmopolita.

Emma se reía a carcajadas.

—Eso es nuevo para mí. Aunque sé lo que significa, necesito que me amplíes la información, por favor, Emily.

—Es un término para hombres con un pasado oscuro, incluso dudoso, con unas aspiraciones que sólo pueden ver cumplidas en otro país. Me refiero a un país que no sea el suyo. Ya sabes, donde no se noten las contradicciones. Podría ser un inglés en París, un ruso en Nueva York o, como en este caso, un franchute en Londres.

Emma puso cara de desagrado.

—Marc Deboyne lleva años pululando por los salones elegantes de Mayfair. Me extraña que haya logrado atrapar a mamá. ¡Es tan *transparente*! La ha tenido que engañar de alguna forma. Personalmente, pienso que apesta.

Emma frunció el entrecejo.

—¿Así que le conoces?

—Sí, y antes que mamá. —Se paró en seco, decidida a no mencionar que Deboyne había intentado conquistarla a ella primero. Eso seguro que molestaría mucho a la abuela. Terminó—: Es horroroso.

Emma suspiró y se preguntó cuánto le costaría éste a su hija. Porque algo le costaría. Ese tipo de hombres siempre salían caros: con frecuencia, emocionalmente; pero siempre económicamente. Pensó con tristeza en el millón de libras que le había dado a Elizabeth el año pasado. Dinero perdido. Probablemente ya había malgastado la mayor parte del mismo. Aunque lo que hiciese aquella mujer insensata con el dinero no era asunto suyo. A ella solamente le interesaba comprar la ausencia de Elizabeth para, de esa manera, proteger a Alexander, a Emily y a las mellizas, que ya tenían quince años. Emma dijo con aspereza:

—Tu madre es imposible. Imposible. ¿Dónde tiene los sesos, por el amor de Dios? No te molestes en contestarme, Emily. A todo esto, por curiosidad, ¿qué le pasó a su último marido? Aquel encantador italiano.

Emily la miró incrédulamente.

—¡Abuela! —chilló—. ¡Qué cambio de opinión! Siempre decías que pensabas que era un *gigoló*. De hecho, eras muy poco amable con él, y estoy segura de que le detestabas.

—He cambiado de opinión —dijo Emma con arrogancia—. Resultó que no era un cazador de fortunas, y se portaba bien con las mellizas. —Se levantó—. Vamos a tomar algo antes de comer. —Tomó a Emily del brazo y cruzaron juntas la habitación. Volvió a preguntar—: ¿Y dónde está Gianni cómo-se-llame?

—Anda por aquí. Ya se fue del piso de mamá, claro. Pero aún está en Londres. Ha encontrado trabajo con algún importador italiano; de antigüedades, creo. Me llama a menudo para preguntarme por Amanda y Francesca. Creo que las quiere mucho.

—Ya veo. —Emma se soltó del brazo de la joven y se sentó en uno de los sofás—. Me apetece una tónica con ginebra en vez del jerez de siempre, Emily. Sírvemela, por favor, querida.

—Sí, abuela. Yo también me tomaré otra. —Con movimientos apresurados, Emily se dirigió a la mesa estilo rey Jorge donde estaban dispuestos botellas y vasos de cristal de Baccarat en una bandeja de plata.

Emma la siguió con la mirada. Con su traje rojo de lana y la blusa lila con volantes, Emily le recordaba a un colibrí irisado, pequeño, inquieto, de plumaje luminoso y lleno de vida. «Es una buena chica —pensó Emma—. Gracias a Dios, no ha salido como su madre.»

Mientras mezclaba diestramente las bebidas, Emily dijo por encima del hombro:

—Hablando de mis hermanastras, ¿vas a dejar que se

queden en el «Harrogate College», abuela?

—De momento. Pero tengo la intención de mandarlas a Suiza en setiempre para que acaben allí sus estudios. Mientras tanto, parecen contentas en el «Harrogate». Comprendo que es por mi proximidad. Las mimo demasiado, dejando que vengan a casa con tanta frecuencia. —Emma hizo una pausa, recordando el alboroto y la preocupación del año anterior, cuando sus nietas más jóvenes le rogaron, con lágrimas en los ojos, que les dejara ir a vivir con ella. Finalmente, Emma sucumbió a la constante presión, aunque su consentimiento fue condicional. Ellas tendrían que ir al colegio que ella designase. Las chicas quedaron entusiasmadas, su madre encantada de haberse librado de ellas y Emma aliviada por haber impedido que aumentase un desagradable contratiempo familiar.

Se recostó en los cojines y dejó escapar un pequeño suspiro.

—De cualquier manera, las haya echado a perder o no, creo que esas dos necesitan un poco de cariño maternal y la oportunidad de vivir una vida familiar normal. Han disfrutado poco de ambas cosas con su madre.

—Eso es verdad —asintió Emily, acercándose con las bebidas a la chimenea—. Me dan un poco de pena. Supongo que Alexander y yo disfrutamos lo mejor de mamá; quiero decir de sus mejores años. Las chicas han pasado malos momentos..., con todos esos maridos. Me da la impresión de que, desde que dejó al padre de las gemelas, mi madre va cuesta abajo. Bueno, ¿y qué le vamos a hacer? —Su voz juvenil se extinguió tristemente. Se encogió de hombros con resignación, todo su ser reflejaba desilusión—. Ni tú puedes hacer nada por *tu* hija, ni yo por *mi* madre, abuela. Nunca cambiará.

Emily miraba a su abuela fijamente, con el rubio ceño fruncido. Dijo con tono consternado:

—El problema de la pobre mamá es que tiene una terrible inseguridad en ella misma, en su apariencia, en su estilo, en su personalidad..., en fin, en casi todo.

—¿Eso piensas? —exclamó Emma, sorprendida por esta afirmación. Se le cambió la cara y, con una sombra de malicia en sus ojos verdes y acerados, dijo con inmensa frialdad—: No me puedo *imaginar* por qué. —Levantó el vaso—. ¡Salud!

—Salud, abuela.

Emma se acomodó en un extremo del largo sofá y, con

los ojos entrecerrados, se fijó en los veintidós atractivos años de Emily. La chica ocupaba un lugar especial en su corazón porque, aparte de ser abierta y sencilla, tenía una personalidad adorable, alegre, jovial y siempre optimista. Era una chica dinámica, llena de entusiasmo por la vida y el trabajo. Aunque la belleza rubia y rosada de Emily tenía la fragilidad de una figura de porcelana de Dresde, esa fragilidad era engañosa, y escondía una extraordinaria energía que tenía el empuje y el poder de un tren expreso a toda máquina. Algunos familiares, especialmente los de Emma, pensaban que Emily era frívola y atolondrada. Eso, en el fondo, divertía a Emma, pues era consciente de que Emily, intencionadamente, quería dar esa impresión. De ninguna manera reflejaba ésta su seriedad e inteligencia. Hacía tiempo que Emma sabía que, en realidad, a sus hijos no les gustaba Emily porque la joven era demasiado enérgica, testaruda y veraz, y eso les resultaba incómodo. Emma había sido testigo de más de una escena en la que la intrépida Emily había hecho temblar a Kit y Robin.

Emma miró al interior de los limpios ojos verdes de la joven, reflejo de lo que fueron los suyos, y vio en ellos una señal de expectación, seguida luego de una sonrisa de seguridad en la boca. Obviamente, Emily estaba segura de que se iba a salir con la suya. «*Oh, Dios mío.*» Respirando profundamente, Emma dijo con una ligera sonrisa:

—Para ser alguien con un problema serio no pareces preocupada, querida. Estás radiante esta mañana.

Emily asintió con la cabeza y admitió:

—No creo que mi problema sea tan serio como dices. Quiero decir que hoy no me lo parece.

—Me alegra oírte decir eso. Parecías tener todas las cargas del mundo sobre tus hombros cuando me llamaste el martes por la mañana.

—¿De verdad? —Emily se rió—. Supongo que veo las cosas mucho más claras estando a tu lado. Quizá porque sé que tú siempre resuelves todos los problemas, y sé que vas a...

Emma la interrumpió con un ademán de silencio.

—Sé, desde hace algún tiempo, que quieres regresar a París para trabajar en el almacén de allí. Eso es lo que quieres discutir, ¿verdad? ¿Es ése tu *problema*?

—Sí, abuela —dijo Emily, con los ojos llenos de impaciencia.

Emma dejó la bebida en la mesita auxiliar y se inclinó

hacia delante, con una repentina expresión de seriedad. Dijo, con tacto:

—Me temo que no puedo dejarte ir a París. Siento decepcionarte, Emily, pero tendrás que quedarte aquí.

La sonrisa de felicidad se desvaneció, la cara se ensombreció.

—Pero, ¿por qué, abuela? —preguntó con voz temblorosa—. Creí que estabas contenta de cómo llevé las cosas en París el verano y otoño pasados.

—Lo estaba. Muy contenta y orgullosa de ti. Mi decisión no tiene nada que ver con tu gestión. Bueno, eso no es estrictamente verdad. He formulado nuevos planes para ti por el modo en que hiciste las cosas allí. —Los ojos de Emma no se apartaban de su nieta mientras le explicaba cuidadosamente—: Planes para tu futuro. El cual, en mi opinión, está en «Harte Enterprises».

—¡«Harte Enterprises»! —exclamó Emily con voz de incredulidad.

Se quedó inmóvil en el sofá, mirando pasmada a su abuela.

—¿Y dónde encajaría ahí? Alexander, Sarah y Jonathan trabajan para esa empresa, ¡y yo sería como una rueda de recambio! Una pieza de adorno sin nada que hacer. Además, siempre he trabajado para ti. En los almacenes. Me gusta el comercio, y lo sabes, abuela. Odiaría, de verdad, odiaría y detestaría que me metiesen en esa organización. —Emily protestaba con ardor desacostumbrado, sofocándose intensamente. Continuó agitada—: Hablo sinceramente. Siempre has dicho que es importante que a uno le guste su trabajo. A mí no me gustaría trabajar en «Harte Enterprises». ¡Por favor!, deja que me vaya a París. Me gustan los almacenes de allí, y quiero seguir colaborando contigo en la tarea de estabilizar su funcionamiento. ¡Por favor, por favor, abuela! Me sentiré muy desdichada si no me lo permites —gimió con voz tan consternada como su cara. Tenía las manos fuertemente apretadas en el regazo.

Emma hizo un chasquido de irritación y movió la cabeza con gesto de reprobación.

—Bueno, bueno, Emily, no seas tan dramática —exclamó con desacostumbrada frialdad—. Y deja de intentar embaucarme. Me sé todas tus zalamerías. Algunas veces funcionan, pero hoy me siento totalmente insensible. Y, a propósito, los almacenes de París ya *funcionan* con normalidad gracias, en no poca medida, a ti. Así que allí ya no te precisan. Francamente, te necesito aquí.

Esta declaración, aunque pronunciada con suavidad, hizo que Emily se enderezase y pusiese una mueca de sorpresa.

—¿Me necesitas, abuela? ¿Para qué? ¿Qué quieres decir? —Los ojos de Emily se agrandaron, llenos de preocupación. Se preguntó si su abuela tendría algún grave problema en «Harte Enterprises». Poco probable. ¿Su salud? Tampoco parecía eso. Pero, obviamente, algo iba mal—. ¿Ocurre algo malo? —preguntó, expresando su creciente ansiedad y desapareciendo de su cabeza todo lo referente a París.

—No pasa nada *malo*, querida —dijo Emma con una amplia sonrisa, consciente de la preocupación de la chica—. Antes de que te explique las razones para retenerte aquí, me gustaría aclarar lo que he dicho sobre tu futuro. Naturalmente, me doy cuenta de que te gusta trabajar en los almacenes, pero no llegarás muy lejos en los «Harte». Hoy por hoy, Paula y tu tío David tienen el verdadero poder, y Paula heredará algún día todas mis acciones. Paula aprecia tus aptitudes, y le encantaría que te quedases a su lado, pero siempre serías una asalariada, Emily, sin intereses finnacieros de ningún tipo. Yo...

—Lo sé —intervino Emily—. Pero...

—No me interrumpas —le dijo Emma bruscamente—. Como sabes, desde la primavera pasada, te he dejado el dieciséis por ciento de «Harte Enterprises», y eso significa un interés muy alto, pues la empresa es muy rica. Y sólida. En mi opinión, tan sólida como el Banco de Inglaterra. Tu bienestar y futura seguridad residen en las acciones de «Harte Enterprises», y creo, desde hace mucho tiempo, que debes participar en su gestión. Después de todo, algún día te pertenecerá en parte.

Emma se dio cuenta de la expresión de seriedad que adoptaba la cara de Emily y alargó el brazo, a través de la mesa, para estrecharle el brazo con afecto.

—No estés tan afligida. Eso no implica que no tenga confianza en tu hermano. Tendrías que saber eso. Alexander dirigirá y cuidará «Harte Enterprises» con toda su capacidad y habilidad, y con gran devoción, de eso estoy segura. De cualquier forma, quiero que tú participes también, junto con Sandy y tus primos. De verdad, creo que debes plasmar esa considerable energía tuya y tus muchos talentos en la compañía en la que tienes tantos intereses y de la que obtendrás tantos beneficios.

Emily permanecía en silencio, reflexionando sobre las

palabras de Emma. Tras una pausa bastante larga, dijo lentamente:

—Sí, sé a lo que te refieres, y sé también que te tomas en serio mis intereses, pero no hay nada en la empresa que me atraiga. A Sarah siempre le ha gustado llevar la sección de ropa, y se ofendería si me metieses con ella. En cuanto a Jonathan, se pondría hecho una furia si me viera trabajando con él. Cree que la inmobiliaria es su pequeño reino, suyo y de nadie más, y se rebelaría si me pusiera a husmear por allí. Así que, ¿qué haría en «H. E.»? De lo único que entiendo es de la venta al por menor. —Con voz titubeante, pues estaba al borde las lágrimas, apartó la vista y miró por la ventana con expresión sombría.

La perspectiva de dejar la cadena de almacenes «Harte» y a Paula, a quien adoraba, la angustiaba y deprimía. Y tendría que dejarla. Eso, tenía el buen sentido de reconocer, ya había sido decidido. No se le preguntaba su opinión. Se le *decía* lo que tenía que hacer, lo que se esperaba de ella, y la autoridad de su abuela era inquebrantable, además, Emma tenía ahora esa mirada fría y endurecida, una mirada que todo el mundo conocía, que no dejaba nada a la imaginación. Decía, en un lenguaje claro, que Emma Harte, a pesar de todo, se saldría con la suya. Emily sentía el empuje de las lágrimas mientras consideraba su triste futuro. Mortificada, parpadeaba para retenerlas, luchando por controlar su debilidad. Las lágrimas, las emociones y cualquier otro signo de debilidad en los negocios le resultaban odiosos a su abuela.

Emma observaba atentamente a la joven, y advirtió lo triste y contrariada que se ponía. Inmediatamente, comprendió que debía aliviar sus preocupaciones. Adoptando su actitud más conciliadora, dijo:

—No te lo tomes así, querida. No es ni la mitad de malo de lo que te imaginas. Y, sinceramente, que no tengo la intención de ponerte en ninguno de los departamentos que llevan tus primos. Eso no sería justo. Ni estoy considerando hacerte la ayudante de Sandy, si es que eso ha pasado ya por tu cabecita despierta. No, no es nada parecido. Cuando dije que te necesitaba aquí, me refería a *aquí*. A Yorkshire. Me gustaría que trabajases en la «General Retail Trading» y aprendieras todo lo que hay que saber sobre esa división de «Harte Enterprises». ¿Sabes, Emily? Quiero que, con el tiempo, la dirijas en mi lugar.

Por un momento, Emily creyó que no había oído bien.

Se quedó muda de sorpresa. Miró boquiabierta a su abuela y, luego, sacó fuerzas para decir:

—¿Hablas en serio?

—De verdad, Emily, ésa es una pregunta tonta. ¿crees sinceramente que yo bromearía sobre mis negocios?

—No, abuela —Emily se mordió el labio, tratando de digerir las palabras de Emma. La «General Retail Trading Company», conocida en la familia como la «Genret», era uno de los bienes más importantes y rentables de la «Harte Enterprises». A la vez que las implicaciones del anuncio de su abuela tomaban forma en su mente, se vio asaltada por un torbellino de emociones: se sintió adulada, confundida, preocupada y asustada al mismo tiempo. Pero todos estos sentimientos quedaron casi instantáneamente ensombrecidos por un total desconcierto.

Incorporándose bruscamente hacia delante, preguntó con voz confundida:

—Pero, ¿por qué me necesitas? Tienes a Leonard Harvey. Lleva años dirigiendo la «Genred», y de forma brillante. O, al menos, eso decías tú.

—Y lo decía de verdad. —Emma cogió su bebida, le dio un sorbo y se quedó sentada, acariciando el vaso entre las manos—. De todos modos, Len me recordó hace algunas semanas que se jubilaría dentro de tres años. Creía que se quedaría, pero insiste en marcharse cuando llegue la hora. quiere tener la oportunidad de disfrutar de la vida, de hacer las pocas cosas que siempre quiso hacer, como, por ejemplo, emprender un viaje alrededor del mundo. —Emma esbozó una sonrisa—. Ese hombre lleva más de treinta y cinco años trabajando para mí, y excepto por sus vacaciones anuales, no recuerdo que se haya tomado un día libre. Naturalmente, no me queda otra alternativa que acceder, aunque de mala gana.

Emma dejó la bebida en la mesita, se levantó y se puso de espaldas a la chimenea. Miró a Emily y continuó serenamente:

—Len mencionó lo de su jubilación porque creyó que era el momento de que yo empezase a pensar en su sucesor. Instantáneamente pensé que ésa sería la salida perfecta para ti. Llevaba meses estrujándome los sesos, preguntándome cómo situarte en «Harte Enterprises», pensando en algo que te gustase. Creo que lo he encontrado, Emily, y también estoy convencida de que «Genret» se beneficiará mucho de tu talento.

Emily no dijo nada. Ella, que siempre tenía una opinión para todo y que no sentía ningún reparo en expresarla, se había quedado completamente muda.

Emma esperaba, allí, de pie, dándole a Emily la oportunidad de recobrar el aliento y ordenar sus pensamientos. Comprendía perfectamente la reticencia sin precedente de la chica. Había lanzado una bomba sobre ella. Pero, al prolongarse el silencio, Emma, siempre con prisas a la hora de solucionar un asunto, dijo con tono perentorio:

—Necesito que empieces a trabajar en «Genret» inmediatamente. Len quiere comenzar de una vez su programa de preparación. Tres años pueden parecerte mucho tiempo, pero en realidad no lo son. «Genret» es una empresa grande, y tienes mucho que aprender y comprender. Así que, ¿qué dices?

Emily permanecía callada y Emma la miró impaciente, frunciendo el entrecejo.

—¡Vamos, querida! Debes de tener algo que decir. No me creo que el gato se te haya comido la lengua.

Recomponiéndose, Emily miró a su abuela con una sonrisa dubitativa.

—¿Estás segura? ¿Quieres que me vaya a «Genret»?

—Si hubiese tenido alguna duda, no lo habría sugerido —replicó Emma, malhumorada.

—¿Y qué hay del grupo de «Genret»? —preguntó Emily con rapidez—. Quiero decir, ¿lo aceptarán? ¿Me aceptarán?

—*Yo soy* «Genret», Emily. ¿Lo has olvidado?

—No, no, por supuesto, no lo he olvidado, abuela. Me refería a si Len y el equipo de dirección me aceptarán. Ya sé que puedes nombrar a quien tú quieras, ya que es tu empresa, pero seguro que Len tiene un protegido, alguien que él quiere que siga sus pasos, que conoce el funcionamiento interior de «Genret».

—No lo tiene. Es más, piensa que tú eres la elección ideal. Y no trata de complacerme. Len es demasiado listo y sincero como para caer en esa trampa. Y, aunque se da cuenta de que a mí me gustaría tener a alguien de la familia en «Genret» cuando él se vaya, si viese que no había en ella un candidato adecuado me lo diría sin rodeos. Insistiría en que buscásemos fuera de la familia. Pero da la casualidad de que piensa que eres la persona ideal para dirigir toda la compañía de distribución. Y por muchas razones, todas ellas excelentes. Tu experiencia en los almacenes, tus considerables conocimientos en las ventas al por menor, sin mencionar la comercialización, además de tus aptitudes naturales para los negocios. Que seas mi nieta es sólo un hecho fortuito. No me ha influido ni una pizca. Eso te lo puedo asegurar. Además, eres lista, Emily, y has aprendido mucho en estos últimos cinco años.

—Me alegro de tener el voto de confianza de Len, además del tuyo, abuela. —Emily empezó a relajarse y, a medida que desaparecía su depresión, descubría que le animaba el repentino giro que tomaban los acontecimientos. Preguntó—: ¿Y Alexander? ¿Lo has comentado con él?

—Naturalmente. Piensa que lo harás estupendamente.

—¿Qué dice Paula?

—También está encantada. Va a echarte de menos en los almacenes, pero reconoce la sensatez de mis planes.

—¡Entonces, está decidido! —dijo Emily sonriendo, dejando que su entusiasmo natural aflorara—. «Genret» es una gran responsabilidad, pero, ahora que me he repuesto de mi sorpresa, estoy deseando comenzar, de verdad. Trabajaré con ahínco, y lo haré lo mejor que pueda para no decepcionarte.

—Estoy convencida, querida. —Emma le devolvió la sonrisa, contenta de poder presenciar la ilusión e impaciencia de Emily. No es que hubiese tenido dudas de que no fuese a aceptar su oferta. Emily era demasiado lista como para decepcionarla o dejar pasar la oportunidad de dirigir una de las divisiones de la compañía. Además, a Emily le encantaban los retos. Este último pensamiento hizo que Emma añadiese—: Estoy segura de que esta nueva aventura te gustará tanto como tu estancia en París el año pasado. Va a ser un desafío igual, pero mucho más remunerador.

—Sí, lo sé. —Emily recordó su primer arrebato, y se sonrojó avergonzada. Con aspecto desolado, se excusó—: Siento haberme comportado como una niña cuando has dicho que no podía regresar a París, abuela. Ha sido una tontería.

—Lo comprendo. Estabas desilusionada. De cualquier modo, tendrás que viajar a París con «Genret» a menudo, y harás también viajes alrededor del mundo. Eso es algo a tener en cuenta, Emily.

—Sí, abuela. Gracias por la fe que tienes en mí y por esta oportunidad maravillosa. —Emily dio un salto y abrazó con cariño a Emma. Riéndose alegre, dijo—: ¡Abuela, eres estupenda! Haces que todo sea posible y alcanzable.

Y también excitante. ¿Sabes? Me muero de ganas de entrar en las oficinas de «Genret» en Leeds y empezar a trabajar con Len inmediatamente.

—Len y «Genret» se las han arreglado sin ti hasta ahora, Emily. Así que pienso que sobrevivirán unos pocos días más —contestó Emma con la boca contraída por una sonrisa oculta—. Mientras tanto, tengo una idea mucho mejor. Creo que deberías bajar conmigo a comer. No sé tú, pero yo estoy muerta de hambre.

CAPÍTULO V

Emma tomaba una taza de café sentada a la mesa del espléndido comedor neoclásico, sonriendo y asintiendo ocasionalmente, disfrutando de la alegría de vivir y el bullicioso entusiasmo de Emily. Antes, durante la comida, Emily la había bombardeado con preguntas sobre «Genret». Todas habían sido oportunas y hechas no sin cierta perspicacia, cosa que agradó mucho a Emma.

Ahora, Emily, que ya tenía veintidós años, la entretenía con pequeños chismorreos sobre la familia y, como siempre, Emma encontraba muy graciosos sus expresivos comentarios. A menudo, Robin y Kit eran el objetivo de sus críticas mordaces, y ya se las había arreglado para lanzarles algunas puyas agudas.

Pero hasta ahí llegaba su sarcasmo, pues nunca hacía comentarios severos o descorteses sobre nadie. Aunque Emily resultaba bastante charlatana, no era malintencionada ni tampoco una cotilla ni una metomentodo. De hecho, era todo menos eso, y Emma sabía muy bien que la afición de su nieta por la cháchara era bastante inocente, especialmente sabiéndose la única confidente de la chica. Para gran alivio de Emma, Emily no sólo se mostraba discreta con los otros miembros de la familia, sino también extremadamente cauta, y ni Paula ni Alexander, con quienes intimaba mucho, eran excepciones a esta regla.

De forma inesperada, Emily dejó a un lado el tema de la familia y empezó a describir con entusiasmo los vestidos que las mellizas quinceañeras llevarían el día siguiente. Recientemente, Emily había asumido el papel de hermana mayor responsable con Amanda y Francesca, y Emma le había encargado que eligiera su ropa y cuidase de detalles similares.

Pero no pasó mucho tiempo antes de que Emma dejase de prestar atención, siempre preocupada por los negocios y, en particular, por la entrevista de Paula con los Cross. No podía evitar cavilar acerca del resultado, y de preguntarse cómo le habría ido. Si las negociaciones habían dado resultado positivo, le esperaba gran cantidad de trabajo. No es que eso preocupase mucho a Emma. Siempre se crecía ante los trabajos difíciles y duros, y Paula había trazado planes infalibles para el proceso de la toma de posesión de la nueva compañía.

Emma y Paula querían la «Aire Communications» por sus tres bienes más importantes: su sección de Prensa, las emisoras locales de radio y el edificio grande y moderno de Headrow. Siguiendo el consejo de Paula, tenía la intención de hacer de la «Aire Communications» una filial de la «Yorkshire Consolidated Newspaper Company». Una vez hubiese instalado a toda la plantilla de «Aire» en las oficinas del *Morning Gazette* de Yorkshire —su periódico de Leeds— vendería el edificio de «Aire Communications». Eso le permitiría acabar con el futuro tambaleante de «Aire» y, al mismo tiempo, recuperaría buena parte del precio de compra, posiblemente la mitad de los dos millones de libras invertidas. «Sí, ese edificio vale por lo menos un millón —reflexionó Emma—, aunque Jonathan diga lo contrario.»

Tendría que mantener una pequeña conversación con su nieto mañana, una conversación muy seria. Se estaba retrasando con su segunda valoración del inmovilizado de «Aire». Hacía tres días que se lo había pedido, y él aún no le había respondido. Una vez más, con la boca contraída, se preguntó por qué.

—¡Abuela, no me estás escuchando! —Emily le tiraba del brazo con impaciencia.

—¡Lo siento, querida! Decías que había elegido para las mellizas vestidos y abrigos azul marino. Estoy segura de que son preciosos, tienes tan buen...

—¡Por Dios, abuela, eso ha sido hace cinco minutos! —interrumpió Emily—. Ya estaba hablando de otra cosa. De tía Edwina, exactamente.

—¿Por qué diablos te interesa ella tanto de repente?

—No me interesa tanto. Creo que es una persona desabrida y una aburrida insoportable —dijo Emily con su habitual tono categórico—. De cualquier forma, estoy segura de que nos espera una buena con ella este fin de semana. Apuesto a que nos va a largar el rollo.

—¿Por qué? —preguntó Emma con tono de ligero desconcierto.

—Con lo del divorcio —dijo Emily escuetamente.

Esta respuesta hizo que Emma se incorporase en la silla y mirase a Emily con severidad.

—Así que ya has oído hablar de *eso*, ¿no? —La sorpresa cedió inmediatamente al humor, y Emma farfulló—: ¿Hay algo que *no* sepas de nuestra familia?

—No mucho —dijo Emily sonriéndole—. Pero no fisgoneo, abuela. Tú lo sabes. Es que todo el mundo me cuenta cosas. Debe de ser por mi carácter comprensivo. —Sonrió abiertamente—. Y, luego, yo te lo digo a ti. Aunque nunca los secretos. No desvelo los secretos. Nunca.

—Espero que no, querida. Recuerda lo que he dicho siempre..., discreción y perspicacia. Bueno, ¿quién te mencionó lo del divorcio de Anthony?

—Jim. Vino a verme el fin de semana pasado. Quería mi opinión, mi consejo en realidad, sobre un asunto. De pasada, habló acerca del divorcio. Fue tía Edwina quien se lo dijo. Por lo visto, está muy disgustada..., el escándalo que mancha el nombre sagrado de los Dunvale y todas esas idioteces ridículas. Como si a alguien le importase el divorcio hoy día. Pero estará machacando el asunto durante los próximos días, acuérdate de lo que te digo.

—Lo dudo, pues también Anthony estará aquí. De hecho, ya está aquí.

—¿En esta casa? —Ahora le tocaba a Emily estar sorprendida.

—No. Está con tu tío Randolph, en Middleham. En realidad, se va a quedar allí toda la semana que viene. —Un brillo travieso iluminó los ojos de Emma, y no pudo resistir bromear un poco—: Obviamente, hay algunas cosas que no sabes, Emily. Nuestro joven conde se queda con los Harte porque está cortejando a Sally. Cortejándola de verdad. —Emma no pudo contener la risa al observar la expresión de la cara de Emily.

Emily estaba tan pasmada con estas noticias que se quedó boquiabierta. Pero en menos de un segundo se rehízo y espetó:

—¡Y apuesto a que tía Edwina tampoco lo sabe! De lo contrario, hubiese desbaratado esas relaciones hace siglos. Y todavía lo intentará.

—No puede hacer nada —dijo Emma con brusquedad y el semblante serio—. Anthony no solamente es mayor de edad, sino que tiene ya treinta años. No tiene que dar cuentas de ese asunto ni a su madre ni a nadie, y así se lo dije anoche. Tiene mi consentimiento. Francamente, me alegro mucho de que se vaya a casar con Sally. Es una chica estupenda, y encantadora. En mi opinión, hacen una pareja perfecta.

—Yo también opino que Sally es encantadora. Pero no soy imparcial. Y Edwina tampoco va a ser imparcial, pero en sentido contrario, —Emily se detuvo en su frase, pensando en la posible reacción violenta de su abuela, y dijo nerviosa—: ¡Dios mío! Me muero por ver la cara que pondrá tía Edwina cuando descubra que tiene alguna relación con Sally Harte. Se va a poner como una loca, abuela. ¡Tiene tales ideas de grandeza! Y, después de todo, hace sólo una generación que la familia de Sally salió de la clase obrera.

—¿Y qué crees que es Edwina?

—Una condesa. —Emily rió divertida—. ¡Y también una Fairley! Nunca ha sido la misma desde que descubrió que su padre era Sir Edwin Fairley, nada menos que un abogado de prestigio. Ahora es incluso más esnob de lo que era antes. Es una pena que le contases lo de ti y el viejo Edwin, abuela.

—Me inclino a darte la razón.

Emma torció la cabeza, miró por la ventana y centró sus pensamientos en su nieto mayor, el hijo de su primogénita. Anthony Standish era el único hijo del matrimonio de Edwina con el conde de Dunvale y, como tal, era toda su vida. Como Emma vivió separada de Edwina durante años, no llegó a conocer realmente a Anthony hasta que tuvo dieciocho años. Eso fue en 1951, cuando su hermano Winston intentó una reconciliación entre ella y su hija. «Algo parecido a una paz armada —se dijo Emma—, pero, al menos, el chico y yo nos cogimos simpatía y, afortunadamente, seguimos apreciándonos todavía.» Le gustaba mucho Anthony, quien, a pesar de su carácter reservado y sus modales tranquilos, tenía una fuerza interior y consistencia mental que Emma reconoció instantáneamente y aplaudió en secreto. A la muerte de su padre, heredó su título y tierras en

Irlanda. Durante la mayor parte del tiempo vivía en «Clonloughlin», su propiedad de County Cork, pero si tenía ocasión de ir a Inglaterra, no dejaba pasar la oportunidad. Fue en uno de esos viajes a Yorkshire cuando se quedó prendado de Sally, la nieta de Winston, que era su prima. Según Anthony, se habían enamorado instantáneamente.

—Fue como un rayo, abuela —le había confiado él tímidamente anoche—, y tan pronto como solucione mi divorcio de Min, tengo la intención de casarme con Sally.

Emma, encantada con la noticia, le hizo saber su satisfacción y le aseguró su apoyo.

Emma giró en su sillón y miró a Emily:

—Yo no me preocuparía por Anthony. Sabe cuidarse solo. Le dije que no ocultase por más tiempo sus relaciones con Sally —es decir, a su madre— y que se comportase con naturalidad en el bautizo. Más vale que saquemos esto a la luz de una vez por todas.

—Edwina armará un follón, abuela. Un escándalo, y grande —le previno Emily mirando al techo.

—Si sabe lo que le conviene no lo hará —le contestó Emma con voz amenazadoramente suave—. Bueno, a otra cosa. Dijiste que Jim quería tu consejo. ¿Sobre qué?

—Sobre el regalo que ha comprado a Paula. Es un collar de perlas, y no estaba seguro de que le gustase. Pero a mí me pareció precioso y le dije que le encantaría.

—Eso está bien. —Emma miró su reloj con impaciencia—. Me tomaré otra taza de café y luego tengo que atender un poco de papeleo hasta que llegue Paula.

—Te traeré el café —se ofreció Emily cogiendo su taza, y se dirigió hacia el aparador. Al regresar con ella, señaló—: Cené con T. B. cuando estuve en Londres el martes. Te manda recuerdos.

La cara de Emma se suavizó visiblemente. Siempre se había interesado por Tony Barkstone, el primer marido de Elizabeth y padre de Emily y Alexander. Seguían siendo buenos amigos a pesar de los años. Con una cálida sonrisa, preguntó:

—¿Cómo está?

—En buena forma. Tan encantador como siempre, y parece feliz. No, *satisfecho* sería una palabra mejor. O quizá *resignado* sea incluso más exacta. Sí, eso es. Está resignado. —Emily suspiró pesadamente.

Y con demasiado dramatismo, en opinión de Emma. Pero Emily era una chica romántica y Emma sabía que, desde hacía tiempo, Emily abrigaba el deseo de que sus padres volvieran a unirse. En opinión de Emma, ése era un acontecimiento poco probable. Mirando pensativa a Emily, Emma levantó curiosamente una ceja y murmuró:

—*Resignado* es una palabra peculiar hablando de tu padre, ¿verdad, querida?

—No lo creas. Opino que T. B. está resignado... con su nueva familia. Pero creo también que mi padre no ha sido feliz desde que se separó de mamá. Si te digo la verdad, abuela, creo que todavía la ama. —Emily hablaba en tono apasionado. Miró a Emma con ojos profundos y sabedores.

—¡Huy!

—Bueno, ella era su gran pasión, eso lo sé seguro, me lo dijo él una vez. Creo que sigue enamorado y no es correspondido.

—Eso es un poco improbable. Están divorciados desde hace siglos.

—Incluso así, puede que siga unido a ella emocionalmente. —Emily inclinó su rubia cabellera y arrugó la nariz—. El amor sin corresponder y todo eso. ¿Por qué eres tan escéptica, abuela? ¿No lo crees posible?

—Posible, pero no muy práctico. Estoy segura de que tu padre tiene suficiente sentido común como para no seguir suspirando por Elizabeth. Ya quiso retenerla hace años.

—Espero que tengas razón. Estar enamorado de alguien que no te corresponde es muy poco gratificante, por no decir doloroso. Como has dicho, muy poco práctico a la larga. —Con una expresión lejana en sus grandes ojos verdes, Emily dijo casi inaudiblemente—: Si Sarah se diese cuenta de eso...

Aunque lo dijo en voz baja, Emma la oyó. Dejó la taza de café bruscamente y miró a Emily boquiabierta.

—¿*Nuestra* Sarah? ¿Está enamorada de alguien que no la ama?

—¡Cielo santo, abuela! No debería haber mencionado a Sarah. No es asunto mío —murmuró Emily, enrojeciendo contrariada—. Por favor, no le digas nada. Se disgustaría muchísimo.

—Por supuesto que no diré nada. Nunca lo hago, ¿verdad? ¿De quién está enamorada sin ser correspondida? Eso es lo que querías decir, ¿no?

Emily dudó. De repente, tuvo intención de mentir. Pero nunca, en toda su vida, había mentido a su abuela. A pesar de todo, quizás en esta ocasión tuviese que decir una mentira inocente.

Emma presionaba:

—¿Quién es?

Hubo un momento de silencio. Emily tragó saliva y, sabiéndose atrapada, murmuró:

—Shane.

—¡Que me aspen! —Emma se echó hacia atrás y fijó sus ojos verdes y penetrantes en su nieta—. Bueno, bueno, bueno —dijo mientras una lenta sonrisa cruzaba su cara.

Emily se puso rígida en la silla y, con los ojos muy abiertos, gritó:

—¡Oh, abuela, no pongas esa cara! ¡Por favor, no la pongas!

—¿Y qué cara estoy poniendo?

—De satisfacción, y conspiradora. Ya sé que tú y el tío Blackie siempre habéis tenido la esperanza de que una de nosotras, o de las Harte, se casase con Shane O'Neill y uniese nuestras familias. Pero no le interesamos ninguna, excepto... —Emily se tragó el resto de la frase, deseando haberse tragado también la lengua. Esta vez había dicho demasiado. Se levantó de un salto y se dirigió al aparador estilo Hepplewhite y se acercó al frutero—. Creo que me comeré un plátano —dijo, aparentando indiferencia—. ¿Quieres uno tú también, abuela?

—Desde luego que no; muchas gracias. —Emma torció la cabeza y estudió a su nieta por la espalda—. ¿Excepto *quién*, Emily?

—Nadie, abuela. —Emily se preguntaba cómo salir del atolladero sin levantar más sospechas. Se acercó a la silla con lentitud, se dejó caer pesadamente y, con la cabeza inclinada, empezó a pelar el plátano con cuchillo y tenedor.

Emma la miró, sabiendo que Emily evitaba su mirada. Y la respuesta.

—Sé que estabas a punto de decirme por quién se interesa Shane, Emily. Si alguien lo sabe, eres tú. —Se rió ligeramente, intentando parecer intrascendente—. Siempre has sido mi fuente de información sobre las cosas de la familia. Y de *fuera* de ella también. Así que venga, acaba la frase.

Emily, que seguía mondando el plátano con infinito cuidado, levantó la cabeza. Su cara era la personificación de la inocencia al decir:

—En realidad, no iba a revelar nada, de verdad que no.

No soy la confidente de Shane..., no sé nada de su vida amorosa. Lo que iba a decir antes es que sólo le interesamos para una noche.

—¿Qué dices, Emily?

—Lo siento. —Emily bajó la vista, luego miró tímidamente a Emma a través de sus largas pestañas—. ¿Te he asustado, abuela?

—A mi edad soy bastante resistente, hija mía —respondió Emma ásperamente—, pero me ha sorprendido oír tu comentario sobre Shane. No ha sido muy amable. En realidad, es extremadamente descortés. —Un nuevo pensamiento cruzó por la cabeza de Emma, y dirigió a su nieta una mirada fiera—: ¿No te habrá sugerido algo así?

—No, no, por supuesto que no —dijo Emily con firmeza, casi interrumpiendo a Emma, y luego aclaró su anterior observación sobre Shane—. Es sólo un presentimiento que tengo —murmuró, odiándose por hablar mal de Shane, que era la mejor persona que se podía imaginar—. No quería dañar a nadie, abuela, de verdad que no. Además, ¿quién puede culparle de ser un conquistador cuando las mujeres se postran de rodillas ante él? No es culpa suya.

—Cierto —reconoció Emma—. Pero, volviendo a Sarah, espero que su encaprichamiento pase pronto. No puedo soportar la idea de que sea infeliz. ¿Cómo se siente en realidad, querida?

—No lo sé, abuela —respondió Emily con toda sinceridad—. Solamente hablamos de Shane una vez, hace tiempo, y creo que se ha arrepentido de hacerlo. Pero sé que está chocha por él, por lo que observo yo misma. Siempre se ruboriza cuando sale su nombre a relucir, y se queda medio atontada cuando él está cerca. —Emily dirigió a su abuela una mirada directa y cándida, y añadió—: No, nunca dirá nada a nadie acerca de sus sentimientos. Sarah es demasiado reservada como para tener un confidente.

Este último comentario sorprendió más a Emma, pero decidió no pararse a pensar en ello por el momento. Consciente de la expresión contrariada de la chica, se apresuró a decir:

—No tienes por qué ser aprensiva conmigo, querida. No tengas miedo. No le diré nada de Shane a Sarah. Jamás se me ocurriría turbarla. Y entrará en razón, si no lo ha hecho ya. —Los ojos de Emma se posaron en el jarrón del centro de la mesa, lleno de jacintos primaverales, mientras rumiaba todo lo que había oído. Levantando la cabeza, sonrió a Emily con bondad—. No quiero que pienses que pongo en duda tus facultades de observación o tu juicio, pero, a veces, eres demasiado imaginativa. Podrías estar equivocada respecto a Sarah. Quizás, a estas alturas y en vista de su falta de interés, ya le haya olvidado. Esa chica tiene los pies en el suelo, y tú lo sabes.

—Sí, abuela —dijo Emily, aunque no estaba de acuerdo con la opinión de Emma. Puede que Sarah tuviera los pies en el suelo, pero la cabeza la tenía en las nubes. Emily se mordió los labios y deseó más fervientemente que nunca no haber mencionado a Sarah. Había sido un fallo terrible haberse embarcado en semejante conversación con su astuta abuela. El problema es que lo hacía constantemente. Emma había sido la persona más importante y dominante de su niñez, y el confiarle todo era un hábito infantil que le resultaba difícil, si no imposible, de romper. Pero Emily agradecía una cosa: haberse dominado justo a tiempo, habérselas ingeniado para no revelarle a la abuela la verdad sobre Shane, a quien adoraba como si fuese uno de los suyos.

Al darse cuenta de que le había protegido, Emily se sintió mejor, ya que admiraba y apreciaba al nieto de Blackie. Sonrió mientras jugueteaba con el plátano y se felicitó a sí misma. Por una vez había sido inteligente, había esquivado con habilidad el interrogatorio de la abuela. Y, afortunadamente, el secreto de Shane O'Neill estaba a salvo. Con ella siempre estaría a salvo. «¡Pobre Shane! —pensó con una punzada de tristeza—, ¡qué carga tan terrible está obligado a llevar!» Ahogando un suspiro, Emily dijo finalmente:

—Ya no quiero más —y empujó el plato del postre haciendo una mueca.

Emma, deseando acabar el almuerzo, asintió con rapidez y dijo:

—Es mejor que regrese a mi despacho. ¿Qué planes tienes para esta tarde? Has acabado en el almacén de Harrowgate, ¿verdad?

—Sí, abuela. He terminado los inventarios que querías y ya he elegido la ropa para las rebajas —explicó Emily, aliviada porque, en apariencia, Emma se había olvidado de Shane y Sarah Lowther—. Voy a quedarme un rato en mi habitación. Cuando llegué, Hilda le dijo a una de las sirvientas que deshiciera mis maletas, pero prefiero arreglar mis cosas personalmente.

—¿Maletas, en plural, Emily? ¿Cuántas has traído?

—Diez, abuela.

—¿Para el fin de semana?

Emily se aclaró la garganta y le dirigió a su abuela una de sus miradas más persuasivas y conspiradoras.

—No exactamente. Pensé que podría pasar una temporada contigo, si es que no te molesta. ¿Verdad que no te importa?

—Bueno, supongo que no —contestó Emma lentamente, preguntándose a qué venía aquella inesperada decisión de Emily—. ¿Qué ha pasado con tu piso en Headingley? —le preguntó un poco extrañada.

—Quiero deshacerme de él. De hecho, lo decidí hace algún tiempo. Quiero venderlo, o mejor, que le digas a Jonathan que lo haga. Sea como fuere, anoche metí en las maletas muchos trajes y cosas, pues estaba convencida de que me mandarías a París la semana que viene. Ahora que no me voy, podría quedarme aquí, en «Pennistone Royal». Te haré compañía, abuela. No estarás tan sola.

«No estoy sola», pensó Emma, pero dijo:

—Puede que sea un poco torpe, pero en noviembre, cuando te compré el piso, parecías entusiasmada. ¿Es que ya no te gusta, Emily?

—Es un piso muy bonito, de verdad, pero..., bueno, abuelita, para ser sincera, te diré que me sentía un poco sola. Es mucho mejor que me quede aquí. Contigo. —Emily lució otra vez su sonrisa seductora—. Por una razón: porque es más divertido. E interesante.

—Personalmente, creo que es un poco aburrido. Bastante aburrido —murmuró Emma, levantándose y dirigiéndose hacia la puerta. Dijo por encima del hombro—: Pero por supuesto que puedes quedarte. —Y esperó haber parecido natural. «Primero, las mellizas, y ahora, Emily —suspiró—. De repente, todos vienen a mí. Justo ahora que, por una vez en mi vida, creí que iba a disfrutar de un poco de paz y tranquilidad.»

Mientras atravesaba con rapidez el recibidor y subía las escaleras, con Emily a sus talones, Emma pensó otra cosa: Puede que aceptase la proposición de Blackie.

Paula hablaba y Emma escuchaba.

Estaban sentadas frente a frente en el salón-recibidor del piso de arriba, separadas por el juego de té de plata estilo rey Jorge que Hilda había traído pocos minutos después de que Paula llegase.

Emma sirvió té para las dos, pero ella apenas si había tocado su taza. Estaba sentada en el sofá, tan rígida que parecía de piedra con esa familiar máscara de inescrutabilidad en el rostro mientras se concentraba en las palabras de Paula y las absorbía una a una.

Paula hablaba con claridad, relatando su reunión en «Aire Communications» con precisión, describiendo el más íntimo detalle, y su narración resultaba tan descriptiva y gráfica, que Emma se sentía como si hubiese estado allí presente. Sintió varios arrebatos de ira y disgusto, pero no parpadeó ni una vez, ningún músculo de su cara muda e impenetrable se movió, y no interrumpió el torrente de palabras en ningún momento.

Mucho antes de que Paula contase la escena final en la sala de juntas, el pensamiento de Emma, ágil y astuto, se adelantó. Supo, sin que tuvieran que decírselo, que John Cross se había echado atrás en el trato. Por un momento, se sorprendió tanto como Paula, pero pasada esta reacción, se dio cuenta de que no le sorprendía en absoluto. Y llegó a la conclusión de que conocía a John Cross mejor de lo que había creído. Hacía años que sabía lo que era: un egocéntrico henchido de autoestima, un estúpido lleno de inconmensurables debilidades. A estas alturas estaba al borde de la ruina, actuando bajo el miedo y la desesperación, movido por un pánico creciente, y capaz de hacer cualquier cosa. Incluso algo deshonroso, ya que, en apariencia, era un hombre sin escrúpulos. Y luego estaba ese sinvergüenza de su hijo, que le azuzaba. «Una bonita pareja», pensó con desdén.

Paula llegó al final de su historia y acabó con un pequeño suspiro de pesar.

—Y eso es todo, abuela. Siento que acabase en desastre. Hice lo que pude. Más de lo que pude.

—Estoy segura —dijo Emma mirándola a la cara, orgullosa de ella, pensando cuánto había progresado. Hace un año, Paula se hubiese culpado de la ruptura de negociaciones—. No tienes nada que reprocharte, considéralo como una experiencia más y saca provecho de ella.

—Sí, abuela, eso he decidido. —Paula la miró fijamente—. ¿Qué vas a hacer ahora? —preguntó mientras seguía estudiando la cara impasible de su abuela, intentando adivinar sus sentimientos.

—¡Pues nada! Nada en absoluto.

Aunque no le sorprendió nada esta declaración, Paula se sintió obligada a decir, un poco acaloradamente:

—Pensé que ésa sería tu actitud, pero no puedo evitar estar deseando que le digas cuatro cosas a John Cross, decirle lo que piensas de él. Fíjate en todos los esfuerzos que hemos dedicado a este asunto. No sólo nos ha hecho perder nuestro precioso tiempo, sino que nos ha tomado por un par de tontas.

—Él ha hecho el tonto —corrigió Emma con voz baja y sin rasgo de emoción—. Francamente, no quiero gastar saliva en balde, ni las cuatro perras que me costaría llamarle por teléfono. No se gana nada dando manotazos al aire. Además, no voy a concederle la satisfacción de saber que estoy enfadada. Y otra cosa..., la indiferencia es un arma muy poderosa, así que prefiero ignorar al señor Cross. No sé a qué está jugando, pero yo no jugaré con él. —Emma, con los ojos entrecerrados, le dirigió una mirada astuta a Paula—. Se me ocurre que quizás esté usando nuestra oferta para aumentar el precio ante otra compañía. No tendrá éxito, no le saldrán compradores. —Una sonrisa cínica cruzó su cara, y se rió para sí—. Volverá a ti arrastrándose, ya lo verás. De rodillas. Y muy pronto. ¿Qué harás entonces, Paula? Eso es más importante. —Reclinándose sobre los cojines, fijó la vista en su nieta con gran atención.

Paula abrió la boca y la cerró inmediatamente. Por un segundo dudó. Se preguntó lo que haría la abuela en las mismas circunstancias, pero desechó la pregunta. Sabía perfectamente lo que iba a hacer ella misma. En tono resuelto dijo:

—Le diré que se vaya al diablo. Con educación. Sé que podría hacer con él lo que quisiera, conseguir «Aire Communications» a un precio mucho más bajo porque, cuando vuelva a nosotros, y estoy de acuerdo contigo en que lo hará, estará derrotado. Aceptará las condiciones que yo imponga. De todos modos, no quiero hacer negocios con ese hombre. No me fío de él.

—¡Buena chica! —Emma demostró su satisfacción por la respuesta y luego continuó—: Ésa es mi opinión exactamente. Te he dicho muchas veces que no es particularmente importante que te gusten las personas con quienes haces negocios. Pero siempre, en toda transacción, tiene que existir una confianza entre ambas partes; lo contrario sería buscarse problemas. Coincido con tu opinión sobre Cross

78

y su hijo. Su actitud es pésima, poco escrupulosa. No quiero saber nada de ellos, ni de lejos.

A pesar de estas palabras de condena y de la severa expresión de su cara, la reacción general de Emma fue tan controlada, tan poco agria, que Paula todavía se sentía un poco confundida.

—Creí que te ibas a enfadar mucho más, abuela, a no ser que lo estés disimulando. Tampoco pareces muy decepcionada —dijo.

—La ira del principio se transformó pronto en disgusto. Y en cuanto a estar decepcionada, bueno, claro que lo estoy en cierta forma. Pero todo está transformándose en un alivio inmenso. Por mucho que desease «Aire Communications», ahora, de repente, me alegra que las cosas hayan acabado así.

—A mí también me alegra. —Paula vaciló dudante un segundo antes de decir con calma—: Sebastian Cross se ha convertido en mi enemigo, abuela.

—¿Y qué? —exclamó Emma con tono despreocupado—. Si es el primero, seguro que no será el último. —Mientras decía esto advirtió la expresión de preocupación que se reflejaba en los encantadores ojos azul violeta que la miraban, y contuvo el aliento. «Le preocupa hacerse enemigos», pensó incorporándose y, estrechando el brazo de la joven, adoptó un tono más cariñoso—. Por muy desagradable que te resulte, vas a tener enemigos, como yo los tuve. Con frecuencia, sucede sin que sea culpa nuestra, eso es lo triste. —Emma dejó escapar un pequeño suspiro—. Hay mucha gente orgullosa y envidiosa por naturaleza, y *tú* siempre serás vulnerable para ellos, su objetivo, pues posees muchas cosas. La riqueza y el poder gracias a mí, sin mencionar tu inteligencia, tu belleza y tu inmensa capacidad de trabajo. Todos ellos atributos muy envidiables. Tienes que aprender a hacer caso omiso de la maledicencia, querida, a quedar por encima de ella. Como yo he hecho siempre. Y olvida a Sebastian Cross. Es tu problema menor.

—Sí; como siempre, tienes razón en todo, abuela —dijo Paula, rechazando el desagradable recuerdo de aquellos ojos amenazadores que le habían mirado llenos de odio aquella mañana. Sintió un escalofrío. Si podía, Sebastian Cross le haría daño. Inmediatamente, ese pensamiento le pareció estúpido, inverosímil y exagerado. Paula se rió en silencio y desechó la idea.

Se levantó y se dirigió a la chimenea, donde se quedó

un momento calentándose la espalda. Recorrió con la mirada la vieja habitación: tranquila, tan agradable, con la luz del crepúsculo filtrándose por las numerosas ventanas, cada cosa en su sitio, el fuego crepitando en el espacioso hogar y el viejo reloj en lo alto de la chimenea, con el tic-tac que recordaba desde la niñez. Le había gustado esa habitación toda la vida. Allí encontraba comodidad y tranquilidad. Era una estancia elegante y armónica, donde nada cambiaba nunca, y era esa inmutabilidad lo que la hacía parecer tan apartada del mundo y de su fealdad. «Es una habitación con clase —se dijo a sí misma—, decorada por una mujer con clase y extraordinaria.» Miró a Emma con ternura. Relajada, en el sofá, tenía un aspecto estupendo con el vestido azul pálido. Paula pensó: «Ahora es una anciana de ochenta años, y sin embargo a mí nunca me parece vieja. Por su vigor, fuerza, brío y entusiasmo podría muy bien tener mi edad. Y es mi mejor amiga.»

Paula sonrió por primera vez desde que llegó.

—Se acabaron las negociaciones..., aunque más bien se podrían llamar peleas.

—Y se acabó mi nuevo proyecto. Ahora que se ha esfumado, tendré que buscarme otro y dedicarme a hacer punto.

Paula no pudo evitar una sonrisa.

—¡No llegará ese día! —replicó con el rostro iluminado. Volvió al sofá, se sentó, cogió la taza, bebió un sorbo de té y dijo con tono indiferente—: He almorzado hoy con Miranda O'Neill y...

—¡Ah, vaya! Eso me recuerda una cosa. Me temo que esta noche no cenaré en casa. Voy a salir con Blackie y Shane.

—Ya; me lo dijo Merry.

—¡Dios mío! ¡No puedo ni respirar sin que lo sepa todo el mundo! —Emma hizo una pausa, escudriñando la cara de Paula—. Bueno, no pareces enfadada, así que supongo que no te importa que me vaya y deje que te las arregles sola con Edwina. No te preocupes, se comportará.

—No estoy preocupada. Al principio lo estaba, pero he llegado a la conclusión de que es problema de Jim. Él la ha invitado, así que puede ocuparse de ella. En cualquier caso, mamá siempre se porta bien con Edwina. Sabe cómo hacerla callar, y de la forma más educada. —Paula dejó la taza y se inclinó hacia delante—. Escucha, abuelita, Merry ha tenido una idea que quizá te atraiga. Podría ser el proyecto que andas buscando.

—¿De verdad? Bueno, entonces cuéntamelo.

Paula lo hizo pero, al llegar al final de su historia, acabó con una mueca.

—Veo que no te ha entusiasmado. ¿No crees que es una buena idea?

Emma se rió de su expresión alicaída.

—Sí. Pero no me interesa tomarlo como un proyecto personal. Aunque eso no significa que tú no estudies y pongas en práctica esa idea con Merry. Podría ser bueno para los almacenes. Vuelve cuando la hayas pulido. Quizás abramos las *boutiques*.

—Concertaré una reunión con ella para la semana que viene... —Paula miró fijamente a Emma—. Por curiosidad, *¿por qué* no crees que es un buen proyecto para ti?

—No supone ningún reto. Prefiero huesos más duros de roer.

—¡Señor! ¿Y dónde diablos voy a encontrarte semejante cosa?

—Podría encontrarla yo misma, ¿sabes? —Emma parpadeó y sacudió la cabeza—. Últimamente, estás siempre haciendo de mamá conmigo. Me gustaría mucho que abandonases esa actitud.

Paula se unió a las risas de Emma y admitió:

—Es verdad, estoy haciendo ese papel demasiado a menudo. Lo siento, abuela. —Consultó el reloj, volvió la vista a Emma y dijo—: Me parece que es mejor que me vaya a casa y cuide de mis hijos. Si me doy prisa, llegaré a tiempo para ayudar a la niñera a bañarlos.

—Sí, hazlo, querida. Los primeros años son los más preciosos, los mejores. No los sacrifiques.

Paula se levantó, se puso la chaqueta color magenta, cogió el bolso y se acercó a besar a Emma.

—Que lo pases bien esta noche, y dale recuerdos a tío Blackie y a Shane.

—Lo haré. Si no te veo luego, hablaremos por la mañana.

Paula se encontraba ya en medio de la habitación cuando Emma dijo:

—¡Ah, Paula! ¿A qué hora esperas a Jim y sus padres?

—Sobre las seis. Jim dijo que llegaría al aeropuerto de Bradford-Leeds a las cinco.

—Así que los trae en ese horrible avión, ¿verdad? —Emma apretó los labios con precaución y dirigió a Paula una mirada reprobatoria—. Creí que os habían dicho a los dos que no me gusta que vayáis revoloteando de un lado para otro en ese montón de chatarra.

—Sí que lo hiciste, pero, como sabes, Jim decide las cosas por él mismo. Y volar es uno de sus *hobbies* preferidos. Así que es mejor que se lo vuelvas a recordar.

—Ciertamente, lo haré —dijo Emma, y la despidió con un ademán de la mano.

CAPÍTULO VI

Todos decían que era un verdadero celta.

Y el mismo Shane Desmond Ingham O'Neill había llegado a creer que la herencia de sus antepasados estaba muy dentro de él, que la sangre ancestral de generaciones pasadas corría por sus venas, y esto le llenaba de una satisfacción inmensa y de un profundo orgullo. Cuando algunos miembros de la familia le acusaban de ser extravagante, impetuoso, charlatán y vanidoso, él se limitaba a asentir, como si tomase sus críticas como cumplidos. Pero, a menudo, Shane sentía deseos de replicar que también se sabía enérgico, inteligente y creativo; quería hacer constar que éstos también eran rasgos de los antiguos británicos.

Ya de pequeño, Shane O'Neill se dio cuenta de su personalidad extraordinaria. Al principio sólo fue una constatación, luego le produjo desconcierto y confusión y, finalmente, dolor. Se vio como un ser diferente, apartado de los demás, y esto le preocupó. Quería ser normal; ellos le hacían sentirse extraño. Detestaba oír hasta el hastío cómo los adultos le calificaban de *medio lunático*, extremadamente *emotivo* y *místico*.

Más tarde, a los dieciséis años, cuando ya comprendía mejor las cosas que decían de él, buscó nuevas explicaciones de la única manera que sabía: a través de los libros. Si era como «una curiosa reliquia de los celtas», como ellos decían, debía aprenderlo todo sobre aquellas antiguas gentes a quienes tanto se parecía. Leyó los libros que describían a ese pueblo en toda su gloria y esplendor, y la época

82

de los grandes reyes nobles y el legendario rey Arturo de Camelot eran para él tan reales como el presente.

En los años que siguieron, su interés por la historia no decayó, y se convirtió en un pasatiempo permanente. Como sus antepasados celtas, veneraba el poder de las palabras pues, aunque era impetuoso y alegre, también tenía una gran capacidad intelectual. Y quizás era esta mezcla de contrastes, ese cúmulo de contradicciones, lo que le hacía diferente. Si sus resentimientos y enemistades eran profundos, sus afectos y lealtades eran inamovibles y perpetuos. Y esa teatralidad, atribuida siempre a su herencia celta, coexistía con la introspección y la rara y sensible comprensión de la naturaleza y de su belleza.

A sus veintisiete años, Shane O'Neill poseía una intensa aureola que no provenía tanto de su notable atractivo físico como de su carácter y personalidad. Era capaz de derrotar a cualquier mujer en una habitación; de igual modo, podía encandilar a sus amigos en cualquier discusión mordaz sobre política, con un chiste verde o una historia graciosa llena de ingenio y de autoburla. Sabía deleitar a la gente con espléndida voz de barítono, ya fuese cantando una alegre saloma, una balada sentimental, o recitando poesía. Y, sin embargo, podía ser obstinado, imparcial, directo y sincero hasta la crueldad y, según su propia confesión, era ambicioso y práctico. La grandeza, la grandeza en sí misma, le atraía poderosamente. Y él atraía a todo el que se cruzaba en su camino. No es que Shane no tuviese enemigos, pero ni siquiera éstos negaban la existencia de su carisma. Algunos de estos rasgos los había heredado de su abuelo paterno irlandés, el otro gran celta, de quien poseía la presencia física y psíquica. Aunque también tenía mucho de la familia de su madre.

Esta fresca tarde de viernes, Shane O'Neill estaba con su caballo, *Señor de la Guerra,* en el páramo que domina la ciudad de Middleham y su castillo en ruinas. Erguido y majestuoso a pesar de las almenas destrozadas, los salones sin techo y las fantasmales estancias, estaba habitado sólo por los numerosos pájaros que anidaban en los recovecos de las viejas piedras, entre los narcisos, las campanillas y las celidonias que, en esta época del año, florecían en las grietas.

Con su viva imaginación, a Shane no le costaba trabajo evocar su silueta tal como había sido hacía siglos, cuando Warwick y Gareth Ingham, antepasados de la familia de su madre, vivían en esa fortaleza inexpugnable, tramando sus maquiavélicos planes. Instantáneamente, vio con su imaginación la ostentación de una época pasada: espléndidas celebraciones en la corte, banquetes principescos y otras ocasiones de grandeza real, de pompa y ceremonia, y durante unos segundos se sintió transportado al pasado.

Luego parpadeó, apartó aquellas imágenes de la mente y levantó la cabeza, apartando los ojos de las ruinas y fijándose en la magnífica vista que se extendía ante él. Siempre sentía la misma emoción en aquel lugar. Para Shane, los páramos, extensos y vacíos, eran austeros y altivos, de una majestuosidad singular. Las suaves colinas se extendían como un estandarte verde, marrón y ocre que ondeaban hasta tocar el borde del cielo infinito, ese increíble resplandor azul que brillaba con el sol plateado. Era una belleza de tal magnitud, de una claridad tan asombrosa, que Shane apenas si se consideraba capaz de contemplarla, y reaccionaba, como siempre, de forma emotiva. Sentía que éste era el lugar al que pertenecía y, cuando estaba lejos, lo echaba de menos de tal manera, que ansiaba terriblemente volver. Una vez más, estaba a punto de exiliarse pero, como todos sus otros exilios, éste también era autoimpuesto.

Shane O'Neill suspiró pesadamente. Sentía la tristeza de siempre, la melancolía, correr por su interior. Apoyó la cabeza en el cuello del semental y cerró los ojos, deseando aliviar el dolor de su anhelo por ella. ¿Cómo podía vivir aquí, bajo el mismo cielo, sabiendo que ella estaba tan cerca y, a la vez, tan lejos de su alcance? Así que tenía que marcharse..., irse lejos y dejar el lugar que amaba, abandonar a la mujer que amaba hasta más allá de lo racional, pues nunca podría ser suya. Era la única manera de poder sobrevivir.

Se volvió bruscamente y montó de un salto, determinado a escapar de aquel triste estado de ánimo que se había apoderado de él inesperadamente. Espoleó a *Señor de la Guerra* y recorrió a galope tendido las colinas silvestres.

A mitad de camino, se cruzó con una pareja de mozos de cuadra que ejercitaban a dos magníficos pura sangres y les devolvió sus alegres saludos con un movimiento de cabeza amistoso. Luego, en Swine Cross, torció para dirigirse a «Allington Hall», la casa de Randolph Harte. En Middleham, una ciudad famosa por tener una docena o más de las mejores cuadras de Inglaterra, «Allington Hall» estaba considerada como una de las mejores, y Randolph un entrenador de prestigio. Randolph era el entrenador de Blackie O'Neill y permitía que Shane dejara sus caballos *Señor de la Guerra*, *Barón Feudal* y su potra *Doncella Delta*, en los establos de Allington, junto con los caballos de carreras de su abuelo.

Para cuando llegó a la gran verja de hierro de «Allington Hall», Shane había conseguido aliviar algo de dolor de su corazón y salir de aquel estado de depresión. Al torcer al final del camino de grava para dirigirse a los establos, situados en la parte posterior de la casa, respiró profundamente varias veces y adoptó una expresión neutra. Para su sorpresa, el patio estaba desierto pero, al resonar los cascos en los adoquines, apareció un mozo de cuadra y, un momento después, Randolph Harte salía de los establos y le saludaba con la mano.

Alto, rechoncho y de modales enérgicos, Randolph tenía una voz que correspondía a su tamaño. Le gritó:

—¡Hola, Shane! Esperaba verte. Me gustaría charlar contigo, si tienes un minuto.

—Tendrá que ser un minuto, Randolph —respondió Shane, desmontando—. Tengo una cita importante para cenar, y ya voy tarde. —Dio las riendas de *Señor de la Guerra* al mozo, que se llevó el caballo al cepilladero.

Shane se acercó a Randolph, le estrechó la mano que le ofrecía y dijo:

—No será nada malo, ¿verdad?

—No, no —se apresuró a decir Randolph, y le condujo por el patio hasta la puerta trasera de la casa—. Entremos unos minutos.

Miró a Shane, quien con su uno noventa y cuatro de estatura le sacaba varios centímetros, y sonrió:

—¿Estás seguro de que no puedes quedarte cinco minutos? A esa señora, quienquiera que sea, no le importará mucho esperarte.

—Esa señora es tía Emma. —Shane también sonreía—. Y ambos sabemos que no le gusta esperar.

—Eso sí que es verdad —dijo Randolph, abriendo la puerta y haciendo pasar a Shane—. Bueno, ¿tienes tiempo para tomar una taza de té, o prefieres una bebida?

—Un whisky, gracias, Randolph. —Shane se acercó a la chimenea y se quedó de espaldas a ella, mirando a su alrededor y sintiéndose relajado por primera vez en toda la tarde; era su habitación favorita en «Allington Hall». El ambiente era totalmente masculino. Lo reflejaba la gran mesa de despacho labrada que estaba delante de la ventana, la vitrina Chippendale, el sofá y los sillones de cuero color rojo oscuro, la mesa atestada de revistas como *Country Life* y *Horse and Hounds* y los periódicos con sus reseñas de carreras de caballos. Un extraño que entrase en esta habitación no tendría problemas en adivinar la principal afición y la ocupación del dueño. Se respiraba el ambiente del «deporte de reyes». De las paredes, verde oscuras, colgaban grabados de Stubb, del siglo XVIII, con motivos deportivos. Fotografías de caballos ganadores entrenados por Randolph adornaban un aparador de caoba y abundaban las copas y trofeos. En la chiménea brillaba el cobre de los morillos victorianos y de los arneses que la decoraban. En la repisa, entre dos pequeños bronces de pura sangres y un par de candelabros de plata, se veía el portapipas y la tabaquera de Randolph. El estudio tenía un aspecto vivido, incluso gastado y descuidado en algún punto, pero, para Shane, la alfombra, descolorida y el cuero agrietado de las sillas no hacían más que acentuar lo agradable y acogedor de la estancia.

Randolph trajo las bebidas y, después de brindar, Shane se volvió para sentarse en uno de los sillones de cuero.

—¡No, ahí no! Están rotos los muelles —exclamó Randolph.

—Están rotos desde hace años. —Shane se rió y se sentó en el otro sillón.

—Pero ahora se han roto del todo. Siempre me digo que tengo que llevar estos trastos al tapicero, pero al final se me olvida.

Shane puso el vaso en la repisa de cobre de la chiménea y se tanteó los bolsillos buscando el paquete de cigarrillos. Encendió uno y dijo:

—¿De qué querías hablar?

—De *Lazo Esmeralda*. ¿Qué crees que diría Blackie si la inscribo en el Grand National del año que viene?

Una mirada de sorpresa cruzó por los ojos de Shane, que se incorporó en el sillón.

—Le encantaría, ya lo sabes. Pero, ¿tendría alguna oportunidad? Ya sé que es una yegua excelente, pero el hipódromo de Aintree... ¡Jeeesús!, como diría Blackie.

Randolph asintió, se levantó, cogió una pipa y empezó a llenarla.

—Sí, es un hipódromo exigente, la gran prueba para un

hombre y su caballo. Pero creo de verdad que *Lazo Esmeralda* tiene una oportunidad de ganar la carrera de obstáculos más importante del mundo. Tiene la raza y la fuerza necesarias. Lo ha hecho muy bien últimamente, ha ganado algunas pruebas menores, y de forma impresionante. —Randolph hizo una pausa para encender la pipa y luego afirmó con un destello en los ojos—: Creo que esa yegua tiene poderes ocultos. En serio, se está convirtiendo en una de las mejores saltadoras que he entrenado.

—¡Estupendo, eso son buenas noticias! —dijo Shane, muy excitado—. El sueño del abuelo ha sido siempre ganar el «National». ¿Y qué jinete, Randolph?

—Steve Larner. Es un tipo duro, justo lo que necesitamos para llevar a *Lazo Esmeralda* a Aintree. Si hay alguien que le pueda hacer saltar el obstáculo de Becher *dos veces*, ése es Steve. Es un jinete excelente.

—¿Por qué no se lo has dicho al abuelo?

—Primero quería conocer tu reacción. Eres el que está más unido a él.

—Sabes que siempre hace caso de tus consejos. Eres el entrenador de sus caballos y confía plenamente en ti. Para nosotros, el mejor en esta profesión.

—Gracias, Shane. Aprecio tu confianza. Pero, para ser sincero, nunca he visto a Blackie mimar tanto a un caballo como a esa yegua. Le gustaría tenerla envuelta en pañales. Estuvo aquí la semana pasada, y la trataba como si fuese su gran amor.

En la boca de Shane floreció una sonrisa.

—No olvides que es un regalo de su mujer favorita. Y, hablando de Emma, me pareció notar que estabas disgustado cuando la mencionaste antes.

—En realidad, no. Anoche me irrité un poco con ella, pero... —Randolph se paró y se echó a reír—. Bueno, nunca veo con malos ojos lo que hace, es la madre de nuestro clan y se porta muy bien con todos. Pero a veces es tan mandona que me hace sentir así de pequeñito—. Puso la mano a cuatro palmos del suelo y sonrió—. Bueno, volviendo a *Lazo Esmeralda*, tenía la intención de decírselo a Blackie mañana. ¿Qué piensas? ¿Debo esperar a la semana que viene?

—No, díselo mañana, Randolph. Eso redondeará el día, y tía Emma quedará encantada. —Shane acabó su bebida y se levantó—. No me importa decírtelo. Yo, por lo menos, estoy feliz con tu decisión. Y, ahora, me temo que tengo que irme. Quiero detenerme un segundo en los establos para decirles adiós a los caballos. —Shane sonrió con un poco de tristeza—. Me voy otra vez, Randolph. Me marcho el lunes por la mañana.

—Pero, ¡si acabas de regresar! —exclamó Randolph—. ¿Adónde te marchas esta vez?

—A Jamaica, luego a las Barbados, donde acabamos de comprar un nuevo hotel —explicó Shane mientras salían de la estancia juntos—. Tengo mucho trabajo allí, y estaré fuera algunos meses.

Al cruzar el patio de los establos se quedó callado, y Randolph tampoco hizo más comentarios.

Ya en los establos, Shane se detuvo un rato con cada uno de sus caballos, acariciándolos y murmurándoles cosas al oído con afecto.

Randolph permaneció atrás, mirándole con atención, y sintió una repentina punzada de pena por el joven, aunque no sabía el porqué de ese súbito sentimiento. A no ser que fuera por el aspecto de Shane, por la mirada de tristeza infinita que había en sus ojos negros. Randolph apreciaba a Shane desde que era pequeño e, incluso, en cierto momento, deseó que le echase el ojo a Sally o a Vivienne. Pero era patente que el joven no se interesaba por ninguna de sus dos hijas, y siempre se mantenía a distancia. En cambio su hijo, Winston, se había convertido en su amigo íntimo y compañero de juergas. Más de una persona frunció el entrecejo con asombro cuando, el año pasado, Winston y Shane compraron una vieja casa en ruinas, «Beck House», en West Tanfield, cerca de allí, la reconstruyeron y se fueron a vivir juntos. Pero Randolph nunca había dudado de las predilecciones sexuales de su hijo o de Shane. Jamás. Sabía que eran unos mujeriegos empedernidos, siempre detrás de una falda por toda la región. Cuando Georgina, su mujer, vivía, a menudo había tenido que consolar a más de una joven descorazonada que se presentaba en «Allington Hall» en busca de Winston o de Shane. Gracias a Dios, esto ya no ocurría. Él no hubiese sabido qué hacer en esas situaciones. Suponía que si había mujeres agraviadas, tomaban directamente el camino de «Beck House». Randolph se rió. Eran un par de canallas, pero los quería mucho.

Finalmente, Shane se dirigió a la puerta de los establos, donde le esperaba Randolph. Como siempre, especialmente cuando no le veía durante algún tiempo, le sorprendió el atractivo físico de Shane. «Es un tipo guapo, el sinvergüenza —pensó Randolph—. Seguro que Blackie era igual hace cincuenta años.»

—Gracias por todo, Randolph —dijo Shane rodeando los hombros del padre de su amigo.

—¡Venga, hombre! Es un placer. Y no te preocupes por los caballos. Estarán bien cuidados, no hace falta que te lo diga. ¡Ah, Shane! Por favor, dile a Winston que me llame más tarde.

—Lo haré.

Randolph siguió a Shane con mirada pensativa mientras éste se dirigía al coche. «Ahí va un joven infeliz —se dijo a sí mismo, moviendo la cabeza con pesar—. Tiene todo lo que cualquiera podría desear. Salud, atractivo, buena posición, gran riqueza. Trata de ocultarlo, pero estoy convencido de que no es feliz. Y que me cuelguen si sé el porqué.»

«Beck House», rodeada por una bonita propiedad con un precioso arroyo, se alzaba al pie de una pequeña colina junto a la localidad de West Tanfield, a medio camino entre «Allington Hall» y «Pennistone Royal».

La casa, situada en un valle y a la sombra de varios robles y sicómoros enormes y viejos que crecían tras la fachada posterior, databa de la época isabelina. Era encantadora, baja y de planta irregular, construida con materiales del lugar, supuestamente traídos de Fountain's Abbey. La fachada era en parte de madera, y tenía chimeneas altas y muchas ventanas, todas emplomadas.

Winston y Shane la compraron con intención de venderla una vez reconstruidas las partes en ruinas, reformada la vieja cocina y los cuartos de baño y después de construir garajes y limpiar de hierbas las abandonadas tierras. Pero le dedicaron tanto tiempo, energía y cuidados, tomaron tanto cariño a la casa durante las reformas, que decidieron quedársela. Tenían la misma edad, habían estado en Oxford juntos y eran amigos íntimos desde la juventud. Les gustaba vivir en la misma casa, en la que pasaban generalmente los fines de semana, pues ambos tenían pisos en la zona de Leeds para estar más cerca de sus respectivas oficinas.

Winston Harte era el único nieto de Winston, el hermano de Emma, y por lo tanto era sobrino de ésta; trabajaba en la «Yorkshire Consolidated Newspaper Company» desde que volvió de Oxford. En la empresa, no tenía trabajo ni cargo específico. Emma le llamaba su «ministro sin cartera», lo que para la mayoría significaba mediador. En cierta forma, era su embajador en la compañía, sus ojos y oídos y, con frecuencia, también su voz. En la mayoría de los casos, su palabra era la definitiva, y sólo tenía que dar cuentas a Emma. Otros ejecutivos le llamaban a sus espaldas «Dios»; Winston lo sabía y, generalmente, se reía. Sabía muy bien quién era «Dios» en «Consolidated». Era tía Emma. Ella era la ley, y él la respetaba, la honraba y le profesaba total devoción.

El joven Winston, como todavía le llamaban en la familia, tenía gran apego a su apellido y su abuelo le había inculcado un gran sentido del deber y de lealtad hacia Emma, a quien los Harte debían todo lo que poseían. Su abuelo la adoró hasta que murió, a principios de la década de los 60, y fue él quien habló a Winston de las malas rachas que ella había pasado, de sus primeros años, de las luchas a las que había tenido que hacer frente al subir por la escalera del éxito. Sabía de sobra que su brillante carrera se había basado en el esfuerzo, que había sido construida con enormes sacrificios. Como le habían contado tantas historias fantásticas y, a menudo, emocionantes sobre la ahora legendaria Emma, Winston pensaba que, en ciertos aspectos, la conocía mejor que los propios hijos de ella. Y estaba dispuesto a hacerlo todo por ella.

El abuelo de Winston le había dejado todas sus acciones de la empresa periodística, y su tío Frank, el hermano menor de Emma, dejó sus intereses a su viuda, Natalie. Pero era Emma quien, con su cincuenta y dos por ciento, controlaba como siempre la empresa. Sin embargo, en la actualidad la llevaba con la ayuda de Winston. Le consultaba sobre las gestiones y tácticas, con frecuencia cedía a sus deseos si eran acertados, y siempre tomaba en cuenta los consejos del joven. Disfrutaban de unas relaciones laborales estables y de una amistad especial que les proporcionaba gran alegría y satisfacción.

Winston pensaba en la empresa periodística mientras penetraba con el coche en los terrenos de «Beck House». Aunque iba muy preocupado, se dio cuenta de que el pequeño arroyo se estaba desbordando a causa de las lluvias que habían caído a principios de la semana. Pensó que tenía que decírselo a Shane. Probablemente tendrían que reforzar otra vez las orillas, si no la pradera se inundaría muy pronto, como la primavera pasada. La «O'Neill Construction» tendría que pasarse por allí. Winston aparcó el «Jaguar» frente a la puerta, cogió el maletín y se bajó. Se acercó al maletero y tomó una maleta.

Winston era delgado, de constitución fina, y medía uno ochenta de estatura. Se veía a distancia que era un Harte. De hecho, se parecía mucho a Emma. Tenía las mismas facciones finas y marcadas, con el mismo color rubio cobrizo del pelo y los mismos alegres ojos verdes. Era el único miembro de la familia, junto con Paula, que tenía aquel llamativo pico de cabello en lo alto de la frente, que, según le dijo una vez su abuelo, lo habían heredado de Esther Harte, la madre de Big Jack Harte.

Winston levantó la vista, escudriñando el cielo mientras se acercaba a la pequeña escalinata que conducía a la casa. Las nubes oscuras que venían de la costa Este presagiaban lluvia. Desde que había parado el aire se cernía la tormenta y, ahora, un fogonazo repentino y de un blanco incandescente iluminó las copas de los árboles. Al introducir la llave en la cerradura, empezaron a caerle en la mano grandes gotas de lluvia. «¡Maldita sea! —murmuró, pensando en el arroyo—. Si hay tormenta, tendremos serios problemas.»

Oyó cómo sonaba el teléfono al otro lado de la enorme puerta labrada, pero para cuando entró en la casa, ya había dejado de sonar. Winston se quedó mirándolo, esperando que sonase otra vez, pero como no lo hizo, se encogió de hombros, dejó la maleta al pie de la escalera y atravesó rápidamente el recibidor. Entró en su estudio, en la parte posterior de la casa, se sentó a su mesa y leyó la nota de Shane diciéndole que llamase a su padre. Tiró la nota a la papelera y miró distraídamente el correo; la mayor parte eran facturas de las tiendas del pueblo y algunas invitaciones de sus vecinos para cócteles o cenas. Apartó estos últimos, se recostó en el respaldo de la silla, puso los pies encima de la mesa y cerró los ojos, concentrándose en lo más inmediato.

Winston tenía un problema y, en este momento, le estaba dando que pensar. El día anterior, durante una reunión con Jim Fairley en la oficina de Londres, detectó en él un descontento real y palpable. Por extraño que le pareciese, Winston descubrió que aquello no le sorprendía mucho. Hacía meses que había empezado a darse cuenta de que a

Jim no le gustaban las tareas de gerente y, en las últimas horas, viniendo de Londres, había llegado a la conclusión de que Jim quería ser relevado de su puesto de director gerente. Intuitivamente, Winston había notado que Jim se tambaleaba y perdía pie. Jim era sobre todo un periodista, y le encantaba el ajetreo de la redacción, la excitación de estar al tanto de los acontecimientos mundiales, el desafío de sacar a la calle dos diarios. Cuando Emma le ascendió tras casarse con Paula, Jim siguió siendo editor del *Morning Gazette* y del *Evening Standard* de Yorkshire. Pero, al compaginar el trabajo viejo con el nuevo, Jim estaba representando dos papeles. Y, en opinión de Winston, solamente hacía bien el de periodista.

«Quizá debería renunciar —pensó Winston—. Es mejor hacer bien un trabajo que ir tirando de dos.» Abrió los ojos de golpe, bajó los pies de la mesa con decisión y acercó la silla a la mesa. Se quedó mirando al techo, pensando en Jim. Admiraba la capacidad de Fairley como periodista y le gustaba como persona, aunque sabía que Jim era débil en muchos aspectos. Quería complacer a todo el mundo, y eso no era posible. Una cosa era cierta: Winston nunca había conseguido entender la fascinación de Paula por Fairley. Eran tan distintos como la noche del día. Ella era demasiado fuerte para un hombre como Jim, pero aquellas relaciones no eran de su incumbencia y, de cualquier forma, considerando las circunstancias, quizá tenía algunos prejuicios. Pero estaba ciega. Arrugó el entrecejo, reprendiéndose por pensar mal de ella, pues apreciaba a Paula y eran buenos amigos.

Winston alcanzó el teléfono para llamar a Emma y confiarle su problema, pero, instantáneamente, cambió de parecer. No había necesidad de preocuparla al principio de este fin de semana, que llevaba mucho tiempo planeando y en el que iba a estar tan ocupada. Era mucho mejor esperar al lunes por la mañana para hacerle la consulta.

De repente, se puso furioso. ¡Qué estúpido había sido! Debería haberle pedido una aclaración, haberle preguntado sin rodeos si quería renunciar. Y si así lo quería, ¿a quién nombrarían en su lugar? No había nadie cualificado para tales responsabilidades, por lo menos dentro de la empresa. Ésa era la clave del problema, su preocupación principal. En el fondo, Winston tenía el presentimiento de que su abuela le cargaría con el trabajo. Él no lo quería. Quería que las cosas siguieran exactamente como estaban.

Daba la casualidad de que Winston Harte, a diferencia de otros miembros de la familia de Emma, no eran particularmente ambicioso. No tenía ansias de poder. No le incitaba la avaricia. De hecho, tenía más dinero del que deseaba. El abuelo de Winston, con la ayuda y los consejos de Emma, había amasado una gran fortuna, y se había asegurado de que ni su viuda, Charlotte, ni sus hijos tuviesen necesidad de nada.

El joven Winston era trabajador, entregado a su trabajo, y había prosperado en el mundo del periodismo, donde se sentía a sus anchas. Pero también le gustaba disfrutar de la vida. Hacía mucho tiempo había tomado una decisión, y nunca se había apartado de ella: no iba a sacrificar su felicidad personal ni una vida privada tranquila por su profesión. La monotonía del trabajo no era para él. Siempre se esforzaba diligentemente, pues no era un parásito, pero también quería una mujer, una familia y una vida placentera. Como Randolph, su padre, se sentía muy bien en el papel de caballero rural. La vida rural siempre le había atraído de forma especial, le hacía sentirse renovado. Los fines de semana en el campo eran insustituibles para él y le recargaban las baterías. Montar a caballo, las carreras en el hipódromo, los partidos de cricket, la búsqueda de antigüedades y los paseos por las tierras de «Beck House» eran una terapia de lo más efectiva. En resumen, Winston Harte prefería la vida tranquila y pacífica, y estaba dispuesto a disfrutar de ella. Las discusiones en las salas de juntas le resultaban terriblemente aburridas y le irritaban. Por eso era por lo que Paula le seguía sorprendiendo. Para Winston, era patente que estaba cortada por el mismo patrón que su abuela. Ambas disfrutaban haciendo planes de negocios juntas. Winston pensaba que los negocios, el poder y las victorias empresariales eran como narcóticos para ellas. Cuando Emma le pidió que respaldase a Paula en el asunto de «Aire», él puso grandes inconvenientes y le sugirió que mandase a Paula sola. Su tía accedió, para gran alivio suyo.

«¡Qué diablos! —pensó, impacientándose consigo mismo—. No me voy a pasar todo el fin de semana preocupado por la actitud de Jim Fairley. Lo discutiré a fondo con él una vez que se hayan puesto en práctica los planes para la absorción de "Aire Communications".»

Olvidándose de momento de los asuntos de negocios, llamó a su padre a «Allington Hall» y estuvo charlando con él sus buenos veinte minutos. Luego llamó a Allison Ridley, su novia actual. Sintió una oleada de afecto al oír su voz, y ella también parecía alegrarse de oír la suya. Le confirmó que Shane y él irían a su fiesta al día siguiente, hicieron planes para el domingo y, finalmente, fue al piso de arriba a cambiarse.

Diez minutos más tarde, vestido con unos cómodos pantalones de pana, un grueso jersey de lana, botas de agua y un viejo impermeable, cruzaba el comedor y salía a la terraza que dominaba el estanque. El cielo se había aclarado después del chaparrón. Las gotas de agua de los árboles, los arbustos y las praderas brillaban a la luz del atardecer, que ponía un resplandor rojizo en el azul del cielo. La lluvia, la tierra mojada y las plantas impregnaron el aire de un olor que le encantaba a Winston. Se quedó de pie en la terraza un momento, aspirando y exhalando, relajándose y eliminando totalmente sus preocupaciones; luego, bajó con ligereza las escaleras que conducían al jardín. Corrió en dirección al arroyo para cerciorarse de que las orillas no se habían deteriorado con el chaparrón.

CAPÍTULO VII

Edwina había llegado.

Emma sabía que su hija mayor estaba sentada en la biblioteca, tomando una copa y descansando del viaje desde el aeropuerto de Manchester. Primero Hilda y después Emily habían subido a verla para informarla de ello.

«Bueno, cuanto antes lo haga, mejor —murmuró Emma mientras acababa de vestirse para la cena con Blackie y Shane—. Retrasar lo inevitable no es solamente una tontería, sino que también ataca a los nervios. Dentro de Edwina hay una bomba de relojería, y es mejor que la desconecte antes de que empiece el fin de semana.»

Asintiéndose a sí misma, y contenta por haber dejado de vacilar, Emma se abrochó la gargantilla de perlas, se miró al espejo, cogió el bolso de marta cebellina, y salió apresuradamente.

Bajó la larga escalera de caracol con pasos lentos, pensando en lo que iba a decir, en cómo tratar las cosas con Edwina. A Emma no le gustaba provocar enfrentamientos ni conflictos, prefería dar un corto rodeo para conseguir sus propósitos. Tanto en los negocios como en sus asuntos personales prefería llegar a un acuerdo y a un arreglo. Pero ahora, mientras se acercaba a la biblioteca, admitió que sólo podía hacer una cosa: hablar con Edwina sin rodeos.

Su paso firme y ligero empezó a vacilar al atravesar el gran recibidor de piedra y, al pensar en una pelea, su rostro reflejó consternación. Pero estaba en juego la felicidad de Anthony y, por lo tanto, había que controlar a Edwina antes de que le causase graves problemas a él o a otra persona. Emma respiró hondo y luego siguió con pasos seguros su aire de resolución.

La puerta de la biblioteca estaba un poco abierta, y Emma se detuvo un momento antes de entrar, con la mano apoyada en el pomo de la puerta. Allí estaba Edwina, sentada en el sillón delante de la chimenea. Solamente había una lámpara encendida, y el resto de la habitación estaba en penumbra. De pronto, un tronco chisporroteó y empezó a arder con llamas vacilantes, que iluminaron la cara oculta entre las sombras. Emma parpadeó, sobresaltada momentáneamente. Desde esta distancia, su hija era la imagen de Adele Fairley..., el mismo pelo rubio plateado, el perfil suave pero definido, la cabeza hundida entre los hombros, en postura de concentración. Cuántas veces había visto así a Adele, sentada frente al fuego en su dormitorio de Fairley Hall, mirando al vacío, perdida en sus pensamientos. Pero mientras Adele no había llegado a los treinta y ocho años, Edwina tenía ya sesenta y tres, y su belleza nunca llegó a ser tan etérea y llamativa como la de Adele. Emma sabía pues que esta imagen era, en parte, una ilusión. Aunque el parecido era patente desde el nacimiento de Edwina y, en muchos aspectos, siempre había sido más una Fairley que una Harte.

—Buenas noches, Edwina —dijo Emma aclarándose la garganta, y se dirigió a ella con presteza, para que no se diese cuenta de que la había estado observando desde la puerta.

Su hija se sobresaltó, volvió la cabeza y se envaró en la silla.

—Hola, madre —le contestó con voz fría.

Acostumbrada, Emma no hizo caso del tono de su voz. No había cambiado mucho con los años. Dejó la chaqueta y el bolso en una silla y se dirigió a la chimenea, encendiendo algunas lámparas a medida que pasaba junto a ellas.

—Ya veo que te has servido una bebida —empezó a decir mientras se sentaba en el otro sillón—. ¿Quieres que te ponga más?

—De momento, no; gracias.

—¿Cómo estás? —le preguntó Emma con simpatía.

—Supongo que bien. —Edwina miró a su madre—. A ti no hay necesidad de preguntártelo. Se te ve radiante.

Emma sonrió abiertamente. Echándose hacia atrás, cruzó las piernas y dijo:

—Me temo que no podré cenar aquí. Tengo que salir. A última hora...

—Sin duda los negocios, como siempre —murmuró Edwina con desprecio, mirándola de forma muy poco amable.

Emma puso mala cara, pero ahogó su disgusto. Generalmente, los modales groseros y burlones de Edwina le ponían furiosa, pero esta noche estaba decidida a hacer caso omiso de la actitud injustificable de su hija. «Más moscas se cogen con miel que con hiel», pensó con sorna, así que seguiría mostrándose agradable y actuando con diplomacia. Al estudiar la cara de Edwina, advirtió su boca caída y cansada, las señales de fatiga alrededor de sus ojos grises, inundados de tristeza. Edwina había perdido peso y parecía nerviosa, incluso preocupada; ciertamente, la condesa viuda de Dunvale, que generalmente se las daba de importante, no estaba tan petulante esta noche. Era obvio que estaba llena de preocupaciones.

Emma sintió pena por ella, un sentimiento tan extraño e inesperado, que le sorprendió a ella misma. «Pobre Edwina. Está triste y asustada, pero me temo que sólo ella tiene la culpa —pensó Emma—. Si pudiese hacérselo ver y cambiase su actitud...» Luego, dándose cuenta de que estaba siendo observada de la misma manera que lo hacía ella, dijo:

—Me miras fijamente, Edwina. ¿Me ves algo raro?

—El vestido, madre —contestó Edwina sin dudarlo un momento—. ¿No es un poco juvenil para ti?

Emma se enderezó, preguntándose si sus sentimientos caritativos no habían sido equivocados. Edwina estaba decidida a mostrarse desagradable. Se relajó y se rió alegre

96

y despreocupadamente, decidida a que Edwina no se saliese con la suya. Habló con voz tranquila.

—Me gusta el rojo —dijo—. Es alegre. ¿De qué color quieres que me vista? ¿De negro? Aún no estoy muerta, ¿sabes? Y hablando de trajes, ¿por qué insistes en llevar esos vestidos tan anchos? —Sin esperar una respuesta, añadió—: Tienes un tipo bonito, Edwina. Deberías lucirlo más.

Edwina hizo caso omiso del pequeño cumplido. Se preguntó por qué había aceptado la invitación de Jim Fairley y accedido a quedarse en «Pennistone Royal». Debía de estar loca para exponerse de aquella manera a su madre.

Emma apretó los labios, tanteando a Edwina con los ojos entrecerrados.

—Me gustaría hablarte de Anthony.

Esta declaración sacó a Edwina de su ensimismamiento; volviendo la cara a Emma, exclamó:

—¡Por favor, no, madre! Cuando Emily dijo que bajarías a hablar conmigo, ya me lo sospechaba. Pero, de cualquier forma, me niego a comentar nada sobre mi hijo *contigo*. Siempre estás manipulando y controlándolo todo.

—Y tú, Edwina, empiezas a parecer un disco rayado —comentó Emma—. Estoy cansada de oír tus acusaciones. También estoy harta de tus continuas impertinencias. Es imposible mantener una conversación normal contigo. Te muestras hostil y estás siempre a la defensiva.

Aunque las palabras eran severas, el tono de voz de Emma era suave, y su semblante parecía desprovisto de toda emoción cuando se incorporó del sillón. Se dirigió a la cómoda renacentista del rincón, se sirvió una copa de jerez y, luego, volvió a su asiento frente al fuego. Se sentó con el vaso entre las manos, la mirada pensativa. Después de una larga pausa, dijo:

—Soy una mujer vieja. Muy vieja, en realidad. Aunque me doy cuenta de que nunca habrá una paz total en esta familia, me gustaría, si es posible, disfrutar de un poco de tranquilidad el resto de mi vida. Así que estoy dispuesta a olvidar muchas cosas que has dicho y hecho, Edwina, pues he llegado a la conclusión de que ya es hora de que tú y yo enterremos el hacha de guerra. Creo que deberíamos intentar ser amigas.

Edwina la miró asombrada, preguntándose si estaría soñando. No esperaba esas palabras de su madre. Al final, se las arregló para decir:

—¿Por qué *yo*? ¿Por qué no cualquiera de los otros? ¿O

has planeado darles a ellos el mismo discurso este fin de semana?

—No creo que hayan sido invitados. Y si lo han sido, espero que tengan el sentido común de no venir. No puedo perder el tiempo con ninguno de ellos.

—¿Y conmigo sí? —preguntó Edwina con incredulidad, desconcertada por la postura conciliatoria de su madre.

—Veámoslo así: creo que fuiste la menos culpable de esa ridícula conspiración contra mí del año pasado. Ahora sé que sólo estabas involucrada hasta cierto punto. Nunca fuiste retorcida, avariciosa ni desaprensiva, Edwina. También lamento nuestro alejamiento durante estos años. Me doy cuenta de que deberíamos haber arreglado las cosas hace mucho tiempo. —Emma hablaba con sinceridad, aunque también estaba motivada por otro factor: *Anthony*. Emma estaba convencida de que solamente ganándose a Edwina podía llegar a ejercer alguna influencia sobre ella y conseguir que adoptase una actitud más razonable hacia su hijo. Así que continuó—: Creo que deberíamos intentarlo. ¿Qué podemos hacer? Y, en última instancia, si no llegamos a intimar, podemos dejarlo en unas relaciones amistosas.

—No lo creo, madre.

Emma suspiró débilmente.

—Me das pena, Edwina, de verdad. Despreciaste una de las cosas más importantes de tu vida, pero...

—¿Qué cosa?

—Mi cariño.

—¡Venga, madre! —dijo Edwina mirándola con desprecio—. Nunca me quisiste.

—Sí, te quise.

—¡No doy crédito a lo que oigo! —exclamó Edwina moviéndose inquieta en la silla. Bebió un trago de whisky y dejó el vaso con brusquedad encima de la mesa—. Eres increíble, madre. Te sientas ahí, dices esas cosas tan extraordinarias y esperas que me lo trague todo. La broma del siglo. Puedo ser estúpida, pero no tanto. —Se inclinó hacia delante y miró a Emma con ojos fríos como el hielo—. ¿Y tú qué? ¡Dios mío! Fuiste *tú* la que *me* rechazó cuando era pequeña.

Emma se incorporó con gran dignidad, la cara impasible y la mirada acerada, y dijo:

—No hice eso. Y no te atrevas a decírmelo otra vez. *Nunca*, ¿entiendes? Sabes que te puse bajo el cuidado de tía Freda porque tenía que trabajar como una bestia para mantenerte. Ya hemos hablado mucho de esto en el pasado, y supongo que seguirás pensando lo que quieras. Pero sólo porque tú quieras airear tus resentimientos, no voy a dejar de decirte lo que tengo pensado.

Edwina abrió la boca, pero Emma la interrumpió negando con la cabeza.

—No. Déjame acabar —insistió, mirando fijamente a Edwina con sus ojos verdes—. No quiero que cometas dos veces el mismo fallo. No quiero que desprecies el amor de Anthony como hiciste con el mío. Y corres grave peligro de que eso ocurra. —Se echó hacia atrás, esperando que sus palabras tuviesen algún efecto.

—Nunca he oído nada tan ridículo —replicó Edwina, con expresión altanera.

—A pesar de todo, es la verdad.

—¿Qué sabes tú de mis relaciones con mi hijo?

—Mucho. Pero, a pesar de que él te quiere, y mucho, parece que estás decidida a romper los lazos entre los dos. Anoche mismo, él me dijo lo preocupado que estaba por vuestras relaciones, y tenía aspecto de estarlo realmente.

Edwina levantó la cabeza con brusquedad.

—Así que está aquí. Cuando le telefoneé anoche a su club de Londres me dijeron que ya se había marchado. No podía imaginarme dónde estaba. No tenía idea de que viniese al bautizo. ¿Está aquí?

Lo preguntó con ansiedad, y Emma vio la mirada de apremio de sus ojos.

—No, no está aquí.

—¿Dónde se aloja?

Por el momento, Emma decidió hacer oídos sordos a esa pregunta. Dijo:

—Anthony no puede entender por qué te opones a su divorcio. Por lo visto, le estás haciendo la vida imposible, importunándole noche y día para que se reconcilie con Min. Está desconcertado y afligido, Edwina.

—¡También lo está la pobre Min! Está deshecha. No consigue entenderle, ni puede entender su comportamiento. Ni yo tampoco. Estás trastornando nuestras vidas, destrozándolas. Yo estoy casi tan consternada como ella.

—Bueno, eso es comprensible. A nadie le gusta el divorcio, ni la tristeza que conlleva. Pero tienes que pensar en Anthony antes que en nadie. Según me ha dicho, se siente muy desgraciado por...

—No tan desgraciado, madre —le interrumpió Edwina con voz tensa y chillona—. Él y Min tienen *mucho* en común, aunque te haya dicho otra cosa. Naturalmente, le disgusta no tener hijos. Por otra parte, sólo llevan seis años casado. Todavía podría quedarse embarazada. Min es perfecta para él. Y no me mires con ese aire de superioridad y suficiencia. Da la casualidad de que conozco a mi hijo mejor que tú. Puede que Anthony tenga un carácter fuerte, como dices siempre que tienes la oportunidad. Sin embargo, también tiene debilidades.

Edwina se interrumpió, dudando si continuar; entonces decidió que su madre podía saber la verdad.

—En primer lugar, el sexo —dijo sin rodeos, mirando a Emma retadoramente—. Va detrás de la primera cara bonita que ve. Antes de casarse con Min estaba siempre metiéndose en líos con las mujeres. —Edwina movió la cabeza de un lado a otro y se mordió el labio. Añadió en voz baja—: No sé qué es lo que sabe Min en realidad, pero yo sí sé que en los últimos dos años ha estado metido en muchos líos de faldas y, como es normal, con mujeres que no le convienen.

A Emma no le sorprendió mucho esta información, ni le interesaba especialmente, así que no se tragó el anzuelo. Miró a Edwina con curiosidad y le preguntó:

—¿Qué es lo que quieres decir exactamente con eso de mujeres que no le convienen?

—Sabes muy bien lo que quiero decir, madre. Mujeres sin pasado ni linaje. Un hombre con la posición de Anthony, un par del reino con enormes responsabilidades debería tener una esposa aristocrática, de su propia clase, que entienda su forma de vida.

Conteniendo la risa que le causaba el esnobismo de Edwina, Emma dijo:

—¡Por el amor de Dios! Deja de hablar como una condesa victoriana. Vivimos en el siglo XXI..., bueno, casi. Estás anticuada, querida.

—Debería haber imaginado que me dirías algo así —contestó Edwina con voz altanera—. Debo admitir que me sorprendes constantemente, madre. Para ser inmensamente rica y poderosa, te muestras muy despreocupada con ciertas cosas. El pasado es una de ellas.

Emma se rió entre dientes y tomó un sorbo de jerez; los ojos le brillaban por encima de la copa.

—Siempre sale a hablar quien tiene por qué callar —dijo sonriendo otra vez.

Edwina enrojeció y, arrugando la nariz en una mueca de disgusto, comentó:

—Me horroriza pensar con quién acabará si se llega a divorciar.

—Se va a divorciar —dijo Emma en tono suave—. Creo que harías mejor aceptándolo. *Inmediatamente.* Es un hecho que no puedes cambiar.

—Eso lo veremos. Antes de nada, Min tiene que acceder.

—Pero, querida Edwina, ya ha accedido.

Edwina se quedó conmocionada, mirando a su madre con ojos horrorizados, tratando de digerir sus palabras. Por un momento, no le creyó, pero luego, descorazonada, reconoció que su madre decía la verdad. Emma Harte podía serlo todo, pero no una mentirosa. Es más, siempre disponía de información fiable, exacta. Finalmente, Edwina murmuró:

—Pero..., pero... —Le falló la voz y no pudo continuar. Cogió el vaso con mano temblorosa y lo volvió a dejar en la mesa sin haber bebido. Dijo lentamente—: Pero anoche, cuando cenamos juntas, Min no me dijo nada. ¡Qué extraño! Siempre hemos estado muy unidas. Ha sido como una hija para mí. Me pregunto por qué no ha confiado en mí. Antes siempre lo hacía. —La cara de Edwina era el retrato del desaliento mientras pensaba en la extraña conducta de Min y en su desconcertante reticencia.

Por primera vez, en un momento de inspiración, Emma comprendió por qué su hija parecía tan desolada. Obviamente, se llevaba bien con Min, siempre había disfrutado de la compañía de su nuera. Sí, se encontraba a gusto, segura con ella. Al desbaratar el matrimonio, Anthony ponía en peligro su mundo o, al menos, eso es lo que Edwina creía. Le aterraba pensar en un cambio, en una nueva mujer en la vida de su hijo, alguien que quizá no la aceptaría como lo había hecho Min, que incluso podría alejarla de su hijo.

Inclinándose hacia Edwina, Emma le dijo con más amabilidad de lo normal:

—Quizá Min tenía miedo a decírtelo, de apenarte más. Mira, no tienes por qué temer nada de este divorcio. No va a cambiar tanto tu vida, y estoy segura de que Anthony no tendrá inconveniente en que sigas siendo amiga de Min. —Intentó sonreír—. Y, después de todo, Anthony se va a divorciar de Min, no de ti, Edwina. Nunca te haría daño —dijo apaciguadora.

—Ya lo ha hecho. Su comportamiento es imperdonable. —La voz de Edwina era áspera e intransigente, y su rostro estaba lleno de amargura.

Emma se echó hacia atrás, y dejó escapar la irritación que había estado conteniendo. Las líneas de su boca se endurecieron y sus ojos adoptaron una expresión fría.

—Eres una mujer egoísta, Edwina —la reprendió—. No piensas en Anthony; sólo te preocupas por ti. Dices que tu hijo es el centro de tu vida... Bueno, si lo es, lo demuestras muy mal. Necesita tu amor y apoyo en estos momentos difíciles, no tu resentimiento. —Emma la miró con reproche—. No te entiendo. No sólo guardas resentimiento y hostilidad hacia mí, sino hacia todo el mundo. No consigo imaginarme por qué. Has tenido una vida fácil, tu matrimonio fue feliz, al menos creo que lo fue. Sé que Jeremy te adoraba, y siempre he pensado que tú le quisiste. —Sus ojos permanecían clavados en Edwina—. ¡Espero que le amaras realmente! Por tu propio bien. Y, sin embargo, a pesar de todas las cosas bonitas que te ha ofrecido la vida, estás consumida por la hostilidad. Por favor, acaba con ese agobio, arranca ya la tristeza de tu corazón.

Edwina permaneció en silencio, con la expresión obstinada de siempre. Emma continuó:

—Confía en tu hijo. Confía en su buen juicio. Yo lo hago. Luchar contra ese divorcio es como darse golpes contra la pared. No podrías ganar. De hecho, acabarás derrotada. Perderás a Anthony para siempre. —Escudriñó la cara de su hija, buscando un signo de tolerancia por su parte, pero seguía impertérrita e inflexible.

Suspirando, Emma pensó: «Renuncio. Nunca la convenceré.» Entonces se sintió impulsada a hacer un último intento de persuadir a su hija. La previno seriamente:

—Acabarás siendo una vieja solitaria. No puedo creer que eso te atraiga. Y si piensas que tengo algún interés personal, recuerda que no gano nada con esto. De verdad, Edwina, simplemente quiero prevenirte para que no cometas un fallo terrible.

Aunque Edwina aparecía insensible, encogida en el sillón, y evitaba la mirada penetrante de su madre, había escuchado atentamente y asimilado las palabras de Emma. Habían dado en el blanco, aunque Emma pensase lo contrario. Algo bullía en lo más profundo de la mente de Edwina.

Era una débil consciencia de su equivocación. De repente, se sintió incómoda consigo misma, culpable hacia Anthony. Había sido egoísta, más de lo que hasta ese momento había imaginado. Era verdad que quería a Min como a la hija que nunca había tenido, y le daba miedo pensar que iba a perderla. Pero temía más perder a su hijo. Y eso ya había empezado a suceder.

Edwina no era una mujer perspicaz ni lista, pero no carecía de cierta inteligencia, y ésta le decía que Anthony había recurrido a su abuela desesperado, que había confiado en Emma en vez de en ella. El resentimiento y el orgullo, sus peores cualidades, se agitaban en su interior pensando en la traición de su hijo. Y entonces, con una sensatez poco común en ella, desechó estos sentimientos. En realidad, Anthony no había sido traicionero ni desleal. *Todo era culpa suya*. Le estaba apartando de ella, como había señalado su madre. Emma quería sinceramente eliminar las desavenencias que existían entre ella y su hijo. Quería que permaneciesen unidos; eso era obvio, si consideraba sus palabras desapasionadamente y con justicia. Al reconocer esto se sorprendió y, en contra de su voluntad, experimentó un sentimiento de gratitud hacia su madre por intentar ayudarle.

Edwina habló lentamente, con voz apagada:

—Ha sido un trauma, me refiero al divorcio. Pero tienes razón, madre. En primer lugar, debo pensar en Anthony. Sí, es su felicidad lo que cuenta.

Por primera vez en su vida, Edwina recurrió a Emma en busca de ayuda. De alguna forma, su ira y amargura se habían disipado, y le preguntó:

—¿Qué crees que debería hacer, madre? Debe de estar enfadado conmigo.

Como creía que sus intentos por hacer entrar en razón a Edwina en ningún momento habían hecho efecto, Emma se sorprendió un poco por este cambio inesperado de actitud. Haciendo rápido acopio de sus pensamientos, comentó:

—No, no está enfadado. Quizá dolido o, incluso, preocupado. Te quiere mucho, ¿sabes? Lo último que quiere es romper definitivamente contigo. —Emma sonrió débilmente—. Me has preguntado qué es lo que deberías hacer. Pues bien, dile exactamente lo que me has dicho a mí..., que su felicidad es lo más importante para ti y que tiene tu apoyo en cualquier cosa que se proponga hacer en la vida.

—Lo haré —dijo Edwina—. Debo hacerlo. —Por una vez,

miró a Emma sin rencor y añadió—: Otra cosa —tragó saliva y acabó con voz ahogada—: Gracias, madre. Gracias por intentar ayudarme.

Emma asintió y apartó la vista. Aunque su cara tenía expresión tranquila, se sentía inquieta. «Tengo que hablarle de Sally —pensó—. Si no le revelo lo de las relaciones de Anthony con ella, mañana se armará una buena. La cólera de Edwina cuando les vea juntos borrará todo lo que he conseguido en la última media hora. De esta forma, tendrá tiempo de consultarlo con la almohada, quizá llegue a digerirlo. Cuando se calme, se dará cuenta de que no puede vivir la vida de su hijo por él.»

Reuniendo sus fuerzas, Emma comenzó:

—Tengo algo más que decirte, Edwina, y quiero que me escuches antes de hacer ningún comentario.

Edwina frunció el ceño.

—¿Qué es? —preguntó nerviosa, apretándose las manos en el regazo.

Emma estaba en silencio pero, por una vez, se podía leer en su cara. Edwina vio en ella preocupación. Se preparó para recibir un duro golpe, e hizo un gesto para que su madre prosiguiera.

Emma dijo:

—Anthony está enamorado de otra mujer. De Sally... Sally Harte. Mira, Edwina, yo...

—¡No! —gritó Edwina, espantada. Empalideció de pronto y se asió a los brazos del sillón para controlarse.

—*Te he dicho que me escuches hasta el final.* Acabas de decir que lo único que importa es la felicidad de tu hijo. Confío en que realmente hayas querido decir eso. Tiene la intención de casarse con Sally cuando pueda hacerlo, y tú vas...

Edwina la interrumpió otra vez:

—¡Y decías que no tenías ningún interés!

—No lo tengo —declaró Emma—. Y si crees que les he incitado a ello, estás equivocada. Yo sabía que, cuando venía a Yorkshire, salía con ella algunas veces. No lo niego. Pero no le había prestado mucha atención. En fin, parece que es muy serio. También te diré que Anthony vino a *comunicarme* sus planes, no a pedirme permiso para casarse con mi sobrina nieta. Además, hizo lo mismo con Randolph, le dijo que iba a casarse con su hija sin perdirle permiso. Puede que Randolph resulte anticuado a veces, y cuando hablé anoche con él, parecía bastante despistado.

Pero pronto le hice ver las cosas como son.

Llena de cólera, Edwina se sentó en el borde de la silla y lanzó una mirada furiosa a Emma. Examinó atentamente la cara vieja y arrugada de su madre, buscando alguna señal de duplicidad o astucia. Pero no encontraba nada, y sus velados ojos verdes parecían abiertos y francos. Luego, sin previo aviso, Edwina vio en su mente elucubrante una imagen clara de Sally Harte. Se habían encontrado hacía nueve meses, en la exposición de los cuadros de Sally en la Royal Academy. En realidad, había buscado a Edwina y se había mostrado encantadora, muy amable. En aquella ocasión, Edwina pensó que Sally se había convertido en una de las mujeres más hermosas que había visto. Aunque era una Harte de los pies a la cabeza, con el físico llamativo de su abuelo Winston, los mismo ojos azules despreocupados, el mismo pelo oscuro y revuelto.

Edwina apartó de su mente la bonita, aunque no por ello menos preocupante, imagen de Sally y centró su atención en la anciana sentada frente a ella, quien a su vez, la observaba con intensidad y severidad. Siempre dispuesta a clasificar a su madre como una manipuladora, una maquinadora que quería controlar y gobernar las vidas de todos, Edwina llegó ahora a la conclusión de que su madre no había sido más que una espectadora inocente. Por mucho que quisiese culparla de este..., este desastre, no podía. Tenía la horrible convicción de que todo era decisión de su hijo. Anthony hubiera sido incapaz de resistir aquella cara encantadora, alegre y fascinante, que tanto le había llamado la atención a ella misma. Después de todo, era su sino..., enamorarse de las caras y figuras bonitas. Sí, una vez más, Anthony se las había arreglado para liarse con una mujer que no le convenía, y todo a causa de su imperiosa sexualidad.

Edwina se enderezó con un pequeño escalofrío y dijo con voz apocada:

—Bien, madre, me has convencido de que no tienes nada que ver con estas relaciones desafortunadas, debo admitirlo. Te concedo el beneficio de la duda.

—Muchas gracias —dijo Emma.

—Sin embargo —prosiguió Edwina con decisión y con la cara impasible—, debo expresar mi desaprobación por este enlace, ¿o debo decir desenlace? Sally no está hecha para ser su esposa. Es muy poco apropiada. Para empezar, está dedicada a su profesión. La pintura siempre será lo primero para ella. En consecuencia, es casi seguro que no encajará en su vida en Clonloughlin, una vida que gira en torno a la finca, a la gente del lugar y a los pasatiempos del campo. Está cometiendo un error terrible, del que se arrepentirá el resto de su vida. Por lo tanto, tengo la intención de impedir este asunto de una vez.

«¿Cómo pude haber parido a una cabezona como ésta?», se preguntó Emma. Se levantó y, con gran firmeza y modales decididos, dijo:

—Debo irme. Shane llegará dentro de un minuto. Pero, antes, tengo que decirte dos cosas y quiero que me escuches con mucha atención. La primera se refiere a Sally. No puedes señalarla con el dedo, pues es una chica irreprochable y su reputación es impecable en todos los sentidos. En cuanto a su carrera, lo mismo puede pintar en Clonloughlin que aquí. También debo recordarte, pues eres una estúpida esnob, que no sólo ha sido aceptada por esos mentecatos de la alta sociedad a quienes tanto te gusta hacerles reverencias, sino que la cortejan con asiduidad. Gracias a Dios, ella tiene más sentido común que tú y no se ha dejado engañar por toda esa necia charlatanería sin sentido.

—Como es normal en ti, madre, ya empiezas a ofender —espetó Edwina con brusquedad.

Emma sacudió su cabeza gris, incrédula, con los labios apretados. Le hacía gracia que Edwina interrumpiera una conversación seria porque ofendía su sensibilidad. Dijo con una pequeña sonrisa helada:

—Los viejos creemos que la edad nos da licencia para decir exactamente lo que pensamos, sin importarnos si podemos ofender. Ya no me ando con rodeos, Edwina, digo la verdad. Y así lo haré hasta el día que me muera. Lo contrario es una pérdida de tiempo. Pero, volviendo a Sally, me gustaría recordarte que es una artista de prestigio. También, en caso de que lo hayas olvidado, te diré que es heredera por derecho propio, ya que mi hermano Winston dejó a sus nietos una fortuna inmensa. No te preocupes, te daré lo que te corresponde; respecto a eso, sé que el dinero no os interesa particularmente ni a Anthony ni a ti. Aunque eso no cambia los hechos, y estás haciendo el ridículo diciendo que ella no le conviene. ¡Tonterías! Sally es ideal para él. Y no nos olvidemos de sus sentimientos. Están enamorados, Edwina, y eso es lo más importante.

—¿Amor? Sexo, querrás decir. —Edwina se interrumpió al ver la mirada de desaprobación de Emma—. Bueno, tienes razón en una cosa, madre, a la familia Dunvale no le importa el dinero —acabó Edwina, con cara de haber olido algo podrido.

—Anthony es un hombre que piensa por sí mismo, eso es algo de lo que le estaré eternamente agradecida —dijo Emma con fría autoridad—. *Hará lo que desee.* Y si esta relación resulta ser un error, será su propio error. No el tuyo, ni el mío. Anthony tiene treinta y tres años. No es un mocoso en pantalones cortos. Eres tú quien debe dejar de tratarle como tal.

Bruscamente, Emma se alejó de Edwina y se dirigió a la mesa que estaba frente a la ventana. Se quedó tras ella, mirando a su hija fijamente.

—Así que, Edwina querida, si quieres hablar con Anthony, te sugiero que limites tu conversación a maternales palabras de amor y preocupación por su bienestar. Y quiero que te contengas cuando mencione a Sally, pues no hay duda que lo hará. No creo que tolere ninguna crítica ni a ella ni a sus planes futuros.

Sonó una bocina al otro lado de la ventana, y las dos mujeres se sobresaltaron. Emma miró por encima del hombro y vio a Shane saliendo de su «Ferrari» rojo. Se volvió hacia Edwina, cogió la libreta de direcciones de encima de la mesa y se la mostró.

—Aquí encontrarás el número de Randolph. Anthony está en «Allington Hall». Sigue mi consejo, llama a tu hijo y haz las paces con él. —Luego, añadió con firmeza—: Antes de que sea demasiado tarde.

Edwina seguía rígida en su asiento, sin que su blanca y temblorosa boca pronunciara un solo sonido.

Emma la miró fugazmente al pasar junto al sillón. Luego cogió el bolso y la chaqueta, y salió de la habitación. Mientras cerraba la puerta con suavidad, se dijo que había hecho todo lo posible por resolver aquel incómodo problema familiar y, al mismo tiempo, ser amiga de Edwina. Pero Edwina y ella no importaban. Vivirían en la misma tregua armada de siempre. En el presente, sólo importaban Anthony y Sally.

Emma se irguió y cruzó con pasos firmes el recibidor de mármol hasta la puerta principal. Y no perdía la esperanza de que Edwina reconsiderase su actitud hacia su hijo y le diese su consentimiento.

CAPÍTULO VIII

Blackie O'Neill tenía un plan.

Y pensar en él, cosa que hacía con frecuencia en los últimos días, le producía gran satisfacción. Le divertía principalmente porque nunca había planeado nada en toda su vida.

Era Emma la que siempre lo planeaba todo. Cuando era una chiquilla, con vestidos llenos de remiendos y botas destrozadas, ideó su Plan con P mayúscula. Aquel plan era tan grandioso que no dejaba lugar para las dudas y, cuando finalmente lo puso en práctica, la sacó de Fairley y la lanzó al mundo en busca de fama y fortuna. Después, trazó innumerables planes: para la primera tienda, la segunda y la tercera; luego, para adquirir el almacén «Gregson», las fábricas de Fairley y, con David Kallinski, para lanzar la línea «Lady Hamilton» en el mundo de la moda. Y, por supuesto, también ideó el Plan de Construcción, al que se refería siempre como si también estuviese escrito con letras mayúsculas. Él había sido una parte de este plan, el más grandioso de todos, pues dibujó los planos y construyó el enorme almacén de Knightsbridge. Este edificio aún seguía en pie, como una orgullosa muestra de los éxitos más extraordinarios de Emma.

Sí, desde que la conocía, Emma no había dejado de fraguar un plan tras otro y, según su inimitable estilo, todos habían sido llevados a la práctica con decisión y consumada habilidad. Y, después de cada triunfo, ella sonreía fríamente y le decía: «¿Ves? Te dije que funcionaría.» Él echaba la cabeza hacia atrás y se reía estruendosamente y la felicitaba e insistía en que debían celebrarlo. Y entonces su cara se suavizaba; y él sabía, aunque ella no lo demostraba, que se sentía embargada por la excitación.

Pero él nunca había trazado ningún plan.

De hecho, todo lo que le había ocurrido a Blackie O'Neill en su larga vida había sido por casualidad.

Cuando, siendo un bribonzuelo, vino de Irlanda para trabajar en los canales de Leeds con su tío Pat, no imaginaba, ni en sus fantasías más desbocadas, que se haría

108

multimillonario. Sí, siempre había alardeado ante Emma, cuando ella trabajaba de criada en «Allington Hall», de que se iba a convertir en un «ricachón», pero, por aquel entonces, aquello parecía muy poco probable. Era todo pura charlatanería y, en secreto, se burlaba de sí mismo. Pero luego resultó que sus fanfarronadas no se quedaron solamente en palabras.

A lo largo de los años, Emma le tomó el pelo a menudo diciéndole que tenía la suerte de los irlandeses, lo que, en muchos aspectos, era cierto. Había trabajado con ahínco, pero lo cierto era que siempre parecía tener la suerte de su lado y la buena fortuna le favorecía continuamente. En su vida privada había sufrido momentos de terrible tristeza y pesar. En primer lugar, había perdido a su amada Laura cuando era muy joven, pero ella le dio un hijo, y Bryan era para él lo mejor que le había deparado la fortuna. Desde niño, Bryan fue cariñoso y encantador, y siempre habían permanecido unidos, y hasta el presente habían disfrutado de unas relaciones excepcionales. Bryan era perspicaz y listo, y en los negocios demostraba audacia y talento. En realidad era un genio y, juntos, habían hecho de «O'Neill Construction» una de las empresas de construcción más grandes e importantes de Europa. Cuando Geraldine, la mujer de Bryan, heredó dos hoteles de su padre, Leonard Ingham, fue Bryan quien tuvo la perspicacia de quedarse con ellos. Aquellos hotelitos de Scarborough y Bridlington, de tipo familiar, se convirtieron en el núcleo que daría lugar a la cadena «O'Neill», hoy una empresa internacional con acciones cotizables en la Bolsa de Londres.

Pero, ¿había planteado Blackie todo aquello? No, nunca. Todo había ocurrido por casualidad, por un capricho de la fortuna. Él, por supuesto, había sabido reconocer su oportunidad cuando se le presentaba, y no había dudado en aprovecharla al máximo cada vez.

De ese modo, y lo mismo que Emma, había creado su propio imperio y fundado su propia dinastía.

Estos pensamientos cruzaban por la mente de Blackie mientras se vestía para la cena y, de vez en cuando, se reía entre dientes pensando en su Plan con P mayúscula. No era raro que tuviese que ver con Emma con quien, últimamente, pasaba mucho tiempo. *Había decidido llevarla en un viaje alrededor del mundo.* Cuando se lo sugirió, hacía algunas semanas, Emma le puso mala cara, se burló de su idea y le dijo que estaba demasiado atareada y preocupada con sus asuntos como para marcharse despreocupadamente al extranjero. Aparentemente, la zalamería irlandesa y los modales persuasivos de Blackie no habían surtido efecto. A pesar de ello, había decidido salirse con la suya. Después de pensárselo mucho y de estrujarse la cabeza, había concebido un plan, y la clave era Australia. Blackie sabía que Emma deseaba en secreto ir a Sidney para ver a su nieto Philip McGill Amory, que se estaba preparando para hacerse cargo del gran imperio McGill. También sabía que Emma contemplaba con recelo la idea de un viaje largo y agotador hasta el otro confín del mundo, y que todavía dudaba en hacerlo.

Pero él la llevaría, y viajarían a lo grande.

Naturalmente, cuando le explicase lo cómodo, lujoso, descansado y despreocupado que sería el viaje, ella sería incapaz de resistirse. Primero irían a Nueva York, donde pasarían una semana antes de marcharse a San Francisco a pasar otros siete días. Una vez que hubiesen descansado y tomado fuerzas, darían un salto hasta Hong Kong y el Extremo Oriente y, así, lentamente, alcanzarían su destino en cómodas etapas.

Y se aseguraría por todos los medios de que se lo pasarían bien. Blackie ya no podía contar las veces que se había preguntado si Emma se había divertido alguna vez en su vida. Quizá su diversión había consistido en convertirse en una de las mujeres más ricas del mundo. Pero, por otro lado, no estaba seguro de que esta actividad incansable le hubiese proporcionado mucho placer. Estaba preparando todo tipo de diversiones, y el joven Philip sería el cebo que utilizaría para tentarla; si no se equivocaba, ella no podría resistirse.

Blackie se abrochó la camisa y se miró desde lejos en el espejo con ojo crítico.

«Suficientemente serio —pensó—. Conociendo a Emma, sé que me tomaría el pelo si me pongo uno de mis trajes llamativos.» Hacía muchísimo tiempo que, por lo menos hasta cierto punto, Emma había criticado sus llamativos chalecos con brocados, los trajes de corte complicado y las joyas exageradas; Emma le había curado completamente. Bueno, casi. De vez en cuando, Blackie no podía resistir la tentación de usar una corbata de colores llamativos o algún extravagante pañuelo estampado, pero siempre se aseguraba de no ponerse nada así cuando iba a ver a

Emma. Se puso la chaqueta azul marino, se arregló el cuello de la camisa blanca y asintió ante el espejo. «Puede que sea vejete, pero esta noche me siento como un niño travieso», pensó con otra sonrisa.

Aunque ya tenía el pelo totalmente blanco, los ojos negros de Blackie seguían siendo tan alegres y traviesos como cuando era joven, y su corpulencia no había disminuido con la edad. Estaba rebosante de salud y parecía más un hombre de setenta años que de ochenta y tres. Seguía teniendo una mente ágil y despierta, y para él, lo mismo que para Emma, la senilidad era una palabra extraña.

Deteniéndose en el centro de la habitación, pensó por un momento en la velada de hoy, en el asunto de negocios que discutiría con Emma. Se alegraba de que Shane y él hubiesen decidido confiarle aquel asunto. Una vez eso se hubiese solucionado y cuando se quedasen solos, conduciría la conversación hacia el viaje. «No será fácil —se dijo—. Sé que es una obstinada.» Cuando conoció a Emma, se dio cuenta desde el principio de que tenía la voluntad más pertinaz con que él se había encontrado nunca y, con los años, se había hecho aún más inflexible.

Recordó una escena que le transportó al pasado: a 1906. Era un día frío y triste de enero. Emma, sentada junto a él en el tranvía de Armley, estaba guapísima con su nuevo abrigo negro de lana, la bufanda negra y verde y la boina escocesa que él le había regalado por Navidad. Los tonos verdes del tartán resaltaban el verde profundo de sus ojos, y los negros, la perfección de su piel de alabastro.

«¡Qué cara tan pálida tenía ese domingo! Pero eso no estropeaba su encanto —pensaba al recordar claramente todos los detalles de aquella tarde—. Ella tenía diecisiete años y llevaba a Edwina en sus entrañas. ¡Qué obstinada había sido!» Tuvo que utilizar todos sus poderes de persuasión para hacer que subiera a aquel tranvía. No quería ir a Armley, ni conocer a su querida amiga Laura Spencer. Pero cuando las dos chicas se conocieron, se tomaron simpatía inmediatamente y fueron amigas íntimas hasta el día en que murió la pobre Laura. Sí, las terribles preocupaciones de Emma cesaron cuando se mudó a la confortable casita de Laura, y él experimentó un alivio enorme sabiendo que Laura cuidaría de ella y la atendería. Aquel día había ganado, igual que pensaba ganar hoy, sesenta y tres años después.

Abrió el cajón superior de la cómoda que había al otro

lado de la habitación, cogió una cajita de cuero negro y la miró pensativamente. Después, se la metió en el bolsillo. Tarareando, salió de la habitación con pasos firmes y se fue escaleras abajo.

Blackie O'Neill aún vivía en la gran mansión de estilo rey Jorge que se había construido en 1919 en Harrogate. Una escalera amplia y elegante, tan hermosa que parecía flotar, desembocaba en un encantador recibidor circular de generosas dimensiones y paredes color albaricoque que hacían de contrapunto al resplandeciente suelo de mármol blanco y negro. Las losas de mármol estaban dispuestas en forma romboidal, y arrastraban los ojos de los que las miraban hasta las hornacinas dispuestas a ambos lados de la puerta principal. En ellas se alzaban sendas estatuas de mármol blanco, de las diosas griegas Artemisa y Hécate, respectivamente, alumbradas por focos ocultos. Apoyada contra la pared, debajo de un espejo también estilo rey Jorge, había una elegante consola estilo sheraton, decorada con motivos de frutas exóticas y flanqueada por dos sillas asimismo sheraton, tapizadas en terciopelo color albaricoque. Una araña de cristal y bronce dorado, antigua, colgaba del techo en forma de cúpula, e iluminaba la elegancia sin ostentación del recibidor.

Tras cruzar la estancia, Blackie entró en el salón. En la chimenea estilo neoclásico ardía un alegre fuego y las lámparas con pantallas de seda proyectaban su cálida luz sobre las paredes de color verde claro y los sofás y las sillas tapizadas de una seda verde más oscura. Las espléndidas pinturas y las antigüedades estilo sheraton y hepplewhite contribuían a la elegancia de la habitación, que ilustraba perfectamente el buen gusto de Blackie para la decoración.

Tomó el cuello de la botella de champán que estaba en el cubo de hielo y se puso a darle vueltas y echarle hielo por encima; luego, cogió un puro de la tabaquera-humedecedor y se dirigió a su sillón favorito, a esperar. No había acabado de cortar y encender el puro, cuando les oyó en el recibidor. Dejó el cigarro en el cenicero y se levantó.

—¡Vaya, ya has llegado, preciosa! —gritó, apresurándose a recibir a Emma, que ya entraba en la habitación. Su rostro rojizo sonrió abiertamente mientras exclamaba—: ¡Eres una bendición para los ojos! —La estrechó suavemente contra su enorme pecho, la apartó luego y la sostuvo por los hombros mientras la miraba. Sonrió otra vez, con los ojos llenos de admiración—. Hoy eres mi musa.

Emma le devolvió la sonrisa, rebosante de amor y cordialidad.

—Gracias, querido Blackie. Debo admitir que tú tampoco estás mal. Es un traje muy bonito. —Sus ojos brillaban de alegría mientras le acariciaba las mangas con mano experta—. Mmmm. Un tejido muy bueno. Me parece una de nuestras mejores telas.

—Es de las tuyas —dijo Blackie, lanzando un guiño a Shane, que se encontraba detrás de Emma—. ¿Me pondría yo otra cosa? Pero, vamos, preciosa, siéntate aquí, que te voy a traer una copa de champán.

Emma se dejó conducir hasta el sofá. Se sentó alzando las cejas.

—¿Es que celebramos algo?

—No; en realidad, no. A menos que sea el haber llegado a esta edad con tan buena salud. —La tomó por los hombros con afecto y añadió—: Ya sé que prefieres el vino a esas cosas fuertes. —Miró a Shane—. ¿Quieres servir las bebidas, chaval? Sírveme un trago de mi whisky irlandés.

—En seguida, abuelo.

Blackie se sentó enfrente de Emma, cogió el puro y le dio unas bocanadas con aire pensativo; luego le dijo:

—Supongo que, como es normal, has tenido un día muy agitado. Empiezo a preguntarme si te jubilarás algún día..., como siempre amenazas con hacer.

—No creo que lo haga nunca. —Emma se rió—. Sabes muy bien que pienso morirme con las botas puestas.

Blackie le lanzó una mirada de amonestación.

—No me hables de morir. Es algo que no tengo intención de hacer hasta dentro de mucho tiempo. —Gruñó un poco—. Todavía tengo que hacer muchos estropicios.

Emma se rió con él, y también Shane, que ya se acercaba con las bebidas. Todos brindaron. Shane bebió un poco de su whisky.

—¿Me perdonáis unos minutos? Tengo que llamar a Winston —dijo.

—Espero que tengas más suerte que yo —señaló Emma—. Antes lo he estado intentando durante un rato. Primero daba comunicando, y luego no lo cogían.

Shane frunció el ceño.

—Quizás haya ido un momento al pueblo. ¿Algún recado, tía Emma?

—Dile que no hemos... —pero cambió de opinión y dejó la frase sin terminar—. Es igual, Shane. No es importante.

Le veré mañana, y estoy segura de que tendré la oportunidad de charlar un momento con él.

Cuando se quedaron solos, Blackie se inclinó hacia delante, tomó la mano de Emma entre las suyas y se quedó mirándola a la cara fijamente.

—Es magnífico verte otra vez, querida mía. Te he echado de menos.

Los ojos de Emma brillaban.

—¡Venga ya, viejo tonto! Nos vimos anteayer —exclamó divertida—. No me digas que has olvidado la cena en Pennistone.

—¡Por supuesto que no! Pero como me preocupo tanto por ti, eso me parece mucho tiempo. —Le dio unas palmaditas de afecto en la mano y se recostó en el respaldo de la silla. La miraba embelesado—. De verdad que hablaba en serio cuando te he dicho que estabas guapa, Emma. Estás deslumbrante con ese vestido; te sienta muy bien, jovencita.

—¡Vaya jovencita! Pero, gracias, me alegro de que te guste —contestó, con una sonrisa de satisfacción—. Lo escogió en «Balmain's» mi amiga Ginette Spanier y me lo mandó de París la semana pasada. Pero lo cierto es que Edwina ha estado bastante mordaz antes. Me ha dicho que es demasiado joven para mí; el color, ya sabes.

La expresión de Blackie se alteró radicalmente.

—Era por fastidiar, Emma. Su resentimiento es más grande que ese viejo roble que está ahí fuera en el jardín. Nunca cambiará. —Percibió la expresión de dolor que rozó la cara de Emma, y en la suya se formaron arrugas de preocupación. En su interior, maldecía a Edwina. Siempre tratando de molestar. Al igual que la mayoría de sus hijos. A un par de ellos no le importaría nada estrangularlos con sus propias manos. Lanzó acaloradamente—. ¡Espero que no te habrá dado ningún disgusto!

—No, no...

Parecía dudar un poco, y Blackie se dio cuenta de ello inmediatamente. Sacudió la blanca y leonina cabeza y resopló con exasperación.

—Nunca entenderé a Jim. No sé lo que le ha inducido a invitarla. En mi opinión, ha sido una tontería.

—Sí, Paula también estaba molesta, pero yo he decidido no intervenir. Pensé que no tendría importancia. Pero... —Emma se encogió de hombros y, como le confiaba a Blackie la mayoría de las cosas, le contó su conversación

114

con Edwina y sus intentos de hacerle razonar.

Blackie la escuchaba con atención, asintiendo de vez en cuando. Cuando ella acabó, dijo en voz baja:

—Bueno, me alegro por Sally, si es eso lo que quieres. Es una chica encantadora, y Anthony un buen chaval. Con los pies en su sitio, y nada presuntuoso, que es mucho más de lo que puedo decir de su madre. —Hizo una pausa. Los recuerdos se agolparon en su cabeza. Añadió lentamente—: Era bastante rara de niña y nunca se mostró muy amable contigo, Emma. Si no recuerdo mal, y créeme que tengo buena memoria, estaba siempre ofendiéndote. No he olvidado cómo demostraba su preferencia por Joe Lowther, y de forma tan obvia. Era una bruja, y todavía lo sigue siendo. Por favor, prométeme que te olvidarás del asunto de Anthony. No quiero que te preocupes a causa de Edwina. No se lo merece.

—Tienes razón, te lo prometo —sonrió abiertamente—. Olvidémonos de Edwina. ¿Adónde me vas a llevar a cenar? Shane parecía muy misterioso cuando veníamos hacia acá.

—¿De veras, encanto? —Blackie sonrió de oreja a oreja—. Si te digo la verdad, Emma, no recordé ningún sitio lo suficientemente agradable, así que le dije a la señora Padgett que nos preparase la cena. Sé que te gusta cómo cocina y ha preparado un apetitoso trozo de cordero. Le he dicho que ponga también patatas nuevas, coles de Bruselas y budín al estilo de Yorkshire, tu plato favorito. Bueno, querida, ¿qué te parece?

—Estupendo, me alegro de que no salgamos. Se está mejor aquí, y estoy un poco cansada.

La examinó atentamente con los ojos entrecerrados, casi ocultos por las pobladas cejas.

—¡Ah! —dijo con suavidad—. Así que por fin lo admites. Me gustaría que dejases de trabajar tanto. Ya no hay necesidad de eso, y lo sabes.

Rechazando el comentario con una sonrisa, Emma se acercó a él. Sin poder ocultar su curiosidad por más tiempo, le preguntó con impaciencia:

—¿Sobre qué quieres mi consejo? Esta mañana parecías muy cauteloso por el teléfono.

—No tenía intención de ello, querida. —Bebió un poco de whisky, lanzó un sonido y continuó—: Pero, si no te importa, preferiría esperar a que regrese Shane, pues es algo que también le incumbe a él.

—¡Vaya si me incumbe! —exclamó Shane con un tono

forzado—. En primer lugar, fue idea mía. —Se sentó en el sofá junto a Emma, se acomodó, cruzó las piernas y se volvió hacia ella—. Winston me ha dicho que siente no haber podido hablar contigo. Estaba en el jardín, preocupado por el inminente desbordamiento del arroyo. —Miró a su abuelo—. Acabo de llamar a Derek para decirle que manden un par de hombres mañana a «Beck House» y arreglen aquello.

—Sí, es una buena idea. Pero tendrán que hacerlo mejor que el año pasado —señaló Blackie mordazmente—. Si me hubieseis escuchado, se hubiese hecho bien a la primera. Te explicaré un par de cosas. —Y empezó a hacerlo, sin darle a Shane la oportunidad de que respondiese. Se pasaron varios minutos explicando varios métodos de refuerzo. Parecían un par de construcciones a punto de acometer un gran proyecto. Blackie expresaba sus opiniones a voces, lo que divertía mucho a Emma. Aún era todo un albañil.

Pero pronto perdió interés en esa conversación un tanto técnica. Empezaba a ser consciente de la presencia de Shane junto a ella. Con su corpulencia, más que ocupar una parte del sofá, lo llenaba completamente. Por primera vez en años, se puso a mirarle con ojos curiosos y objetivos; no como una vieja amiga de la familia, sino como una mujer joven, quizá como una extraña. ¡Qué aspecto tan maravilloso tenía esta noche, con aquel traje gris impecablemente cortado, la camisa de seda fina azul pálido y la corbata gris plateada. Había heredado la constitución de su abuelo, la ancha espalda y los fuertes hombros, al igual que el pelo negro y los ojos vivos de Blackie. También tenía la piel morena, pero ese suave tono cobrizo era producto del sol de las laderas de los Alpes o de las playas del Caribe, no de trabajar al sol de peón caminero, como lo hizo su abuelo.

«Se parece mucho a Blackie cuando tenía su edad. Aunque la cara es diferente —pensó, mirándole furtivamente—. Tiene la misma raya que Blackie en la barbilla y los mismos hoyuelos en las mejillas cuando se ríe. Y el largo labio superior revela su origen celta. Apuesto a que ha roto ya muchos corazones», se dijo con una sonrisa de regocijo. Entonces experimentó una pequeña punzada de pena por Sara. «Es fácil comprender por qué se ha enamorado de él.» Era un joven espléndido, que rezumaba virilidad y hombría y extremadamente amable y afectuoso. Una combinación explosiva, y ella conocía demasiado bien a hombres como Shane O'Neill. Ella misma había amado a un hombre así y él le había roto el corazón cuando era joven, vulnerable y estaba enamorada. Pero él volvió para consolarla y, al final, le dio una felicidad y una plenitud inmensas. Sí, Paul McGill tenía esa misma fuerza y ese encanto fatal que Shane poseía en abundancia.

—Estás soñando despierta, querida Emma —dijo Blackie.

Ella cambió de postura y sonrió levemente.

—No, espero pacientemente a que acabéis de hablar de ese condenado arroyo para que podamos ir al grano y tratar del asunto acerca del cual te gustaría que te diese mi opinión.

—¡Ah, sí! Estamos perdiendo el tiempo —admitió, más amable que nunca. De hecho, Blackie parecía más radiante de alegría que nunca. Miró primero a Emma, y luego a Shane—. Bueno, chaval —dijo—, llena hasta arriba el vaso de Emma y relléname el mío, que vamos a charlar un rato.

Fue Shane quien comenzó, mirando muy fijamente a Emma y con un tono tan serio como su expresión. Habló con rapidez y claridad, como era su costumbre al tratar de negocios, yendo al grano sin ningún preámbulo. Emma apreciaba esta franqueza y, a cambio, le prestó toda su atención.

—Llevamos años con ganas de construir o adquirir un hotel en Nueva York. Papá y yo hemos pasado mucho tiempo analizando las posibilidades. Hace poco, hemos encontrado el lugar ideal. Es un hotel residencial situado en alguna de las calles Sesenta Este. Está anticuado, por supuesto, y hay que hacer considerables obras en el interior, casi una reconstrucción. Eso es lo que haremos, muy probablemente. ¿Sabes? Hemos hecho una oferta y nos la han aceptado, así que vamos a comprarlo. Ya se están redactando los documentos.

—¡Felicidades, Shane, y a ti también, Blackie!

Emma miró a uno y luego al otro con cara de sincera alegría.

—Pero, ¿en qué os puedo ayudar yo? ¿Por qué queríais hablar conmigo? No sé nada de hoteles, excepto si son o no cómodos y si funcionan bien.

—Pero conoces Nueva York, Emma —contestó Blackie, inclinándose hacia delante con intención—. Ése es el *motivo* por el que queremos hablar contigo.

—No estoy segura de seguirte...

—Necesitamos que nos dirijas hacia la mejor gente —le interrumpió Shane, queriendo entrar de lleno en el asunto.

Clavó sus brillantes ojos negros en ella.

—Tengo la impresión de que tú has hecho tuya esta ciudad en muchos aspectos, así que debes de saber qué es lo que la hace funcionar. O mejor, qué es lo que hace funcionar los negocios y el comercio de Nueva York.

Las líneas de su boca generosa se extendieron en una atrevida sonrisa.

—Queremos explotar tu cerebro y usar tus contactos —acabó, mirándola con atención, con el atrevimiento dibujado aún en su cara.

Los ojos de Emma brillaban regocijados. Siempre le había gustado el estilo de Shane, su franqueza e infantil desfachatez. Esbozó una sonrisa.

—Ya veo. Sigue —dijo.

—Bien —contestó Shane, poniéndose serio otra vez—. Mira, somos una empresa extranjera y, en mi opinión, Nueva York es una ciudad en la que resulta muy difícil introducirse. No podemos hacerlo así, en frío..., bueno, sí podríamos, pero nos costaría mucho trabajo. Estoy seguro de que nos afectaría mucho. Necesitamos consejeros, los adecuados, y algunas buenas conexiones. En primer lugar, políticas. Necesitaremos ayuda en los sindicatos y en algunos otros asuntos. Estoy seguro de que sabes de qué hablo, tía Emma. ¿Dónde vamos? ¿A quién nos dirigimos?

Emma había puesto su cerebro a trabajar con la rapidez y precisión de siempre, viendo el sentido común en las palabras de Shane. Había analizado la situación atinadamente. Se lo hizo saber y luego siguió sin dudar:

—Sería muy poco acertado por vuestra parte que empezaseis a operar en Nueva York sin un apoyo influyente. Necesitaréis tener a todo el mundo de vuestro lado, y la única forma de conseguir eso es a través de los amigos. Buenos amigos con influencia. Creo que puedo ayudar en algo.

—Sabía que si alguien podía, serías tú. Gracias, tía Emma —dijo Shane.

Ella observó que se había relajado ante sus palabras.

—Sí, te lo agradecemos mucho, querida —añadió Blackie, levantándose de la silla.

Cogió su bebida de la consola que estaba detrás del sofá y le añadió más hielo y agua.

—Venga, Shane, haz lo que te ha dicho Emma.

Se puso tras ella y la cogió por los hombros con cariño, suavemente. Emma miró hacia atrás con expresión interrogante. Blackie gruñó:

—¡Oh, sí! Aún hay más —dijo mientras se dirigía lentamente al sillón junto a la chimenea.

—En los trámites de compra del hotel —añadió Shane—, nos representa una sólida y bien establecida firma de abogados especializada en asuntos inmobiliarios. De cualquier forma, creo que vamos a necesitar más representantes para otros asuntos. Me gustaría encontrar algún otro gabinete de abogados que tenga influencia política y conexiones que ofrezcan garantías. ¿Nos puedes sugerir algo al respecto?

Emma meditó un momento.

—Sí, por supuesto —contestó—. Os podría enviar a mis abogados y a algunas otras personas que os serían de utilidad. Pero mientras te escuchaba, he estado pensando mucho, y creo que hay una persona que os sería de más ayuda que yo, mis abogados y mis amigos todos juntos. Se llama Ross Nelson. Es banquero: de hecho se trata del director de un Banco privado. Tiene muy buenas conexiones en Nueva York; en realidad, en todos los Estados Unidos. Estoy segura de que él os recomendará a los abogados que más os convengan para vuestros propósitos, aparte de que os asistirá en otros asuntos.

—Pero, ¿lo hará? —preguntó Shane con tono de duda.

—Lo hará si *yo* se lo pido —dijo ella brindándole a Shane una sonrisa de seguridad—. Puedo llamarle el lunes y explicárselo todo. Espero que conseguiré su ayuda inmediatamente. ¿Quieres que me encargue de ello?

—Sí, claro que quiero. *Queremos.* —Volvió la cabeza hacia Blackie—. ¿Verdad, abuelo?

—Lo que tú digas, hijo. Es tu negocio.

Blackie dio unos golpecitos con el puro en el cenicero y miró a Emma.

—Nelson, ese nombre me suena. ¿Lo conozco?

—Pues creo que sí, Blackie. Lo viste hace mucho tiempo. Ross vino a Inglaterra con su tío abuelo, Daniel P. Nelson. Si recuerdas, Dan era socio y amigo íntimo de Paul. Es el tipo que quería que mandase a Daisy con él y Alice, su mujer, a los Estados Unidos, durante la guerra. Pero, como tú ya sabes, yo nunca quise evacuar a Daisy. Bueno, pues los Nelson sólo tenían un hijo, Richard. El muchacho cayó en el Pacífico. Después de eso, Dan nunca fue el mismo. Nombró heredero a Ross, después de su mujer, por supuesto. Ross heredó el control del Banco, en Wall Street, cuando Dan murió, y Dios sabe qué más. No millones, sino *billones*. Daniel P. Nelson era uno de los hombres más ricos de América y tenía un poder inmenso.

Shane estaba impresionado, se le notaba en la cara.

—¿Cuántos años tiene ese Ross Nelson? —preguntó de pronto.

—Oh, debe de tener treinta y tantos, casi cuarenta, no más.

—¿Estás segura de que no le importará ayudarnos? No me gustaría que tomase tu ruego por una imposición. Esas situaciones pueden traer complicaciones —señaló Shane.

Le intrigaba Nelson, quería saber más de él. Cogió su bebida y tomó un trago, observando a Emma por el rabillo del ojo.

Emma rió en silencio.

—Me debe unos cuantos favores. No lo tomará como una obligación, eso puedo asegurártelo.

Sus ojos verdes miraron a Shane con perspicacia.

—Conozco a Ross, y esperará algo a cambio. Negocios, de una u otra clase, estoy segura de ello. La verdad es que podrías hacer algunas inversiones en su Banco y dejar que ellos te llevasen tus asuntos en este lado del Atlántico. Podría ser peor. —Su voz adquirió un tono cínico al acabar—: Hay dos cosas que debes recordar, Shane......, un favor se paga con otro, pues en este munto no hay nada gratis. Sobre todo en lo referente a los negocios.

Shane sostuvo su mirada penetrante y fría.

—Comprendo —dijo con suavidad—. Hace tiempo que aprendí que, por lo general, recibir algo a cambio de nada no produce satisfacción. En cuanto a Ross Nelson, sabré cómo mostrarle mi gratitud, no te preocupes por eso.

Blackie, que había seguido este intercambio de palabras con un interés considerable, se dio una palmada en la rodilla y rió con estruendo.

—¡Ah, Emma! ¿No es éste un chaval listo?

Movió la cabeza con una sonrisa benevolente que expresaba su amor y su orgullo.

—Me alegra ver que sabes dónde tienes la cabeza. En cambio, sin ti nada será lo mismo.

Una ráfaga de tristeza pasó por su rostro, borrando toda expresión de alegría.

—Ya sé que es importante y necesario, pero me hace daño ver cómo te vas y, además, tan rápido. Me duele mucho, de verdad.

Emma dejó la copa y miró a Shane.

—¿Cuándo te vas, Shane?

—Me marcho a Nueva York el lunes por la mañana. Me quedaré allí unos seis meses, quizá más. Supervisaré la reconstrucción del hotel de Manhattan y bajaré de vez en cuando al Caribe para comprobar cómo marchan los demás.

—*Seis meses* —repitió sorprendida—. Eso *es* mucho tiempo. Te echaremos de menos.

«Pero quizá sea mejor que no esté aquí por una temporada —se dijo a sí misma, pensando en su nieta Sarah Lowther—. Ojos que no ven, corazón que no siente.» O, al menos, eso esperaba.

Shane interrumpió sus pensamientos.

—Yo también te echaré de menos —contestó—, y al abuelo; a todo el mundo. Pero estaré de vuelta en un abrir y cerrar de ojos. Vigila a este viejo sinvergüenza —dijo inclinándose hacia Emma y cogiéndola del brazo—. Le quiero mucho.

—Y yo también, Shane. Por supuesto que cuidaré de él.

—¡Ah, vaya, como si no nos hubiéramos cuidado hasta ahora! —repuso Blackie, muy satisfecho consigo mismo de repente, pues estaba pensando en su Plan con P mayúscula—. Hemos estado haciéndolo durante medio siglo o más, y es un hábito muy difícil de romper, ¿verdad?

—Ya me lo imagino —dijo Shane con una sonrisa. Estaba maravillado de ambos. ¡Qué pareja tan extraordinaria! El amor y el cariño que se tenían eran envidiables. Suspirando, cogió su whisky y reflexionó mientras miraba el líquido ámbar. Después de beber un trago, se volvió hacia Emma—. Pero, volviendo a Nelson, ¿qué clase de tipo es?

—En muchos aspectos, es poco común —dijo Emma lentamente, mirando a la nada, como si estuviese dibujando a Nelson en su cabeza—. Ross es engañoso. Tiene un cierto encanto y da la sensación de ser amistoso. Pero sólo en apariencia. Siempre he pensado que la frialdad y el cálculo eran innatos en él, como si pudiese salirse de él mismo y viese el efecto que causa en la gente. Su amor propio es terrible, sobre todo cuando aparecen las mujeres. Es un mujeriego, y se acaba de divorciar por segunda vez, pero esto no significa mucho. Por otra parte, he pensado constantemente que no es escrupuloso... en su vida privada.

Se paró, buscando los ojos de Shane, y añadió:

—Pero eso no nos importa ni a ti ni a mí —añadió—. En lo que respecta a los negocios, creo que sí es digno de confianza. No tienes por qué preocuparte al respecto. Pero permanece alerta, es listo, cortante como una navaja, y tiene la *necesidad* de salirse con la suya: ese monumental ego quiere salir a la superficie siempre.

—Bonito cuadro el que me has pintado, tía Emma. Resulta obvio que no puedo despistarme.

—Eso siempre es bueno, Shane, con cualquiera que negocies —dijo con una abierta sonrisa—. Por otro lado, vas a verle en busca de consejo, no a enfrentarte con él en un asunto de negocios. De hecho, pienso que te tratará muy bien, hasta creo que os llevaréis de maravilla. No lo olvides, me debe algunos favores, así que se esforzará en cooperar y ser de utilidad.

—Ya sé que tus opiniones nunca son desatinadas —contestó Shane.

Se levantó y rodeó el sofá para prepararse otra bebida, pensando en el carácter que Emma había dibujado en su breve y precisa descripción. Estaba ansioso de conocer al hombre. Era obvio que Nelson le iba a ser de gran ayuda, y se encontraba impaciente por empezar a poner en marcha las cosas del hotel de Nueva York. Necesitaba sumergirse en los negocios, alejar su mente de los preocupantes asuntos personales. Ross Nelson podría ser lo que quisiera en su vida privada, pero, ¿a quién le preocupaban sus flirteos? Todo lo que importaba era que fuese inteligente, perspicaz, digno de confianza y que estuviese dispuesto a ayudar.

Blackie se fijó en su nieto y luego en Emma.

—No estoy seguro de que me guste mucho el estilo de ese Ross Nelson —empezó a decir.

Emma le interrumpió riéndose.

—Apuesto por Shane. Ya está crecidito y sabe muy bien cómo cuidarse. De verdad, Blackie, muy bien. Incluso me atrevería a decir que Ross Nelson ha encontrado la horma de su zapato en él.

Esa observación pareció hacerle gracia, y siguió riéndose.

Shane se rió también, pero no hizo ningún comentario.

Deseaba más que nunca conocer a Mr. Ross Nelson. El banquero podría añadir la chispa a su aventura neoyorquina.

CAPÍTULO IX

Estaban sentados frente al fuego en la biblioteca, los dos solos.

Blackie tenía entre las manos una copa de viejo coñac «Napoleón» y Emma bebía una taza de té con limón. Él le había servido una copita de «Bonnie Prince Charlie», su licor *Drambuie* favorito, pero permanecía intacta en la mesa estilo sheraton que había junto a Emma. Estaban en silencio, perdidos en diversos pensamientos, después de la excelente cena de Mrs. Padgett. Shane se había marchado y, aunque ambos le querían mucho, cada uno a su manera, se alegraban de poder estar a solas un rato.

Las sombras que proyectaba el fuego se tambaleaban y bailaban en las paredes de madera de pino descolorida, que habían adquirido una suave tonalidad ámbar con la cálida luz rosada que salía del hogar. En el jardín, al otro lado de las puertas acristaladas, el viejo roble crujía, gemía y se balanceaba bajo la fuerza del vendaval que se había levantado. La puerta y las ventanas golpeteaban incansablemente y la lluvia se estrellaba contra los cristales repiqueteando, siendo difícil ver a través de la cortina de agua. Pero la habitación elegante y vieja era cálida, cómoda y agradable. Los troncos gemían, silbaban y chisporroteaban de vez en cuando, y el antiguo reloj del abuelo, el viejo centinela del rincón, emitía un tictac de acompañamiento.

Él había estado mirándola durante un rato.

En reposo, como se hallaba en ese momento, el rostro de Emma tenía un aire bondadoso; las líneas firmes y duras de la mandíbula, las mejillas y la boca eran más suaves, menos severas con la luz temblorosa. Su cabello tenía el brillo de la plata pura. Le parecía una encantadora muñeca delicada, sentada allí, relajada, perfectamente peinada y arreglada; como siempre, elegancia y refinamiento se hacían patentes en cada rasgo de su cuerpo delicado.

En realidad, no había cambiado.

Se dio cuenta de que, cuando las llamas alumbraban más, podía ver las arrugas, los párpados caídos y las pecas marrones de la edad en sus manos. Pero sabía muy bien que, en su interior, era la misma niña de siempre.

Siempre sería su indómita mujercita de los páramos, esa

pequeña criatura hambrienta y abandonada con la que se había cruzado aquella mañana de 1904, cuando iba, llena de decisión, a «Fairley Hall» a fregar y barrer para ganarse unas miserables monedas con las que ayudar a su pobre familia. Él se dirigía al mismo sitio, ya que Adam Fairley, el amo, le había contratado para enlosar el recibidor, pero se perdió de la forma más tonta en la niebla de aquellas colinas desnudas y olvidadas... ¡Hacía tanto tiempo...! Aunque, no tanto. Nunca había olvidado aquel día.

Blackie no se cansaba de mirar a Emma.

Había amado a esa mujer desde el mismo momento en que la conoció. Aquel día, en los páramos solitarios, él tenía dieciocho años y aquella niña abandonada, catorce. Toda piel y huesos e inmensos ojos color esmeralda, y se enamoró de ella como nunca, ni antes ni después, se había enamorado y se sintió unido a ella para siempre sin darse cuenta.

Una vez, le pidió que se casara con él.

Ella, creyendo que lo hacía por amabilidad, amistad y bondad, lo había rechazado. Se lo agradeció con dulzura, con la cara llena de lágrimas, y le explicó que ella y el hijo que llevaba en las entrañas, que era de otro hombre, resultarían una carga para él. Y ella no le infligiría tan terrible responsabilidad a su querido amigo Blackie.

Finalmente, él se casó con Laura Spencer, y había estado enamorado de ella con todo su corazón. Pero no por eso dejó de amar a su encantadora amiga aunque, a veces, le costaba trabajo explicarse ese amor, o razonárselo a ella o a cualquiera.

En una ocasión, casi esperaba que se casase con David Kallinski, pero, una vez más, rechazó a un joven excelente y honrado. Luego, le confió el motivo. No había querido crear problemas entre David y su familia, que era judía. Aunque Mrs. Kallinski la trataba con cariño, Emma se había dado cuenta desde hacía tiempo que, a causa de su irreligiosidad, Janessa Kallinski, que era ortodoxa, no la consideraba la nuera apropiada, pues esperaba que su hijo se casara según sus creencias.

Luego, un día, llegó Joe Lowther atropellado, valga la metáfora, y, para gran sorpresa y no poco desconcierto de Blackie, Emma se unió en precipitado y santo matrimonio con Joe. Nunca había podido comprender muy bien aquella unión. En su opinión, era difícil, si no imposible, enganchar un caballo de carreras y uno de tiro al mismo carro.

Joe había sido un hombre bueno, trabajador y triste, aunque no particularmente listo o simpático. Pero él y Blackie se llevaron bastante bien, y fueron a la guerra juntos. Blackie vio cómo Joe Lowther moría en las trincheras fangosas de la sangrienta batalla del Somme, y lloró sinceramente por él, pues Joe era un hombre muy joven para morir. Nunca pudo hablarle de la muerte horrorosa de Joe, de decirle que lo había visto hecho añicos. No lo hizo hasta muchos años después, cuando se enteró por Emma de que se había casado con Joe Lowther para protegerse ella y la niña de los Fairley, después de que Gerald Fairley hubiese intentado violarla una noche en su tiendecita de Armley. «No fue tan frío y calculado como parecía —le había dicho ella—. Joe me gustaba, lo cuidé y, como era un hombre bueno, resultaba un honor para mí ser una buena esposa.» Y lo había sido, *él* lo sabía.

La segunda vez que quiso casarse con Emma, había creído, verdaderamente, que el momento era perfecto, que tenía todas las probabilidades de que lo aceptase, se había convencido a base de falsas esperanzas e ilusiones. Fue poco después de la Primera Guerra Mundial, cuando ambos habían enviudado. Aunque, al final, sin estar seguro de que ella lo amase y con un nerviosismo repentino producido al pensar en los grandes éxitos de Emma en comparación con los suyos propios, perdió la fuerza y la lengua, y no le dijo nada. Por desgracia, ella, de forma inesperada, desapareció y se casó con Arthur Ainsley, un hombre que no le llegaba ni a las suelas de los zapatos, en cuyas manos sufrió todo tipo de dolor y humillación. Finalmente, en los años veinte, mientras él estaba esperando su oportunidad y el momento propicio, Paul McGill regresó a Inglaterra, reclamándola finalmente para él.

Y, una vez más, perdió su oportunidad.

Después, fue tarde para casarse. Aunque, en cierta forma, tenían algo parecido al matrimonio y, según pensaba, igual de bueno... Esta amistad, aquella intimidad y comprensión totales. Sí, había en todo ello algo de un valor inmenso e incalculable. Emma y él estaban perfectamente compenetrados en el crepúsculo de sus días. A esas alturas, ¿qué importaba el resto en el juego de la vida?

Pero aún tenía el anillo...

Blackie había guardado el anillo de compromiso que compró para Emma hacía mucho tiempo, algo que le sorprendía a él mismo. Nunca hubo otra mujer a quien dárselo, por lo menos ninguna que le importase mucho; y, por razones que no podía adivinar, jamás quiso venderlo.

Esa noche, durante el aperitivo y la cena, el anillo le ardía en el bolsillo, lo mismo que le ardía en la cabeza el Plan con P mayúscula. Dejando la bebida, se acercó al fuego, cogió el atizador y amontonó los troncos, preguntándose si por fin había llegado el momento de dárselo. ¿Por qué no?

Oyó el rozar del vestido de seda y un ligero suspiro apenas perceptible.

—¿Te he molestado, Emma?

—No, Blackie.

—Tengo algo para ti.

—¿Sí? ¿Qué es?

Metió la mano en el bolsillo y sacó la cajita. Se sentó mientras la acariciaba con sus grandes manos.

—¿Es mi regalo de cumpleaños? —preguntó Emma con curiosidad, mientras le regalaba una sonrisita de verdadero placer, con la felicidad brillándole en los ojos.

—¡Oh, no! Tu regalo de cumpleaños te lo daré en la...

Blackie se detuvo. Daisy y él habían estado planeando laboriosamente una fiesta; se suponía que era un secreto y que sería una gran sorpresa para Emma.

—Tendrás tu regalo de cumpleaños a final de mes, el mismo día que cumplas los ochenta —improvisó con habilidad—. No, esto es algo que te compré... —No tuvo más remedio que reírse al añadir—: Hace cincuenta años, lo creas o no.

Ella le miró sorprendida.

—¡Cincuenta años! ¿Por qué no me lo diste antes?

—¡Ay, Emma! Es una historia muy larga —dijo y, al asaltarle los recuerdos, se quedó en silencio.

Qué hermosa estaba aquella noche con su pelo cobrizo recogido en un elaborado y altivo moño, luciendo una magnífica túnica de terciopelo blanco de talle bajo y con la espalda al aire. Prendido del vestido llevaba el lazo de esmeraldas que él había encargado que le hicieran por su treinta y cinco aniversario, una réplica exquisita de aquel broche de barato cristal verde que le dio cuando ella tenía quince años. Ella se conmovió y se alegró de que él no hubiese olvidado la vieja promesa que le hizo en la cocina de «Fairley Hall». Pero aquella noche de Navidad en particular, vestida con sus mejores galas y luciendo las destelleantes esmeraldas de McGill en sus orejas, él pensó que su lazo de esmeraldas, aunque costoso, parecía una baratija comparada con aquellos pendientes...

Impacientemente, Emma frunció el entrecejo.

—¡Bueno! —exclamó—. ¿Me vas a contar la historia o no?

Él apartó el pasado a un lado y sonrió.

—¿Recuerdas la primera fiesta que di aquí? Era Navidad...

—¡La Nochebuena! —exclamó Emma con la cara iluminada—. Habías acabado esta casa, terminando de amueblarla con esas encantadoras piezas «Sheraton» y «Hepplewhite» que buscaste por todo el país. Y estabas orgulloso de lo que habías creado con tu propio esfuerzo. Por supuesto que recuerdo aquella fiesta, y muy bien. Fue en 1919.

Blackie asintió y miró la cajita, que continuaba entre sus dedos. Levantó la cabeza. En su cara rugosa brillaba un amor sincero que le daba la apariencia de ser más joven.

—Te lo compré a principios de aquella semana. Fui a escogerlo a Londres, a la mejor joyería, además. Estaba en el bolsillo de mi esmoquin. Tenía intención de dártelo en la fiesta.

—Pero nunca lo hiciste..., ¿por qué? ¿Qué te hizo cambiar de opinión, Blackie?

Lo miró fijamente, con ojos inundados de perplejidad.

—Primero había decidido mantener una conversación... con Winston. ¡Vaya! De hecho fue aquí, en esta misma habitación.

Miró a su alrededor como si estuviese presenciando esa escena entre las sombras, viendo el fantasma de Winston de joven. Se aclaró la garganta.

—Tu hermano y yo hablamos de ti, y...

—¿De mí?

—Discutimos sobre ti y tus aventuras financieras. Temía mucho por ti, Emma, me preocupaba la forma tan alocada en que te habías lanzado a los negocios, o al menos eso pensaba yo. No me convencía el rápido crecimiento de los almacenes en el Norte, tu determinación a seguir construyendo, a continuar adquiriendo otras empresas. Creí que te estabas excediendo, jugando...

—Siempre he sido una jugadora —murmuró con voz ahogada—. En cierta forma, ése es el secreto de mi éxito..., estar dispuesta a aceptar los retos...

Dejó la frase sin terminar. Seguramente, él ya lo sabía todo.

—Sí —asintió—, quizá lo sea. En cualquier caso, Winston me explicó que habías dejado la broma del comercio después de hacer una fortuna con la especulación, que sabías lo que hacías. Justo lo contrario. Me dijo que eras millonaria. Y mientras me hablaba con tanto orgullo, empecé a darme cuenta de que habías llegado muy lejos, muchísimo más de lo que yo nunca pude imaginar, que me habías sobrepasado, y a David Kallinski también, dejándonos a ambos atrás en los negocios. De repente, me pareció que estabas fuera de mi alcance. Ésa fue la causa de que no te diese el anillo... ¿Sabes, Emma? Aquella noche te iba a pedir que te casaras conmigo.

—¡Oh, Blackie, querido Blackie! —Fue todo lo que pudo decir, de lo estupefacta que estaba.

Las lágrimas se agolpaban en sus ojos mientras le asaltaban una multitud de recuerdos. El amor y la amistad que sentía por él aumentaron mezclados con una terrible tristeza y una sensación de enorme compasión por Blackie, al darse cuenta del dolor que había tenido que sufrir entonces y, quizá, después. La quería y no había dicho una palabras. Ésa era su tragedia. En la fiesta de 1919 ella pensaba que había perdido a Paul McGill para siempre. En su tristeza, soledad y desconsuelo, hubiese sido muy vulnerable y susceptible con un amigo verdadero. Y si él hubiese tenido más coraje, ¡qué distintas hubiesen sido sus vidas! Sus pensamientos corrían incansablemente. ¿Por qué nunca se había dado cuenta de su gran preocupación por ella... y de que pensaba en el matrimonio? Debía haber estado ciega o idiotizada o demasiado ocupada en los negocios.

El silencio los envolvía.

Blackie permanecía inmóvil en la silla, mirando el fuego, sin decir una palabra, inmerso también en los recuerdos. «Es extraño —pensó de repente—, cómo recuerdo hoy, con extraordinaria claridad, los acontecimientos de cuando era joven. Mejor que los de la semana pasada o, incluso, que los de ayer. Sospecho que eso forma parte de la vejez.»

Emma fue la primera que se animó.

—¿Estabas intentando decirme hace un momento que *mi éxito* te hizo *desistir*? —dijo con una vocecilla llena de dolor—. ¿Que te alejó de tu propósito?

Estudió la cara familiar y querida con infinita compa-

128

sión, pensando en los años que él había perdido, en la felicidad que había dejado escapar de entre las manos, y todo porque estaba enamorado de ella. Un amor no declarado.

—Sí —asintió Blackie—. Supongo que sí, querida. Allí y entonces, decidí que nunca podrías apartarte de tus negocios, porque formaban parte de ti, *eran* tú misma. En cualquier caso, perdí mi seguridad. Después de todo, no era ni la mitad de rico e importante que tú por aquel entonces. Pensé que no me querrías. Me fallaron los ánimos. Sí, precisamente eso fue lo que ocurrió.

Emma exhaló un profundo suspiro y movió la cabeza de un lado a otro, lentamente.

—Qué tonto fuiste, mi querido, queridísimo amigo.

Blackie la miró boquiabierto.

—¿Estás diciéndome que te hubieses casado conmigo, Emma Harte? —preguntó, sin poder evitar que la sorpresa y la incredulidad se reflejaran en su voz.

—Sí, creo que lo hubiese hecho, Blackie O'Neill.

Entonces, fue Blackie quien movió la cabeza, lleno de asombro, intentando digerir sus palabras. Durante unos minutos, no pudo hablar mientras antiguas emociones se apoderaban de él sorprendiéndole la fuerza de su impacto.

—Me hace bien oír eso —dijo por último—, incluso después de tanto tiempo. —Su voz se hizo temblorosa al añadir—: Quizá fue mejor que no nos casásemos, Emma. Me quedé plantado, por no decir desconsolado, cuando Paul te convenció.

—¡Cómo puedes decir tal cosa! ¿Qué clase de mujer crees que soy? —gritó indignada, incorporándose en el sillón y mirándole con tal ferocidad que lo acobardó—. ¡Nunca te hubiese hecho daño *a ti*! Siempre te quise, me preocupé por tu bienestar, y tú lo sabes. Pide excusas de inmediato —explotó enfadada, y añadió tras un momento—: O nunca te volveré a hablar.

Estaba tan sorprendido por su vehemencia, que se quedó sin hablar durante unos segundos. Lentamente, una expresión de vergüenza se extendió por su rostro. Dijo con la voz más cariñosa y apaciguadora que pudo encontrar:

—Lo siento, Emma. Retiro mis palabras. Te creo. No creo que me hubieses dejado por Paul. Y no es que yo sea presuntuoso. Te conozco... mejor que nadie. No, no me hubieses traicionado. No hubieses consentido a sus deseos si hubieses estado casada conmigo. No es tu estilo ser cruel con alguien a quien amas, y tienes un alto concepto de la moralidad, la lealtad, el bien y la responsabilidad. Todo eso te hubiese decantado en mi favor. Además... —continuó con una sonrisa infantil que hizo aparecer sus hoyuelos—, te hubiera hecho feliz.

—Sí, Blackie, estoy segura.

Lo dijo rápidamente y hubo como un repentino apremio cuando se incorporó hacia delante, por la necesidad que sentía de aclarar el pasado, de hacerle entender las motivaciones de ella y Paul, aparte de su gran amor.

—No olvides —empezó, intentando refrescarle la memoria— que mi matrimonio con Arthur Ainsley estaba arruinado mucho antes de que Paul McGill volviese a este país. Me hallaba a punto de divorciarme cuando él apareció. Además, y esto es muy importante, Blackie, Paul no se hubiese entrometido, ni me hubiese buscado, si yo hubiera estado casada y feliz. Se dirigió a mí sólo porque Frank le dijo que era desgraciada y que me había separado de Ainsley.

Hizo una pausa y se recostó en el sillón, juntando las manos en el regazo.

—*Sé* que a Paul no le hubiese vuelto a ver el pelo *si* mi vida hubiese sido estable. Me lo dijo él mismo. Vino a buscarme porque sabía que yo era infeliz... y también libre. Con toda seguridad, no hubiese hecho eso de haber estado yo casada *contigo*. ¿Te has olvidado de lo que le agradabas y de cuánto te respetaba?

—No, no lo he olvidado. Y tienes razón en lo que dices... Sí, Paul era un hombre honrado y excelente. Siempre me gustó su compañía.

Blackie se levantó.

—Bueno —dijo—, todo eso es agua pasada, bajo un viejo y decrépito puente, mujer. No tiene sentido recordar nuestras preocupaciones de hace medio siglo. Y puede que todo tuviese que ocurrir... —añadió encogiéndose de hombros y levantando las manos— exactamente como ocurrió. Me gustaría que te quedases con el anillo. Siempre ha sido tuyo, ¿sabes?

Se inclinó sobre ella. Emma elevó la mirada hacia él y después observó la cajita de cuero negro que tenía en sus manos. La abrió y le mostró su contenido.

Se quedó boquiabierta.

El anillo era exquisito y lanzaba brillantes destellos llenos de vida y fuego contra el terciopelo negro. El redondo diamante central, infinitamente tallado y muy grande, era de veinte quilates por lo menos, y aparecía rodeado de piedras más pequeñas que formaban un círculo y que resultaban tan maravillosas y estaban tan bien talladas como la grande.

Incluso Emma, acostumbrada a las joyas valiosas, se quedó sorprendida, mirándolo con los ojos muy abiertos, verdaderamente impresionada por su tamaño y belleza.

—¡Parece increíble, Blackie! —dijo casi sin respiración—. Es uno de los anillos más bonitos que he visto en mi vida.

La alegría que le produjeron sus palabras resultó evidente.

—Es un poco antiguo, quizás algo pasado de moda. Pero no quise que lo modificaran. Venga, póntelo, querida.

Ella movió la cabeza.

—No, hazlo tú, mi adorable irlandés.

Le ofreció su mano izquierda.

—Pónmelo en este dedo, junto a mi anillo de boda.

Así lo hizo.

Emma alzó su mano, pequeña y fuerte, y observó la joya con la cabeza inclinada hacia un lado, admirando su brillo al resplandor del fuego. Luego, le miró a él con expresión traviesa.

—Bueno, entonces, ¿estamos casados ya? —bromeó con voz coqueta, brindándole una sonrisa que parecía llena de timidez.

Blackie rió encantado, realmente divertido. Siempre le había gustado su sentido del humor.

Inclinándose sobre ella, la besó en la mejilla.

—Digamos que nos hemos comprometido a ser los mejores y más íntimos amigos durante el tiempo que nos reste de vida.

—Oh, Blackie, qué bonito lo que has dicho, y gracias por este anillo tan precioso.

Le cogió la mano, oprimiéndola con cariño, y le miró de nuevo. Luego, le sonrió de aquella forma incomparable que hacía que su rostro resplandeciera.

—Mi viejo y querido amigo. ¡Significas tanto para mí! —dijo.

—Lo mismo que tú para mí, Emma.

Se volvió, haciendo ademán de dirigirse a su sillón, pero se detuvo y volvió su blanca cabeza.

—Espero que te lo pongas —indicó en tono casual, pero clavó en ella una mirada llena de intención—. De verdad, me gustaría que no lo dejases olvidado en la caja fuerte.

—Por supuesto que *no*. ¿Cómo puedes pensar tal cosa? Nunca me lo quitaré..., nunca jamás.

Él le acarició el hombro y volvió al sillón, sonriendo para sus adentros.

—Me alegro de habértelo dado, querida. Muchas veces pensé hacerlo, pero a menudo me preguntaba qué dirías. Ya sé, siempre te estoy acusando de haberte convertido en una sentimental con la edad, pero ahora pienso que soy yo quien se ha vuelto un viejo sentimental.

—Y dime, Blackie O'Neill, ¿qué hay de malo en el sentimentalismo? Es una pena que no haya más en este mundo —dijo con los ojos inesperadamente húmedos—, sería un sitio mucho más agradable en el que vivir.

—Vaya —fue todo lo que contestó él.

Tras un momento de silencio, Blackie se aclaró la garganta.

—Bueno, ¿y qué hay de mi pequeña propuesta, Emma? —preguntó—. Esta mañana decías que dudabas de que funcionase, pero no estoy de acuerdo.

—¿Sabes? —exclamó con voz clara y entusiasta—, he estado pensando sobre ello otra vez esta tarde. Emily se ha venido a vivir conmigo y me he dado cuenta de repente de que la única forma de conseguir un poco de paz y tranquilidad es aceptar tu generosa invitación.

—¡Así que vendrás! ¡Querida, esta noticia me llega al alma, de verdad!

La miró, rebosante de alegría y excitación. Alzó su copa de coñac.

—¡Venga, bebe un sorbito de tu «Bonnie Prince Charlie», Emma. Esto se merece un brindis, de verdad.

Ella levantó la mano de inmediato.

—¡Espera un minuto! Todavía no he dicho *sí*. No puedo aceptar... ahora, por lo menos, todavía no. *Estoy* pensando seriamente en el viaje, pero tendrás que dejarme unas pocas semanas para arreglar las cosas, para hacerme a la idea de estar ausente algunos meses.

—De acuerdo, tendré paciencia —dijo, ocultando su contrariedad—. Pero tendré que empezar a hacer los preparativos pronto, así que, por favor, no tardes demasiado tiempo en darme la respuesta.

—Lo haré tan pronto como me sea posible. Te lo prometo.

Bebió un poco de coñac, saboreándolo, y, lentamente, sus ojos fueron adquiriendo un brillo malicioso. Permaneció envuelto en sus pensamientos durante uno o dos minutos más.

—A propósito —dijo finalmente—. Emma, hace poco se me ocurrió un plan que estoy seguro te sorprenderá. Yo lo considero mi Plan con P mayúscula, pues da la casualidad de que es el primer plan que se me ha ocurrido en toda mi vida.

Fue incapaz de contenerse y dejó escapar una risotada mientras sus ojos se impregnaban de alegría.

—¿Te acuerdas de *tu* primer plan?

—¡Dios mío! Ya lo he olvidado todo respecto *a eso*.

—Pues yo nunca. Incluso todavía me acuerdo del día en que me lo confiaste. Eras una chiquilla y me dejaste asombrado. Bueno, si me concedes unos minutos, me gustaría contarte el mío. Es un plan maravilloso, querida mía, aunque sea yo el que lo diga. Apuesto a que mi última ocurrencia te va a dejar intrigada, estoy seguro.

Ella sonrió divertida.

—Me encantaría conocer tu plan, querido Blackie.

Él se echó hacia atrás relajadamente, asintiendo, y comenzó a hablar.

—Bien, es algo así. Sé de una mujer que es la criatura más obstinada que me he encontrado en todos los días de mi vida. Y da la casualidad de que esa terca, exasperante, contestataria, pero adorable mujer tiene un nieto que vive en Australia. Sé que ella quiere ir a verle, y he pensado que sería maravilloso para ella si yo mismo la llevaba allí. Así que he elaborado un plan *muy especial*, y es éste...

Emily se había quedado dormida en uno de los grandes sofás del salón del piso superior.

A Emma, que estaba de pie junto a ella, le parecía pequeña, indefensa e inocente, envuelta en un albornoz blanco y acurrucada, hecha una bola, entre los cojines. Un sentimiento de inmenso cariño la recorrió. Se inclinó sobre ella, apartó con cuidado un mechón de pálido cabello rubio de sus ojos y le dio un beso en la joven y suave mejilla. Se enderezó, preguntándose si debía despertarla o no, y decidió ponerse el camisón antes, por lo que se fue de puntillas al dormitorio.

Colgó la chaqueta de cebellina, se quitó el collar de perlas y los pendientes y los dejó en el tocador. Después de quitarse el reloj y la esmeralda de McGill, empezó a quitarse el anillo de Blackie; entonces se detuvo y se quedó mirándolo. Ese anillo había estado esperándola en un cajón durante cincuenta años, y le había prometido a Blackie que nunca se lo quitaría. Volvió a colocárselo en el dedo, junto a la alianza de platino de Paul, y acabó de vestirse. Acababa de ponerse la bata cuando oyó un golpecito en la puerta y la sonriente cara de Emily apareció tras ella.

—¡Ya has llegado, abuela! Me quedé esperándote.

—Ya me he dado cuenta, querida. Pero no hacía falta, ya lo sabes.

—Quería hacerlo, abuela. Pero, si te soy honesta, no creía que vinieses tan tarde. ¡Son las *doce y media*!

—Sé muy bien qué hora es, Emily. Mira, si vas a vivir conmigo, no debes empezar a controlar mis idas y venidas. No necesito que me controlen. Ya tengo bastante con Paula en el almacén —dijo Emma en tono imparcial mientras se ponía la bata de seda y se abrochaba el cinturón.

Emily soltó una risita y entró de un brinco en la habitación, completamente despierta y repleta de su usual vitalidad.

—No se trata de un cambio de papeles, si es eso lo que piensas. *No estoy tratando* de hacer de madre. Simplemente, hacía un comentario sobre la hora.

—Bueno, pero ten en cuenta lo que te he dicho.

—Lo haré, abuela.

Emily se acercó al tocador. Vio las joyas y se fijó en la mano de Emma. Instantáneamente, el anillo que lanzaba destellos con la luz brillante de las lámparas, atrajo su atención.

—¿No me vas a enseñar el anillo de Blackie?

Emma puso cara de sorpresa.

—¿Y cómo te has enterado de lo del anillo?

No había acabado de preguntarlo cuando pensó en cómo se le había ocurrido hacerle tal pregunta a Emily.

—Merry y yo fuimos las cómplices de Blackie —explicó Emily—. Hace unas dos semanas, le dijo a *ella* que *yo* comprobase la medida de tu dedo. Pensaba que habías encogido.

—¿De verdad? Mañana tendré que decirle cuatro cosas. ¡Haberse creído que me he convertido en una bruja arrugada! —exclamó Emma apenada.

Emily no pudo evitar reírse.

134

—Nadie pensaría eso de ti, abuela. Y, menos aún, Blackie. Todavía eres hermosa.

—No, no es cierto. *Soy* una anciana —dijo Emma categórica—. Pero gracias por ser tan amable, Emily. Claro que todo el mundo sabe que tú me miras con buenos ojos.

Le tendió la mano.

—Bueno, ¿te gusta?

Emily se la cogió con sus verdes ojos abiertos como platos y la excitación dibujada en su cara expresiva e inquieta.

—¡Cielos, abuela! ¡No tenía ni idea de que fuese tan grande y tan bonito! ¡Es fabuloso!

Lo examinó cuidadosamente y, con cara de experta, asintió convencida.

—Es un diamante perfecto, abuela. Debe costar una fortuna... —Su voz se apagó y, dudando, preguntó con voz insegura—: ¿Significa esto que tú y Blackie os vais a casar?

Emma rompió a reír y apartó la mano.

—¡Por supuesto que no, tontorrona! ¡Las cosas que se te ocurren!

Acarició la cara de Emily con cariño.

—Eres una chica tan romántica... —murmuró, suspirando con suavidad—. No, no sería lo apropiado. No a nuestra edad. Como ha dicho Blackie, nos hemos comprometido a ser los mejores amigos el resto de nuestras vidas.

Emma observó la curiosidad y el interés reflejados en el rostro de Emily y, antes de darse cuenta de lo que hacía, dijo:

—Si quieres, te cuento la historia del anillo.

—Oh, sí, me encantaría, abuela, pero en el salón. Allí tengo un termo de chocolate caliente esperándonos. Vamos.

Cogió a su abuela de un brazo con ademán posesivo y la condujo a la habitación de al lado, sin darse cuenta de que estaba tan nerviosa e inquieta como una gallina clueca. Emma se limitó a sonreír y a dejarse llevar, secretamente divertida.

Después de llenar dos tazas con chocolate y de darle una a su abuela, Emily se encaramó en el sofá que había abandonado hacía tan poco, recogió las piernas y se acomodó alegremente entre los cojines. Cogió la taza y bebió un poco.

—¡Esto me divierte! —gritó excitada—. Es como las fiestas que hacíamos por la noche en el internado.

Emma torció la boca.

—No te descontroles, Emily —dijo riéndose—. Esto no lo haremos todas las noches. Generalmente, a estas horas ya me encuentro en la cama. Y hablando de camas, se está haciendo *muy* tarde. Más vale que te cuente la historia de prisa y así podremos irnos a dormir. Mañana tendremos un día muy ajetreado.

—Sí, abuela —repuso Emily, prestándole toda su atención—. Oh, abuela, es tan bonito y conmovedor y, en cierta forma, tan triste —añadió Emily cuando le hubo contado la vieja historia—. Imagínate guardando el anillo durante todos estos años. ¡Cielos! A eso le llamo yo una verdadera devoción.

Una sombra de melancolía cruzó por su bonito rostro; movió la cabeza.

—¡Y piensas con escepticismo en el amor no correspondido! Esto debería probarte lo en extremo equivocada que estás.

Emma sonrió con indulgencia y no hizo comentarios.

Animándose, Emily continuó hablando con su voz chillona.

—Imagínate, si hace tantos años te hubieses casado con Blackie en vez de con el horrible Arthur, tus hijos hubiesen sido muy diferentes..., todo es una cuestión de genes, ¿sabes? Me pregunto si los viejos hubiesen sido más agradables.

Emily ladeó la cabeza y frunció los labios, perdida en sus pensamientos, con la imaginación en plena actividad. De repente, se le ocurrieron varias cosas de una vez y volvió a animarse.

—¿Y tus nietos? Paula, por ejemplo. Y *yo*. ¡Dios mío, abuela! No hubiese nacido *yo*. Podría haber sido alguien completamente diferente...

Emma la interrumpió.

—Pero te hubiese querido lo mismo, Emily, y a Paula también.

—Oh, por supuesto que sí, ya lo sé. Pero tu familia hubiese sido muy...

—Ya estás especulando sobre cosas que nunca sabrás. Y es *demasiado* complicado para mí, sobre todo a esta hora —dijo Emma con una sonrisa de rechazo, aunque amable—. Pero, hablando de mi familia, ¿qué ha sucedido aquí esta noche? ¿Cómo fue la cena?

Instantáneamente, el rostro de Emily se transformó; se puso seria y se sentó con brusquedad, poniendo los pies en el suelo e inclinándose hacia Emma.

—No te lo vas a creer —dijo con actitud confiada—, pero la conducta de Edwina fue extraordinaria...

—¿En qué sentido? —preguntó Emma de forma tajante, temiéndose lo peor.

Viendo la expresión recelosa que adquiría la cara de su abuela, Emily agitó la cabeza con vehemencia.

—No te pongas así. *Todo fue bien.* Edwina estuvo agradable..., tanto que no podía creérmelo, ni Paula tampoco. La condesa Dunvale fue el encanto personificado. Bueno, eso no es estrictamente cierto —dijo, haciendo una mueca—. Ya sabes que tengo tendencia a exagerar.

Arrugó la nariz en un gracioso gesto.

—Estuvo un poco... *cauta* con Paula y conmigo; en realidad, no le gustamos. Aunque se mostró educada y complaciente con los demás. No puedo imaginarme qué le dijiste antes de la cena, abuela, pero realmente causó un efecto drástico en ella.

Emily la miró a la cara.

—Has debido echarle una buena bronca —tanteó—. Lo *hiciste,* ¿verdad?

Alzó una ceja en un gesto interrogante.

Emma no dijo nada.

—Creo que tía Edwina estuvo llorando antes de bajar a tomar el aperitivo —informó Emily—. Tenía los ojos hinchados y enrojecidos, y la nariz también. No quiso beber nada. Me pidió aspirinas y un vaso de agua. Sólo llevábamos juntas un par de minutos cuando Paula y Jim llegaron con tía Daisy y tío David. Edwina se pegó a Daisy de inmediato... Tiene gracia, parece que se lleva bien con ella. En cualquier caso, durante el aperitivo no habló mucho con nadie, ni siquiera con Jim.

Emily se encogió de hombros.

—Pensé que se mostraba demasiado sumisa incluso; y no bebió ni una copa. Ya sabes que mamá y ella son incorregibles, siempre están empinando el codo. Nunca se dan cuenta de cuándo han bebido demasiado. Edwina no probó ni gota en toda la noche, ni vino con la comida.

Echándose hacia atrás sobre los cojines, miró a Emma fijamente:

—¿Qué le dijiste, abuela? —intentó presionar.

—Venga, Emily, no seas tan curiosa. Se trata de un asunto privado entre ella y yo. De todos modos, no tiene importancia. Lo principal es que mis palabras hicieron efecto. Después de todo, puede que hasta le haya hecho razonar.

—¡Oh, por supuesto que será así! —asintió Emily—. Hay algo más..., nunca adivinarás lo que hizo antes de cenar.

—Seguro que no. Así que es mejor que me lo digas, Emily.

—Le preguntó a tía Daisy si podía invitar a Anthony a tomar café después de la cena, y luego lo llamó por teléfono a casa de tío Randolph.

Emma se enderezó y preguntó con el ceño fruncido:

—¿Vino?

—¡Oh, sí! —sonrió Emily—. Con la prima Sally. ¡Abuela, están tan enamorados y hacen tan buena pareja!

—¡Sally vino con él! ¿Cómo la trató Edwina?

—Con cordialidad. Yo no les quitaba los ojos de encima, te lo puedo asegurar, no me hubiese perdido esa escena por nada del mundo. Edwina se desvivía por Anthony. En mi opinión, se mostraba *demasiado* obsequiosa... Ya sabes, como el viejo Uriah Heep..., claro que siempre ha estado adulándole.

Miró a Emma sonriendo.

—En resumidas cuentas —acabó—, abuela, la cena fue todo un éxito.

Emma estaba asombrada y, por un momento, se quedó sin habla.

—Bueno —dijo al fin—, esto es un hecho memorable. Nunca esperé que Edwina tuviese un cambio de actitud tan súbito.

Se felicitó íntimamente. Sus horribles amenazas habían atemorizado a Edwina haciendo que, al parecer, se comportase como una persona normal. «Esto es una gran victoria», pensó, esperando que su hija no cambiase de parecer. Edwina *era* antojadiza. No se podría decir cómo reaccionaría en un momento de resentimiento. «Bueno, no te busques problemas —se advirtió a sí misma—. Tranquilidad.»

Emma se puso de pie sonriendo alegremente, con una enorme sensación de alivio.

—Después de esta sorprendente, pero agradable, noticia, creo que me voy a la cama, querida.

Se inclinó sobre ella y la besó.

—Parece que todo el mundo se va a comportar con decoro mañana. Esperemos que así sea. Buenas noches, cariño.

Emily se levantó y la abrazó con delicadeza.

—Te quiero mucho, abuela. Buenas noches, que duermas bien.

Cogió la bandeja.

—Más vale que yo también haga lo mismo. Mañana tengo que recoger a las mellizas en el colegio de Harrogate y, además, tengo que hacer *mil* cosas más —añadió con un profundo suspiro—. ¡Fiuuu! Nunca puedo tener ni un minuto de descanso.

Emma disimuló una sonrisa y entró en su dormitorio antes de que Emily decidiera contarle cuáles eran sus tareas para el día siguiente.

—Abuelita —dijo Emily desde la otra habitación—, me alegro de que no te enfades por la ruptura de negociaciones con «Aire Communications».

Emma apareció en la puerta.

—Me atrevería a decir que ellos han perdido y nosotros hemos ganado.

—Sí, eso dijo Paula cuando lo comentó esta noche.

Emily se deslizó hasta la puerta y allí se volvió.

—Sebastian Cross es simplemente horrible —murmuró algo tensa—. Creí que Jonathan podría hacer que mejorase. Pero, en apariencia, no ha podido; y si Jonathan no lo ha conseguido, nadie lo hará.

Emma se quedó de pie, rígida.

—¿De qué estás hablando, Emily? —preguntó con suma cautela.

Emily se detuvo en seco, volviéndose hacia Emma.

—Del asunto de «Aire». Le indicaste a Jonathan que hablase con Sebastian, ¿verdad?

—No —dijo Emma con voz muy tranquila.

—¡Oh! —exclamó Emily, confusa.

—¿Qué te hace pensar que yo induje a Jonathan a participar en estas negociaciones? —preguntó Emma mientras se apoyaba en el quicio de la puerta, fijando su mirada brillante en su nieta y añadiendo escuetamente—: Resulta obvio que algo te hizo pensarlo así.

—Bueno, sí —empezó Emily frunciendo el entrecejo—. El martes, cuando cené con papá en Londres, les vi juntos a los dos en el bar «Les Ambassadeurs» cuando nos marchábamos. Cenamos temprano, ¿sabes?, y papá tenía mucha prisa porque llegaba tarde a una reunión de negocios. Nos fuimos con tanta rapidez que no pude acercarme para hablar con Jonathan.

—Ya veo —dijo Emma pensativa, y luego preguntó—: ¿Por qué has sugerido que Jonathan puede tener influencia sobre el joven Cross?

—Por su antigua amistad..., estuvieron juntos en Eton. Pero eso ya lo sabías, abuela. Una vez me llevaste contigo cuando fuiste a visitar a Jonathan al internado. ¿No te acuerdas?

—Sí, por supuesto. Recuerdo que Jonathan fue a Eton. Lo que no sabía es que Cross hubiese estado allí también, ni que hubiesen sido amigos por aquel entonces. Había...

—Creo que, de hecho, aún son amigos —la interrumpió Emily.

Esa noticia dejó helada a Emma, pero esbozó una sonrisa.

—Probablemente quería sorprenderme. Quizá se dio cuenta de que las negociaciones iban a ser delicadas y estaba intentando abrirle el camino a Paula —dijo, intentando convencerse a sí misma de que ésa era la verdad.

Pero su intuición le dijo que estaba equivocada. Se agarró al marco de la puerta y adoptó un tono meticulosamente despreocupado para hablar.

—¿Te vio Jonathan en «Les Ambassadeurs», Emily? —preguntó.

Ésta negó con la cabeza.

—Estaba enfrascado en la conversación con Cross.

Reflexionó y luego preguntó súbitamente:

—¿Por qué? ¿Es importante?

—En realidad, no. ¿Se lo mencionaste a Paula?

—No tuve oportunidad. Acababa de empezar a contarme el fracaso de «Aire», como lo llamó, y que Cross se había mostrado fatal con ella, cuando Hilda anunció la cena.

Emily se mordió el labio inferior, arrugando la cara, preguntándose adónde quería llegar su abuela con aquellas preguntas.

Emma asintió para sí misma.

—Preferiría que no lo comentases con Paula —dijo en el mismo tono despreocupado de voz—. No quisiera que pensase que él se estaba entrometiendo, que le estaba estropeando sus proyectos. Sin mala intención, por supuesto. Y tampoco te molestes en decírselo a Jonathan. Yo hablaré con él, averiguaré cuál era su propósito, si es que tenía alguno. Puede que solamente hubiese sido una reunión informal, en vista de su amistad.

—Sí, abuela. Lo que tú digas.

Emily se quedó clavada en el sitio, estudiando detenidamente a su abuela, y empezó a alarmarse. La cara de Emma empalideció a medida que hablaba y se dio cuenta de que la luz de felicidad de sus ojos se había apagado, apareciendo la tristeza en ellos; por una vez, se habían quedado sin vida. Emily dejó rápidamente la bandeja, corrió al otro lado de la habitación y cogió a Emma por los hombros.

—¿Estás bien, abuelita? —exclamó preocupada.

Emma no respondió. Su mente trabajaba con esa aguda precisión y vívida inteligencia tan innatas en ella. De repente, valorando y analizando la situación con su extraña mezcla de perspicacia y comprensión, vio las cosas con una claridad asombrosa. Durante unos segundos rechazó la verdad. «Estoy haciendo conjeturas», pensó. Pero su arraigado pragmatismo le recordó que se equivocaba muy pocas veces. La verdad saltaba a la vista.

Tomando conciencia de que Emily la estaba cogiendo por los brazos, con expresión ansiosa y preocupada, apartó de sí aquellos pensamientos turbadores. Le dio unos golpecitos en la mano y compuso una sonrisa convincente, segura de su certidumbre.

—Sólo estoy cansada —dijo con voz contenida, sonriendo otra vez.

Pero se sentía como si algo frío le hubiese rozado el corazón.

CAPÍTULO X

La iglesia medieval que dominaba el pueblo de Fairley desde la cima de la colina se encontraba atestada, llena hasta rebosar.

La familia y los amigos ocupaban los bancos delanteros, y los habitantes del pueblo, que habían acudido en masa para honrar a Emma Harte en el bautizo de sus bisnietos, se apiñaban detrás. Después de la ceremonia, atravesarían la carretera en tropel hacia los salones de la parroquia, a fin de participar en una fiesta especial que Alexander había organizado siguiendo instrucciones de Emma.

Todo era paz y serenidad entre las paredes de antiguas piedras grises. El sol que entraba por las vidrieras de las ventanas lanzaba un arco iris de luces jaspeadas e inquietas sobre el pétreo suelo sombrío y los bancos de madera oscura. Alrededor del altar y en la escalinata que conducía a él había masas ingentes de flores primaverales. El aroma de los jacintos, narcisos, fresias, mimosas importadas y lilas impregnaba el aire y atenuaba el peculiar olor a humedad, polvo y madera vieja que prevalecía en la iglesia. Era el olor a antigüedad que Emma había detestado desde su niñez; por eso, automáticamente, había elegido para la ocasión las flores más olorosas en un intento de contrarrestarlo.

Estaba sentada en el primer banco, con expresión orgullosa y solemne, vestida con un traje de crespón azul marino y un amplio abrigo a juego. Llevaba una pequeña boina de terciopelo del mismo tono de azul ladeada con garbo sobre el resplandeciente pelo plateado; también lucía las esmeraldas McGill y un largo collar de incomparables perlas. Blackie se encontraba sentado a su izquierda, con un elegante traje oscuro, y a su derecha se hallaban Daisy y su marido, David Amory. Edwina estaba aprisionada entre David y Sarah Lowther, manteniendo una rígida postura y una afectada expresión de tirantez, como siempre.

Emma se sorprendió un poco al encontrarse a Sarah de pie en la escalinata cuando llegaron. Nadie esperaba verla, pues se suponía que estaba muy resfriada. Hablaron un poco en la sacristía antes de dirigirse a ocupar sus asientos, y Emma se sorprendió del aspecto tan saludable que tenía su nieta. En su opinión, o la recuperación de Sarah había sido milagrosa o nunca había estado enferma. Era más probable que hubiese pensado en no asistir al acto para evitar a Shane. Emma no se lo podía reprochar. Lo comprendía, sabía cómo se sentiría Sarah. «Pero —pensó—, eso sí que hay que reconocerlo. Es una mujer fría. No ha parpadeado ni mostrado ninguna señal de timidez cuando él la saludó antes.»

Emma miró a Shane a hurtadillas.

Estaba sentado con sus padres en un banco, al otro lado de la nave y veía su cara de perfil. De repente, como si supiese que estaba siendo observado, volvió la cabeza hacia la derecha y su mirada se encontró con la de Emma; le sonrió y le dirigió un guiño conspirador. Emma le devolvió la sonrisa y volvió los ojos al altar.

Paula y Jim estaban de pie junto a la pila bautismal, de piedra labrada, que databa de 1574, rodeados por los padrinos de sus hijos, seis en total. El vicario, reverendo Geoffrey Huntley, después de bautizar al niño con el nombre de Lorne McGill Harte Fairley, estaba preparándose para bautizar a la niña, que se llamaría Tessa. Al igual que su hermano gemelo, llevaría los mismos apellidos.

Emily, una de las madrinas de Tessa, sostenía al bebé entre los brazos, y de pie, a la izquierda de Emma, se hallaban Anthony y Vivienne Harte, los otros padrinos. Sally, la hermana mayor de Vivienne, era la madrina de Lorne, a quien tenía en sus brazos, y flanqueada a cada lado por sus padrinos, Alexander y Winston.

«Qué grupo tan atractivo de jóvenes», se dijo Emma con los ojos iluminados de alegría. Y vio en su mente, por unos instantes, a sus antepasados que la habían precedido..., sus propios padres, su hermano Winston, Arthur Ainsley, Paul McGill, Adele y Adam Fairley. Resultaba milagroso que ella y Blackie estuviesen vivos aún, y pudieser ser testigos de aquel acontecimiento, de compartir la alegría de la ocasión.

Volvió los ojos hacia Paula y Jim.

«Hacen buena pareja —pensó—. Él tan alto, corpulento y tan rubio, era la viva imagen de su bisabuelo Adam; Paula, delgada, esbelta y morena, con su aspecto conmovedor, heredado de la familia McGill.» La innata elegancia de Paula resultaba patente en su forma de comportarse y de vestir. Llevaba un traje de chaqueta de lana violeta oscuro, con una blusa de raso de un tono más claro y un sombrero sin alas del mismo color. El violeta reflejaba el iris de sus ojos. «Aunque todavía está un poco delgada —pensó Emma—, esta tarde se la ve radiante.»

En ese momento, el amor y orgullo que sentía por su nieta se intensificaron, y, cuando volvió la mirada hacia Paula, las líneas de su rostro se suavizaron. La joven que estaba de pie junto a la pila bautismal sólo le había dado alegría y consuelo desde el día en que nació, del mismo modo en que Daisy, su madre, lo había hecho y seguía haciéndolo.

Emma cerró los ojos. Paul se hubiese sentido tan orgulloso de Paula como lo estaba ella, ya que la muchacha poseía todas las cualidades que él más había admirado: honor, integridad, honestidad, lealtad y una inteligencia que a menudo sorprendía por su brillantez. Aunque de modales amables y algo propensa a la timidez, Paula poseía un cierto aplomo y frialdad, y, al igual que Daisy, había heredado de su abuelo un gran sentido del humor. «Sí, Paula es toda una McGill —se dijo Emma—. Pero también una Harte. Gracias a Dios que posee mi inflexibilidad y astucia, y que es indómita y enérgica como yo. Todo eso le hará falta en los años venideros, con lo que le dejo y lo que ha heredado de su abuelo. Espero que nunca vea esta herencia como una carga terrible. Aunque *es* una enorme responsabilidad, por supuesto...»

Tessa comenzó a llorar, sus desgarradores lamentos resonaban en toda la iglesia. Emma abrió los ojos y parpadeó. Se inclinó hacia delante y miró al grupo que estaba junto a la pila bautismal. Todos tenían una expresión de inquietud. El sacerdote sujetaba al bebé mientras le rociaba la cabeza con agua bendita, bautizándola en el nombre del Padre, del Hijo y del Espíritu Santo. Cuando hubo acabado, le devolvió la niña a Emily, visiblemente aliviado. Emily empezó a mecerla, intentando calmarla sin conseguirlo.

Emma sonreía en silencio, sabiendo que era la impresión del agua fría sobre su frente lo que la hacía llorar a Tessa. La niña protestaba..., y de la forma más escandalosa. «Me imagino —pensó que la pequeña Tessa McGill Harte Fairley va a ser la rebelde de *esa* familia.»

Daisy, que también sonreía, le dio un tironcito del brazo a su madre.

—De tal palo, tal astilla —susurró—. ¿Verdad, mamá?

Emma volvió la cabeza y miró a los grandes ojos azules de su hija predilecta.

—Sí —contestó en un murmullo—. Es la más despierta de los dos. ¿Otra disidente en potencia?

Alzó una de sus plateadas cejas de la forma más elocuente. Daisy se limitó a asentir sin decir palabra mientras sus ojos brillaban con una mirada alegre y divertida.

A los pocos minutos, la ceremonia acabó y todos salieron lentamente de la iglesia. Emma, agarrada del brazo de Blackie, sonreía y asentía con afabilidad, pero no se paró a hablar con nadie.

Antes de que hubiese pasado mucho rato, la familia, sus amigos y los habitantes del pueblo se hallaban reunidos en la entrada, felicitando a los padres y charlando en grupos.

Mucha gente del pueblo se acercó a charlar un rato con Emma, quien se excusó a los pocos minutos y sacó a Blackie de la multitud.

—Voy a desaparecer —dijo—. Estaré de vuelta antes de que nadie note mi ausencia. Luego nos iremos a «Pennistote Royal».

—¿De acuerdo, Emma? ¿Estás segura de que no quieres que te acompañe?

—No. Gracias de todos modos, Blackie. No tardaré ni un minuto.

Al alejarse Emma del bullicio, Milson, el chófer de Blackie, se le acercó corriendo con una cesta de flores. Ella la cogió, sonriendo, y le dio las gracias.

Atravesó la verja del cementerio que estaba junto a la iglesia.

Sus pies conocían el camino de memoria y la condujeron por el sendero empedrado al rincón más apartado, un lugar aislado y nemoroso, sombreado por un viejo olmo que crecía junto al viejo muro de piedra cubierto de musgo. En aquel rincón, bajo las lápidas que ella misma había elegido años antes, se encontraban sus padres, John y y Elizabeth Harte. Junto a ellos estaban sus dos hermanos, Winston y Frank. Cogió los ramos de flores de la cesta y puso uno en cada una de las cuatro tumbas. Enderezándose, puso una mano en la lápida de su madre y se quedó mirando hacia las colinas desnudas, una mancha oscura contra el cielo azul lleno de nubes blancas formando cúmulos entre las que aparecían, de vez en cuando, los rayos del sol. Era un día encantador, sorprendentemente suave, e incluso algo cálido, habida cuenta de las tormentas del día anterior. Un día perfecto para subir a la Cima del Mundo. Forzó la vista, pero el lugar estaba demasiado lejos para que pudiese verlo, escondido entre las colinas. Suspiró, recordando. Sus ojos iban de una lápida a otra, de un nombre a otro. «Os he llevado a cada uno de vosotros en el corazón todos los días de mi vida —dijo en silencio—. Nunca os he olvidado.» Luego, de forma inesperada, un extraño presentimiento la asaltó: nunca volvería a visitar esas tumbas.

Al fin, Emma se volvió.

Sus pasos la condujeron por el mismo sendero que serpenteaba a través del cementerio y no se detuvo hasta que llegó a un mausoleo que había en el otro extremo, protegido por la sombra de la iglesia. El gran mausoleo privado estaba rodeado por una verja de hierro que lo aislaba y daba a entender que era un lugar exclusivo y especial. Abrió la pequeña puerta de la verja y se encontró entre generaciones de Fairleys.

Miró las tumbas y, finalmente, su vista se posó en la lápida de mármol blanco de la tumba de Adam Fairley. A ambos lados yacían sus dos esposas: Adele, la primera; y Olivia, la segunda. Dos bellas hermanas que habían querido y se habían casado con el mismo hombre, y que, a su manera, se habían portado bien con ella cuando era una niña. Nunca había olvidado su amabilidad para con ella, pero fue en la tumba central donde su mirada se posó por más tiempo.

«Bueno, Adam Fairley —pensó—. Yo gané. Al final, yo fui la triunfadora. Ya no hay nada en el pueblo que le pertenezca a tu familia, excepto este trozo de tierra donde estás enterrado. El resto es mío. Hasta la iglesia está abierta gracias a mi generosidad. Tus tataranietos acaban de ser bautizados y llevan nuestros nombres, pero es de mí de quen heredarán una gran fortuna, poder y posición.» Esos pensamientos no eran rencorosos, sino realistas. Ya no odiaba a los Fairley, pero rondaban por su mente, aunque no era su estilo cebarse con nadie, sobre todo cuando se encontraba junto al lugar del último descanso de un hombre.

Volvió lentamente a la iglesia, con una sonrisa de paz y bondad dibujada en su rostro sereno.

Al cruzar la verja vio a Blackie a un lado, apartado del grupo de personas, hablando con sus nietas más jóvenes, Amanda y Francesca.

—Quizá te gustaría saber que *estas* dos querían ver lo que hacías —masculló Blackie cuando Emma se detuvo junto a él—. Tuve que sujetarlas para que no salieran corriendo detrás de ti.

—Sólo era para ver las tumbas, abuelita —explicó Amanda—. Nos encantan los cementerios.

Emma la miró con una expresión de fingido horror.

—Cuánta morbosidad.

—No, no lo es. Es interesante —dijo Francesca con un gritito—. Nos gusta leer las lápidas, e intentamos averiguar cómo era la gente y qué clase de vidas llevaban. Es como leer un libro.

—¿De verdad? —rió Emma, mirando a la quinceañera con afecto—. Creo que deberíamos regresar a la casa.

—Emma siguió hablando—: ¿Os ha dicho Emily que vamos a tener una fiesta con champán esta tarde?

—Sí, pero ha dicho que no podríamos beber champán. Pero sí nos dejarás, ¿verdad, abuela? —preguntó Amanda.

—Sólo un vasito cada una. No quiero que os pongáis «alegres».

—¡Oh, gracias, abuela! —dijo Amanda.

Mientras, Francesca se colgaba del brazo de Emma.

—Nosotras iremos contigo —anunció—. El coche del tío Blackie es más bonito que el viejo «Jaguar» de Emily.

—Eso no está bien, Francesca. Vinisteis con Emily y volveréis con ella. Además, el tío Blackie y yo tenemos cosas de que hablar.

Pero, en realidad, no tenía nada importante o especial de que hablar. Simplemente, quería estar a solas con su viejo y querido amigo, descansar antes de la fiesta, tomar un respiro antes de verse rodeada por su gran y heterodoxo clan.

En un momento dado, cuando iban en el coche, Blackie la miró y dijo:

—Ha sido un bautizo magnífico, Emma. Muy bonito. Pero tenías una mirada tan extraña cuando el vicario estaba bautizando a Lorne, que no pude dejar de preguntarme en qué estarías pensando.

Emma se volvió a medias hacia él.

—Pensaba en otro bautizo... El que tú llevaste a cabo cuando bautizaste a Edwina con agua de grifo en el fregadero de la cocina de Laura, en Armley.

Fijó la vista en sus ojos durante un rato.

—No pude evitar volver al pasado. ¿Sabes? A Edwin Fairley no le hubiesen permitido casarse conmigo estando yo embarazada, aun en el caso de que él hubiera querido, así que Edwina nunca pudo ser bautizada aquí, en Fairley. Eso me ha llegado al alma hoy.

—Sí —dijo él—, la hubiesen rechazado de todas formas.

Emma asintió.

—Y así, mientras pensaba en todo lo que me ha pasado durante mi larga vida, se me ocurrió de repente que la ocasión de hoy es el ejemplo más grandioso de la ironía de la vida. Y que Adam Fairley, más que nadie, habría apreciado la justicia poética que hay en ello.

Se detuvo, sonriendo abiertamente.

—La rueda de la fortuna ha dado toda una vuelta completa.

CAPÍTULO XI

Jim Fairley, huérfano desde los diez años y criado con su abuelo viudo, siempre había sido un niño solitario.

En consecuencia, se sintió muy feliz cuando entró a formar parte de la gran familia de Emma Harte, que se había convertido en la suya propia después de haberse casado con Paula en 1968. En cierta forma, era toda una novedad para él meter la cabeza en ese extraordinario clan. Al salir indemne de la experiencia, conservó su amplitud de ideas sobre cada uno de ellos, sin que hubiese intentado hacer un recuento de sus defectos o atributos. Se había mantenido al margen de los complicados enfrentamientos, alianzas, amistades y enemistades que florecían alrededor de Emma.

Como Jim rara vez pensaba mal de nadie, se sorprendía con frecuencia cuando Paula criticaba a algunos de sus tíos o tías y, a veces, pensaba incluso si no exageraba cuando le enumeraba los defectos que tenían o las terribles equivocaciones que habían cometido con Emma. Pero ella protegía fieramente a su amada abuela, a quien no perdía de vista. A Jim le divertía secretamente la actitud de su mujer, pues pensaba que no había nadie más capaz de cuidar de sí misma que Emma Harte.

Hacía poco que Jim se había convencido de que las advertencias de Paula sobre la condesa de Dunvale no tenían fundamento. Sin ir más lejos, ese fin de semana Edwina se había comportado de forma impecable..., como él había esperado que lo hiciese. Aunque se mostraba algo reservada con Paula, al menos era educada; incluso él había conseguido hacerle reír cuando volvían de la iglesia. Todavía se encontraba de buen humor, según Jim pudo constatar.

Su tía estaba charlando con su hijo Anthony y con Sally Harte cerca del fuego y su expresión, rígida y tensa por lo general, se había desvanecido. Por una vez parecía hallarse relativamente relajada. «¡Pobrecilla! No es tan mala», pensó, caritativo con los demás, como siempre, y volvió la mirada al cuadro que había a la izquierda de Edwina. Estaba colgado sobre la chimenea de mármol blanco y era uno de sus favoritos.

Jim se encontraba de pie, en la entrada de la Sala Color Melocotón. Esa encantadora mezcla de estilo renacentista y jacobino, la «Pennistone Royal», tenía dos grandes salas de ceremonias. Paula había elegido aquélla para la fiesta del bautizo.

A Jim le alegró que ella hubiese preferido ésa.

Pensaba que era el rincón más bonito de toda la casa, con la combinación de color crema y melocotón, y sus exquitas pinturas. Aunque Emma había vendido algunas piezas de su célebre colección de impresionistas el año anterior, había conservado los dos Monet y los tres Sisley que embellecían aquellas paredes. En su opinión, eran las obras de arte las que daban a la tranquila y elegante habitación de estilo regencia su gran belleza.

Jim contempló un Sisley durante un momento, admirándolo desde una posición ventajosa. Nunca había codiciado nada material en toda su vida, pero hacía tiempo que ansiaba ser el dueño de ese cuadro. Aunque jamás lo poseería. Siempre estaría colgado en aquella casa, tal como Emma especificaba en su testamento. Algún día pasaría a manos de Paula, así que nunca se vería privado de él, y podría contemplar el paisajes siempre que lo deseara. Ése era el motivo de su sorpresa ante el intenso deseo de poseerlo personalmente que lo acosaba. Nunca se había sentido tan atraído por nada, excepto quizá por su esposa. Sus ojos buscaron a Paula sin encontrarla. La habitación se había llenado durante los diez minutos que se había ausentado para acompañar al fotógrafo mientras éste preparaba su equipo en el Salón Gris. Era posible que estuviese en cualquier sitio.

Entró rápidamente.

Con sus dos metros de altura, bien formado, aunque delgado y de piernas largas, James Arthur Fairley parecía una momia con aire de tendero, aunque siempre iba vestido impecablemente, desde la cabeza hasta los zapatos, hechos a mano. Como su bisabuelo, tenía una gran debilidad por la ropa elegante y cierta tendencia a llevarla con ostentación. Tenía un bello color de piel, el pelo castaño claro, un rostro bastante sensitivo y los ojos de un azul grisáceo. Nacido y criado como un caballero, había adquirido un dominio natural de sí mismo y se comportaba con soltura y aplomo en cualquier situación. Tenía cierto encanto sosegado y una pronta sonrisa para todo el mundo.

Esto se hacía patente mientras se dirigía al centro de la habitación y miraba a su alrededor, buscando a Paula.

Como no pudo dar con ella, cogió una copa de champán de la bandeja que le ofrecía un camarero y empezó a andar en dirección a su suegro. Edwina lo vio y se acercó corriendo, interceptándole el paso antes de que llegase junto a David Amory. Inmediatamente, empezó a deshacerse en elogios sobre la ceremonia del bautizo y se embarcó con él en una conversación sobre el pueblo de Fairley. Mientras la escuchaba pacientemente, Jim se dio cuenta, una vez más, al tiempo que le volvía a sorprender, que ser una Fairley tenía una tremenda importancia para ella. Desde su primer encuentro, ella no había hecho sino acosarle continuamente con preguntas sobre su abuelo, su abuela y sus padres, que habían muerto trágicamente en un accidente de aviación en 1948; además de sobre su propio padre, el conde de Carlesmoor, fallecido hacía tiempo.

En las distintas ocasiones en que había estado con su medio tía-abuela, pues ése era su parentesco, había detectado un cierto asomo de vergüenza en ella por ser hija ilegítima, y siempre le había dado un poco de pena. Esa era una de las razones que le impulsaban a ser amable, a incluirla en aquellas celebraciones familiares en las que él contaba algo. Su suegra trataba a Edwina con amabilidad, pero, aparte de eso, Jim se había dado cuenta de que Edwina se sentía cerca de Daisy porque ambas eran del «otro lado» de la manta. La primera hija de Emma se identificaba mucho con la más joven por la similitud de sus nacimientos. Pero la ilegitimidad era lo único que ambas tenían en común. Cada mujer era la antítesis de la otra. Su suegra era una mujer muy dulce, compasiva y considerada, y una dama en todo el sentido de la palabra. No había «otro lado» en Daisy Amory, y a él le gustaba por su actitud tranquila hacia la vida, su alegría y su sentido del humor. Por desgracia, su tía Edwina era inflexible y agria, estirada y reservada, con una capa de esnobismo, cuyos valores básicos él desconocía por completo. Pero había algo indefinido en ella que le atraía y le hacía sentir curiosidad y simpatía por ella. Quizás era porque llevaban la misma sangre. Paula decía constantemente que la sangre *no* era más espesa que el agua, pero él no opinaba igual. Estaba seguro de una cosa. Su parentesco con Edwina, aunque escaso y tenue, disgustaba a Paula hasta el punto de llegar a encolerizarla. Encontraba eso muy poco razonable por parte de ella y deseaba fervientemente que fuese menos emotiva respecto a su tía. En su opinión, Edwina era una anciana inofensiva.

—Lo siento, tía Edwina, no he oído esto último —le dijo Jim con una sonrisa de excusa, prestándole toda su atención otra vez.

—Decía que era una pena que mi madre hubiese desmantelado «Fairley Hall».

Edwina fijó sus ojos grises y pequeños en él, mirándole con atención.

—La casa era muy antigua y tenía que haber sido conservada como patrimonio de Yorkshire. Y, piensa en ello, si aún estuviese en pie, podrías haber vivido allí con Paula.

Jim no captó la crítica inherente a la madre de Edwina en las palabras de ésta. Se rió y movió la cabeza.

—No lo creo. En las fotografías que he visto, no me gustaba el aspecto de «Fairley Hall». Según el abuelo, era una mezcolanza de estilos arquitectónicos, una monstruosidad. A él nunca le gustó, y personalmente pienso que la abuela hizo lo correcto.

Daisy, que estaba por allí cerca, oyó el final de la conversación.

—Estoy de acuerdo con eso, Jim —exclamó—. Además, mamá hizo un buen uso del terreno donde se alzaba la casa, donándolo para que hicieran un parque para los lugareños. Es un lugar que les gusta mucho cuando hace buen tiempo. Fue muy generoso por su parte.

Miró al vicario de Fairley, que se encontraba hablando con su esposo.

—Y la razón por la que el reverendo Huntley está radiante de alegría ahora mismo es porque mamá acaba de darle un generoso cheque para el fondo de restauración de la iglesia. Ella contribuye en más de una forma a que el pueblo siga funcionando.

Después de haberle rebatido a Edwina sus palabras de la forma más amable, Daisy sonrió afectuosamente a su hermanastra con afecto.

—No te he dicho nada, querida Edwina. Estás maravillosa. Éste es un vestido precioso.

—¡Oh! —exclamó Edwina, sorprendida por aquellas amables palabras.

Casi nunca le hacían cumplidos. Con ojos alegres se atildó un poco, llevándose automáticamente las manos al cabello. Luego, recordando su educación, se apresuró a decir:

—Muchísimas gracias, Daisy. Tú también estás muy hermosa, como siempre. Respecto a mi vestido, es un modelo de Hardy Amies. No estaba segura de que me sentase bien, pero él me convenció.

Las dos mujeres hablaron de vestidos durante unos momentos; luego, Daisy exclamó:

—Lo siento, tendrás que perdonarme. Creo que mamá me está buscando.

Otra vez sola con Jim, Edwina empezó a enumerarle las delicias de su casa en Irlanda.

—Me encantaría que pudieses ver Clonloughlin en esta época del año, Jim. Es de una belleza perfecta. Está todo tan verde. ¿Por qué no hacéis algún plan vosotros dos, Paula y tú, y vais un fin de semana? Nunca lo habéis visto y os agradaría. En ese avión tuyo es sólo un salto, está a un tiro de piedra.

—Gracias, Edwina, quizá lo hagamos.

Mientras lo decía, Jim sabía que Paula nunca aceptaría. Decidió buscarse una excusa.

—De todas formas —añadió—, no creo que pueda alejarla de los críos durante algún tiempo.

—Sí, lo comprendo —murmuró Edwina.

Se preguntó si había sido desairada con esa respuesta y, para ocultar su confusión, siguió hablando sin parar.

Jim, mientras escuchaba educadamente y trataba de ser atento, buscaba la forma de escapar. Gracias a su altura sobresalía por encima de Edwina, que era bastante baja, y podía mirar por encima de su cabeza rubio platino, escudriñando a su alrededor, preguntándose qué sucedía con Paula. La mayoría de los invitados habían llegado. *Su* ausencia empezaba a notarse.

Sarah Lowther acababa de entrar del brazo de su primo, Jonathan Ainsley. Bryan y Geraldine O'Neill estaban hablando con Alexander Barkstone y su novia. Blackie se encontraba de pie junto a la ventana, embarcado en animada conversación con Randolph Harte; parecía estar excitado por algo y hacía señas a su nieta. Miranda flotó en dirección a ellos. Una visión con uno de sus extravagantes vestidos, su cara pecosa radiante de alegría y el cabello castaño brillándole como un casco de cobre al reflejarse en él el sol que entraba por los grandes ventanales.

Jim se apoyó en el otro pie, escudriñando toda la habitación. Emma estaba sentada en el brazo de un sofá, prestando atención a sus cuñadas viudas, Charlotte y Natalie. Las dos señoras de aspecto distinguido daban la sensación de fragilidad y vejez en comparación con Emma, quien rezumaba vitalidad y alegría esa tarde. Estudió su rostro durante un momento. Reverenciaba y respetaba a aquella mujer singular desde que había empezado a trabajar para ella; al casarse con su nieta había conocido otro aspecto de Emma, creciendo su cariño por ella. Tenía un corazón comprensivo, era amable y generosa, y la persona más justa que jamás había conocido. ¡Qué tonto había sido su abuelo dejándola escapar! Pero suponía que las cosas serían más difíciles en aquellos días. «Las estúpidas diferencias de clase», pensó suspirando. Entonces, de repente, deseó que Edwin Fairley hubiese vivido lo bastante para presenciar ese día..., para ver a los Fairley y a los Harte unidos por fin en un matrimonio. Sus sangres estaban mezcladas. Él y Paula habían empezado una nueva dinastía.

Se dio cuenta de que Edwina había acabado su charla interminable y le estaba mirando.

—Voy a traerte otra copa —dijo, con precipitación—, tía Edwina; luego, creo que será mejor que busque a Paula. No me imagino qué es lo que le pasa.

—No quiero más champán en este momento, gracias, Jim —repuso Edwina con una débil sonrisa.

Esta tarde estaba decidida a permanecer serena, sosegada y con la cabeza despejada. Demasiada bebida podría tener un efecto negativo en ella, quizá le hiciera perder su compostura. Eso no se lo podía permitir.

—Antes de que desaparezcas —dijo—, me gustaría preguntarte algo. Me he estado preguntando si serías tan amable de invitarme a tu casa de Harrogate. Sé que perteneció a tu abuelo.

Vaciló y se aclaró la garganta, nerviosa.

—Me gustaría ver dónde..., el lugar en el que mi padre pasó tantos años de su vida.

—Por supuesto, debes ir cualquier día —dijo Jim, comprendiendo su deseo.

Esperaba que Paula no se pusiese de mal humor cuando le dijese que había accedido a la petición de su tía. En el momento en que empezaba a alejarse, Emily, con

Amanda y Francesca colgadas de ella, se acercaron, cortándole el paso.

Emily se cogió de su brazo con una luminosa sonrisa y miró a Edwina.

—¡Hola, vosotros dos! —gritó—. ¿No es emocionante? Creo que va a ser una fiesta estupenda.

Jim le sonrió con indulgencia. Le gustaba mucho la joven Emily.

—¿Has visto a mi mujer por algún sitio? —le preguntó de repente.

—Se fue arriba con las niñeras y los críos, murmurando algo sobre cambiarles. Creo que estaban empapados. —Emily se rió y movió los ojos en un gesto exagerado—. Alégrate de que no te pusieran ese traje tan elegante empapado de pip...

—¡Venga, Emily! —masculló Edwina reprobadoramente—. No seas tan vulgar.

Su sobrina recibió una fría mirada de desaprobación.

Sin importarle nada, Emily volvió a sonreír tontamente.

—Es lo que suelen hacer los niños, ¿sabes? Son como cachorrillos. No pueden controlar sus vejigas. Y *no estaba* diciendo nada vulgar, tía Edwina, simplemente señalaba un hecho de la vida.

Jim no pudo evitar reírse, dándose cuenta de que Emily estaba siendo provocativa a propósito. Le lanzó una mirada de advertencia y miró a su tía, rezando para que no se abalanzara sobre Emily.

Obviamente, Edwina estaba molesta. Por fortuna, antes de que ella pudiese pensar una respuesta agria, Winston apareció, vino derecho a ellos, les saludó y se situó entre Emily y Amanda.

Se volvió a Jim.

—Siento hablar de negocios en una ocasión tan festiva —dijo—, pero me temo que no tengo alternativa. Me gustaría que nos viésemos el lunes para hablar sobre un par de asuntos. ¿Tendrás tiempo?

—Por supuesto —repuso Jim, mirándole confundido y con la preocupación reflejada en sus ojos—. ¿Algo serio? —preguntó.

—No, no. La única razón por la que lo he mencionado es para asegurarme de que me concederías una hora. Tengo que ir a Doncaster y a Sheffield ese día, y el resto de la semana me sería imposible. Estoy realmente ocupado.

—Entonces, concretemos, Winston. ¿Digamos sobre...

las diez y media? A esa hora ya he sacado la primera edición a la calle.

—Estupendo —accedió Winston.

—Asunto arreglado.

—Tu padre parece muy satisfecho —dijo Jim— y Blackie también. Míralos. Se comportan como un par de chavales con un juguete nuevo. ¿Por qué están tan excitados?

Winston miró por encima del hombro y rió.

—Mi padre quiere que *Emerald Bow* corra el «National» el año que viene y Blackie le está pinchando al respecto. Creo que tía Emma está igual de emocionada.

—Ya lo veo —dijo Jim.

—¡Diablos! Eso es una noticia estupenda, Winston —exclamó Emily—. Espero que la abuela nos invite a todos a ir a Aintree el próximo mes de marzo.

La conversación se centró en el «Grand National» y en la posibilidad de que *Emerald Bow* ganase la carrera de obstáculos. Todo el mundo gritó sus opiniones; incluso las mellizas quinceañeras dieron su opinión.

Pero Edwina no. Ella permanecía callada.

Se bebió la última gota de champán de su copa y miró a Winston con disimulo. No se sentía atraída por él en particular. Pero nunca había dedicado mucho tiempo a los Harte. Todos ellos tenían dinero a espuertas. Y atractivo. No podía negar que era una familia de personas guapas, todos y cada uno de ellos. De repente, con un pequeño sobresalto de sorpresa, se dio cuenta del parecido existente entre Winston y su madre. Ya sabía que ambos compartían ciertas características físicas, pero nunca se había fijado cuán agudas y fuertes eran. «¡Vaya! Winston Harte es una réplica masculina más joven de *ella* —murmuró Edwina para sí—. Se parece más a mi madre que cualquiera de sus hijos o nietos. Los mismos rasgos, definidos con tal claridad que parecen esculpidos con un cincel; idéntico cabello rojizo con reflejos dorados; esos ojos inquietos e inteligentes de un verde tan poco común. Incluso las manos, son pequeñas como las *de Emma*. ¡Dios mío, qué extraño!» Apartó la vista con rapidez, preguntándose por qué esa revelación la preocupaba tanto.

Jim, que había estado escuchando con interés lo que decía Winston del jockey Steve Larner, la interrumpió con su exclamación.

—Por fin, aquí está Paula.

Le hizo señas con la alegría reflejada en el rostro.

—Os veré luego.

Apretó el brazo de Edwina con afecto y empezó a cruzar la habitación.

Paula lo miraba con una alegre sonrisa de expectación dibujada en su boca. Se sentía emocionada. Amaba muchísimo a Jim y se consideraba una mujer con suerte por haberle encontrado. Era un hombre sincero y dulce, guapo, honrado y bueno. Tendría que mostrarse firme con Edwina..., estaba demasiado complaciente con su marido.

Al llegar junto a ella, Jim le cogió las manos y le sonrió, feliz.

—Hace mucho que desapareciste —dijo—. Te he echado de menos.

—Querido, los niños me necesitaban —repuso ella mientras sus ojos brillantes lo miraban con cariño—. Espero que no te conviertas en uno de esos padres celosos de los que tanto oigo hablar.

—Ni hablar. Adoro a esos pequeños mocosos.

Se inclinó sobre ella, la atrajo hacia sí y bajó la voz hasta que se convirtió en un susurro.

—Pero también te adoro *a ti*. Escucha, querida, vamos a escaparnos esta noche a disfrutar de una cena tranquila. Los dos solos. A tus padres no les importará. Pueden cenar con Emma.

—Bueno...

—Me niego a aceptar un no como respuesta, cariño —le dijo al oído con un susurro y le dio un apretón en las manos.

Paula se ruborizó y luego se rió con dulzura.

—Eres un malvado. Un verdadero diablo —dijo bromeando y mirándole maliciosamente—. Debo advertirle que soy una mujer casada, caballero. Lo que usted me propone es muy indecente. Y muy indecoroso, he dicho.

—¿De verdad lo cree así? —rió él—. Creo que mis ideas son muy *excitantes*.

—Mamá se dirige hacia aquí —dijo Paula riéndose y cambiando hábilmente de tema—. Y parece que viene muy decidida a algo.

—Di que sí —exigió Jim—. A todo.

—*Sí, sí, sí.*

Daisy los miró con afecto y movió la cabeza.

—Siento interrumpiros, tortolitos, pero mamá está impacientándose. Quiere que nos hagamos las fotografías tan pronto como sea posible. Estoy avisando a todo el mundo.

Así que vamos a reunirnos en el Salón Gris. Ah, por cierto, Jim, he sugerido que Edwina formase parte del grupo familiar en una de las fotos, y mi madre ha accedido.

—Muy amable de tu parte, Daisy —exclamó Jim con cordial sinceridad, pensando que era muy propio de Daisy el preocuparse por los sentimientos de los demás.

La consideración que mostraba por Edwina era digna de elogio.

A Emma Harte nunca se le había escapado ningún truco en su vida.

Y esa tarde no era una excepción. Sus ojos estaban en todos sitios y, desde su posición junto a la chimenea, podía ver toda la habitación y a cada uno de los que se hallaban en ella. De la misma manera que Jim Fairley se abstraía mirándolo todo, Emma hacía el papel de observadora en esos últimos días.

De cualquier forma, a diferencia de Jim, que sólo veía la superficie y, además, se lo creía todo, Emma tenía unas facultades perceptivas que traspasaban cualquier fachada para comprender exactamente lo que se escondía detrás. Sabía que nada era lo que parecía; y así, era agudamente consciente del mar de fondo que había en la habitación: las rivalidades, los conflictos y las malas intenciones que existían entre algunos de los presentes.

Una leve sonrisa sarcástica se dibujó en sus labios. Como siempre, se habían formado corrillos. Era fácil saber quién era aliado de quién. Podía leer en ellos como un libro abierto.

Edwina resultó ser una de las que más la habían sorprendido, pues, obviamente, era lo bastante inteligente como para aceptar lo inevitable. Su hija mayor parecía estar rodeada de un aura de cordialidad, sentada en el sofá junto a la ventana charlando con Sally. Por otro lado, sin embargo, Emma había observado que continuamente trataba de evitar tropezarse con los otros Harte que había en el salón.

Randolph, el padre de Sally, y sus otros dos hijos, Vivienne y Winston, eran considerados persona *non grata* por Edwina, y apenas pudo disimular el disgusto que le causaban tras aquella sonrisa fría y distante con la que los había saludado al entrar. Edwina también trataba de mostrarse indiferente con Blackie, aunque eso no era nada nuevo. Una vez, el año anterior, Edwina le llamó «el gran señor», con un inequívoco tono de desprecio y sarcasmo.

Emma sonrió para sus adentros. Le había gustado mucho esa descripción, y aún le gustaba. Era apropiada.

Blackie se estaba comportando realmente como un gran caballero patricio, yendo de un lado hacia otro como si tuviese derechos jurisdiccionales, con modales de propietario, afable y encantador, haciendo a la perfección el papel de anfitrión. Y, ¿por qué no? Después de todo, era su mejor amigo y acompañante: ésa era la casa de Emma, y ella era la anfitriona. Estuvo a su lado durante el brindis y al partir la tarta del bautizo, y, cuando Randolph acabó de decir unas palabras, él hizo su propio brindis. Por ella. La había llamado la bisabuela más joven y guapa del mundo. Pero ya se había detenido y dedicaba su atención a Paula, que, a su vez, se la dedicaba a los niños. Daisy se les unió, su sinceridad, serenidad y bondad resaltaban en la habitación. Emma volvió los ojos al rincón más apartado y los fijó en su nieto Alexander.

Siempre reservado, Alexander lo parecía aún más con Jonathan y Sarah, a quien había saludado brevemente cuando llegó. Desde entonces, los había ignorado por completo. Se había unido a Bryan y Geraldine O'Neill al empezar la fiesta y se volvió a sentar con ellos después que las fotografías estuvieron hechas. Emma no comprendía por qué se mostraba tan frío y distante con Sarah y Jonathan. ¿Habrían tenido algún roce? ¿O una pelea? ¿O, simplemente, se aburría en compañía de sus primos, con quienes trabajaba en «Harte Enterprises»? Analizó estas posibilidades y luego las olvidó. Si había algún problema real entre los tres, ella lo sabría muy pronto. Deseaba que Alexander se decidiese, por esa simpática Marguerite Reynolds. Ya había hecho esperar a esa pobre chica durante demasiado tiempo. Pero, ¿dónde se escondía *ella*?

Emma escudriñó la habitación. ¡Ah, sí! Allí estaba, junto a la puerta, riéndose con Merry O'Neill y Amanda. Buen Dios, esa niña se estaba bebiendo otra copa de champán. ¿La *tercera*? «Se supone que Emily debe estar vigilando a sus hermanas y ni siquiera está en la habitación», pensó, dando unos pasos hacia Amanda, pero se detuvo: Emily acababa de regresar con Winston y Shane, había observado a Amanda y estaba a punto de castigar a su hermanita, que la miraba con aire compungido. Emma asintió para sí misma, divertida con la escena que contemplaba. Emily, aunque joven y alegre, podía ser muy severa cuando se lo proponía.

Shane se separó de Winston y Emily, y deambulaba por la habitación. Lo siguió con la mirada. Él se detuvo junto a David, apartó al padre de Paula a un lado, y empezó a hablar con él atentamente. «Shane no se comporta de un modo natural hoy —decidió Emma—. Tiene un aire distante.» Se le ocurrió que podría estar aburrido con el espectáculo familiar, además de preocupado por su inminente viaje a Nueva York.

En cuanto a Sarah, parecía que su nieta de pelo castaño no se interesaba por Shane. ¿Exageraba Emily? No, definitivamente, no. Sarah, que se pegaba a Jonathan como una lapa, estaba probando a Emma con su forma de actuar que, de verdad, era preocupante. Si ella no le interesaba a Shane, tampoco se quedaría escondida en un rincón, apartándose de su camino. ¿Era Jonathan una hábil maniobra suya, o habían formado entre ellos algún tipo de alianza especial últimamente? Si era así, ¿por qué? Nunca habían estado particularmente unidos en el pasado.

Emma lanzó una larga y dura mirada a Jonathan, estudiando su cara amable e indiferente, y observando sus modales despreocupados. «¡Cuán taimado puede llegar a ser! Inteligente —pensó—, pero no tanto como él se supone. Ha adquirido una gran facilidad para el disimulo, seguramente de mí. Y como yo finjo mejor que él, nunca podrá engañarme. No tengo una evidencia palpable de su traición, nada concreto para ponerlo entre la espada y la pared pero, aun así, sé que no está haciendo nada bueno.»

Cuando Emma llegó a la iglesia de Fairley, Jonathan se le había acercado corriendo para decirle que el lunes por la mañana la llevaría su nueva valoración del edificio de «Aire Communications». Ella se limitó a asentir con cara inescrutable. Pero, de inmediato, se preguntó por qué razón él pensaba de repente que la evaluación del edificio ya no urgía, que podía esperar hasta el lunes. Durante algún tiempo, ella le había estado haciendo hincapié en su urgencia. No tuvo que pensar mucho para encontrar la respuesta. Jonathan sabía que la evaluación ya no corría prisa porque estaba al tanto de que el asunto de «Aire» se había estancado. Ni ella ni Paula habían mencionado la ruptura de conversaciones, así que sólo había podido obtener aquella información de Sebastian Cross, y en las últimas veinticuatro horas.

Su conversación en la iglesia, junto con la revelación que Emily le había hecho la noche anterior, habían convencido a Emma de que Jonathan se hallaba comprometido, de alguna manera, con los Cross, que era cómplice suyo. Pero, ¿con qué propósito?

No lo sabía. Pero lo averiguaría pronto. No tenía intención de enfrentarse a Jonathan el lunes por la mañana. No era su estilo enseñar las cartas cuando estaba organizando su juego. En lugar de eso, iría a Londres la semana siguiente y empezaría a indagar. Con discreción. La conducta de Jonathan ese mismo día sólo había servido para avivar la persistente sospecha de que no merecía su confianza, algo que presentía desde hacía algunas semanas. Sin darse cuenta, él la había alertado más todavía. Si hubiese sido inocente, habría actuado como si el asunto de «Aire» estuviese en marcha todavía. Había cometido un pequeño fallo..., que Emma consideraba fatal.

Dio la casualidad de que Jonathan rondaba por allí en ese momento. Su mirada se encontró con la de ella. Sonrió abiertamente y se le acercó.

—¡Cielos, abuela! ¿Por qué estás aquí sola? —le preguntó, interesándose por ella. Sin esperar una respuesta, continuó—: ¿Quieres algo? ¿Una copa de champán o una taza de té, quizá? Ven y siéntate. Debes de estar cansada.

La cogió del brazo con afecto, mostrando una actitud cariñosa.

—No quiero nada, gracias —dijo Emma—. Yo no estoy cansada. De hecho, nunca me he sentido mejor.

Su sonrisa tenía la misma fraudulenta dulzura que la de él. Extrajo su brazo de entre los de su nieto con un movimiento suave.

—Me he divertido mucho mirando a la gente —recalcó—. Te sorprendería descubrir lo que las personas revelan sobre sí mismas cuando no se creen observadas.

Mientras hablaba, mantenía la vista clavada en el rostro de Jonathan.

Esperó.

Él sintió un escalofrío bajo aquella mirada firme; se la devolvió y trató de conservar una expresión abierta y cándida. Pero lanzó una carcajada demasiado fuerte y precipitada.

—Eres muy graciosa, abuela —dijo.

«Y posiblemente tú te crees muy listo», pensó Emma con frialdad.

—¿Qué le pasa a Sarah? —preguntó ella—. Está muy reservada con todo el mundo, excepto contigo, claro.

—No se siente bien —se apresuró a contestar él—. Tiene un buen resfriado.

—Pues yo la encuentro perfectamente —observó Emma con acritud, mirando por un momento hacia Sarah.

De repente, Emma se echó hacia atrás, separándose de Jonathan, para poder mirarle directamente a los ojos.

—¿Habéis venido juntos? ¿Cuándo llegaste a Yorkshire?

—No, hemos venido cada uno por su lado. Sarah llegó anoche en tren. Y yo vine en coche esta mañana —explicó con sonriente calma.

Emma vio una ligera sombra de engaño en sus ojos claros. Estudió su cara brevemente. «La misma boca de Arthur Ainsley», pensó.

—Me alegro que acompañes a Sarah hoy. Es muy amable de tu parte —dijo.

Él no se dio por aludido y cambió de tema.

—¿Estás segura de que no te quieres sentar, abuela?

—Bueno, quizá sí.

La condujo por la habitación hacia Charlotte y Natalia. Emma escondió una sonrisa. «Así que cree que éste es mi sitio, con las ancianas», pensó con acritud.

La dejó sentada en el sofá, cruzó unas breves palabras con sus tías-abuelas, y desapareció buscando a Sarah.

Emma observó cómo se alejaba, y se sintió triste y contrariada.

«Qué pena de Jonathan —pensó con resignación—. Él no se da cuenta, pero es más transparente que el agua. Igual que su padre.» Siempre había visto a través de Robin con claridad, lo que le permitía anticiparse a él, causándole infinita irritación y descontento. Emma se acomodó entre los cojines y aceptó una taza de té que le ofreció uno de los camareros, luego se volvió hacia sus cuñadas. Natalie, la viuda de Frank, se mostraba muy locuaz esa tarde, y pronto dominó la conversación, embarcándose en una interminable perorata sobre su única hija, Rosamund, que vivía en Italia con su marido diplomático. Charlotte y Emma la escuchaban, mirándose divertidas de vez en cuando, pero el interés de esta última se desvaneció rápidamente. Pronto se perdió entre sus innumerables pensamientos.

Emma nunca supo qué le hizo dejar de repente la taza de té, levantarse y volverse, justo en el momento en que lo hizo. Y después, cuando pensó en ello a solas, deseó haber permanecido sentada.

Pero no lo hizo, y a causa de esos movimientos se encontró a Shane O'Neill en línea directa con su mirada. Él no la vio. Se encontraba solo, apoyado en la pared, a la sombra de un alto aparador de estilo regencia. Había tal expresión de amor puro y de doloroso anhelo en su atractivo rostro, que Emma se quedó estupefacta por la sorpresa. Su cara estaba desnuda, completamente vulnerable, y revelaba los sentimientos más fuertes y más poderosos que un hombre podía sentir por una mujer.

Y era a Paula a quien Shane miraba con tanta fijeza e intensidad.

«¡Oh, Dios mío!», pensó Emma, invadida por la consternación. Su corazón dejó de latir. Qué bien conocía ella esa mirada de los hombres. Significaba pasión y deseo, la irresistible necesidad de la posesión absoluta. Y para siempre.

Pero su nieta no era consciente de aquella mirada. Se encontraba junto a la niñera, que tenía en brazos a Tessa ajustándole el vestido del bautizo y arrullándola. El rostro de Paula reflejaba su amor de madre, y se hallaba absorta en la niña.

Emma estaba tan sorprendida por lo que había visto que no se podía mover. Clavada en el suelo, lo miraba paralizada, incapaz de apartar su vista de Shane, el cual, sin duda, se creía a salvo de miradas indiscretas. Emma tanteó a ciegas y se agarró al respaldo del sofá, presa de una terrible sensación de desconcierto.

Con inmenso alivio, observó cómo aquella expresión en el rostro de Shane comenzaba a desaparecer, lo que ocurrió en un momento, y era sustituida por una estudiada expresión de simulada indiferencia, que Emma conocía muy bien. Salió de las sombras, sin notar que ella lo miraba, y se mezcló entre la gente. Oyó, lejana, su risa vibrante y gutural, y después la voz de Randolph en respuesta a algo que él le había dicho.

Intentando ordenar sus pensamientos, Emma cambió de postura y se volvió de cara al salón. ¿Había sido alguien testigo de ese intenso momento privado de Shane cuando tenía la guardia baja? ¿Dónde se encontraba Jim? La vista, alertada y rápida, de Emma se movió de un sitio a otro, y fue a detenerse en Emily, que se hallaba de pie, inmóvil, a unos metros de distancia, mirándola horrorizada, mientras la ansiedad nublaba su cara joven y bonita.

Emma frunció el ceño. Dirigió una mirada de complicidad a Emily y le señaló la puerta con un leve movimiento de cabeza. Emma salió del salón lentamente. Sentía una gran tristeza y enorme conmiseración por Shane O'Neill. Mientras cruzaba el Vestíbulo de Piedra, todo apareció con la transparencia del cristal ante ella, y su dolor creció de manera desmesurada.

Al entrar en la biblioteca, Emma se dejó caer desalentada en la silla más cercana. Le sorprendía que sus piernas la hubiesen llevado hasta allí. Sentía debilidad en las rodillas.

Emily llegó un segundo después, cerró la puerta tras de sí con firmeza y se apoyó en ella sin aliento.

Emily presentaba todo el aspecto de haber visto a un fantasma. Estaba muy pálida y tenía la cara rígida, tensa.

—Entonces —preguntó Emma—, ¿has visto la forma en que Shane miraba a Paula?

—Sí —susurró Emily.

—Está muy enamorado de ella —dijo Emma con voz ronca y la garganta tensa. Hizo una pausa y se dominó—. Pero tú lo sabías con anterioridad, Emily. De hecho, casi se te escapó ayer. Aunque te diste cuenta y callaste a tiempo, ¿no es así?

—Sí, abuela.

—No te alarmes tanto, Emily. Ven y siéntate a mi lado. Tenemos que hablar sobre todo esto. Es muy inquietante.

Emily corrió hacia ella y se sentó en una silla. Miró fijamente la cara preocupada de Emma, que, de repente, parecía fatigada y débil.

—Siento que lo hayas descubierto, abuela. Sabía que te dolería.

—Sí, es cierto, me ha dolido. Pero, ya que lo he averiguado, se me ocurren un par de preguntas. Primera, ¿cómo supiste que Shane estaba enamorado de Paula?

—Porque ya había visto esa expresión en su rostro antes. Fue en la boda de Paula, en Londres, el año pasado..., cuando él pensaba que nadie lo estaba mirando. Algo muy parecido a lo ocurrido hoy. Se encontraba en un rincón, en la recepción del «Claridge's», y no apartaba sus ojos de ella. Y después está su conducta..., admitámoslo, abuela. Se ha comportado de una manera extraña y distante con Paula durante mucho tiempo. Seamos sinceras, se ha desentendido de ella por completo. Es obvio que no puede permanecer a su lado siendo una mujer casada.

Emily se mordía el labio nerviosamente.

—Sospecho que ésa es también una de las razones por la que Shane viaja tanto. Ya sé que tiene que hacerlo a causa de los hoteles; pero Merry me dijo hace poco que se sube en un avión con la menor excusa. Dijo que parecía hecho de rabos de lagartijas.

—Ya veo —dijo Emma—. Así que Shane nunca se ha confiado a ti.

—¡Dios mío, no! Jamás lo haría. Es demasiado orgulloso.

—Sí —afirmó Emma—, sé a lo que te refieres.

Reflexionó un momento y, cuando habló, casi lo hizo para ella misma.

—Ésa parece ser una característica familiar. Y un falso orgullo también. Una pérdida de tiempo. Bastante absurdo a la larga. No sirve para nada.

Apartó la vista, mirando a lo lejos, absorta, viendo y comprendiendo muchas cosas.

Emily le cogió la mano con aquella forma suya anticuada y maternal.

—Trata de no preocuparte, abuela —recomendó—. Ya sé que quieres a Shane como uno de tus nietos, pero no puedes hacer nada al respecto.

—Eso ya lo sé, querida. Pero, volviendo al incidente del salón, ¿crees que alguien más vio lo mismo que nosotras? ¿Jim, por ejemplo?

—Jim había salido unos minutos antes, abuela. Hablé con él cuando iba hacia la terraza detrás de Anthony y Sally. Después se les unieron Miranda y las gemelas.

Emily se mordió el labio de nuevo.

—¡Sarah! Ha estado mirando a Shane a hurtadillas toda la tarde. Puede que se haya dado cuenta; no estoy segura.

—¡Espero que no! —exclamó Emma preocupada.

—Yo también —dijo Emily en voz baja, con un profundo suspiro—. Hay una persona que se ha dado cuenta...

—¿Quién? —exigió Emma, mirándola fijamente.

—Winston.

—Bien. Gracias, Dios mío, por ese pequeño favor. Me alegro de que no haya sido cualquier otra persona. Ve y tráelo, Emily, y no le digas nada. Allí no. Hay demasiados entrometidos alrededor.

—Sí, abuela.

Emily salió volando de la habitación.

Emma se levantó y fue hacia la ventana, mirando sus hermosos jardines. ¡Qué tranquilos aparecían bajo la radiante luz del sol...! Y allí cerca, en el salón, había un joven que lo tenía todo excepto la mujer que amaba, y que, tal vez, no hallase una paz verdadera en toda su vida a causa de eso. A menos que el amor que sentía por Paula se disipase, aunque Emma dudaba de que eso ocurriese. La clase de amor que había visto reflejada en el rostro del joven era eterna. La profundidad e intensidad de aquel cariño le dieron escalofríos. Estaba absolutamente convencida de que un hombre como Shane O'Neill no se contentaría con admirarla a distancia. Sus emociones podrían impulsarle a actuar de forma manifiesta con el tiempo. Quizás intentase luchar por Paula en el futuro. Y aunque Paula no se interesase por él, la situación, en opinión de Emma, seguiría siendo comprometida. Los triángulos no sólo resultaban incómodos, también podían ser explosivos.

Dejó escapar un débil suspiro. No tenía respuesta, ni soluciones y, definitivamente, la especulación era una gran pérdida de tiempo.

Centró sus pensamientos en Paula. Rezaba para que su nieta fuese feliz con Jim Fairley el resto de su vida. Si dejaba de serlo, Shane se acercaría a ella. Aunque el primer año de matrimonio había sido idílico, hubo ciertas cosas que le hicieron pensar y hacerse preguntas sobre Jim. Instintivamente, supo que no valía nada si se le comparaba con Paula en cuanto a fuerza interior y carácter Ella era excesivamente obstinada, y tenía, además, una voluntad de hierro. Y resultaba mucho más lista que Jim, en todos los aspectos.

Emma admiraba a Jim como profesional, era un periodista brillante y lo quería como persona. Era difícil que no fuese así. Por otra parte, Emma se había dado cuenta que, a veces, las apreciaciones de Jim eran erróneas en muchos aspectos, sobre todo cuando se trataba de valorar a las personas. No era selectivo. Todo el mundo le agradaba; es más, quería, nada menos, que la gente fuese feliz siempre. Odiaba las controversias y las preocupaciones, cedía para mantener la paz..., y, muy a menudo, en su propio detrimento, Emma pensaba que uno de los principales problemas de Jim consistía en su abrumadora necesidad de causar buena impresión, de ser popular entre todos los miembros de la familia, sus amigos y las personas con las que trabajaba. Esa peculiaridad suya desalentaba e irritaba al mismo tiempo a Emma. Era el resultado de su soledad. Y, por lo general, no convenía tener un trato excesivamente familiar con los empleados. Pronto se creaban problemas. Aunque era reacia a admitirlo, Jim, simplemente, no se hallaba a la altura de Paula. ¿Aguantaría con los años? Todos los matrimonios tenían sus complicaciones, tensiones y trastornos emocionales. Si Jim cedía a las presiones por falta de vitalidad y resistencia, ¿qué ocurriría con el matrimonio? ¿Y a Paula? ¿Y sus hijos? Detestaba imaginarse el futuro de esa manera tan desalentadora e, instantáneamente, expulsó todos los pensamientos negativos de su cabeza. Se amaban mucho y, quizás, ese amor eliminara cualquier diferencia que surgiese entre ellos.

—¿Querías verme, tía Emma? —preguntó Winston. Parecía nervioso y preocupado al mismo tiempo.

—Sí —contestó Emma, dándose la vuelta.

Se dirigió hacia un grupo de sillas haciendo señas a Winston y Emily para que se le acercasen.

Se sentaron frente a ella, esperando.

Winston había quedado perplejo cuando Emily se le acercó en el salón y le susurró que Emma la había mandado a buscarle. Debido a la conducta ansiosa de la muchacha, supo, de inmediato, que algo andaba mal. Su aire de preocupación se intensificó mientras daba inquietas chupadas a su cigarrillo. Por el rabillo del ojo vio que el rostro de Emily mostraba una gran desolación y que su palidez esquelética había aumentado.

—Hace unos minutos —entró Emma de lleno en el tema—, he visto a Shane mirar a Paula de tal manera que no tengo la menor duda de cuáles son sus sentimientos hacia ella. Emily me ha dicho que tú también lo habías notado.

—Sí —admitió Winston de inmediato.

Dándose cuenta de que no tenía sentido negarlo o mentir, se preparó, pensando en lo que ella le diría a continuación. Estudió su cara severa y seria.

—Shane está enamorado de Paula —anunció Emma en voz baja.

—Sí, y con locura —repuso Winston moviendo la cabeza.

Durante mucho tiempo se había preguntado cuándo saldría el asunto a la luz, y, ya que había sucedido, decidió que la postura más inteligente sería hablar francamente con Emma. En cierta forma, se sentía aliviado de que ella lo supiera al fin. Había sido una carga demasiado pesada para llevarla él solo.

—*Con locura* —repitió Emma para sí.

Se le cayó el alma a los pies. Winston acababa de reforzar sus sospechas, confirmándole así sus propias deducciones.

—¿Ha hablado Shane de sus sentimientos contigo, Winston? —preguntó lentamente.

—No, tía Emma, no lo ha hecho. Es un hombre muy reservado y discreto. Pero he observado varias cosas últimamente, y yo ya conocía sus sentimientos hacia Paula desde hace algún tiempo... por mis propias deducciones. Después de todo, los dos compartimos la misma casa los fines de semana. Si te soy sincero, tengo el presentimiento de que Shane *cree* que lo sé, pero nunca ha sacado el asunto a colación. Como te he dicho, es extremadamente discreto.

Emma se sentó; los labios apretados y los ojos más pensativos que anteriormente.

—Durante toda su vida han sido como uña y carne, Winston —dijo, tras un corto silencio—. ¿Cómo permitió que se le escapase de entre las manos?

—Sólo puedo aventurar una suposición... —murmuró Winston, mirándola fijamente.

Apagó el cigarrillo con una gesto lleno de ira repentina.

—Crecieron juntos...; es decir, los árboles le impidieron ver el bosque, no se dio cuenta de lo que tenía delante de su nariz. Estoy seguro de que Shane se percató de la intensidad de sus sentimientos hacia Paula cuando ella se comprometió con Jim. Y se casaron demasiado pronto después de que anunciasen su compromiso, tanto que Shane no tuvo tiempo de reaccionar. De actuar. Todo fue muy rápido, como tú ya sabes.

Winston se encogió de hombros con un gesto de fatiga y apartó la mirada, pensando en la inmensa angustia de Shane, la cual se había hecho más intensa y aguda —y más evidente— en los últimos días. Se alegraba de que tuviese que viajar a los Estados Unidos, por su bien. Volviendo a Emma, finalizó:

—Éste es mi análisis de lo sucedido, tía Emma, por si te sirve de algo. Supongo que hizo falta la aparición de otro hombre en escena para que Shane se diese cuenta de lo mucho que amaba a Paula.

—Sí, pienso que tienes razón, Winston —dijo Emma.

—¿Crees que Paula ha sabido o sabe lo que él siente por ella? —le preguntó Emily a Winston con voz contenida, rozándole el brazo y mirándole.

—Con sinceridad, no puedo responderte a eso, Emily. Pero yo...

Emma lo interrumpió con firmeza.

—Estoy segura de que no tiene ni idea, querida.

Se aclaró la garganta y continuó con el mismo tono de voz fuerte y claro.

—Es una situación bastante trágica para Shane, pero nadie puede hacer nada, y menos yo. Ya no. Es algo que no me incumbe. Ni a mí ni a nadie. Lo último que deseo es que Shane o Paula sirvan de tema de distracción para los chismosos de la familia, y todos sabemos que hay algunos a quienes les encantaría chismorrear sobre el asunto, quizás hasta desproporcionándolo. Confío en vuestra discreción y lealtad. De todos modos, tengo que pediros vuestra promesa formal de que nunca mencionaréis a nadie lo que habéis visto esta tarde. ¿Me he expresado con claridad?

—¡Por supuesto que te lo prometo, abuela! —gritó Emily con voz conmocionada, mirando a Emma espantada—. Debes saber que jamás diría nada a Paula y que no le haría daño. Y lo mismo digo de Shane.

—No dudaba de ti, Emily. Sólo me he sentido impulsada a recalcar la importancia de tu absoluto silencio sobre este tema.

Después dirigió su atención a Winston.

—Te lo prometo, tía Emma. Paula y Shane me preocupan tanto como a Emily. Y estoy de acuerdo contigo al respecto de los chismosos. Hay mucha gente que envidia a Paula. También a Shane, en muchos aspectos. Los dos son muy especiales, así que siempre serán objeto de murmuración. Mis labios están sellados, tía Emma. Por favor, no te preocupes por mí —dijo.

—Gracias —repuso Emma, tomando nota mentalmente de los astutos comentarios de Winston—. Preferiría que tampoco nosotros volviésemos a tocar más este tema —dijo con una débil sonrisa—. Creo que lo mejor que podemos hacer es olvidarnos de él. Shane estará fuera durante seis meses. Esperemos que olvide a Paula...

—¡Nunca la olvidará! —la interrumpió Winston furioso, acalorado—. Ése no es su carácter...

Cerró la boca enfadado, arrepintiéndose de haber hablado así.

Pero aquello fue suficiente para que Emma viese con claridad. «Sí —pensó—, eso es lo que yo temo también.»

Dijo lo más tranquila que pudo:

—Puede que siempre la quiera, Winston. Pero es joven y viril. Tiene deseos y apetencias normales, de eso no tengo la menor duda. Esperemos que, con el tiempo, encuentre a alguien que satisfaga sus necesidades y esté a su altura, una mujer que le ayude a olvidar a Paula. Espero sinceramente que disfrute de una vida que merezca la pena, llena de satisfacción y felicidad.

—No sé —murmuró Winston, cambiando de opinión otra vez.

Tenía que ser sincero con Emma. Se lo debía, después de todo. Lanzó a su tía una mirada llena de pesimismo. Y después, como siempre había sido capaz de decirle cualquier cosa sin la más mínima turbación, añadió sin rodeos:

—Estoy seguro de que seguirá teniendo sus pequeñas aventuras, sus enredos sexuales. No podrá evitarlos mientras las mujeres se le echen encima como lo hacen. No es un santo, ¿sabes? Ni tampoco el tipo de hombre que llevaría una vida de celibato. Después de todo, tía Emma, no hace falta que estés enamorado de una mujer para acostarte con ella.

—¡Vaya! —exclamó Emma, alzando una ceja y mirando a Emily.

Winston se dio cuenta de ello, pero consideró que Emily ya era mayor. Ya sabía cuántas eran dos y dos.

—Supongo que no te gustará oír esto —continuó, apresurado, sin dejarse intimidar—, pero, de todas formas, voy a decirlo. En mi opinión, Shane O'Neill nunca amará a nadie sino a Paula. Hace unos minutos dijiste que era trágico para Shane. Y lo es. Pero creo que también lo es para Paula. Siempre se ha encontrado mucho mejor y más feliz con un hombre como Shane que con Jim Fairley.

El tono áspero de Winston, y sus palabras de condena, sobresaltaron a Emma. Lo miró un instante, asombrada, fijándose en el gesto agrio de su boca y el brillo de rabia de sus ojos. «¡Vaya! Está resentido con Jim —pensó—, de ahí toda esta ira y resentimiento reprimidos. Winston está contra Jim Fairley porque se llevó a Paula, separándola de Shane.»

Emma asintió y no hizo ningún comentario.

Emily, con el ceño fruncido, dijo lánguidamente:

—¡Pobre Shane! ¡La vida es tan injusta...!

—Vamos, cariño, sólo ves la situación desde el lado de

Shane —repuso Emma en tono de censura—. Quizá Paula no piense de la misma forma. Estoy segura de que es feliz con Jim. Sé que lo quiere. Y, además, Emily, ¿quién te había dicho lo contrario? La vida es *muy injusta*; y muy difícil también, y hablo por experiencia. Cómo debemos hacerle frente, cómo reaccionamos ante las penalidades y el sufrimiento y cómo los superamos, eso es lo que cuenta a la larga. Debemos ser fuertes, aprender de nuestros errores, fortalecer el cuerpo y el carácter. No podemos dejar que la adversidad acabe con nosotros, Emily. Ahora, demos fin a esta discusión. Marchaos los dos. Necesito estar sola unos minutos.

Emma se sentó un rato.

Se encontraba débil, muy cansada. Tenía la impresión de que solucionaba un problema sólo para encontrarse con otro. Toda su vida había consistido en eso. «Shane, querido Shane —murmuró para sí—. Te he tomado simpatía. La vida te está jugando una mala pasada en estos momentos. Pero sobrevivirás. Todos lo hacemos.»

Inesperadamente, las lágrimas acudieron a sus ojos y rodaron por sus mejillas. Buscó un pañuelo en sus bolsillos y se enjugó la vieja cara surcada de arrugas. Hubiese querido poder llorar desconsoladamente. Pero no era su estilo permitírselo. Y las lágrimas no solucionaban nada. Se sonó la nariz, guardó el pañuelo y se levantó, estirándose el vestido.

Emma se dirigió a la ventana de nuevo, respirando profundamente, recobrando su enorme firmeza y voluntad. Y se fue reanimando poco a poco. Su pensamiento retornó a Shane. «Quizá Winston esté en lo cierto. Puede que Shane no se hubiese dado cuenta de lo que sentía verdaderamente por Paula hasta que fue demasiado tarde. Tal vez pensase que tenía todo el tiempo del mundo para reclamarla para él. Todos pensamos que el tiempo no corre cuando somos jóvenes. —Lanzó un profundo suspiro—. Los años que tenemos por delante nos parecen alargarse indefinidamente, y para siempre. Pero no..., se esfuman en un segundo, en un abrir y cerrar de ojos.» Blackie apareció en su mente. Se preguntó qué opinaría él acerca de aquella situación. De inmediato, decidió no decírselo. Se enfadaría y le causaría mucha pena.

La noche anterior, Blackie había comentado que la vida era demasiado corta para andar perdiendo el tiempo. Había gran variedad y sabiduría en sus palabras, sobre todo cuando se aplicaban a un par de viejos guerreros como ellos dos. Emma tomó otra súbita decisión: aceptaría la invitación de Blackie para hacer un viaje alrededor del mundo. No lo dudaría más.

Dándole la espalda a la ventana, Emma cruzó la biblioteca con decisión y salió con ella. Entró en el salón con aire resuelto, y comenzó a buscar a Blackie. Se imaginaba la cara que él pondría cuando le dijera que pusiese su Plan con P mayúscula en marcha de inmediato. Estaba decidida a hacerlo así en el momento que lo encontrase en aquella habitación llena de gente.

CAPÍTULO XII

—¿Crees que todas las familias son como la nuestra?

—¿A qué te refieres... exactamente? —preguntó Winston, volviéndose hacia Emily.

—Siempre están surgiendo problemas de una u otra clase. Me parece que nunca ha habido ni un minuto de tranquilidad, que yo recuerde. No se trata sólo de nuestros horribles tíos y tías, que se comportan de forma repugnante, y sacándose los ojos los unos a los otros; también están las disputas de nuestra generación, que dan lugar a situaciones espantosas. Si he de ser sincera, te diré que, la mitad del tiempo, me siento como si me encontrase en un campo de batalla, y no creo que sea muy buena combatiente.

Winston se rió del tono lúgubre que reflejaba su terrible expresión.

—Lo haces muy bien, Emily. Me he dado cuenta de que eres una pequeña luchadora.

Se habían sentado en un viejo banco de piedra, al final del ondulado césped que bajaba en declive desde la amplia terraza a la que daba el Salón Melocotón. Detrás de ellos, «Penninstone Royal» se recortaba contra el intenso azul del cielo. Su grandeza y majestuosa belleza resultaban impresionantes con los rutilantes ventanales brillando con el resplandor del último sol de la tarde.

—Pero, respondiendo a tu pregunta —dijo Winston con aire meditabundo—, supongo que las demás familias no son como la nuestra. Después de todo, ¿cuántas tienen una Emma Harte como cabeza de familia?

Emily se apartó, mirándole con una arruga dibujada en su frente lisa. Cuando habló, lo hizo con una expresión muy seria.

—No culpes a la abuela de los dramas que se están representando aquí. Creo que es una espectadora inocente, ¡pobrecita! Me pongo furiosa cuando pienso en las preocupaciones que le causan algunos miembros de esta familia.

—¡No la estaba criticando, si eso es lo que piensas! —exclamó Winston—. Ni sugería que ella fuese la responsable de estas situaciones, Emily. Estoy de acuerdo contigo: ella no tiene la culpa. Simplemente, hacía resaltar el hecho de que siendo la mujer más importante de nuestra época, y la más peculiar, tienen que existir controversias a su alrededor. Mira, ha llevado una existencia muy compleja y complicada, y la ha vivido al máximo. Tiene un montón de hijos y nietos y, si nos incluyes a los Harte, cosa que debes hacer, su familia es *inmensa*. Más numerosa que la mayoría. Y no olvides a sus íntimos amigos: los clanes de los O'Neill y de los Kallinski. Haz la cuenta... y, más o menos, habrás juntado un ejército.

—Todo eso es cierto, Winston. Pero sigo estando harta de tantas luchas y altercados. Sólo desearía que pudiésemos vivir en paz todos juntos, que nos lleváramos bien, ¡maldita sea!

—Sí..., pero hay otra cuestión que debes tener en cuenta, Emily. Esta familia posee una fortuna y un poder inmensos; eso significa la existencia de celos, rivalidades y todo tipo de maquinaciones. Me parece que las intrigas son inevitables; conociendo la naturaleza humana..., la gente *puede* estar corrompida, Emily. Egoísmo, ruindad, intereses creados, crueldad. He descubierto que algunas personas no se detienen ante nada cuando están sus intereses en juego.

—¡No lo sé yo bien! —repuso Emily, con aspecto preocupado.

Después, se quedó mirando a las lúgubres profundidades del estanque. Finalmente, levantó la cabeza y miró a Winston.

—Cuando mencioné los dramas antes me refería, natu-

172

ralmente, a Shane. Pero debo admitir que he notado ciertas cosas esta tarde; ya sabes, como una *corriente oculta.* Como es normal, la habitación se hallaba dividida en campos. Se estaban efectuando muchas maniobras.

—¿Y quién las estaba haciendo? —preguntó Winston algo alarmado, pero despierta su curiosidad.

—Para empezar, Jonathan y Sarah son uña y carne. Eso resulta muy extraño porque a ella no solía gustarle. Todavía no puedo afirmarlo con seguridad, pero tengo la sensación de que están tramando algo. Lo más probable es que Alexander sospeche de esa nueva alianza. ¿Te has fijado cómo los evitaba hoy?

—Ahora que lo mencionas, sí. Por lo que a mí respecta, no he tenido mucho tiempo para pensar en Jonathan Ainsley. Era un bravucón de pequeño, y, como todos los bravucones, es un cobarde. De un tiempo a esta parte, parece que está muy amable, pero no creo que haya cambiado mucho con los años, no en su interior. Jamás olvidaré la vez que me pegó en la cabeza con un bate de criquet. Ese asqueroso gusano. Podía haberme causado verdadero daño.

—Me lo imagino. Siempre me trataba muy mal cuando éramos pequeños. Todavía sigo creyendo que fue Mr. Jonathan quien cortó las llantas de la bicicleta que la abuela me había regalado a los diez años, aunque él lo negase cuando se lo preguntó. Se inventó una buena coartada sobre su paradero aquel día, pero *yo sé* que todo era mentira —continuó Emily con el ceño fruncido—. En cuanto a Sarah, ha sido una solitaria y una retraída toda su vida.

—Ya sabes lo que se dice..., las apariencias engañan —dijo Winston.

Se agachó, cogió un guijarro y lo tiró sin fuerza al estanque, contemplando las ondas que se expandían desde el centro.

—A veces, he pensado que Sarah está loca por Shane.

Emily lo miró sorprendida.

—No eres el único —admitió tranquilamente—. Bueno, no conseguirá nada... —añadió presurosa—. Lo que he dicho parece mezquino, y no tenía intención de ser maliciosa, Winston. No es que Sarah me disguste. Puede ser muy buena y, en realidad, me da pena. Amar a un hombre como Shane O'Neill debe ser horrible. Angustioso. Ella y yo nunca hemos intimado mucho, pero..., bueno, siempre he pensado que era una mujer constante..., hasta hoy. Ahora ya no estoy tan segura.

—Puede haber estado usando a Jonathan como escudo, y nada más. Era bastante obvio que hubiese querido pasar inadvertida porque Shane estaba allí; de eso no me cabe la menor duda.

—Quizá tengas razón —dijo Emily, y cambió de tema—. Por lo que se ve, Jim aprecia mucho a Edwina y a Anthony. Lleva pegado a nuestro joven conde una hora por lo menos. Tal vez le impresionan los títulos. Bueno, ¿y qué opinas de la pareja Anthony-Sally?

—Anthony es bastante correcto, pero a mi padre no le hace mucha gracia que Sally tenga relaciones con él, sobre todo a causa de Edwina. Si se casasen, tendríamos a esa vieja arpía encima. No es una perspectiva muy halagüeña. Odia a los Harte por alguna razón.

—¡Es porque la abuela es una Harte! —exclamó Emily—. Edwina siempre ha mirado con desprecio a su madre. ¡Qué mujer tan estúpida! No puedo soportarla.

Emily miró a lo lejos pensativamente. Tras un corto silencio, habló con tono despreocupado:

—No te gusta Jim Fairley, ¿verdad?

Winston movió la cabeza con vehemencia.

—No, no, te equivocas. *Me gusta*, y tengo en gran estima su talento profesional. Es que... —dijo con una mueca, encogiéndose de hombros—. Bueno, conozco a Paula mejor que la mayoría de la gente. A pesar de su aspecto tranquilo, sabes que es muy fuerte. Y también ambiciosa, decidida, trabajadora, y una excelente mujer de negocios. Es extraordinaria para la edad que tiene y, según vaya envejeciendo, más se irá pareciendo a Emma, recuerda mis palabras. En realidad, ha sido criada y educada para ser exactamente eso..., la próxima Emma Harte. Por la propia Emma Harte. Así que, a causa de todo eso y de las diferencias existentes entre sus personalidades respectivas, sólo puedo pensar que Jim y ella no son la pareja ideal. Pero no soy objetivo juzgando..., pienso en Shane. Es mi mejor amigo, y una persona excelente. Aunque...

Emily lo interrumpió con firmeza.

—Hay algo que me gustaría decirte de Jim, Winston. Creo que tiene más fuerza y más coraje de lo que algunos piensan. Paula me comentó un día que siempre había tenido un miedo horrible y angustioso a volar, debido a que sus padres murieron en un accidente de aviación cuando él era pequeño. Ése fue el motivo por el que Jim aprendió a pilotar y se compró su propio avión. Lo hizo para acabar con ese miedo. Yo sé que a la abuela no le gusta nada que vaya de un lado para otro en su pequeño pájaro de hojalata, como ella lo llama, pero resulta obvio que para él es muy importante hacerlo, incluso esencial, en beneficio de su bienestar.

Winston parecía sorprendido.

—Entonces, tengo que reconocerlo. Hace falta valor y coraje para superar esa clase de miedo. Me alegro de que me hayas contado esto, Emily. De todos modos, estaba a punto de decirte que podría estar equivocado con lo de Paula y Jim. No soy infalible. Puede que lo logren. De verdad, no deseo ningún mal para Paula, porque la quiero mucho; ni para Jim tampoco.

Se detuvo, miró a Emily sonriendo descaradamente y terminó:

—Además, nadie sabe, a ciencia cierta, lo que hay entre dos personas, o lo que sucede en la intimidad del dormitorio. Puede que Jim tenga encantos ocultos.

Hizo un guiño insignificante. Emily empezó a reír.

—Eres perverso, Winston —dijo con mirada traviesa—. Tenías que haber visto la cara de la abuela cuando empezaste a hablar de Shane y sus líos sexuales, con aire preocupado, como si yo no supiese nada del sexo.

—Y, por supuesto, *eres* una dama con gran experiencia, ¿verdad, renacuajo?

Emily adoptó una expresión arrogante y se acercó al banco.

—¿Has olvidado que tengo veintidós años? Sé exactamente dónde aprieta el zapato.

Lanzaron una carcajada al unísono. Se dio cuenta de que Winston se estaba divirtiendo.

—No me has llamado renacuajo desde que era..., eso..., una niñita.

—La más pequeña de todas.

—Pero crecí muy de prisa. ¡Debo advertirte, Winston Harte, que mido casi uno setenta!

—Una joven crecidita —bromeó él—. Nos divertíamos de niños, ¿verdad, renacuajo? ¿Te acuerdos del día que dicidimos jugar a ser antiguos britanos, y tú hacías de reina Boadicea?

—¡Cómo podría olvidarlo! —gritó Emily, mientras su cara se iluminaba de alegría—. Me pintaste de azul. *Todo el cuerpo.*

—Por completo, no. Me fue imposible conseguir quitarte las braguitas y la camiseta. Eras una niñita muy recatada, según recuerdo.

—¡No fue por eso! Estábamos en invierno y hacía un frío de mil demonios en el garaje de la abuela. Además, ¿de qué iba a estar avergonzada *entonces*? No tenía nada que enseñar con cinco años.

Winston le dirigió una apreciativa mirada, calculadora, viéndola con ojos de hombre.

—Pero ahora sí que...

Dejó la frase sin terminar, sintiéndose cohibido de repente. Entonces, le llegó el aroma intenso de su perfume floral, el fresco olor a limón de su pelo recién lavado, y empezó a ser consciente de su proximidad. Su rostro, vuelto hacia él en ese momento, tenía un aire de confianza, y había perdido la palidez anterior. Volvía a ser ella misma, tan hermosa, delicada y dulce como una rosa de verano, pura, tierna e inocente.

Winston se aclaró la garganta y no pudo resistir el deseo de acercarse a ella; quería y necesitaba esa proximidad.

—Hay que dar gracias a que fueses una niña recatada, Emily —dijo, poniendo acento de cariño en su voz suave—. Si no te hubieses dejado puesta la ropa, te hubiese pintado entera y podría haberte matado.

—¡Cómo íbamos a saber a nuestra edad que la piel no puede transpirar con la pintura! No tenías la culpa, Winston. Yo era igual de traviesa que tú y, después de todo, también yo te pinté por algunas partes.

Emily se apoyó en él; consciente de la presencia de Winston tanto como éste de la suya, deseando prolongar aquel imprevisto e inesperado momento de verdadero contacto físico.

Él dejó escapar una risita.

—Nunca olvidaré la terrible furia de tía Emma cuando nos encontró en el garaje. Creí que me iba a dar la mayor paliza de mi vida. ¿Sabes una cosa? Cada vez que huelo a trementina, me acuerdo de ese día, de los asquerosos baños de trementina que ella y Hilda nos dieron. Te puedo jurar que me restregó el doble de fuerte que a ti. Castigo extra para mí, por supuesto, el irresponsable muchacho de diez años que tenía que haber sabido cómo debía comportarse. Tuve el cuerpo en carne viva durante varios días.

Ella le estrechó el brazo.

—Siempre nos estábamos metiendo en líos, ¿verdad?

Tú eras el cabecilla; y yo, tu devota admiradora, siguiéndote con fidelidad, cumpliendo tus órdenes. ¡Te adoraba tanto, Winston!

Él asintió y la miró a los chispeantes ojos, que eran un extraordinario reflejo de los suyos.

Winston se quedó sin respiración. Vio algo que brillaba en aquellas profundidades verdes, un sentimiento intenso, idéntica adoración por él como cuando era una niña. Su corazón empezó a latir inesperadamente y, antes de que pudiera detenerse, se inclinó hacia ella y la besó en la boca.

Instantáneamente, los brazos de Emily rodearon su cuello y le devolvió el beso con tal vehemencia que él se quedó desconcertado durante un momento. La estrechó con más fuerza contra sí y la besó una y otra vez, con creciente pasión. Sintió nacer un deseo abrumador en él. «¡Dios mío!» Se enardeció. Deseaba a Emily con cada partícula de sí mismo. Su cuerpo entero vibraba por ella. Se sentía aturdido y desconcertado por ese descubrimiento.

Finalmente se separaron, casi sin respiración.

Se miraron con asombro.

Emily tenía el rostro encendido, los ojos extremadamente brillantes, y él vio, con repentina claridad, el amor que ardía en su mirada. Amor por él. Le acarició la mejilla y notó que estaba ardiendo, al igual que sus ojos. La atrajo hacia sí de nuevo, buscando su boca con avidez. Se besaron con pasión creciente. Sus lenguas se acariciaron con ansia. Él exploraba su boca, la devoraba. Se abrazaron estrechamente, fundiendo sus cuerpos.

Con débil vaguedad, en lo más profundo de su enardecida mente, Winston recordó que siempre había tenido el deseo de desvestirla cuando eran niños. Rememoró los juegos olvidados que practicaban en el desván..., secretos, íntimos, excitantes, con los que experimentó su primera excitación. Pensó cómo sus torpes manos de muchacho habían explorado el cuerpecillo de muchacha... Deseaba hacerlo de nuevo, pero, esta vez, con manos de hombre experimentado, palpar todo el cuerpo de la mujer en que se había convertido, introducirse en ella, poseerla por completo. Experimentó una gran erección, y pensó que iba a explotar. Luchó por controlarse, sabiendo que debía frenar el apasionamiento de ambos inmediatamente, pero se encontró con que era incapaz de deshacer el abrazo. Cedió a sus deseos y le besó la cara, la garganta, el cabello mientras le acariciaba los senos, erguidos bajo la fina blusa de seda.

Fue Emily quien rompió el encanto en el que estaban atrapados. Consiguió liberarse del fuerte abrazo de Winston, pero con suavidad y reluctancia. Lo miró fijamente, llena de estupefacción.

—¡Oh, Winston! —susurró.

Extendió la mano y le acarició los sensuales y temblorosos labios. Permaneció así durante un momento, como si lo estuviese calmando.

Él estaba silencioso, rígido, sentado en el banco, esperando a que su excitación cediese. Emily permanecía a su lado, inmóvil, mirándole a la cara. Sintió cómo aquellos ojos la atravesaban, enviándole muchos mensajes.

Finalmente, se las arregló para decir con voz ronca, sofocada por la emoción:

—Emily, yo...

—Por favor —susurró ella, temblorosa—, no digas nada. Al menos, ahora no.

Apartó la mirada, mordiéndose el labio inferior, dándole unos minutos para que se calmara y recobrase la compostura. Luego se levantó, le tendió la mano.

—Vamos —dijo—, más vale que entremos. Se está haciendo muy tarde.

Él se levantó sin decir nada; comenzaron a andar y subieron la escalinata en silencio, cada uno consciente de la presencia del otro, pero perdidos en sí mismos.

Emily se sentía eufórica.

«Me ha descubierto otra vez —pensó con el corazón henchido de emoción—. Por fin. Llevo esperando desde los dieciséis años a que me vea como a una mujer. Lo quiero. No he dejado de amarle desde que éramos niños. ¡Oh, Winston, por favor, quiéreme con la misma intensidad que yo a ti! Llévame contigo. Siempre te he pertenecido. Te aseguraste de ello cuando yo era una niña todavía.»

Winston, por su parte, se sentía acosado por emociones conflictivas y sentimientos turbulentos.

No sólo estaba asombrado de sí mismo, sino también de Emily...; en realidad, se hallaba desconcertado. Momentos antes, se habían echado uno en brazos del otro con tal ardor y pasión que, si hubiesen estado en un lugar más apropiado, hubiesen hecho el amor, estaba convencido de ello. Nada los hubiera detenido. Todo había ocurrido de manera imprevista.

El análisis y la valoración de sí mismo se introdujeron

en sus confusos pensamientos, calmándole considerablemente. Recobró el juicio y se preguntó cómo había podido suceder aquello. Después de todo, era su prima. Bueno, prima en tercer grado. Y la conocía de toda la vida aunque, en los últimos diez años, le había prestado muy poca atención. E inevitablemente, se preguntó cómo había podido sentirse tan atraído por Emily estando enamorado de Allison Ridley.

Este pensamiento le inquietaba y le exasperaba mientras iban ascendiendo la escalinata. Pero, cuando llegaron a la rotonda, se libró de él, al ver que el «Ferrari» rojo de Shane daba la vuelta a la esquina con la velocidad de una bala. El coche se detuvo con un chirrido de frenos.

Shane bajó la ventanilla y sacó la cabeza, sonriéndoles.

—¿Dónde habéis estado? —preguntó—. Os he buscado por todos sitios para despedirme de vosotros.

—Emily comenzaba a sentirse agobiada en esa habitación atestada de gente y salimos a respirar un poco de aire fresco —improvisó Winston rápidamente—. ¿Adónde vas tan temprano y con tanta prisa?

—Me ha ocurrido lo mismo que a Emily: estaba empezando a sentirme a disgusto ahí dentro, y se me ha ocurrido dar un paseo. A Harrogate. Tengo que decir adiós... a un par de colegas.

Winston entornó los ojos imperceptiblemente. «Va a ver a Dorothea Mallet —pensó—. Algún bien le hará.»

—No llegues tarde a la fiesta de Allison. A las ocho en punto —dijo.

—Llegaré a tiempo. No te preocupes.

—¿Te veré mañana, Shane? —le preguntó Emily.

—No lo creo, Emily.

Abrió la portezuela del coche y salió. Se acercó a ella, y la abrazó con fuerza.

—Te veré dentro de seis meses o así. A no ser que tú vengas antes a Nueva York —dijo con una cariñosa sonrisa—. Tía Emma me acaba de decir que vas a trabajar en «Genret». Felicidades, pequeña.

—Gracias, Shane. Estoy muy nerviosa por eso.

Se puso de puntillas y le dio un beso en la mejilla.

—Quizá vaya a los Estados Unidos en algún viaje para «Genret». Tendrás que enseñarme la ciudad, ¡ya lo sabes!

—Eso está hecho —dijo él riéndose—. Cuídate, Emily.

—Y tú también, Shane.

—Te veré más tarde, Winston.

Y entró en el coche.

—Sí —contestó Winston, lacónico.

Miró a Emily con extrañeza mientras Shane se alejaba.

—No me habías dicho lo de «Genret» —dijo con preocupación, y se sintió tan pesimista de pronto, que se asombró de sí mismo.

—No he tenido la oportunidad de hacerlo —dijo ella.

—¿Significa eso que vas a viajar mucho? —preguntó con el ceño fruncido.

—De vez en cuando. ¿Por qué? —repuso Emily, alzando las cejas con gesto interrogante, encantada interiormente con su reacción.

—Oh, sólo era una pregunta —murmuró.

Se dio cuenta, con un pequeño sobresalto, de que no le agradaba la idea de verla trotando por el mundo, haciendo viajes de negocios para «Genret».

Se quedaron callados de nuevo, mientras seguían andando por el paseo hacia la casa, pero, justo antes de entrar, Emily se aventuró a decir en tono vacilante:

—¿Es serio? Quiero decir, lo de tú y Allison.

—No, por supuesto que no —exclamó Winston rápidamente.

Luego se preguntó por qué había dicho una mentira tan descarada. Estaba a punto de pedirle a Allison que se casase con él.

La cara de Emily se iluminó.

—Siento que estés ocupado esta noche. Esperaba que te quedases a cenar con nosotros.

—Me temo que no puedo. —Winston hizo una mueca.

Y descubrió, con gran asombro, que ya no deseaba asistir a la fiesta. Esbozó una sonrisa forzada; luego, mientras Emily empujaba la puerta trasera, la cogió por el brazo y la volvió hacia él.

—¿Qué vas a hacer mañana?

—Tengo que llevar a las gemelas al «Harrogate College» después de comer. Estaré libre por la noche —dijo, devolviéndole su mirada tranquila e inmutable, al tiempo que la expectación se dibujaba en su cara.

—¿Qué te parece si le hicieses la cena a un solterón solitario? Podría ir a tu piso de Headingley, Emily —sugirió.

La sonrisa desapareció de su bonito rostro, y negó con la cabeza.

—No me será posible, Winston. Acabo de mudarme aquí, con la abuela, ayer mismo, y voy a deshacer el piso. De lo contrario, me hubiese encantado cocinar para ti.

Winston se la quedó mirando, manteniendo sus manos apoyadas en los hombros de Emily. Se sentía inundado de emociones contradictorias. Estaba seguro de que ella lo quería. Él también la amaba. Pero Allison se interponía entre ellos. «¡Oh, qué diablos!», pensó, tomando una decisión de la que esperaba no tener que arrepentirse más tarde.

Pellizcándole la mejilla, la besó en la boca.

—¡Entonces somos vecinos! —dijo con una amplia sonrisa—. Ven a «Beck House» mañana por la noche, y yo cocinaré para ti. Pasaremos un rato agradable, te lo prometo. ¿Qué dices?

—Creo que es una magnífica idea, Winston —dijo, llena de felicidad y excitación—. ¿A qué hora voy?

—Tan pronto como te sea posible, cariño.

CAPÍTULO XIII

La habitación estaba totalmente a oscuras.

Ni el más pequeño rayo de luz atravesaba las cortinas corridas, y todas las luces habían sido apagadas. Ansiaba la oscuridad, era como un bálsamo para él. Lo envolvía en el anonimato. Le gustaba que fuese así. Era incapaz de hacer el amor si había luz.

Se hallaba tumbado boca arriba, completamente estirado, con los ojos cerrados, y los brazos inertes a ambos lados del cuerpo. Sus hombros rozaban apenas los de la mujer. Podía oír su respiración al unísono con la de ella.

No se habían entendido, y seguirían igual más tarde, él lo sabía y se preguntaba por qué había ido. Realmente, tenía que marcharse. Y hacerlo de forma elegante. De inmediato. Tragó saliva, intentando reprimir las náuseas, deseando no haberse bebido aquellos dos vasos de whisky después de tanto champaña. Se le iba la cabeza y se sentía mareado, pero no estaba borracho. En cierta forma, lamentaba no estarlo.

Ella murmuraba su nombre con acento enternecedor,

suplicante, repitiéndolo mientras le acariciaba el brazo con los dedos.

Él permanecía inmóvil, sin decir nada; intentaba sacar fuerzas de flaqueza para levantarse, vestirse y marcharse. Se sentía deprimido, aletargado. La espantosa tarde pasada, con grandes tensiones y momentos dolorosos, además del esfuerzo que había tenido que hacer para atajar sus vivas emociones, lo habían dejado exhausto, minando su energía.

Sintió un movimiento casi imperceptible junto a él, pero no abrió los ojos.

Ella le acarició una tetilla, primero con timidez, luego con más insistencia, masajeándola entre sus dedos. Con aire ausente, él le apartó la mano, sin molestarse siquiera en explicarle que sus tetillas no eran tan sensibles como, obviamente, ella creía. Ya se lo había comentado alguna vez. Ella dejó la mano quieta durante un momento y después la bajó hacia el estómago, haciendo suaves movimientos circulares, y deslizándola hacia su sexo. Sabía lo que ella estaba pensando, lo que haría después, pero le faltaban las fuerzas para detenerla o decirle que se marcharía en seguida.

Empezó a acariciarle. Él apenas le prestaba atención, dejándose llevar por sus propios pensamientos. Vagamente, oyó el roce de las sábanas. Ella se deslizó por la cama inclinándose sobre él. Su largo pelo le acarició la cadera, y sintió sus cálidos labios atrapándole, envolviéndole completamente. Era una amante versátil. A pesar de aquel zumbido en la cabeza, de su estómago revuelto y de su falta de interés por ella, poco a poco, con tranquilidad, un cuidado infinito y esmerada lentitud, se las ingenió para excitarle. Lo cogió por sorpresa. Cuando, finalmente, levantó la cabeza y subió los labios por el estómago, pasando por el pecho, para posarlos sobre su boca, él se encontró a sí mismo respondiendo automáticamente. Le devolvió sus besos fervientes y sintió que su excitación aumentaba.

De repente, con brusquedad, se movió rápidamente, estrechándola con fuerza entre sus brazos. Ambos rodaron uno sobre otro de manera que él quedó encima de ella. Metió las manos en la nube de pelo oscuro, cogió su cabeza entre las manos y comenzó a besarla profunda e intensamente, rozando sus lenguas. Cerró los ojos con fuerza, sin querer mirar aquel rostro que estaba tan cerca de él. Le acarició el cabello y luego bajó las manos para acariciar sus senos grandes, voluptuosos, sus pezones erguidos; metió las manos detrás de su espalda, luego las deslizó hacia las nalgas, alzando el cuerpo femenino para amoldarlo al suyo. Entró en ella con rapidez, experta y fácilmente. Ambos encontraron un ritmo, ascendente y descendente, y sus movimientos aumentaron en rapidez y se hicieron más frenéticos, más impetuosos. Ella alzó las piernas cerrándole la espalda con ellas, para que pudiese penetrar más y más en su calor.

La oscuridad..., la negrura... dándole la bienvenida..., envolviéndole. Estaba cayendo..., cayendo en ese interminable pozo de terciopelo sin fondo. «Paula. Paula. Paula. Te amo. Tómame. Tómame entero. Todo mi ser.» Nítidas imágenes de su cara exquisita brillaron ante sus ojos, atrapadas por sus párpados. «Paula, mi amor —gritó en silencio—. Oh, Paula...»

—¡Shane! Me estás haciendo daño.

Oyó la voz muy lejana, y fue como si un cuchillo penetrase en sus entrañas.

Se vino abajo. Regresó a esa habitación. Y a ella. Y acabó con la imagen que con tanto cuidado había creado para él y sólo para él. La fantasía se hizo añicos a su alrededor.

Cayó sobre el cuerpo femenino y se quedó inmóvil. Estaba desinflado, flácido, toda su vitalidad había desaparecido.

—Siento haberte hecho daño, Dorothea —masculló lentamente, entre dientes—. No conozco mi fuerza.

«Quizá sí —pensó con ironía—. Es mi debilidad lo que desconozco.» Instantáneamente, se sintió avergonzado de su falta de autodominio, de su incapacidad para culminar el acto amoroso con satisfacción para ambos. «El acto sexual, querrás decir», pensó encogiéndose de hombros. La repulsión se abrió paso en él, por sí mismo, y por ella, aunque no tuviese la culpa.

—Me estabas arañando la espalda con la hebilla de tu reloj —dijo Dorothea—. No debería haber dicho nada. Estabas a punto de...

Él le tapó la boca con la mano, suavemente pero con firmeza, para detener el flujo de palabras. No quería oír sus excusas. No dijo ni una palabra. Se echó junto a ella sin decir nada durante un rato, mientras el corazón le latía apresuradamente y notaba la garganta tensa, con una sensación de angustia. Por suerte, ella permanecía callada también. Al fin, Shane se levantó, le tocó ligeramente el hombro y se alejó de la cama deshecha.

Entró en el cuarto de baño, cerró la puerta y se apoyó contra ella con un sentimiento de alivio. Buscó el interruptor a tientas y encendió la luz, parpadeando por la repentina claridad. La habitación se movía ante él, y las losas blancas del suelo parecían saltar hacia él y golpearle entre los ojos. El vértigo y las náuseas volvieron a hacer su aparición.

Se acercó al lavabo tambaleándose, se inclinó sobre él y vomitó. Tanteó en busca del grifo con una mano. A ciegas, y lo abrió para que el ruido del agua al caer ahogase el de sus arcadas. Vomitó hasta que le pareció que ya no le quedaba nada dentro. Cuando las náuseas cedieron piadosamente, se secó la boca con la toalla y bebió varios vasos de agua fría, apoyado contra el lavabo, con la cabeza inclinada y los ojos cerrados.

De forma casual, levantó la cabeza, se miró en el espejo, y no le gustó lo que vio. Tenía los ojos hinchados e inyectados en sangre, la cara congestionada y el negro cabello todo alborotado. Vio una mancha roja de lápiz de labios junto a su boca y cogió la toalla húmeda para restregarse con furiosa irritación. Pero la ira iba dirigida contra él mismo solamente. No tenía nada que ver con Dorothea. No había sido culpa suya. Él era el único culpable.

Ya no podía hacer el amor con ella satisfactoriamente, ni con ninguna otra mujer. Siempre sucedía algo que le devolvía a la realidad y, cuando se daba cuenta de que Paula no era la que estaba entre sus brazos, de que todo había sido producto de su fantasía, no alcanzaba la plena satisfacción. Algunas veces, atontado por la bebida, con la vista y los sentidos borrosos, llegaba a conseguirlo, pero incluso esas raras ocasiones se iban haciendo cada vez más escasas.

Contempló su rostro en el espejo y, sin previo aviso, se sintió invadido por el pánico.

¿Iba a ser siempre así? ¿Durante toda su vida? ¿No disfrutaría otra vez de unas relaciones sexuales satisfactorias? ¿Estaba condenado a llevar una vida solitaria sin una mujer? ¿Tendría que recurrir al celibato para salvar las apariencias, para evitar ese terrible momento de vergüenza, como el que acababa de ocurrir en la cama de Dorothea?

Él no era impotente. Sabía que no se trataba de eso. En realidad, ocurría algo muy sencillo: si su compañera de cama se introducía en sus pensamientos, hacía notar su presencia y no permanecía en el anonimato, él perdía su erección. Aunque lo intentase, no podía mantenerla el tiempo suficiente de lograr la satisfacción de uno de los dos. La mujer que idolatraba se interponía entre ambos, dejándole a él, que se consideraba un buen amante, débil e inefectivo. ¿Qué *podía hacer*? ¿Cómo se curaría? *¿Había* alguna forma de conseguirlo? *¿Necesitaba* ver a un médico?

El silencio de la habitación se cernía sobre él. No tenía respuestas para esas angustiosas preguntas.

Su desolación aumentaba: «¡Maldita sea! ¡Maldita sea, condenación eterna!», blasfemaba en silencio. De súbito, sus ojos se llenaron de lágrimas de impotencia, frustración e ira, dejándole anonadado. Y, luego, instantáneamente, se sintió mortificado y sorprendido por aquella vergonzosa pérdida de control. Durante un momento, deseó darle un puñetazo al espejo y destrozar esa imagen llorosa de sí mismo que se burlaba de él. Hubiese querido deshacer aquellas nítidas y cristalinas visiones de Paula. ¡Al diablo con ella! Quería destruir esas señales indelebles que llevaba grabadas tan profundamente en su dolido y atormentado cerebro y que parecían controlar su vida, influyendo en todo lo que hacía. A veces, se sentía víctima de la vibrante visión de su rostro, de su risa y de la voz suave que resonaba incansablemente en su cerebro. Pero todo eso permanecía tan bien guardado en su imaginación, que no podía erradicarlo, aunque lo intentase con todas sus fuerzas.

Pero no se movió. Dejó caer el puño cerrado, en el que los nudillos blancos resaltaban con nitidez. Luego, cerró los ojos; no podía seguir contemplándose más tiempo en ese momento de debilidad. Se apoyó en la pared para tranquilizarse, y permaneció allí, inmóvil, hasta que logró la calma y el sosiego necesarios. Entonces, dio media vuelta y entró en la ducha. Una vez allí, abrió los grifos y dejó que el agua resbalara por su cuerpo. Y lentamente, pero con férrea decisión, vació su mente y su corazón, extrayendo cualquier vestigio de emoción, todo sentimiento.

Minutos después, salió de la ducha humeante y se enjugó vigorosamente con una toalla de baño. Luego buscó una limpia y se la anudó en la cintura; entonces, buscó en el armario que había debajo del lavabo el neceser dejado allí por él tres semanas antes. Se lavó los dientes, se pasó la maquinilla eléctrica por las mejillas para eliminar la sombra oscura de cinco horas, se refrescó la cara con colonia y se peinó el pelo húmedo.

Una vez refrescado, parecía más él mismo..., con un dominio contenido, y controlado perfectamente de nuevo. Se miró en el espejo durante un momento más, haciéndose preguntas sobre sí mismo. Era un joven sano y fornido de veintisiete años, metro noventa de estatura, y un cuerpo musculoso, fuerte y potente. Su cerebro era tan poderoso como su extraordinario físico. Y aun así... se sentía, en realidad, tan frágil... «El espíritu es algo muy peculiar —pensó—, que permanece en un equilibrio muy sensible. Y, ¿quién puede explicar la lógica del corazón?»

Se volvió, lanzó un hondo suspiro y se preparó para la inevitable escena con Dorothea. Había ido contra su propia voluntad... Y ya no podía permanecer allí más tiempo. Abrió la puerta del cuarto de baño y parpadeó al entrar en el dormitorio envuelto en sombras, adaptando sus ojos a la oscuridad. La habitación se hallaba en silencio, y se preguntó si ella se habría dormido, rogando para que así fuese. Se movió a tientas buscando la silla en la que había dejado su ropa y se puso los calzoncillos y los calcetines prescindiendo de la toalla. Cogió la camisa y se la abotonó con rapidez; después, metió las piernas en los pantalones y se los ajustó.

En ese momento, la lamparita que había junto a la cama se encendió y la habitación quedó inundada de una fría claridad.

—¡No te irás! —explotó Dorothea con tono horrorizado y furioso.

Él se volvió de espaldas.

No podía mirarla. Se sentía incapaz de afrontar su mirada, que él sabía dolida y condenatoria, y miró al otro extremo de la habitación.

—Tengo que marcharme —le dijo tras una corta pausa.

Se sentó y comenzó a ponerse los zapatos. Podía sentir su mirada clavada en él.

—¡Tienes mucha cara! —gritó, incorporándose violentamente y golpeando la cabecera de la cama al hacerlo.

Se envolvió en la sábana con un ademán de enfado.

—Te presentas sin avisar, te emborrachas, me metes en la cama, me manoseas, y me dejas plantada mientras desapareces en el cuarto de baño durante media hora.

Lo miró y siguió hablando en el mismo tono áspero y acusatorio.

—Luego, vuelves y, tranquilamente, empiezas a vestirte en la oscuridad como si no me debieses nada. ¡Resulta patente que estás escurriendo el bulto de forma rastrera para acudir a esa maldita fiesta!

Él se acobardó. Suspirando, se levantó y anduvo hacia la cama. Se sentó en el borde y le cogió una mano, tratando de ser amable y separarse de ella amistosamente. Dorothea le agarró la mano y presionó su boca temblorosa en el dorso, intentando secar las lágrimas que brillaban en sus ojos oscuros.

—Vamos, no te enfades —pidió Shane con voz suave—. La semana pasada te comenté lo de la fiesta de esta noche. Y te lo he recordado cuando he llegado esta tarde. No pareció importarte hace unas horas; estabas la mar de contenta.

—Bueno, ahora sí me importa —dijo con voz entrecortada, atragantándose—. No creía que me dejases sola, y menos durante la última noche que vas a estar en Yorkshire. Sobre todo cuando hemos pasado tantas horas juntos en la cama. Pensé que íbamos a cenar, como hacemos casi siempre, y que te quedarías a dormir aquí estar noche, Shane.

Él permaneció en silencio y apartó la vista, sintiéndose incómodo.

Ella interpretó mal su reticencia.

—Siento haberte estropeado el asunto en el último momento —susurró con voz suave y melosa.

Adoptó una actitud más conciliadora y persuasiva.

—Por favor, di que me perdonas. ¡Te quiero tanto...! No puedo soportar que estés enfadado.

—No lo estoy, y no hay nada que perdonar —murmuró, armándose de paciencia mientras deseaba haberse ido—. No empieces a mortificarte como si llevases un cilicio. Mira, no me importa, de verdad que no, Dorothea.

Ella notó algo extraño en su voz. No sabía exactamente de qué se trataba, aunque empezó a agitarse.

—Pero a mí sí —replicó, evaporándose su dulzura inmediatamente. Como no recibió respuesta, gritó acalorada—. Lo de esta tarde es una *prueba* para mí.

—¿De qué? —preguntó él en tono aburrido.

—De que no puedes hacerlo conmigo... porque hay otra mujer. Estás enamorado de otra, Shane, y pienso que eres un bastardo por utilizarme de la forma que lo has hecho.

Asombrado de que ella hubiese topado con la verdad de forma inconsciente, pero intentando ocultarlo, se puso en pie con movimientos torpes y se alejó de la cama.

—No te he utilizado —protestó, mientras sus facciones se endurecían.

Miró a la puerta.

—No te he utilizado —le remedó ella en un tono cruel y cínico, haciendo una mueca de burla—. Por supuesto que lo has hecho. Y, a propósito, creo que tu amigo Winston Harte es tan bastardo como tú por no haberme invitado a la fiesta de esta noche.

—Él no la da... Se trata de Allison Ridley, y ella no te conoce ni sabe nada de nuestras relaciones. Nosotros dos hemos estado siempre de acuerdo en vivir cada uno su vida, con nuestros propios amigos, y no convertirnos en una pareja permanente —exclamó, alzando la voz—. Nunca habría condicionantes de este tipo en nuestra relación... Si no me equivoco, ésa era la forma que tú deseabas.

Shane respiró profundamente, atajando su creciente enfado.

—Además, hasta hoy, nunca te has interesado por mis amigos —le recordó con fría indiferencia, deseando que no empezase a ponerse sentimental.

—He cambiado de opinión. Por favor, Shane, llévame contigo. Quiero ir, de verdad. Es tu última noche. Por favor, querido —suplicó con una sonrisa dulce y triste que no encajaba con su expresión fría y su postura rígida.

—Sabes que no es posible, ya es demasiado tarde. No habrá sitio para ti en la mesa. No *me* pidas un imposible...

Se movió lentamente hacia la puerta.

—¡Ya sé que no *soy* bien venida en *tu* preciosa pandilla! —aulló, perdiendo el control—. ¡Dios mío, todos vosotros me dais ganas de vomitar! Los O'Neill, los Harte, los Kallinski..., un maldito círculo cerrado de engreídos. Ningún extraño puede unirse a *vuestro* club exclusivo, entrar en *vuestro* encantador círculo. No hay sitio para la gente normal entre tanto presumido. Cualquiera diría que sois de la realeza por la forma en que os comportáis con vuestros presuntuosos aires de importancia y elegancia. Aparte de vuestro apestoso dinero —se mofó airadamente, con el rostro marcado por la amargura—. Sólo sois un puñado de podridos esnobs..., todos. Y unos condenados incestuosos, si es que puedo decirlo, apiñados en el aire purificado de vuestros elegantes reductos, escondido del resto del mundo. ¡Es asqueroso!

Pasmado por su violencia, le dirigió una mirada glacial

de desprecio. Estaba asombrado de sus palabras, de su desprecio, pero se controló instantáneamente, prefiriendo no darse por aludido.

Hubo un silencio desagradable.

—Tengo que irme. Es muy tarde.

Lo dijo con tranquilidad, pero por dentro estaba que explotaba. Atravesó la habitación con la sangre hirviendo por sus insultos, se puso la corbata alrededor del cuello, cogió la chaqueta y se la echó por encima del hombro.

—Siento tener que marcharme de esta manera —dijo, lanzándole una mirada de condena y encogiéndose de hombros—; pero ya no tenemos nada más que decirnos. Me hubiese gustado que, por lo menos, hubiésemos seguido siendo amigos.

—¡Amigos! —repitió con un chillido, empeorando su humor—. Debes estar loco. ¡Vamos, márchate! Ve a encontrarte con tu amor. ¡Sin duda alguna, ella estará en tu preciosa cena!

Rió histéricamente, mientras se le saltaban las lágrimas, luego se frotó los ojos e intentó recobrar la compostura, sin éxito. Ahogó un sollozo.

—Lo admito —dijo—, tengo curiosidad por saber una cosa. ¿Qué es lo que te hace venir arrastrándote hasta mi casa, caliente, preocupado y deseando irte, cuando tu corazón está con otra persona? ¿Es una princesa heredera de alguno de los clanes? ¿Una mujer de tal refinamiento, tan casta y virginal, que no te atreves a mancillarla? ¿Qué pasa, Shane, no tienes valor para acostarte con *ella* hasta que no estéis bien casados y tengáis el consentimiento de vuestras familias? ¿O es que ella no se interesa por ti? ¿No te sirven tus encantos fatales con ella? ¿No eres nada menos que irresistible...?

Se tragó el resto de la amarga frase cuando vio la sombra de intenso dolor que se cernía sobre su rostro, comprendiendo que, sin proponérselo, de alguna manera, había dado en el clavo.

—Lo siento, Shane —se excusó, arrepentida instantáneamente.

Estaba muy preocupada, temerosa de haber ido demasiado lejos esta vez.

Saltó de la cama y se puso el albornoz apresuradamente.

—¡Shane, perdóname! No tenía mala intención, no quería ser cruel, ni herirte. Te amo Shane. Te quiero desde el día en que nos conocimos. Por favor, perdóname, por favor. Olvida lo que he dicho.

Empezó a llorar.

Él no respondió. Ni volvió a mirarla de nuevo.

Salió. La puerta golpeó a sus espaldas con determinación.

Atravesó el vestíbulo con rapidez, salió del piso y bajó la escalera a una velocidad suicida. Sentía un martilleo en la cabeza y el estómago revuelto mientras las náuseas le empezaban de nuevo.

Cruzó el césped corriendo, abrió la puerta del coche y entró en él con agilidad. Se alejó entre rugidos del motor, con las manos aferradas al volante, el rostro surcado por líneas de enfado y un músculo palpitando en la sien.

Cuando llegó al Stray, el ventoso parque público del centro de Harrogate, aminoró la marcha y aparcó.

Se quedó sentado fumando durante unos minutos, recuperándose, calmando sus nervios destrozados, con una mirada distante en sus oscuros ojos preocupados. Apagó el cigarrillo con impaciencia; de repente, odiaba el sabor de la nicotina. La cabeza le dolía. Las palabras insultantes de Dorothea Mallet resonaban en su interior. Su actitud para con él había sido extrema, fuera de lugar, pero ésa era su jerga normal. Siempre había puesto de manifiesto sus celos, aunque ya debería estar acostumbrado a sus ataques y a sus estallidos temperamentales.

De forma inesperada, se dio cuenta de que no encontraba ninguna razón para arrepentirse de su comportamiento hacia ella. Siempre había sido considerado y amable con Dorothea. Era un hombre decente, íntegro y honorable, además de que sería incapaz de herirla, a ella o a cualquier otra mujer.

Empezó a considerar las cosas horribles que ella le había dicho. En particular, aquel comentario sobre otra mujer en su vida había sido como un puñetazo en el estómago. Pero, evidentemente, daba palos de ciego, haciendo conjeturas, ya que era imposible que supiese algo de su amor por Paula. Nadie lo sabía. Él lo sufría en secreto.

A Shane se le encogió el corazón cuando la realidad le golpeó con fuerza. No había ninguna probabilidad de que Paula fuese suya. Era obvio que estaba muy enamorada de Jim Fairley. Lo había visto reflejado en su cara durante la fiesta. Y no sólo eso, ya era madre..., *formaban una familia.* Le había demostrado con toda franqueza que estaba encantada de verle en el bautizo, pero, a pesar de su cariñosa acogida, sólo se había ocupado de su marido y de sus hijos.

Cerró los ojos fuertemente, con la cara contraída en un gesto de angustia. Su amor por ella era un amor desesperado, sin futuro. No llegaría a nada. Lo sabía desde hacía mucho tiempo, aunque también le rondaba la cabeza el pensamiento de que algo podía ocurrir para cambiar ese estado de cosas. No sucedería nada, por supuesto. Debía arrancar a Paula de su corazón, borrarla de sus pensamientos, como había decidido en los páramos el día anterior. No iba a ser fácil, lo sabía muy bien. Por otro lado, era imprescindible que hiciese un esfuerzo, que sacara fuerzas de su interior. Debía conseguir que su estancia en Nueva York fuese un nuevo principio para él... Aprovechar la oportunidad para buscar una vida que mereciese la pena. Su resolución aumentó.

Al fin, Shane abrió los ojos, volvió la cabeza y miró por la ventanilla, expulsando los recuerdos de Paula..., su amor adorado. «Y una mujer casada, una madre», se dijo.

Parpadeando, empezó a fijarse en lo que tenía a su alrededor.

Vio los narcisos meciéndose en la brisa que se había levantado, ráfagas de un amarillo brillante entre el verde limpio de la hierba. «Tendría que haberle comprado flores a Allison», pensó distraído, acordándose de la cena. Miró el reloj del tablero de instrumentos. Eran las siete y media. Las tiendas estarían cerradas... e iba a llegar tarde. Pero si apretaba el acelerador con fuerza, podría llegar en media hora

Encendió la radio y llevó el dial hasta el canal de música clásica de la «BBC». Los acordes del *Canon*, de Pachebal, inundaron el coche mientras arrancaba en dirección a la carretera principal.

A los pocos minutos, el «Ferrari» iba lanzado camino de la antigua ciudad episcopal de Ripon, donde Allison vivía. Aceleró a fondo, concentrándose en la carretera.

CAPÍTULO XIV

Shane O'Neill tenía algo de actor.

Un talento que había heredado de Blackie, y era capaz de recurrir a esa habilidad cuando le convenía. Como en ese caso.

Empujó la puerta de entrada de «Holly Tree Cottage», respiró profundamente varias veces, adoptó una expresión cordial y atravesó la galería empedrada.

Se detuvo en la entrada de la sala de estar, recuperó la confianza en sí mismo y atravesó el umbral.

En ese mismo instante, se convirtió en lo que ellos esperaban de él: un hombre sin la menor preocupación, un hombre que tenía el mundo en sus manos.

Una sonrisa afloró en sus labios, sus ojos adquirieron un brillo especial. Exhalaba un aire de entusiasmo y afabilidad mientras se acercaba a sus amigos con pasos reposados: Winston Harte, Alexander Barkstone y Michael Kallinski. Allison y sus demás invitadas no estaban a la vista. Ellos tres se hallaban reunidos frente a la ventana, junto a la mesa de salón que esa noche hacía las funciones de bar.

Atravesando la habitación, Shane miró a su alrededor con interés, sorprendido de inmediato por la belleza de la habitación principal de la casa de campo, que satisfacía dos propósitos. Recordó que Allison había terminado de decorarla hacía poco tiempo y había hecho maravillas con aquel lugar. El bajo techo enmaderado y la gran chimenea de piedra, ambos de estilo Tudor, daban al ambiente su verdadero carácter, pero las vistosas cretonas que cubrían los sofás y las sillas, los muebles antiguos de pino y las acuarelas de ensueño de Sally Harte, colgadas de las blancas paredes, contribuían, en gran manera, a darle ese encanto peculiar. Era una habitación rústica, libre de pretensiones y afectación, pero eminentemente confortable y acogedora, de las que a él le gustaban. Tomó nota mental de ello para felicitar a Allison en cuanto la viese.

Tan pronto como se detuvo frente a sus amigos, empezó el alboroto.

Se burlaron de él sin piedad por haber llegado tarde y

le lanzaron innumerables indirectas sobre el verdadero motivo de su tardanza. Él se lo tomó con buen humor, riéndose con naturalidad y devolviendo algunas de las indirectas. Sus tensos y rígidos músculos empezaron a relajarse y, al fin, comenzó a sentirse tranquilo y cómodo, igual que si estuviese en casa con sus tres amigos. A los pocos minutos, respondía de lleno al calor, afecto, amistad, ambiente despreocupado y alegría que se respiraban en la habitación esa noche.

En cierto momento, cogió un cigarrillo y lo encendió, mientras pensaba fugazmente en la crítica virulenta que Dorothea había hecho de sus amigos, de su mundo. Bueno, tenía razón en una cosa: eran demasiado exclusivistas, eso había que admitirlo. Si estaban reunidos era porque habían crecido juntos, permaneciendo unidos y relacionándose entre ellos a todos los niveles. Blackie, Emma y David Kallinski, el abuelo de Michael, pensaron así en su época. Juntos habían pasado muchos apuros a principios de siglo, compartiendo las arduas luchas y los triunfos posteriores. De ellos habían surgido esos inquebrantables lazos de amistad. Los integrantes de ese trío extraordinario, fundadores de tres poderosas dinastías de Yorkshire, habían permanecido unidos durante toda su vida, desde el día en que se conocieron, y fueron leales siempre hasta la temprana muerte de David, a principios de los sesenta. Como sus hijos y nietos habían crecido juntos, era normal que muchos de ellos conservasen esa lealtad y fueran grandes amigos e inseparables compañeros.

«¡Qué diablos! —pensó Shane, impacientándose consigo mismo—. ¿Qué me importa a mí la opinión que ella tenga de *nosotros*? Así es como somos y como vivimos; es más, nos preocupamos los unos por los otros. Y siempre hemos estado dispuestos a ayudarnos mutuamente en los momentos difíciles..., igual que nuestros abuelos antes de que nosotros naciésemos.»

Interpretando mal el repentino silencio de Shane, Winston dijo a los otros:

—Bueno, muchachos, démosle un respiro. ¿Qué vas a tomar, Shane? ¿Whisky?

—No, gracias. Sólo un poco de soda, por favor.

—¿Qué te pasa esta noche? —le preguntó Winston, mientras le llenaba el vaso—. No es de irlandeses tomar este líquido inocuo.

Shane sonrió mientras cogía la bebida.

—Demasiado champaña antes. Por cierto, tenéis muy buena pinta, y, sin embargo, habéis bebido como marineros antes de embarcarse.

Miró a Michael.

—No he visto a tus padres en el bautizo; supongo que se encuentran todavía en Hong Kong.

—Sí, volverán dentro de dos semanas y, entonces, yo me iré a Nueva York. Me gustaría que nos viésemos allí, Shane. ¿Dónde vivirás?

—En el piso que tía Emma tiene en la Quinta Avenida, hasta que encuentre otro sitio. Me enfadaré mucho contigo si no me llamas.

Shane vio que Valentine Stone, la novia de Michael, venía del jardín, seguida por Marguerite Reynolds y una chica rubia. Supuso que se trataba de la amiga americana de Allison, en cuyo honor se daba la fiesta. Las saludó con la mano y, luego, se acercó a Michael, cogiéndole por el brazo.

—¿Estoy viendo un anillo en la mano de Valentine?

—Sí, pero en la mano derecha, no en la izquierda, ¡idiota! —dijo, con una mueca, Michael Kallinski, y farfulló—: Cuando decida dar ese temido paso, serás el primero en saberlo, Shane.

Alexander lo interrumpió:

—¡Mirad lo que el muchacho dice...! Todos sabemos que te tiene atrapado, Mike.

—¡Quién fue a hablar! —respondió Michael—. Marguerite te tiene maniatado, tirado en el suelo de espaldas, con un lazo al cuello y medio asfixiado.

Todos rieron.

Alexander se sonrojó y replicó:

—No estés tan seguro —replicó y, vacilante, anunció—: Una cosa sí es segura. A la abuela le gusta Maggie, la acepta. *Ella* piensa que debería plantearle la cuestión ahora, antes de que alguien se me adelante y me la quite. Y Emma Harte confía en que su nieto lo haga así.

Alexander movió la cabeza, se encerró en su concha habitual, observando a Maggie por el rabillo del ojo. Ella lucía un aspecto maravilloso esa noche, con un traje pantalón escarlata y el cabello castaño claro recogido en un moño pasado de moda. Quizá *debiera* seguir el consejo de su abuela.

Shane se había estremecido con las palabras de Alexander.

—No la dejes escapar —le dijo en voz baja—. Tía Emma tiene razón, es un buen partido, Sandy, una chica estupenda.

—Y, como todos sabemos —añadió Michael—, el mundo está lleno de machos depredadores, Alexander. Es mejor que hagas lo que dice E. H. antes de que sea demasiado tarde.

Shane se volvió hacia Winston.

—¿Y dónde se esconde *tu* dama?

—¿Qué? —preguntó Winston, librándose de sus pensamientos sobre Emily. Frunció el ceño—. ¿De qué estás hablando?

—*Allison*. ¿Dónde está? —dijo Shane, mirándole fijamente—. Todavía no he podido saludar a la anfitriona.

—¡Oh! Sí, Allison. Se marchó a la cocina justo antes de que llegases —repuso Winston precipitadamente, tratando de ocultar su lapsus—. Volverá dentro de un momento. Fue a ver si las dos chicas del lugar que contrató para esta noche se las arreglan bien. Mientras tanto, vamos a acercarnos a la invitada de honor para que te la presente; si no, Allison me hará papilla.

Le dirigió una mirada de conspiración.

—La amiga de Allison vive en Nueva York. Si te portas bien esta noche, puede que incluso acceda a salir contigo.

—No tendré tiempo para dedicarme a las mujeres. Estaré demasiado ocupado con el hotel. Deja de intentar arreglar mi vida, Winston —protestó Shane.

Luego, se paró a pensar.

—Bueno, ¿qué te hace creer que vaya a interesarme?

—Es bastante simpática —contestó Winston.

Shane no hizo ningún comentario, siguió a su amigo por la habitación hasta la chimenea, donde las tres mujeres estaban charlando.

La más alta y rubia, que les vio acercarse, intentó disimular, sorprendida instantáneamente por la innegable buena presencia de Shane, que apreció desde lejos. De hecho, se había fijado en él en cuanto regresó a la sala. Allison le había dicho quién y qué era..., el joven descendiente de una famosa familia de Yorkshire, el heredero más deseable, criado en buenos pañales, y dinero para comprarse el mundo, si quería. Con su aspecto físico podía llegar a donde quisiese. «A la cama de cualquier mujer, si él lo desea», decidió. Allison no había exagerado.

Shane besó a Valentine y a Marguerite, y Winston dijo:

—Skye, me gustaría presentarte a Shane O'Neill. Shane, ésta es Skye Smith, de Nueva York.

Se dieron la mano, intercambiando saludos.

—Me han dicho que es tu primera visita a Yorkshire —dijo Shane con amabilidad y una sonrisa afable—. ¿Te lo pasas bien?

—Cada minuto que transcurre. Todo es tan bonito..., los Dales son preciosos. Allison me llevó allí la semana pasada, comprando antigüedades, así que he visto bastante de los magníficos alrededores.

—Allison es una experta, estoy seguro que te habrá ayudado a encontrar algunos objetos interesantes. Winston me ha dicho que estás en el mismo negocio —comentó Shane.

—Sí, tengo una pequeña tienda de antigüedades en la Avenida Lexington, por la Calle 60. Y, afortunadamente, bastantes buenos clientes ávidos de antigüedades y objetos de plata ingleses.

Sonrió ligeramente.

—He comprado medio Yorkshire. Y ahora estoy preocupada porque no sé dónde voy a meter todo lo que enviaré a la tienda la semana que viene. Va a estar hasta los topes.

—Allison me contó que has encontrado en Richmond unos preciosos objetos antiguos de plata de estilo victoriano. No tendrás problema para venderlos. Y en seguida —dijo Valentine.

—No, seguro que no —dijo Skye dándoles una descripción detallada de cada objeto. Winston se excusó y se alejó. Shane apoyó su espalda en la chimenea, aburrido con el tema de las antigüedades y escuchando vagamente la charla de las mujeres. Examinó a la chica americana. Era encantadora: guapa, bien parecida y, sin duda, muy brillante. Pero en seguida se había dado cuenta de que no se trataba de su tipo. Las mujeres de un rubio frío y prístino, como de doncellas escandinavas de hielo, nunca le habían llamado mucho la atención. Prefería a las mujeres de un moreno exótico. Como Paula. Apartó su pensamiento de ella.

—Debería ir a buscar a Allison —dijo, tras dejar pasar un intervalo de tiempo adecuado—. Excusadme, por favor.

Desapareció haciendo una leve inclinación de cabeza. cruzó el recibidor para llegar a la cocina. Pero cuando pasó por el pequeño comedor, vio a Allison, que estaba examinando la mesa cuidadosamente.

—¡Así que estás aquí, Miss Ridley! —exclamó entrando.

Se acercó a ella y la envolvió en un cariñoso abrazo.

—¡Felicidades! La casa ha quedado preciosa. Bueno, ¿por qué te escondes de mí? Empezaba a creer que me estabas castigando por haber llegado tan tarde.

—A ti no, Shane querido. Puedes hacer lo que quieras: nunca me enfadaré contigo.

—Es mejor que Winston no te oiga decirme esas cosas. Se pondría celoso.

La alegría desapareció del rostro de Allison.

—No estoy segura... —dijo con voz ahogada.

Shane le lanzó una mirada interrogadora.

—¿Qué significa eso?

Allison se encogió de hombros y apartó la vista. Luego, se inclinó sobre la mesa y movió un pequeño pájaro de plata, acercándolo a la pareja.

La cara de Shane personificaba la perplejidad mientras esperaba que acabase de adornar la mesa para que le respondiese. Cuando vio que no decía nada, la cogió del brazo con suavidad y la volvió hacia él. Inmediatamente, percibió que estaba preocupada.

—¿Eh, qué sucede? —murmuró, mirando su cara desolada.

—Nada, de verdad... —empezó a decir, pero se calló, vacilando, aunque luego siguió hablando precipitadamente—. ¡Oh, no voy a mentirte, Shane! Winston está muy raro conmigo desde que ha llegado. No es el mismo. Está como distraído.

Sus ojos grises se posaron en la cara de Shane.

—¿Ha ocurrido algo esta tarde..., que le haya preocupado?

Shane negó con la cabeza.

—Que yo sepa, no, Allison.

—Tiene que haber algo. Si no ha pasado nada, entonces, su extraña conducta tiene algo que ver conmigo, con nosotros. Quizás he dejado de interesarle.

—Estoy seguro de que te equivocas.

—*No me equivoco*, Shane. Conozco a Winston casi tan bien como tú. Por lo general, es alegre, cariñoso y afectivo. Nos hemos llevado maravillosamente estos últimos meses. Tanto, que tenía el presentimiento de que me iba a proponer matrimonio. Me ha estado lanzando indirectas..., diciéndome que yo le gustaría mucho a su padre y, quizá lo más importante, a Emma Harte. Cuando ha llegado esta tarde, he notado un cambio en él..., estaba diferente, preocupado. Ha venido con retraso, cuando me había dicho que llegaría antes que los demás invitados para ayudarme a cambiar de sitio la mesa del salón y hacer algunas otras cosas..., y tú sabes que nunca llega tarde. Eso no me ha importado, por supuesto, pero se ha mostrado frío, incluso un poco brusco, y, naturalmente, me ha sorprendido mucho. Mientras tomábamos algo, cuando Alexander y Maggie han llegado, cambió un poco pero, con franqueza, lo encuentro distante. Quiero decir que no se comporta como siempre..., está demasiado taciturno.

Shane se sorprendió todavía más. Hizo un repaso mental de los sucesos de la tarde, preguntándose si había ocurrido algo que hubiese molestado a Winston. Pero, que él supiese, no había sucedido nada, y Winston se había mostrado despreocupado con él.

—Escucha, puede que tenga que ver con los negocios. Ésa me parece la explicación más plausible. Sí, debe tener alguna preocupación de ese tipo —dijo, con una sonrisa tranquilizadora—. Estoy seguro de que su actitud no tiene nada que ver con vuestras relaciones. Seguro que no ha perdido el interés por ti. ¿Cómo puedes pensar eso?

Lo miró durante un momento y le sonrió con pesar.

—Las mujeres presentimos esas cosas.

—Estás interpretándolo mal —exclamó Shane—, imaginándote lo peor.

Le cogió la mano, se la apoyó en su brazo y la condujo hacia la puerta.

—Venga, volvamos a la sala y te serviré alguna bebida que te anime. Yo también tomaré algo.

Sus ojos brillaban con afecto.

—Ya verás, Winston volverá a ser el mismo contigo.

—De eso no estoy tan segura como tú —replicó con voz ahogada.

Pero adoptó una expresión despreocupada al volver con los invitados colgada del brazo de Shane, aliviada por tener su apoyo moral.

Más tarde, cuando estaban cenando, Shane decidió que Allison tenía razón en una cosa: Winston no se comportaba como solía hacerlo.

Estaba sentado presidiendo la mesa y, aunque se mostraba simpático y afable, representando muy bien su papel,

Shane detectó un destello abstracto en sus ojos, y reconoció el tono forzado de su risa, el disimulo detrás de su jovialidad.

Para atraer la atención de todos y darle a Winston un momento de respiro, Shane se entregó a la fiesta en cuerpo y alma. Estuvo gracioso, sociable, ingenioso y divertido. Se mostró particularmente atento con Allison, que se hallaba sentada a su derecha, y se alegró de que le respondiese de forma positiva y pareciera más relajada y a gusto a medida que la velada avanzaba.

Y fue ella quien dio por terminada la cena después del postre.

—Vamos a tomar un café y una copa a la sala, ¿no?

—¡Es una idea espléndida! —exclamó Winston, sonriéndole más afectuosamente de lo que lo había hecho en toda la noche.

Fue el primero que se levantó y acompañó a Allison y a las otras mujeres al salir del comedor, seguido por Shane, Michael y Alexander.

Winston se acercó a la mesa donde estaban las bebidas y empezó a servir diferentes licores para las mujeres. Shane se aproximó a él.

—Sírveme un «Bonnie Prince Charlie», por favor —dijo, con una actitud despreocupada.

—¿Desde cuándo bebes esa porquería? —preguntó Winston, mirándole

Sonrió y volvió a su tarea de echar crema blanca de menta sobre el hielo triturado que había puesto antes en una copa.

—No sé por qué lo desapruebas. Te gustaba tanto como a mí. Cuando éramos niños nos lo bebíamos de un trago cuando tía Emma no miraba.

—Sí, y si no recuerdo mal, nos poníamos malísimos los dos. Pero, bueno, si es eso lo que quieres...

Winston le sirvió el licor en un vaso y se lo ofreció con otra sonrisa. Después, acabó de poner unos coñacs para Michael, Alexander y para él mismo.

Shane se le quedó mirando.

—¿Estás bien? —le preguntó en voz baja.

Winston levantó la cabeza inmediatamente.

—Por supuesto que sí. ¿Por qué me lo preguntas?

—Pareces un poco raro esta noche.

—Ha sido un día muy largo y agitado. Creo que estoy un poco fatigado. Hazme un favor, ve y pregúntale a Skye si no ha cambiado de parecer y quiere tomar una copa, mientras llevo estas bebidas a los demás. Allison vendrá en seguida con el café.

Winston cogió la bandeja y atravesó la habitación silbando en voz baja.

Shane lo siguió con mirada pensativa. Winston parecía bastante normal, y, quizá, su cansancio fuese cierto. Se acercó a Skye Smith, que estaba sentada sola junto a la chimenea.

—¿No bebes nada? Prueba esto —le dijo en tono autoritario, ofreciéndole el vaso.

Ella lo cogió, lo olió con delicadeza y le interrogó con la mirada.

—Es un «Bonnie Prince Charlie» —explicó Shane.

—¿Qué es eso?

—Drambuie. Vamos —repuso sonriendo—, bebe un poco; no te vas a envenenar.

Lo hizo y asintió con gesto de aprobación.

—Tiene un sabor especial, me gusta. Gracias, Shane.

—No te muevas. Vuelvo en seguida.

Al cabo de un momento, estaba de vuelta con otro Drambuie para él. Se sentó junto a ella e hizo chocar sus vasos.

—¡Salud!

—¡Salud! —repuso Skye, que lo miró por el rabillo del ojo.

Era apuesto. Demasiado, quizá. Los hombres como Shane O'Neill la aterrorizaban. Generalmente, no eran dignos de confianza..., demasiadas tentaciones a su alrededor.

Shane saboreó su bebida durante unos minutos; luego, dejó el vaso en la repisa de la chimenea.

—¿Te importa si me fumo un puro? —preguntó.

—No, en absoluto. Dime una cosa, ¿por qué se llama esto Drambuie «Bonnie Prince Charlie»?

—Porque cuando el príncipe Carlos Eduardo Estuardo fue a Escocia en 1745, intentando recuperar el trono de sus antepasados, recibió la ayuda de un tal Mackinnon, de Skye. Como muestra de gratitud, el príncipe le dio la fórmula de su licor personal. Desde entonces, los Mackinnon han guardado el secreto de su elaboración, y el Drambuie recibe el apodo de la leyenda. Y hablando de la isla de Skye, ¿es así como se deletrea tu apellido..., con una e al final?

—Sí, pero mi verdadero apellido es Schuyler. Es holandés. Tengo la impresión de que mamá pensó que el vulgar Smith necesitaba un poco de adorno.

—Es bonito. Te va muy bien —dijo con una demostración de galantería.

—¡Vaya! Muchas gracias por la gentileza, caballero.

Guardaron silencio.

Skye Smith estaba intentando decidir si le podría sugerir que la llamase cuando estuviera en Nueva York sin que pareciese precipitado. No le interesaba como amante; por otra parte, se había sentido atraída por él durante la cena, casi en contra de su voluntad. Era entretenido, una buena compañía, además de un hombre encantador, aunque algo vanidoso y demasiado seguro de sí mismo. Pero quizá pudiesen ser amigos.

Shane estaba obsesionado por Winston todavía, observándole con discreción. Su amigo se hallaba arrellanado en un sofá, al otro extremo de la habitación, mientras bebía su coñac, con aspecto relajado. Cualquiera que fuese el problema que le había preocupado, aparentemente parecía haber sido resuelto o disminuido su importancia. Se reía en seguida con naturalidad y bromeaba con Allison. Shane observó que su rostro aparecía radiante. «Bueno, así es mucho mejor —pensó Shane—. Sólo se trataba de una tormenta en un vaso de agua.» Sintió un gran alivio. Salía de viaje a la mañana siguiente y no le gustaba pensar que se iba cuando su mejor amigo tenía problemas.

Finalmente, Skye habló, interrumpiendo los pensamientos de Shane.

—Espero que esto no te suene a curiosidad o algo parecido —dijo—, pero, si te puedo servir de ayuda en Nueva York, no dejes de llamarme. La tienda se llama «Antigüedades Brand-Smith» —añadió, adoptando un tono más formal.

—Es muy amable de tu parte. Lo haré —dijo Shane. Un instante después, se dio cuenta, con sorpresa, que había aceptado rápidamente su ofrecimiento. Aspiró un par de veces de su puro; y entonces, sintiendo la necesidad de explicarse, continuó—: No conozco a mucha gente en Nueva York. Sólo a dos abogados que trabajan para nuestra empresa. ¡Ah!, y tengo una carta de presentación para un hombre llamado Ross Nelson, un banquero.

—¡Oh! —exclamó ella.

Shane la miró y notó la sorpresa en sus ojos. ¿O era asombro lo que veía?

—Así que conoces a Ross —preguntó, despertando su curiosidad.

—No, no, no lo conozco —contestó con demasiada rapidez—. He oído hablar de él, también he leído algo en los periódicos; pero eso es todo.

Shane asintió y, por un motivo que no pudo explicarse él mismo, cambió inmediatamente de tema. Pero, mientras charlaban de otras cosas, Shane no podía dejar de pensar que Skye Smith conocía mucho mejor al célebre Mr. Nelson de lo que deseaba hacerle creer. Y se preguntó por qué le había mentido.

Shane O'Neill salió de Yorkshire a la mañana siguiente. Estaba amaneciendo. La niebla había descendido de los páramos y las colinas más altas para extenderse por los prados como un manto de encaje gris, ocultando parcialmente los árboles, las cercas de piedra y las granjas escondidas entre los pliegues de los campos. Eran imágenes borrosa, espectrales e ilusorias bajo el cielo frío y remoto. El rocío goteaba desde las ramas más salientes, relucía sobre las blancas flores silvestres de los setos, bajaba en minúsculos arroyos por los terraplenes, llenos de hierba, que había a los lados del camino. Nada se movía en la inquieta bruma vaporosa, había una quietud sobrenatural, una falsa inmovilidad sobre todo el campo, y era un paisaje de ensoñación..., el escenario de sus sueños infantiles.

De forma gradual, desde detrás de la línea del borroso horizonte, el madrugador sol empezó a levantarse; sus haces inclinados de luz iluminaron el frío y descolorido cielo con un repentino e impresionante resplandor. Las chimeneas de «Pennistone Royal» brillaron entre las frondosas copas de los árboles, como si fuese un espejismo en el distante resplandor del sol. La casa de sus sueños infantiles. Pero, además, existía otra casa en esos sueños..., una villa junto al mar, donde habían reído, soñado y jugado los despreocupados días de sus veranos de niños. Allí nada había cambiado y el tiempo era una eternidad.

Y ella estaba allí con él siempre..., en aquella villa, en lo alto de los acantilados, que dominaba el mar iluminado por el sol, con la alegría en sus ojos del color del cielo estival, y la bondad reflejada en una sonrisa que, realmente, había sido sólo para él. Paisajes de ensueño..., cosas de ensueño..., una niña de ensueño en sus sueños de niño..., encerrada en su pensamiento y en su corazón todo el tiempo..., persiguiéndole siempre..., sombras borrosas de su espíritu celta.

Pero él se marchaba..., muy lejos..., los dejaba atrás. Aunque nunca los abandonaba. Los llevaba con él dondequiera que fuese... y nunca cambiarían..., eran sus sueños infantiles... Paula, «Pennistone Royal» y la villa junto al mar iluminada por el sol.

El coche corría por las estrechas carreteras secundarias, pasó por delante de la gran verja de hierro de «Pennistone Royal», atravesó el pueblo del mismo nombre y entró en la carretera principal. Shane veía cómo los letreros familiares iban quedando atrás... South Stainley, Ripley, Harrogate, Alwoodley.

Aminoró la velocidad al entrar en Leeds, a pesar de que no había tráfico, no se veía a nadie, aparecía desierta, sin ningún signo de vida. La importante ciudad de Leeds, gris y sucia, gran centro industrial del Norte, sede del poder de Emma, de su abuelo y de la familia de David Kallinski.

Rodeó la City Square, donde se erigía la estatua del Príncipe Negro, pasó por la oficina de Correos y el «Queen's Hotel» y bajó la suave pendiente junto a la estación de ferrocarril, en dirección a la M1, la carretera principal del sur que conduce a Londres. Shane aumentó la velocidad en cuanto entró en la autopista, y no la redujo hasta que llegó a los límites del Condado..., dejando Yorkshire atrás.

CAPÍTULO XV

El jardín era su rincón mágico.

Ningún otro lugar le había proporcionado tanto placer y satisfacción a Paula. Paula era como una terapia cuando se sentía frustrada o necesitaba descansar de los agobios y tensiones de los negocios. Siempre que empezaba a diseñar un jardín, ya fuese grande o pequeño, daba rienda suelta a su imaginación, y cualquier trozo de tierra que cayese en sus manos seguras y hábiles se transformaba milagrosamente, se convertía en un maravilloso testamento de sus conocimientos instintivos sobre la Naturaleza.

De hecho, era una inspirada jardinera. Las flores, las plantas, los árboles y los arbustos se entrelazaban en un tapiz de colores vivos que ella diseñaba, un tapiz que sorprendía por su asombrosa belleza. Y, a pesar de su cuidadoso planeamiento, ninguno daba la sensación de haber sido preparado.

En todos había un aire antiguo genuino, pues plantaba abundantes flores y arbustos de características típicamente inglesas. El jardín, al que llamaba suyo y en el que había estado trabajando durante casi un año, estaba empezando a adquirir ese aspecto tan particular.

Pero, por una vez, no se estaba fijando mucho en él.

Estaba de pie en la terraza, mirando hacia la franja de césped larga y verde, pero, en realidad, no veía nada, había una expresión ausente en su rostro. Pensaba en Jim. La discusión que habían tenido la noche anterior había sido horrible y, aunque ya habían hecho las paces —en la cama, donde solían desprenderse de sus respectivos enfados—, aún se sentía trastornada. Habían discutido por Edwina. Una vez más. Y, al final, ella había cedido por amarle tanto. Así que accedió a invitar a Edwina esa noche, a enseñarle la casa y el jardín y a tomar un cóctel antes de salir a cenar. Pero Paula deseaba haber sido más flexible con él. A primeras horas de la mañana, después de que él le hubiese hecho el amor, la engatusó, bromeó y rió con ella para que accediese a sus deseos. La había manejado a su gusto y, de pronto, se sintió resentida.

Con un suspiro, se dirigió a la rocalla en la que estaba trabajando, intentado desprenderse de los recuerdos de la violenta discusión. «Me niego a guardar resentimientos —se dijo con firmeza—. Tengo que deshacerme de mi enfado antes de que él regrese a casa esta noche.» Se arrodilló, prosiguiendo el trabajo que había comenzado por la mañana temprano, decidida a poner en orden aquel montón de incultivables piedras, experimentando el deseo de hacer esa rocalla tan bella como la que había conseguido en la casa que la abuela tenía en la playa.

Como solía suceder, pronto se abstrajo por completo en la jardinería, se concentró en el trabajo y dejó que la tranquilidad de la Naturaleza la rodease, hasta que se vio envuelta por su dulce encanto, en paz consigo misma.

Todavía era una niña cuando Paula descubrió su amor hacia la tierra y todos los seres vivientes. Tenía ocho años.

Aquel año, Emma había comprado una casa para ir durante las vacaciones de primavera y verano de sus nietos. Se llamaba «Heron's Nest», y se alzaba en los altos acantilados de Scarborough, con vistas a la playa blanca y a la bahía de color plomizo que se extendía detrás. Era una muestra del recargado estilo victoriano, con el pórtico de intrincada madera labrada, una terraza amplia, grandes habitaciones soleadas y un extenso jardín que era un verdadero desierto cuando Emma adquirió la propiedad.

Aparte de querer tener un lugar donde pasar las vacaciones con sus jóvenes descendientes y disfrutar de su compañía, Emma había tenido otra razón válida para comprar «Heron's Nest». Hacía tiempo que sentía la urgente necesidad de tener a sus nietos bajo su completo control e influencia durante largos períodos de tiempo. Su objetivo era simple. Quería enseñarles algunos de los elementos esenciales de la vida, el sentido práctico de lo cotidiano, y asegurarse de que comprendiesen el verdadero valor del dinero. Durante años, Emma había considerado intolerable que la mayoría de sus hijos hubiesen crecido acostumbrados a vivir con lujo, sin pensar en el precio de sus vidas mimadas, ni en las legiones de sirvientes que cuidaban de satisfacer sus necesidades más simples.

Y así, con su estilo inimitable, al decidir que sus nietos debían ser criados sin tanto consentimiento y de forma más prosaica en lo que se refería al dinero, Emma trazó un plan. «Hay un viejo proverbio en Yorkshire —le había dicho un día a su banquero, Henry Rossiter—, "el nieto volverá a llevar los mismos zuecos que su abuelo". ¡Bueno, pues puedes estar muy seguro de que ése no será el caso de mi familia!»

Inmediatamente después, firmó el cheque para la casa.

«Heron's Nest» era la respuesta a muchas cosas que tenía en la cabeza. Se convertiría en su escuela. Con este fin, Emma juzgó conveniente contratar una sirvienta nada más, una mujer del pueblo que iría todos los días. Y le había dicho a la jovial y rolliza Mrs. Bonnyface que su principal tarea sería cuidar de la villa cuando no estuviese la familia allí. Emma había seguido detallándole sus planes poco ortodoxos, explicándole que tenía la intención de llevar la casa ella misma..., con la ayuda de sus numerosos nietos. Si Mrs. Bonnyface pensó algo sobre lo inusual de aquel estado de cosas, nunca lo dijo. Aceptó el plan de Emma con entusiasmo y, obviamente, a juzgar por las apariencias, se sentía una mujer privilegiada por trabajar para la famosa Mrs. Harte.

Como era inteligente y muy reservada, Emma no confió sus intenciones y motivos a nadie más, y menos aún a sus nietos. Sólo después de haber comprado la casa y contratado los servicios de Mrs. Bonnyface, les habló de «Heron's Nest», pero les dio tal cantidad de detalles, y lo pintó todo con tanto atractivo, que ellos quedaron entusiasmados y ansiosos por ir. Veían la idea de una casa junto al mar como una gran aventura, pues estarían solos con Emma y lejos de sus padres.

Emma se dio cuenta casi de inmediato de que el sistema instituido por ella les había causado gran conmoción, y sonreía para sí mientras les contemplaba en su ir y venir con fregonas y cubos, cepillos de barrer y escobas, cera de muebles y plumeros, y tablas de planchar difíciles de manejar. Hubo grandes desastres en la cocina: sartenes arruinadas, tarros hechos añicos y comidas repugnantes, difíciles de tragar. Se quejaron de tener los dedos quemados y con ampollas, de dolores de cabeza, callos en las rodillas y otros males menores, reales e imaginarios, algunos de los cuales sonaron bastante inverosímiles a Emma.

Pero fue Jonathan quien acertó con la excusa más imaginativa e inspirada para librarse de las tareas que le habían asignado. Un día le dijo a Emma que había sufrido un tirón en el tendón de Aquiles mientras cortaba el césped y que se había hecho tanto daño que no podría hacer ninguna clase de trabajo en varios días. A Emma le sorprendió su astucia y la impresionó bastante por su inteligencia. Le sonrió con simpatía. Y para probarle a aquel listillo que ella era mucho más sagaz de lo que él creía, le explicó, en términos diabólicamente descriptivos, cuál era el tratamiento exacto para los tirones del tendón de Aquiles.

—Entonces, si te duele tanto, será mejor que te lleve a la consulta del médico para que pueda empezar a curarte de inmediato —le dijo, cogiendo el bolso y las llaves del coche.

Jonathan sugirió instantáneamente que esperasen algunas horas, por si el dolor desaparecía. Fue un hecho significativo que ocurriese así. Se recuperó con asombrosa rapidez, pues, aparentemente, no le hacía gracia la perspectiva de pasar el resto de la primavera encerrado en una escayola que le llegase de la cadera al tobillo..., o de quedarse con Mrs. Bonnyface cuando sus primos regresaran a sus respectivos colegios y su abuela a «Pennistone Royal».

Después de las primeras semanas de vacaciones en Scarborough, se encontraron inmersos en una rutina estable. Las chicas empezaron a mostrar pronto cierta habilidad en los quehaceres domésticos y en la cocina, y los chicos aprendieron rápidamente a realizar el trabajo más pesado de mantenimiento de la casa, como eliminar la mala hierba del jardín y cortar el césped. A ninguno de ellos les estaba permitido esquivar sus obligaciones. Emma no era de la clase de mujeres que aguantaban las tonterías durante mucho tiempo. Se mostraba bastante estricta, no practicaba ningún tipo de favoritismo.

—Nunca he oído que nadie se muera por fregar el suelo o sacar brillo a la plata —le gustaba decir cuando alguno se atrevía a quejarse o a inventar una enfermedad imaginaria, como Jonathan había hecho.

El chico reacio que tuviese el coraje suficiente para protestar o mentir, palidecía de pronto bajo la verde mirada acerada de su abuela, recordando que Jonathan se había escapado por muy poco.

Y cuando llegó la hora de hacer las maletas y dejar la casa, Emma se felicitó y admitió que todos ellos habían formado una buena tropa, haciéndolo todo de buena gana y esforzándose por complacerla. En cuanto a ella, el experimento había sido un gran éxito. Después, todos los años, cuando los rudos inviernos de Yorkshire daban paso a un tiempo más benigno, ella los reunía y se los llevaba a Scarborough.

Con el tiempo, los primos Harte y los nietos de los O'Neill y los Kallinski se convirtieron en visitantes regulares. También a ellos se les asignaban sus tareas y no les quedaba más remedio que aceptarlas alegremente cuando llegaban para pasar los meses de julio y agosto. Comprendieron rápidamente que no volverían a ser invitados para ir allí si no cumplían los deseos de Emma y ponían algo de su parte.

Los niños llamaba *el General* a Emma a sus espaldas y, ciertamente, a menudo les parecía que vivían en un campamento militar, con sus reglas y leyes estrictas. Por otro lado, disfrutaron enormemente durante aquellos alegres y despreocupados años, y se divirtieron tanto que hasta las tareas más pesadas las tomaron como un juego. Con gran asombro de sus padres e inmensa satisfacción por parte de Emma, todos y cada uno de ellos deseaban tan fervientemente ir de vacaciones a aquel pequeño pueblo costero, que rechazaban ruidosamente cualquier otra invitación. Insistían en volver a «Heron's Nest» en cuanto Emma abría la casa.

A pesar de su tremenda afición al trabajo, Emma se dio cuenta de que su «pequeña cuadrilla de bandidos», como los llamaba, necesitaba numerosas ocasiones para desfogarse y grandes atractivos para pasar los largos días del verano.

—El trabajo sin diversión hace del niño un ser triste, ¿sabe? —le repetía constantemente a Mrs. Bonnyface.

Por eso, estaba dispuesta siempre a inventar proyectos excitantes en los que los niños y ella pudieran participar.

Los llevó a interesantes excursiones por la costa: a Whitby, a la bahía de Robin Hood y a Flamborough Head, y premió sus intensos esfuerzos de muchas otras formas. Asistieron al cine y al pequeño teatro locales, merendaron en los acantilados, navegaron por la bahía y fueron a nadar a la playa. Era frecuente que saliesen a faenar con los pescadores del lugar y, a menudo, les daban la parte que les correspondía de las capturas, y eso emocionaba muchísimo a los chicos. Esos días favorables, ellos volvían triunfantes a «Heron's Nest» y cocinaban sus escasos pececitos para la cena de Emma, la cual se los comía como si los hubiese preparado el cocinero francés del «Ritz». Cuando el cielo estaba nublado y el mar embravecido, Emma organizaba carreras de sacos o jugaban a la búsqueda del tesoro; y, como comprendía la naturaleza codiciosa de los niños, se aseguraba de que cada tesoro fuese algo especial y resultase valioso para ellos. Siempre había suficientes regalos para cada niño. Cuando alguno se acercaba con expresión triste y contrariada, las manos vacías, le daba una pista clara para que encontrase algo. Los días lluviosos, cuando tenían que quedarse en casa, jugaban a las adivinanzas o representaban sus propias obras.

Un año, los niños formaron su propio grupo musical.

Se llamaban los *Herons*, siendo Shane y Winston sus principales instigadores y organizadores. Shane se nombró a sí mismo líder del grupo. También era el pianista y el vocalista. Alexander tocaba los tambores y platillos; Phillip soplaba la flauta; Jonathan rascaba el violín y Michael Kallinski hacía trinar la armónica. Pero era Winston quien se consideraba el miembro más importante y con más talento del grupo. Escogió la trompeta como instrumento y aseguraba con todo fervor que era el nuevo Bix Beiderbecke, inspirado, sin duda, en *El Joven de la Trompeta*, una película que Emma les había llevado a ver. Sarah se preguntaba dónde había aprendido a tocar de esa manera y Emma, con una sonrisa, le decía que el problema era que, precisamente, no había aprendido. A veces, pensaba que se le romperían los tímpanos cuando aquella cacofonía de sonido inundaba la casa durante unos ensayos que parecían interminables.

Después de un tiempo, al considerar que ya estaban preparados para actuar delante de un público, los *Herons* invitaron a Emma y a las niñas a un concierto en el jardín. Emma los contemplaba con asombro, divertida con sus elaborados e interminables preparativos. Sacaron sillas plegables, montaron un pequeño escenario de tablones sobre ladrillos y sacaron a empujones el piano hasta colocarlo junto a él. Pusieron gran esmero en vestirse con lo que ellos llamaban su «indumentaria»: sus pantalones blancos nuevos de cricket; brillantes camisas escarlatas de satén, sin duda hechas en alguna de las fábricas de los Kallinski, pensó Emma; pañuelos de color púrpura anudados al cuello y garbosos sombreros de paja inclinados graciosamente sobre la cabeza.

Al verlos empezar a reunirse en el escenario, desde la ventana del dormitorio, Emma se puso un vestido de tarde de seda y fue corriendo por el pasillo hasta la habitación de las niñas. Insistió en que se pusieran sus mejores trajes de algodón en tan propicia ocasión, y salieron en grupo justo después de las cuatro, vestidas con sus mejores galas, con la expectación y la curiosidad dibujadas en sus caras jóvenes y bonitas.

Mientras Emma escuchaba a los *Herons* interpretar canciones populares y un par de antiguas baladas, se dio cuenta de que estaba disfrutando del concierto y quedó bastante sorprendida cuando descubrió que, después de todo, no eran tan malos músicos. Al final del recital, felicitó a los chicos, riéndose con alegría, y les expresó su satisfacción. Los chavales rieron también y, tomándose muy a pecho sus elogios, no dejaron de tocar en todo el verano, provocando el espanto de las chicas. Cuando les oían cantar, les decían que los *Herons* eran tan malos que apestaban.

Shane, igual que Winston, estaba muy orgulloso de sus aptitudes musicales, sobre todo de su voz. Pronto se aseguró de que las exigentes jovencitas fuesen convenientemente intimidadas. Una noche, todas encontraron alguna cosa que olía a podrido en sus camas, desde ranas y peces muertos con ojos vidriosos, hasta cebollas y bolsitas de azufre. La represalia de Shane surtió efecto. Después de pasarse una noche cambiando sábanas, abriendo las ventanas de par en par y rociando los caros perfumes de Emma por todas sus habitaciones, ninguna de las muchachas se atrevió a volver a usar la palabra apestar durante el resto del verano. Por lo menos, cuando se referían a los *Herons*.

Durante todos estos años, lenta pero deliberadamente, Emma había inculcado en cada niño la importancia del espíritu de equipo, de jugar limpio y acatar las reglas. Deber y responsabilidad eran palabras que siempre estaban en sus labios; se hallaba decidida a inculcarles a todos y cada uno de ellos los principios justos y los preceptos adecuados para desenvolverse en el futuro, cuando fuesen adultos. Les enseñó el significado de honor, integridad, honestidad y sinceridad, entre otras muchas cosas. Pero sus opiniones, frecuentemente enérgicas y severas, siempre eran dadas con bondad; además, les entregaba su amor y comprensión, sin mencionar su amistad. Una amistad que la mayor parte de ellos no olvidaría el resto de su vida. En su interior, Emma lamentaba haberse olvidado de sus propios hijos en ciertos momentos de su vida, durante los años de su formación y crecimiento. Quería que sus nietos se beneficiasen de los errores cometidos por ella en el pasado, y si también se podían beneficiar sus sobrinos-nietos y los nietos de sus íntimos amigos, tanto mejor.

Pero de todos aquellos años que pasaron en la vieja casa de los acantilados, la primavera de 1952 fue el período más importante para Paula, el que nunca olvidaría. Ese año tuvo conciencia de su afinidad con la Naturaleza y de su creciente deseo —su necesidad, en realidad— de cultivar plantas.

Un ventoso y sábado de abril salió al jardín con la pequeña Emily, de quien se había hecho cargo ese día por orden de Emma. Paula miró a su alrededor, examinándolo todo con sus jóvenes ojos observadores. Las hierbas habían sido cortadas, los setos estaban impecablemente recortados y los chicos habían podado el césped con tal perfección que daba la sensación de ser una moqueta de un suave terciopelo esmeralda que se extendiese hasta tocar los altos muros de piedra. El terreno que había detrás de la casa estaba extrañamente pulcro, y totalmente desprovisto de carácter.

Se emocionó mucho al darse cuenta repentinamente de que el jardín podía ser mucho más bonito si se plantaban las flores de manera adecuada. La niña de ocho años tuvo una visión: reflejada en su imaginación, apareció una combinación de líneas y formas, y una gran explosión de colores exquisitos..., malvas y rosas, ardientes rojos y azules, brillantes amarillos, cálidos tonos de ámbares, naranjas y dorados, y limpios y fríos blancos. Instantáneamente, imaginó sorprendentes combinaciones de flores y arbustos..., tupidos rododendros de pétalos delicados y oscuras hojas brillantes..., pálidas peonías que parecían de cerca en su perfección..., ramas de azaleas que se inclinaban bajo el peso de sus flores llamativas..., macizos de majestuosos digitales meciéndose entre los tulipanes y los narcisos..., y todo el suelo alfombrado de pensamientos, prímulas y violetas, y blancas campanitas esparcidas bajo los árboles.

Y mientras contemplaba todo aquello en su mente, supo que lo debía hacer. Tenía que conseguir el jardín más bello, un jardín para su abuela. Estaría lleno de todas las flores imaginables, excepto rosas, por supuesto. Por alguna razón desconocida por ella, su abuela odiaba las rosas, detestaba su olor, decía que le hacían sentir náuseas y que no podía soportar tenerlas en sus casas o en sus jardines. Entró corriendo en la villa, arrebatada de excitación, con cara radiante y ojos chispeantes. Paula saqueó su hucha, le abrió la tapa precipitadamente con unas tijeras de bordar.

A medida que salían las monedas de tres peniques, medias coronas y los chelines, Emily gritaba asustada:

—¡Te meterás en líos cuando la abuela descubra que has roto tu hucha nueva y que has robado el dinero!

Paula negó con la cabeza.

—No lo estoy robando. Todo esto es mío. Lo he ahorrado de mi paga semanal.

Armada con su hermoso tesoro, y con Emily trotando tras ella, se marchó, decidida, a la ciudad.

Emily resultó ser una molestia en Scarborough, y Paula

empezó a arrepentirse en seguida de haberla llevado. Quiso comprar mejillones y bígaros, luego se empeñó en tomar limonada en un café cercano, alegando que estaba hambrienta, y, en un arrebato de obstinación, empezó a dar zapatazos en el suelo.

Paula la miró con severidad.

—¿Cómo puedes tener hambre? Acabamos de almorzar. Y tú has comido más que nadie. Cada día te pareces más a un cerdito gordo.

Comenzó a caminar de prisa, dejando a Emily detrás, haciendo pucheros.

—¡Eres una malvada! —gritaba Emily.

Pero avivó el paso, intentando seguir el ritmo de su prima.

Paula volvió la vista.

—Creo que debes de tener una tenia.

Lo dijo tan de repente y con tanta energía, que Emily se paró de pronto. Tras el silencio causado por la impresión, Emily empezó a correr detrás de Paula a toda la velocidad que le permitían las piernas.

—¡Qué cosas tan horribles dices! —gritaba a pleno pulmón.

Las palabras de Paula la habían aterrorizado y la simple idea de tener un gusano en su interior la impulsaba precipitadamente hacia delante.

—¡No tengo ningún gusano! ¡No!

Procuró recuperar el aliento.

—¿Lo tengo, Paula? —dijo con entrecortada voz—. ¡Oh, por favor, dime que no! ¿Podrá la abuela quitármelo?

—¡Oh, no seas tonta! —la interrumpió Paula con gran irritación. Se hallaba concentrada en su propósito, intentando encontrar una floristería donde vendiesen bulbos y plantas.

—No me encuentro bien, Paula. ¡Me estoy poniendo enferma!

—Eso es todo el pan con mantequilla que te has comido.

—No, no —se lamentaba Emily—. Es por pensar en el gusano. Me siento muy mal. Voy a vomitar —amenazó la niña.

Emily se puso pálida y sus grandes ojos se inundaron de lágrimas.

Paula sintió remordimientos. Quería a la pequeña Emily y raramente se portaba mal con ella. Con el brazo rodeó aquellos hombros de cinco años y acarició el suave cabello rubio.

—Vamos, vamos, Emily, no llores. Estoy segura de que no tienes ninguna tenia, en serio. Que me muera si la tienes.

Emily dejó de llorar y se buscó un pañuelo en los bolsillos de la rebeca y después se sonó la nariz ruidosamente; entonces se cogió confiadamente de la mano de Paula y empezó a andar junto a ella más tranquila, mansa y sumisa, mientras recorrían las pintorescas tiendas del paseo marítimo. Por último, se armó de valor.

—Pero supón que lo tengo —aventuró con un tímido susurro—. ¿Qué haré con...?

—Te prohíbo hablar de tu repunante gusano. ¡Qué niña tan horrible! —exclamó Paula volviendo a impacientarse—. ¿Sabes una cosa Emily Barkstone? Eres una lata. Un tostón *terrible*. Si no te callas, no volveré a dirigirte la palabra.

Emily se quedó abrumada.

—Pero siempre ha dicho que soy tu *preferida*. ¿Quieres decir que soy tu tostón preferido? —preguntó Emily, intentando seguir a su paso.

Miró largamente a su prima mayor, a quien adoraba.

Paula comenzó a reírse. La atrajo hacia sí y le dio un abrazo cariñoso.

—Sí, eres mi tostón preferido, *Zampabollos*. Y como sé que vas a ser una buena chica y a dejar de comportarte como una niña mimada, voy a contarte un secreto muy, muy especial.

Emily se sorprendió tanto que sus lágrimas cesaron de pronto y abrió sus verdes ojos con asombro.

—¿Qué clase de secreto?

—Voy a hacer un jardín para la abuela, el jardín más bonito del mundo. Ese es el motivo por el que hemos venido a Scarborough, a comprar las semillas y las cosas que me hacen falta. Pero no puedes decírselo a ella. Es un enorme secreto.

—¡Lo prometo, lo prometo! —gritó Emily excitada.

Durante la siguiente media hora, las dos fueron de floristería en floristería. Paula tenía a Emily completamente cautivada. Le habló de las plantas tan bonitas que iba a cultivar en el jardín. Le describió los colores, los pétalos, las hojas y el aroma de las flores con todo detalle. Emily se sentía tan contenta y orgullosa de participar en aquel plan de cultivos, que pronto se olvidó de la tenia. Lentamente, con infinito cuidado, Paula escogió las flores preferidas de su abuela e hizo sus compras. Salieron de la última floristería con una bolsa repleta de bulbos, paquetes de semillas y catálogos de jardinería.

Cuando llegaron al final de la calle, Emily miró a Paula y le sonrió con gran dulzura, apareciéndole unos hoyuelos que se le marcaban claramente en las mejillas.

—¿Podemos ir ahora al puesto de mariscos?

—¡Emily! ¡Empiezas a ponerte pesada otra vez! ¡Más vale que te comportes como es debido!

Emily no prestó atención a la reprimenda.

—Tengo una idea mejor. Vamos al «Grand» a tomar el té. Eso sí que me gusta. Comeremos pasteles de crema, sándwiches y de pepino y tortillas con mermelada de fresa y nata y...

—Ya no me queda dinero —anunció Paula con firmeza, esperando poder acabar de esa manera con su idea.

—Firma la factura, como hace la abuela —le sugirió Emily.

—No vamos a ir al «Grand», y se acabó. Así que cállate. Y escucha, Emily, deja de decir tonterías..., se está haciendo tarde. Más vale que nos demos prisa.

Para cuando las dos muchachitas llegaron a «Heron's Nest», ya eran buenas amigas otra vez. Emily se ofreció inmediatamente a ayudar, deseando congraciarse con su prima, y buscando como siempre la aprobación y el amor de Paula. Se puso en cuclillas y ofreció su ayuda desinteresada con voz chillona.

—Si hay alguien con buena mano para las plantas, ésa eres tú —dijo, después de haber mirado a Paula durante un buen rato.

—De eso no hay duda —contestó ésta sin levantar la mirada.

Se hallaba totalmente enfrascada en su trabajo. Mientras cavaba la rica tierra y plantaba las primeras semillas con gran seguridad, no dudaba de que crecerían y florecerían. Estaba recogiendo los útiles de jardinería, cuando Emily dio un salto y lanzó un grito de terror.

—¡Oh! ¡Oh! —chillaba—. ¡Oh! ¡Oh!

Mientras gritaba, daba saltos de un lado a otro, restregándose la falda con frenéticos gestos.

—¿Qué te pasa, tonta? Harás que venga la abuela, y entonces el jardín dejará de ser una sorpresa.

214

—¡Era un gusano! ¡Mira, ahí, cerca de tu pie! ¡Uf! ¡Se retorcía en mi falda!

Emily se puso tan blanca como la pared y temblaba de miedo.

A Paula le vino a la mente su segunda buena idea de aquel día y, muy perspicaz, aprovechó aquella oportunidad. Agarró la pala y cortó al gusano en dos de un golpe. Lo cubrió de tierra y miró a Emily con una alegre sonrisa de triunfo.

—Debía de ser tu tenia. Supongo que salió por sí misma. Y yo la he matado, así que ya está todo solucionado.

Paula cogió la pequeña caja de herramientas, le hizo señas a Emily para que la siguiese y se fue corriendo por el sendero hasta el cobertizo. Se paró repentinamente.

—Será mejor que no le digas nada a la abuela —dijo tras pensar un momento—, porque podría darte alguna medicina para asegurarse de que no te queda ninguna más.

Emily se estremeció ante esa idea.

Aquel mismo verano, Paula y Emily regresaron a la villa de la costa, y apenas se pudieron contener cuando vieron el jardín lleno de flores. Una profusión de flores había crecido durante su ausencia, y las variadas especies que Paula había escogido salpicaban la oscura tierra con sus resplandecientes colores.

Emma se emocionó cuando, el primer día de su estancia en «Heron's Nest», las dos niñas la llevaron al jardín y le enseñaron todo lo que Paula había plantado, observando su rostro con expectación para ver su reacción. Emily le contó la excursión a Scarborough, aunque tuvo cuidado de no mencionar a los gusanos. Emma había sido informada en su momento de la pequeña excursión de aquel sábado de primavera, pero simuló estar sorprendida. Las elogió por ser tan inteligentes y reconoció la habilidad de Paula como horticultora, animándole a cultivar su *hobby*.

Y así, Paula empezó su largo y apasionado amor por la jardinería aquel año. Desde entonces, no había dejado de plantar, escardar, podar y cavar.

Con la aprobación de Emma, cultivó un jardín y una huerta en las propiedades de su abuela en Yorkshire y creó el que luego fue famoso Paseo de Rododendros. Le había llevado años diseñar, cultivar y hacer crecer las plantas del paseo, y eso fue otro ejemplo de su determinación a superarse en todo lo que hacía; un ejemplo espectacular.

Pero, de todos los jardines que Paula había diseñado, el de «Heron's Nets» fue el más apreciado por ella.

Esta tarde, diecisiete años después de que lo empezase, se acordó de él mientras se incorporaba desentumeciéndose. Se quitó los guantes de jardinería, los dejó en la carretilla y dio unos pasos hacia atrás para contemplar la rocalla.

«Por fin está empezando a tomar forma», pensó. Embellecer el jardín de Edwin Fairley le provocaba tanta satisfacción como el primer jardín que había conseguido.

Cuando Edwin Fairley murió, Jim heredó «Long Meadow», su casa de Harrogate. Al casarse con Paula, se fueron a vivir allí. Aunque la casa era excelente y estaba en buenas condiciones, necesitaba una redistribución y una nueva decoración. Sin embargo, Edwin Fairley se había preocupado de que su jardinero atendiese el jardín. A pesar de todo, le faltaba color, pues las flores y los arbustos muertos no se habían repuesto. Paula notó esas deficiencias inmediatamente y había estado deseosa de empezar a trabajar en él. De todos modos, la casa era primordial; aunque, de algún modo, se las había arreglado para llevar a cabo las dos cosas al mismo tiempo, dándole a ambos aspecto y dimensiones nuevos.

Contemplando los arriates, se convenció de que el arduo trabajo de los últimos once meses había merecido la pena. El jardín era su mundo privado y allí encontraba el desahogo y enriquecimiento sentimental que necesitaba cuando sus negocios o problemas la acosaban; al menos durante un rato.

En una hora, más o menos, no había pensado en la discusión de la noche anterior. El recuerdo de sus palabras acaloradas volvió a ella. El problema estribaba en que Jim podía ser muy obstinado. Pero ella también, y con frecuencia, muy a su pesar. «Ambos tenemos que ser más flexibles —pensó—; de otra forma, vamos a estar peleándonos siempre por las mismas cosas.» Lo curioso era que, antes de casarse, no había habido diferencias ni discusiones entre ellos hasta que el asunto de Edwina surgió. Ése fue el obstáculo en el que tropezaron. A ella su tía la desagradaba; a Jim le gustaba mucho. Y ahí surgió el problema.

De repente, Paula recordó una cosa que su abuela le había dicho el año anterior, inmediatamente antes de su boda. Las palabras resonaban claramente en su interior.

«El amor es como un puñado de semillas, el matrimonio es el jardín —le había dicho Emma con dulzura—. Y, como tus jardines, Paula, el matrimonio requiere una total dedicación, trabajo arduo, y gran cantidad de amor y cuidados. Hay que ser implacables con las malas hierbas. Arrancarlas antes de que crezcan y se extiendan. Dedícate a tu matrimonio lo mismo que te dedicas a los jardines y todo marchará bien. Recuerda que también un matrimonio necesita ser renovado constantemente, si quieres que florezca...»

«Unas palabras muy sabias», pensó Paula mientras les daba vueltas en la cabeza. Se sentó a descansar en un silla y cerró los ojos. La discusión era una mala hierba, ¿no? Debía destruirla. De inmediato. Sí, tenía que arrancarla antes de que creciese. La única forma de conseguirlo sería eliminando sus diferencias sobre Edwina.

Paula abrió los ojos y sonrió. De repente, se sintió mucho mejor. Se quitó las botas de agua llenas de barro, se puso los zapatos y entró en la casa. Amaba a Jim. Y él la amaba a ella. Eso era lo único que importaba. Se sintió más aliviada mientras subía la escalera para ver a sus hijos.

CAPÍTULO XVI

Nora, la niñera que cuidaba de los gemelos Fairley, cosía sentada en una mecedora en el cuarto de los niños. Al aparecer la cara sonriente de Paula tras la puerta, se llevó un dedo a los labios y siseó suavemente.

Paula asintió inmediatamente.

—Volveré dentro de un rato —murmuró—. Voy a bañarme.

Tras disfrutar de un baño caliente durante quince minutos, Paula se sentía rejuvenecida. Mientras se secaba vigorosamente, se dio cuenta de que, aunque el agua caliente había aliviado su cuerpo cansado, esa encantadora sensación de bienestar surgía de la decisión que había tomado en el jardín de ser más comprensiva con los sentimientos de Jim hacia Edwina. Sí, era la única actitud que podía adoptar; lo veía más claro que nunca. Tomar otra postura sería contraproducente del todo. Simplemente, se sobrepondría a ello, como haría la abuela en similares circunstancias, ya que era una mujer demasiado grande para sucumbir ante pequeñeces, y ella haría todo lo posible para actuar de la misma manera.

Paula se puso el albornoz y volvió al dormitorio. Éste era espacioso, con un techo alto y un mirador que daba a los jardines. No se parecía en nada al aspecto que tenía en vida de Jim Fairley. La primera vez que lo vio, se le cayó el alma a los pies mientras, llena de horror, contemplaba el papel aterciopelado azul oscuro y los pesados y recargados muebles de caoba que se amontonaban en su interior. El dormitorio reflejaba el estilo victoriano del resto de la casa, que era un dudoso monumento a una época pasada. Todas las habitaciones habían quedado anticuadas y sin vida. Resultaban oscuras y deprimentes. Se había sentido agobiada en aquella casa de habitaciones tenebrosas, muebles antiguos, recargados tapices festoneados y horribles lámparas. Al verla, se preguntó, deprimida, cómo podría vivir con algún grado de comodidad y felicidad y cómo iba a criar a los niños en aquel ambiente tan triste, de «Long Meadow».

Pero Jim insistió en vivir allí y se negó, categóricamente, a ir a ver la encantadora granja que Winston había descubierto en West Tanfield. Ella se vio obligada a acceder a ello para mantener la paz, pero sólo con la condición de que Jim le dejase carta blanca para reformar y volver a decorar toda la casa. Afortunadamente, él accedió y Paula se puso manos a la obra antes de que cambiase de opinión o de que la persuadiera para vivir entre aquel desorden de muebles indescriptibles que su abuelo había estado acumulando durante toda su vida. El nuevo acondicionamiento de la casa fue el regalo de boda de los padres de Paula. Su madre la habían ayudado a crear un ambiente totalmente nuevo con tal eficiencia, ímpetu y rapidez, que hasta Emma había quedado sorprendida y fascinada por su efectividad. Se deshicieron de todo, excepto de unos pocos muebles buenos, incluido el escritorio de Edwin, un espejo veneciano, un armero de roble de estilo rústico francés y algunos óleos relativamente valiosos. Los tonos pastel claro, que ella y Daisy eligieron para las habitaciones, le dieron a la casa una alegre claridad e introdujeron una sensación de amplitud y libertad. Los hermosos visillos, la porcelana, las lámparas de jade y las encantadoras antigüedades rústicas que su madre había encontrado le proporcionaron calor, vida, elegancia sin ostentación y comodidad.

El dormitorio azul oscuro fue transformado en un dormitorio femenino, introduciendo los colores amarillo, blanco, melocotón y verde pálido en el papel pintado, en los visillos a juego y en las lámparas chinas. Aunque había pensado que la moqueta blanca era muy poco práctica, al final reconoció que la habitación había quedado maravillosa, de un gusto perfecto. Y, para alivio de Paula, también le gustó el resto de la casa.

Esa tarde, mientras se acercaba al tocador que ocupaba un lugar privilegiado junto al amplio y curvado mirador, la habitación tenía un ambiente soleado y tranquilo. Se sentó y, después de peinarse, se maquilló con rapidez para la noche. Pensó en su madre. ¡Qué guapa estaba en el bautizo! Se había mostrado tan amable y encantadora, tan llena de vida y energía, que todo el mundo empequeñecía a su lado. Jim dijo lo mismo de su abuela cuando fueron a cenar al «Red Lion», en South Stanley. Luego, él se sumergió durante unos minutos en uno de sus extraños silencios, y ella supo que estaba pensando en su abuelo.

Paula dejó la barra de labios y, dándose media vuelta en la silla, se quedó mirando a la nada, recordando la noche que Jim la había llevado a esa casa para conocer a Sir Edwin Fairley.

La escena volvió a surgir con nitidez en su mente.

Él se hallaba dormitando frente al fuego en la pequeña biblioteca con paredes de madera de pino y, cuando llegaron, se levantó, atravesó la habitación sonriendo con amabilidad y le ofreció la mano; un frágil anciano canoso, encantador, amable y educado. Cuando sólo estaba a unos pasos de ella, vaciló al distinguirla con claridad en la luz velada. La sorpresa se dibujó en su cara y la miró como si estuviese viendo un fantasma, mientras Jim los presentaba. Y por supuesto que lo veía. Estaba viendo un reflejo de Emma Harte, aunque ella y Jim no se diesen cuenta en aquel momento. Pero él debió considerar el parecido como mera coincidencia, pues se recuperó casi de inmediato. Luego, mientras tomaban una copa, le preguntó qué hacía, y ella le dijo que, al igual que Jim, trabajaba para su abuela, Emma Harte, pero que estaba empleada en los almacenes. Él dio un violento respingo en la silla, ahogando una exclamación de asombro y mirándola con más detenimiento. De pronto, sus ojos se llenaron de vida con un renovado interés y una curiosidad ávida, descubierta. Le preguntó por sus padres y por su vida y ella le contestó con franqueza. Él sonrió, asintiendo, y le dio unos golpecitos en la mano diciéndole que era una joven encantadora y que aprobaba su noviazgo. Después, le volvió a ver en varias ocasiones, y siempre fue muy acogedor; obviamente, estaba encantado de verla. Más tarde, cuando Jim y ella rompieron, él se quedó desconsolado, y a medida que aumentaban las desavenencias, se afligía cada vez más, según Jim comentó.

Sir Edwin murió antes de que se hubieran reconciliado; después, se casaron, con el consentimiento de Emma.

Le había hecho innumerables preguntas a su abuela sobre Edwin, una vez que la vieja historia salió a la luz y dejó de estar oculta como otros secretos de la familia.

Emma, que hasta entonces había encubierto ciertos detalles de las primeras etapas de su vida, de repente, estuvo dispuesta a hablar, y fue sorprendentemente sincera. Le contó a Paula cómo empezó a tener relaciones con Edwin cuando era una criada de «Fairley Hall», cómo se habían unido cuando sus respectivas madres murieron. Le habló de los páramos y de la Cima del Mundo y de la cueva en la que se había refugiado de una tormenta furiosa y donde Edwin la sedujo.

—Pero Edwin Fairley no era mala persona —le había dicho la abuela unas semanas antes, cuando volvieron a hablar del asunto—. Sólo *terriblemente* débil y temeroso de su padre, además de ser muy conservador con respecto a su clase social, naturalmente. Así era en aquellos días. Estamos hablando de hace sesenta años, ¿sabes? Pero, a pesar de todo, yo hubiese deseado que no fuese tan cobarde, que hubiera hecho algún esfuerzo para ayudarme cuando estaba embarazada. Entonces, quizá no le hubiese odiado tanto.

Emma se había encogido de hombros.

—Pero, bueno, así es como sucedió. Sobreviví, ¿no? Tenía dieciséis años y estaba a punto de dar a luz un hijo ilegítimo y, como no quería avergonzar a mi padre, me escapé a Leeds. Con Blackie. Fue mi único amigo en aquel aprieto. Y Laura, por supuesto, aunque, por aquel entonces, aún no estaban casados. Y tuve a mi hijo, como es lógico. Ya conoces el resto.

Paula le preguntó por qué le había puesto de nombre a la niña Edwina.

—Un *lapsus linguae* peculiar y bastante desafortunado —respondió Emma, riendo con sequedad—. Cuando no pensaba. O quizá sería mejor decir cuando pensaba en Edwin.

—Pero, ¿cómo diablos te las arreglaste, abuela? —preguntó Paula.

Sentía los ojos húmedos y una gran tristeza al imaginarse el terrible sufrimiento de la joven Emma, afrontándolo sola, sin dinero y sin familia.

—¡Ah, bueno! Aun me quedaban un par de cosas que me sacaron adelante —afirmó Emma con una extraña sonrisa.

Paula insistió amablemente para que se explicase.

—Bien, veamos —dijo Emma—. Yo tenía un carácter fuerte, vigor, un poco de cabeza, no muy mal aspecto y, lo más importante, un implacable deseo de prosperar. Además de muchísimo coraje, ahora que lo pienso. Pero ya se ha acabado la historia de mi vida por hoy.

Con eso, Emma dio la conversación por terminada.

Paula pensaba después: «Edwin Fairley no sólo fue débil, sino también poco escrupuloso en su forma de tratarla.» Centró los pensamientos en su abuela y se sintió henchida de orgullo y de amor. Emma Harte había sido fuerte y, gracias a su enorme fortaleza y gran coraje, había conquistado el mundo. Lo resistió todo y aún resistía. De repente, Edwina penetró en sus pensamientos. Aquella hija de Fairley no había hecho sino darle dolores de cabeza a Emma desde el día en que nació. «Y ésa es una de las razones por las que no puedo soportarla —murmuró Paula—. ¿Por qué no lo comprende Jim? —pensó, rechazando la pregunta inmediatamente—. Edwina le ha causado problemas hace poco, pero sólo porque ella había permitido que eso sucediese. Edwina es lo de menos. Lo dijo la abuela hace unas semanas y, como siempre, tiene razón.»

Sonó la media en el reloj. Paula lo miró y vio que eran las cuatro treinta. Apartando de su mente aquellos pensamientos, se dio cuenta de que no podía perder más tiempo en sus reflexiones. Se levantó de un salto y se dirigió al armario ropero, encontró unos pantalones grises de franela y una camisa de seda blanca y se vistió con rapidez. Cruzó el corredor con paso decidido hasta la habitación de los niños.

Nora se asomó fuera de la pequeña cocinita, un enorme armario que Paula había remodelado, junto con una despensa infantil. Llevaba un biberón en la mano.

—Iba a darles de comer, Mrs. Fairley.

—Entonces, llego a tiempo de ayudarte, Nora.

Paula se inclinó sobre la cuna que tenía más cerca. Tessa

estaba bien despierta y la miraba con unos ojos tan verdes como los de Emma; empezó a gorjear y a agitar sus piernecitas regordetas en el aire. Paula la cogió con cuidado, besándole la cabeza cubierta de pelusilla y las suaves mejillas, con el corazón henchido de amor. La tuvo un momento más entre los brazos antes de volver a dejarla en la cuna. Inmediatamente, la niña comenzó a llorar.

Paula la miró con una risa gozosa.

—¡Vaya, Dios mío! —dijo—. Resulta que eres una pequeña escandalosa, Miss Fairley. Pero debes saber que no hay favoritos en esta familia. También tengo que besar a tu hermano y prestarle un poco de atención.

Como si hubiera comprendido, la niña dejó de llorar.

Paula se acercó a la otra cuna y vio a Lorne mirándola solemnemente. Lo cogió, acariciándolo con tanto cariño como había hecho con su hermana, experimentando los mismos intensos sentimientos de amor y protección.

—¡Oh, mi cielo! —susurró en la mejilla cálida y mojada de baba—. Tu padre tiene razón, eres una cosita muy linda.

Besó a Lorne, lo sostuvo con los brazos en alto y movió la cabeza de un lado a otro, sonriéndole alegremente.

—Pero no estés tan serio siempre, Lorne. Pareces un viejecito. ¡Dios mío!, tienes unos ojos que parecen entenderlo todo, me miras como si no hubiese nada que tú no supieras.

Paula se acercó al confidente que había junto a la ventana y se sentó. Mecía a Lorne en las rodillas y al bebé parecía gustarle, pues empezó a reírse y a babear, agitando los puños cerrados como si fuese feliz y estuviera contento de vivir.

—Nora, ya que lo tengo en brazos, yo le daré el biberón a Lorne, y tú te puedes encargar de su chillona hermana —dijo Paula.

—Sí, Mrs. Fairley —asintió Nora sonriente, y se inclinó sobre la cuna de Tessa—. Yo diría que es una fresca. Quiere asegurarse bien de que todos nos enteremos de que está aquí.

Mientras alimentaban a los niños, Paula y Nora, charlaron animadamente sobre los gemelos y de algunos asuntos relacionados con su cuidado. Paula le explicó que había vuelto a ajustarse su horario de trabajo, de manera que coincidiese con el que los niños seguían.

—Así que todos los días vendré a casa temprano para ayudarte a darle de comer. Pero me temo que esta noche no voy a poder quedarme a bañarlos, Nora. Tenemos invitados a tomar un aperitivo antes de salir a cenar.

—Sí, comprendo, Mrs. Fairley.

Nora incorporó a Tessa en sus brazos, la recostó sobre su hombro y le dio unos golpecitos en la espalda. La niña eructó ruidosamente varias veces.

Eso hizo sonreír a Paula.

—¡Vaya diablillo! —dijo Nora—. Siempre encuentra la forma de hacerse oír, no faltaba más. Pero es muy buena, lo mismo que Lorne.

Paula asintió.

—Estémosles agradecidas por ello. Pero, ¿sabes?, tanto mi madre como mi abuela piensan que Tessa va a ser la inconformista de la familia.

Sonrió, reflexionando, y se echó en los cojines, concentrándose en Lorne.

A Paula le encantaban esos momentos de tranquilidad con sus hijos, lejos del ajetreo y del ritmo frenético de su agitada vida laboral. Todo era paz y tranquilidad en la habitación de los niños, grande pero acogedora, con muebles combinados el azul y el rosa, paredes pintadas de blanco y cuadros de canciones infantiles colgando de ellas. La dorada luz del sol se filtraba por las finas cortinas que se mecían suavemente bajo una ligera brisa, y el olor a niño, polvos de talco, leche hervida y ropa recién planchada impregnaba el ambiente. Miró a su hijo, que chupaba el biberón con satisfacción, y acarició su cabecita rubia. «¡Qué afortunada soy! —meditó—. ¡Hay tantas cosas por las que debo estar agradecida...! Estos adorables hijos, guapos y sanos..., la abuela y mis padres..., un trabajo que me gusta y, lo más importante, un marido maravilloso.» De repente, no podía esperar a que Jim llegase del periódico para decirle cuánto lo amaba y lo mucho que sentía las ridículas discusiones a causa de su tía.

—Me alegro de que todo haya ido bien en tu primer día, Emily, pero no te excedas esta semana. Tienes voz de estar cansada —dijo Paula—. Por favor, trata de adaptarte.

Se sentó en la silla y empujó el teléfono hacia ella por la mesa blanca de mimbre.

—Oh, sí, lo haré. No te preocupes —exclamó Emily subiendo un poco la voz a través del teléfono—. La abuela me ha dicho que cumpla el horario normal de oficina y que no intente tragármelo todo de una vez. Pero aquí, en «Genret», todo es muy excitante, Paula, y tengo mucho que ver y que aprender. Len Harvey es una persona excelente, vamos a llevarnos muy bien. Dice que quizá vayamos a Hong Kong el mes que viene. En viaje de negocios. Puede que hasta vayamos a China continental. Tiene algo que ver con la compra de pelos o bigotes de cerdo.

Paula rompió a reír.

—¿De qué diablos estás hablando?

—*Brochas*. Fabricadas con cerdas. Son las mejores, Paula, según tengo entendido..., esto es asombroso. Nunca me había imaginado la cantidad de mercancías que compramos en el extranjero. «Genret» es la mayor compañía de importación de Inglaterra. Bueno, *una* de las mayores. Almacenamos de todo..., pestañas postizas, pelucas, cosméticos, tejidos de todo tipo, ollas y sartenes...

—Sin mencionar los pelos de cerdo —bromeó Paula—. Sí, lo sabía, Emily, y creo que va a ser un trabajo estupendo para ti. Una gran responsabilidad..., pero yo sé que tú lo podrás llevar a cabo. Si te digo la verdad, *Zampabollos*, ya te echo de menos, y es el primer día que estás fuera.

—A mí me ocurre igual. También echaré de menos trabajar contigo. Pero no va a ser como si no nos viésemos más. ¿Por qué me has llamado *Zampabollos* justo ahora? No lo habías hecho en muchos años.

Paula sonrió.

—He estado practicando la jardinería hoy, haciendo una rocalla, y estuve pensando en el primer jardín que planté... en «Heron's Nest». ¿Te acuerdas del día que te llevé a Scarborough...?

—¡Cómo podría olvidarlo! Desde entonces me dan pánico los gusanos —interrumpió Emily riéndose despreocupadamente—. Y por aquel entonces yo comía mucho, ¿no? Estaba rechoncha.

—Pero ya no, pequeña. Escucha, ¿te gustaría cenar con nosotros esta noche? Vamos al «Grandby...», al menos, creo que ése es el sitio al que va a llevarnos Jim.

—Me encantaría, pero me temo que no puedo. Oye, ¿has dicho *nos*?

—Sí. Sally, Anthony y tía Edwina vienen.

—¡Oh, Dios! No te envidio, Paula —gruñó Emily—. Iría si pudiera, sólo para darle apoyo moral. De cualquier forma... —Se calló y soltó una risita—. Tengo una cita muy especial.

—¡Oh! ¿Con quién?

—Con mi amante secreto.

—Y, ¿quién es ése? —le preguntó Paula rápidamente, despertándose su curiosidad.

—Si te lo dijese, ya no sería mi amante secreto, ¿verdad? —replicó Emily misteriosamente—. Es alguien muy especial y maravilloso y, cuando llegue el momento, si es que llega, serás la primera en saberlo.

Acabó la frase con una risa.

—¿Lo conozco? —tanteó Paula, sintiéndose protectora de Emily, como siempre.

—Me niego a decir una palabra más de él.

Queriendo cambiar de tema, Emily le preguntó en un tono más serio:

—Por cierto, ¿a qué ha ido la abuela esta tarde a Londres?

—Dijo algo de hacerse con un nuevo guardarropa para su viaje con Blackie a lugares remotos. ¿Por qué lo preguntas?

—Eso fue lo que me dijo a mí, sólo me preguntaba si no habría otro motivo. Ella siempre te lo cuenta todo *a ti*.

—¿Qué otra razón podría haber? —preguntó Paula con tono de desconcierto.

—Bueno..., se acercó a verme hace poco y parecía como si estuviese en pie de guerra. Ya conoces la expresión que adopta su rostro cuando va a empezar una batalla. *Implacable* es el mejor término para describirla, creo yo.

Paula se quedó pensativa al otro lado del teléfono. Miró hacia el jardín, con el ceño fruncido.

—Estoy segura de que no tiene ningún asunto de negocios en Londres. —Se rió despreocupadamente, tras una corta pausa—. Además, ya deberías saber que la abuela siempre tiene esa expresión de mujer implacable. Es algo normal en ella. También podría tener prisa cuando la viste. Se fue con papá y mamá, y no querría hacerles esperar en el coche. Sé que el vestuario la preocupa. Ayer me dijo que van a visitar lugares con climas muy diferentes y que permanecerán fuera unos tres meses. Reconozcámoslo, Emily, es toda una tarea elegir la ropa adecuada.

—Quizá tengas razón —admitió Emily lentamente, aunque no muy convencida—. Está muy excitada con el viaje. Paula. Sólo ha hablado de eso durante todo el fin de semana.

—Le hará bien; son sus primeras vacaciones verdaderas en muchos años. Y está deseando ver a Phillip y visitar

«Dunoon». Siempre se lo pasó allí muy bien con el abuelo. Y escucha, *Zampabollos*, cariño, hablando de mi hermanito, voy a tener que colgar. Cuando me llamó ayer desde Sidney, le prometí que hoy le escribiría y le contaría todo lo del bautizo. Tengo que acabar la carta antes de que Jim vuelva a casa.

—Comprendo. Gracias por llamarme, Paula; te veré a finales de semana. Mándale recuerdos a Philip de mi parte. Adiós.

Paula musitó una despedida y colgó el receptor. Después empezó a escribirle a Philip. Su joven hermano se recuperaba de un ataque de neumonía, y ella, sus padres y su abuela pensaron que no era necesario hacerle ir desde Australia para un solo día. Al escribirle, Paula hizo una revisión del fin de semana, llenando la carta con detalles sobre la ceremonia de la iglesia, la posterior recepción. Además, le envió noticias de toda la familia y de amigos comunes, en especial de los O'Neill y los Kallinski.

Cuando hubo llenado tres páginas con su pequeña letra clara, se detuvo alzando la vista, pensando en Philip. Siempre habían estado unidos, como unos buenos amigos, y ella lo añoraba mucho. Sabía que Philip también la echaba de menos, al igual que a sus padres y a la abuela, y que a veces sentía una terrible nostalgia de Inglaterra. Por otro lado, «Dunoon», la explotación ovejera que tenían en Coonamble, en Nueva Gales del Sur, había excitado su imaginación siempre y ella pensaba que le tenía un gran cariño. También era un reto administrar las vastas propiedades australianas que su abuelo Paul McGill le había dejado a Emma. Sabía que Philip disfrutaba mucho realizando ese trabajo. Se había establecido allí el año anterior y había empezado a construirse una vida completamente nueva. A ella le agradaba que así fuese. Terminó la carta, le puso la dirección y el sello en el sobre; entonces se levantó y se dirigió al otro lado de la habitación. Se agachó para recoger algunos pétalos que se habían caído de una azalea rosa y los dejó en un cenicero que había en una mesita redonda de cerámica; luego, miró a su alrededor, preguntándose dónde servir las bebidas, allí o en el salón.

Aunque Paula pensaba que su habitación favorita era el lugar más íntimo de la casa, todos habían empezado a considerarla como de uso general últimamente. A menudo, se encontraba a Jim leyendo allí, y la mayoría de sus invitados se dirigían a ella de manera automática. La habitación era el invernadero típico que se construía en las mansiones victorianas hacia la segunda mitad del siglo XIX, después que Joseph Paxton implantase el uso de vigas de hierro como soporte de los invernaderos. Paula pensaba que el suyo, junto con el jardín, era uno de los pocos bienes de «Long Meadow». De estilo gótico, se encontraba repleto de verdes plantas tropicales, arbolitos pequeños y vistosos arbustos con flores. La moqueta de color verde oscuro y el estampado de yedra verde y blanco que había escogido para los muebles de mimbre y las mesas redondas contribuían a crear un ambiente sereno y tranquilo, y el invernadero parecía una continuación del jardín que había al otro lado de las cristaleras. Desde que Paula lo volvió a decorar, se utilizaba como sala de estar adicional y como un estudio para ella en el refrescante ambiente de un jardín que crecía durante todo el año.

Al volverse, sus ojos se posaron en una de sus estimadas hortensias; se preocupó al ver que las hojas estaban perdiendo el color. Las fue examinando con detenimiento hasta que el timbre del teléfono le obligó a regresar al escritorio.

—¿Diga? —contestó alegremente.

—¿Cómo está la madrecita? —preguntó la atractiva voz cantarina de Miranda O'Neill.

—Muy bien, Merry. ¿Y tú, encanto, cómo te encuentras?

—Si te digo la verdad, exhausta. He estado trabajando con ahínco durante todo el día y ayer me pasé la mayor parte del día en la oficina desarrollando la idea de las «Boutiques Harte» en nuestros hoteles. Creo que ya tengo algunos planes realmente factibles. Quiero mostrárselos a mi padre mañana y, luego, creo que deberíamos reunirnos a finales de semana, si tienes tiempo.

—Por supuesto que sí, y debo añadir que has sido extremadamente rápida y diligente.

—Gracias. Tía Emma se mostró entusiasmada cuando hablé con ella el sábado, así que no quise perder el tiempo. Como tu abuela dice siempre, el tiempo es oro. Además, si vamos a hacerlo, las zonas para las *boutiques* deben ser incluidas en los nuevos planos, que estarán sobre los tableros de dibujo muy pronto.

—Me doy cuenta de que el factor tiempo es importante debido a tu programa de construcción y restauración, Merry. Por eso, nos veremos el miércoles. ¿Sobre las dos te va bien?

—Perfecto, te esperaré en mi oficina —dijo Miranda, y

después rió—: ¿No es una noticia fabulosa que tía Emma se vaya a dar la vuelta al mundo con el abuelito? En casa estamos emocionados.

—Nosotros también..., les hará mucho bien a los dos.

—Deberías haberle visto esta mañana. Cuando ha aparecido, radiante, en el despacho, no me lo podía creer. Allí estaba, detrás de su escritorio, donde no se había sentado desde hacía meses, haciendo llamadas telefónicas, ajetreado e impaciente, y volviendo loca a su vieja secretaria. No dejaba de decirle «Primera clase, Gertie, *primera clase*, ¡y todo el viaje! Éste tiene que ser de lujo.» El que tía Emma haya accedido a ir con él, le ha dado nuevas fuerzas... En realidad, no es que las necesitase, porque siempre ha sido animado y resuelto. Pero, ¿sabes?, se disgustó mucho conmigo cuando le mencioné mi idea de las *boutiques*. De hecho, me advirtió de que mantuviese a Emma alejada de ello; dijo que no quería que mi engorroso asunto se interfiriera en su Plan con P mayúscula. Me llevó un buen rato calmarle.

—¿Cómo te las arreglaste? —preguntó Paula riéndose para sí.

Trató de imaginarse a Blackie enfadado, pero le resultaba muy difícil.

—Cuando, finalmente, pude meter baza, le dije que tía Emma no tenía nada que ver en esto, que tú lo llevabas y que nos las arreglaríamos muy bien sin *ninguno* de los dos. Entonces, sonrió y me dijo que era su queridísima chica inteligente, pero que me cuidase de interponerme en su camino durante los próximos días, pues estaba muy preocupado y extremadamente atareado. Cualquiera pensaría que se van de luna de miel.

—Bueno, ya sabes, Merry, le dio el anillo.

—¿No es un *encanto*? Son un par de viejecitos maravillosos, ¿verdad?

Paula rompió a reír.

—Yo no me atrevería a calificar a *mi abuela* y *tu abuelo* de *viejecitos*. En mi opinión, Emma y Blackie parecen cohetes. Además, ¿no fuiste tú quien me dijo hace poco que eran incorregibles cuando estaban juntos? —le recordó.

Merry se rió de buena gana con Paula.

—Es verdad —admitió—, fui yo, tienes razón. Ah, por cierto, hablando de tía Emma, no sé qué comprarle por su octogésimo cumpleaños. Llevo días estrujándome el cerebro. ¿Alguna sugerencia?

—¡Estás de broma! Todos tenemos el mismo problema.

228

Mamá y papá lo han hablado conmigo mientras almorzábamos hoy. Y Emily ha estado dándome la lata para que piense algo que ella le pueda regalar. Francamente, no tengo ni idea, como tú y los demás.

—Bueno, ya cambiaremos impresiones el miércoles. Te dejo, Paula. Mi padre me está esperando. Tenemos que revisar algunos de mis borradores para la Prensa... sobre la adquisición del hotel en Nueva York. Espero que le guste *alguna* de las modalidades; de lo contrario, voy a estar ante mi mesa hasta medianoche. Aunque eso no es nada raro —gruñó Miranda—. Últimamente estoy hecha una trabajadora. No me extraña el no tener una vida privada ya.

—Acabo de decirle a Emily que se lo tome con calma en «Genret». Y sería mejor que tú hicieses lo mismo —la previno Paula.

—¡Mira quién fue a hablar! —repuso Miranda con una estrepitosa carcajada.

CAPÍTULO XVII

Como el invernadero daba directamente al vestíbulo con suelo de mármol, Paula oyó los pasos de Jim en cuanto éste entró en la casa. Ella se encontraba junto a la hortensia, con una hoja marchita en la mano, y se volvió con una expresión cordial y expectante en su rostro.

—¡Hola, querido! —dijo mientras él bajaba los dos escalones y ella iba a recibirle, impaciente por verle.

—Hola —respondió él.

Se juntaron en el centro de la habitación. La besó con indiferencia y se dejó caer en una silla sin decir nada más.

Paula se quedó de pie, mirándole con ojos de asombro. Parecía tan apático y la había besado de una forma tan ausente que supo que algo no iba bien. Instantáneamente le preguntó:

—¿Qué ocurre, Jim?

—Nada, sólo que estoy cansado —dijo con aquella sonrisa afable y benevolente que había llegado a conocer tan bien—. Había un accidente en la carretera de Harrogate, un choque en cadena, y el tráfico discurría con lentitud. Fuimos muy despacio durante varios kilómetros. Algo angustioso... agotador, de verdad.

—¡Qué horrible! Lo siento. Sólo te faltaba eso. Te voy a preparar algo de beber —sugirió.

No estaba muy satisfecha con la explicación, pero decidió no presionarlo por el momento.

—Buena idea —exclamó en un tono más alto—. Un gintonic me vendría muy bien, gracias.

—Voy por hielo —dijo ella, haciendo ademán de retirarse.

—Llama a Meg. Ella puede traerlo —rebatió él, frunciendo el ceño—. No se ha roto el timbre otra vez, ¿verdad?

—No, pero sería más rápido si voy yo —respondió Paula mirándole por encima del hombro, con un pie hacia delante.

—A veces me pregunto para qué tenemos una sirvienta —le dijo él con un asomo de irritación.

Alzó sus ojos, de un color azul grisáceo, y posó la mirada en ella.

Paula le observó fijamente, detectando cierta acritud en el tono de su voz y en su actitud, pero le habló con tranquilidad:

—Ahora está terriblemente ocupada y, de todos modos, la abuela nos educó para no tener que depender de los sirvientes, como te he dicho muchas veces.

Sin esperar una respuesta salió apresuradamente, pero, al llegar al vestíbulo, oyó el suspiro de su marido. «Quizá sólo sea el cansancio, un día duro en el periódico, el dificultoso regreso a casa por el tráfico, además del agitado fin de semana», pensó Paula, intentando persuadirse de que aquéllas eran las razones de su extraña actitud. Casi nunca estaba de mal humor, al menos de esa manera. Al abrir la puerta de la cocina se dio cuenta de que aún tenía la hoja de hortensia en la mano, destrozada. «Calma —se dijo—, su malhumor no significa nada. Después de una copa se tranquilizará.»

—¿Cree que son suficientes canapés, Mrs. Fairley? —le preguntó Meg, haciendo una pausa en su trabajo y mostrándole la bandeja de plata.

—Sí, de sobra, Meg, y tienen un buen aspecto. Gracias. ¿Puedes llenar el cubo del hielo, por favor?

Mientras la sirvienta estaba ocupada en el frigorífico, Paula tiró la hoja al cubo de la basura y se lavó las manos en el grifo del fregadero.

230

Durante su ausencia, Jim se había levantado y se hallaba mirando hacia el jardín cuando Paula regresó al invernadero con el hielo. Estaba de perfil; no obstante, Paula pudo distinguir las líneas taciturnas de su boca y, al volverse hacia ella, vio una mirada vaga en sus ojos.

Las preguntas se agolpaban en su boca, pero se las tragó y anduvo rápidamente hacia la mesa donde estaban las botellas y una bandeja con vasos. Sirviéndole el gin-tonic, le dijo sin volverse:

—He pensado que podríamos tomar el aperitivo aquí, ¿o lo prefieres en el salón?

—Donde tú quiedas —respondió él con indiferencia.

Luchando por comportarse con normalidad, continuó tranquilamente:

—¿Reservaste una mesa en el «Grandby» por fin, Jim?

—Sí. Para las ocho y media. Anthony me llamó hoy temprano para decirme que no llegaría aquí hasta las siete y media. Eso nos da una hora de respiro.

—Sí.

Empezaba a inquietarse. Le notaba extraño, no tenía vuelta de hoja, y se preguntó si aún le rondaría por la cabeza la discusión de la noche anterior, quizá le guardaba rencor. Pero, ¿por qué? Él había ganado y se había mostrado hablador y amable durante el desayuno. Decidió llegar hasta el fondo de lo que le preocupaba, fuese la que fuese. Decidió servirse una vodka con tónica, aunque apenas si tomaba licores fuertes.

Jim pareció animarse mientras se bebía su copa y encendía un cigarrillo.

—¿Has tenido noticias de alguien hoy? —preguntó en tono casual.

—De Emily, Merry O'Neill y de la abuela, por supuesto. Me llamó cuando te fuiste esta mañana para decirme que se marchaba a Londres durante unos días.

Lo miró con impasibilidad y lanzó un hondo suspiro.

—¿Por qué hablamos de cosas triviales cuando tú estás preocupado? Sé que algo anda mal. Por favor, querido, dime de qué se trata.

Él permaneció en silencio.

Paula se inclinó hacia delante con decisión, sosteniendo su mirada con ojos impasibles.

—Mira, quiero saber qué es lo que te preocupa —insistió.

Jim suspiró pesadamente.

—Supongo que no tiene sentido ocultarlo... Tuve una pequeña discusión con Winston hoy, y...

Paula suspiró, aliviada.

—¡Eso es todo! Bueno. Ya has discutido otras veces con Winston y siempre habéis hecho las paces. Como ocurrirá...

—He dimitido —anunció Jim rotundamente.

Ella lo miró sin comprender, sin poder emitir palabra. Lentamente, dejó el vaso. Sus oscuras cejas se juntaron al fruncir el entrecejo.

—¿Dimitido?

—De director gerente de la compañía, eso es —dijo, añadiendo con rapidez—: Con efectos inmediatos.

Seguía mirándole, conmocionada. Poco a poco, pudo hablar y, empezó a subir el tono de su voz mientras lo hacía.

—Pero, ¿por qué? ¿Y por qué no me dijiste lo que pensabas? No comprendo...

No acabó la frase, sentada rígidamente en la silla.

—No teníamos nada que discutir. Yo no sabía que iba a dimitir... hasta que lo he hecho.

—Jim, eso es totalmente ridículo —dijo Paula, intentando reír—. Sólo porque hayas tenido una pequeña discusión con Winston no significa que debas hacer algo tan drástico... Después de todo, como sabes, es la abuela quien tiene la última palabra. Ella te nombró a ti; y te restituirá en tu puesto de inmediato. Ya se encargará de poner a Winston en su lugar, se las tendrá que ver con ella. Escucha, mañana, lo primero que haré será llamarla.

Le ofreció una sonrisa reconfortante que desapareció cuando le vio alzar la mano con un movimiento brusco muy poco usual en él.

—Me temo que no lo has entendido. Winston no me obligó a dimitir ni nada por el estilo, si es eso lo que estás pensando. Lo hice por mi propia voluntad. Lo deseaba, y mucho, aunque debo admitir que no me di cuenta de ello hasta que la oportunidad se me presentó. Así que, de verdad, no quiero que se me instaure en el cargo.

—Pero, ¿por qué no, por el amor de Dios? —gritó Paula, sintiendo que su perplejidad y su desconcierto, que afloraron en su cara ensombrecida, aumentaban por momentos.

—Porque no me gusta el trabajo. Nunca me ha gustado. Cuando Winston vino a verme esta mañana, me preguntó sin rodeos si deseaba continuar como director gerente; y, mientras hablaba, supe, realmente lo supe, Paula, que no quería seguir en ello. Nunca he sido un fuera de serie en

232

las tareas administrativas, ni me han interesado tampoco, y así se lo comuniqué a Winston; él me dijo que lo venía observando desde hacía algún tiempo. Señaló que quizá fuese mejor que me centrase en la tarea informativa y dirigiese los periódicos, pero no la Compañía. Yo estaba de acuerdo con él en todo, así que dimití. Y eso es todo.

Se encogió de hombros y sonrió vagamente.

—*Eso es todo* —repitió Paula con incredulidad.

Estaba asombrada de lo que él había hecho y de su actitud.

—No entiendo cómo puedes decir eso. Estás comportándote como si no tuviese importancia y no fuese algo serio, cuando es terriblemente grave. Te muestras tan indiferente y despreocupado que me dejas atónita.

—No te enfades. Francamente, siento un gran alivio.

—Eso sería lo último que deberías sentir —dijo ella con voz consternada—. ¿Y el deber y la responsabilidad? La abuela tenía mucha fe en ti, te demostró su confianza nombrándote director gerente el año pasado. La habrás decepcionado, y mucho.

—Siento que pienses de esa manera, Paula, porque no estoy de acuerdo contigo. No he decepcionado a la abuela —protestó—. Todavía sigo siendo el director de dos de los periódicos más importantes del grupo «Consolidated». Haré aquello para lo que estoy mejor preparado: periodismo, y lo haré bien.

Se recostó en el respaldo de la silla, cruzó las piernas y le devolvió su penetrante mirada sin un parpadeo. Su expresión era inflexible.

—Y, ¿quién va a dirigir la Compañía ahora que tú has dimitido?

—Winston, por supuesto.

—Sabes muy bien que él no desea ese trabajo.

—Ni yo tampoco.

Paula apretó los labios con una expresión de enojo. Se le ocurrió una cosa y exclamó enfurecida:

—Espero que esta repentina y extraordinaria decisión tuya no motive que la abuela tenga que cancelar su viaje con Blackie. Ella necesita esas vacaciones. ¿Qué ha dicho? Porque supongo que se lo habrás comunicado.

—Por supuesto que sí. Winston y yo fuimos a los almacenes a la hora del almuerzo para hablar con ella. Tu abuela ha aceptado mi dimisión y Winston ha accedido a desarrollar ese trabajo, y no parecía muy molesto con la idea. La abuela no va a cancelar sus vacaciones, puedes estar tranquila al respecto.

Se inclinó hacia delante y le cogió una mano entre las suyas.

—Vamos, relájate. Eres la que más te has enfadado. La abuela y Winston han respetado mi decisión. No han objetado nada. De hecho, hemos discutido muy poco..., todo ha sido muy rápido.

—Has interpretado mal sus reacciones —murmuró desilusionada.

—No seas ridícula, Paula —dijo Jim, riendo—. Les conozco muy bien a los dos y te puedo asegurar que todo irá bien.

Paula no pudo pensar en una réplica fácil a esta afirmación. Estaba asombrada por la falta de perspicacia de su marido, y la suposición de que todo iba bien demostraba lo equivocado que estaba. Obviamente, Jim no tenía ni idea de cuáles eran las motivaciones de su abuela y de Winston. *Ella* no tenía que pensárselo dos veces para saber que habían aceptado la situación porque no habían tenido otra alternativa. Lucharían juntos para que la Compañía siguiese funcionando adecuadamente. «Ese es *nuestro* estilo —pensó—. Cumplimos con nuestro deber y aceptamos la responsabilidad, sin importarnos las dificultades que entrañan.» El asunto no se presentaba tan *bien* como él aseguraba.

Jim la miraba, tratando de adivinar lo que estaba pensando, pero que sus ojos de color violeta permanecían inmutables, indescifrables.

—Por favor —dijo con ansiedad—, intenta verlo desde mi posición, trata de entender mi idea sobre este asunto. Tu abuela y Winston lo han hecho así. No discutamos por mi dimisión. Siendo un hecho consumado, resultaría algo tonto seguir con el tema, ¿no te parece?

Paula no dijo nada y se recostó en la silla, sacando su mano de entre las de Jim con tranquilidad. Cogió su vaso y bebió un trago. Hubo un silencio prolongado antes de que hablase.

—Jim, desearía que volvieses a considerarlo..., existen otros aspectos relacionados con este asunto. La abuela iba a comunicártelo a finales de semana, pero supongo que no le importará si yo te lo digo *ahora*. Va a cambiar su testamento. De momento, sus acciones de la Compañía periodística son parte de los bienes de «Harte Enterprises», de la cual, como tú sabes, mis primos son herederos. Pero ha decidido dejar las acciones de los periódicos a los gemelos, nuestros hijos, así que sé que es muy importante para ella que estés comprometido con la empresa a todos los niveles. No me importa lo que te dijo esta mañana, estoy convencida de que la has desilusionado profundamente al querer desentenderte del aspecto administrativo...

Jim la interrumpió con una carcajada. Ella lo miró, escudriñando su rostro, preguntándose si sería imaginación suya el nerviosismo que había detectado en su risa.

—Paula —dijo él, con una paciente voz, suave y tranquila—, aunque sea director gerente, editor, o ambas cosas, o nada, tu abuela, a pesar de todo, seguirá pensando en cambiar su testamento. Tiene muy buenas razones para dejarles a nuestros hijos esas acciones.

—¿Qué razones?

—En primer lugar, porque son unos Fairley y, luego, por su sentimiento de culpa.

Ella parpadeó, durante unos instantes no comprendió adónde quería llegar; luego, de pronto, lo vio con claridad y lo miró fijamente. Deseaba haber interpretado mal la acusación que implicaban sus palabras. Lanzó un profundo suspiro para calmarse.

—¿Su sentimiento de culpa sobre qué, exactamente? —preguntó con lentitud.

—Por arrebatarle el *Morning Gazette* de Yorkshire a mi abuelo, acaparando así el control de la empresa —repuso él con brusquedad.

Después encendió un cigarrillo.

—¡Lo dices como si ella le hubiera robado! —exclamó Paula con sequedad—. Sabes muy bien que tu abuelo arruinó el negocio, y eso no tenía nada que ver con la abuelita. Tú mismo has dicho a menudo que era un brillante abogado pero un desastroso hombre de negocios. Seguro que no tengo que recordarte que los otros accionistas le rogaron a la abuela que se quedase con la empresa. Ella los sacó de un apuro... y, a pesar de todo, a tu abuelo también, ya que ganó mucho dinero con las acciones.

—Sí, tienes razón, sobre todo en lo referente a su incapacidad para administrar el periódico, pero supongo que se las hubiese arreglado, aunque a trancas y barrancas, y hubiese retenido el control si tu abuela no se hubiera lanzado sobre él arrebatándoselo.

Bebió un trago y tiró el cigarrillo.

—¡El periódico hubiese ido a la bancarrota! Entonces,

¿dónde habría acabado tu abuelo? —dijo, mirándolo fijamente—. ¡Pues metido en un lío!

—Mira, Paula no te pongas tan nerviosa. Lo único que hago es recordarte algunos hechos. Ambos sabemos que la abuela arruinó a los Fairley.

Esbozó una sonrisa torcida.

—Somos personas adultas —continuó— y sería bastante tonto que tratésemos de relegarlo todo al olvido sólo porque estamos casados. Lo que pasó ha sucedido *realmente*, ¿sabes? Ni tú ni yo podemos cambiarlo, y no tiene ningún sentido que nosotros discutamos ahora por eso cuando eso ocurrió hace tanto tiempo.

Paula se echó hacia atrás, mirándole fijamente. La consternación le hacía sentir un nudo en la boca del estómago y se notaba un temblor interno. Mientras las palabras resonaban en su cabeza, su paciencia se evaporó, la tensión de las últimas semanas afloró a la superficie y algo saltó en su interior.

—¡Ella ha arruinado a los Fairley tanto como yo! Da la casualidad de que Adam Fairley y su hijo mayor, Gerald, se encargaron de hacerlo solitos. Lo creas o no, tu bisabuelo y su hijo eran negligentes, estúpidos, viciosos y muy malos hombres de negocios. Y además, aun en el caso de que ella los hubiese arruinado, yo no la culparía. La felicitaría por haberles ajustado las cuentas. Los Fairley trataron a mi abuela de una forma abominable. Y en cuanto al santo de tu abuelo, lo que le hizo a ella fue... ¡incalificable! —dijo con voz entrecortada—. ¡Tuvo muy pocos escrúpulos! ¿Me oyes? Edwin era un joven muy honrado, ¿no? Dejándola embarazada con sólo dieciséis años y permitiendo que se las arreglase ella sola. No movió ni un dedo para ayudarla. En cuanto...

—Ya sé todo lo que... —empezó a decir Jim, preguntándose cómo calmarla y detener esa carga de palabras furiosas.

Pero ella lo interrumpió con decisión.

—Pero hay algo que tal vez no sepas y es que el hermano de Edwin, tu tío-abuelo Gerald, intentó violarla y, créeme, ¡ninguna mujer olvida al hombre que ha realizado tal acto! Así que no empieces a defenderles ante mí. ¡Cómo te atreves a señalar a mi abuela con el dedo después de todo lo que ha hecho por ti! ¿No será que tratas de ocultar con eso la renuncia a tus obligaciones...?

Paula se abstuvo de decir nada más. Estaba acalorada,

y tan nerviosa que temblaba como un flan.

Una frialdad repentina se apoderó de la habitación.

Se miraron uno al otro, asombrados ambos. Paula estaba tan pálida que sus ojos, tan azules, parecían más llamativos que nunca mientras que el rostro de Jim era una mueca de consternación.

La angustia no le dejó hablar durante unos segundos. Estaba conmocionado por el arrebato de Paula y consternado porque ella había dado una interpretación equivocada a sus palabras. Tenía que reconocer que habían sido inútiles y descuidadas.

Finalmente, exclamó con vehemencia:

—Paula, por favor, créeme, no estaba defendiendo a los Fairley ni acusando a Emma. ¿Cómo puedes pensar que yo haría algo así? Siempre la he respetado y honrado, desde el día que empecé a trabajar en la Compañía. Y mi cariño por ella ha ido aumentando desde que estamos casados. Es una mujer maravillosa, y yo soy el primero que aprecia todo lo que ha hecho por mí.

—Es bueno saberlo.

Jim contuvo el aliento, sintiéndose humillado por aquel tono despreciativo.

—Por favor, Paula, no me mires así. Has interpretado mal mis palabras.

Ella no contestó, volvió el rostro y se quedó mirando la hilera de plantas alineadas junto a las cristaleras del invernadero.

Jim se incorporó de un salto. Le cogió las manos y, tirando de ella, la rodeó con sus brazos.

—Cariño, por favor, escúchame. Te amo. El pasado no importa; la abuela es la primera en opinar lo mismo. Me equivoqué al mencionar el asunto. Lo que ellos se hicieron unos a otros hace medio siglo no tiene nada que ver con nosotros. Ha habido un roce a causa de esta... discusión sobre mi dimisión. Hemos sacado las cosas de quicio y tú te has enfadado por nada. Por favor, cálmate, por favor.

Mientras le hablaba, la condujo hasta el confidente e hizo que se sentara, él se puso a su lado, le cogió la mano y la miró a la cara fijamente.

—Mira, estoy de acuerdo contigo, Paula. Lo que le hizo mi abuelo no tiene nombre. Y él lo sabía. Se sintió culpable durante el resto de su vida. De hecho, sus actos de joven *arruinaron* su vida en muchos aspectos. Me lo dijo antes de morir. Siempre se culpó a sí mismo por haber perdido a Emma y a su hija, y nunca dejó de amarla. Al final, todo lo que ansiaba era que tu abuela le perdonase. Cuando se estaba muriendo, me rogó que fuese a Emma y le suplicase el perdón por todo lo que los Fairley le habían hecho, en especial él. ¿No te acuerdas? Te lo dije. Hablé con la abuela la noche que anunció nuestro compromiso.

—Sí —dijo Paula.

—Se lo repetí todo a ella..., sus últimas palabras. Dijo: «Jim, mi tumba será un lugar muy poco tranquilo, si Emma no me perdona. Implóraselo, Jim, para que mi alma torturada pueda descansar en paz.» Y cuando se lo rogué a Emma, lloró un poco y me dijo: «Creo que, después de todo, quizá tu abuelo haya sufrido más que yo.» Y, Paula, Emma, lo perdonó. A él y a todos los Fairley. ¿Por qué no puedes hacerlo tú?

Ella levantó la cabeza, sorprendida por la pregunta.

—¡Oh, Jim! Yo... —Hizo una pequeña pausa antes de terminar—. No tengo nada que perdonar. Me parece que no me has comprendido.

—Puede. Pero estabas enfadada, gritándome, sin dejar de hablar de los Fairley...

—Sí, perdí los estribos, pero me sacaste de quicio cuando dijiste que en la abuela había un sentimiento de culpabilidad. La conozco, y mucho mejor que tú, Jim, y estoy convencida de que no se siente culpable de nada.

—Entonces, yo era el equivocado —dijo él, sonriendo débilmente—. Te pido perdón.

Se sentía aliviado al ver que Paula estaba más normal.

—También te confundes en otra cosa.

—¿En qué?

—En el pasado. Dijiste que no tiene importancia, pero no puedo estar de acuerdo contigo. El pasado regresa siempre, para atraparnos, y nunca podemos escapar. Nos hace prisioneros a todos. Puede que la abuela vaya por ahí dando la sensación de que no importa, pero no lo cree realmente. A menudo me ha dicho que el pasado es inmutable y, en mi opinión, es muy cierto.

—Los pecados de los padres y demás..., ¿te refieres a eso? —preguntó él tranquilamente.

—Sí.

Jim exhaló un suspiro y movió la cabeza de un lado para otro.

Paula lo observó con detenimiento.

—Hay una pregunta que quizá no te agrade, pero me

siento impulsada a hacértela.

Esperó, mirándole fijamente.

Él le devolvió la mirada.

—Paula, soy tu marido y te quiero. Entre nosotros dos no tendría que haber sino honestidad y franqueza. Claro que me puedes preguntar cualquier cosa. ¿De qué se trata?

Ella respiró hondamente y aventuró:

—¿Le guardas rencor a la abuela por ser ella la dueña del *Gazette* y no tú? Si tu abuelo hubiese conseguido retener el control, tú hubieras heredado el periódico.

Jim se quedó mirándola, boquiabierto; luego, se echó a reír.

—Si yo fuera rencoroso o envidioso, o si tuviera algún resentimiento, no hubiese dimitido de mi puesto de director gerente. Estaría planeando la forma de quedarme con el periódico..., al menos, para conseguir tanto poder como me fuera posible. Y te hubiese ido lanzando indirectas desde hace tiempo para que ejercieras tu influencia sobre la abuela a fin de conseguir que les dejara las acciones a nuestros hijos..., y que yo pudiese obtener así el control absoluto. Con esa llave en mi poder, yo sería la persona clave de la Compañía cuando Emma muriese. De hecho, sería mía en cierta forma, pues podría ejercer el control absoluto sobre los negocios hasta que los niños alcanzasen su mayoría de edad.

Movió la cabeza, con una sonrisa aún en sus labios.

—¿No hubiese hecho todo eso? —le preguntó.

—Sí, supongo que sí —admitió ella con voz apagada, sintiéndose repentinamente debilitada.

—Paula, ya te habrás dado cuenta de que no soy un interesado y que tampoco tengo ambición de poder. Me gusta dirigir los periódicos, ser el editor, lo admito, pero no quiero verme envuelto en la administración del negocio —dijo.

—¿Tampoco sabiendo que la empresa será de tus hijos algún día?

—Confío en Winston. Hará un buen trabajo. Después de todo, también él tiene grandes intereses en el grupo «Consolidated» si consideramos que él y los Harte son dueños de la mitad de la Compañía. Controla el cuarenta y ocho por ciento de las acciones, no lo olvides.

Paula sabía que no tenía sentido continuar aquella discusión con Jim sobre su dimisión, al menos en ese momento. Se levantó.

—Creo que voy a salir al jardín un rato..., necesito un poco de aire fresco.

Jim se levantó también, mirándola con preocupación.

—Estás muy pálida. ¿Te encuentras bien?

—Sí, de verdad. ¿Por qué no vas unos minutos con los niños antes de cambiarte? Yo subiré en seguida... Lo que necesito es dar una vuelta por el jardín.

La cogió del brazo y la volvió hacia él cuando se dirigía hacia la puerta.

—¿Amigos otra vez, cariño? —preguntó Jim con voz suave.

—Sí, claro —aseguró ella, consciente de la ansiedad que se reflejaba en los ojos de su marido y del tono suplicante de su voz.

Paula anduvo lentamente por el jardín, rodeó la arboleda y fue por el estrecho paseo que conducía hasta la otra parte de césped que bajaba en pendiente hacia la arboleda de codesos y el estanque.

Estaba bastante conmocionada por la discusión y sus sentimientos se contradecían. Se sentó en los escalones del blanco cenador para recuperar la estabilidad, aliviada de poder estar a solas. Lamentaba haber perdido el control, dejándose llevar de su temperamento con la única excusa de haber sido provocada. La afirmación de Jim de que su abuela tenía algún sentimiento de culpa a causa de los Fairley había sido tan escandalosa que le había hecho hervir la sangre en las venas. Había sido ridícula. Igual que lo de la dimisión.

Aunque le preocupaba muchísimo su propia reacción, impulsiva e irresponsable, su aflicción se vio encubierta por el impacto del enfrentamiento. Esa vez era mucho más serio que cualquiera de las discusiones por Edwina. Había afectado a una de las bases más importantes de cualquier matrimonio: la confianza. Todo ello le hizo preguntarse varias cosas sobre Jim, sobre lo que sentiría verdaderamente por su abuela, sobre su lealtad para con ella. Una serie de preguntas llenaba su cabeza. ¿Le guardaría rencor a Emma por ser dueña de todo lo que los Fairley habían poseído? ¿Aunque fuese de manera inconsciente, sin reparar en ello? Se sintió sobrecogida al darse cuenta de que eso no resultaría totalmente imposible. Después de todo, él había sido quien había sacado a relucir el pasado, no ella; y, si el pasado no importaba, ¿por qué era el primero en recordarlo?

¿No se esconderían el resentimiento y la amargura detrás de sus afirmaciones? Aquel pensamiento le hizo temblar. Ésos eran los resentimientos más peligrosos que existían, pues, al igual que el cáncer, corroían a las personas por dentro; destruían y alteraban todo lo que cualquier persona hiciese. Aunque cuando le preguntó directamente si le guardaba rencor a la abuela, la idea le había dejado asombrado y su respuesta fue rápida, directa y desprovista por completo de malicia. Había sido sincero..., ella lo había observado inmediatamente. Siempre le había resultado fácil adivinar lo que Jim sentía en realidad. No era un hombre retorcido, más bien todo lo contrario, eso no lo podía negar.

Paula se apoyó en la verja y cerró los ojos, su mente trabajaba con rapidez y perspicacia sopesando y analizando la situación. Siempre había creído que conocía a Jim de pies a cabeza. Quizá fuese una arrogancia pensar que lo conocía tan bien. Después de todo, si se medita un poco sobre ello, ¿hasta qué punto se puede conocer a fondo a otra persona? En ocasiones, consideraba muy difícil o, incluso, imposible comprender a las personas más cercanas a ella, con quienes había crecido. Si los miembros de su propia familia y sus amigos más íntimos eran desconcertantes a menudo, ¿cómo podría comprender a un hombre al que conocía hacía apenas dos años y a quien podía calificar de desconocido, aunque fuese su propio marido? Se había dado cuenta de que la gente, a veces, quizá no fuese lo que aparentaba..., la mayoría de las personas eran muy complejas. Algunas veces, ni ellos mismos sabían lo que les impulsaba a hacer una cosa. ¿Hasta qué punto James Arthur Fairley se conocía a sí mismo? Y, pensando en eso, ¿hasta qué punto la conocía a ella?

Esas dolorosas preguntas flotaban en el aire y, finalmente, las rechazó, suspirando, al comprender que no tenía respuestas inmediatas. Abrió los ojos y se miró las manos que, relajadas, descansaban en su regazo. La tensión había desaparecido y, una vez mitigada la ira, pudo pensar serenamente y con objetividad. Admitió que se había lanzado sobre Jim. Claro que él la había provocado, pero, sin ninguna duda, no lo había hecho intencionadamente. Los dos eran culpables de lo ocurrido, y si él tenía algunos defectos, ella, con toda seguridad, también. Ambos eran humanos. Mientras él se defendía de su ataque verbal, había un tono de verdad y sinceridad en su voz, y había notado cómo el verdadero amor se reflejaba en su rostro. De repente, le pareció inconcebible que Jim pudiese albergar malos sentimientos contra su abuela.

Además, había sido quien se lo había hecho ver. Debía confiar en su marido, concederle el beneficio de la duda. Si no era capaz de hacerlo así, sus relaciones se verían amenazadas. También había resaltado un punto importante que ella no podía ignorar. Había dicho que no hubiese dimitido de director gerente si fuese rencoroso y pensara que el *Gazzette* era suyo por derecho, que, en lugar de eso, se habría asegurado todo el poder para sí. Resultaba innegable que sus palabras tenían sentido. Cualquiera que quisiera desquitarse movido por el resentimiento, lucharía, no se rendiría con facilidad. Estaría planeando el golpe de gracia.

Los pensamientos sobre su dimisión le acosaban, pero los rechazó con resolución. Decidió que sería mucho mejor guardar ese tema tan delicado para mejor ocasión. No era el momento de empezar a abordar el asunto cuando los invitados estaban a punto de llegar. Y, en particular, siendo Edwina uno de ellos. Ciertamente, no iba a permitir que *ella* le viese algún punto vulnerable en su armadura.

Jim estaba de pie junto a la ventana y desde allí podía ver a Paula sentada en los escalones del cenador. Sus ojos estaban clavados en ella, y deseaba que entrase pronto en la casa. Era imprescindible que suavizara las cosas entre ellos.

No había sido su intención molestar a nadie cuando mencionó aquella vieja y manida historia de que Emma Harte había arruinado a los Fairley. Pero reconocía que había actuado sin tacto, y que había sido un tonto por no darse cuenta de que Paula reaccionaría con tanta furia. Suspiró débilmente. Opinaba que su reacción había sido demasiado violenta; después de todo, los hechos eran los hechos, y eso era ineludible. Pero su mujer se comportaba irracionalmente cuando se trataba de cosas relacionadas con su abuela. Blandía su espalda contra cualquiera que se atreviera solamente a dudar que Emma era poco menos que perfecta. Él nunca había dicho nada malo de ella..., no tenía motivos para criticar o acusar a Emma Harte. En realidad, era todo lo contrario.

La revelación de Paula sobre el intento de violación de Gerald Fairley a Emma en su juventud no se apartaba de su mente. No había duda de que era cierto, y la sola idea se le hizo tan repulsiva que tembló involuntariamente. En las raras ocasiones en que el nombre de Gerald había surgido en una conversación, había captado una mirada de profundo disgusto, y desprecio en el rostro de su abuelo, y ahora comprendía por qué. Movió la cabeza con perplejidad, pensando en lo enmarañadas que las vidas de los Fairley y de los Harte habían estado a principios de siglo; pero él no tenía la culpa ni era responsable de las acciones de sus antepasados. No había conocido a ninguno de ellos, a excepción de su abuelo; así que, como mucho, sólo las veía como a unas figuras borrosas; de cualquier manera, el presente era lo único importante que mereciese la pena.

Ese pensamiento le hizo volver a mirar por la ventana. Apartó la cortina ligeramente. Paula era una figura inmóvil en los escalones de aquel viejo cenador, inmersa en sus pensamientos. Cuando ella volviese al dormitorio para cambiarse, la haría sentarse, le hablaría, intentaría hacer todo lo posible para arreglar las cosas, le pediría perdón otra vez si fuese necesario. Estaba empezando a aborrecer aquellas discusiones que, últimamente, habían llegado a ser muy frecuentes.

Se pasó la mano por el pelo rubio y una expresión reflexiva apareció en su rostro sensible y de líneas suaves. Paula podía tener razón, tal vez Emma no sintiese remordimientos de sus acciones pasadas. Pensándolo con objetividad, de manera sensata, se le ocurrió que era una mujer demasiado pragmática para preocuparse por los hechos que no podían ser alterados. Pero, aun así, no podía ignorar el sentimiento de culpa que, algunas veces, había observado en ella. Quizás ese sentimiento iba dirigido a él únicamente y no tuviese nada que ver con los Fairley que habían muerto hacía tiempo. No albergaba duda alguna de que Emma se preocupaba por él. Ése era el motivo por el que no se había sorprendido lo más mínimo cuando Paula le mencionó lo del testamento, pues siempre había esperado que Emma lo cambiase a favor de sus hijos. No quería las acciones para él; ni Emma podría haberle dejado sus valores en el periódico sin levantar un revuelo en la familia. Y así, Emma, justa y escrupulosa, estaba haciendo lo que podía para enmendar las cosas y arreglarlas de la única forma que sabía. Les estaba dando a Lorne y a Tessa sus derechos de nacimiento..., la herencia que él mismo hubiese legado a sus hijos si su familia hubiese retenido el control sobre el periódico.

Jim estaba completamente convencido de que Emma se sentía movida por un sentimiento noble. Ella amó a su abuelo en un tiempo y, en consecuencia, se preocupaba mucho por el nieto. No tenía ninguna duda sobre eso. Incluso podría haber sido descendiente suyo si las circunstancias hubiesen sido ligeramente distintas.

Sí, la abuela había demostrado sus verdaderos sentimientos hacia él de mil formas distintas, de eso tenía evidencias palpables. Repasó todas las situaciones en que había ocurrido así...: le concedió el puesto de director gerente, habiendo otros candidatos tan cualificados como él; dio por terminada su venganza contra los Fairley a causa suya y consintió que se casara con su nieta favorita. En resumen, Emma Harte se desvivía por complacerle y estaba siempre de su parte, sus acciones lo probaban sobradamente. La abuela había persuadido a Paula para que aceptase vivir en «Long Meadow» porque él lo deseaba así. Había admitido que los gemelos debían ser bautizados en la iglesia de Fairley y, además, no había puesto objeciones cuando él invitó a Edwina. Paula fue la única que armó un gran alboroto por una desdichada mujer que nunca había hecho daño a nadie.

Jim cambió de postura con impaciencia, preguntándose cuánto tiempo tendría Paula la intención de permanecer sentada allá fuera. Miró el reloj, irritado. Si tardaba algunos minutos más en entrar, iría y hablaría con ella en el jardín. Quería asegurarse de que comprendiera una cosa: él no había decepcionado a Emma. Aquella mañana, cuando le comunicó que quería dimitir, ella estuvo de acuerdo y le dijo que apreciaba su honestidad. «Si es eso lo que quieres, es lo que debes hacer —le había dicho Emma con una sonrisa—, yo seré la última persona en impedírtelo.» Emma era una mujer compasiva y llena de humanidad, y lo quería a su modo. Y él era leal para con ella, y fiel. Existía un vínculo especial entre ellos. Nunca lo mencionaba, pero no había duda de su existencia.

Jim observó, aliviado, cómo Paula subía por el sendero. Gracias a Dios, volvía a la casa. Se relajó su tensión, aunque le era imposible adivinar el estado emocional de su esposa desde aquella distancia o averiguar cuál sería su

244

actitud. Siempre tenía la impresión de estar pendiente de un hilo con ella, suponiendo cosas. El carácter de Paula era tan temperamental que a veces incluso resultaba difícil, pero ninguna mujer le había cautivado, ni atrapado, de la forma en que ella lo había hecho. Y lo había conseguido sin siquiera intentarlo. Existían numerosos lazos entre ellos, y la mutua atracción sexual era tan fuerte que se hacía irresistible a veces. Paula se mostraba tan ardiente, tan seria, tan compleja, que, frecuentemente, lo dejaba sorprendido y desconcertado. Pero él encontraba gratificantes su sinceridad y la intensidad de sus sentimientos; asimismo, le estremecía su pasión, el deseo que sentía por él en la cama. Las mujeres que habían mantenido relaciones con él antes de ella se habían quejado a menudo de sus impulsos sexuales. Parecían pensar que era anormal, no lo podían soportar, se quejaban de su insatisfacción. Pero Paula no..., ella nunca protestaba, siempre lo recibía con los brazos abiertos, tan dispuesta como él a entregarse, y Jim nunca se cansaba de ella. Sabía que Paula sentía lo mismo.

Lo mejor que podía tener en el mundo era ella, y eso le impresionaba más y más cada día. ¡Qué afortunado había sido al encontrársela en aquel vuelo a París!

Pensó en ello, rememorando claramente todos los pequeños detalles de su primer encuentro. Su nombre le resultó familiar y su hermoso rostro le recordó algo, aunque no lograba relacionarla con nada. Pero más tarde, aquella misma noche, intranquilo, con insomnio, atrapado por ella, todo encajó en su sitio de pronto. Cayó en la cuenta de que era hija de David Amory, el director de los almacenes «Harte», y que, por lo tanto, era la nieta de Emma Harte, su jefa. Instantáneamente se sintió intimidado y desalentado, no cerró los ojos en toda la noche, preocupado por la situación y las ramificaciones que implicaba.

A la mañana siguiente, confundido, preocupado y ambivalente, dudó y se preguntó si debía cancelar la cita que tenían esa noche para cenar. Al final, fue incapaz de no volver a verla una vez más y se dirigió al «Mirabelle» muy preocupado. Estaba excitado, ansioso, con el corazón en la boca. Encontró su oportunidad cuando el camarero hizo un comentario sobre su abuela. Era una ocasión perfecta para iniciar su estratagema, le preguntó quiénes eran sus prestigiosos abuelos y Paula se lo dijo sin vacilar. Ella se lo aclaró, facilitándole la conversación y, sorprendentemente, su relación con Emma Harte dejó de tener importancia. La intensidad de sus sentimientos hacia Paula dejaba de lado todo lo demás, y se enamoró de ella mientras cenaban en el «Mirabelle». En ese momento decidió casarse con la muchacha..., incluso si Emma le despedía a él y desheredaba a Paula.

Jim recordó la noche, un mes después de su primer encuentro, en que logró llevarse a Paula a la cama por fin. Inesperadamente, imágenes eróticas de los dos juntos comenzaron a rondar por su mente y empezó a excitarse. Estaba seguro de lo que iba a hacer en el momento que ella entrase y sabía cómo arreglarlo todo entre ellos. Las palabras y las largas explicaciones carecían de sentido, eran intrascendentes. Importaban los actos. Sí, el suyo era el mejor método, el único, para eliminar completamente cualquier vestigio de la pelea.

Cuando Paula entró en el dormitorio, Jim vio que estaba más calmada y que había recuperado el color. Se acercó a ella.

—No puedo soportar estas horribles discusiones —dijo.

—Ni yo.

Sin hablar nada más, le cogió la cara entre sus manos y la besó sensualmente en la boca. Su pasión aumentó. Estaba en plena erección. La rodeó con sus brazos y la atrajo hacia él hasta que el cuerpo femenino se amoldó al suyo. Le deslizó las manos por su espalda bajándolas a las nalgas y la apretó contra sí con impaciencia. Ella debía comprender el alcance de su excitación, entender que tenía intención de poseerla en ese momento.

Paula aceptó sus besos y luego, con rapidez pero suavemente, logró apartarle.

—Jim, por favor. Estarán aquí dentro de unos minutos. No tenemos tiempo...

La silenció con otro beso; después, separándose de ella, la condujo hacia la cama. Una vez allí, la tumbó con decisión, se echó a su lado y la envolvió con sus piernas.

—Tengo que hacerte mía —dijo con voz turbia por el deseo—. *Ahora*. Rápidamente, antes de que lleguen. Tenemos tiempo. Y sabes que siempre olvidamos nuestros enfados después de haber hecho el amor. Vamos, desnúdate para mí, cariño.

Paula intentó protestar, no quería eso, recelaba de él, sentía que estaba siendo manipulada de nuevo. Pero él había empezado a desabrocharle los botones de la camisa, así que se tragó sus palabras. Resultaría mucho más fácil si era complaciente, tal y como había llegado a descubrir en el año anterior. Jim creía que el sexo resolvía cada uno de sus problemas. Pero, por supuesto, no era así.

CAPÍTULO XVIII

A las seis y media de la mañana siguiente, Paula salió de «Long Meadow» hacia el trabajo con un aire de fría elegancia; vestía un traje sastre de lino negro y una camisa rizada de seda blanca.

Después de una noche de dar vueltas y más vueltas, preocupada, se había levantado más temprano de lo normal. A esas horas, sólo Nora estaba levantada, preparando los biberones de los niños. Después de ducharse y arreglarse, Paula pasó quince minutos de tranquilidad con ella y los gemelos antes de bajar a la cocina. Mientras se bebía una taza de té, le escribió una nota a Jim, explicándole que tenía un día muy ajetreado por delante y que prefería empezar pronto.

Eso era una verdad a medias. Paula tenía la urgente necesidad de aclarar sus revueltos pensamientos y hacerse cargo de la situación. Y sólo podría conseguirlo estando a solas, y los únicos momentos en los que no se encontraba rodeada de gente era cuando se hallaba en el jardín o conduciendo.

Mientras el coche recorría el camino de grava, observó que se sentía más aliviada saliendo de la casa, que le parecía más sofocante que nunca ese día. Aunque le gustaba el jardín y el invernadero, «Long Meadow» nunca sería su lugar preferido, a pesar del atractivo ambiente que habían creado entre su madre y ella. Como la abuela, había dicho: «Habéis hecho lo que estaba en vuestras manos, pero no se le pueden pedir peras al olmo.»

Aunque Jim pensase otra cosa, la casa *era* agobiante. Su abuela también lo creía así e iba muy rara vez por allí, prefería que sus nietas fuesen a «Pennistone Royal». Aparte de eso, resultaba extremadamente difícil llevarla con eficiencia. Tenía muy mala distribución, con escaleras interminables, pasillos tortuosos y rincones oscuros. Meg y Mrs. Coe, la asistenta que iba cada día, se estaban quejando continuamente, e incluso Nora, que era más joven, había empezado a lamentarse de que le dolían las piernas. Pero Jim hacía caso omiso a todas las quejas. Amaba «Long Meadow», y ella sabía que no consentiría en mudarse, así que no tenía sentido soñar con otra cosa que fuera más práctica y adecuada a sus necesidades.

Era un egoísta.

Paula se asustó tanto con ese inesperado pensamiento que se quedó rígida, con las manos aferradas al volante. Tenía la vista clavada en la carretera, con ojos nublados momentáneamente por las preocupaciones. «Pensar eso es cruel e indigno», se reprendió. Pero, aunque lo intentó, no logró convencerse de que se equivocaba con respecto a Jim. Era la verdad. Durante meses había intentado ignorar esa característica suya, tan desafortunada y desalentadora, y siempre había encontrado la forma de excusarle. De repente, ya no era posible. Tenía que dejar de engañarse sobre Jim, contemplar los hechos con impasibilidad y aceptar que él hacía lo que *quería*. Era engañoso, pues daba la impresión de que trataba de ser complaciente, sobre todo con colegas, amigos y en cuestiones de poca importancia. Entonces, se desvivía por ser complaciente. Pero se mantenía en sus trece y procuraba salirse con la suya cuando se trataba de asuntos más importantes, sin importarle los deseos de nadie. Había una dicotomía de carácter que estaba empezando a preocuparle.

Paula suspiró. Los dos eran testarudos, pero ella, al menos, no mantenía una postura de inflexibilidad. Con un sobresalto, Paula reconoció que Jim era absolutamente rígido. Había tenido ese hecho delante de los ojos durante meses, pero siempre se había mostrado reacia, o quizás había tenido miedo, a reconocerlo así.

Empezó a repasar los acontecimientos de su vida juntos durante el año anterior y descubrió que podía recordar innumerables ejemplos de esa arraigada inflexibilidad. Para empezar, se había negado rotundamente a aceptar un avión nuevo de la abuela, por no mencionar el jaleo con los preparativos de la boda. Se mostró inexorable cuando su abuela le indicó que se deshiciera de su peligroso avión antiguo de cuatro plazas, sugiriéndole la compra de un moderno reactor a su costa. Como era consciente de su orgullo, la abuela lo hizo con diplomacia: le comentó que le gustaría tener un avión para la Compañía que pudiese estar a su inmediata disposición en todo momento, y quién mejor que él para elegir el aparato y comprarlo. Pero no le convenció, y Emma se llevaba las manos a la cabeza, exasperada por su cabezonería.

Casi inmediatamente después, les comunicó a los padres de Paula y a Emma que quería celebrar la ceremonia de la boda en la iglesia de Fairley. Los tres se quedaron asombrados ante esa sugerencia, y ella también. Aparte de que la iglesia era demasiado pequeña para acomodar a unos trescientos invitados, sus padres y Emma querían que la boda se celebrara en Londres, seguida de una recepción en el «Claridge's Hotel». Era especialmente importante para su abuela que ella tuviese una boda maravillosa, elegante y llamativa. Su madre fue quien frustró la idea de Jim. Daisy le dijo que los preparativos de la boda no eran asunto suyo, pues siempre habían sido prerrogativa de los padres de la novia. Inteligente, muy inteligente Daisy. Había vencido recordándole la etiqueta simplemente, haciéndole observar las normas correctas. En ese caso, él no tuvo más remedio que resignarse.

Pero se recuperó rápidamente, y la siguiente batalla se libró por «Long Meadow». Esa vez Jim ganó, pero, en cierto sentido, fue por incomparecencia de su rival. Ella había aceptado vivir allí únicamente para mantener la paz y, también, porque su abuela le había dicho que fuese complaciente. «El ego y la masculinidad de Jim son fuertes —había resaltado Emma—. Estoy de acuerdo contigo en que la casa es una monstruosidad, pero él siente verdadera necesidad de ser quien te proporcione el hogar que crea conveniente. Deberías aceptar la situación por ahora.»

Por esa misma razón, la abuela y ella habían secundado su deseo de bautizar a los gemelos en la iglesia de Fairley, aunque, al principio, Emma se había resistido a esa idea, pues, de todos los lugares, era a Fairley al que menos le apetecía ir. Y apenas aparecía por allí.

Paula aminoró la velocidad y se detuvo ante un semáforo, reflexionando sobre su primer año de matrimonio. La gente decía que era el año más difícil, y quizá fuese inevitable que se produjeran algunas revelaciones desagradables. Subiendo la corta colina a toda velocidad, cruzó el Stray y tomó la carretera de Leeds. «Supongo que más vale que acepte que la luna de miel se *ha acabado* definitivamente», murmuró, riéndose con ironía. Incluso había estado en desacuerdo sobre el lugar donde pasar la luna de miel. Se la llevó a la Región de los Lagos en lugar de al soleado sur de Francia. Queriendo complacerle, enamorada y eufórica, ella había aceptado su decisión, aunque Francia la atraía mucho más. Cuando llegaron a Windermere fueron recibidos por un inclemente y tormentoso mal tiempo, y se pasaron la semana encerrados en la habitación del hotel, frente al fuego o en la cama, haciendo el amor.

Automáticamente, sus pensamientos se centraron en su vida sexual. Estaba enamorada de Jim y lo quería físicamente, tenía deseos normales y una actitud sana ante el sexo. Pero, hacía algún tiempo, parecía cada vez más claro para ella que Jim se comportaba anormalmente. Sus maratones la cansaban, incluso la aburrían a veces. Había otras cosas en el matrimonio además del sexo. Él era insaciable y a ella no le atraía hacer el amor de forma interminable y despreocupada. Algunas veces deseaba que tuviese más delicadeza, mejor conocimiento del cuerpo de una mujer..., de *su* cuerpo, de *sus* necesidades. Aunque le costase trabajo admitirlo, sabía muy bien que Jim era tan egoísta en la cama como fuera de ella, siempre satisfaciéndose a sí mismo, sin dedicarle ni un solo pensamiento a ella. Cada vez se le hacía más duro satisfacer su necesidad de hacer el amor todo el tiempo. Le exigía demasiado y, aunque ella necesitaba dormir, él parecía incansable.

La ira afloró en Paula cuando pensó en cómo usaba el sexo de antídoto contra las peleas. Su resentimiento aumentaba, porque era una manipulación. Le parecía increíble que él creyese que sus problemas se evaporaban en el aire cuando se fundían uno en el otro. Por supuesto que no ocurría nada de eso. Y, naturalmente, se quedaban sin resolver.

«¡Oh, Dios! Si sólo me hablase —pensó Paula—. Debería comunicarse. En lugar de eso, se escuda tras su amabilidad y sus bromas y, cuando intento explicarle mis sentimientos, se burla de mí.» Sí, Jim tenía una tendencia infantil a simular que no existían diferencias entre ellos. Aunque lo había intentado muchas veces, nunca logró que Jim se sincerase con ella. Le parecía haber llegado a un callejón sin salida. Se hallaba en una encrucijada de su matrimonio. «Y después de un solo año», se dijo pensativa. ¿Había cometido algún fallo terrible? ¿Era el divorcio la única solución?

El horror la invadió ante la sola idea de la separación,

y aquél se convirtió rápidamente en pánico. La frente comenzó a transpirarle y se sintió temblar por dentro. Aminorando la velocidad, torció por la primera calle que encontró y aparcó. Echándose hacia delante, apoyó la cabeza en el volante y cerró los ojos. El divorcio era impensable. Estaba horrorizada de que aquella idea le hubiese pasado por el pensamiento un momento antes. Lo amaba... realmente, lo amaba. Y, a pesar de los problemas, tenían muchos puntos en común. También estaban los gemelos... Lorne y Tessa necesitaban un padre, a Jim, tanto como ella le necesitaba a él.

En ese momento se le ocurrió que había sido injusta con su marido, haciendo un recuento de sus faltas, compilando mentalmente listas de las quejas que tenía contra él cuando no estaba presente para defenderse. Era un hombre bueno, honesto, y tenía muchas cualidades admirables. Le debía el ser escrupulosamente honesta consigo misma y pensar en las innumerables cualidades de su marido.

Empezó a hacer un recuento de ellas mentalmente. Era comprensivo con su trabajo de jardinería y decoración. Apreciaba su deseo de trabajar fuera en el comercio. Desde luego, nunca se había inmiscuido en su carrera, ni se quejaba de su preocupación con los almacenes, ni de lo tarde que regresaba. «Al menos, en ese aspecto, es un hombre razonable —admitió rápidamente—, y me deja tener mi propia vida. Yo tampoco me inmiscuyo en sus asuntos. Además, y eso es evidente, está hecho para ser un padre maravilloso.» No dudaba de que la adoraba y le era fiel. Jim nunca sería el clásico galán que tontease con otras mujeres. Era estrictamente monógamo, plenamente dedicado a su familia y a la vida hogareña, y ella le estaba agradecida por eso.

Enderezándose, Paula se arregló el pelo. «Tengo que hacer estable esta relación —se dijo—. Para mí es de vital importancia y sé que para Jim es esencial.» Recordó algo que su abuela le dijo una vez..., que era siempre la mujer quien hacía el trabajo en el matrimonio. Paula lo creía así. Su abuela era sensata y tenía experiencia; lo había vivido todo, lo había visto todo. Nadie conocía el matrimonio mejor que Emma Harte.

Paula decidió intentar comprender a Jim todo lo que le fuese posible. Dedicaría esfuerzos y tiempo extraordinarios a sus relaciones. Sería cariñosa y tolerante. Lo contrario no le parecía juicioso. Al fin y al cabo, todo el mundo tenía defectos, y no se dejaba de querer a un hombre porque tuviese unas cuantas faltas. Se le amaba sin tenerlas en cuenta.

Giró la llave de contacto, arrancó el coche y volvió a la carretera. Mientras aceleraba en dirección a Alwoodley, empezó a pensar otra vez en su abuela y en la dimisión de Jim. Aunque estaba convencida de que su marido había interpretado mal la reacción de Emma ante su dimisión, esperaba, sin embargo, que su abuela no estuviese enfadada con él. No quería que pensara mal de Jim.

Menos de una hora después, Paula se hallaba en su despacho de los almacenes «Harte», en Leeds, hablando por teléfono con su abuela, que se encontraba en un piso del Belgrave Square.

—Siento haberte despertado —se excusó Paula, aunque sospechaba mucho que no lo había hecho.

La voz cálida y vibrante de Emma le llegó por el auricular confirmándoselo.

—Estaba tomando mi té de la mañana y esperando a que me llamases. Quieres hablarme de Jim, de su dimisión, ¿no?

—Sí, abuela. Me quedé algo desconcertada y bastante enfadada cuando anoche me dijo lo que había hecho. Me parece que te ha fallado y en el peor momento, cuando estás a punto de salir de viaje. No puedo dejar de pensar que debes estar decepcionada con él.

—Un poco —admitió Emma—. De cualquier forma, decidí no persuadir a Jim para que no abandonase el puesto..., no, bajo estas circunstancias. No se encuentra a gusto en el trabajo, y eso no es bueno, Paula. Será mejor que mantenga la renuncia al cargo.

—Sí —admitió Paula con tranquilidad—. Y, ¿qué hay de Winston? ¿Se enfadó mucho?

—Bueno, al principio sí. Cuando le dije que tendría que hacer ese trabajo, creí que iba a explotar. Pero accedió casi de inmediato. Como sabes, no hay nadie más que lo pueda hacer.

—Me pesa mucho esta situación, abuela. Sólo puedo decirte que lo siento. Creo que Jim no debiera haber hecho eso, es una falta de responsabilidad. Claro que él no está de acuerdo conmigo.

Hubo un momento de silencio.

—No estoy tratando de excusarle, abuela —añadió—, pero

252

me he dado cuenta de que Jim no es como nosotras en lo que al deber se refiere, ¿sabes? Todos hemos hecho trabajos que no nos han gustado en los años que llevamos contigo. Pero no nos hemos muerto por ello y nos ha servido de enseñanza esa experiencia. Ya sé que no debería hacer comparaciones, pero, anoche, cuando Jim estaba hablando, yo pensaba en la pequeña Emily..., en su ejemplo. Se está portando como debe ser; la forma en que se ha metido en «Genret», con toda su mejor voluntad.

—Esto es cierto —convino Emma, en un tono más amable—. No debes ser muy severa con Jim, Paula querida. Las personas tienen sus limitaciones, y recuérdalo, a él no lo educaron como a ti y a tus primos. De todos modos, hay que reconocer que tiene un gran talento como editor. Es genial, el mejor del negocio. Por eso le di ese trabajo hace años. Ahora, si hubiese dimitido de ese cargo, entonces sí que *tendríamos* un asunto más grave entre manos.

—Lo comprendo. Le gusta el mundo de los periódicos, por eso es tan buen periodista.

Paula empezaba a sentirse más tranquila, y siguió hablando:

—En una cosa sí tengo que defender a Jim..., está siendo muy sincero contigo, debemos reconocer ese mérito suyo. Es de una perfecta honradez, abuela.

—No tienes que decírmelo, Paula. Jim está muy lejos de ser un hombre falso, y ayer le dije que apreciaba su sinceridad. Los ejecutivos sin iniciativa y poco entusiastas son un desastre.

—Entonces, ¿no te has enfadado mucho con él? —le preguntó Paula asiendo el auricular con fuerza y conteniendo la respiración.

—Sólo fue un sentimiento transitorio, que desapareció rápidamente —dijo Emma—. No podemos dejar que las emociones se interpongan en los negocios, debemos actuar siempre con inteligencia; pero eso te lo llevo diciendo toda la vida. Lamento repetirme tanto.

—No me molesta, y debo admitir que me siento más tranquila sabiendo que te lo estás tomando tan bien, abuela. Jim nunca haría nade que te doliese o molestase *intencionadamente*.

Considerándola trivial, Emma hizo caso omiso a esa afirmación.

—Quiero que te tranquilices, Paula. En realidad, éste no es tu problema. Además, tenemos todo bajo control. De hecho, cuando estaba hablando con Winston después de que Jim se fuese, se me ocurrió, casi por la fuerza, que las cosas no iban a ser muy diferentes en «Consolidated». Mientras Winston estaba sentado allí, quejándose, lamentándose *ad infinitum* de que trabajaba demasiado, enumerando los deberes que tiene en la actualidad, exigiendo saber cómo esperaba yo que se las arreglase para hacerlo todo, empecé a darme cuenta de que, en realidad, había sido él quien había estado llevando el aspecto administrativo y financiero de «Consolidated» desde hacía mucho tiempo. Ha estado haciendo de director gerente sin él saberlo, y así se lo hice ver. Le dije que había conseguido el título que correspondía a sus tremendas responsabilidades, además de un buen aumento de salario. Ya sabes que Winston tiene muy buen sentido del humor, y empezó a reírse. «¡Caramba, tía Emma! —me dijo—, si nos creemos tan listos, ¿por qué hasta hoy no nos hemos dado cuenta de lo genial que *soy*? Así no tendrías que haberte preocupado por mí ni por "Consolidated".»

—Me alegra oír eso, abuela. Oye, ¿puedo preguntarte algo? Es sobre las acciones de «Consolidated». ¿Por qué vas a cambiar el testamento dejándoles tus valores a los gemelos?

—Una graciosa pregunta. Pensé que lo había dejado claro, que me habías comprendido. Bueno, es obvio: les dejo mis acciones a los niños porque son *tus* hijos, Paula. ¿Qué otra razón podría yo tener? —murmuró Emma algo perpleja.

—Ninguna. Sólo era curiosidad —respondió Paula—. En cualquier caso, se me ocurrió el otro día que tu decisión podría tener algo que ver con Jim. Ya sabes, por el hecho de ser un Fairley. Me refiero a que si su abuelo hubiese conservado el *Gazette*, hoy sería suyo, ¿no?

Emma rompió a reír a carcajadas.

—Eso lo dudo mucho —dijo con voz ahogada por la risa, aunque se recuperó rápidamente—. Seguramente Edwin Fairley hubiese perdido el periódico, como te dije en cierta ocasión. Además, los Fairley poseían solamente el *Morning Gazette*, de Yorkshire, y ninguno de los otros diarios de la cadena «Consolidated». Ya sabes que los demás los adquirí con la ayuda de mis hermanos.

La risa de incredulidad le llegó otra vez a través del teléfono.

—No se te habrá ocurrido pensar que me sienta *en deuda*

con los Fairley —farfulló, obviamente muy divertida con la idea.

—Por supuesto que no —exclamó Paula acalorada.

Lamentaba haber mencionado el tema, pero cerciorándose de que ella tenía razón y que Jim estaba equivocado en todo.

—Espero que no, querida mía —le dijo Emma sofocando su alegría—. Siempre he admitido que les di a los Fairley unos pocos golpes, algunos muy fuertes, mientras ellos se perdían tonteando alegremente por el camino que habían escogido. Pero te puedo asegurar que nunca he perdido el sueño por ninguno de mis actos, aunque no me molestó volverles las tornas, salir vencedora. Así que no pienses ni por un momento que me acosan sentimientos de culpa por todos los Fairley que están muertos o por Jim. Y, si ha sido él quien te ha sugerido tal cosa, puedes decirle de mi parte que está equivocado, muy equivocado.

—¡Oh, no! Él no ha dicho nada —mintió Paula, sabiendo que si lo admitía, su abuela se disgustaría mucho—. Simplemente, era un pensamiento que se cruzaba por mi cerebro inquieto.

Emma se rió para sí con la respuesta de Paula, pues no estaba segura de su veracidad.

—Espero que te sientas mejor ahora que hemos aclarado las cosas con respecto a la dimisión de Jim.

—Sí, abuela, siempre me ayudas a verlo todo dentro de la perpectiva adecuada.

CAPÍTULO XIX

Diez días más tarde, Emma no podía concebir cómo se las había arreglado para resolver tantos asuntos desde su llegada a Londres. Había hecho milagros, consiguiendo llevar a cabo más cosas en ese breve espacio de tiempo que en los últimos seis meses. O, al menos, eso le pareció esa tarde, cuando revisaba la lista de su agenda amarilla.

Había revisado sus diferentes negocios para asegurarse de que todo estaba en perfecto orden y que no surgirían problemas durante su larga ausencia. Se reunió varias veces con sus abogados y también con Henry Rossiter, su banquero; ella y Henry pasaron juntos un par de veladas muy agradables. Mantuvo sendas largas sesiones con Winston y Alexander; se reunió con Sarah, y dio su aprobación a todos los modelos de la Colección de Primavera 1970 de la línea «Lady Hamilton», y también estudió la nueva campaña publicitaria con ella. Y mientras trabajaba hasta tarde en los almacenes, y corría de aquí para allá, cambiaba sobre la marcha sus esquemas mentales, aprovechando los intervalos entre una reunión y otra, aún encontró tiempo para reunir todo un importante guardarropa para lucir en su viaje alrededor del mundo con Blackie.

Emma se hubiese sentido tranquila de no ser por Jonathan. Era su enemigo. No sabía el porqué; ni podía demostrar que lo fuese. Sin embargo, cada vez estaba más convencida de que era el nieto del que no se podía fiar.

Abriendo una carpeta que había sobre su mesa de despacho, sus sagaces ojos examinaron el informe de unos detectives privados a los que había encargado investigar las actividades de Jonathan, tanto en su vida laboral como personal. El informe no le aclaraba nada, pero eso no la convencía de su inocencia. La Agencia «Graves and Saunderson» tendría que profundizar más, ampliar su campo de visión. Estaba convencida de que había algo... en algún sitio.

Durante toda su vida, Emma Harte había sido capaz de ver en el interior de las personas, tenía el don de adivinar las intenciones de familiares, amigos y adversarios. Era como si llevase un demonio con ella que le dijese las cosas. También poseía esa antena integrada, altamente sensible, común en las personas que nacen para triunfar, una especie de sexto sentido que le permitía captar vibraciones..., buenas y malas, pero, sobre todo, las malas. Y luego, por supuesto, tenía un agudo instinto en el que confiaba y al que seguía sin vacilar, sabiendo que nunca la conduciría por el camino equivocado. Desde hacía ya tiempo, todas sus facultades perceptivas se habían combinado para alertarla de que algún problema se estaba fraguando, aunque aún no había podido basarse en nada concreto. Sin embargo, lo percibía, como si flotase a su alcance en la oscuridad.

Su atención se centró entonces en los breves párrafos sobre Sebastian Cross. Él y Jonathan eran buenos amigos; en realidad, íntimos amigos, pero eso era todo. Cuando por primera vez supo de aquella íntima relación, que databa de su estancia como alumnos en Eton, se preguntó si tendría algo que ver con la homosexualidad, pero aparentemente no era así..., más bien todo lo contrario, según Mr. Graves. Cerró la carpeta con un golpe decidido. No tenía sentido leerlo una y otra vez. Era una pérdida de tiempo. Además, lo había pasado por una fina criba en busca de una sola pista, de algún pequeño indicio, pero se encontró con las manos vacías. Emma guardó la carpeta en un cajón del escritorio que cerró con llave, sin querer pensar más en la posibilidad de una traición.

Un sentimiento de consternación la invadió. Le había sido triste y doloroso recurrir a métodos tan horribles y espantosos..., poner detectives tras uno de sus familiares. Pero no sabía qué otra medida tomar. Sólo había utilizado ese sistema una vez en su vida, había espiado a alguien; y entonces, como ahora, fue repugnante, iba en contra de su propia naturaleza. Unos cuarenta años antes había creído conveniente controlar las actividades de su segundo marido, para protegerse tanto a ella como a los niños. De repente, se sintió aturdida por la amarga ironía de la situación. Su segundo marido, Arthur Ainsley, había sido el abuelo de Jonathan.

Recostándose en la silla, Emma luchaba contra otro problema urgente: comentar o no, con Alexander y Paula, sus sospechas sobre Jonathan. Quizá fuese lo más sensato confiárselo a ellos. ¿Qué pasaría si le ocurría algo a ella estando fuera? ¿Que se pusiese enferma o muriese? Pensó que no era probable que sucediera nada de eso. Gozaba de buena salud y se sentía fuerte y llena de vitalidad, y, ciertamente, con muchas más energías que nunca. Por otro lado, cumpliría ochenta años al cabo de dos días. Quizá, para estar más segura, debería decírselo. Ellos eran sus principales herederos. Algún día poseerían el control de su imperio...

Llamaron a la puerta.

—¡Adelante! —dijo.

El rostro de Gaye Sloane apareció entonces.

—¿Necesita algo más, Mrs. Harte? —preguntó su secretaria particular.

Emma negó con la cabeza.

—No, Gaye, muchas gracias. Estoy esperando a Paula. Vamos a salir a cenar. Pero no es necesario que te quedes. Ya puedes marcharte.

—Gracias, Mrs. Harte, así lo haré. Hasta mañana, y buenas noches.

—Buenas noches, querida Gaye.

Diez minutos después, Paula entró y Emma levantó la vista de los papeles que tenía encima de la mesa, su cara se suavizó e, inmediatamente, entornó los ojos.

—¡Paula, pareces muy cansada! —exclamó con tono de preocupación—. Tienes ojeras y te veo muy pálida. ¿Estás segura de que te encuentras bien?

—Sí —aseguró Paula con una sonrisa apagada, mientras se dejaba caer en un sillón frente al escritorio de Emma—. Hoy ha sido uno de esos días de perros. He tenido un montón de problemas con la *Semana Francesa* que preparamos para julio.

—¿Qué clase de problemas? —preguntó Emma, enderezándose y apoyando los codos en la mesa, con la cabeza entre las manos.

—Con la gente, sobre todo. Ya sabes, personas temperamentales, con mal humor y entrometidas. Pero he conseguido que las cosas vuelvan a ir bien de nuevo. Aunque, en realidad, echo mucho de menos a Emily, abuela. Era la mejor a la hora de hacer funcionar todo eso y ejercía una influencia tranquilizadora en todo el mundo.

—Siempre he pensado que eso formaba parte del talento de Emily. Ya sé que, cuando quería, hacía temblar a los jefes de sección, pero, por lo general, comían de su mano, como si los tuviese hechizados. Quizá deba considerar la idea de buscarte un ayudante, alguien que sustituya a Emily.

Emma levantó las cejas.

—¿Por qué no?

—¡Oh! No lo sé... —repuso Paula con un encogimiento de hombros—. Creo que puedo arreglármelas sola; pero no nos preocupemos por eso ahora. La *Semana Francesa* está bajo control al fin, y no creo que se presenten mayores complicaciones. ¡Quiéralo Dios! Bueno, ¿has tenido oportunidad de mirar el plan de las *boutiques*? ¿Has hablado con Merry?

—Sí, esta tarde. Estuve revisando el asunto durante una hora y, luego, la llamé por teléfono y le dije que contáis con mi aprobación. Tenías razón, Paula, la idea es excelente y haremos muy bien montándolas.

—¡Oh, cuánto me alegro que estés de acuerdo, abuela! —dijo Paula con aire de satisfacción—. Merry ha trabajado mucho y todo el mérito es suyo, no mío. A propósito, ayer le hablé a Emily de nuestra nueva aventura. Como va a ir a Hong-Kong a principios del mes que viene, pensé que podría buscar artículos para las *boutiques*. Ya sabes, bolsos y sombreros de paja, sandalias, chales, bisutería de verano, cualquier cosa que compren quienes están de vacaciones.

Emma asintió con aprobación.

—Muy bien pensado; además, Emily tiene una habilidad especial para encontrar cosas que vayan con la moda.

Se calló, puso un montón de papeles en una carpeta azul, luego alzó la vista y miró a su nieta detenidamente.

—¿Te ha contado Emily algo especial? ¿Algún secreto? Paula soltó una carcajada.

—Supongo que te estás refiriendo a su nueva pareja. Tengo que admitir que se comporta muy cautelosamente conmigo, y eso no es normal en ella. Como sabes muy bien, siempre hemos compartido nuestros secretos. A pesar de eso, no me ha contado nada de su nuevo amor, sólo que es maravilloso y alguien muy especial. Le llama su amante misterioso; no, su amante *secreto*. La verdad es que estoy segura de que *todavía* no es su *amante* —dijo de repente, en su afán de proteger a Emily.

No quería que su abuela tuviese una impresión errónea de la moralidad de la joven.

Emma, comprensiva, se tragó una sonrisa.

—No tienes que defenderla, querida Paula. Ya sé que no es una libertina..., no ha seguido los pasos de su madre, de esto estoy absolutamente segura. De cualquier forma, *es* su amante.

—¿Cómo lo sabes? —preguntó Paula muy sorprendida.

—Me lo dijo un pajarito —contestó Emma.

Un destello de picardía brilló en sus ojos tristes, llenos de vida repentinamente. Se echó hacia atrás en la silla mirando a Paula con una sonrisa.

—Pareces el gato que se acaba de comer al canario, abuela —dijo Paula riendo—. ¿Qué pajarito ha sido ése?

—*Emily*. Ella misma me lo ha contado todo. Y el llamado amante secreto no es ningún *secreto* ya; y tampoco se trata de una persona misteriosa.

Emma sonreía con regocijo mientras contemplaba a Paula y notaba la expresión de sorpresa que adoptaba su rostro.

—¡Oh! —fue todo lo que Paula pudo articular.

La sonrisa de Emma se convirtió en unas suaves carcajadas.

—Emily vino a verme anteanoche y habló con mucha sinceridad..., como suele hacer siempre. Me dijo: «Abuela, estoy terriblemente enamorada, y es muy serio. Me acuesto con él, pero no quiero que te preocupes. No me quedaré embarazada. Estoy tomando anticonceptivos.» Eso no me sorprendió; después de todo, Emily ha sido una chica muy práctica siempre... Tiene la cabeza en su sitio, igual que tú. De hecho, Elizabeth podría aprender un poco de vosotras dos. Bueno, me sorprendió, tengo que confesarlo, pero no me escandalicé, como sospecho que Emily pensaba que iba a ocurrir. A veces me pregunto si esa chica cree que soy la Virgen María. De todos modos, fue muy sincera, cosa que estimo.

Emma hizo una pausa y, luego, sonrió con esa expresión especial que le dejaba el rostro radiante.

—Nuestra pequeña Emily está en el séptimo cielo. Verdaderamente enamorada. Muchísimo.

—Pero, ¿quién es? —insistió Paula—. Has dicho que no se trata de alguien misterioso, así que debe ser una persona que yo conozco.

—¡Oh, sí, lo es!

Emma rió, con los ojos chispeantes de alegría. Se estaba divirtiendo, disfrutaba tomándole el pelo a Paula, contenta de alejarse del ambiente desagradable que rodeaba el asunto de Jonathan y que encontraba tan repugnante.

—Venga, no seas mala —la reprendió Paula con una sonrisa, sintiéndose contagiada por la alegría de su abuela—. ¡Por lo que más quieras, dime *su nombre*! Me muero por saberlo.

—Winston.

—*Winston* —balbuceó Paula, con una mirada de asombro en sus ojos violeta—. ¡No me lo creo!

—Pues debes hacerlo, porque es absolutamente cierto. No te espantes, querida. Winston es un buen partido y, admitámoslo, una persona llena de encanto con muy buenas cualidades. También resulta atractivo. Se parece mucho a mí, ¿sabes?

Paula rompió a reír, divertida con esa pequeña muestra de vanidad personal por parte de su abuela.

—Sí, he notado ese parecido algunas veces —dijo—. Lo que ocurre es que me ha sorprendido porque se trata de una noticia inesperada. Y bastante extraña..., quiero decir... Winston y Emily... ¡Dios mío! ¿Cuándo se enamoraron— ¿Cómo empezó todo?

Paula frunció el ceño repentinamente.

—¡Oh, cielos! ¿Y qué pasa con la buena de Allison Ridley?

—Sí, Allison es de verdad muy buena. Ésa es la parte triste. Siempre me gustó la joven. Pero me temo que esto se ha acabado para ella. Winston me habló ayer de Allison, contándome que había ido a verla a fin de explicarle, de la manera más dulce y amable posible, que todo había terminado entre ellos. Y, en cuanto a tu primera pregunta, creo que Emily y Winston se dieron cuenta de la intensidad de sus sentimientos el día del bautizo. Winston me preguntó si me preocupaban sus relaciones con Emily, y le contesté que no, que estaba de acuerdo.

Emma volvió a apoyarse en el escritorio, con una expresión de intensa felicidad en el rostro.

—Esta mañana he tenido una reunión de negocios con Winston y, cuando acabamos, sacó el anillo que le había comprado a Emily. Es una esmeralda —hizo una pausa—. Winston me ha pedido permiso para casarse con Emily y yo se lo he concedido. Voy a anunciar su compromiso esta semana, antes de irme a Nueva York.

—Abuela, ¿no es algo precipitado? —preguntó Paula en voz baja, mirándola con aire de preocupación.

—Yo no diría eso, querida —afirmó Emma—. No son unos desconocidos ni mucho menos, Paula. Crecieron juntos y yo diría que, a estas alturas, se conocen muy bien. Ninguno de ellos se encontrará con sorpresas desagradables cuando se casen. Claro que la boda no se celebrará hasta el verano próximo, pues yo me voy a Australia y ellos tienen sus viajes. Pero, francamente, me siento más aliviada sabiendo que Emily tiene a alguien que mire por ella después de..., yo no voy a vivir siempre, ¿sabes? Sí, me satisface mucho que esos dos se unan. Siento una agradable sensación aquí.

Se golpeó el pecho sin dejar de reír.

—Si Emily es feliz y tú estás contenta, entonces yo también lo estoy —le dijo Paula—. Y, pensando en ello, es cierto que estaban muy unidos cuando eran pequeños..., se llevaban muy bien. ¿Puedo llamarla para darle la enhorabuena, abuela?

Paula se incorporó e hizo ademán de coger el teléfono del escritorio de Emma.

—No creo que la encuentres en Belgrave Square —dijo su abuela—. Iba al teatro con Winston y, probablemente, ya habrá salido a estas horas.

Miró su reloj de pulsera y asintió.

—Sí, son más de las siete. Tendrás que telefonearla esta noche, tarde. Entretanto, creo que necesito salir de este lugar; estoy aquí desde las ocho de la mañana. Ya he tenido suficiente hoy, y parece que tú también.

Emma se levantó y observó a Paula con la frente arrugada.

—¿Estás segura de que te encuentras bien?

Paula esbozó una sonrisa.

—Nunca he estado mejor, abuela —mintió sin querer preocuparla.

Emma pensó que su nieta se hallaba completamente exhausta, agotada. Nunca había visto a la joven de aquella manera, y eso la preocupaba. No hizo más comentarios y, volviéndose, cogió el bolso. Los trazos de su boca estaban imperceptiblemente tensos. Tenía la secreta sospecha de que, a pesar de su afabilidad, su atractivo y sus modales despreocupados, Jim era un hombre difícil. Pero no se entrometería; ni intentaría vivir la vida de su nieta por ella.

Cuando salían de la oficina, Emma le dijo:

—He reservado una mesa en «Cunningham's», espero que te apetezca el pescado.

—Sí, aunque, de todas formas, no tengo mucho apetito, abuela.

Más tarde, mientras cenaban en la marisquería del «Mayfair», Paula cambió de expresión, algo que puso contenta a Emma. Mientras se relajaba visiblemente, su piel de alabastro adquirió una leve sombra rosada y sus ojos perdieron aquella expresión atormentada que tenían poco antes. Para cuando les sirvieron el café, Paula parecía comportarse con tanta normalidad que Emma tomó una decisión: depositaría su confianza en ella. Antes de que abandonasen «Cunningham's», haría una breve alusión a sus sospechas sobre Jonathan, pero como por casualidad y de pasada. Era necesario alertar a Paula pero, por otro lado, no quería alarmarla innecesariamente. Y al día siguiente, cuando cenase con Alexander, le pondría al corriente de la situación. En cierta forma, era muy importante que él estuviese alerta, en guardia, dado que Jonathan Ainsley trabajaba en «Harte Enterprises».

CAPÍTULO XX

Comenzaba el día 30 de abril y ella cumplía ochenta años.

Como era habitual, se despertó temprano y, mientras permanecía aún en la cama, espabilándose, pensó: «Hoy es un día especial, ¿verdad?» Y luego, instantáneamente, recordó por qué ése era un día diferente de los otros. *Su cumpleaños.*

A Emma no le gustaba quedarse en la cama cuando se había despertado, así que se incorporó, puso los pies en el suelo y cruzó la alfombra hasta el ventanal, sonriendo. *Lo había conseguido.* Nunca se imaginó que viviría tanto. Era once años más vieja que el siglo. Elizabeth Harte, su madre, la trajo al mundo en 1889, en aquella pequeña granja en Top Fold, en el pueblo de Fairley.

Descorrió las cortinas y miró al exterior. Empezó a sonreír. Era un día magnífico, radiante, y los árboles de Belgrave Square, en pleno crecimiento, tenían un color verde brillante, con las pesadas ramas mecidas por el viento bajo una luz tenue. Había nacido en un día como ése, un suave día de primavera, le dijo una vez su madre, un día inusualmente cálido para esa época del año, especialmente en el frío clima septentrional de Yorkshire.

Emma se desperezó. Se sentía despabilada y rejuvenecida después de una buena noche de descanso, y tan fuerte como siempre. «Rebosante de energía y vitalidad», pensó e, inmediatamente, una imagen de su hermano Winston surgió en su mente. Ésa había sido su expresión favorita para describirla, cuando la veía embalada, rebosante de entusiasmo, energía y decisión. Deseó que viviese aún, y también Frank, su hermano más joven. De pronto, una gran tristeza la invadió, pero fue pasajera. No era día de tristeza ni de echar de menos a aquellos a quienes había querido tanto y que ya habían desaparecido de este mundo. Era una ocasión para los pensamientos positivos. Un día para las celebraciones, para mirar el futuro y concentrarse en una generación más joven... la de sus nietos.

Si había perdido a todos sus hijos, excepto a Daisy, al

menos tenía la inmensa satisfacción de saber que sus nietos seguirían llevando su bandera, continuarían la gran dinastía que ella había creado, preservarían su poderoso imperio financiero.

Se detuvo de pronto cuando estaba cruzando la habitación y se preguntó si no sería una feroz vanidad personal lo que había fomentado en ella aquel impulso dinástico. *¿Quizás un deseo de inmortalidad?* No estaba segura. Pero sí comprendía una cosa: para formar una dinastía como ella había hecho, se necesitaba poseer una enorme ambición, e inculcársela a los demás.

Emma se rió por lo bajo. También era posible que se hubiese creído más grande de lo que era en realidad, distinta y tan indomable que no era como un mortal. «Egotismo», pensó, y, una vez más, el murmullo de su risa sonora llenó el silencio de la habitación. Sus enemigos la calificaban con frecuencia de total y suprema egoísta. Pero, ¿por qué no? Era la verdad, claro que sí. Y sin su asombroso *ego*, seguramente nunca hubiese podido hacer las cosas que había realizado, ni conseguir lo que tenía. Ese *ego* y esa confianza en sí misma le habían dado coraje y seguridad, la habían impulsado hacia delante y hacia arriba, hasta la misma cumbre, elevándola sobre el esplendoroso pedestal del éxito.

Bueno, no podía perder el tiempo esa mañana pensando en sus motivos, analizando la fuerza interior que la había impulsado durante todos los días de su vida. Había hecho lo que creyó que debía hacer, y eso era todo. Entró con decisión en el cuarto de baño a prepararse para el día que tenía por delante, olvidándose de sus pensamientos por considerarlos carentes de importancia.

Una hora más tarde, después de haberse bañado, vestido y desayunado, bajó precipitadamente la escalera hasta el segundo piso de la casa. Se sentía remozada y llena de vitalidad, vestida con un traje de lana azul fuerte de alegre corte. Lucía unas joyas espléndidas: pendientes de zafiros y un broche a juego prendido del vestido, un collar de perlas doble, el anillo de boda de Paul y el gran diamante de Blackie. Ni un solo cabello de su cabeza de un gris plateado se encontraba fuera de su sitio, el maquillaje era perfecto y la vitalidad que había en sus pasos contrastaba con su edad.

Emma vivía en Belgrave Square aún, en la elegante mansión, maravillosamente amueblada, que Paul McGill adquirió para ellos a finales del verano de 1925, poco después del nacimiento de su hija Daisy. En aquella época, debido al temor de Emma por el cotilleo mal intencionado, su poca disposición a hacer alarde de su mutua relación y su desbordante necesidad de ser discreta y circunspecta, él había hecho transformar la casa en dos viviendas. Y no había escatimado gastos en ello. El famoso arquitecto que había diseñado el piso de soltero de Paul en la planta baja transformó las tres restantes plantas en una lujosa vivienda para Emma, Daisy, la niñera y el resto del servicio. Para un observador ajeno, el apartamento de soltero y la suntuosa y elegante vivienda de tres pisos de Emma, estaban completamente separados, eran dos viviendas distintas e independientes, cada una con su propia entrada. Sin embargo, habían sido unidos ingeniosamente por un ascensor privado interior montado entre el pequeño vestíbulo del apartamento de Paul y el recibidor más grande y elegante del piso de Emma en la planta inmediata de arriba. Gracias a ese ascensor, las viviendas hacían la función de una sola casa.

Durante la guerra, inmediatamente después del accidente que dejó lisiado a Paul y de su trágico suicidio en Australia en 1939, Emma cerró el apartamento del piso bajo. No era capaz de entrar en él sin desfallecer, embargada por una pena incontrolable y una gran desesperación; volvió la espalda a aquellas habitaciones, olvidándolas, excepto para ordenar regularmente que las limpiaran. En 1948, cuando fue capaz de ponerse delante de las pertenencias de Paul, hizo que reformaran y decoraran de nuevo algunas habitaciones. Desde entonces, dedicó el pequeño apartamento de la planta baja a habitaciones de invitados para los amigos que la visitasen y sus nietos.

Parker, el mayordomo, estaba ocupado clasificando el correo de la mañana cuando Emma entró en su estudio. Era una alegre habitación de no muy grandes proporciones, confortablemente amueblada, y decorada con antigüedades rústicas.

—Feliz cumpleaños, Mrs. Harte —dijo Parker levantando la vista y sonriendo—. Hay mucho correo esta mañana, señora.

—¡Oh, Dios mío! ¡Ya lo veo! —exclamó Emma.

El mayordomo había amontonado una asombrosa cantidad de cartas en el sofá estampado y abría metódicamente los sobres con un abrecartas, sacaba las tarjetas de felicitación y tiraba los sobres a la papelera.

Emma se le unió en la tarea, pero tuvo que dejarla pronto para responder a las llamadas telefónicas, y luego, no mucho después, empezó a sonar el timbre de la puerta mientras las flores y los regalos llegaban de forma interminable y constante. Parker y Mrs. Ramsey, el ama de llaves, tenían mucho que hacer, y dejaron a Emma sola con el correo.

Sobre las once y media, cuando la actividad estaba en plena efervescencia, Daisy McGill Amory entró inesperadamente y sin que la anunciaran.

La hija menor de Emma cumpliría cuarenta y cuatro años en mayo, pero no los representaba. Tenía una figura esbelta, el cabello negro, suavemente rizado, que le caía enmarcando su rostro tranquilo de piel lisa, y unos ojos de un azul luminoso que reflejaban su amable disposición y su bondadoso carácter. A diferencia de su hija Paula, a quien le agradaba vestir con elegancia y que se preocupaba mucho por ir a la moda, Daisy tenía unos gustos más parecidos a los de Emma. Siempre vestía trajes sencillos y muy femeninos, y esa mañana llevaba un dos piezas de lana color lila y una blusa a juego con un volante de encaje que caía por su pecho, alhajas de oro y bolso y zapatos negros de charol.

—Que pases un cumpleaños muy, muy feliz, madre —dijo Daisy desde la puerta con un tono lleno de amor y los ojos inundados de ternura.

Emma levantó la vista del montón de sobres y comenzó a sonreír. Estaba encantada de ver a Daisy y agradecía su presencia tranquilizadora. Se levantó, rodeó el escritorio y se acercó a saludarla con afecto y calor.

—Esto es nuestro... David y yo esperamos que te guste, mamá —dijo con una sonrisa—. Es muy difícil hacerte regalos, ¿sabes? Lo tienes todo.

Le entregó un paquete.

—Gracias, Daisy. Y como sé que tienes el gusto más exquisito del mundo, estoy segura de que será algo maravilloso.

Sentándose en el sofá, Emma empezó a desliar el regalo de Daisy.

—¡Cuántos cumplidos! ¡Y a mi edad!

Daisy sabía que su madre estaba disfrutando cada minuto que pasaba a pesar de sus protestas. Se sentó junto a ella en el sofá.

—Pero, mamá, si se trata de eso. Éste es un día importante..., tienes que permanecer aquí, sin hacer nada, relajada y saboreando cada minuto.

—Quizá tengas razón. Pero, ciertamente, parece que esta mañana no voy a llegar nunca al trabajo.

Daisy la miró fijamente, con la perplejidad reflejada en sus ojos azul claro.

—No puedes ir a trabajar esta mañana, cariño, eso...

—¿Cómo que no? —la interrumpió Emma—. *Siempre* voy a trabajar.

—¡No, hoy no irás! No estaría bien.

Daisy movió la cabeza enérgicamente.

—Además —se paró, miró la hora y continuó—: Dentro de un rato te voy a llevar a comer.

—Pero, yo...

—Nada de peros, mamá querida —dijo Daisy con tono divertido pero firme—. Para algo soy hija tuya y de Paul McGill. Cuando quiero, puedo ser tan terca como lo *era* él y como lo *eres* tú. Y éste es uno de esos días en los que me pongo *muy* cabezona. No hemos comido juntas desde hace mucho tiempo y, dentro de unos días, te marcharás con el tío Blackie... y, por lo que he oído decir, estarás fuera unos meses. Por favor, no me defraudes; estoy deseando que vengas, y ya he reservado una mesa en «Mirabelle».

Emma le sonrió. Daisy era su favorita, su hija más querida. Siempre le había resultado difícil negarle algo.

—De acuerdo —accedió—. Comeremos juntas e iré al almacén por la tarde. ¡Oh, Daisy, es maravilloso! —exclamó Emma mirando el bolsito de noche de oro trabajado a mano—. ¡Vaya, querida, es precioso!

Su satisfacción era visible mientras le daba la vuelta, lo abría, miraba dentro y lo cerraba. Después de examinarlo durante unos minutos más, lo devolvió a su caja protectora de cuero, se inclinó a un lado y besó a su hija.

—Gracias, Daisy, es imponente. Y perfecto para mi viaje: me irá muy bien con los trajes de noche.

Daisy asintió, satisfecha y aliviada porque el regalo había sido un éxito.

—Eso es lo que David y yo pensamos, y nos estrujamos el cerebro pensando en un regalo que se saliese de lo normal. ¿Estás segura de que te gusta el estilo? Si no te agrada, «Asprey's» mandará con mucho gusto un vendedor con otros objetos para que los veas.

—No, no. No quiero ver ningún otro. Me gusta éste —aseguró Emma—. Es más, lo llevaré esta noche.

Sonó el teléfono.

—¿Contesto por ti, mamá?

—Sí, hazlo, por favor, cariño.

Daisy cogió el teléfono y respondió fríamente. Hubo un breve intercambio de cumplidos y, después de un momento, Daisy dijo:

—Veré si puede venir hasta aquí. Hay un poco de ajetreo esta mañana. Espera un minuto, por favor.

Daisy tapó el auricular y miró a su madre.

—Es Elizabeth. Ha vuelto a Londres. ¿Quieres hablar con ella? Creo que quizá debieras hacerlo.

—Por supuesto que hablaré con ella.

Emma se acercó al escritorio. Si estaba sorprendida, no lo aparentó.

—Hola, Elizabeth.

Se sentó, se recostó en la silla y sujetó el auricular con el hombro, jugueteando con la pluma que había en el tintero de ónice.

—Gracias —respondió cortante—. Sí, son muchos años, pero no me siento como si ya tuviese los ochenta. ¡Más bien como si acabara de cumplir cincuenta y ocho! Y me encuentro en plena forma.

Hubo otra pausa. Emma fijó en la pared de enfrente los ojos, que se entrecerraron ligeramente, y, de repente, la interrumpió autoritariamente.

—Creo que cuando me pidió permiso, Winston sólo quería ser cortés. En realidad, no era necesario. No creo que deba recordarte que Emily es mayor de edad. Puede hacer lo que quiera. Y *no*, no hablé con Tony. Pensé que Emily debía ser quien se lo dijese a su padre.

Emma se quedó callada mientras su hija hablaba incesantemente al otro lado del teléfono. Su mirada se cruzó con la de Daisy, hizo una mueca y alzó los ojos. Su paciencia empezaba a agotarse y la interrumpió otra vez.

—Creí que me habías llamado para desearme un feliz cumpleaños, Elizabeth, no para quejarte del compromiso de Emily.

Una sonrisa irónica cruzó por su rostro mientras escuchaba las protestas de Elizabeth alegando que no se estaba quejando.

—Me alegra oírte decir eso —dijo Emma—, porque todo lo demás sería gastar saliva en vano. Bueno, ¿cómo te ha ido en tu viaje a Haití? Y, ¿cómo está tu nuevo acompañante..., Marc Deboyne?

Elizabeth murmuró con éxtasis en el oído de Emma durante algunos minutos y, finalmente, ésta dio la conversación por terminada.

—Bien —dijo bruscamente—, me alegro de que seas feliz, y gracias por llamar y por el regalo de cumpleaños. Estoy segura de que lo traerán en cualquier momento. Adiós, Elizabeth.

Y colgó.

—¿Está enfadada con Emily y Winston? —preguntó Daisy.

Emma rió con cierta acritud.

—Por supuesto que no. Sólo armaba el escándalo apropiado porque no la informaron primero a ella, antes que a mí. Conoces a Elizabeth tan bien como yo, es una metomentodo. Pero ha sido muy amable de su parte llamarme por mi cumpleaños.

Emma volvió al sofá y se sentó. Le dirigió una mirada extraña a Daisy y se encogió levemente de hombros.

—Edwina me ha llamado antes. Y también Robin y Kit... Debo admitir que me ha sorprendido mucho tener noticias suyas, no sabía nada de ellos desde aquel desastre con mi testamento el año pasado. Hoy, todos son tan dulces como un pastel y me dicen que también me han mandado un regalo. ¿Te lo puedes creer?

—Quizá lo sientan, madre, y estén arrepentidos de su conspiración...

—¡Lo dudo! —exclamó en voz baja—. Soy demasiado cínica para pensar que alguno de ellos haya cambiado de parecer. No, estoy segura de que sus mujeres estaban detrás de las llamadas. June y Valerie han sido unas mujeres honradas siempre. No me imagino cómo han podido aguantar a mis hijos durante todos estos años. Kit conspira. Robin planea. Oh, bueno...

Emma alargó el brazo y cogió la mano de Daisy entre las suyas.

—Hay algo que quería preguntarte, querida. Es sobre esta casa... ¿Estás segura de que no la quieres?

Daisy se quedó extrañada.

—Pero, ¿no se la habías dejado a Sarah? —preguntó asombrada.

—Sí. De todos modos, se la legué porque me dijiste que no tenías interés en que fuese tuya cuando hablamos del asunto el año pasado. Pero debería ser tuya o de tus hijos. Después de todo, tu padre la compró para nosotras.

—Ya lo sé, y siempre he adorado esta casa. Guarda tantos recuerdos especiales para mí..., de mi infancia, de papá, tuyos, y de los hermosos ratos que los tres juntos pasamos aquí. Aunque es un poco grande, y...

Emma levantó una mano para silenciarla.

—No es tan grande, si piensas que son dos pisos y no una casa. Como sabes, papá lo hizo así por mí. Quería guardar las apariencias...

Emma calló y empezó a reírse.

—¡Dios mío, Daisy, *cómo han cambiado* los tiempos! Ya no le importa a nadie que vivas con un hombre sin estar casada. Bueno, volviendo a la disposición de esta casa, pensé que podrías querer reconsiderar el asunto. Ahora tienes nietos. Philip se casará algún día no muy lejano, supongo. Tendrá hijos; incluso puede que quiera enviarles a un colegio de Inglaterra. Dos pisos separados bajo el mismo techo son increíblemente útiles.

—No sé qué decir, madre. Aunque tienes razón en todo eso.

—Piénsalo. Siempre puedo cambiar mi testamento.

—Pero me has dejado tanto..., más de lo que necesitaré nunca. Me parece egoísta aceptar la casa.

—Eso es una solemne tontería, Daisy. Debería ser tuya por derecho. Si la rechazas, entonces, pienso que quizá fuese mejor dejársela a Paula o a Philip.

—Pero, ¿y Sarah?

—Ella no es una McGill.

Daisy apretó los labios.

—De acuerdo, haré lo que dices, lo pensaré. Escucha, madre, ya sé que una mujer con tu inmensa fortuna debe tener sus asuntos en perfecto orden siempre, pero, si te digo la verdad, odio estas discusiones sobre tu testamento y tu muerte. De verdad, me revuelven el estómago. Tu muerte es algo en lo que no puedo pensar y, mucho menos, hablar de ella con tanta despreocupación. Me pone enferma.

Emma la miró y no dijo nada. Le apretó la mano, se echó hacia atrás y siguió observándola fijamente.

Daisy lanzó un profundo suspiro y después forzó una débil sonrisa.

—Lo siento, no tenía intención de ser tan brusca. Sin embargo, me disgusta hablar de estas cosas precisamente hoy. Es tu cumpleaños, ¿recuerdas?

—Comprendo.

Hubo un corto silencio y, luego, Emma dijo en voz baja:

—He sido una buena madre contigo, ¿verdad, querida Daisy?

—¡Cómo puedes pensar lo contrario! —gritó Daisy con el rostro marcado por la preocupación.

Sus grandes ojos brillantes de un azul intenso se abrieron exageradamente, humedecidos.

—Has sido la madre más maravillosa que se podría tener, siempre cariñosa y comprensiva.

Daisy le devolvió su mirada fija e inmutable y, mientras escudriñaba aquella cara arrugada, su corazón se llenó de un profundo amor por aquella notable mujer que la había traído al mundo. Sabía que la actitud rigurosa y la permanente expresión de severidad eran características superficiales, nada más, un camuflaje para su gran reserva de sentimientos y compasión. Emma Harte era una persona compleja, polifacética y, contrariamente a lo que algunos pensaban, mucho más vulnerable y sensible que la mayoría.

Otro cambio se produjo en el rostro de Daisy cuando se intensificó la adoración y el sentimiento de lealtad que sentía hacia su madre.

—Eres extraordinaria, mamá.

Daisy calló, fijó la vista en el rostro de Emma y movió la cabeza con asombro.

—La persona más encantadora y honrada que conozco se llama Emma Harte. He sido muy afortunada teniéndote todos estos años. Es como una bendición.

Emma se conmovió profundamente.

—Gracias por decir esas cosas tan hermosas, Daisy.

Miró al vacío durante unos instantes.

—Me equivoqué deplorablemente con tus hermanastros y hermanastras —murmuró con tristeza—. No podría soportar la idea de que me había ocurrido contigo lo mismo, o que te traté mal en algún momento y no te di lo mejor de mi cariño.

—Me lo has dado todo..., yo soy la que no puede decirte cuánto te debo. Y no pienses que te has equivocado con los demás. Ni mucho menos. ¿No dijo mi padre una vez que cada uno es responsable de su propia vida; que somos nosotros los únicos que marcamos nuestro destino, que son responsabilidad nuestra todas las acciones buenas y malas, que realizamos?

—Sí.

—Entonces, créelo, madre. ¡Es verdad!

—Si tú lo dices, cariño...

Emma guardó silencio momentáneamente, reflexionando sobre las palabras de su hija. Estaba orgullosa de Daisy, de la mujer que había llegado a ser. Pues, a pesar de su dulzura, de su carácter afable y de su encanto intrínseco, poseía un corazón fuerte, endurecido incluso, y una inmensa resistencia y entereza. Emma sabía que, cuando se lo proponía, su hija era tan inamovible como una montaña e inquebrantable en sus resoluciones. Esto se ponía de manifiesto con más fuerza si se trataba de algo relacionado con sus convicciones y creencias. Además del aspecto físico, Daisy adoptaba también una actitud juvenil. Su alegría y su amor a la vida eran contagiosos, y pertenecía a ese escaso grupo de mujeres que son apreciadas tanto por las personas de su mismo sexo como por los hombres. De hecho, Emma sabía muy bien que a la mayoría de la gente le resultaba difícil, por no decir imposible, no querer a Daisy. Era una persona tan íntegra, tan honrada, tan irreprochable y, al mismo tiempo, tan humana y tan atenta, que destacaba de todo el mundo. Si sus hermanastros y hermanastras estaban celosos de ella, incluso ligeramente resentidos, quedaban atrapados, sin embargo, bajo la fuerza de su cálida personalidad y extraordinaria sinceridad. También su bondad, su pureza y su sentido del juego limpio los mantenía desconcertados y acorralados. Ella era la conciencia de la familia.

—Tienes una mirada distante, madre. ¿Estás soñando despierta? Pareces tan emocionada, ¿en qué estás pensando?

Daisy se acercó a ella, la miró fijamente y le acarició la mejilla.

—¡Oh, en nada importante! —dijo Emma emergiendo de su introspección y mirando el traje de Daisy con detenimiento—. Ya que vamos a ir al «Mirabelle», quizá debiera ir a cambiarme.

—No tienes por qué hacerlo, querida. No te molestes ahora por algo como eso.

—De acuerdo, no lo haré. Pero, ¿y esta noche? Blackie me ha dicho que llevará esmoquin. No querrá que me vista de largo, ¿verdad? Quiero decir que, después de todo, sólo vamos a ser ocho.

«¡Oh, Dios mío —pensó Daisy—, verás cuando se entere de que seremos cerca de sesenta!» Se preguntó si su madre se enfadaría con ellos por ofrecerle una fiesta sorpresa. Se aclaró la garganta y, rogando para que su tono pareciese despreocupado, Daisy afirmó:

—Pero el tío Blackie desea que esta noche de fiesta sea muy especial. El otro día me dijo: «¿Cuántas veces va a cumplir tu madre ochenta años?», así que, como es lógico, estuve de acuerdo con él en que nos vestiríamos de gala. Pero tú no tienes que tomártelo tan en serio; quiero decir, que no tienes por qué ponerte un vestido largo. Yo he decidido llevar un traje de noche de falla de color azul pavonado. Oye, yo, en tu lugar, me podría uno de esos encantadores vestidos de gasa que tienes.

—Eso me gusta más. Tengo el traje verde, que irá muy bien. ¡Oh, querida, otra vez el timbre de la puerta! Espero que no sean más flores. Este lugar empieza a parecer el salón de una funeraria.

—¡Madre! ¡Qué comparación tan horrible!

Daisy se levantó y atravesó la habitación con rapidez.

—Quizá sea el regalo que Elizabeth ha mandado —dijo por encima del hombro—, o los de Kit y Robin. Iré a preguntarle a Parker.

Daisy regresó antes de que Emma parpadease siquiera.

—*Es* un regalo, madre.

Miró hacia el recibidor, asintió y tomó posición cerca de la chimenea, de pie, bajo el retrato al óleo de Paul McGill.

Emma, perspicaz como siempre, le dirigió una mirada de sospecha.

—¿Qué sucede? Tienes la misma expresión que adoptaba tu padre cuando escondía algo en la manga.

Miró el retrato de Paul y luego a su hija. No había duda de quién era su padre. El parecido resaltaba cada día más..., los mismos ojos de un azul intenso, el cabello negro, la hendidura en la barbilla...

—Vamos, ¿qué me ocultas? —preguntó.

Daisy miró expectante hacia la puerta e hizo señas. Entonces, Amanda y Francesca entraron, esforzándose por parecer tranquilas y adultas. Se detuvieron en el centro de la habitación mirando a Emma.

—Cumpleaños feliz, querida abuelita, cumpleaños feliz —cantaron a dúo con entusiasmo, aunque desafinando un poco.

Sarah, Emily y Paula entraron tras ellas y se quedaron

detrás de sus jovencísimas primas.

—Feliz cumpleaños, abuela —repitieron mirándola con cariño.

—¡Santo cielo! ¿Qué es todo esto? —exclamó Emma realmente sorprendida.

Miró a sus nietas y después se dirigió a las gemelas.

—Y vosotras *dos*, ¿qué estáis haciendo aquí a mitad del trimestre?

Daisy la interrumpió.

—Las he sacado del colegio durante un par de días, madre. Están con David y conmigo. Después de todo, *es* tu cumpleaños.

—Ya sabía yo que alguien estaba tramando *algo* —dijo Emma dirigiéndole a Daisy una mirada penetrante—. Si te digo la verdad, pensé que Blackie y tú estabais conchabados, Daisy. Sospechaba que habíais preparado alguna clase de celebración para esta noche.

Daisy consiguió mantener la cara impasible, pero, antes de que pudiera decir nada, Emily se adelantó con gran decisión. Le dio un paquete, con una bonita envoltura, a Francesca, y un golpecito en el hombro de Amanda.

—No habréis olvidado el discurso, ¿verdad?

—¡Claro que no! —siseó Amanda con indignación.

Se cogió de la mano de Francesca, dio un tirón a su hermana gemela y ambas se acercaron a Emma.

Tomando aliento, la niña dijo cuidadosamente, enunciando cada palabra con claridad:

—Abuelita, este regalo es de todos tus nietos: Philip, Anthony, Alexander, Jonathan, Paula, Sarah, Emily, Francesca y yo. Cada uno de nosotros ha contribuido para poder regalarte algo especial en tu octogésimo cumpleaños. Te lo regalamos con nuestro amor más sincero.

Amanda se acercó a Emma, se inclinó sobre ella y le dio un beso; Francesca la siguió para entregarle el regalo.

—Gracias, chicas —le dijo a las mellizas—. Y tu pequeño discurso ha sido muy agradable, Amanda. Bien hecho.

Miró a su hermana y a sus primas.

—Muchas gracias a todas.

Emma se sentó y así permaneció un momento sin moverse, con el regalo en su regazo. Pasó los ojos por cada una de sus nietas mayores, sonriéndoles una a una, asintiendo, pensando en lo guapas y encantadoras que eran. Las lágrimas brotaron de forma inesperada y ella trató de retenerlas, bajó los ojos y miró el paquete, luchando para reprimir aquella reacción emotiva ante la inesperada escena familiar. Con gran asombro, vio cómo le temblaban las manos mientras desataba el lazo violeta y sacaba el objeto de la caja.

El regalo era un reloj de forma de huevo, hecho con el esmalte azul más translúcido que había visto nunca. En la parte superior tenía un gallo en miniatura, esmaltado y delicadamente trabajado, estaba montado en la parte superior del huevo, bellamente incrustado de diamantes, rubíes y zafiros. Emma quedó maravillada ante el diseño y el trabajo, que eran exquisitos, y se dio cuenta de que tenía en sus manos una verdadera obra de arte.

—Es de Fabergé, ¿verdad? —pudo decir al fin, con voz apenas audible.

—Sí —repuso Emily—. De hecho, abuelita, es un huevo de Pascua que hizo Fabergé para la zarina María Fedorovna de Rusia. Su hijo, Nicolás II, el último zar, lo encargó para ella.

—¿Y cómo diablos te la has arreglado para conseguir un objeto tan raro y valioso como éste? —le preguntó Emma, admirada.

Como experta coleccionista de obras de arte, sabía que las piezas de Fabergé escaseaban cada vez más.

—Paula se enteró de la existencia del reloj a través de Henry Rossiter —la informó Emily—. Supo que lo subastaban en «Sotheby's» la semana pasada.

—¿Y fue Henry a la subasta en tu lugar?

—No, abuela. Fuimos *todos en masa*, excepto las gemelas, claro, que estaban en el colegio. Henry nos acompañó. Paula nos llamó y fuimos juntos. Nos pusimos de acuerdo para intentar comprar el reloj para ti, como regalo colectivo nuestro. ¡Fue de lo más excitante!

—Estuvimos a punto de perderlo varias veces, pero seguimos insistiendo, pujando más alto. Y, de pronto, lo conseguimos. ¡Nos emocionamos mucho, abuela!

—Y yo también, querida.

Sus ojos abarcaron todo el grupo.

Parker apareció de repente, seguido de Daisy, con una bandeja llena de copas de chispeante champaña. Cuando cada uno tuvo la suya, se reunieron alrededor de Emma, le desearon otra vez un feliz cumpleaños y brindaron por ella.

Cuando se tranquilizaron las cosas, Emma se volvió hacia Daisy.

—¿Vamos a ir a comer al «Mirabelle» realmente o era una treta para evitar que me marchase al almacén?

Daisy sonrió.

—Por supuesto que vamos a ir a comer... todos los aquí presentes. Anthony, Alexander, Jonathan y David se nos unirán allí. Así que ya puedes empezar a olvidarte del trabajo por hoy, madre.

Emma estaba a punto de rebatir ese punto pero se fijó en la mirada de Daisy y, como impedía culquier argumento en contra, se mordió la lengua.

Estaba oscureciendo.

Emma atravesó el vestíbulo de entrada, que estaba en penumbra y silencioso a esa hora, y entró en el estudio con paso vivo.

Ya se había arreglado para la fiesta que le ofrecía Blackie en el «Ritz». Vestía un traje de gasa con volantes que iban del verde pálido al verde oscuro, de corte sencillo, y mangas amplias al estilo mandarín. Las magníficas esmeraldas McGill llameaban en su garganta, orejas, brazos y mano, resaltando sobre la tonalidad verde del suave tejido; el fuego, la intensidad y la brillantez de las gemas se intensificaban sobre aquel fondo del mismo color.

Sí, era una buena elección, decidió Emma al pasar por delante del único espejo de la habitación y verse reflejada fugazmente en él. No se detuvo, siguió atravesando la habitación, en la que sólo se oía el roce de su vestido al moverse ella con su habitual ligereza.

Cuando llegó a la consola donde muchos de sus regalos de cumpleaños estaban apilados, cogió el huevo de Pascua y se lo llevó al salón.

Lo puso en una mesita antigua, junto a la chimenea, y se echó hacia atrás, admirándolo otra vez. Era, sin ninguna duda, una de las cosas más bellas que le habían regalado nunca, y estaba impaciente por enseñárselo a Blackie.

Se sobresaltó con el agudo tintineo del timbre y, en rápida sucesión, oyó los pasos de Parker resonando en el recibidor, el ruido de la puerta principal al cerrarse y voces apagadas.

Un momento después, Blackie entró en la habitación, espléndidamente ataviado con un magnífico esmoquin, con una amplia sonrisa en su rostro que competía con el brillo de sus ojos negros; era obvio que bullía de excitación.

—Feliz cumpleaños, querida mía —bramó.

Se detuvo y la estrechó entre sus brazos. Luego, la soltó, se retiró dos pasos con sus manos cogidas todavía y la miró a la cara, repitiendo los mismos gestos que había hecho durante años.

—Esta noche estás más hermosa que nunca, Emma —dijo radiante, inclinándose para besarla.

—Gracias, Blackie —dijo Emma mientras le devolvía la sonrisa y se dirigía hacia el sofá—. ¿Le dijiste a Parker lo que querías hacer?

—Por supuesto que sí. Lo de siempre.

Se sentó frente a ella en una silla que desapareció totalmente bajo su cuerpo.

—No vayas a pensar que he venido con las manos vacías..., tu regalo de cumpleaños está ahí fuera. Voy a traértelo...

Los discretos golpecitos del mayordomo en la puerta lo interrumpieron y Parker entró con un vaso de whisky irlandés para Blackie y una copa de vino blanco para Emma.

Tan pronto como se quedaron solos, Blackie levantó su vaso.

—Por ti, encanto. Porque celebremos juntos muchos más cumpleaños.

—Sé que lo haremos —rió Emma—. Y este otro por nuestro viaje, querido Blackie.

—Por el viaje.

Blackie se mojó los labios nada más y se levantó.

—No te muevas —ordenó—, y cuando te diga que cierres los ojos, quiero que lo hagas sin rechistar, y nada de trucos.

Se quedó sentada, esperando a que volviese. Se dio cuenta de que necesitaba la ayuda de Parker cuando oyó el murmullo del mayordomo, la respuesta de Blackie y el ruido de un papel al ser rasgado.

—Cierra los ojos —le ordenó Blackie desde la puerta, algunos segundos después—. Recuerda lo que te he dicho, ¡nada de mirar a hurtadillas, Emma!

—No lo haré —aseguró ella con voz divertida.

Estaba sentada perfectamente erguida, con las manos cruzadas sobre el regazo y, de repente, se sintió como si fuese una niña otra vez, como la niñita hambrienta que había recibido su primer regalo envuelto en papel de plata y con un lazo azul. Se lo había dado él, había sido aquel pequeño broche barato de cristal verde que ella había amado durante toda su vida y que aún guardaba en el joyero, junto con la excelente réplica de esmeraldas que él le había regalado mucho más tarde. Una vez, hacía mucho tiempo, aquel trocito de cristal verde fue su posesión más preciada.

—¡Ahora! —gritó Blackie.

Emma abrió los ojos lentamente y, mientras miraba el cuadro que él le mostraba, se dio cuenta de que era una obra realizada por Sally Harte, su sobrina-nieta. Abrió la boca con asombrado deleite y, luego, sintió una punzada de dolor y una enorme nostalgia al ser invadida por recuerdos atormentadores. Su garganta se contrajo. Miró con detenimiento, fijándose en cada detalle, en cada pincelada, sin poder apartar los ojos de la evocadora belleza del cuadro, incapaz de decir una palabra.

—¡Ah, Blackie! —dijo al fin—. Es encantador..., los páramos de Fairley. Mis páramos, donde nos vimos por primera vez.

—Fíjate un poco mejor, querida mía.

—No hace falta, ya me he dado cuenta de que es la Cima del Mundo.

Levantó la vista y movió la cabeza, maravillada.

—¡Qué regalo tan significativo, mi viejo y querido amigo! La pintura es extraordinaria. Es como si pudiese alargar el brazo y coger una rama de ese brezo, como solía hacerlo para mi madre.

Pasó un dedo por el lienzo, casi sin tocarlo.

—Puedo oír el murmullo de este pequeño arroyo, aquí, en la esquina, el sonido del agua cristalina corriendo entre las piedras pulidas. Es tan..., tan real que incluso puedo oler el aroma del arándano, de los helechos y del brezo. ¡Oh, querido Blackie...!

Emma levantó la vista y lució su sonrisa incomparable; luego, volvió a fijarse en el cuadro;

—Es el auténtico cielo de Yorkshire, ¿verdad? Tan claro y radiante. Esta chica tiene un talento inmenso, solamente Turner y Van Gogh han sido capaces de reflejar de tal manera el verdadero valor de la luz sobre un lienzo. Sí, Sally se ha superado a sí misma esta vez.

La satisfacción y el placer brillaron en el rostro arrugado y expresivo de Blackie.

—Yo mismo llevé a Sally allí, le mostré el lugar exacto. Y ella regresó una y otra vez. Quería alcanzar la perfección para ti, como lo quise yo, y creo que, al final, lo ha conseguido.

—Ciertamente que sí. Gracias, muchísimas gracias por pensar en un regalo tan especial.

—Hice que escribiera algo con pintura por detrás —dijo él en voz baja.

Dio la vuelta al cuadro, señalando la pequeña nota.

—Como no lo podrás leer sin las gafas, te diré lo que le dije que escribiese: *A Emma Harte, en la celebración de su octogésimo cumpleaños, con amor de su amigo de siempre, Blackie O'Neill*. Luego va la fecha abajo.

Por segunda vez en aquel día, Emma se sintió profundamente conmovida. No podía hablar, y volvió la cabeza rápidamente para que él no viese sus ojos humedecidos. Se sentó, bebió un trago y se fue calmando.

—Es maravilloso, querido, maravilloso —murmuró.

Dejando el cuadro apoyado contra una consola y asegurándose de que estaba en el campo de visión de Emma, Blackie volvió a su silla y levantó su vaso.

—Y también es toda una vida, Emma. Sesenta y seis años, para ser exactos.

Asintió mirando el cuadro.

—Vaya, la Cima del Mundo —continuó él—, el nombre que tu madre le puso a Ramsden Crags. Nunca olvidaré el día en que me encontraste perdido entre los páramos y que vi los Riscos por primera vez en el momento en que salíamos del Barranco.

Emma siguió la dirección de su mirada. Más de seis décadas quedaron atrás y se vio a sí misma con catorce años. Una pobre niña sirvienta..., atravesando los páramos al amanecer con sus botas destrozadas y el viejo abrigo lleno de remiendos que Cook le había dado. Aquel abrigo había sido un tesoro también, aunque le quedase corto y estrecho, y estuviese raído. A duras penas la protegía de la lluvia, la nieve y el frío viento del Norte.

Miró a Blackie fijamente y, aunque lo veía como era en ese momento, recordaba el aspecto que tenía con sus toscas y tristes ropas de trabajador, su gorra de paño barata inclinada graciosamente y la bolsa de las herramientas colgando de uno de sus anchos hombros. Cook había calificado de *vergonzosa* la sucia bolsa vieja de arpillera que contenía sus posesiones más preciadas: martillos, llanas y el esparavel.

—Quién hubiese pensado que íbamos a vivir los dos hasta esta edad —dijo Emma lentamente—. Que conseguiríamos tanto en nuestras vidas..., un poder inmenso, una riqueza inconmensurable..., que llegaríamos a ser lo que somos.

Blackie la miró con extrañeza, luego se rió entre dientes del tono de asombro de su voz.

—Yo nunca dudé de que nuestro futuro iba a ser muy halagador —aseveró, con voz marcada por una alegre efervescencia—. Una vez te dije que iba a ser ricachón, un auténtico millonario, y que tú serías una gran señora. Pero te confesaré que nunca sospeché que llegarías a ser tan grande como eres.

Ambos sonrieron, mirándose a sus viejos ojos reflexivos, seguros de su amor y amistad, deleitándose en el conocimiento de que se entendían mutuamente como nadie los había entendido. Tantos años..., tantas experiencias compartidas. Los lazos que los unían eran como el acero y tan fuertes que nunca se podrían romper.

Después, Blackie se levantó.

—Ahora, encanto mío, cuéntame cómo has pasado el día.

—Ha habido algo que me ha sorprendido, Blackie. *Ellos* han llamado. Los *conspiradores*. Me ha dejado atónita tener noticias de Elizabeth y de mis hijos, no me importa decírtelo. Ella ha vuelto a Londres, claro. Con su acompañante francés, de eso no hay duda. Edwina me ha regalado un anillo esta mañana, y ha estado muy amable, lo creas o no. Quizá se haya enmendado por fin. Y he tenido otras dos llamadas maravillosas..., que realmente me emocionaron. Phillip me ha llamado desde Sidney, y Shane desde Nueva York, ¿no es maravilloso?

Él asintió, sonriendo, y ella continuó:

—Me parece que tu nieto y el mío están planeando ofrecerme una fiesta de cumpleaños cuando lleguemos a sus respectivas ciudades, así que prepárate. Y, en cuanto al día, bueno, puedes ver por ti mismo lo que me ha deparado.

Emma extendió el brazo, moviéndolo a su alrededor mientras recorría la habitación con los ojos.

—Flores, tarjetas y muchos regalos. Y he almorzado en el «Mirabelle» con Daisy, David y mis nietos.

Pasó a relatarle cada detalle del almuerzo; luego, le contó cómo lo habían sacado corriendo del restaurante a las tres y media y la habían llevado al almacén del Knightsbridge. Entró en su despacho escoltada por sus nietos y allí fue agasajada por los altos ejecutivos, en una recepción especial que habían preparado para ella.

Cuando acabó de contarle todo eso, casi sin detenerse a tomar aliento, Emma se levantó, cogió el reloj ovalado y le dijo en tono confidencial:

—Esto es lo que me han regalado mis nietos —dijo—, y, junto con el cuadro, es lo que más me ha gustado. Los guardaré siempre como un tesoro.

—O sea, que te lo has pasado bien...; me alegro. Siempre debería ser así.

Blackie se levantó.

—Será mejor que nos vayamos. Iremos al «Ritz», a la *suite* de Bryan, a tomar una copa antes de bajar a cenar.

Diez minutos después llegaban al «Hotel Ritz», en Piccadilly. Blackie llevaba a Emma cogida del brazo mientras subían la escalinata. Se detuvo un instante en el mostrador de recepción, le pidió al joven que había detrás que le anunciase a su hijo, Mr. O'Neill, y le dijo el número de la *suite*.

—Por supuesto, Mr. O'Neill.

El joven recepcionista miró a Emma sonriendo.

—Buenas noches, Mrs. Harte.

Emma le devolvió el saludo amablemente y, cuando Blackie le hubo dado las gracias, atravesaron el vestíbulo, inconscientes de la atención que despertaban y de que la gente volvía la cabeza para mirarles.

Emma permaneció callada mientras subían en el ascensor, mientras Blackie le lanzaba furtivas miradas, preguntándose si sospecharía algo de la fiesta que habían planeado con tanto secreto. No podía imaginárselo. Su rostro, como siempre, permanecía inescrutable. Creía que Emma no se enfadaría, a pesar de que Daisy había pronosticado que su madre podría enfadarse fácilmente. Él conocía a Emma, sabía que era como una niña, a veces. Le gustaban las sorpresas, los regalos y las ocasiones especiales, sobre todo cuando ella era el centro de atención.

«Es por las privaciones de su juventud —se dijo a sí mismo—. En aquellos días no poseía nada de auténtico valor.» No, eso no se ajustaba a la verdad estricta. Era guapa, inteligente y decidida, tenía una salud extraordinaria y un enorme coraje. Por no mencionar su terrible orgullo. ¡Qué vergüenza había pasado a causa de ese orgullo y su pobreza! «Pero la pobreza no es ningún crimen, aunque la gente acomodada hace siempre que te sientas como un criminal», le dijo una vez a gritos. ¡Ah, sí, lo recordaba todo...! Emma había sufrido más dolor, pena y tristeza de lo que le correspondía. Pero no sufriría de nuevo, no pasaría más privaciones, ya no habría más dolor. Ambos eran demasiado viejos para las tragedias..., las tragedias eran para los jóvenes.

Finalmente, llegaron hasta la puerta de la *suite*. Blackie rió para sus adentros. La llamada desde Recepción había sido la señal de alerta para que Bryan y Daisy impusieran silencio entre los invitados. Obviamente, lo habían hecho muy bien. El ruido de un alfiler al caerse hubiese parecido un disparo en el penetrante silencio del pasillo.

Con una última y rápida mirada de soslayo a Emma, Blackie levantó la mano y dio un golpecito en la puerta. Daisy la abrió casi de inmediato.

—¡Vaya, madre, tío Blackie, ya estáis aquí! Os estábamos esperando. Entrad.

Blackie hizo pasar a Emma delante y la siguió.

—¡*Feliz cumpleaños!* —gritaron cincuenta y ocho personas al unísono.

Para todos los presentes resultó evidente que Emma había quedado atónita. Miró al grupo de parientes y amigos que se habían reunido para celebrar su cumpleaños con expresión de sorpresa, y se ruborizó ligeramente en oleadas que nacían en el cuello e iban ascendiendo para acabar extendiéndose por su rostro. Inmediatamente, volvió los ojos a Blackie.

—¡Malvado! —susurró—. ¿Por qué no me diste al menos una pista, un aviso?

Él sonrió, satisfecho de que el secreto hubiese sido tan bien guardado.

—No me atreví. Daisy me aseguró que me mataría. Y no empieces a decirme que estás enfadada, porque se te nota en la cara que no lo estás.

—Es cierto —admitió y, finalmente, empezó a sonreír.

Volvió la cabeza, recorrió con la mirada la habitación atestada de gente y se quedó clavada en el sitio momentáneamente. Su sonrisa se fue agrandando y agrandando al ir fijándose en las caras familiares que le sonreían dándole la bienvenida.

Sus dos hijos, Kit Lowther y Robin Ainsley, estaban con sus respectivas esposas, June y Valerie; sus hijas Edwina y Elizabeth se encontraban a ambos lados de un hombre de aspecto distinguido y escandalosamente atractivo. Supuso que era el famoso Marc Deboyne... Emily la había calificado sucintamente de *Gentuza Cosmopolita*. Pero tenía una sonrisa fascinante y una cierta aureola de encanto. Claro que Elizabeth siempre se lanzaba a por los guapos. Bueno, no podía criticárselo: los hombres que habían formado parte de su propia vida habían tenido una buena dosis de atractivo también.

Daisy había cruzado la habitación y se hallaba de pie, cogida del brazo de David, que se encontraba junto a las cuñadas de Emma, las ancianas Charlotte y Natalie, las cuales estaban de punta en blanco y cargadas de joyas. Paula y Jim permanecían junto a ellas; Winston cuidaba de Emily. Amanda y Francesca, y, aparentemente, disfrutaba con su papel de ángel protector. Los ojos de Emma se posaron automáticamente en la mano izquierda de Emily y le guiñó un ojo al ver el resplandor de la esmeralda de su anillo de compromiso.

Miró detrás de ellos, a la habitación contigua, y vio a Sarah, a Jonathan y a Alexander, con su novia Maggie Reynolds, reunidos en la puerta. A la izquierda del grupo se hallaba reunida toda la familia Kallinski y, junto a ellos, Bryan, Geraldine y Merry O'Neill. Junto a estos últimos se encontraba el resto de los Harte. El rostro sonriente de Randolph la miraba por encima de los hombros de sus dos hijas, Vivienne y Sally. Su nieto Anthony la sonreía desde su lugar junto a Sally.

Henry Rossiter estaba apoyado en la chimenea, al final de la segunda *suite*. «Tiene mejor aspecto que nunca», pensó Emma, y miró a su novia actual, la famosa modelo Jennifer Gleen. Era, al menos, cuarenta años más joven que él. «Esa es una forma de ganarse un ataque al corazón, querido Henry», se dijo Emma con ojos alegres. Gaye Sloane, su secretaria particular, se encontraba a la derecha de Henry. El resto de los asistentes eran viejos amigos y sus socios más cercanos, como Len Harvey, que dirigía «Genret», y su esposa Monica.

La gran sorpresa inicial de Emma se había ido disipando durante los pocos segundos que permaneció inmóvil mirando a los reunidos. Ya era totalmente dueña de sí misma, dominando así la situación y a todos los presentes. Con aire autoritario, orgulloso, distinguido e insuperablemente elegante, dio un paso hacia delante e inclinó la cabeza.

—Bueno —exclamó, rompiendo el silencio con voz fuerte y clara—. Nunca me imaginé que tantas personas pudiesen guardar un secreto. Al menos, sin que yo llegue a enterarme.

Sus risas la rodearon al acercarse a ellos, aceptando sus

saludos afectuosos y buenos deseos con una gracia que muy pocos podían igualar.

Blackie se aproximó a Daisy mientras contemplaba a Emma ir de un lado para otro dispensando su encanto inimitable. «Está entusiasmada», pensó Blackie para sí. Su cara se iluminó con una amplia sonrisa.

—¡Y tú estabas preocupadísima pensando que se iba a enfadar! —dijo a Daisy—. *Mírala...*, está en su elemento, manejándolos con toda soltura y comportándose como si fuese una reina.

CAPÍTULO XXI

Una hora más tarde, a las ocho, Blackie escoltaba a Emma hasta el comedor privado, situado al final del pasillo, donde se celebraría la cena.

Inclinándose sobre ella, susurró:

—Daisy no quiere que nadie se sienta ofendido, ni que la acusen de favoritismo, así que ninguno de tus hijos o nietos se sentará en nuestra mesa.

—Muy inteligente —murmuró Emma con la boca contraída por una disimulada sonrisa.

Daisy era la verdadera diplomática de la familia; por otra parte, Emma sabía que sus hijos no deseaban sentarse con ella precisamente. Todavía le asombraba que se hubiesen dignado acudir. La presencia de Elizabeth no la sorprendía. Era probable que su hija quisiera reanudar su amistad con ella de nuevo, ya que siempre buscaba la mejor ocasión. Sin ninguna duda, querría congraciarse con ella, quizá con la esperanza de sacarle más dinero. Sus otros motivos podrían ser el deseo de ver a sus hijos y, al mismo tiempo, de presumir con su nuevo acompañante. En cuanto a Edwina, estaba buscándose el favor de Anthony, ya que sabía que se habría enfadado si hubiese declinado la invitación.

Lentamente, Blackie y ella se acercaron a la mesa principal, que se hallaba flanqueada por otras dos, formando así un semicírculo alrededor de una pequeña pista de baile;

al otro lado de ese cuadrado de bruñido parqué había una orquesta, que ya estaba interpretando una selección de música popular.

Emma lo abarcaba todo con la mirada. A la vacilante luz de las velas que habían colocado en cada una de las cinco mesas, la habitación parecía un encantador jardín de verano, con macizos de flores a cada lado y vistosos ramilletes adornando las mesas. Éstas aparecían cubiertas con manteles de un rosa pálido con los destellos del cristal, la plata y la porcelana.

Al detenerse, Emma se volvió hacia Blackie asintiendo con placer y sonriendo con aprobación.

—¡Qué ambiente tan agradable ha creado Daisy...!, ¡es tan alegre!

Blackie sonrió.

—Sí, ha estado trabajando con ahínco, ayudando al encargado del banquete y revisándolo todo ella misma.

Le ofreció una silla, pero él continuó en pie.

Una vez Emma se hubo sentado, miró las tarjetas que había a cada uno de sus lados.

—Veo que estás a mi derecha y Henry a mi izquierda, pero ¿quién más se sentará con nosotros?

—Charlotte y Natalie, por supuesto; Len y Monica Harvey, y Jennifer, la amiga de Henry. También tendremos a Mark y Ronnie Kallinski con sus respectivas esposas, con lo que seremos doce en total.

—Vaya, me alegro de que algunos de los Kallinski se sienten con nosotros. No puedo evitar el pensar en David esta noche y desear que estuviese aquí. Aunque Ronnie no se parece a David tanto como Mark, me recuerda mucho a su padre. Tiene muchos rasgos suyos. ¿No te parece?

—Ya me he dado cuenta, querida mía. ¡Ah! Aquí viene Randolph con su madre y su tía.

Emma se volvió para saludar a Charlotte y Natalie. Blackie, con su habitual ostentación y anticuada galantería, acomodó a las cuñadas de Emma en sus asientos.

Randolph, vanidoso y cordial como siempre, le puso una mano en el hombro.

—Estoy sentado allí, en la mesa de Bryan. Pero volveré, tía Emma —dijo, guiñándole un ojo—. Pretendo que me concedas un baile al menos.

—Un foxtrot, Randolph —repuso Emma con una sonrisa—, otra cosa más movida no.

—¡Estupendo!

Su madre se acercó a Emma.

—Emily es lo mejor que podía haber encontrado mi nieto. No podría sentirme más satisfecha con el enlace.

—Ni yo tampoco, Charlotte, y ha sido un detalle muy bonito de tu parte haberle dado el collar de perlas a Emily como regalo de compromiso. Recuerdo el día que Winston te las dio.

Charlotte sonrió.

—Sí, fue cuando nos comprometimos, en 1919. Y, hablando de boda, yo esperaba que se casaran en Yorkshire. Pero he hablado con Elizabeth un momento y piensa que la boda se debería celebrar en Londres.

—¿Eso dice? —preguntó Emma secamente—. Yo no me preocuparía por nada. Elizabeth tuvo ideas grandiosas siempre y, generalmente, egoístas. En estas circunstancias, creo que quienes deben decidirlo son Emily y Winston, y ellos me han dicho que les gustaría casarse en la catedral de Ripon. Pienso que es una idea estupenda, y luego podemos celebrar la recepción en casa.

Las tres mujeres estuvieron cambiando impresiones sobre la boda de Emily durante algunos minutos. Luego, Emma empezó a hablarles de su inminente viaje con Blackie y de los lugares que irían visitando hasta llegar a Australia.

Blackie continuaba dirigiendo la circulación y, al cabo de pocos minutos, la habitación se había llenado, todo el mundo estaba acomodado en su lugar y los camareros se deslizaban entre las cinco mesas, sirviendo el vino blanco. Había una atmósfera alegre y alborotada. Resonaban las carcajadas. La disonancia de las voces fue en aumento, el murmullo se balanceaba entre los suaves acordes de la música de fondo.

Emma, tan perspicaz como siempre, recorría todos los sitios con la mirada y pudo comprobar que sus familiares y amigos se estaban divirtiendo de todo corazón, parecían estar pasándolo estupendamente. Después del primer plato de salmón ahumado, que les habían servido, algunos de los invitados más jóvenes salieron a bailar a la pista, y Emma los contempló llena de orgullo, pensando en el aspecto tan atractivo que tenían..., las chicas con sus hermosos vestidos, los jóvenes con elegantes esmóquines. Daban vueltas por las pista de baile con sus rostros jóvenes y francos resplandecientes de alegría, brillando en sus ojos la esperanza y las ilimitadas perspectivas que tenían para el futuro, con la vida que tenían por delante ofreciéndoles tanto.

La cara amable y sonriente de Jonathan entró en su campo de visión mientras conducía a Amanda por el borde de la pista y, por un instante, se preguntó si estaría equivocada con respecto a él. Rechazó aquella idea, pues esa noche no quería pensar en los problemas, y volvió los ojos hacia el padre de Jonathan, Robin, quien, rebosante de encanto, bailaba con su hermanastra Daisy. Moreno, de un atractivo exótico, dinámico miembro del Parlamento, afianzado políticamente tras una serie de resbalones, en un principio había sido su hijo favorito. En lo referente a su carrera, era inteligente y sagaz. Siempre había sido el político perfecto, el consumado negociador y, tenía que admitirlo, popular en el Partido Laborista y, mucho más, entre los electores de Leeds.

Blackie cortó sus pensamientos cuando le tocó el brazo con suavidad y le retiró la silla.

—Vamos —dijo—, Emma, me debes el primer baile.

La condujo con orgullo a la pista, la rodeó con sus brazos y empezaron a deslizarse suavemente a los acordes del popurrí de temas de Cole Porter que la orquesta había empezado a tocar.

Blackie sabía muy bien que hacían una pareja estupenda y, como sobrepasaba a Emma en altura, era consciente de que se había convertido en el centro de atención y que todos los ojos estaban puestos en ellos. Sorprendió la mirada de Kit escrutándoles detenidamente e inclinó la cabeza, le sonrió y buscó a su alrededor, intentando ver a Robin. Allí estaba, bailando con Daisy, deslizándose suavemente por la pista, de aquella forma tan elegante... y delicada. Blackie despreciaba a los hijos de Emma porque le habían traicionado, y se preguntaba si alguno de ellos tendría el suficiente sentido común para darse cuenta de lo estúpidos que habían sido al enfrentarse a aquella mujer genial tratando de engañarla. Habían corrido la misma suerte que un muñeco de nieve en el infierno. Naturalmente, los había dejado fuera de combate. Ella ganaba siempre.

—Todo el mundo nos mira y habla de nosotros, Blackie —susurró Emma contra su pecho.

—Entonces, nada ha cambiado mucho.

Emma se limitó a sonreír, y terminaron su baile en silencio.

La velada transcurrió sin tropiezos. Todo el mundo disfrutó de la deliciosa cena, compartieron los excelente vinos, charlaron, bromearon rieron y bailaron con una despreocupación que sorprendió a Emma. Le parecía que, por una vez, no había malas intenciones. Era como si un acuerdo tácito de tregua entre las diversas facciones se hubiese declarado automáticamente, como si las hostilidades, rivalidades, odio y resentimiento hubiesen sido enterrados temporalmente. Al día siguiente podrían muy bien tener una bronca, pero esa noche se mostraban amistosos y, aparentemente, a sus anchas los unos con los otros. Todo podía ser ficticio, pero le satisfacía verles comportarse con el decoro que correspondía a la ocasión.

También ella estaba disfrutando, pero, al pasar las horas, puedo darse cuenta de que la velada le estaba provocando sentimientos contradictorios. Los recuerdos desfilaron ante ella..., recuerdos gozosos y desgarradores a la vez. Diversos momentos de su vida acudieron a su memoria en rápida sucesión, e incluso el lugar le causó un profundo efecto en cierto momento. El hotel «Ritz» iba muy unido a los recuerdos de Paul y de los primeros años que pasaron juntos; allí lograron encontrar momentos de felicidad durante la Primera Guerra Mundial, antes de que él regresara a la trinchera en Francia. Durante unos segundos, Paul McGill dominó sus pensamientos y ella se hundió en sí misma, reflexionando, con los ojos nublados momentáneamente mientras se adentraba en el pasado. Pero, entonces, sonó la risa expresiva de Daisy en la mesa de al lado, haciéndole volver forzosamente al presente. Se desprendió de la ensoñación que la había envuelto brevemente y se recordó a sí misma con frialdad que, recientemente, había decidido mirar sólo hacia el futuro.

Blackie, que había observado sus lapsos periódicos de silencio le dio conversación y, en cuestión de minutos, la tenía sonriendo. De repente, se interrumpió a mitad de una historia que ya la había contado.

—Prepárate, mi amor —exclamó—, aquí viene Randolph para exigir su baile.

—Entonces bailaré —dijo Emma, dejándose llevar por su atractivo sobrino.

Habían dado una vuelta a la pista cuando les interrumpió Jonathan, quien, a los pocos minutos, tuvo que cederle la vez a Winston. Anthony fue el siguiente en quedarse con su abuela, pero pronto Alexander le dio un golpecito en el hombro para poder acabar el vals con ella.

Cuando se acabó la música, Alexander no la soltó, y permanecieron en mitad de la pista mientras él la miraba con indescifrable expresión.

Emma levantó la vista y lo miró inquisitivamente.

—¿Qué pasa, Sandy? Parece como si estuvieses a punto de decir algo importante.

—Y lo voy a hacer, abuela.

Se inclinó hacia ella y murmuró algo.

—Por supuesto —dijo Emma sonriendo.

Luego, mientras la acompañaba a su mesa, Emma le susurró unas palabras al oído.

Emma se sentó y se volvió hacia Blackie abanicándose con la mano.

—¡Fíuu! Ha sido una maratón. Si te digo la verdad, creo que me estoy haciendo demasiado vieja para tontear en las pistas de baile.

—¿Cómo? ¿Una jovencita como tú? ¡*Nunca!* Además, parece que te estás divirtiendo.

Blackie rió.

—Así es, querido. Se trata de una fiesta maravillosa y todo el mundo está muy cariñoso conmigo.

Cuando vio que él no le respondía, le dirigió una mirada de reproche.

—Es cierto, ¿sabes?

—Sí —repuso él con voz lacónica y evasiva—, quizá tengas razón.

Pero Blackie no estaba seguro de que ella *tuviese razón*, encontraba sospechosa la repentina afabilidad de sus hijos. Aunque, por otro lado, se estaban comportando bien, y eso era todo lo que le importaba. Al cabo de pocos días los dos se marcharían a Nueva York y en cuanto Emma se hubiese quitado de en medio, por él, todos los miembros de la familia podían empezar a matarse entre ellos.

De pronto, el alboroto cesó y, al apagarse las luces de las paredes y comenzar a amortiguarse las de la araña de cristal del techo, empezaron a mirarse los unos a los otros. Hubo un redoble de tambor ensordecedor. Un camarero avanzó empujando un carrito en el que reposaba una enorme tarta de cumpleaños cubierta con ochenta velas que brillaban parpadeando en la penumbra. El camarero se detuvo en el centro de la pista de baile y la orquesta empezó a tocar *Cumpleaños Feliz*. La mayoría de los invitados se unieron a Blackie cuando éste empezó a cantar. Después, Blackie condujo a Emma hacia la tarta y, juntos, apagaron las velas. Ella cogió el cuchillo y cortó el primer trozo; luego, sonriendo y asintiendo a los invitados, regresó con Blackie a la mesa.

Se sirvió el champaña, los camareros pasaron por las mesas con la tarta y, cuando acabaron, Daisy se levantó y golpeó su vaso con una cuchara.

—¡Presten atención! *¡Por favor!*

Las conversaciones cesaron y todas las miradas se posaron en ella.

—Gracias —dijo Daisy—, y muchas gracias también por venir esta noche a celebrar el cumpleaños de mi madre. Blackie y yo estamos muy contentos de que hayáis podido guardar nuestro secreto. En cuanto le vimos la cara cuando llegó, supimos que estaba verdaderamente sorprendida.

Daisy les sonrió amablemente y continuó:

—Durante las últimas semanas, Blackie y yo hemos sido abordados por varios miembros de la familia y amigos que nos han dicho deseaban decir unas palabras, rendir un tributo a Emma Harte esta noche. Para nosotros era todo un dilema saber a quién elegir, pues, inevitablemente, nos dimos cuenta de que la gran señora a quien hoy honramos se impacientaría pronto si tuviese que aguantar muchos discursos. Sobre todo, siendo ella el centro de atención. Fue Blackie quien encontró la mejor solución, pero, antes de presentar al primer orador, me gustaría que mi madre y todos los demás supieran que hemos tenido solicitudes de las siguientes personas.

Daisy cogió un papel, lo miró, levantó la cabeza y puso sus ojos en Emma.

—Todos tus nietos querían hacer un brindis en tu honor, madre, como representantes de la tercera generación. De nosotros, tus hijos, se ofrecieron a decir algo Robin y Elizabeth. Y Henry, Jim, Len y Bryan querían ser los representantes de tus muchos amigos y socios.

Emma inclinó la cabeza con distinción, mirando primero a su derecha y luego a la izquierda, saludando a aquellos que Daisy había nombrado.

Esta continuó:

—Como dije antes, Blackie resolvió nuestro pequeño problema y, en mi opinión, de manera muy satisfactoria. Ahora, me gustaría presentar a nuestro primer orador: Mr. Ronald Kallinski.

Ronnie se levantó. Era un hombre con una personalidad dominante, alto, delgado, de rostro taciturno y pelo negro veteado de gris. Había heredado los ojos de su padre y de su abuela Janessa Kallinski. Ojos de un azul intenso que resaltaban sobre su piel curtida.

—Daisy, Blackie, Emma, señoras y caballeros —empezó diciendo con una sonrisa generosa que revelaba la blancura de sus dientes.

Ronnie era muy atractivo, tenía un gran don de gentes y, como Presidente del consejo de «Industrias Kallinski», estaba acostumbrado a hablar en público.

—Hay presentes aquí muchos amigos y socios de Emma; de cualquier forma, estoy seguro de que no se sentirán ofendidos si califico esta velada como una reunión de clanes. De tres clanes, para ser más exactos..., los Harte, los O'Neill y los Kallinski. Hace medio siglo, tres jóvenes se hicieron grandes amigos: Emma, Blackie y mi padre. Por lo que me han dicho, esta amistad sorprendió a mucha gente, que no entendía lo que podían tener en común una gentil, un católico irlandés y un judío. Pero aquellos tres jóvenes sí que lo entendieron. Se dieron cuenta que tenían muchas cosas en común. Eran afectuosos, cariñosos, desprendidos y estaban llenos de ilusión. Compartían la ambición, la decisión y una gran determinación a triunfar a cualquier precio, sin sacrificar el honor, la honestidad y la integridad. Creyeron en la tolerancia. El trío pronto se vio unido por lazos de amor y respeto, y permanecieron leales y fieles toda la vida, hasta que mi padre murió hace unos años.

Ronnie se enderezó ligeramente y se paró para tomar aliento.

—Puede que algunos de ustedes no sepan esto —declaró un momento después—, pero ellos se llamaban a sí mismos los *Tres Mosqueteros*; y, cuando Blackie me pidió que dijese unas palabras de homenaje a Emma esta noche, me dijo que yo haría el papel de ese tercer mosquetero que ya no está entre nosotros. *Mi padre.*

Después de beber un poco de agua apresuradamente, Ronnie dirigió la mirada a la mesa de honor.

—Emma Harte es la más notable de las mujeres, y sus atributos son múltiples. Así pues, resulta difícil, si no casi imposible, saber cuál de esos atributos es el más extraordinario. De todos modos, si David Kallinski estuviese presente esta noche aquí, sé que él les hubiese hablado del inmenso y excepcional *coraje* de Emma Harte. Esta cualidad se puso de manifiesto para la familia Kallinski en 1905, cuando Emma tenía diecisiete años. Déjenme que les cuente esto. Un día, cuando ella andaba por los alrededores de

North Street, en Leeds, en busca de trabajo, se topó con un grupo de rufianes que estaban atacando a un hombre de mediana edad. Necesitaba ayuda, pues se había caído al suelo y permanecía encogido contra una pared, intentando protegerse de las piedras que le tiraban. Sin detenerse a pensar en su estado (Emma estaba embarazada por aquel entonces), la joven corrió por la calle solitaria para acudir en su ayuda. No tuvo miedo de enfrentarse a los atacantes. Después de ayudar al hombre a ponerse en pie y de mirar sus heridas, recogió los paquetes que habían quedado esparcidos por el suelo e insistió en acompañarle a su casa, en Leylands. Aquel hombre se llamaba Abraham Kallinski. Era mi abuelo. Mientras Emma lo conducía a la seguridad de su modesto hogar, le preguntó por qué le estaban apedreando aquellos rufianes. Abraham contestó: *Porque soy judío.* Esa declaración desconcertó a Emma, y Abraham le explicó que en Leeds se perseguía a los judíos porque su religión, preceptos y costumbres resultaban extraños a las gentes del lugar. Le contó las terribles brutalidades que los judíos sufrían a manos de las pandillas de gamberros que entraban en Leylands, que era un *ghetto*, y que les atacaban, a ellos y a sus hogares. Emma se enfadó y se llenó de ira al oír tales cosas, y en seguida calificó a esas personas de crueles, estúpidas e ignorantes.

Ronnie Kallinski asintió a sus propias palabras y, luego, miró directamente a Emma con una expresión que reflejaba el amor y la admiración que sentía por ella.

—Desde aquel día hasta el presente —dijo lentamente— esta extraordinaria mujer ha luchado contra la estupidez, la ignorancia y cualquier clase de injusticia; siempre ha condenado la maldad que vio en ciertas personas a tan temprana edad. Ha continuado aborreciendo los prejuicios raciales y étnicos; en realidad, todo tipo de prejuicios. Su coraje no ha disminuido. Al contrario, se ha crecido en fortaleza. Ha permanecido fiel a su ideal de fe en la justicia, la verdad y el juego limpio.

Henry Rossiter empezó a aplaudir y otros se unieron a él, obligando a Ronnie a rogarles silencio.

—Mi padre me dijo una vez que Emma, Blackie y él habían contribuido a crear la grandeza de una ciudad, logrando salir por sí mismos de la pobreza opresora de su juventud; pero que fue Emma, más que ninguno de ellos, quien puso su sello indeleble en la ciudad de Leeds. No hay duda que decía la verdad, y su contribución a la industria y su filantropía son renombrados. De todos modos, me gustaría añadir una observación propia, y es ésta: Emma también ha grabado su marca inimitable en todos los que estamos aquí presentes..., no sólo en todos los miembros de los tres clanes, sino en sus amigos y socios. Debemos sentirnos orgullosos por eso, pues somos mejores como personas por haberla conocido y haber formado parte de su círculo. Emma Harte nos honra con su amistad leal, su amor y su profunda comprensión. Y nos ha hecho el honor de estar presente aquí esta noche. Así, en nombre de mi difunto padre y en el de todos los Kallinski ausentes y presentes, les pido que levanten sus copas por Emma Harte. Una mujer indómita, con un coraje asombroso, que nunca fue derrotada y que siempre permaneció erguida..., tan erguida que destaca de todos nosotros.

Ronnie levantó su copa.

—¡Por Emma Harte!

Cuando contestaron al brindis, Ronnie dijo:

—Y ahora, Blackie dirá unas palabras.

Blackie se levantó.

—Gracias, Ronnie. David no habría podido decirlo mejor, y tu propio tributo a Emma ha sido muy apropiado y conmovedor. Como Daisy ha dicho, sabíamos que Emma no aguantaría muchos discursos elogiosos y, como también sé que todos los discursos, por cortos que sean, le parecen una tontería, voy a ser breve.

Blackie rió entre dientes.

—Bueno, tan breve como pueda. Obviamente, en esta ocasión tan especial como es su octogésimo cumpleaños, siento la necesidad de comentar algo agradable sobre ella.

Mientras Blackie se lanzaba en un relato sobre el fuerte carácter, la habilidad para la conquista contra todo impedimento y los grandes éxitos en los negocios de Emma, ésta se recostó en la silla. Sólo estaba escuchando parcialmente. Durante el discurso de Ronnie, había empezado a reflexionar sobre sus comienzos. Pensó en el lugar donde había empezado, en la gran distancia recorrida, y se asombró de sí misma, preguntándose cómo había conseguido todo lo que tenía y, en su mayor parte, sin la ayuda de nadie.

Pero, tras un momento, se dio cuenta de que había muchos pares de ojos puestos en ella y en Blackie, y se olvidó de sus pensamientos. Su viejo amigo se alejaba de los tiempos pasados y hablaba del presente. Instantáneamente, los pensamientos de Emma se centraron en su vida tal y como era.

«Bueno —pensó—, sea cual fuere la historia de mi vida, mis nietos son la prueba positiva para mí de que ha merecido la pena.» Inesperadamente, en una ráfaga fugaz, Emma lo vio todo muy claro, tan diáfano que se sorprendió durante un momento. Entonces, supo lo que debía hacer esa noche, cuál debía ser su línea de acción.

Blackie se acercaba al final.

—Gozar de su amistad ha sido el mayor privilegio de mi vida. Así pues, os ruego que os unáis a mi brindis por Emma, pues me sale del corazón.

Blackie se inclinó y cogió su copa. La alzó en la mano y miró a Emma, sonriendo.

—Emma, eres toda una mujer, en el más amplio sentido de la palabra. Que sigas mucho tiempo entre nosotros. Por ti, Emma.

Ella se sintió ruborizar y cómo se le contraía la garganta mientras familiares y amigos la miraban sonrientes y brindaban por ella.

Cuando todos se hubieron sentado, Blackie, que seguía de pie, dijo:

—Les dejo con nuestra invitada de honor, Emma Harte.

Ésta se levantó, se puso detrás de la silla y la empujó hacia la mesa. Se quedó de pie, con las manos apoyadas en el respaldo, pasando la vista por el salón, fijándose brevemente en cada uno de ellos.

Finalmente, habló.

—Gracias por acompañarme en mi cumpleaños —dijo— y por los bellos regalos y las flores que me han enviado. Me han conmovido profundamente. También deseo expresar mi agradecimiento a Daisy y a Blackie por ofrecerme esta fiesta y por ser unos anfitriones tan maravillosos.

Luego miró a Ronnie Kallinski con ojos brillantes y humedecidos bajo los párpados arrugados.

—Me alegra muchísimo que tú y tu familia estéis conmigo esta noche, Ronnie. Y gracias por tus elocuentes palabras, por representar a tu padre. Echamos mucho de menos a David.

Volvió su atención a Blackie.

—Tú también dijiste cosas muy bonitas sobre mí..., gracias, Blackie.

Emma habló luego en un tono más resuelto:

—Como muchos de ustedes saben, Emily y Winston se

294

van a casar el año que viene. De todos modos, ellos querían que yo les anunciase su compromiso esta noche. Parece que el amor deambula por el clan de los Harte. Alexander me ha pedido también que les comunique su boda con Marguerite Reynols. Así que brindemos por la futura felicidad de estos jóvenes.

Brindaron en medio de un murmullo de excitados susurros y exclamaciones. Emma esperó, agarrándose con más fuerza al respaldo de la silla. Su expresión era bondadosa, pero sus verdes ojos entornados se mantenían alerta. Sabía exactamente lo que iba a decir, aunque se había decidido a hacer esa declaración sólo diez minutos antes.

Al fijarse en Emma, Paula notó la expresión amistosa de su rostro. Pero su abuela no la engañaba ni por un momento. Reconocía aquel brillo implacable de sus ojos. Significaba una cosa: Emma estaba a punto de soltar una de sus bombas. Paula se tensó instantáneamente, preguntándose qué clase de bomba sería. No podía adivinarlo. Sus ojos permanecieron fijos en Emma. «Qué autoritaria parece la abuela en este momento —pensó—, tan erguida y orgullosa, con tanto control sobre sí misma y esta audiencia.»

Emma se movió un poco y, merced a la suave luz de las velas, las esmeraldas brillaron con más intensidad, y, en ese momento, se produjo un resplandor, una aureola a su alrededor. «*Poder* —pensó Paula—, de mi abuela emana un inmenso poder.»

El silencio se cernió sobre los invitados. Al igual que Paula, todos miraban a Emma con una imprevista expectación.

Finalmente, Emma habló. Su voz sonó fuerte y clara, llenando la sala.

—En la vida de cada uno llega el momento en el que es conveniente retirarse, permitir que se oigan las voces más jóvenes y se vislumbren nuevas perspectivas. *Esa hora ha llegado para mí esta noche.*

Emma se detuvo para dejar que sus palabras calasen hondo.

Se oyó una exclamación colectiva de asombro.

—*Me marcho.* Y me voy de buena gana. Esta noche he visto con claridad que me he ganado el derecho a dejar que estos viejos huesos descansen al fin, a relajarme por primera vez en mi vida; y, quién sabe, quizás haga un viaje para divertirme un poco.

Su risa suave resonó mientras escudriñaba sus rostros. El asombro de todos resultaba evidente.

—¡Qué sorprendidos parecen! —afirmó de improviso—. Bueno, quizás incluso yo misma esté sorprendida. He tomado esta decisión durante los discursos. Mientras estaba sentada aquí, oyendo cómo era contada mi vida. De repente se me ocurrió que era el momento adecuado para retirarme. Y llevarlo a cabo con elegancia. Todos ustedes saben que Blackie y yo vamos a hacer un viaje alrededor del mundo muy pronto. Soy feliz al anunciarles que he decidido pasar el resto de mis días con mi amigo más antiguo, más querido y en el que más confío.

Emma se volvió hacia él y le puso la mano en uno de sus amplios hombros.

—Blackie me dijo el otro día: «Quédate conmigo, lo mejor está por llegar», y, ¿saben?, quizá tenga razón.

Nadie se movió ni habló. Todos los invitados seguían mirándola fijamente, comprendiendo que esa mujer delgada, de pelo canoso y que gozaba de un poder inmenso tenía algo más que decirles.

Emma se separó de la silla y se dirigió a una de las mesas con pasos rápidos. Se detuvo junto a Alexander, que se puso en pie inmediatamente. Le brillaban los ojos en el pálido rostro. Emma notó que también él estaba sobrecogido de la sorpresa. Le agarró del brazo suavemente, como si estuviese dándole ánimos, mientras observaba las caras expectantes.

—Mi nieto Alexander acaba de convertirse en el jefe de «Harte Enterprises».

Le ofreció la mano y él se la estrechó sin poder articular palabra.

—Enhorabuena, Alexander.

Él le dio las gracias tartamudeando.

Mientras se dirigía con pasos solemnes hasta la mesa diagonalmente opuesta, Emma percibió la tensión y la velada excitación que flotaban en el ambiente. Se detuvo junto a Paula. Echando hacia atrás su silla, ésta se levantó casi tan rápida como Alexander.

Emma cogió la mano de la joven entre las suyas y se la apretó con cariño. «¡Qué fría está!», pensó de forma ausente, y se la frotó en un intento de transmitirle su enorme fortaleza al notar cómo Paula había comenzado a temblar.

Una vez más, sus ojos tan verdes recorrieron la habitación con una mirada penetrante.

—Desde esta noche, mi nieta Paula McGill Amory Fairley dirigirá la cadena «Harte» de grandes almacenes.

Volvió la cara a Paula y fijó la vista en sus ojos color violeta. Entonces, en el rostro de Emma apareció aquella sonrisa incomparable que hacía resplandecer su cara.

—Te encargo que protejas mis sueños —dijo Emma.

Libro segundo

LA HEREDERA

Las pasiones mueven los hilos de la trama. Nosotros somos traicionados por la falsedad que se oculta en ellas.

GEORGE MEREDITH

Lo que me hace ser o no ser de una manera no son las cosas que me suceden sino mi actitud frente a ellas. Eso es lo único que le importa a Dios.

SAN JUAN DE LA CRUZ

Libro segundo

CAPÍTULO XXII

LA NOCHE OSCURA

CAPÍTULO XXII

Llevaba dos semanas sola y había sacado fuerzas de su soledad, sintiéndose animada de nuevo.

Pero en ese domingo templado y agradable, Paula experimentó una pequeña y repentina satisfacción al pensar que iba a ver a Emily. Su prima llegaría en coche de «Pennistone Royal» a tomar el té y, realmente, deseaba estar en su compañía.

Después de haber dispuesto la mesa de hierro forjado en la terraza, Paula bajó apresuradamente las escaleras hasta el jardín para comprobar cómo estaban los gemelos. Lorne y Tessa tranquilamente, tumbados en el cochecito doble a la sombra. Parecían tan satisfechos que Paula no pudo evitar sonreír antes de volverse y regresar a la terraza a esperar a Emily.

Era una de esas tardes de mediados de setiembre que son tan frecuente en Yorkshire y que rivalizan con los días hermosos del verano. La bóveda del cielo era de un azul intenso, claro y radiante, salpicado de nubes algodonosas que cruzaban de vez en cuando por delante de un sol que relucía desde el mediodía. Los jardines de «Long Meadow» estaban salpicados de color y el cálido aire estaba impregnado del aroma de las flores y los arbustos.

Paula se echó en la tumbona, dejándose acariciar por la luz dorada, relajada y sin pensar en nada concreto. La tranquilidad la aliviaba, era como un bálsamo después de una semana particularmente agitada, durante la cual no había parado ni un momento. Habían celebrado el Festival de

Moda de Otoño de cada año; las modelos desfilaron en el «Bird Cage» a la hora del almuerzo luciendo las prendas de confección de la temporada de invierno; todas las tardes, a las tres, había asistido a un desfile de modelos en la sala de costura. Además de la moda, hubo otras actividades especiales en los almacenes «Harte» durante la semana anterior, incluyendo la inauguración de una escuela de cocina en la planta sótano; apariciones diarias de un famoso artista del maquillaje en la sección de cosméticos; el jueves por la noche, un cóctel había sido ofrecido para celebrar la apertura de la nueva galería de arte en los almacenes y la exhibición de óleos y acuarelas de Sally Harte. La inauguración había sido un gran éxito y se vendieron la mayoría de las obras de Sally de los Dales de Yorkshire y la Región de los Lagos. Mientras asistía a esos actos de promoción, Paula tenía que hacer todo el trabajo normal y le pareció que todos los departamentos necesitaban de su completa atención. Para colmo, dos agentes de compras dimitieron el martes e inmediatamente tuvo que empezar a entrevistar a nuevos candidatos; también creyó necesario despedir al comprador de joyería por incompetente la tarde del viernes y fue algo muy desagradable para ella. Pero los continuos problemas diarios y la actividad constante de esta naturaleza formaba parte del funcionamiento, de la rutina de cada día en unos grandes almacenes prestigiosos como aquéllos. Con todo, Paula sabía que había estado exigiéndose más que nunca desde que Jim viajaba por el extranjero, levantándose a las cinco de la mañana para llegar a los almacenes a las seis y media, y así poder estar de vuelta en casa con tiempo para bañar a los gemelos.

Había cenado sola todas las noches, sin mantener relaciones sociales de ningún tipo y, aparte de Sally Harte, la única gente que había visto era el personal de la casa, sus colegas de negocios y los pocos amigos asistentes a la inauguración de la galería de arte. Durante esas dos semanas de vida privada solitaria, Paula se había dado cuenta de lo importante que era para ella disfrutar de esos períodos de absoluta paz y descanso al final de cada día ajetreado. Trabajando con tanta intensidad como lo hacía, en una labor que requería su total atención, la dejaba extenuada con frecuencia. Era imprescindible para su bienestar permanecer sola durante un rato para poder recuperar sus menguadas fuerzas. Necesitaba pensar, revisar su programa y planear otros mientras se atareaba en el jardín, jugaba con los niños, leía o, simplemente, oía música clásica en el sosegado verdor del invernadero.

Con una sonrisa forzada, Paula tuvo que admitir que, incluso si hubiese querido salir y llenar una vida alegre durante la estancia de Jim en Canadá, no tenía a nadie con quien hacerlo. Winston se había marchado una semana antes a reunirse con Jim en Toronto, donde asistirían a un congreso mundial de directores, editores y propietarios de periódicos. Pero la verdadera razón del viaje de Winston era comenzar las negociaciones con una papelera canadiense que iba a ponerse en venta. Él esperaba adquirirla para la «Yorkshire Consolidated Newspaper Company». Miranda O'Neill se encontraba en Barbados para la inauguración de un nuevo hotel y la promoción de la *boutique* «Harte». Sarah la acompañaba como consejera, revisando el montaje de interiores y la preparación de escaparates. Alexander estaba de vacaciones en el sur de Francia con Maggie Reynolds, y se alojaban en casa de Emma, en Cap Martin. Emily había estado hasta la noche anterior en París en un viaje de negocios para «Genret».

Jonathan era el único miembro de la familia que no viajaba, pero *sus* caminos raramente se cruzaban. Ése fue el principal motivo por el que Paula se sorprendió tanto cuando se acercó a verla a los almacenes el miércoles. Antes de que le preguntase qué hacía en Yorkshire, él se lo explicó y Paula pensó que lo hacía como si estuviese a la defensiva. Había ido a Leeds en un negocio inmobiliario para «Harte Enterprises». Le hizo perder una hora de su precioso tiempo charlando sobre nada en particular, aunque le preguntó, y muchas veces durante aquella insustancial conversación, cuándo regresaba la abuela de Australia. Le dijo que no tenía ni idea, lo cual era cierto, y se mostró muy reservada durante toda la conversación. Precavida por naturaleza, Paula nunca se había sentido muy inclinada hacia Jonathan Ainsley, siempre era cauta con él. Ese sentimiento no había hecho sino intensificarse, pues Emma la había alertado, confiándole las dudas que tenía sobre su lealtad.

Después de la inesperada retirada de su abuela y de su marcha a un viaje alrededor del mundo, hacía ya casi cinco meses, Alexander y ella se reunieron en Londres para discutir sobre la situación en general. Se pusieron de acuerdo en reunirse regularmente una vez al mes en orden a revisar los asuntos concernientes a los imperios financieros que dirigían; también convinieron en ser portavoces mutuos.

En el primer encuentro decidieron que debían dar a conocer a Emily las sospechas de Emma sobre Jonathan. La invitaron a comer al día siguiente, se lo contaron todo y le sugirieron que asistiera a sus agitadas reuniones mensuales. Los tres coincidieron en que debían vigilar a Jonathan concienzudamente. También decidieron por mutuo acuerdo excluir a Sarah de sus conversaciones, ya que su repentina intimidad con Jonathan les resultaba sospechosa. Paula, Emily y Alexander se convirtieron en un triunvirato autodesignado, resuelto a dirigir las empresas de Emma de la manera que ella deseaba, al mismo tiempo que se encargaban de custodiar su gran legado.

Las puertas corredizas que daban al salón estaban entreabiertas y Paula oyó, al fondo, las cuatro campanadas que el reloj del abuelo daba en el vestíbulo. Se levantó y entró en la casa, dirigiéndose a la cocina con pasos apresurados. Puso los biberones de los niños en una cacerola con agua para calentarlos luego, llenó la bandeja con emparedados, galletas, mermelada de fresa y un pastel de crema; después cogió la caja del té de la despensa. Diez minutos más tarde, mientras acababa de hacer esas tareas, oyó un coche en el camino de entrada y miró por la ventana a tiempo de ver a Emily bajándose de su «Jaguar» blanco abollado.

Emily irrumpió en la cocina con su habitual *alegría de vivir*, luciendo una feliz sonrisa. Corrió hacia Paula y la abrazó.

—Siento llegar tarde —dijo, mientras se separaban—, pero ese montón de chatarra ha estado haciendo de las suyas desde que salí de «Pennistone Royal». Realmente, creo que tendré que derrochar un poco de dinero y comprarme un coche nuevo.

Paula rió.

—No llegas tarde y, en cuanto al «Jaguar», me parece que tienes razón, ha visto mejores días. Bueno, bien venida, Emily.

—Es bueno estar en casa, aunque me gusta París. Todavía es mi ciudad favorita.

Emily se sentó en el borde de la silla mientras Paula se atareaba en la cocina.

—¿Has tenido noticias de alguien? De la abuela, para ser más específica.

—Sí —dijo Paula, volviéndose con la tetera en la mano—. Me llamó el jueves a medianoche. Quería saber cómo había ido la inauguración de la galería de arte, ya sabes que estuvo trabajando en ese proyecto todo el año pasado. Me contó que ella y Blackie se iban a Coonamble con Philip a pasar cuatro o cinco días. Te manda todo su cariño.

—Estoy empezando a pensar que no regresará nunca. ¿Te dijo cuáles eran sus planes?

—Sí, en realidad sí lo hizo. Ella y Blackie tienen intención de irse de Sidney a mediados de octubre e ir a Nueva York antes de venir aquí, a finales de noviembre. Me prometió que llegaría a tiempo para pasar las navidades en «Pennistone Royal».

—¡Dios mío, eso es mucho tiempo! Estoy deseando verla. No es lo mismo sin la abuela, ¿verdad?

—Cierto.

Paula miró a Emily y frunció el entrecejo.

—Tienes cara de haber pasado una semana ajetreada. ¿Has tenido problemas en «Genret»?

Emily negó con la cabeza.

—No, no. Todo ha ido muy bien. Lo que ocurre es que echo de menos a la abuela, incluso estando retirada, es bueno saber que está detrás. Y ahora mismo parece que se encuentre tan lejos, descansando en el otro confín del mundo.

—Sé a lo que te refieres —repuso Paula lentamente.

Ella misma notaba mucho la falta de su abuela. Le asustaba pensar en cómo estaría, de qué forma se las arreglarían cuando su abuela se hubiese marchado para siempre. Alejó ese pensamiento morboso y angustioso de su mente y forzó una cálida sonrisa.

—Vamos, Emily, salgamos a la terraza. He pensado que podríamos tomar el té en el jardín aprovechando este espléndido día. Pero primero tenemos que darles de comer a los gemelos. Nora me pidió que le cambiase su día libre semanal por hoy y Meg nunca está aquí los domingos, así que me las estoy arreglando yo sola. En realidad, eso me ha divertido.

Emily la siguió hasta la terraza y corrió escaleras abajo hasta el cochecito.

—Los dos están bien despiertos —dijo por encima del hombro.

Empezó a hacer gorgoritos a los gemelos, inclinándose sobre el cochecito y acariciándoles las blandas mejillas.

—Precioso —murmuró Paula cogiendo a Lorne en sus brazos—, hora del biberón, pequeñín.

Emily cogió a Tessa, y las dos jóvenes volvieron a la terraza a sentarse. Media hora después, cuando hubieron dado de comer a los niños y los dejaron en el cochecito de nuevo, Paula entró en la casa. Poco después volvía con la bandeja del té.

—¿Alguna noticia de Winston? —dijo mientras lo servía.

—Sí. Me telefoneó anoche. Ha ido a Vancouver. Ya ha entablado negociaciones con los directores de la fábrica de papel y cree que va a hacer un buen trato. Todavía quedan por aclarar algunos pequeños detalles, pero dice que el asunto quedará arreglado en unos días. Estaba muy optimista, y la fábrica será una excelente adquisición para «Consolidated». En fin, después pasará unos días en Nueva York con Shane. Al parecer, está en Barbados para la apertura del nuevo hotel y no volverá a Nueva York hasta mediados de la semana que viene.

—¡Me alegra saber que las negociaciones van bien! —exclamó Paula—. Cuando hablé con Jim hace unos días, no parecía hallarse muy seguro del resultado, y me dijo que Winston estaba desanimado. Parece ser que se equivocaba, o que las cosas han cambiado radicalmente de la noche a la mañana. Hablando de las Barbados..., Sarah se marchó allí hace diez días para ayudar a Merry a supervisar el desempaquetado de la colección «Lady Hamilton» y ordenar todos los vestidos en sus colgadores. Supongo que se lo estarán pasando en grande...

—¡Sarah están en las Barbados! —exclamó Emily—. Pero, ¿era necesario?

Dejó la taza en la mesa con tal violencia, que Paula se sorprendió.

Miró a Emily con desconcierto.

—¡Cielos! Pareces enfadada. Sarah creyó que *su deber* era ir allí. En realidad, estaba deseando hacerlo. Como ella es quien *dirige* nuestro departamento de moda y todas las *boutiques* están surtidas casi exclusivamente con trajes y complementos de playa «Lady Hamilton», supuse que era conveniente. Además, yo no podía intervenir. No tiene por qué darme explicaciones..., sólo a tu hermano. Ya conoces a Sarah, se considera su propia jefa.

—Oh, bueno.

Emily se encogió de hombros, tratando de actuar como si lo de Sarah no tuviese mayores consecuencias. Pero su fértil cerebro le daba vueltas al asunto y, de pronto, dos y dos sumaron más de cuatro. Estaba convencida de que el único interés que Sarah Lowther tenía en las Barbados y en la *boutique* «Harte» era Shane O'Neill. Sarah debía haberse enterado por Miranda de que él iba a estar en el Caribe para la apertura del hotel. Quizás estuviera haciendo el tonto en esos momentos..., insinuándose a Shane.

—Pobre Alexandre —dijo Emily con una triste sonrisa, cambiando de tema—. Lo llamé ayer antes de irme a París y me contó que mamá ha caído sobre él, acompañada de Marc Deboyne. Se ha instalado en la villa de la abuela, alegando que tiene derecho a ir allí y visitarle con sus queridas hijas. Sandy dice que comienza a resultar una molestia. Una mandona. Creo que Amanda y Francesca están ansiosas por volver a casa inmediatamente. No quieren permanecer allí más tiempo con mamá, ni en sueños.

—Oh, es una pena que Alexander deba aguantar problemas durante sus vacaciones..., deseaba tanto marcharse. De todos modos, tus hermanas regresarán pronto, ¿no?

—Sí. Tienen que estar en «Harrogate College» el último día del mes. Me alegro de que la abuela haya accedido a que se queden otro trimestre antes de mandarlas a Suiza. No creo que a esas dos les guste mucho la idea de estar separadas de ella y...

Emily se calló, dobló su cabeza de un rubio resplandeciente y prestó atención.

—¿No se oye el teléfono?

—Sí. Volveré en un segundo.

Paula atravesó corriendo el salón, se dirigió al vestíbulo y se abalanzó sobre el aparato.

Antes de que pudiese responder siquiera, una voz exclamaba:

—¿*Jim*? ¿Eres tú?

—¡Ah, hola, tía Edwina! —dijo sorprendida—. Soy Paula. Jim no está aquí. Se encuentra en Canadá en viaje de negocios.

—*Canadá.* ¡Oh, Dios mío!

Paula reconoció instantáneamente la ansiedad en su voz chillona.

—¿Sucede algo malo? —preguntó.

Edwina empezó a balbucear con tal histerismo que Paula fue incapaz de encontrarle sentido a las palabras que pronunciaba. Decía cosas incoherente y, obviamente, estaba muy turbada. Paula escuchó durante unos segundos más empezando a alarmarse. Finalmente, la interrumpió.

—Tía Edwina, no puedo entender nada de lo que me

estás diciendo. Por favor, habla con más claridad, y más despacio.

Paula oyó los gemidos de Edwina. Luego, se produjo un largo intervalo de silencio.

—Es la pobre Min —balbuceó Edwina por fin—. La mujer de Anthony... Está..., está... *muerta*. La han encontrado... ahogada...

Aunque le había costado mucho trabajo pronunciar esa palabra, Edwina se las arregló para añadir:

—En el lago de Clonloughlin. Y..., y... —No pudo continuar y empezó a llorar.

Paula se quedó helada de pies a cabeza. Innumerables preguntas cruzaron por su mente: ¿Cómo se había ahogado? ¿Accidente? ¿Suicidio? Y, en primer lugar, ¿por qué se encontraba Min en Clonloughlin cuando ella y Anthony estaban separados? Consciente, de pronto, de que su tía había dejado de llorar, aunque sólo fuese durante un instante, Paula se decidió a hablar.

—¡Oh, cuánto lo siento! —dijo con afecto—. Has debido sufrir una terrible conmoción.

Edwina sollozó.

—No es solamente Min. Es el pobre Anthony. Paula..., la Policía está aquí. Están interrogando a Anthony otra vez. ¡Oh, mi pobre hijo! ¡No sé qué hacer! ¡Ojalá pudiese hablar con Jim! Y mamá tampoco está en Inglaterra. Ella hubiese sabido cómo manejar este horrible asunto. ¡Oh, santo cielo! ¿Qué voy a hacer?

Paula se enderezó. Su mente trabajaba con precisión, intentando comprender qué estaba insinuando Edwina.

—¿Qué significa eso de la Policía? No estarás intentando decirme que Anthony se encuentra involucrado en la muerte de Min, ¿verdad?

Hubo un terrible silencio al otro lado del teléfono. Al hablar, su voz no era más que un susurro de terror.

—Sí —dijo.

Paula se dejó caer contra el respaldo de la silla. Se le había puesto la carne de gallina y sentía cómo el corazón le golpeaba contra la caja torácica. El horror se iba posesionando de ella pero, instantáneamente, dio paso a un arrebato de ira.

—¡Es ridículo! Los de la Policía local deben estar chiflados. Anthony bajo sospecha de asesi... —Paula se comió el resto de la palabra, negándose a pronunciarla—. ¡Eso es *absurdo*!

—Creen que él la ma...

Edwina desfalleció, pues, como Paula, era incapaz de decir lo impensable.

—Tía Edwina —dijo Paula con firmeza, luchando por controlarse—, por favor, empieza desde el principio y cuéntamelo todo. Aunque Jim y la abuela no están aquí, yo sí, y haré todo lo que pueda para ayudarte, pero tienes que ser absolutamente sincera para que yo pueda tomar las medidas adecuadas.

—Sí. Sí. De acuerdo.

Edwina pareció algo más calmada y, aunque vaciló algunas veces, pudo darle los principales detalles a Paula sobre el descubrimiento del cadáver; la llegada de la Policía, cuya presencia solicitó Anthony; su marcha y posterior regreso hacía unas dos horas. Después de husmear por toda la propiedad, se habían encerrado con Anthony en la biblioteca de Clonloughlin y todavía se encontraban allí.

Cuando Edwina acabó, Paula intentó calmarla.

—Me parece que está claro. Obviamente, Min ha sufrido un accidente —dudó—. Mira —siguió—, creo que es simple rutina..., me refiero a que la Policía haya vuelto esta tarde.

—¡No! ¡No! —gritó Edwina—. No es rutina. Últimamente, Min había estado ocasionando algunos problemas. Cambió de opinión hace unas semanas... sobre el divorcio. Se negó a seguir adelante. Han ocurrido otras cosas. Cosas horribles.

Entonces, Edwina habló rápidamente, con voz tan baja que Paula tuvo que esforzarse para oírla.

—Por eso la Policía está aquí.

—Más vale que me lo cuentes todo —dijo Paula, con tanta firmeza como pudo, aunque su malestar crecía por segundos.

Edwina tragó saliva.

—Sí, creo que debo hacerlo. En primer lugar, todo el problema empezó hace un mes. Min vino aquí, estaba viviendo en Waterford, y empezó a convertirse en una molestia, armando unas escenas horrendas. Algunas veces venía borracha por completo y se caía de tanto beber. Anthony se enfadaba terriblemente y se produjeron lamentables escenas delante del servicio, de los trabajadores de la finca e, incluso, una horrible pelea en el pueblo una tarde, cuando se dedicó a acosar a Anthony. Fue inevitable que las riñas y la violencia causaron murmuraciones, y la presencia de

Sally Harte a principios de verano no contribuyó mucho a mejorar la situación. Ya sabes cómo es la gente en los lugares pequeños, Paula. El chismorreo es su forma de vida. Han hablado mucho, y mal, de *la otra mujer*.

Paula murmuró para sí.

—Volvamos atrás un momento —pidió a Edwina—. ¿A qué te referías cuando hablabas de *violencia*?

—Oh, a palabras violentas sobre todo. Voces y gritos por parte de Min, aunque Anthony se enfureció el pasado fin de semana, cuando ella se presentó aquí el sábado. Fue a la hora de cenar. Tenía invitados. Yo estaba allí. Se pelearon, de palabra, claro. Entonces, ella golpeó a Anthony con un palo de golf, y él la empujó; una reacción natural, creo yo. Pero Min cayó al suelo, en el vestíbulo. Aunque no se hizo daño realmente, actuó como si hubiese sido así. Fue muy dramática. Empezó a decir a gritos que Anthony quería...

—Sí, tía Edwina, sigue —la animó Paula al prolongarse el silencio.

Edwina jadeó antes de decirle a Paula con un gemido:

—Min dijo que Anthony quería verla muerta y enterrada y que nadie se sorprendiese si la encontraban muerta. Y muy pronto. Mucha gente la oyó decir esto. Yo misma, entre ellos.

—¡Oh, Dios mío!

Paula se hundió, y su aprensión creció hasta convertirse en verdadero pánico. Ni por un momento pensó que su primo hubiese matado a Min, pero resultaba clarísimo por qué la Policía albergaba sospechas sobre él. Mientras se decía a sí misma que tenía que enfrentarse con ese problema, se sintió confusa, aunque empezó a recuperarse. Pero, ¿por dónde empezar?, ¿a quién recurrir?

—Al fin y al cabo —dijo ella con una voz fuerte y clara que ocultaba su nerviosismo—, la murmuración y las escenas no quieren decir nada. La Policía necesita pruebas concluyentes antes de que puedan hacer algo..., de arrestar a Anthony y de acusarle de haberla asesinado. ¿Cuándo se ahogó? ¿Qué hay sobre la coartada? Seguro que Anthony tiene alguna.

—No están seguros de la hora de su muerte..., al menos, eso es lo que dicen. Creo que están haciéndole la autopsia —siguió Edwina con enorme tristeza—. ¿Coartada? No, eso es lo terrible, Anthony no tiene ninguna.

—¿Dónde estuvo ayer? *Anoche.* Ésas son las horas cruciales.

—Anoche... —repitió Edwina como si estuviese confundida, añadiendo rápidamente—: Sí, sí. Ya sé a lo que te refieres. Min llegó a Clonloughlin alrededor de las cinco de la tarde. La vi llegar en coche...; desde la ventana de mi dormitorio en «Dower House». Llamé por teléfono a Anthony para prevenirle. Se enfadó. Me dijo que iba a coger el viejo «Land-Rover» y que se iría al lago, con la esperanza de eludirla.

—¿Lo hizo? ¿Se fue al lago? —preguntó Paula.

—Sí. Pero ella debió ver cómo se marchaba en esa dirección o, simplemente, adivinó dónde había ido y lo siguió hasta allí y...

—¿Se pelearon en el lago? —la interrumpió Paula.

—Oh, no. ¡Si ni siquiera habló con ella! —chilló Edwina—. ¿Sabes? Él vio su «Mini» a lo lejos, el terreno es llano alrededor del lago. Lo único que hizo fue meterse en el «Land-Rover» y coger el camino más largo para volver. Pero no había llegado muy lejos cuando se rompió el «Land-Rover». Anthony lo dejó aparcado y empezó a andar hacia su casa. Quería esquivar a Min, ¿entiendes?

—Sí. Y dejó el «Land-Rover» cerca del lago, ¿no es eso lo que me estás diciendo? —preguntó Paula con tono exigente, diciéndose si eso sería o no una prueba acusatoria.

—Claro que lo dejó allí. No arrancaba —decía Edwina con voz chillona y temblorosa.

—Por favor, no llores, tía Edwina —rogó Paula—. Es muy importante que te controles. *Por favor*.

—Sí, sí. Lo intentaré —sollozó.

Paula oyó cómo se sonaba la nariz.

—Tú no conoces Clonloughlin, Paula, es enorme. Anthony tardó una hora en volver. Tuvo que subir la colina, atravesar el bosque y algunos campos antes de alcanzar la carretera que cruza la finca y que lleva hasta el pueblo. Él...

—¡La carretera! —exclamó Paula, aferrándose inmediatamente a ese hecho—. ¿No vio a nadie?

—No. Al menos, no me lo ha dicho. De todos modos, Anthony regresó a su casa sobre las seis y media. Me telefoneó para decirme que el «Land-Rover» se le había estropeado. Luego me dijo que se cambiaría para la cena y que me vería más tarde. Llegué a su casa a las siete. Tomamos un aperitivo y cenamos, aunque Anthony se encontraba muy nervioso, no era el mismo de siempre. ¿Sabes? Yo pensé que Min se presentaría y que empezaría a comportarse de manera ofensiva.

—Pero no lo hizo, ¿verdad?

—No. Nadie vino en todo el tiempo. Como te he dicho, Anthony estaba de mal humor. Me acompañó dando un paseo hasta «Dower House» sobre las nueve y media y, luego, regresó a Clonloughlin.

—¿Quién encontró el cuerpo de Min?

—El capataz de la finca. Esta mañana pasó en coche por el lago muy temprano y vio el «Land-Rover» y el «Mini». Luego encontró...

Edwina desfalleció, gimiendo como si estuviese a punto de expirar.

Paula trató de consolar y dar ánimos a su tía.

—Por favor, tía Edwina, ten valor. Estoy segura de que todo saldrá bien.

Rezaba para que aquello fuese verdad.

—Pero temo mucho por él —balbuceó Edwina en un tono lloroso—. Estoy muy asustada...

—Ahora escúchame y, por favor, haz lo que te diga —ordenó Paula autoritariamente, controlándose—. No uses el teléfono para nada; si recibes alguna llamada, cuelga lo antes posible. Quiero que la línea esté libre. Volveré a llamarte dentro de poco. Supongo que me estás telefoneando desde «Dower House», ¿no?

—Sí —Edwina vaciló—. Pero, ¿qué vas a hacer?

—Creo que lo mejor será que mi madre se vaya a pasar unos días contigo. No debes estar sola en una ocasión como ésta. Supongo que habrá una investigación. Lo principal es que permanezcas tranquila y que no te preocupes. El miedo no ayuda a nadie. Ya sé que no será fácil, pero *debes* intentarlo. Te llamaré dentro de una hora.

—Gra-gra-gracias, P-P-Paula —tartamudeó Edwina.

Se despidieron y colgaron. Paula volvió a coger el auricular inmediatamente y marcó el número de teléfono de sus padres en Londres. Comunicaba. Dejó el auricular con impaciencia y se levantó de un salto, considerando que lo mejor era contárselo a Emily.

Mientras cruzaba el salón a toda velocidad, casi se cae al tropezar con una mesita. La colocó bien y salió a trompicones a la terraza, parpadeando con la brillante luz del sol.

Al oír el golpe, Emily había vuelto la cabeza y sonrió al verla.

—Eres una desmañada...

Pero se detuvo, abriendo los ojos al máximo.

—¿Qué ha pasado? —preguntó sobresaltada—. Estás blanca como la pared.

Paula se dejó caer en la silla.

—Tenemos problemas, Emily, *muy serios*. Debo afrontarlos... y tú me ayudarás. Ven dentro, por favor. Tengo que localizar a mi madre. Ahorraremos tiempo si me escuchas mientras se lo explico todo a ella.

CAPÍTULO XXIII

—No crees que él haya podido hacer algo así, ¿verdad?

Paula levantó la cabeza bruscamente.

—¡Claro que no!

Observó a Emily, sentada frente a ella en el sofá del invernadero. Su mirada se intensificó y arrugó el entrecejo.

—¿Por qué? ¿Tú sí?

—No —exclamó Emily sin dudarlo—. No creo que fuese capaz de hacerlo.

Se detuvo y se mordió el labio.

—Por otro lado, tú comentaste algo... —dijo con intranquilidad.

—¿Yo? ¿Qué quieres decir? ¿Cuándo?

—Oh, hoy no, Paula, sino hace meses, cuando Alexander y tú me llevasteis a comer, poco después de que se hubiese marchado la abuela. Ya sabes, el día que discutimos lo de Jonathan. También hablamos de Sarah. Hiciste un comentario interesante y, desde entonces, no he dejado de pensar en ello. Dijiste que nunca conocemos *verdaderamente* a las personas, ni siquiera a aquellas con las que más intimamos, y que sabemos muy poco de la vida privada de cada uno. Me sorprendió la verdad que contenían tus palabras, y, seamos sinceras, no conocemos a Anthony muy bien. Nunca hemos pasado mucho tiempo con él.

—Tienes razón. Pero en esta ocasión tengo que fiarme del instinto, Emily. Simplemente sé que no tuvo nada que ver con la muerte de Min. Lo admito, las circunstancias *parecen* extrañas, pero no —dijo, negando con la cabeza—, no creo que él la matase. Estoy convencida de que fue un accidente. O un suicidio. Mira, Emily, la abuela, que es la persona más sagaz que conozco, tiene muy buena opinión de Anthony y...

—Hasta las personas más buenas pueden cometer un asesinato —la interrumpió Emily con tranquilidad—. Si se encuentran sometidas a alguna presión que sea lo suficientemente fuerte. ¿Por qué hay crímenes pasionales, por ejemplo?

—¡Debemos suponer que Anthony es inocente! Después de todo, ésa es la ley británica: inocente hasta que se demuestre lo contrario.

—Por favor, no pienses que yo estuviese intentando decir que él la *matase*, porque no es así. Sólo especulaba con las ideas. Para ser sincera me inclino a secundar tu teoría del suicidio. Aunque también desearía que ella no hubiese hecho eso. Piensa en lo terrible que sería para Sally y Anthony el tener que vivir sabiendo que Min se mató por ellos.

—Sí, ya he pensado en ello antes. Les afectaría mucho —dijo Paula con los ojos ensombrecidos por la preocupación.

Miró la hora en su reloj de pulsera.

—¡Ojalá vuelva a llamar pronto mi madre! Espero que no tenga dificultad en conseguir un vuelo para Irlanda.

Emily también miró su reloj.

—Sólo lleva quince minutos intentándolo. Dale tiempo. Mientras tanto, vamos a repasar la lista y a revisar tu plan.

—Vale —contestó Paula.

Sabía que la toma de medidas positivas le ayudarían a dominar su creciente ansiedad. Cogió la libreta y la miró.

—*Uno*: hemos de conseguir que mamá vaya a Irlanda lo antes posible para hacerse cargo de la situación. Esto ya está en marcha, así que...

Paula cogió la pluma y puso una cruz.

—*Dos*: mi padre tienes que llamar a Coonamble para avisar a Phillip entre las nueve y las diez. ¡Dios quiera que la abuela no se entere primero por los periódicos! Papá cree que debe esperar hasta que mi madre esté en el avión.

Puso otra cruz y continuó leyendo en voz alta.

—*Tres;* hacer que los periódicos no hablen del asunto. Llamaré a Sam Fellowes al *Yorkshire Morning Gazette* y a Pete Smythe a nuestro periódico vespertino. Después, tendré que llamar a todos los periódicos de nuestra cadena. No puedo controlar a la Prensa nacional, pero me aseguraré de que en los nuestros no aparezca ni una sola línea. *Cuatro*: hablar con Henry Rossiter para solicitarle su asesoramiento legal. Puede que tengamos que mandar a John Crawford. Como abogado de la familia podría representar a Anthony si fuese necesario. *Cinco*: localizar a Winston o a Jim, o a ambos, y ponerles al corriente de lo sucedido. Esta llamada la puedes hacer tú, Emily, pero no hasta que *tengamos* todo bajo control. No quiero que ninguno de los dos tenga que volver. *Seis*: llamar a Edwina de nuevo para darle ánimos; al mismo tiempo hablamos con Anthony y le decimos lo que hemos hecho. *Siete*: localizar a Sally Harte. Eso también puedes hacerlo tú.

—De acuerdo.

Emily miró a través de la puerta del invernadero hacia el recibidor. El teléfono se encontraba dentro de su campo de visión.

—Creo que tú deberías trabajar en el escritorio de aquí y yo usaré el teléfono del vestíbulo. Así podemos vernos y charlar más cómodamente entre cada llamada.

—Buena idea. Oye, mejor empiezo hablando con Fellowes y nos quitamos eso de encima.

—Sí. Yo comenzaré intentando localizar a Sally. ¿Te dijo el jueves a qué sitio exacto iba de la Región de los Lagos?

—No, y no se me ocurrió preguntárselo, pero tío Randolph lo sabrá. No le digas nada de esto, todavía no —la previno Paula.

—¡Ni pensarlo! Perdería el control de sí mismo.

Emily se levantó de un salto.

—Si suena el otro teléfono mientras tú estás hablando con Fellowes, lo cogeré yo —dijo Emily—. Probablemente será tu madre.

Mientras Emily salía apresuradamente, Paula cogió el teléfono y marcó el número privado del director del *Yorkshire Morning Gazzete*. Contestó al segundo zumbido y Paula abrevió el intercambio normal de cumplidos.

—Sam, te llamo por un asunto familiar. Mi primo, el conde de Dunvale, ha sufrido una terrible tragedia. Han encontrado muerta a su mujer en el lago de su finca de Irlanda.

—Sí que es trágico —dijo Fellowes—. Pondré inmediatamente a trabajar a uno de los mejores redactores en la nota necrológica.

—No, no, Sam. El motivo por el que te llamo es para decirte que no deseo que salga nada en el periódico. Sé muy bien que las agencias servirán la noticia esta noche o mañana. De todos modos, no quiero que aparezca nada sobre eso. Tampoco notas necrológicas.

—*Pero, ¿por qué no?* —quiso saber él—. Si las agencias dan la noticia, la Prensa nacional la difundirá. Haremos el ridículo si no mencionamos...

—*Sam* —le interrumpió Paula con rapidez—, a estas alturas deberías saber ya que Emma Harte no desea leer nada, *absolutamente nada,* de *su* familia en *sus* periódicos.

—Lo sé —dijo él con sequedad—, pero seguramente esto es muy diferente. ¿Cómo vamos a quedar si todos los periódicos, menos los nuestros, traen la noticia? ¿Qué clase de periódicos somos? No me gusta nada ocultar las noticias.

—Entonces, quizás estés trabajando en el periódico equivocado, Sam. Porque, créeme, Emma Harte hace las reglas aquí y más te vale respetarlas.

—Voy a llamar a Jim y a Winston a Canadá. *Ellos* dirigen los periódicos y me parece que les corresponde a ellos tomar la decisión... sobre lo que debemos y no debemos publicar.

—Mientras ellos no estén aquí, y en ausencia de mi abuela, soy yo la única que toma las decisiones. *Yo* te he dicho lo que tienes que hacer. *Nada* de historias. *Nada* de notas necrológicas.

—Si usted lo dice —dijo él, reprimiendo su disgusto.

—*Yo lo digo.* Gracias, Sam, y adiós.

Paula colgó acalorada. Alcanzó su agenda de direcciones y buscó el número de la casa de Pete Smythe, pues el periódico vespertino cerraba los domingos. Esperaba que Smythe no adoptase la misma actitud que Sam. Estaba a punto de marcar cuando Emily bajó los escalones y ella se volvió en la silla.

—¿Era mi madre?

—Sí, o lo que es lo mismo, era el tío David. «Aer Lingus» tiene un vuelo a primeras horas de esta noche, pero no cree que a tía Daisy le dé tiempo de llegar al aeropuerto. Así que le ha buscado un vuelo privado a tu madre. Tío David va a llamar a Edwina ahora mismo para decirle que tía Daisy ya está casi en camino. Tu madre está haciendo las maletas. Llamará antes de salir.

—Eso es un alivio. ¿Has hablado con tío Randolph?

—No, había salido. Pero Vivienne me ha dicho que Sally estará de vuelta en Middleham dentro de poco. Ha estado lloviendo en la Región de los Lagos, así que ha recogido sus pinturas y viene de regreso en estos momentos. Le dije a Vivienne que me llamara en cuanto llegase.

—¿Sintió curiosidad?

—La verdad es que no. Le dije que quería hablar con Sally y dejó en seguida el teléfono.

—Odio tener que contarle esto... —murmuró Paula con expresión torva y unos ojos que reflejaban su profunda preocupación.

—Sí, va a ser horrible para ella, pero *tenemos* que decírselo. Y en persona, ¿no crees?

—*Por supuesto*. Bueno, no perdamos tiempo. Más vale continuar, Emily.

—¿Qué hago ahora?

—¿Quieres entrar a los niños, por favor? ¿Puedes dejar el cochecito por aquí dentro. Tengo que llamar a los otros directores.

Paula dio con Pete Smythe, director del *Yorkshire Evening Standard*, en su casa, en Knaresborough. Le repitió la misma historia que a Sam Fellowes. Después de presentarle su condolencia por lo sucedido, Pete estuvo de acuerdo con su decisión y no puso inconvenientes.

—De todas formas, no hubiese publicado nada, Paula —dijo Pete—. Sé lo que piensa Mrs. Harte al respecto. Me despellejaría vivo si apareciese una sola línea sobre alguno de vosotros, cualesquiera que fuesen las circunstancias.

—Sam Fellowes se resistió un poco —le informó Paula—. Espero no encontrar una resistencia similar en los otros directores.

—No pasará eso. Sam es un caso especial. No resulta fácil tratar con él. Si quieres, yo hablaré con los periódicos de Doncaster, Sheffield Bradford y Darlington.

—¡Oh! ¿Puedes hacerlo, Pete? Eso sería maravilloso. Aprecio mucho tu ayuda. Muchas gracias.

El teléfono sonó nada más colgar Paula el auricular. Era su madre.

—Hola, querida —dijo Daisy con su calma habitual—. Estoy a punto de irme. Voy a coger un taxi para que tu padre se quede en el piso por si lo necesitas. Ha hablado con Edwina hace unos minutos. Se ha alegrado de que vaya para allí. Dice que parecía menos agitada. La Policía se ha marchado ya. Anthony está con ella. Están esperando que los llames.

—Lo haré ahora cuando cuelgue. Gracias por ir a Irlanda, madre. Eres la única persona que puede hacerse cargo de esto. Edwina confía en ti, y tratarás a todo el mundo con mucha diplomacia, que es algo que ella no puede hacer.

—¡Por Dios, Paula, no me importa! Somos una familia y debemos permanecer unidos. Pero, ¡qué situación tan extraña! No puedo entender que la Policía haya ido..., para mí resulta muy claro. Tu padre está de acuerdo conmigo. Bueno hablando sobre ello sin parar no ayudaré a resolver las cosas. Debo darme prisa. Adiós, querida.

—Adiós, mamá, que tengas buen viaje. Hablaremos mañana.

Emily estaba bajando el cochecito por los dos escalones del invernadero, cuando Paula levantó la vista de la agenda.

—Voy a hablar un momento con Henry —dijo— y luego llamaré a Irlanda.

Mientras marcaba el número, Paula informó a Emily rápidamente sobre sus conversaciones con Pete Smythe y y con su madre.

Fue el ama de llaves de Henry quien contestó en su casa de Gloucestershire. Paula habló brevemente con ella y colgó.

—Acaba de irse —le dijo a Emily—. Vuelve a Londres en coche. Por lo visto, llegará sobre las ocho y media. ¿Crees que debo llamar a los abogados de la abuela, o esperar a hablar con Henry?

—No estoy segura... ¿Qué piensas que haría la abuela? —preguntó, contestándose ella misma instantáneamente—. Hablaría con Henry primero.

—Eso es lo que yo pienso —convino Paula, con la mano puesta sobre el teléfono.

Respiró profundamente, preparándose para llamar a Edwina a Clonloughlin. Después de coger el auricular, lo dejó de nuevo y se volvió.

—Sally llamará en cualquier momento. Tendrás que hablar con ella, Emily, así que vamos a decidir qué le vas a decir.

Las dos jóvenes se quedaron mirándose largamente con gran preocupación.

—Me parece que lo mejor sería decirle que *yo* tengo un problema —decidió Paula—, que me gustaría verla y hablar con ella y que hiciese el favor de venir inmediatamente.

—¡Pero querrá saber por teléfono de qué se trata! —exclamó Emily con ojos encendidos—. Ya sé que he dicho que lo mejor era decírselo cara a cara, pero ahora me pregunto qué explicación darle.

—Ya te las arreglarás. Contesta con habilidad, no le digas nada concreto. Cuando quieres ser evasiva, lo haces muy bien, Emily.

—¿*De verdad?* —dijo mirando a Paula dudosa—. Si tú lo dices.

Se encogió de hombros y, luego, se acercó corriendo al cochecito, desde donde salían los gemidos de Tessa.

Paula se levantó y siguió a su prima.

—Probablemente *los dos* estén mojados y tengamos que cambiarlos. De todos modos, vamos a llevarlos arriba y, luego, podrías empezar a prepararles los biberones.

—Nora tenía hoy su día libre, ¿no? —se lamentó Emily.

—Siempre pasa lo mismo —murmuró Paula, meciendo en los brazos a su hija y susurrándole palabras con suavidad.

—«Dower House», Clonloughlin —contestó una tranquila voz masculina cuando Paula llamó a Irlanda quince minutos más tarde.

Dijo su nombre, pidió que le pusieran con el conde y, un segundo después, Anthony estaba al otro lado de la línea.

—*Paula*..., hola. Gracias por haberte hecho cargo de todo. Te lo agradezco mucho. Mi madre estaba muy asustada antes, no sabía qué hacer, y se quedó destrozada cuando la Policía regresó.

—Lo comprendo, y no ha sido nada, de verdad. Me alegra poder ayudarte en lo que me sea posible. ¿Cómo te sientes?

—Bien. Muy bien —aseguró—. Teniendo en cuenta las circunstancias, lo estoy llevando muy bien. Esto es desagradable en extremo, desde luego, pero sé que todo va a salir bien.

—Sí —dijo Paula.

Pero pensó que no parecía estar muy seguro, ni mucho menos. Su voz sonaba débil y cansada. Esperando que su tono fuese más seguro de lo que ella se sentía, añadió:

—Todo se habrá solucionado en las próximas veinticuatro horas. Ya lo verá. Mientras tanto, intenta no preocuparte. Me gustaría saber qué ha sucedido, pero primero debo decirte que Emily habló con Sally hace unos minutos. Viene hacia aquí. Cree que estoy padeciendo una crisis o algo por el estilo. Pensamos que era mejor no decirle nada por teléfono.

—Me tranquiliza saber que has contactado con ella, Paula. Sally me tenía preocupado. No sabía cómo localizarla en la Región de los Lagos. Cuando hablamos el viernes, me dijo que me llamaría el lunes o el martes. Una vez le hayas explicado esta horrible situación, quizá podrías decirle que me llamase.

—Por supuesto. ¿Cuáles son las últimas novedades? Sé por mi madre que la Policía se marchó... Obviamente, no te han acusado...

—¡Cómo podrían hacerlo! —la interrumpió exaltado—. ¡No he hecho nada malo, Paula! No tengo nada que ver con la muerte de Min... —La voz le falló y hubo una pausa mientras luchaba por controlarse. Tras un momento, habló con más calma y se excusó—. Siento haberme puesto nervioso. He sufrido una terrible conmoción. Min y yo habíamos tenido graves disputas y *estaba* empezando a ponerse imposible, pero nunca deseé que algo como esto sucediese.

Se quedó callado.

Paula oyó sus jadeos mientras trataba de recuperar la calma.

—Debes ser fuerte —dijo con amabilidad—. Saldremos bien de ésta, Anthony, te lo prometo.

—Está siendo muy buena, Paula, ayudándome tanto. Bueno —dijo débilmente, después de un hondo suspiro—. Han establecido la hora de la muerte. El médico local hizo un examen. Cree que fue entre las diez y media y las doce.

A Paula se le secó la boca. Por lo que Edwina le había dicho, Anthony la llevó de regreso a «Dower House» sobre las nueve y media, y luego se volvió a casa. ¿A la cama? En ese caso, era muy poco probable que tuviese una coartada para aquellas horas cruciales. Pero no hizo ningún comentario, no quería alarmarle más.

—Tu madre me dijo algo sobre una autopsia.

—Oh, sí. Supongo que se hará mañana. La investigación y comparecencia ante el tribunal será el miércoles o el jueves. ¡Todo es tan lento aquí!

Lanzó un profundo suspiro y luego, bajando la voz, Anthony le confesó:

—Es ese maldito «Land-Rover». No estoy seguro de que la Policía crea... que se rompiese por la tarde.

—Sí —admitió Paula—. Pero, ¿estás seguro de que nadie vio el «Land-Rover» allí antes de que anocheciese, cuando ya estaba roto? ¿Algún trabajador de la finca quizás? Eso demostraría que estás diciendo la verdad.

—No se ha presentado nadie, aquella parte de la finca es muy solitaria, está a algunos kilómetros de la casa. Dudo mucho que alguien anduviese por allí. De todos modos, ha sucedido algo positivo. Una buena noticia. La Policía tiene una información que podría exonerarme. Han estado interrogando a todos aquí durante las últimas horas..., al servicio, a los trabajadores... Bridget, mi ama de llaves, les dijo que me vio en la casa entre las once y la medianoche.

—¿Por qué no me lo has dicho antes? ¡Entonces, tienes una coartada!

Paula se sintió llena de alivio.

—Sí, la tengo. Sólo espero que la Policía crea su historia.

Paula quedó confusa.

—¿Por qué no se lo dijiste antes a la Policía? —preguntó con nerviosismo—. Si estuviste con ella anoche, después de que se fuese tu madre, quizá...

—No estuve con ella —la interrumpió Anthony—. De hecho, yo ni siquiera la vi. Bridget padece mucho de jaqueca y, anoche, por lo visto se encontraba mal. Estaba limpiando la cocina después de cenar cuando empezó a dolerle la cabeza. Al subir a su habitación, pasó por delante de la puerta de la biblioteca. La luz estaba encendida, la puerta abierta, y ella miró y me vio dentro. Pero, como no se encontraba bien, no me dijo nada. Se fue arriba, buscó sus pastillas y volvió a la cocina. Se preparó un té y estuvo descansando una media hora; luego, acabado su trabajo, preparó la mesa del comedor para el desayuno y, justo después de medianoche, se fue a la cama. Esa vez también echó un vistazo a través de la puerta abierta de la biblioteca. Entonces, yo estaba trabajando en los libros de la finca, llevando la contabilidad y, como no deseaba molestarme, se fue a la cama sin decirme siquiera buenas noches. Hoy era su día libre y no se encontraba aquí cuando la Policía vino por primera vez.

—¡Oh, Anthony, eso es una noticia estupenda!

—Sí, eso creo yo. Con todo, es la única persona que me vio en esas horas cruciales. Las dos mujeres que trabajaban aquí ya se habían marchado a sus casas..., viven en el pueblo y vienen a diario. Así que no hay nadie que corrobore su historia y, por estos lugares, es bastante conocida la devoción que Bridget siente por mí y su extraordinaria lealtad a mi familia. La Policía podría, fíjate que digo *podría*, dudar de su palabra y pensar que los dos nos hemos puesto de acuerdo.

Paula desfalleció, el alivio que había sentido un momento antes se evaporó por completo.

—¡Oh, Dios mío, no digas eso!

—Debo tener en cuenta lo peor, observar la situación con toda objetividad —dijo Anthony—. Por otro lado, no veo cómo la Policía puede desconfiar de ella y decir que miente sin estar totalmente seguros de que se lo está inventando, y sé que ella se mantendrá en sus trece.

Paula se enderezó en la silla.

—Sí, es verdad —dijo lentamente—. De todos modos cuando luego hable con Henry Rossiter y le pida consejo, voy a sugerirle que un abogado criminalista trabaje el asunto.

—¡Espera un minuto! —exclamó Anthony—. Te estás adelantando, ¿no?

Parecía horrorizado ante la idea.

—No he hecho nada *malo*, ya te lo he dicho. Paula. *Un abogado criminalista*. ¡Por Dios, eso va a hacerme parecer más culpable que el diablo!

—Claro que no —replicó Paula, decidida a mantenerse firme—. Esperemos a oír lo que Henry tiene que decir. Confío en él, como la abuela lo ha hecho durante años. No nos conducirá por mal camino. Por favor, Anthony, no tomes decisiones precipitadas.

—Muy bien, pídele a Henry su opinión —accedió, aunque un poco a regañadientes.

Cuando terminaron la conversación, Paula se quedó sentada ante el escritorio del invernadero. Se pasó una mano por el pelo, se restregó los ojos y se desperezó. Luego, al ver la agenda frente a ella, encima de la mesa, centró sus pensamientos en la lista. Todavía tenían que llamar a tres personas: Jim, Winston y Henry Rossiter. Miró el reloj y vio que eran las siete y media. A Henry no se le podría localizar hasta pasada una hora, por lo menos. Emily no había tenido oportunidad de llamar a Jim o a Winston a Canadá, pues estaba en la habitación de los niños preparándoles los biberones. Paula se fue con ella.

Cuando estuvieron sentadas cómodamente, cada una con un niño en los brazos, Paula le contó su conversación con Anthony.

Emily la escuchaba con atención mientras adaptaba la boquilla del biberón, mirándola de vez en cuando y asintiendo.

—Entonces, ésa es la clave... Bridget le ha proporcionado a Anthony un coartada.

El silencio se adueñó de ellas mientras se concentraron

en los bebés. Luego, Paula habló en voz baja pero firme.

—Ningún nieto de Emma Harte se va a sentar en el banquillo acusado de asesinato. *Te lo prometo.*

CAPÍTULO XXIV

—Espero que comprendas la razón por la que hemos tenido que mentirte, Sally —dijo Paula con amabilidad.

—Sí. Y me alegro de que lo hayáis hecho.

Sally Harte tragó saliva y se aclaró la garganta nerviosamente.

—No creo que hubiese podido venir conduciendo hasta aquí —dijo con voz temblorosa— sin tener un accidente si Emily me hubiese contado la verdad por teléfono.

Paula asintió y siguió contemplando a su prima con fijeza, sintiéndose intranquila por ella.

Durante los últimos quince minutos, mientras Paula hacía un relato de los acontecimientos de Irlanda, Sally se las había arreglado para permanecer tranquila. Paula la admiraba por haber recibido aquella terrible noticia sin parpadear. «Tendría que haber supuesto que sería valerosa», pensó Paula. Siempre se había portado estoicamente, incluso cuando era una niña. Según su abuela, ése era el carácter de los Harte. Pero, a pesar de que estaba demostrando una fuerza de carácter extraordinaria, Paula sabía que Sally se hallaba destrozada. Se podía leer en sus ojos azules claros, entristecidos en ese momento, y en su hermosa cara desolada por la impresión.

Sally estaba sentada en la silla con tal rigidez, que parecía haberse quedado paralizada con las palabras de Paula. Inclinándose hacia ella, Paula le cogió la mano y se alarmó por su frialdad mortal.

—¡Sally, estás congelada! —dijo—. ¿Te traigo un coñac o te hago una taza de té? Necesitas algo que te sirva de estimulante.

—No, no, de verdad. Gracias, de todos modos.

Sally intentó esbozar una sonrisa, sin conseguirlo, y siguió mirando a Paula con ojos repentinamente llorosos.

—Anthony debe de estar sufriendo muchísimo —empezó a decir con indecisión, y se calló.

Entonces, las lágrimas brotaron de sus grandes ojos azules y se deslizaron por sus pálidas mejillas. Pero no se movió ni dejó escapar sonido alguno.

Paula se levantó y se arrodilló frente a ella, rodeándola con los brazos.

—Oh, querida, todo va a salir bien —murmuró llena de simpatía y compasión—. No retengas las lágrimas. Es mejor llorar, de verdad; deshacerse del dolor y llorar ayuda un poco. Te alivia.

Sally se abrazó a Paula exhalando hondos suspiros y ahogados sollozos. Paula le acarició el negro cabello y la consoló. Finalmente, el desesperado llanto silencioso se apagó. Sally se enderezó de pronto, restregándose la cara con sus fuertes manos de pintora.

—Lo siento —jadeó con voz ahogada.

Intentaba, por todos los medios, controlarse y reprimir las lágrimas.

—Le quiero tanto, Paula. Cuando pienso en lo que está pasando, no lo puedo soportar. Se encuentra tan *solo* allí. Estoy segura de que tía Edwina no le sirve de gran ayuda. Quizá me esté echando la culpa de todo.

Se llevó las manos a la cara contraída, que era la expresión de sus angustiosos pensamientos.

—Me necesita...

Paula, que había vuelto a su silla, dio un respingo al oír esas palabras. Contuvo la respiración obligándose a permanecer en silencio. No dudaba de lo que tenía que decir, pero también sabía que era más conveniente esperar hasta que Sally se hubiera calmado un poco más.

—Emily, desde la puerta del salón, le dirigió una mirada de advertencia, agitó la cabeza enérgicamente de un lado a otro y movió la boca gesticulando un *No la dejes ir allí*.

Paula asintió y le hizo un gesto para que entrase en la habitación. Lo hizo de inmediato, sentándose en una silla junto a ella. Casi con un susurro, Emily le dijo a Paula:

—Me temo que no he tenido suerte. No contestan en la habitación de Jim y en la de Winston tampoco. Les he dejado un mensaje para que llamen aquí en cuanto lleguen a sus hoteles respectivos.

Aunque Emily había hablado en voz muy baja, Sally la oyó y, cuando mencionó el nombre de su hermano, se quitó las manos de la cara, volvió la cabeza y miró a Emily directamente.

—¡Ojalá estuviese aquí Winston! Me siento tan... *impotente*...

—Yo también deseo que estuviese aquí —dijo Emily, dándole unos golpecitos en el brazo con actitud maternal—. Pero no te encuentras sola, nos tienes a nosotras. Todo se va a arreglar, ya lo verás. Paula lo está haciendo muy bien, lo tiene todo controlado. Trata de no preocuparte.

—Haré lo que pueda.

Sally volvió los ojos hacia Paula.

—No te he dado las gracias..., estás portándote estupendamente. Y tú también, Emily, os lo agradezco mucho a las dos.

Viendo que Sally parecía más tranquila, Paula se decidió a hablar.

—Hay algo que debo decirte: por favor, no vayas a Irlanda para estar con Anthony. Sé que te sientes intranquila y terriblemente preocupada por él, pero no debes ir. No puedes hacer nada que sea positivo para él y, francamente, tu presencia allí sólo serviría para empeorar las cosas.

Sally estaba sorprendida.

—No tengo intención de ir a Clonloughlin. Ya sé que se murmuran muchas cosas. Anthony me lo comentó hace semanas..., me lo cuenta todo. Por supuesto que no deseo echar más leña al fuego. Pero, Paula, creo que debería ir a Irlanda, al menos a Waterford o, mejor aún, a Dublín. Me iré mañana. Puedo salir por la mañana desde el aeropuerto de Manchester y estar allí en pocas horas. Al menos, me hallaré más cerca de él de lo que lo que me encuentro aquí, en Yorkshire...

—¡No! —exclamó Paula con una severidad poco normal—. No puedes ir. Te vas a quedar aquí..., ¡aunque tenga que encerrarte bajo llave!

—Pero yo... —empezó a decir Sally.

—No te voy a dejar que vayas a Irlanda —la interrumpió Paula, que miró a su prima severamente, con una expresión inflexible.

Sally le devolvió la mirada de forma desafiante y terca. Imponiéndose, dijo con igual firmeza:

—Comprendo tus razones. Pero, por otro lado, ¿qué daño puedo hacer yo en Dublín?

Como Paula se quedó callada, Sally continuó:

—Esta a cientos de kilómetros de Clonloughlin.

Se calló de nuevo y frunció el ceño.

—Si estoy en Dublín, al menos Anthony sabrá que me encuentro más cerca de él y que podremos estar juntos cuando la investigación haya acabado —finalizó con voz temblorosa, menos segura de sí misma.

Empezó a estremecerse otra vez, con las manos apretadas en el regazo, intentando calmarse y, entonces, volvieron a brotar lágrimas de sus ojos.

—Él me necesita, Paula. ¿No lo entiendes? ¿No comprendes que tengo que estar a su lado?

Paula se impuso.

—Ahora, escúchame tú, y con mucha atención. No puedes ayudar a Anthony de ninguna manera. De hecho, podrías causarle un daño irreparable si te presentaras en Irlanda, ya que tú podrías ser el motivo si Anthony fuese sospechoso de asesinato. Mientras la abuela permanezca ausente, yo estoy al cargo de esta familia y más vale que comprendas que yo soy quien *toma* las decisiones. Por lo tanto, Sally, debo insistir en que te quedes.

Sally se echó hacia atrás en la silla, desconcertada momentáneamente por la vehemencia de Paula. No se había dado cuenta de lo imponente que su prima podía resultar.

Paula y Emily se quedaron observando a Sally e intercambiaron una mirada de complicidad. Fue Emily quien rompió el silencio. Puso la mano en el brazo de Sally y le dijo:

—Por favor, Sal, sigue el consejo de Paula.

Emocionalmente, Sally sentía la necesidad de estar con Anthony porque sabía que él la necesitaría en esos terribles momentos. Intelectualmente, estaba empezando a aceptar que ir con él sería una equivocación. Paula *tenía razón* en todo lo que decía. «Escucha a tu cabeza, no a tu corazón», se previno.

—Me quedaré aquí —susurró finalmente, recostándose en la silla, pasándose las manos por los doloridos músculos de la cara.

Paula dejó escapar un suspiro de alivio.

—Gracias a Dios. ¿Te sientes con ánimos para llamar a Anthony ahora? Está ansioso por hablar contigo, y tú puedes tranquilizarle si sabe que lo estás tomando tan bien.

Sally dio un salto.

—Sí, sí, debo hablar con él inmediatamente.

—¿Por qué no subes a mi dormitorio? Allí estarás más tranquila —sugirió Paula amablemente.

—Gracias. Lo haré.

Sally se paró en la puerta, volvió la cabeza y miró a Paula.

—Eres la persona más temible que conozco —dijo.

Después, desapareció en el vestíbulo.

Paula se quedó viéndola salir y, luego, miró a Emily sin poder articular palabra.

—Yo en tu lugar —dijo Emily—, tomaría eso como un cumplido. Creo que es mejor que tú vayas a telefonear tambén. ¿No querías localizar a Henry Rossiter? Son más de las ocho y media, ¿sabes?

Estaban sentadas en la terraza, disfrutando de la tranquila quietud de los jardines, cubiertos por un cielo azul oscuro en el que parpadeaban brillantes estrellas. Era una noche clara, sin nubes, con una luna llena que empezaba a asomarse tras las copas de los árboles lejanos que susurraban y se mecían bajo la suave brisa del anochecer.

—No sé tú, pero yo estoy extenuada —dijo Emily al fin, rompiendo el prolongado silencio y mirando a Paula a través de la luz vaga y sombría.

Paula volvió la cara, que se iluminó de repente merced al resplandor que emanaba de las lámparas del salón, inmediatamente detrás de ellas. Emily se dio cuenta de que el velo sombrío de su cara se había levantado y su prima lucía una expresión dulce y cordial.

—Sí, debo admitirlo —respondió Paula—, yo también estoy un poco cansada. Pero, al menos, hemos hecho todas las llamadas importantes.

Cogió la copa de vino blanco y bebió un largo trago.

—Tuviste una buena idea, Emily. Esperar aquí sentadas a que Jim o Winston llamasen estaba empezando a ser fastidioso y frustrante.

—Sí, lo era. Me pregunto si tu padre habrá logrado localizar ya a Philip. Ahora deben ser las nueve y media.

Mirando su reloj, Paula asintió.

—Casi. Tenemos que darle tiempo para que consiga comunicación con Australia. Pronto se pondrá en contacto.

Paula se aclaró la garganta.

—Me hubiera gustado que Sally se hubiese quedado más tiempo —continuó—. ¿Crees, de verdad, que estaba bien cuando se marchó?

—Al bajar del dormitorio se la veía mucho más tranquila, aunque bastante abatida.

—Bueno, eso es comprensible.

Emily no respondió. Cambió de postura, cogió la bebida y la probó.

—¿Notaste algo distinto en Sally?

Dudó un momento antes de seguir hablando.

—No cuando se fue, sino en general —añadió.

—Ha engordado.

Emily apretó el vaso entre sus dedos y bajó la voz.

—Tengo un horrible presentimiento —susurró—. Bueno..., más vale que lo diga... Creo que Sally está embarazada.

Paula suspiró. Sus temores habían sido confirmados.

—Me temía que eso era lo que ibas a decir. Yo también lo temo.

—¡Oh, maldita sea! —explotó Emily alzando la voz—. ¡Sólo eso nos hacía falta! Me sorprendió que no te fijases en su estado el día de la inauguración. ¿O sí lo hiciste?

—No. Acuérdate, ella llevaba un vestido suelto y amplio. Además, yo me encontraba agobiada, rodeada de gente. Pero, cuando ha entrado esta noche, me ha sorprendido su corpulencia, en especial la del busto. Aunque estaba tan preocupada por las noticias que tenía que darle que no me fijé en la figura. Sí que reparé en que había engordado cuando se encontraba junto a la chimenea, antes de marcharse. Se le notaba bastante.

—Yo también me di cuenta entonces. ¡Oh, Dios mío, Paula, se va a armar una buena cuando tío Randolph se entere! —gimió Emily en voz alta—. ¡Cuánto me gustaría que la abuela estuviese aquí!

—A mí también, pero no es así y no quisiera que volviese innecesariamente... Tenemos que arreglárnoslas lo mejor que podamos.

Paula se frotó la cara con las manos y suspiró pesadamente.

—¡Santo cielo, qué asunto tan espantoso! Pobre Sally... —dijo, con un movimiento pesaroso de cabeza—. Me da pena...

Paula no acabó la frase, se quedó mirando a las sombras, llena de inquietud por la situación en Irlanda.

—Bueno —dijo Emily de repente—, si está embarazada, no hay problema. Por lo menos, se podrán casar, ahora que...

—¡Emily!

Paula torció la cabeza y miró a su prima horrorizada.

—No digas eso —advirtió.

—¡Oh, lo siento! —se excusó Emily inmediatamente.

Pero no pudo resistir la tentación de continuar hablando, con su habitual y atrevida franqueza.

—De cualquier modo, *es* verdad.

Paula le dirigió una mirada fulminante. Después, sacó la botella de vino del cubo del hielo y llenó los vasos.

—No creo que debamos decirle a Winston que Sally está embarazada —afirmó Emily.

—¡Ni pensarlo! —se horrorizó—. Es más, no lo vamos a comentar con nadie, ni siquiera con la abuela. No quiero que eso le cause preocupaciones. En cuanto al resto de la familia, ya sabes lo amantes que suelen ser de los chismorreos. Cualquier pequeña indiscreción sobre el embarazo de Sally sería como echar una lata de gasolina a una hoguera. Además, hablemos claro, Emily, *no sabemos* que está esperando un hijo. Puede ocurrir que haya aumentado de peso estos días, y nada más.

—Sí —dijo Emily—, puede ser eso, y no vamos a dar pie para que ciertas personas empiecen a chismorrear.

Se quedó en silencio, hundiéndose en la silla y mirando hacia el jardín. Parecía algo mágico, casi etéreo, con los árboles que parecían haberse convertido en plata a la luz de la luna que lo bañaba todo con su extraordinario resplandor.

—Esto es tan tranquilo, tan hermoso, que podría quedarme aquí sentada para siempre —murmuró Emily—. Pero supongo que tendré que ir a «Pennistone Royal» a coger ropa para ir mañana a la oficina, si me voy a quedar contigo esta noche. Le dije a Hilda que me preparase una bolsa con lo que me hacía falta, así que no tardaré mucho.

Paula emergió de sus pensamientos.

—Sí, quizá debieras marcharte ya; pero coge mi coche. El «Jaguar» está listo para el desguace y no quiero que se te rompa en cualquier sitio.

Paula se levantó.

—Iré a ver cómo están los niños y luego empezaré a preparar la cena. ¿Te apetece carne picada con verduras? —preguntó, cogiendo el cubo de hielo y dirigiéndose hacia el salón.

—Sí, será *reconfortante*. Me hace recordar los veranos en «Heron's Nest». Cuando éramos pequeñas y estábamos con la abuela, siempre tomábamos carne picada con verduras los domingos por la noche. ¡Qué tiempos aquéllos! Además, tienes en la nevera un montón de verduras. Las gastaremos. Estoy hambrienta.

Paula la miró por encima del hombro y movió la cabeza pensativamente.

—¿Es que no hay nada que te quite el apetito, *Zampabollos*?

Emily, caminando tras ella, sonrió con un poco de timidez.

—Supongo que no, *Espingarda* —replicó, usando el apodo que tenía Paula cuando era pequeña—. Bueno, voy a largarme. Volveré tan pronto como pueda; si llama Winston, mándale mucho amor de mi parte.

Como era normal los domingos por la noche, Harrogate estaba desierto, casi sin tráfico, y, a los pocos minutos, Emily estaba en la carretera de Ripon, conduciendo a gran velocidad hacia «Pennistone Royal».

Al decirle Paula que podía coger cualquiera de los dos coches que estaban en el garaje, Emily había preferido llevarse el «Aston Martin» de Jim. Durante un rato, se concentró en la poderosa máquina que tenía entre sus manos, disfrutando de su suavidad y de la sensación de seguridad que le producía aquel coche tan sólido y elegante. Desde luego, era un cambio agradable comparado con su viejo «Jaguar», que estaba tan destartalado que era casi inservible y, probablemente, muy poco seguro.

Emily conservaba el «Jaguar» por razones sentimentales, ya que había pertenecido a Winston. Se lo compró hacía cuatro años y, hasta que sus relaciones fraternales se convirtieron en romance amoroso, se había sentido más cerca de él cuando conducía el coche. Ya no significaba nada porque el mismo Winston era totalmente suyo desde que estaban comprometidos. Y el «Jaguar» se había convertido en una verdadera molestia, rompiéndose siempre en los momentos más inoportuno. Su abuela le había estado diciendo durante mucho tiempo que se desprendiese de él, y decidió hacerlo la semana siguiente. Se preguntó qué coche se compraría. ¿Un «Aston Martin» quizá? ¿Por qué no? Era un coche sólido como un tanque. Emily empezó a pensar en automóviles pero, después de un rato, sus pensamientos retornaron, no sin motivo, a los acontecimientos de Irlanda.

«Anthony tuvo muy mala suerte al estropeársele el "Land-Rover" —pensó Emily—. Si no le hubiese ocurrido eso, ahora estaría totalmente limpio. Sería un caso cerrado. Es una pena que no se le ocurriese volver a recogerlo antes de la cena pero, claro, como estaba intentando evitar a Min... Pobre mujer..., morir de esa manera..., ahogarse es la peor muerte..., resulta aterrador.»

Emily se estremeció involuntariamente al imaginarse el accidente, trató de apartar de sí la imagen de la oscura agua fría tragándose a Min, arrastrándola con un remolino a las lúgubres profundidades. Tragó saliva y se aferró al volante con más fuerza. Había heredado de su abuela el miedo al agua y, al igual que Emma, era mala nadadora; no le gustaban los barcos, el mar, los lagos, ni siquiera una simple piscina. Todo ello la aterrorizaba.

En un esfuerzo por disipar la vívida escena mental de la muerte de Min Standish, conectó la radio del coche y buscó una emisora, pero, como no encontraba la que le gustaba, la desconectó. A través de la ventanilla, vio un letrero que le indicaba que se estaba aproximando a Ripley, y redujo la velocidad cuando atravesaba el pueblo, volviendo a acelerar al dejarlo atrás, por el camino de South Stainley.

Inesperadamente, Emily sintió cómo se le tensaban los músculos de la cara al ocurrírsele un pensamiento inquietante, y dio un viraje, llena de inquetud. Enderezó el coche inmediatamente y centró toda su atención en la carretera, diciéndose que tendría un accidente si no se concentraba.

Sin embargo, aquella idea no desaparecía. En realidad, era una duda que se cernía sobre ella de forma enloquecedora y le hacía preguntarse cómo no se le había ocurrido antes. Finalmente, le hizo cara: ¿Qué *había estado haciendo* Min en el lago durante *cinco horas* antes de ahogarse?

Aprovechando los veranos que habían pasado en «Heron's Nest», Emma había inculcado muchas cosas a sus nietos. Una de las más importantes era la importancia de analizar un problema hasta el último detalle, examinando todos y cada uno de sus aspectos. Ahora, el cerebro de Emily empezó a funcionar con rapidez en la forma que Emma les había enseñado.

Una posible respuesta surgió al momento: Min no había estado cinco horas en el lago, porque no había ido allí por la tarde. Fue de noche cuando por primera vez estuvo allí el día anterior. «¡Oh, Dios mío! —pensó Emily con un estremecimiento involuntario—. Eso significaría que Anthony está mintiendo. No puede ser, e incluso, si *fuese* responsable de la muerte de Min, ¿por qué no se había llevado el "Land-Rover"? ¿Por qué lo había dejado junto al lago?»

Aunque al principio se había sorprendido, se rehízo en seguida y empezó a pensar con lógica. En primer lugar, lo hizo bajo la premisa de que Anthony *podía* estar mintiendo. Se imaginó el posible desarrollo de los hechos.

Anthony cena con Edwina. Después la lleva de vuelta a «Dower House». Regresa a Clonloughlin alrededor de las diez. Min aparece inesperadamente, poco después. Discuten. Él se va corriendo, salta a su «Land-Rover» y desaparece. Min lo sigue hasta el lago. Vuelven a discutir y ella, siguiendo su conducta de las últimas semanas, empieza a ponerse violenta. Anthony le hace frente. Se pelean. Él la mata de manera accidental. Tira el cuerpo al lago para simular un accidente. Luego, el «Land-Rover» no arranca, se estropea. No le queda otra alternativa que volver a la casa andando.

«Podría haber sucedido de esa manera —se dijo Emily de mala gana—. Pero, si fue así, ¿por qué no volvió al lago a recoger el "Land-Rover"? Lo último que hubiese hecho sería dejarlo allí.»

Con la mente enfebrecida, acabó su primer razonamiento.

Anthony decide que es arriesgado que él solo trate de remolcar el «Land-Rover» por la noche. Decide llevárselo a primeras horas de la mañana siguiente. Pero el encargado de la finca se levanta al amanecer y encuentra primero el cuerpo. Anthony concierta una historia plausible con Edwina en la que Min llegó por la tarde y el «Land-Rover» se rompió a esa hora. Sale del paso sagazmente, contando con que todo el mundo pensará, como yo misma hice, que sólo un hombre inocente dejaría aquella prueba tan evidente en el escenario del crimen. Por otro lado, Anthony tiene una coartada para aquellas tardías horas, tan cruciales para él. Le había visto el ama de llaves. Pero, ¿era Bridget persona de fiar?

¿Era la historia de Anthony una gran mentira? ¿Era todo una farsa perfecta y atrevida?

Mientras atravesaba el pueblo de Pennistone y cruzaba

la verja de entrada de la propiedad de su abuela, Emily se dijo que para llevar a cabo con éxito un plan así, tendría que ser un hombre con mucha sangre fría y despiadado. Además de poseer nervios de acero. ¿Era Anthony un hombre así? *No.* «¿Cómo lo sabes tú, Emily Barkstone? Hace sólo unas pocas horas le decías a Paula que ninguna de las dos le conocíais *bien.*»

Asustada por sus pensamientos, Emily hizo todo lo que pudo para sacudírselos de encima mientras aparcaba y salía del coche.

Hilda, el ama de llaves de su abuela, salía por la puerta que daba a la cocina y habitaciones del servicio, en la parte de atrás de la casa.

Cuando vio a Emily, una abierta sonrisa distendió su boca.

—Por fin ha llegado, Miss Emily —dijo mirándola a través de las gafas con preocupación—. Tiene mal aspecto. Entre a la cocina a tomar una taza de café —farfulló.

—Gracias, Hilda, pero tengo que regresar a casa de Miss Paula inmediatamente. Estoy bien, de verdad, sólo un poco cansada.

Emily se las arregló para sonreír, luego miró a su alrededor buscando la maleta.

—Su neceser está aquí —dijo Hilda.

Lo sacó de detrás de una pesada silla de estilo Tudor.

—¡Qué noticia tan terrible y espantosa! —comentó mientras se lo entregaba—. Me ha dejado trastornada, señorita. Después de hablar con usted, tuve que sentarme y tomarme una copa de coñac. Pobre señorito... ¡Oh, querida mía, qué tragedia! Pero la vida es tan imprevisible, ¿verdad?

Ella misma asintió con una expresión de tristeza en su rostro. Luego, se agarró al brazo de Emily con una mueca de afecto.

—¿Lo sabe ya Mrs. Harte? ¿Ha hablado con ella?

—No, Hilda. Mr. David está tratando de localizar a Mr. Phillip en Australia. No te preocupes, la abuela se encontrará bien.

—Oh, de eso no tengo ninguna duda, Miss Emily. Pero es injusto. Cuando tiene la oportunidad de descansar, y divertirse un poco, ocurre un accidente tan horrible como éste. La vida de su pobre abuela ha estado llena de problemas siempre... Pensé que, al fin, ahora se había librado de ellos.

—Sí, Hilda es verdad lo que dices. Pero tú mismo lo has

dicho, hay situaciones inesperadas que no podemos controlar.

Emily empezó a dirigirse hacia la puerta principal, mirando a su alrededor, saboreando la belleza del Vestíbulo de Piedra pero, también, siendo consciente de su normalidad. Estaba bañado por una luz cálida, el fuego ardía en la gran chimenea como siempre lo hacía en otoño e invierno y las macetas de crisantemos dorados y rojizos se amontonaban en el hueco de la gran escalera. Sí, el vestíbulo no había cambiado y se veía igual que siempre, incluso aquel recipiente de cobre con ramas de haya de hojas rojizas, estaba allí todavía.

Tal apariencia de permanencia engendró en Emily una sensación de seguridad, y en ese preciso momento, sentía la presencia de Emma de forma tan poderosa que se tranquilizó y su temor empezó a desaparecer. La abuela era una mujer lista, con un conocimiento perspicaz y penetrante de la gente. Emma confiaba en Anthony y lo quería..., no porque fuese su sobrino, sino por su carácter y cualidades como persona.

Volviéndose, Emily lució sus hoyuelos al sonreír a Hilda. Con la seguridad reflejada en sus ojos verdes, dijo con voz clara:

—No te preocupes, Hilda, la abuela se tomará esto con calma. Y gracias por haberme preparado la maleta.

—No ha sido ninguna molestia, Miss Emily, y conduzca con mucho cuidado, ¿me oye?

Tras despedirse de Hilda, Emily corrió hacia el «Aston Martin», lanzó la bolsa al asiento trasero y, a los pocos segundos, estaba dando marcha atrás y, acelerando por el camino de grava, volvió por donde había venido.

En el trayecto de regreso a Harrogate, Emily afianzó el sentimiento positivo que había experimentado en «Pennistone Royal» y no cesó de repetirse que Anthony era sincero y que la muerte de Min había sido un accidente.

De hecho, Emily se hizo tal lavado de cerebro a sí misma, que, cuando llegó al garaje de «Long Meadow», se encontraba de un buen humor excepcional. Aunque había hecho el viaje de regreso en un tiempo récord, había tardado más de una hora, y estaba empezando a sentirse verdaderamente hambrienta. Pensó en una buena cena y la boca se le hizo agua al imaginarse la carne fría de cordero, el revuelto de verduras y un vaso de vino blanco helado.

Pero tales pensamientos desaparecieron cuando entró en la cocina. Inmediatamente, observó el desorden que había allí. Los alimentos estaban abandonados encima de la mesa. El cordero estaba trinchado a medias, el revuelto de verduras petrificado en una sartén encima de la cocina y las puertas de los armarios abiertas.

Paula se hallaba sentada, inmóvil junto a la mesa, con una expresión de abatimiento tan marcada en un rostro, que Emily se inquietó al instante.

—¿Qué sucede? —dijo en voz alta desde la puerta—. Algo horrible ha sucedido en Clonloughlin. Lo han arrestado...

—No, no, nada de eso —afirmó Paula levantando la vista—. No he sabido nada nuevo de ellos.

Su voz sonaba como cansada.

—Entonces, ¿qué pasa? —insistió Emily, acercándose a ella y escudriñando su cara entristecida.

Paula suspiró y permaneció en silencio.

Emily sospechó que su prima había estado llorando e, inclinándose sobre ella, le cogió su mano delgada de afilados dedos y le dio unos golpecitos.

—Por favor, dímelo —dijo con delicadeza.

—He tenido una discusión terrible con Jim. Me ha telefoneado hace un rato y se ha puesto de tan mal humor, que todavía no lo he podido superar.

—Pero, ¿por qué?

—Por *Sam Fellowes*. Ignoró mi advertencia y llamó a Jim. Le dejó tres mensajes urgentes en el hotel de Toronto. Jim lo llamó en cuanto llegó, y Fellowes le habló sobre el accidente, y de mis instrucciones de no publicar ni crónicas ni reseñas. Fellowes le dijo que yo lo había tratado de forma grosera y déspota, que incluso le había amenazado con despedirle. Naturalmente, Jim se enfureció por eso, me ha gritado y *reprendido*. Cree que he manejado el asunto de forma muy poco diplomática. Me ha dicho que tuvo que pasarse veinte minutos calmando a Fellowes y que, al final, le convenció para que no dimitiese.

Paula buscó un pañuelo y se limpió la nariz.

—¡No puedo creerlo! —dijo Emily, asombrada—. Seguro que Jim se excusó al comprender tus razones para acallar la historia, cuando le explicaste que Anthony era sospechoso.

—Oh, se tranquilizó un poco —dijo Paula con aire taciturno—, pero ha metido las narices donde no debía. Y no se ha excusado. Le preocupaba más saber si podía coger un avión mañana para ir a Irlanda. Cree que debería estar con Edwina y Anthony para darles apoyo moral.

Emily puso cara de enfado.

—¿De verdad?

Agitó la cabeza con lentitud.

—¿Qué le pasa a Jim? ¿Ha olvidado la regla de la abuela de que su familia no salga en los periódicos?

—No. Al comienzo de nuestra conversación dijo que esto era diferente, pues la información sobre la muerte de Min aparecería en la Prensa nacional y nosotros quedaríamos en ridículo si no publicábamos una nota necrológica. Cuando supo mejor los detalles, se calmó un poco, pero todavía insistió en que yo había tratado mal a Fellowes.

—¿Qué demonios esperaba que hicieses?

Paula sonrió débilmente.

—Dijo que tenía que haberle advertido que no publicase nada en las primeras ediciones, pero que preparase una nota necrológica y que esperase hasta contactar con Winston o con él en Canadá. Me dijo que eso era decisión suya, de él y de Winston, *no mía*.

Emily abrió la boca con asombro y miró a Paula confundida.

—¿No sabe que tienes poderes notariales de la abuela y de Winston para actuar en nombre de ellos en caso de emergencia?

—No vi ningún motivo para decírselo cuando se marchó a Canadá —murmuró Paula—. No quise herir sus sentimientos. Hubiese tenido que decirle que Winston, Alexander y yo somos los fideicomisarios de las acciones de nuestros hijos en «Consolidated», no él.

Como Emily no dijo nada, Paula insistió:

—¿Cómo podía decirle *eso*, Emily?

—Bueno, tendrías que haberlo hecho —replicó ella malhumoradamente.

—Quizás —advirtió Paula, ignorando su tono.

«Apuesto a que todavía no se lo ha dicho», pensó Emily.

—¿Va a ir Jim *de verdad* a Irlanda? —dijo.

—No estoy segura. Deseaba hablar con Winston. Estuvo intentando localizarle en Vancouver antes de llamar aquí.

—¿Quieres decir que fuimos las últimas de su lista, teniendo en cuenta todos los mensajes urgentes que le dejé? —preguntó Emily asombrada.

Paula asintió. Las dos primas intercambiaron largas miradas de entendimiento, recordando la regla más estricta que les había inculcado su abuela. Emma les había dicho siempre que, ante cualquier emergencia, debían consultar primero con un miembro de la familia al menos, antes de actuar, evitaran hablar con extraños, se apoyasen entre ellas y, lo más importante, que cerrasen filas para proteger a la familia.

Paula dijo con tono de duda:

—Supongo que pensó que algo andaba mal en el periódico... —dijo Paula en tono de duda.

—¡Puede que la abuela no lo haya educado, pero, con toda seguridad, conoce las reglas! —explotó Emily—. Tendría que habernos llamado a nosotras *primero*, de esa manera hubiese sabido la verdad y evitado vuestra pelea al menos.

Se echó hacia atrás con decisión, sin ocultar su enfado con Jim.

—Es verdad. Oh, no te preocupes, Emily, no importa. Escucha, tendría que habértelo dicho en cuanto entraste: Winston ha llamado.

Paula sonrió, decidida a olvidar la conducta irracional de Jim.

—¿Cuándo? —preguntó Emily con ansiedad.

Luego, añadió con pesar:

—¡Apuesto a que él habló antes con medio mundo!

Paula rió por primera vez en muchas horas.

—Tiene toda la razón, querida. Llamó pocos minutos después de que Jim lo hiciese.

—Cuéntame todo lo que dijo Winston y, por favor, no omitas ni una sola palabra.

Paula miró a Emily con cariñosa indulgencia y una expresión afectuosa y maternal.

—Winston estuvo almorzando en casa del presidente del consejo de administración de la fábrica de papel. Cuando llegó al hotel, a última hora de la tarde, hora de Canadá, claro, se encontró con un montón de mensajes. Sam Fellowes había llamado, *naturalmente*, Sally, Jim y tú. Como le dejaste este número y, por otra parte, Fellowes le había dejado el recado de que era urgente que hablase con él, Winston pensó inmediatamente que ocurriría algo en el periódico. Como es lógico, quiso hablar contigo o conmigo antes que con nadie. La regla de oro de la abuela es algo que *nosotros* no olvidamos. Winston se quedó asombrado cuando le dije que Min había muerto y se preocupó mucho, por

Sally sobre todo. «Mantén a mi hermana tan lejos de Clonloughlin como puedas», me repitió con inquietud varias veces. Por fin, conseguí tranquilizarle, y le pareció muy bien que hubiese sido intransigente con Sally. Me hizo un montón de preguntas respecto al caso, que yo pude contestar, y dijo que habíamos hecho lo adecuado, que era lo único que podía hacerse, además. También se alegró de que te quedases conmigo esta noche.

—¿Ha pensado en volver aquí? —preguntó Emily.

—No, a menos que cambie la situación en Clonloughlin... para empeorar. Me recordó que todos habíamos sido entrenados en el mismo campamento por el mismo general y puntualizó que él no podía hacer más de lo que habíamos hecho nosotras y que, por lo tanto, tenía intención de seguir sus asuntos con normalidad.

—Tienes razón, claro —dijo Emily, deteniéndose una fracción de segundo antes de continuar hablando—. ¿Le dijiste algo de la discusión..., de la actitud de Jim?

—Sólo de pasada, Emily. No quise darle mayor importancia al asunto y me temo que Winston no pueda hacer nada. Se enfadó mucho con Jim. También dijo que Fellowes era un imbécil y que llevaba jugándose el puesto mucho tiempo. Luego, se preguntó en voz alta por qué no habría hablado Jim conmigo antes de llamar a Fellowes.

Paula se encogió de hombros.

—Le dije que tampoco yo podía entenderlo. En cualquier caso, va a hablar con Jim sobre Fellowes y de su idea de ir a Irlanda. Piensa que Jim debería quedarse en Canadá, pero tengo el presentimiento de que Winston no se interpondrá si Jim insiste en irse a Dublín mañana. Eso es todo, pero, claro está, también preguntó por ti y te manda su amor.

—¡Ojalá hubiese podido hablar con él! Estaba deseando hacerlo —dijo Emily un poco apenada.

—Oh, puedes llamarle a cualquier hora después de medianoche, hora de aquí —la informó Paula inmediatamente—. Winston no va a salir esta noche. Me dijo que ordenaría algo para cenar allí mismo, en la *suite*, y que telefoneará a Sally y a Jim. Sospecho que va a decirle cuatro cosas a Sam Fellowes también.

—Seguro que lo hará, y yo lo llamaré un poco después.

Emily se puso en pie, se quitó la rebeca y la colgó del respaldo de la silla.

—¿Qué hay de tu padre? ¿Ha logrado hablar con Philip?

—Sí, hace una hora aproximadamente, poco después de que te fueses a Pennistone. En Dunnoon era la hora del desayuno, y la abuela estaba levantada, tomando su té y tostadas con Philip. Ya lo sabe. Papá había hablado también con ella.

Paula miró a Emily detenidamente.

—¿Qué te apuestas a que tenemos noticias suyas antes de lo que pensamos?

Emily se rió.

—Todo lo que tengo. Con toda seguridad, la abuela llamará en cuanto se haya sacado de la manga unas cuantas preguntas perspicaces que nos van a sorprender con la guardia bajada.

Paula tampoco pudo reprimir la risa.

—Eres una atrevida.

—Bueno, tú sabes tan bien como yo que Emma Harte, siempre que puede, pone a prueba a sus nietos para ver si están pensando en lo que deben. ¿Por qué iba a hacer alguna diferencia esta noche?

—Supongo que es así —dijo Paula, pensativa—, y debemos estarle agradecidos por habernos educado de esa manera. Al menos, somos capaces de actuar ante cualquier emergencia.

—Sí —admitió Emily—. Mientras tanto, voy a calentar el revuelto de verduras y a preparar una cena estupenda.

CAPÍTULO XXV

—Empiezo a pensar que siempre va a haber malos entendidos entre Jim y yo, papá —dijo Paula.

David Amory, que estaba de pie junto al pequeño bar en el salón de su piso de Regent's Park, se volvió hacia ella. Esa afirmación le sorprendió bastante, pues había captado un leve tono de irritación en la voz de su hija. Alzó una de sus oscuras cejas.

—¿En qué sentido, querida?

—Vemos las cosas de forma muy diferente. Claro que eso está bien, pues cada uno tiene su propia visión del mundo, de la vida, y los dos tratamos a las personas, los problemas y las situaciones de forma diferente, haciéndolo lo mejor que podemos. Pero Jim nunca admite que se ha equivocado en algo y continuamente me acusa de reaccionar de una manera exagerada.

David no contestó. Esbozó una débil sonrisa y sus ojos fríos e inteligentes sostuvieron la mirada de su hija durante unos segundos antes de volverse hacia el bar para preparar las bebidas. Se dirigió después, con los vasos en las manos, hacia los sillones que había frente a los ventanales, le ofreció su vodka con tónica y se sentó frente a ella.

Recostándose en el respaldo del sillón, David bebió un trago de su whisky con soda.

—Él cree que te has sobrepasado en el asunto de Irlanda, ¿no es eso?

—Sí.

David asintió pensativamente.

—¿Tú piensas que ha sido así?

—No, no lo creo.

—Buena chica. Siempre he admirado tu capacidad de decisión, tu actitud inflexible; eres una de las pocas mujeres que conozco que no está cambiando de opinión continuamente. Manténte en tus trece y no te preocupes por Jim; sobre todo, cuando estás segura de que has hecho lo adecuado. No podemos satisfacer a todo el mundo en esta vida, Paula, así que lo importante es ser sincero con uno mismo. Ésa es tu prioridad.

—Lo sé.

Paula se inclinó hacia delante.

—Tengo suficiente sentido común como para admitir mis errores cuando los he cometido —dijo con ansiedad—, pero, en este caso, estoy convencida de que tomé las precauciones necesarias: acallar la historia de cualquier manera y protegernos ante *cualquier* eventualidad. Puede haber un *statu quo* en Irlanda y quizá los periódicos hayan tratado la historia de forma rutinaria...; hasta aquí, bien. Pero eso no significa que hayamos salido del apuro.

—Naturalmente que no, y eso no ocurrirá hasta que la autopsia y la investigación se realicen.

David miró su vaso, pensativo.

—No me ha gustado nada la historia que han divulgado las agencias y han publicado algunos periódicos... sobre eso de que la Policía está investigando las extrañas circunstancias que rodean la muerte de Min. Aunque, por otro lado, no mencionan a Anthony. Gracias a Dios que en este país existen unas leyes estrictas contra la difamación.

Levantó la vista y frunció el entrecejo.

—Ojalá que ninguno de esos periódicos sensacionalistas desproporcionen la noticia de la investigación. Bueno... —continuó con una sonrisa de afecto—. Sólo podemos tener paciencia y esperar a que todo esto pase, querida. Y, volviendo a Jim, no me gustaría parecer criticón, pero, si me permites que te diga mi opinión, creo que él ha sido quien se ha excedido. Resultaba absurdo e innecesario que fuese a Irlanda. Tu madre se las arregla muy bien.

—Sí, y estoy orgullosa de ella.

David cogió un cigarro y lo encendió.

—Por si te vale de algo, te diré que hiciste exactamente lo que hubiese hecho la abuela de haber estado aquí. En los veintisiete años que la conozco, Emma me ha repetido siempre que no le gustan las sorpresas desagradables y que en su léxico particular la prevención era infinitamente mejor que cualquier clase de cura. Puede que Jim no esté de acuerdo con tus decisiones, con tus acciones, pero la abuela, Henry y yo sí, y todos te hemos dicho lo mismo en las últimas veinticuatro horas.

—Sí, todos me habéis apoyado y, cuando la abuela me llamó otra vez esta tarde, antes de que viniese aquí, me reiteró su confianza, en mí y en todos los demás.

—Tú lo has dicho. Y ésa es la razón por la que he decidido no volver. Mira, Paula, puede parecerte un consejo tonto en este estado de tensión pero, por favor, trata de calmarte. Yo también lo haré. Y no te preocupes por la actitud de Jim. Aunque sé muy bien que te gustaría tener su aprobación, harías mejor reconociendo que no la vas a conseguir, porque él no entiende...

David se calló abruptamente, lamentando ese desliz, ya que no deseaba criticar a su yerno. Hacía tiempo que Jim le había decepcionado, pero se había guardado mucho de decírselo a nadie, ni siquiera a Daisy.

Paula, tan rápida como siempre, captó algo extraño.

—¿Ibas a decir que no comprende mi razonamiento o que no me entiende a mí?

Se produjo un silencio incómodo.

Paula miraba a su padre fijamente. David sostuvo su mirada interrogadora sin parpadear. Estaba convencido de que Jim Fairley no entendía, ni por asomo, el carácter de su hija ni su capacidad para los negocios.

—Tu razonamiento —dijo, escogiendo lo menos malo.
Ella asintió.

—Lo sabía desde hace algún tiempo. Jim puede ser muy cándido, y eso me sorprende sobremanera, si tenemos en cuenta que es un periodista acostumbrado a ver el lado peor de las personas, de la vida. Pero, la mayoría de las veces, sus juicios son erróneos, más de lo que él cree, y da la sensación de que ve el momento a través de unos cristales de color rosa.

Dejó escapar un débil suspiro.

—Y, para ser sincera, también estoy empezando a suponer que no entiende mi forma de pensar, ni el *porqué* ni el *cómo* de las cosas que hago.

David percibió la tristeza que había en su tono y la miró fijamente, preocupándose por su expresión melancólica y por la confirmación de sus propias sospechas sobre Jim.

—Puedes decirme que me meta en mis propios asuntos, si quieres, pero..., óyeme, Paula, ¿peligra tu matrimonio?

—No, no lo creo, aunque tengamos nuestras diferencias. Quiero mucho a Jim, papá.

—Estoy seguro de ello, y también de que él te quiere, pero el amor no siempre es suficiente, Paula. Tienes que ser capaz de vivir con alguien veinticuatro horas al día, año tras año, y a gusto, en base a esa continuidad. Sólo lo puedes lograr si existe un verdadero entendimiento entre ambos.

—Sí —afirmó Paula con una débil y vacilante sonrisa.

Dudaba si confiarle o no sus problemas a su padre. Decidió que no. Esa noche no era el momento adecuado.

—Saldremos adelante —dijo, adoptando un tono más confiado—, estoy segura de eso, porque nos preocupamos el uno por el otro. Por favor, no te inquietes, y no le digas nada a mamá, ¿vale? ¿Lo prometes?

—Lo prometo, no voy a andar chismorreando, pero quiero que recuerdes que siempre puedes confiar en mí cuando lo necesites, cariño. Te quiero mucho y, naturalmente, tu felicidad es muy importante para mí.

David vació el vaso y continuó hablando.

—Lo mismo que para tu madre. De todos modos, tienes razón, se preocuparía si pensara que tus relaciones con Jim no son perfectas.

—Tú has sido muy feliz con mamá, ¿verdad, papá? —dijo Paula pensando en el matrimonio largo y extraordinariamente tranquilo de sus padres, la envidia de la familia.

342

—Sí. *Mucho.* Aunque también hemos tenido nuestros altibajos.

David se rió entre dientes al notar una mirada de genuina sorpresa en los ojos de Paula.

—Es bueno saber que no te diste cuenta de nuestras desavenencias, y *tuvimos* algunas... Hay una frase maravillosa en *David Copperfield* que siempre me ha gustado mucho y que se puede aplicar muy bien a mi matrimonio con Daisy: *El acero más fuerte atraviesa el fuego más ardiente.* Sí, cariño, tuvimos problemas como todo el mundo los tiene. Sin embargo, los superamos.

—*Problemas.* ¿Fueron serios? —dijo Paula, sorprendida aún por esa revelación.

David agitó la cabeza y volvió a sonreír entre dientes.

—Ahora, cuando miro hacia atrás, me parecen ridículos, pero cuando los estaba viviendo me parecían monumentales. Por eso me inclino a opinar como tú cuando has dicho que se arreglarán las cosas con Jim. Estoy seguro de que así será, y el matrimonio resultará mucho mejor. Pero, si no es así —le dirigió una mirada larga y penetrante—, entonces, no tengas miedo a dejarle, a acabar con el matrimonio mientras seas joven y puedas encontrar a otra persona. No caigas en la trampa de seguir con él por los niños si las relaciones matrimoniales *están* seriamente dañadas. En mi opinión, ese razonamiento es absurdo. A la larga, todo el mundo acaba siendo infeliz, incluidos los hijos. Un autosacrificio de esa naturaleza es para los mártires; y a ellos, por lo general, se les acaba compadeciendo.

Terminó de hablar, decidiendo que había dicho suficiente, quizá demasiado. Pero Paula era fuerte, y juiciosa, y estaba decidida a llevar su propia vida. Sabía que no consentiría interferencias. Y nadie, ni siquiera él, tendría mucha influencia sobre ella, si es que tenía alguna. Ni ahora ni en el futuro.

—Gracias por ser tan buen amigo, papá —dijo Paula—, y por no pontificar como otros padres hubiesen hecho. Veo que ya has acabado tu whisky, y a mí no me apetece beber, así que vámonos a cenar. ¿Te parece bien?

—¡Espléndida idea!

Miró el reloj que había sobre la repisa de la chimenea.

—Sí, además, ya deberíamos haber salido. Tengo reservada una mesa en «Zeig's» para las ocho y media.

Fueron juntos hasta el recibidor y David la ayudó a ponerse el abrigo, se inclinó y la besó en la cabeza en un repentino gesto de afecto. Ella se volvió hacia él, se puso de puntillas y le dio un beso en la mejilla.

—Eres un personaje extraordinario, papá.

Sus ojos, normalmente fríos y calculadores, se llenaron de afecto.

—Y tú también, hija.

Una vez en la calle, David encontró un taxi inmediatamente y, después de cruzar la ciudad a toda velocidad hacia Charles Street, en el Mayfair, estaban sentados en el comedor del piso superior del famoso club, quince minutos después de salir del piso.

David ignoró el comentario de Paula de que no tenía mucho apetito, como había hecho tantas veces cuando era una niña. Se hizo cargo del asunto y pidió ostras de Colchester, chuletas «Diane» y crema de verduras para los dos; estudió la impresionante lista de vinos con ojos de experto y eligió un selecto «Mouton Rothschild» y, luego, insistió en que Paula compartiese con él media botella de champán mientras esperaban la cena.

Por un sobrentendido acuerdo, ninguno de los dos mencionó la difícil situación de Clonloughlin, necesitaban descansar de sus preocupaciones. Durante un rato, fue Paula quien más habló, discutiendo asuntos relacionados con los almacenes, de los que su padre era presidente del consejo de administración desde que Emma se había retirado. Paula había ocupado el puesto que él había dejado vacante, desarrollando la labor de director gerente y, en consecuencia, encargándose de la mayor parte del trabajo que suponí el funcionamiento diario de los almacenes.

Él estaba contento de poder descansar y escuchar, disfrutando de su compañía, ingenio y encanto, por no hablar de su indiscutible mente privilegiada. Su hija le había tenido intrigado siempre. Cuando crecía, muchas veces había parecido más una hija de Emma que de Daisy y suya. Emma casi se había adueñado de la niña. Le había guardado un poco de resentimiento por eso, pero nunca había sido capaz de combatir la influencia que Emma ejercía sobre ella. Entonces, cuando Paula tenía unos diez años, él empezó a comprender que les quería a los tres por igual, no tenía favoritos, pues, con una sabiduría asombrosa, casi temible, en una niña de su edad, lo había dejado perfectamente claro a él, a su madre y a Emma. David se divertía cuando alguno de los miembros de la familia le insinuaba que Emma había ejercido tal influencia sobre ella que la

344

había convertido en una réplica suya. Él sabía que su hija tenía una mente demasiado fuerte y obstinada como para seguir a un jefe a ciegas, como para permitir volverse algo que no era y aceptar el adoctrinamiento sin hacer preguntas. La verdad era mucho más sencilla. Cierto que Emma había educado a Paula a su manera, pero su hija era ya tan parecida a ella que eso casi no había sido necesario. Aparte de la similitud de caracteres, habían pensado siempre de un modo parecido y, al trascurrir los años, estaban tan compenetradas que podían leerse los pensamientos mutuamente y, para asombro de todos y suyo propio, hasta terminar una la frase que la otra había empezado. Pero, de todas las cualidades que compartían, la que realmente impresionaba a David era su capacidad de concentración y la franqueza con que trataban los asuntos. Sabía que esto requería un gran esfuerzo mental y físico, y lo consideraba como una gran virtud que las dos mujeres tenían, una muestra de su genio extraordinario. Pues eran geniales.

Algunas veces, David debía recordarse a sí mismo que Paula no había cumplido los veinticuatro años todavía, como hizo en ese momento, asombrado de su madurez y de la extraordinaria comprensión que demostraba ante los complejos problemas financieros. Mientras escuchaba sus palabras con atención, la observó detenidamente, fijándose, por segunda vez en la última hora, en su elegancia y refinamiento. Nunca tuvo a Paula por guapa, pues no lo era, al menos en el sentido más estricto, a causa de sus facciones algo angulosas, la frente amplia y la mandíbula fuerte Sin embargo, su viveza, la piel translúcida y su gran estilo le daban un encanto muy atractivo. «Sí, es su inmensa elegancia —pensó—; sin ninguna duda, eso es lo que atrae las miradas.» En la media hora que llevaban en «Zeig's», no pudo dejar de notar las ojeadas discretas que les dirigían de vez en cuando. Se preguntó, divertido, si creerían que se trataba de su joven amante.

Notando el regocijo en sus ojos, Paula abandonó el asunto que estaba explicándole y se inclinó hacia delante.

—¿Qué te parece tan gracioso, papá?

Él sonrió con satisfacción.

—Soy la envidia de todos los hombres que hay en esta habitación. Probablemente creen que eres mi novia.

Ella se encogió de hombros y sonrió, mirándole con objetividad. A sus cincuenta y un años, su padre era un hombre apuesto a quien las mujeres encontraban atractivo e interesante. Tenía un rostro fuerte, bien formado, bellos ojos claros y un cabello negro ondulado matizado en las sienes con un gris que no lo envejecía. Le gustaba hacer ejercicio: Esquiar y jugar al squash en invierno y frecuentar las pistas de tenis en verano; en consecuencia, se encontraba en excelente forma física. Era un poco melindroso en su apariencia y siempre vestía con elegancia, una característica suya que ella había heredado.

—Tu aspecto es brillante esta noche, querida —estaba diciendo David—. Llevas un traje muy elegante. Claro que el negro siempre te ha sentado bien, por supuesto. Pocas mujeres son capaces de lucirlo con ese estilo. Es bastante severo y...

—¿No te gusta?

—Muchísimo.

Se fijó en el collar de oro estilo egipcio que rodeaba su largo cuello y que llenaba una parte del escote del vestido de lana de manga larga. «Nefertiti», pensó.

—Nunca te había visto ese collar antes. Es bellísimo. Aunque resulta bastante llamativo. ¿Es nuevo? ¿Te lo ha ragalado Jim?

Paula se rió maliciosamente.

—No se lo digas a nadie —dijo en voz baja—, pero es de bisutería. De los almacenes «Harte». Estoy segura de que no es ni de cobre y, quizá, pierda el color en seguida. Pero, cuando lo vi, supo inmediatamente que iría muy bien con este vestido. Le da un toque especial, ¿verdad?

—Sí, es cierto.

Tomó nota mental de hablar con el encargado de joyería al día siguiente, decidió hacer una copia en oro del collar para regalárselo a Paula en Navidad. Por lo general, no sabía qué regalarle en las ocasiones especiales. Ella no apreciaba mucho las joyas ni demás chucherías y, a causa de su gusto tan personal, era muy difícil comprarle algo.

Mientras cenaban, David y Paula hablaron de muchos asuntos de interés común pero, al final, Paula volvió a llevar la conversación al terreno de los negocios. Lentamente, con su seguridad habitual, empezó a describir una idea que tenía para los almacenes.

David se enderezó en la silla, escuchando con atención, intrigado con su idea, que mostraba un conocimiento intuitivo de los clientes y que, como muchas otras buenas ideas, estaba basada en la simplicidad. Se preguntó cómo nadie había pensado en ello.

—Tienes una mirada extraña —dijo Paula—. ¿Crees que no funcionará?

—Al contrario. Pienso que será un éxito tremendo. Explícamelo con más detalle, Paula, por favor.

Así lo hizo.

—Pero tendría que ser una tienda completa dentro del almacén —finalizó.

—¿Necesitarías toda una planta?

—No, con media planta sería suficiente. He pensado que podía haber tres salones diferentes. Uno para trajes de chaqueta, camisas y blusas; otro para vestidos y abrigos y un tercero para zapatos y bolsos. La clave reside en que los tres salones estén juntos, para que, de esa manera, la mujer pueda comprar todo el vestuario rápida y fácilmente, sin tener que ir de un piso a otro buscando las diferentes prendas y complementos. Evitará molestias y pérdida de tiempo al comprador. Con una campaña publicitaria imaginativa y una promoción inteligente, creo que haríamos un negocio tremendo.

Se recostó en la silla, mirándole con ojos atentos.

—Excelente. Me entusiasma. ¿Tienes algún nombre para esa clase de tienda?

—Hay algunos obvios, papá, como «La Mujer Trabajadora» o «La Profesional». Pero los he descartado porque son demasiado prosaicos. Necesitamos algo que exprese, exactamente, lo que estamos ofreciendo. Debemos poner de relieve que vendemos trajes, buenos, bien diseñados, para mujeres trabajadoras, de negocios y profesiones liberales, y que ofrecemos un servicio especial, pues les facilitamos la compra de un vestuario completo.

—¿Qué te parece «El Sello Profesional»? —sugirió David.

—No está mal —dijo Paula, frunciendo el ceño—. Pero, ¿no está un poco en la otra dirección? ¿No es demasiado imaginativo, quizá? —preguntó, pensando en voz alta, y continuó hablando antes de que él pudiese contestar—: Cuando venía hacia Londres esta tarde, pensé en «Club Profesional». Pero no estoy segura de que diga lo que yo quiero. Bueno, ahora mismo, el nombre no tiene importancia. Lo principal es poner en marcha la tienda profesional. Así que..., ¿tengo tu consentimiento?

—Claro que sí, aunque, en realidad, no lo necesites —dijo David con un guiño—. Recuerda que la cadena de almacenes «Harte» es toda tuya, Paula, tú *eres* la directora.

—Pero el presidente del consejo de administración eres

tú —le respondió—, y, por lo tanto, mi jefe.

—Siempre tienes que decir la última palabra, ¿verdad? —murmuró, y pensó: «Como hace Emma.»

—Siento regresar tarde —dijo Paula al entrar apresuradamente en las oficinas de los almacenes de Kinghtsbridge, a las tres menos cinco del miércoles.

—¿Cómo fue tu reunión con Henry Rossiter? —preguntó Gaye, levantándose y siguiendo a Paula a la suntuosa oficina de estilo georgiano que tenía el inimitable sello de Emma.

—Sin problemas. La mayor parte del tiempo estuvimos revisando las otras empresas de la abuela. Apenas tocamos el asunto de Irlanda, sólo lo comentamos durante unos minutos. Cuando estábamos almorzando, concretamente. A propósito, ¿hay alguna noticia de allí?

Paula arrojó el bolso a un sillón y se sentó tras el gran escritorio que había sido de su abuela.

—Sí. Tu madre llamó otra vez. Quería que supieses que no se quedará una vez que el juicio se haya celebrado mañana en Cork, tal y como había planeado. Volverá a Londres inmediatamente —explicó Gaye, sentándose en una silla frente al escritorio.

—Me alegro que haya cambiado de opinión. Cuando se celebre el juicio podremos respirar con más tranquilidad... Sinceramente, eso espero.

—Como la Policía no ha tomado ninguna medida, estoy segura de que será pura rutina —aventuró Gaye con un tono tranquilo.

—Roguemos para que así sea.

Paula esbozó una sonrisa y luego se fijó en el aspecto triste de Gaye.

—No pareces muy contenta. ¿Qué ha pasado desde que me fui a las once?

Gaye se aclaró la garganta.

—Siento recibirte con problemas, Paula, pero me temo que esta tarde los estamos teniendo todos.

—Bueno, lo mismo que durante toda la semana. De acuerdo, Gaye, vamos con las malas noticias.

—Empezaré con lo que creo que es más importante —dijo Gaye, alzando la cabeza—. Dale Stevens te llamó hace unos veinte minutos, pero no desde Texas. Está en Nueva York, en el «Pierre». En mi opinión parecía raro,

348

preocupado. Desde luego, no demostraba su entusiasmo de siempre.

«Problemas en "Sitex"», pensó Paula. Pero contuvo su temor.

—¿Te dijo el motivo por el que quería hablar conmigo? Gaye negó con la cabeza.

—Me preguntó cuándo tenías pensado ir a los almacenes «Harte» de Nueva York. Le dije que, probablemente, no antes de noviembre, y eso pareció preocuparle. Casi me pareció oírle decir una grosería, y me preguntó: «¿Está segura de que no vendrá a los Estados Unidos antes?» Le contesté que no lo harías, a menos que algo urgente reclamara tu atención. Le dije eso para tantearle, pero no mordió el anzuelo.

Paula cogió el teléfono.

—Más vale que le llame.

—No está allí —dijo Gaye—. Fue a una reunión. Encargó que lo llamases a las seis, hora europea.

—¿Eso fue *todo* lo que te dijo?

—Ni una palabra más. Mr. Stevens fue muy reservado. Veo por tu expresión que te preocupa, que piensas lo peor y sospechas que ocurre algo malo en «Sitex Oil». Yo opino lo mismo. Parecía nervioso, y hasta malhumorado.

—Como dijiste antes, eso es muy raro. Siempre está alegre y tranquilo. Pero no tiene sentido hacer especulaciones. Bien. «Sitex» a las seis. ¿Qué más?

—También Winston intentó ponerse en contacto desde Vancouver a la hora del almuerzo. Parecía muy inquieto. Tenía problemas inesperados con la fábrica de papel canadiense. Surgieron a última hora de ayer, después de que hablase contigo. Se han estancado las negociaciones. Hoy va a retirar la oferta, como acordasteis que haría si surgían algunas dificultades. Les va a dar veinticuatro horas y, si no se arregla para entonces, volverá a Nueva York el viernes. No te molestes en llamarle. Dijo que se pondría en contacto contigo de alguna manera. Pero no abriga muchas esperanzas de cerrar el trato. Tiene el presentimiento de que no será posible.

—¡Maldita sea, es un fastidio! Hubiese sido una buena adquisión para «Consolidated». Bueno, esperemos que él pueda arreglar la situación. Continúa, Gaye.

—Sally Harte ha desaparecido —murmuró su ayudante, mirándola con simpatía.

—¡La tonta! ¡Esa pequeña cretina! —exclamó Paula, dando un respingo—. Le dije que no fuera a Irlanda, y apuesto a que es allí donde está. ¿Quién ha llamado? ¿Tío Randolph?

—No. Emily. Tu tío Randolph habló con ella hace unas dos horas. Emily ya se iba cuando recibió la llamada. Ahora mismo se dirige a la ciudad. Como sabes, tiene una reunión mañana en la oficina londinense de «Genret». En fin, por lo visto, tu tío Randolph estaba muy enfadado, aunque Emily dijo que había hecho lo posible para calmarlo. Emily cree que Vivienne oculta algo, que sabe dónde se encuentra Sally, pero que no hablará. Indicó que podías llamar a Vivienne cuando tuvieses un momento.

Paula refunfuñó.

—¡Me encanta el consejo de Emily! ¿Por qué demonios no habló con Vivienne antes de irse? ¡Sólo esto me faltaba hoy!

—Le dije a Emily que esperase un minuto y llamase a Vivienne antes de salir, pero ella se excusó aduciendo que no haría ningún bien. «Dígale a Paula que no soy tan temible como ella», y colgó antes de que yo pudiera decir otra palabra.

—Ya veo.

Las dos mujeres intercambiaron una mirada de preocupación. Luego, Paula apartó la vista y miró a la chimenea; entonces, su boca se curvó en una línea dura y decidida y sus ojos se entrecerraron.

Al mirarla con detenimiento, Gaye no pudo dejar de pensar en cuánto se parecía Paula a su abuela en esos momentos, y pensó: «Espero de todo corazón que tenga la misma fortaleza que Emma Harte..., como todos hemos llegado a creer.»

Paula volvió la mirada a su secretaria.

—Hablaré con Vivienne después. Donde quiera que Sally se encuentre, no la puedo traer, ni obligarla a hacer lo que a mí me parezca. Ahora mismo, lo primero son los negocios. ¿Alguna cosa más?

—John Cross ha telefoneado. Está en Londres. Desea una cita. Mañana por la mañana, si es posible.

—¡Oh! —exclamó Paula.

Pero no estaba tan sorprendida como parecía. Había estado esperando tener noticias del jefe de «Aire Communications», desde hacia algunas semanas. Ella y su abuela coincidieron con que, al final, iría a ellas aunque fuese arrastrándose.

Gaye la miró, intentando descifrar su expresión. Era ilegible.

—Cross dejó un número, Paula —dijo al fin, rompiendo el silencio—. ¿Qué quieres hacer? Mañana no tienes la agenda muy ocupada.

Paula apretó los labios y movió la cabeza.

—Si te soy sincera —admitió—, no estoy segura... No hay ningún motivo especial para verle. No tengo nada que decirle a ese caballero en particular. Te lo haré saber antes de que acabe el día.

—Tu prima Sarah ha regresado de las Barbados y quiere verte. Hoy a las cuatro. Dice que tiene que venir al almacén para ver al encargado de los trajes confeccionados y que podría acercarse unos minutos. Insistió bastante.

—Ha regresado antes de lo que yo esperaba. Será mejor que la vea. No puede ser nada importante; por lo tanto, no me llevará mucho tiempo. Quizá quiere contarme la inauguración de la *boutique* y del hotel el pasado fin de semana. ¿Eso es todo, Gaye?

—Suficiente, ¿no te parece? —contestó Gaye con seriedad.

Paula se incorporó, observándola fijamente.

—¿De verdad te gusta ser mi ayudante? ¿O preferirías ser mi secretaria? Si eso es lo que quieres, Gaye, puedo degradarte. Me gusta satisfacer a todo el mundo —bromeó, y se rió, a pesar de sus muchas preocupaciones.

Gaye también tuvo el buen humor de reírse.

—Siento haber parecido tan sombría. Pero, de verdad, me entusiasma el nuevo trabajo. Además, Sheila se sentiría perjudicada y ofendida si fuese relegada de nuevo a su puesto de segunda secretaria. Está muy orgullosa de trabajar para ti personalmente. Es muy eficiente, ¿verdad?

—Sí, gracias a tu asiduo entrenamiento durante las últimas semanas.

El teléfono sonó y Paula lo miró agitando la cabeza.

Gaye levantó el auricular.

—Oficina de Mrs. Fairley —dijo con frialdad.

Se produjo un silencio.

—Está aquí —añadió, entregándole el auricular a Paula—. Está bien... —le dijo—, es sólo Alexander.

Y salió de la habitación en seguida.

—¿Cómo va tu vuelta al tajo? —preguntó Paula por el auricular.

—Horrible, después de estar dos semanas en el sur de Francia tomando el sol y sin hacer nada. Pero, en cierto sentido, es un alivio, así no tengo que aguantar a mi madre —contestó Alexander en tono sarcástico—. ¿Puedes cenar esta noche conmigo? Hay algunas cosas que me gustaría discutir contigo.

—¿Algo *serio*?

—No. Aunque sí interesante.

—¿Por qué no me lo dices ahora? —le presionó Paula, despierta su curiosidad.

—Demasiado complicado. Además, tengo una reunión dentro de diez minutos. Como ambos nos encontramos solos en la ciudad, yo pensé que era una buena oportunidad para que nos viésemos. ¿Te apetece cenar en el «White Elephant»?

—Eso será un cambio estupendo. Gracias por la invitación, me encantaría verte, pero no podré antes de las nueve. Tengo que trabajar hasta tarde.

—¿Y quién no? Me viene bien a las nueve. Te recogeré en Belgrave Square, ¿de acuerdo? ¿Sobre las ocho y media?

—Perfecto. Ah, Sandy, más vale que hagas la reserva para tres. Tu hermana viene hacia Londres y estoy segura de que insistirá en ir con nosotros.

—Sí que es verdad. Miss Fisgona no se puede perder nada —respondió con una risita desabrida—. Nos vemos luego.

Paula se levantó y se puso de espaldas a la chimenea. El tiempo se había vuelto frío desde hacía algunos días y, en cuanto empezaba a asomar el otoño, la chimenea se encendía todas las mañanas, como se había ido haciendo durante años. Paula se alegraba de que la costumbre de Emma siguiera conservándose. De pronto, sintió un escalofrío que le llegó hasta la médula, aunque las alegres llamas daban un calor agradable, además de un aire acogedor a la elegante habitación.

Frunció el entrecejo al pensar en Dale Stevens. No resultaba raro que estuviese en contacto permanente con ella, pues era el representante de su abuela en «Sitex». Emma, con un cuarenta y dos por ciento de los valores, era la accionista particular más importante y una de las más influyentes de la empresa petrolífera, además de formar parte del consejo de administración. Ahora que Paula desempeñaba su cargo, tenía que hacer consultas con Dale varias veces al mes. Por otro lado, la llamada de esa tarde no parecía rutinaria. Gaye había detectado un tono de preocupación en su voz, y ella se fiaba de la opinión de su ayudante.

Después de todo, había sido la temible Sloan quien había descubierto la conspiración contra su abuela el año anterior. Probablemente esté teniendo problemas en el consejo de administración con la facción de «Harry Marriott», pensó Paula de repente. Éste había sido el socio de Paul McGill, su abuelo, cuando fundó la «Sidney-Texas Oil», en la década de los veinte, y siempre había sido un hombre difícil. Emma pudo deshacerse de él, dándole un puesto honorífico en enero de 1968, y así manipular al consejo a su voluntad, haciendo que nombrasen presidente a Dale Stevens, su protegido. A pesar de eso, algunos de los miembros del consejo que fueron partidarios de Marriott le guardaban rencor a Dale, y Paula decidió que le estaban creando una situación insostenible.

«¡Maldición! —murmuró para sus adentros—. ¡Ojalá pudiese hablar con él antes de las seis!» Paula miró el reloj. Las tres y media. Dos horas y media de espera. Bueno, al menos tenía tiempo de firmar las cartas, revisar los informes de las oficinas, que se apilaban en el escritorio, y hablar con Vivienne Harte antes de que Sarah Lowther apareciese en escena.

Volviendo al escritorio, Paula ojeó los informes, vio que en algunos de ellos había cuestiones demasiado complicadas para resolverlas con rapidez y puso estos últimos aparte. Tras firmar la correspondencia de la mañana, llamó a «Allington Hall», en Middleham.

—Hola, Vivienne —dijo Paula cuando respondió su prima—. ¿Cómo estás?

—¡Oh, Paula! Hola. Estoy muy bien, ¿y tú?

—Preocupada, Vivienne. Acabo de enterarme de que...

—Si llamas por lo de Sally, no te diré dónde está. *Se lo prometí.* Papá no me lo pudo sacar, y tú tampoco.

—Escucha, Vivienne —dijo Paula con firmeza—, estoy segura de que Sally no se enfadaría si me lo dijeses. Soy la...

—Oh, sí se enfadaría —la interrumpió Vivienne, acalorada—. No quiere que nadie sepa adónde ha ido. Ni siquiera tú. Por favor, no me atosigues ni me pongas en una situación comprometida.

—*Puedes* decírmelo... No se lo contaré ni a tu padre ni a nadie, ni siquiera a Winston cuando luego me llame. Sabes que no rompo mi palabra.

—No, no lo sé... Sin embargo, esperas que *yo* rompa *la mía* —replicó Vivienne—. Mi pobre hermana parece un pájaro herido, está destrozada y necesita tener un poco de paz y tranquilidad. Papá no ha parado de despotricar contra ella y regañarla desde el domingo por la noche.

—Siento saber eso. Mira, no tienes que decirme dónde está, pero ¿no podrías indicarme dónde *no* está?

—¿Qué quieres decir? —preguntó Vivienne con cautela.

—Si yo te digo un lugar donde no está Sally, tú me lo confirmas. Todo lo que tienes que decir es *no*.

Vivienne rió socarronamente.

—Estás intentando pillarme, Paula. Si guardo silencio cuando digas un determinado lugar, sabrás inmediatamente que es allí donde está.

Vivienne se rió otra vez, pudiéndose percibir su tono de incredulidad.

—¿Crees que soy torpe? ¿O una simplona? No es tan fácil tomarme el pelo, ¿sabes?

—Necesito saber dónde se esconde tu hermana —la interrumpió Paula, empezando a exasperarse—, y por muchas razones que no tengo intención de discutir contigo.

—No me hables como si fuese una cría. Tengo diecinueve años —chilló Vivienne, enfadándose ella también.

Paula suspiró.

—No discutamos, Viv, sólo te puedo decir esto... Si Sally se ha marchado a Irlanda, es mucho más tonta de lo que yo pensaba, porque lo único que conseguirá será crearse problemas a ella misma y a Anthony.

—¡Sally no es ninguna *tonta*! Obviamente, no sería tan estúpida como para irse a Irlanda... —se detuvo de repente.

«Lo conseguí», pensó Paula con una sonrisa de satisfacción. Su treta había funcionado.

—Si Sally te llama, dile que esta noche voy a cenar con Alexander y Emily en el «White Elephant». Por si le apetece venir.

—Me tengo que marchar, Paula —dijo Vivienne apresuradamente, tras una corta pausa—. Papá me necesita en los caballos, así que tengo que colgar.

—Dile a Sally que se ponga en contacto conmigo si necesita algo. Adiós, querida Vivienne.

Paula se quedó mirando el teléfono durante un rato, pensando en su conversación. Bueno, Sally no estaba en Irlanda. Tampoco era probable que se encontrase en Londres, pues no era su lugar favorito. ¿Podría estar en Yorkshire? Si era así, ¿dónde? En su mente daba vueltas una frase que había usado Vivienne. Se había referido a su hermana como un *pájaro herido*. ¿Era una forma de describir el estado de Sally o, quizás, había sido una asociación inconsciente de ideas en la mente de la joven? Los pájaros heridos intentan volver a sus nidos... ¿«Heron's Nest»? *Por supuesto*. A Sally le encantaba Scarborough, y muchos de sus cuadros eran de los lugares en los que habían pasado tanto tiempo de pequeñas. «Allí es donde yo me iría si quisiera esconderme —se dijo Paula—. Es accesible, cómodo, la despensa está bien surtida siempre y la anciana Mrs. Bonnyface tiene un juego de llaves.»

Paula cogió el teléfono y empezó a marcar el número de «Heron's Nest», pero cambió de opinión. Sería muchísimo más discreto dejar a solas a Sally, por el momento. Si se encontraba o no en Scarborough, carecía de importancia en realidad. Lo que contaba era que no estuviese en ningún lugar cerca de Clonloughlin, y eso alivió a Paula en extremo, ya que quería mucho a Sally.

—¿Paula?

—¿Sí, Gaye? —contestó Paula, inclinándose sobre el interfono.

—Sarah ha llegado.

—Hazla pasar, Gaye, por favor.

Un momento después, Sarah Lowther entraba, cruzando la habitación con pasos tan decididos como la expresión que llevaba en su pálido y pecoso rostro. Vestía un traje de gabardina verde botella con un corte tan excelente que hacía maravillas con su figura algo rolliza. Además, aquel color ofrecía un contraste llamativo con su cabello castaño, que enmarcaba su cara en rizos exuberantes y suavizaba sus rasgos amplios pero atractivos.

—Hola, Paula —dijo con frialdad, parándose en el centro de la habitación—. Tienes buen aspecto. Más delgada que nunca. No sé cómo lo consigues..., para mí es todo un sufrimiento perder un solo kilo.

Paula esbozó una sonrisa e hizo caso omiso a su comentario.

—Bien venida, Sarah.

Rodeó el escritorio y le dio un beso a su prima en la mejilla.

—Vamos a sentarnos junto al fuego. ¿Te apetece una taza de té?

—No, gracias de todos modos.

Sarah se volvió con elegancia sobre sus altos tacones y

se dirigió hacia el sofá. Sentándose en el extremo más cercano a la chimenea, se echó hacia atrás, cruzó las piernas y se estiró la falda. Repasó a Paula con la vista, admirando la simplicidad y elegancia de su vestido de lana azul púrpura. Era una maravilla y, como jefa del departamento de moda de «Harte Enterprises», Sarah sabía que era de «Ives Saint Laurent», pero se tragó el cumplido que subía a sus labios.

—Jonathan me dice que los irlandeses se están matando unos a otros..., me sorprende que la abuela no haya regresado corriendo.

—No está bien decir eso de Anthony, Sarah —le reprendió Paula con amabilidad, y se sentó en una silla frunciendo el entrecejo—. La muerte de Min fue un accidente, ¿por qué tendría que volver la abuela? Mañana a estas horas todo habrá acabado.

Sarah le dirigió una extraña mirada y alzó una de sus cejas oscuras.

—Esperemos que tengas razón.

—Cuéntame cómo fue la inauguración del nuevo hotel y de nuestra primera *boutique* —dijo Paula, cambiando de tema drásticamente.

Sarah permaneció callada.

Paula insistió:

—Venga, estoy deseando escucharte.

—Todo fue bien —dijo Sarah por fin—. Pero, ¿por qué tendría que haber sido de otra manera? He trabajado mucho durante meses para que resultara así. Si te digo la verdad, todo el viaje fue una complicación. No paré de trajinar las veinticuatro horas del día. Miranda estuvo ocupada con el hotel, así que yo tuve que trabajar con empeño: supervisar el desempaquetado de los trajes, montar los escaparates y crear decorados interiores llamativos —farfulló—. Pero la mercancía que elegí resultó ser perfecta, aunque sea yo quien lo diga. Mis vestidos y ropas de playa «Lady Hamilton» dejaron fascinados a todo el mundo. Dijeron que los colores eran fantásticos, los tejidos excelentes y los diseños un éxito. Estuvo lleno el día de la inauguración, así que haremos un buen negocio durante toda la temporada.

—¡Oh, que alegría! —dijo Paula con entusiasmo. Decidió ignorar los comentarios de Sarah sobre su contribución a la *boutique*, la cual, en realidad, había sido insignificante—. ¿Cómo está Merry? —le preguntó.

—Supongo que bien. No la vi mucho. Los O'Neill invitaron a un avión cargado de celebridades a la gala de apertura del hotel el fin de semana y, como es lógico, se encontró muy ocupada intimando con los famosos.

Paula se enderezó con ese comentario malintencionado e impertinente, pero, prudente, lo dejó pasar.

—¿Fue Shane desde Nueva York?

—Sí.

—¿Y?

—¿Y qué? —dijo Sarah, con voz que sonó enojada de pronto.

Le dirigió una mirada retadora a Paula mientras su cara adquiría un velo de frialdad.

Sorprendida instantáneamente por la expresión de disgusto de Sarah, Paula se quedó asombrada.

—¿Seguro que no viste a Shane y al tío Bryan? —preguntó, aunque se hallaba desconcertada—. Puede que Merry estuviese enfrascada en su tarea de relaciones públicas, pero no me creo en absoluto que los O'Neill te ignorasen. Después de todo, son familiares, y no se comportan así.

—Oh, sí. Fui invitada a todas las fiestas. Pero, por lo general, me encontraba demasiado cansada para disfrutarlas. No me he divertido mucho. En ese aspecto fue un completo fracaso.

Sarah se quedó mirando al fuego, pensando en aquel mortificante fin de semana lleno de contrariedad y desilusión. Shane había sido cruel, ignorándola la mayor parte del tiempo. Se había negado a reconocerla, con un patente desinterés en ella como mujer. «No habría tratado a Paula de esa manera tan infame», pensó tristemente, quedándose ensimismada. Una imagen de Shane surgió entre las llamas, su expresión era de intenso amor y pasión. Parpadeó, intentando expulsarla de su mente. Aquella mirada no había sido para ella, sino para Paula..., el día terrible del bautizo... Nunca olvidaría ni la mirada ni la ocasión. Fue entonces cuando se dio cuenta, con horror y desolación, que Shane O'Neill amaba a Paula Fairley. «Ésa es la verdadera razón por la que no tiene tiempo para mí —se dijo en silencio—. Maldita Paula. La detesto.» Se sintió llena de envidia de manera tan inesperada y con tal fuerza, que mantuvo la cara impasible, intentando alejar sus emociones, sintiéndose enferma y a punto de desfallecer.

—Bueno, siento mucho que no te diviertas —murmuró Paula intentando ser amable.

Pero no dejaba de preguntarse qué había hecho para despertar tanto odio en Sarah. Paula se acomodó y entrecerró los ojos, meditando. No tenía motivos para pensar que Sarah estuviese mintiéndole sobre la gala de fin de semana pero, por alguna razón que no sabía, estaba convencida de ello. Pensó en los comentarios de autoestima de Sarah, el tono de satisfacción que empleó al hablar de su ardua tarea. En cómo había exagerado todo aquello.

Paula no pudo evitar añadir:

—Así que el trabajo fue agotador; eso es el comercio, ¿sabes, Sarah? Y, hablemos claro, *tú* fuiste quien insistió en ir a las Barbados. Si yo...

—Bonita cosa hice, ¿no? —la interrumpió Sarah perentoriamente, apartando la vista del fuego y volviendo la cabeza hacia Paula—. Alguien tenía que estar allí para organizar las cosas. Si nos hubiésemos fiado de Merry, habría habido un montón de problemas, en vista de su abdicación del deber. O si hubiéramos dejado las cosas al azar, como tú querías que hiciésemos.

Paula se sorprendió más aún ante la crítica y la agresividad de sus palabras y no pudo ignorar ese comentario.

—Eso es muy injusto por tu parte —dijo con frialdad—. No pensaba dejar nada al azar. Yo tenía intención de ir hasta que comenzaste a armar escándalo porque querías hacerlo tú. De todas formas, no tendrás que preocuparte por el resto de las *boutiques*. He contratado a Melaine Redfern, de «Havery Nicols». Empieza la próxima semana. Se encargará de las tiendas «Harte» en todos los hoteles de los O'Neill, y trabajará en estrecha colaboración conmigo. Y con Merry, por supuesto.

—Ya veo —dijo Sarah, que se enderezó y aclaró la garganta—. En realidad el verdadero motivo de mi visita es que quiero hacerte una oferta.

—¿Una *oferta*?

Paula se puso alerta, preguntándose qué le iría a decir.

—Sí. Me gustaría comprar las *boutiques* para mi sección. No habrá problemas de dinero, lo tenemos a montones. ¿Sabes? En vista de mi estrecha relación con las *boutiques*, me gustaría tenerlas en mi patrimonio, unirlas a «Confecciones Lady Hamilton». Así que di un precio, lo pagaré.

Aunque estaba pasmada por la ridícula proposición de Sarah, Paula contestó con rapidez:

—Incluso si quisiera, no lo podría hacer, como sabes

muy bien. Las *boutiques* pertenecen a la cadena de grandes almacenes «Harte».

Sarah miró a Paula fijamente. Su expresión se endureció.

—¿Y qué? Te estoy ofreciendo una forma fácil de obtener rápidos beneficios. Y grandes. Eso debería complacerte, pues siempre tiene los ojos puestos en la última línea del estado de cuentas.

—Me gustaría recordarte que la cadena «Harte» es una Sociedad Anónima —exclamó Paula, pensando que su prima había perdido la razón—. Tengo que responder ante los accionistas y el Consejo de Administración, por si no estabas enterada.

Sarah sonrió vagamente.

—No me hables del Consejo de Administración de «Harte». Todos conocemos al Consejo, querida. Está formado por tu abuela, tú, tus padres, Alexander y un puñado de vejetes que harán lo que tú les digas. Si quisieras, podrías muy bien venderme las *boutiques*. Tú puedes decirlo. No esperes que me crea lo contrario. Ese Consejo accederá a tus deseos a pesar de todo, como siempre hicieron con tu abuela. Los tenía en el bolsillo, y tú también.

Paula fijó los ojos en su prima con inmensa frialdad y habló con un tono de voz igualmente helado.

—«Harte» ha invertido mucho dinero en las nuevas tiendas y yo, personalmente, he dedicado una gran cantidad de tiempo y esfuerzos a ese proyecto durante meses. Por lo tanto, no tengo intención de vendérselas ni a ti ni a nadie más, aunque el Consejo aprobase dicha venta, lo que, créeme, no harán a estas alturas. Ya ves, Sarah, quiero que las *boutiques* pertenezcan a «Harte». Son parte de un programa de crecimiento y expansión. Además, yo...

—¡*Tu esfuerzo!* —gritó Sarah, agarrándose a este punto—. Me haces reír. He trabajado mucho más que tú y he seleccionado toda la mercancía. Bajo estas circunstancia, es justo que...

—¡Cállate ahora mismo! —advirtió Paula con un rostro que revelaba su enfado e impaciencia—. No me voy a quedar aquí sentada oyendo todas esas tonterías, Sarah. ¡Diantre, eres ridícula! Entras aquí, empiezas a criticarme y, después, intentas llevarte todo el mérito del éxito de la tienda de Barbados cuando, de momento, es todavía discutible. Sólo el tiempo nos dirá cómo es de rentable. Pero, volviendo a *tus* esfuerzos, pienso que tienes una señora cara dura. Da la casualidad de que Emily ha hecho mucho más por nosotros que tú. Compró todos los accesorios, lo que no es poca tarea, y te recuerdo que *yo* elegí todos los trajes de baño. Es más, Merry y yo fuimos quienes elegimos los trajes de tu empresa, *no tú*. Admito que nos proporcionaste los mejores estilos, que diseñaste los trajes de noche y que, quizás, hayas trabajado concienzudamente durante los últimos diez días. A pesar de eso, tu contribución a la *boutique* fue mínima, realmente *muy pequeña*.

Paula se levantó, se dirigió al escritorio y se sentó tras él.

—En cuanto a comprar las *boutiques* de «Harte» —acabó agitando la cabeza pensativamente—, sólo puedo añadir que es lo más tonto que he oído nunca, sobre todo viniendo de ti, que sabes mejor que nadie cómo la abuela tiene estructuradas las cosas. Mira, si quieres empezar un nuevo proyecto, quizá podamos hacerlo juntas...

Paula se calló, arrepintiéndose inmediatamente de su gesto. La frialdad de Sarah resultaba más evidente que nunca.

Sarah se levantó sin decir nada. Fue en línea recta hacia el escritorio y se quedó de pie mirando a Paula.

—La abuela puede tener otra idea sobre las *boutiques* —dijo en un tono anormalmente tranquilo—. A lo mejor le gusta la idea de venderlas. ¿Se te ha ocurrido eso?

Sin darle oportunidad de responder, continuó con extraña calma:

—La abuela no ha muerto aún y, si la conozco, apuesto a que no te ha cedido su setenta por ciento de las acciones de «Harte». Oh, no, las tiene bien guardadas, de eso estoy segura, siendo tan astuta como es. Así que, en lo que a mí respecta, ella es la que manda aquí todavía. Quiero que entiendas una cosa..., no voy a dejar que el asunto se quede aquí, contigo. Oh, no, ni por asomo. Tengo la intención de mandarle un télex a la abuela. *Hoy mismo*, Paula. La informaré de nuestra conversación, de mi oferta y de tu rechazo a ella. Ya veremos entonces quién dirige verdaderamente los almacenes «Harte».

Paula le dirigió una mirada de reproche con ojos entristecidos.

—Manda el télex. Manda diez, si quieres. No conseguirás nada...

—No eres la única nieta que Emma Harte tiene —la

interrumpió Sarah con tono mordaz—. Aunque, por la forma en que te comportas, nadie lo diría.

—Sarah, no nos peleemos de esta manera. Te estás comportando como una niña, siempre has sabido que «Harte» es una empresa...

La frase de Paula quedó flotando en el aire. Sarah se había marchado cerrando la puerta suavemente tras ella.

Paula se quedó mirando hacia la salida, agitando otra vez la cabeza, sin haberse recuperado aún del asombro que le había causado la ridícula proposición y la actitud irracional de Sarah. Sólo hacía dos semanas que había comentado con Emily la tranquilidad que se respiraba desde que su abuela se había marchado en mayo.

«Hablé demasiado pronto», pensó Paula, y descubrió que lo que más le molestaba era el disgusto que había mostrado Sarah por ella. Mientras Paula seguía meditando sobre la inesperada hostilidad de su prima, se preguntó si no indicaba el comienzo de una guerra.

CAPÍTULO XXVI

Emily estaba impresionada.

—Mira este traje de noche, es absolutamente exquisito —dijo con tono de excitación.

Sacó el vestido de un gran caja donde estaba envuelto entre pliegos de papel de seda.

Alexander, echado en la cama de uno de los dormitorios de invitados del piso de Emma, en Belgrave Square, asintió con un movimiento de cabeza.

—Es como si estuviese en perfectas condiciones.

En su cara seria se dibujó una sonrisa indulgente mientras Emily se movía hacia el centro de la habitación sujetándose los hombros.

Era de tubo, largo y elegante, en seda azul turquesa, enteramente recubierto con millares de minúsculas lentejuelas de color azul pálido y verde esmeralda. Emily se movía ligeramente y, al ondularse la tela, las lentejuelas cambiaban de color instantáneamente con los reflejos de la luz. El efecto era deslumbrante.

Alexander movió la cabeza de un lado a otro y miró fijamente a su hermana.

—¿Sabes? —dijo—. Tiene las tonalidades del mar del sur de Francia en verano y desde luego, le va muy bien al color de tus ojos, Emily. Qué pena que no te lo puedas quedar y conservarlo tú. No está nada anticuado.

—Oh, ya lo sé, me encantaría, pero, en realidad, es demasiado valioso. De todos modos, no podría hacerle eso a Paula. Necesita este traje para la próxima exhibición de modelos de enero.

—¿Le he encontrado un nombre ya?

—Está pensando en llamarle *La Fantasía de la Moda*, con el subtítulo de «Cincuenta años de Elegancia y Estilo». A mí me gusta bastante, ¿y a ti?

—También.

Miró a Emily mientras doblaba el vestido expertamente, lo metía en la caja y lo cubría con papel de seda.

—Imagínate a la abuela guardando ese traje de noche durante todos estos años. Fácilmente puede tener cuarenta y cinco años y, desde luego, apesta a naftalina.

Arrugó la nariz con digusto.

—Pero apuesto a que la abuela —añadió—, con su pelo dorado cobrizo y sus ojos verdes, estaba de lo más guapa con él.

Emily levantó su cabeza rubia.

—Sin duda. Y tienes razón en lo del tiempo. Antes de irse, la abuela dijo que lo encontraríamos en uno de los armarios roperos de cedro del piso de arriba, junto con los demás trajes. Nos contó que se lo puso por primera vez en el gran baile que les ofreció al tío Frank y a la tía Natalie cuando se casaron.

Emily le puso la tapadera a la caja, le dio unos golpecitos y miró a su hermano.

—¿Sabes? Hasta tiene sus zapatillas de «Pinet», de terciopelo color esmeralda haciendo juego, y también están en perfectas condiciones. Parece como si sólo se las hubiesen puesto una o dos veces.

—Sí, todo ha estado guardado cuidadosamente —observó Alexander, pensando en el prudente y legendario sentido de la economía de su abuela.

Se levantó de la cama y se dirigió hasta el largo perchero que estaba junto a la ventana, deslizando la mano por él. Miró las etiquetas de los vestidos, faldas y trajes de noche.

—Chanel, Vionnet, Balenciaga, Molyneux —leyó en voz alta—. Todos están como nuevos, Emily, y deben ser de los años veinte y treinta.

—Sí, y por eso resultan imprescindibles en la muestra. Algunas de las mujeres más elegantes, incluidas en la lista de mujeres mejor vestidas, van a dejarle vestidos parecidos a Paula, y todas han aceptado la invitación para el cóctel que se celebrará en el almacén el día de la apertura al público.

Emily fue hasta el tocador, cogió una hoja mecanografiada, hizo una anotación y metió el papel en la carpeta.

—Gracias por hacerme compañía mientras comprobaba todo, Sandy. Bueno, vamos abajo, ya no puedo hacer más por hoy. Como Paula tiene tanto trabajo, le estoy ayudando a organizar los trajes durante el fin de semana.

—A propósito, ¿dónde está? —preguntó Alexander, saliendo tras ella de la habitación de los invitados hasta el descansillo de la escalera—. No me digas que todavía se encuentra en el almacén.

—Oh, no, está aquí —dijo Emily por encima del hombro, saltando escaleras abajo—. Cuando desempaquetamos y colgamos los vestidos, fue a cambiarse de ropa. Quizás esté en la habitación de los niños.

Alexander abrió la puerta del salón, dejó pasar a Emily y entró tras ella.

—¿También están aquí los niños? —preguntó con sorpresa.

—Sí, y Nora. Vinieron con Paula el lunes por la tarde. Oh, mira, Sandy, el bueno de Parker nos ha traído una botella de vino blanco. ¿Quieres una copa ahora?

Fue de prisa hacia la consola.

—¿Por qué no? Gracias, Emily.

Se sentó en un sillón, cerca de la chimenea, cruzó las largas piernas y encendió un cigarrillo, mirando con detenimiento a su hermana mientras servía el vino. A pesar de que era de estatura normal, él siempre la veía más pequeña, quizá por su delicadeza, tan elegantemente proporcionada. Asintió para sí. En los últimos años Emily se había convertido en una joven preciosa. Cuando eran pequeños, él y sus primos habían sido muy traviesos con la pequeña Emily, le gastaban bromas sobre su enorme apetito y su figura rolliza, y la llamaban *Zampabollos*. Ya no estaba nada rolliza. Esa noche parecía una alegre muñeca de porcelana china, con su vestido rosa de lana que le favorecía mucho. «¡De porcelana!», se dijo, pensando en su tremenda energía física y mental y preguntándose, como solía hacer, de dónde le vendría. ¿De la abuela? Con toda seguridad, no la había heredado de sus padres. Su madre era una mujer indolente, aburrida, una vividora mimada que no tenía ni un pensamiento serio en su cabeza. Su madre era una persona acabada, que nunca había conseguido realizar nada importante, siempre había fracasado. «Pobre papá —pensó—. Sin duda, es la persona más buena y amable que conozco.» Alexander se dijo que le llamaría al día siguiente para ir a comer o a cenar con él. No se veían mucho últimamente.

—¡Diantre, Sandy! Arriba no me di cuenta del bronceado que tienes —comentó Emily, mirándole con detenimiento al acercarle la copa de vino.

Se dejó caer en el sillón de enfrente.

—Te sienta estupendamente. Deberías tomar el sol más a menudo.

—¿Qué? ¿Y dejar que «Harte Enterprises» se eche a perder? Ni pensarlo.

Levantó su copa.

—Santé.

—¡Salud! —contestó Emily—. ¿Dónde está Meg? —le preguntó después de haber bebido.

—Se fue esta mañana a Escocia, para ver una finca de caza que hay en venta. El propietario quiere que sea la inmobiliaria en la que trabaja la que se encargue del asunto, así que se va a dar un buen viaje. Si le gusta, se la quedarán. Aunque Dios sabe quién la comprará. ¿Habrá alguien que quiera una finca de caza en estos tiempos?

—Un americano rico —sugirió Emily—. ¿Habéis decidido una fecha para vuestra boda?

—En junio..., posiblemente.

—¡Eso no es justo! —se quejó Emily con ojos chispeantes—. Sabes que Winston y yo nos casaremos en junio. Más vale que le digas a Maggie que hable conmigo antes de que decidáis una fecha.

—Podríamos celebrar una doble boda —dijo, riéndose, al ver la cara que ponía Emily—. ¿Por qué me miras de esa manera?

—Si no lo sabes, no te lo digo —replicó ella de mal humor—. Aunque, pensándolo mejor, quizá debiera hacerlo.

—Olvida lo que he dicho. De todos modos, no hablaba en serio.

—Sí que lo hacías, y te lo diré —afirmó Emily—. Hay tres buenos motivos. Uno: Toda novia quiere ser el centro de atención de ese día tan especial para ella y, con toda seguridad, no lo podrá ser si hay *otra novia* en los alrededores. Dos: A la abuela le daría un ataque, porque lo vería poco elegante, de mala educación. Tres: No podemos contrariar a nuestra abuela, que piensa celebrar dos bodas por todo lo alto el verano que viene.

—Me has convencido, Emily... Una boda doble está fuera de lugar —le contestó él en tono de burla.

Se puso serio de inmediato. Le dio unas chupadas al cigarrillo y lo apagó rápidamente, con gestos nerviosos.

Emily, que era siempre una aguda observadora, se dio cuenta.

—¿Pasa algo?

—Paula puede haber atajado un escándalo en ciernes, en Irlanda, pero me temo que tenemos otro a punto de explotar. Es...

—*Escándalo* —repitió Paula con tranquilidad entrando en la habitación.

Cerró la puerta a sus espaldas y se quedó mirando a Emily y Alexander con expresión preocupada.

—Paula —dijo Alexander acercándose a ella y saludándola con afecto—. Te serviré una copa de vino y charlaremos un poco antes de ir al «White Elephant».

Paula se sentó en el sofá y siguió a Alexander con la mirada a través de la habitación.

—¿Qué clase de escándalo, Sandy? —preguntó con el ceño fruncido.

Él le acercó la bebida y volvió a su sillón.

—Mi madre otra vez. Siento tener que decíroslo.

Miró a Paula y a Emily con ojos de preocupación.

—Me llamó esta mañana desde París y su voz sonaba bastante histérica. Por lo visto, Gianni Ravioli...

—No seas guasón —le reprendió Emily—. ¿Cuántas veces tendré que decirte que su nombre es Ravello y que es una buena persona?

—... ha empezado los trámites del divorcio —continuó Alexander con todo más enérgico mientras dirigía una mirada de condena en dirección a Emily—, y ella está al borde del colapso nervioso o, al menos, eso dice...

—¿Qué diablos esperaba? —le interrumpió Emily otra

vez—. Ella fue quien le jugó una mala pasada con ese *franchute* detestable.

—Si continúas interrumpiéndome, nunca podremos marcharnos a cenar —le dijo Alexander con expresión severa, moviendo un dedo en su dirección—. En cualquier caso, nuestra madre está desesperada por la indocilidad de Gianni. Aunque ella le ha dado la prueba, él rehúsa citar a Marc Deboyne.

—¿Por qué? —preguntó Emily, despertándose su curiosidad.

—¿A quién se referirá? —preguntó Paula—. Está claro que ésa es la causa del enfado de tu madre.

Alexander la miró fijamente.

—Una chica lista. Eso es exactamente.

Se produjo una ligera pausa antes de que continuase con la mayor tranquilidad.

—Parece que va a nombrar a cierto número de... ministros de la Corona. Nuestra querida mamá ha debido pasar de mano en mano por el Gabinete, como si fuese un salero.

—Debes estar bromeando —dijo Paula, mirándole con asombro e inquietud.

—¡Ojalá lo estuviese! —contestó Alexander.

Se entristeció al pensar en las consecuencias del adulterio de su madre, la vergüenza de la familia, especialmente de su abuela. *Sería una mortificación para ella.*

Emily era pura curiosidad. Abrió los ojos exageradamente y chilló:

—¡Los amigotes del tío Robin, supongo!

Alzó la vista.

—Ya estoy viendo los titulares del *Daily Mirror* —gimió con teatralidad—: «Conde italiano cita a todo el Gobierno británico en su tramitación de divorcio.» O éste en el *News of the World*: «Vividora distinguida calienta las camas del Gobierno.» ¡Va a ser un gran día para la Prensa!

Los miró de reojo maliciosamente.

Paula contrajo la boca y no pudo evitar reírse, a pesar del enfado que sentía hacia su tía y de la gravedad de la situación.

—¡Cállate, Emily, eres imposible!

Paula intentó atajar sus crecientes carcajadas, resultado, en parte, del nerviosismo que sentía esa noche.

Alexander no se estaba divirtiendo en absoluto y miró a las dos mujeres.

—No tiene gracia...

Se calló, movió la cabeza y se quedó sin saber qué decir. Estaba encolerizado desde que su madre lo había llamado por la mañana. Al igual que Emma, se escandalizaba continuamente por la conducta ultrajante de Elizabeth y, siendo conservador, la moralidad de su madre le parecía ofensiva.

—Me encantaría saber quiénes fueron los amantes de mamá —dijo Emily de pronto.

Su rostro reflejó una expresión especulativa mientras arrugaba la nariz.

—No, no me puedo imaginar a la guapa Elizabeth acostada con el «Manos Largas».

—¿El «Manos Largas»? —repitió Paula con perplejidad.

—¡Ya está bien, Emily! —explotó Alexander.

Ignorando la reprimenda de su hermano, adoptó un exagerado acento de Yorkshire para informar a Paula.

—Sí, el «Manos Largas». Así es como le decían en «Genret» a nuestro Harold de Huddersfield.

—Instantáneamente, Emily pensó otra cosa y volvió a adoptar su tono normal.

—A Robin le va a dar una apoplejía. No nos olvidemos de que nuestro encantador tío, además de ser miembro del Parlamento por Southeast Leeds, también es uno de los ministros del Gabinete de Harold Wilson. ¿Sabéis? Si los laboristas vuelven a ganar en las próximas elecciones, espera que le nombren ministro de Hacienda. ¡Diantre, Sandy! Tienes razón, se va a formar un enorme escándalo. ¿Qué diría Profumo si se enterase? Nunca seremos capaces de cortarlo de raíz.

—Yo no me voy a preocupar por la preciosa carrera política del tío Robin —respondió Alexander con acritud—. Oh, no, en absoluto. Además, es tan oportunista que, si no me equivoco, encontrará la forma de sacarle provecho a la situación. De todos modos, lo más probable es que todo haya sido culpa suya. Si lo piensas bien, Emily, seguro que mamá frecuentaba las lujosas fiestas que él ofrecía en Eaton Square.

Miró a Paula con preocupación.

—Cuando se presente la demanda de divorcio en el Juzgado, la Prensa empezará a darle publicidad sin pérdida de tiempo, y Emily no se ha equivocado mucho en los grandes titulares que aparecerán.

Paula comenzó a reflexionar.

—¿Cuánto? Me refiero a lo que nos costaría comprarle.

—No estoy seguro —dijo Alexander.

—Oh, no creo que quiera nada —gritó Emily.

Paula clavó la mirada de sus ojos astutos en su prima.

—Me sorprende tu ingenuidad, Emily. Hemos sido educadas por una mujer que continuamente nos repetía: «Todo el mundo tiene un precio y sólo es cuestión de saber cuál es.» Por supuesto que quiere dinero. Después, se portará como un caballero y citará a Marc Deboyne.

Emily protestó con vehemencia.

—Lo conozco mejor que cualquiera de vosotros dos y no creo que sea como tú dices.

—La abuela también suele decir que el precio no es necesariamente monetario —se apresuró a recordarles Alexander—. Y, ahora que pienso en ello, me siento inclinado a darte la razón, Emily. Sinceramente, no creo que quiera un montón de dinero. Pero desea algo. *Vengarse.* Seguro que todavía está enamorado de nuestra madre aunque, a la vista del comportamiento de mamá, sólo Dios sabe por qué, y se halla muy afectado. Así que... necesita devolverle el golpe, hacerle daño, y la única forma de conseguirlo es avergonzándola públicamente.

—Quizás —admitió Paula, encontrándole sentido a la teoría de Alexander—. Por lo visto tiene todas las pruebas que le hacen falta, ¿verdad?

—Oh, sí —le dijo Alexander—. Mi madre está segura de que puede acusarla. No se trata de falsas amenazas.

—¿Estás seguro de que no te dijo quiénes eran los ministros? —preguntó Emily con su habitual curiosidad.

Alexander la miró conmiserativo.

—¡Venga! Puede ser una mujer alocada y necia, pero, en el fondo, es muy astuta. Por supuesto que no dijo ni un nombre.

—¿Te dijo tu madre qué deseaba que hicieses, Sandy? —preguntó Paula.

—Sí. Quiere que vaya a ver a Gianni y le persuada de que cite a Marc Deboyne en el juicio. Piensa que puedo ejercer alguna influencia sobre él, pero en eso se equivoca del todo. No lo conozco tan bien como para conseguir eso y, de cualquier modo, es Emily quien le gusta más.

—Oh, no —gritó Emily—. ¡Yo no!

Alexander y Paula intercambiaron miradas conspiratorias.

—Eres la mejor persona para tratar con él, querida —dijo Paula.

Emily gimió, dejándose caer en la silla.

Encontraba repugnante la idea de hablar con Gianni sobre la infidelidad de su madre. Pero, por otro lado, le gustaba aquel hombre, y quizás Alexander no tuviese suficiente tacto con él. Se enderezó.

—Pero os advierto que me niego a ofrecerle dinero a Gianni —dijo con decisión—, ¡es mi última palabra!

—¿Cómo enfocarás el asunto? —preguntó Alexander.

Respiró, profundamente aliviado, pues, en apariencia, Emily había accedido a encargarse de tan desagradable tarea.

—Voy a...

Emily meditó concienzudamente y se le iluminó la cara.

—Apelaré a su carácter bondadoso y le explicaré que hará más daño a Amanda y a Francesca que a mamá. Él quiere mucho a las niñas y no querrá hacerles sufrir.

—Muy bien, enfócalo de esa manera... —dijo Paula con cierta vacilación—. De cualquier forma, es mejor que tengas algún as en la manga, por si su carácter bondadoso fallase.

—A veces resultas demasiado cínica —dijo Emily, apretando los labios en señal de reprobación—. No insultaré a ese pobre hombre traicionado ofreciéndole dinero.

Sin prestar atención a las muestras de enfado de Emily, Paula se encogió de hombros.

—Siempre podrías ofrecerle un trabajo, si se muestra inflexible e insiste en nombrar a la mitad del maldito Gobierno.

—¿Un trabajo? ¿Dónde? ¿Con quién?

—En «Harte», Emily. He estado buscando a alguien para que se encargue de «Trade Wings», la nueva tienda de antigüedades que estoy planeando abrir en un futuro próximo. Como Gianni es un experto en ese campo, quizá prefiera trabajar para la familia mejor que en esa empresa de importación de antigüedades donde no es nada más que un empleado. En cierto sentido, mataríamos varios pájaros de un tiro: nos aseguramos de que, si no está de parte de tu madre, esté al menos de la nuestra; además, no se sentiría controlado, pues tendría que viajar mucho. De paso, yo consigo un buen encargado para «Trade Wings». Y, con toda seguridad, ganará más en «Harte».

—¡Es una solución maravillosa! —exclamó Alexander, alegrándose de inmediato y relajándose en el sillón.

Emily se mordió el labio inferior.

—Le mencionaré el trabajo en «Harte» en última instancia, si se pone difícil —advirtió, convencida de que Gianni no era un oportunista—. *Sé* que no sucederá eso, que hará lo correcto. Lo sé.

—Ya veremos —murmuró Paula.

Alexander se levantó y cruzó la habitación.

—Ahora que ya hemos discutido sobre la vida amorosa de nuestra madre, hay aún otro asunto que debemos tratar.

Se detuvo en la puerta.

—Será un minuto..., me dejé el portafolios en el vestíbulo al llegar.

En su ausencia, Emily se inclinó hacia Paula.

—De verdad, Paula, Gianni es una persona encantadora —aseguró—. Lo que pasa es que no lo conoces muy bien.

—Puede que lo sea, en circunstancias normales. Pero es más prudente estar preparados para lo peor.

Emily no respondió.

Un momento después, Alexander volvió, se sentó, sacó una carpeta del portafolios y se la alargó a Paula.

—¿Qué es esto? —preguntó ella.

—Un informe de Mr. Graves, de «Graves and Saunderson». Pero no hace falta que lo leas ahora.

—¿Es sobre Jonathan? —aventuró Paula.

La cogió y le dio la vuelta, pasándole la mano por encima, conteniendo la respiración llena de recelo.

—No. Es un informe sobre Sebastian Cross.

—¡Oh!

Paula se llevó una mano a la boca al recordar aquel día en la sala de juntas de «Aire», y se preguntó por qué había presentido algo.

—Creo que será más rápido si te doy la información en pocas palabras. El informe es bastante largo y tedioso en algunas partes, por eso te sugiero que lo mires con tranquilidad —explicó Alexander.

—Entonces, venga, cuéntanoslo, Sandy —ordenó Emily—. Tendríamos que irnos pronto a cenar. Estoy hambrienta.

—Como sabéis, Mr. Graves ha estado investigando durante meses, intentando encontrar algo en Sebastian —comenzó Alexander—. Al principio, siguiendo instrucciones de la abuela, orientó sus pesquisas en el aspecto financiero. Como no consiguió nada, decidió investigar la vida privada de Sebastian. Después de algunas pistas falsas y de entrevistas con varias personas en Londres, fue a Yorkshire.

Allí se encontró con una información que no es muy agradable, y que no me gustaría tener que comunicaros. Como sabía que muchos empleados de «Aire Communications» se reunían en el «Bar Polly's» de Leeds, empezó a frecuentarlo. Un día, a la hora del almuerzo, entabló conversación con un joven que había trabajado en «Aire». Graves y su compañero eventual acabaron haciéndose amigos, reuniéndose con regularidad para tomar unas copas durante un período de tres semanas. Una noche, Tommy Charwood —que es su nombre— le habló a Graves sobre Sebastian diciéndole que era un tipo repugnante y que le gustaría cogerlo una noche en un callejón oscuro para darle la paliza de su vida.

Alexander dejó de hablar y encendió un cigarrillo.

—Cuando Graves le preguntó el motivo —continuó—, Tommy Charwood le dijo que él había estado cortejando a una chica, empleada en «Aire» también, y que Sebastian se la había quitado. Bueno, parece que la chica, Alice Peele...

—Conozco a Alice —le interrumpió Paula con rapidez, iluminándosele la cara con interés—. Lleva el departamento de relaciones públicas y vino a verme un día por un trabajo en los almacenes «Harte».

—¿Cómo es? —preguntó Alexander con curiosidad.

—Es agradable y con mucho talento. La recuerdo muy bien porque vestía con cierta elegancia y resultaba llamativa. Alta, morena y con una cara bonita.

Alexander se aclaró la garganta y fijó sus ojos en Paula.

—No estoy demasiado seguro de que siga igual de guapa ahora. Según Tommy Charwood, Sebastian Cross la golpeó varias veces. Y lo hizo de forma tan salvaje la última vez, que Alice Peele necesitó someterse a una intervención de cirugía plástica. Charwood le dijo a Graves que habría quedado desfigurada para toda su vida sin el rápido tratamiento de emergencia que recibió en el Hospital General de Leeds. Ya ves, Cross la pegó de tal forma que le rompió la mandíbula, una mejilla, y le dejó la cara convertida en una masa sanguinolenta.

—¡Oh, Dios mío! —gritó Paula—. ¡Qué espantoso! ¡Qué cosa tan horrible!

Emily también se había puesto pálida y miró a Paula estremeciéndose. Luego, susurró:

—Tus presentimientos sobre Sebastian Cross han resultado fundados.

Emily tragó saliva y se volvió a su hermano.

—¿No le denunció la chica? ¿No fue a la Policía ni le llevó a juicio?

—Parece ser que no. Charwood le dijo a Graves que Cross la tenía aterrorizada. Su padre quiso ir a la Comisaría, pero ella le rogó que no lo hiciera, que sólo traería más problemas. Eso fue cuando Mr. Peele se lo dijo a Tommy, de quien seguía siendo amigo. Tommy intentó convencer a Peele para que acudiese al Departamento de Investigación Criminal, ya que él conoce a algunos detectives del cuerpo, pero Peele siguió dudando. Al final, decidió que no lo haría. Aproximadamente un mes después de la última paliza, John Cross visitó a la familia Peele y le ofreció dinero al padre. Pero Mr. Peele, que parece un buen tipo, se lo arrojó a la cara. Tan pronto como Alice se recuperó lo suficiente, se fue a Gibraltar con un hermano casado. El hermano está en la Marina, en el destacamento de helicópteros, creo, y está destinado permanentemente en Gibraltar. Tommy Charwood cree que ella permanece todavía allí.

—¡Qué historia tan horrorosa! —dijo Paula, trémula todavía.

—No me extraña que la tenga aterrorizada…

Después de un titubeo, se calló y se volvió, sintiéndose asqueada de aquel hombre.

Emily se quedó boquiabierta.

—¡Debe ser un maníaco! La familia de la chica le tendría que haber llevado ante los tribunales, a pesar de lo que ella dijese.

Alexander asintió con una expresión que, como la de Paula, reflejaba un inmenso disgusto.

—Y eso no es todo… —añadió con aspereza—, Charwood le dio información complementaria a Graves después de que nuestro detective se congraciase más con él. Charwood asegura que Sebastian toma drogas; aparte de ser un bebedor empedernido y de su afición congénita por el juego, que le ha hecho perder grandes sumas de dinero en las mesas. En Crokford y Dios sabe dónde más.

—Y ése es el hombre al que Jonathan Ainsley considera su mejor amigo —dijo Paula—. Es horrible.

—Sí, lo es —corroboró Alexander—. Y, mientras que esta información sobre Cross no nos afecta mucho, sí perjudica a Jonathan, en el sentido de que es amigo íntimo de Cross. ¿No os parece?

Paula asintió.

Emily miró a Paula y a su hermano.

—¿Crees que Jonathan toma drogas y es un jugador también?

—Más le vale no estar metido en eso —contestó Alexander—, si quiere seguir llevando la inmobiliaria de «Harte Enterprises». No olvidemos que maneja mucho dinero y que, de vez en cuando, tiene que tomar decisiones muy importantes.

Alexander se levantó y se dirigió hacia la consola para servirse una copa de vino.

—Voy a tener que controlar todo lo que haga desde ahora —murmuró, vigilarle más de cerca que antes. No me puedo permitir que cometa ningún error. En cuanto al juego...

Alexander se encogió de hombros y movió la cabeza.

—La verdad es que no puedo decirlo —continuó—. Puede que frecuente los garitos, y ése es otro motivo por el que voy a interesarme más en la inmobiliaria. Como os dije, la empresa maneja grandes sumas de dinero.

—Supongo que le has dado instrucciones a Mr. Graves para que siga con eso. ¿Le has dicho que investigue más a fondo, Sandy? —dijo Paula.

—Por supuesto que sí.

—Aunque parezca extraño —siguió Paula pensativamente—, John Cross me llamó hoy a los almacenes. Quería concertar una cita.

—¿Vas a verle? —preguntó Alexander, volviendo a su sillón.

—No lo sé..., es muy probable que no. Gaye intentó localizarlo en su hotel a última hora de la tarde, pero había salido. Espero que me vuelva a llamar mañana por la mañana.

—En cierta forma, siento curiosidad por saber qué tiene que decir. No puede pensar que estemos interesados en «Aire», ahora que ha vendido el edificio, que era la propiedad más importante de la empresa.

Paula se encogió de hombros y cambió de tema.

—Sarah vino a verme esta tarde.

Les contó la visita, sin olvidar el más mínimo detalle. Cuando acabó, se recostó en el respaldo del sillón, esperando sus reacciones.

Emily fue toda ojos y oídos durante la charla de Paula.

—Me gustaría oír la versión de Miranda sobre el fin de semana, sin mencionar los diez días que Sarah pasó en las

Barbados. Tengo la sensación de que sus historias variarán bastante. Sarah siempre ha tenido una rara astucia para atribuirse el mérito cuando no le correspondía —exclamó Emily.

—Sí, lo sé.

Paula pensó en los días de la infancia en «Heron's Nest». Incluso entonces, Emily y ella se daban cuenta de aquella proverbial astucia de Sarah. Su prima siempre había tratado de ganarse el favor de su abuela, haciendo méritos, a costa de ellas dos casi siempre.

—Sarah no es estúpida —dijo Alexander—. Sabe que no puedes vender las *boutiques* sin consultar primero con el Consejo. También sabe muy bien que, quiera o no, el dinero del departamento de moda no puede ser gastado sin mi permiso. Por lo tanto, debe estar convencida de que puede ignorarnos y conseguir sus propósitos dirigiéndose a la abuela directamente. Estoy seguro de que le ha enviado un télex, tal como dijo que haría.

—Yo también estoy convencida de ello —murmuró Emily, maldiciendo a Sarah para sus adentros.

Paula ya tenía demasiados problemas y preocupaciones sin necesidad de que Sarah empezase a crear dificultades.

Paula sonrió débilmente.

—Opino igual que vosotros. De todos modos, os aseguro que el télex acabará en la papelera. Lo que Sarah no sabe es que la abuela puso su confianza en la idea de las *boutiques* antes de marcharse en mayo. En el último minuto, las consideró como un inteligente medio de expansión y con una relativa facilidad para nuestra organización. Está convencida de que las *boutiques* revalorizarán las acciones de «Harte», algo que sucederá realmente, y no tiene más intención de venderlas que yo.

—Sí, pero acabas de decir que Sarah no es consciente de eso —señaló Emily con tranquilidad—, y, bueno, siempre he creído que está furiosa porque eres tú y no ella la dueña de la cadena de almacenes «Harte». Después de todo, es la nieta mayor, y tiene muy buena opinión de sí misma para los negocios.

—Emily me ha quitado las palabras de la boca —dijo Alexander, volviéndose hacia Paula con rapidez—. La visita de Sarah de esta tarde podría ser un pequeño intento..., con el deseo específico de molestarte, Paula, a fin de conseguir desconcertarte y que pierdas el control.

Mientras hablaba se le ocurrió otra cosa.

—¿No podría ser esto el comienzo de la guerra de guerrillas de la que habíamos hablado y que predecíamos?

—Eso he pensado antes —dijo Paula.

—Si es así, ¿qué espera ganar Sarah, Sandy? —preguntó Emily.

—La satisfacción de saber que Paula está irritada y sometida a una presión adicional. Además, cuando una persona pierde el control, no siempre tiene la mente clara para pensar con frialdad y, frecuentemente, su concentración sale perjudicada.

Alexander las miró intencionadamente.

—Sarah y Jonathan son uña y carne desde hace mucho tiempo. Ella debe ser vigilada muy de cerca también.

Paula se puso en pie.

—Ya hemos hablado bastante de ellos, al menos por esta noche. Vámonos a cenar —sugirió, queriendo dar por terminada la conversación—. Ha sido un día difícil, y una semana terrible.

Suspiró débilmente.

—No voy a aburriros con mis problemas en «Sitex Oil», pero también he tenido que aguantarlos hoy. Creo que la paciencia ha estado a punto de agotárseme. Necesito un pequeño descanso como una velada entretenida en el «Whithe Elephant», por ejemplo.

—¿Son problemas serios? —preguntó Alexander mientras se dirigían los tres al vestíbulo a coger los abrigos.

Le dio un apretoncito afectuoso en el hombro.

—¿Puedo ayudarte en algo?

Paula le sonrió con agradecimiento.

—Gracias, Sandy, eres muy amable. Tengo todo bajo control...

Dudó un momento antes de seguir hablando.

—Esta tarde, Dale Stevens estaba decidido a dimitir de presidente. Me pasé una hora hablando por teléfono con él y conseguí convencerle de que se quedase. Tiene algunos enemigos en el Consejo de Dirección, perturbadores incansables que tratan de atarle de pies y manos cada vez que pueden.

Agitó la cabeza con pesar.

—Lo que iba a decir hace un momento es que ha accedido a seguir de presidente hasta el final de año. En realidad, todo lo que he logrado ha sido ganar un poco de tiempo.

CAPÍTULO XXVII

—John Crawford se ha ofrecido a explicar el funcionamiento de un tribunal presidido por un magistrado —dijo Daisy mirando a Edwina y a Anthony—. Cree que nos ayudará a sentirnos más relajados en el interrogatorio.

—Seguro que sí, tía Daisy —dijo Anthony levantándose—. Iré a buscar a Bridget. Creo que debería oír lo que nos diga el abogado de la familia. Excusadme, sólo tardaré un momento.

Cuando salió de la biblioteca, Daisy se levantó y se sentó junto a Edwina en el sofá. Cogió las manos de su hermanastra entre las suyas mientras observaba su rostro atormentado por las preocupaciones.

—Trata de permanecer tranquila, Edwina. Dentro de unas horas esta tragedia habrá pasado. Debemos seguir adelante, esforzándonos en continuar nuestras vidas lo mejor posible.

—Sí, Daisy. Gracias por tu apoyo. Me pondré bien —murmuró Edwina con voz cansada.

La ansiedad y tensión de los últimos días se habían cobrado su tributo y parecía exhausta, cerca del colapso total. El vestido negro que llevaba, sencillo y carente de joyas o de cualquier acento de color, no contribuía a mejorar su aspecto. Parecía secar el color de su cara, resaltando su palidez más que nunca. Esa mañana parecía enferma y con mucha más edad.

La gratitud asomó en los ojos plateados de Edwina.

—No sé qué hubiese hecho sin ti y sin Jim —añadió en voz baja—. ¿Dónde está, Daisy?

—Hablando con Paula por teléfono, y creo que tiene que hacer algunas llamadas al periódico. Pero vendrá a reunirse con nosotros tan pronto como acabe. No es esencial que esté presente. Sabe cómo funciona un tribunal de este tipo porque, cuando empezó a trabajar como periodista, hacía las crónicas de los juicios.

—Oh, sí, entonces, entenderá de estas cosas.

Edwina miró con inquietud al reloj que había en la repisa, al otro lado de la elegante habitación con paredes recubiertas de madera.

—Son casi las ocho y media. Tendremos que salir pronto para Cork. Tardaremos más de una hora, quizás hora y media.

Notando el pánico y el nerviosismo en la voz de Edwina, Daisy intentó tranquilizarla.

—Tenemos tiempo de sobra. El juicio está fijado para las once y esta sesión con John no será muy larga. Dijo que podría informarnos de los puntos más importantes en diez minutos. Después, podremos irnos sin prisas. Cálmate, querida.

—Estoy bien, de verdad. Sólo un poco cansada. No he dormido muy bien.

—No creo que ninguno de nosotros haya pasado bien la noche —dijo Daisy con una ligera sonrisa—. Voy a tomar otra taza de café. ¿Quieres una?

—No, gracias, Daisy.

Edwina estaba sentada, rígida, en el sofá, frotándose las manos en el regazo, con el pecho encogido por la aprensión. Llevaba cuatro días viviendo con aquel terrible temor por su hijo. Estaba impaciente por ir al juzgado comarcal y por que se realizase y acabase el interrogatorio para que, de esa manera, se disipara la nube que se cernía sobre él. Sólo entonces podría descansar. De buena gana daría su vida por Anthony. Era la única persona que le importaba y, una vez acabase la investigación sobre las causas de la muerte de Min, le daría su apoyo en todo lo que hiciese, incluso si eso significaba que tenía que aceptar a Sally Harte, a quien no apreciaba mucho. Hasta el día de su muerte, lamentaría su actitud pasiva durante las últimas semanas ante el problema que se había desarrollado entre Min y Anthony. Su hijo le había pedido que interviniese y razonase con ella, insistía en que podía ejercer alguna influencia sobre su mujer para que le concediese el divorcio según había consentido en un principio. Y quizás hubiese podido hacerlo, pero nunca lo sabría por haberse negado a ello. Ahora, la pobre Min estaba muerta. «Aún viviría si yo hubiese hablado con ella», pensó Edwina por enésima vez. Su dolor interior se intensificó con un sentimiento de culpabilidad.

Daisy se acercó con una taza de café en la mano y se sentó en un sillón frente a ella.

—¿Has decidido lo que quieres hacer? ¿Vendrás a Londres para descansar unos días después del funeral? —preguntó.

—Quizá debiera alejarme de aquí —empezó a decir Edwina pero calló, mirando hacia la puerta.

Anthony acababa de entrar con Bridget O'Donnell, el ama de llaves de «Clonloughlin».

—*Milady*, Mrs. Amory —dijo Bridget, inclinando la cabeza y sentándose en la silla que Anthony le indicó.

Daisy, amable como siempre, le dirigió una sonrisa.

—Como usted sabe, Mr. Crawford es nuestro abogado, y ha venido desde Londres para ayudarnos en lo que él pueda. Nos va a explicar algunas cosas, Bridget, como estoy segura que Lord Dunvale le habrá comentado. De todos modos, yo quisiera añadir que no hay nada de qué preocuparse.

—Oh, no estoy preocupada, Mrs. Amory, en absoluto —contestó Bridget con rapidez, en un tono apagado que parcialmente oscurecía su rítmico acento rural—. Decir la verdad es una cosa muy simple, y eso es lo que voy a hacer.

Una sonrisita de seguridad cruzó por sus labios finos y pálidos mientras se echaba hacia atrás y cruzaba las piernas. Su cabello rojizo brilló con el sol y su tono llamativo contrastó con sus fríos ojos azules.

Daisy confirmó su opinión de que Bridget O'Donnell era una mujer fría, calculadora y segura de sí misma. No le agradaba particularmente aquella mujer, la cual rondaba los treinta y cinco años o así, aunque no los aparentaba.

Apartando la mirada, Daisy se volvió hacia Anthony pero, antes de que pudiese decir nada, la puerta se abrió y entró John Crawford, el hijo del abogado de muchos años de Emma y, ahora, uno de los socios mayoritarios de la firma «Crawford, Creighton, Phillips and Crawford». De mediana estatura y complexión era, sin embargo, de porte estirado y militar y esto, junto con su poderosa personalidad, le daba un cierto aire de seguridad. Tenía cuarenta y seis años, el pelo rubio salpicado de canas, ojos grises, claros e inteligentes y un rostro extrañamente inexpresivo que no revelaba su extraordinaria aptitud para ejercer la abogacía con gran brillantez.

—Buenos días. Siento haberles hecho esperar —dijo animadamente, dirigiéndose hasta donde se encontraban, junto a los ventanales de la larga habitación llena de libros.

Daisy le ofreció café pero él lo rechazó. Se quedó de pie, tras un sillón, con los brazos cruzados a la espalda. Parecía tranquilo y despreocupado por completo y, como siempre hacía con sus clientes, intentaba transmitirles una sensación de gran seguridad, cualesquiera que fuesen sus pensamientos y opiniones al respecto.

—Me doy cuenta de que esta mañana van a pasar una prueba muy dura —dijo Crawford— y, así, he pensado que les podría ayudar si les describo brevemente cómo funciona un tribunal presidido por un magistrado. Espero que, al entender el procedimiento, disminuya el nerviosismo de todos.

Paseó la vista por cada uno de ellos.

—Pueden tomarse la libertad de preguntarme en cualquier momento. Como ninguno de ustedes ha asistido a un interrogatorio antes de ahora, permítanme decirles que en este tipo de tribunales el procedimiento es bastante *informal*. De todos modos...

Se paró de pronto, los miró fijamente y continuó hablando despacio, como si quisiera dar mayor énfasis a sus palabras.

—Debo hacer hincapié en que la informalidad no disminuye su *importancia*. Éste es uno de los tribunales más importantes del país y se rige por la *ley de la evidencia*. ¿Alguna pregunta?

Alzó las rubias cejas.

—De acuerdo, sigamos...

—Perdón, John —dijo Daisy—. ¿Puedes, por favor, aclararnos qué significa *informal*? No lo entiendo muy bien.

—Ah, sí, por supuesto. Por informal se entiende que el magistrado no lleva toga. Viste un traje de chaqueta normal. También, la manera de hablar es menos formal que en otros tribunales. El magistrado charla informalmente con las partes interesadas antes de que presten testimonio en el estrado bajo juramento.

—Gracias, John. Otra pregunta más. Generalmente, el magistrado es un abogado, un procurador o un licenciado con formación jurídica, ¿no es así?

—Exactamente, Daisy. No es un juez, aunque, de hecho, dicte sentencia. También tiene plena libertad en la forma de dirigir el interrogatorio. Si no hay otras preguntas, continuaré. Y ahora llego al punto importante: el magistrado acepta los *rumores* en este tribunal, práctica que no es normal en otros tribunales donde se imparte la justicia británica, en los que el rumor es una evidencia *inadmisible*.

Anthony se inclinó hacia delante.

—¿Qué significa eso?

Agitó la cabeza.

—¡No puede significar lo que estoy pensando! —exclamó con voz más aguda de lo normal.

—Sí, Lord Dunvale, así es. El magistrado escuchará cualquier cosa que haya oído una persona aunque no sepa si es cierta o no... rumores, chismes, si usted quiere llamarlos así.

—Ya veo —dijo Anthony con voz más sosegada.

Pero comenzó a alarmarse interiormente al pensar en los rumores que inundaban el pueblo desde hacía meses.

Edwina y Daisy intercambiaron una mirada de preocupación. Nadie dijo una palabra.

John Crawford, dándose cuenta de su intranquilidad, se aclaró la garganta y continuó.

—Permítanme aclararles un poco más la clase de rumores que el tribunal tiene en cuenta. En este caso, podrían ser las palabras que dijo el difunto inmediatamente antes de morir a un miembro de la familia, a un amigo, un médico o un abogado. Un testigo podría decir que el difunto había amenazado con suicidarse en una o varias ocasiones. O puede aventurar la opinión de que el difunto estaba deprimido. El magistrado tomará nota de estos comentarios. Quizás otro ejemplo pueda serles útil, bastante ilustrativo. Basándose en las pruebas que ha reunido, un policía podría decirle al magistrado que cree que el difunto se ha suicidado. O, también, el policía podría decir que sus investigaciones le llevan a creer que la muerte fue accidental. El magistrado hace caso de tales opiniones y las tiene en cuenta. Me gustaría recalcar que los rumores de esta naturaleza *influyen* decisivamente en el caso y, por supuesto, el resto de las preguntas que el magistrado formula.

—¿Interroga la Policía a algún testigo? —preguntó Anthony.

—No, no, nunca. Eso no está permitido en un tribunal de este tipo. Las preguntas sólo las puede hacer el magistrado oficial.

Crawford se volvió al oír que la puerta se abría.

Michael Lamont, el encargado de «Clonloughlin», entró con rapidez y cerró tras de sí. Era alto y corpulento, y tenía una mata de pelo oscuro y un rostro curtido y alegre que cuadraban con sus modales joviales. Se deshizo en excusas mientras atravesaba la habitación.

—Te pondré al tanto luego, Michael —dijo Anthony con rapidez—. John ha estado explicando el procedimiento..., la forma en que el juicio se lleva a cabo.

Lamont asintió, se sentó junto a Edwina en el sofá y saludó a la otra mujer con una sonrisa fugaz.

—Una vez asistí a un juicio como éste, así que estoy vagamente enterado del procedimiento.

—Bien, bien —exclamó Crawford con una leve inclinación de cabeza—. Seguiremos lo más rápido posible. Puede o no haber un jurado de unas seis u ocho personas. De una forma u otra, el magistrado dicta sentencia; si es necesario, consultará con el jurado su decisión y sobre lo que él cree que es correcto. Pero *es* el magistrado quien decide y pronuncia el veredicto: muerte accidental, suicidio, muerte por causas naturales, o... —se detuvo y siguió en voz baja—, o asesinato.

Se produjo un silencio de muerte mientras la palabra quedaba flotando en el aire.

Fue Anthony quien lo rompió.

—¿Qué sucede si el magistrado no está seguro? ¿Si no puede decidir que fue suicidio, accidente o asesinato?

—Ah, sí, bien; en ese caso, tendría que dejar el caso abierto... Podría decir que una persona o personas desconocidas serían los responsables de la muerte y que podrían ser llevados ante la justicia en una fecha posterior.

Edwina miró a su hijo fijamente y se quedó boquiabierta mientras su rostro adquiría una intensa palidez. Michael Lamont le cogió una mano y le susurró algo al oído.

Crawford los miró y después volvió su atención a Anthony.

—El informe del forense, con los resultados de su autopsia, suelen clarificar las causas de la muerte, y sin ningún género de dudas.

—Comprendo —dijo Anthony con voz apagada.

Crawford concluyó:

—Creo que he tratado los aspectos más importantes. Me gustaría añadir que estoy bastante seguro de que el juicio se desarrollará normalmente, de una forma rutinaria.

Sus ojos descansaron sobre Michael Lamont.

—Probablemente, usted será el primer testigo, pues fue la persona que encontró el cuerpo de Lady Dunvale. El sargento de la Policía de Clonloughlin prestará declaración después de usted. Luego oiremos el informe médico; del doctor del pueblo que hizo el primer examen del cuerpo y del forense que llevó a cabo la autopsia. ¿Necesitan alguna aclaración más sobre algún punto en concreto?

—Sí —dijo Anthony—. Un par de cosas. Supongo que

yo seré interrogado. Pero, ¿y mi madre? ¿Y Bridget?

—No veo razón para que la condesa tenga que subir al estrado, pues no puede aportar nada. Usted sí tendrá que prestar testimonio y, con toda seguridad, Miss O'Donnell también. Es muy probable que el magistrado charle con todos ustedes de manera informal antes de llamar a los principales testigos como les he explicado antes. No tienen nada de qué preocuparse.

Crawford miró su reloj.

—Sugiero que nos vayamos dentro de unos diez minutos.

Después, se volvió hacia Daisy, que se había puesto en pie.

—¿Dónde está Jim? Quizá debiera decirle que vamos a salir pronto para Cork.

—Sí —dijo Daisy—. Se lo diré ahora mismo. Tengo que subir arriba a recoger mis cosas.

Quince minutos más tarde, el pequeño grupo salió de «Clonloughlin House».

Edwina, Anthony, Bridget O'Donnell y Michael Lamont viajaban en el primer coche, con Michael al volante.

Jim Fairley conducía el segundo coche y los seguía a corta distancia. Le acompañaban Daisy y John Crawford. Ninguno habló durante los primeros diez minutos.

—Fue una buena idea que explicases las formalidades, John —dijo Jim, finalmente.

Miró por el rabillo del ojo a Crawford, que iba sentado a su lado, y después volvió los ojos a la carretera.

—Estoy seguro de que eso ayudó a mi tía —afirmó—. Es un manojo de nervios. Aunque Anthony parece bastante tranquilo. Se domina y logra controlarse. Esta terrible complicación le ha hecho envejecer bastante.

—Sí —repuso Crawford lacónico.

Bajó la ventanilla y miró a Daisy por encima del hombro.

—¿Te importa que fume?

—No, en absoluto.

Daisy se inclinó hacia delante con las manos apoyadas en el respaldo del asiento delantero.

—¿Cómo estaba Paula? —preguntó a Jim.

—Muy bien, y te manda besos.

Jim se aferró al volante con fuerza mientras se preguntaba si debería repetirle el último comentario que Paula había expresado a gritos y con tal ansiedad que él mismo se había alarmado. Sin saber qué hacer, afirmó:

—No dejó de insistir en que la llamásemos en cuanto acabara el juicio, como si no lo fuésemos a hacer.

—Estará ansiosa por ponerse en contacto con mamá inmediatamente —murmuró Daisy.

Se acomodó en un rincón y se alisó la falda de su traje, serio y sencillo, pensando que Emma estaría esperando en tensión en la finca ovejera de Australia, preocupada por el desenlace y por su nieto Anthony. A Daisy le preocupaba que su madre estuviese sometida a esa tensión. Después de todo, *tenía* ochenta años. Convenciéndose de que Emma Harte era invencible y que estaba tomándose las cosas con calma, como le aseguró por teléfono, Daisy intentó relajarse.

—¿Has decidido lo que vas a hacer, Jim? —preguntó.

—Me quedaré hasta el funeral de mañana. Creo que apreciarán el apoyo moral, es lo menos que puedo hacer. Volveré el sábado. Espero convencer a Anthony para que se venga conmigo. Tiene que salir de estar lugar durante un tiempo.

—Por supuesto —dijo Daisy—. Estoy segura de que querrá ver a Sally.

Se volvió hacia John Crawford.

—Supongo que el juicio durará un par de horas... David ha arreglado las cosas para que el avión privado de su amigo esté esperándonos en el aeropuerto de Cork a mediodía. Volverás a Londres conmigo, ¿verdad, John?

—Sí, muchas gracias. Te agradezco el viaje. Y, si todo sale bien, habremos acabado en un par de horas como tú bien dices. Espero que no haya un descanso para el almuerzo. En ese caso, el juicio se reanudaría por la tarde, desafortunadamente.

—No tienes ninguna razón para suponer que no vaya a ser rutinario, ¿verdad?

—No, en realidad, no —contestó Crawford con un extraño tono de duda en su voz.

Jim lo notó de inmediato.

—No pareces tan seguro como anoche, John. ¿Hay algo que Daisy y yo debiéramos saber?

—No, no, claro que no —murmuró Crawford.

Aquella respuesta no convenció a Jim. Decidió lanzarse y contar las preocupaciones de Emily, lo que Paula le había dicho cuando estuvo hablando con ella.

—Paula se encuentra un poco intranquila. Emily ha pensado algo... Por lo visto, despertó a Paula durante la noche y le dijo que, desde el sábado, había estado preocupada por aquellas cinco o seis horas que Min había permanecido en el lago, desde que llegó por la tarde hasta que murió por la noche. Emily piensa...

—No comprendo por qué son tan importantes esas horas —le interrumpió Daisy.

John Crawford meditó durante un segundo. Por fin, se decidió a ser sincero y se volvió en el asiento delantero para mirar a Daisy.

—Debo confesar que también a mí me ha preocupado lo mismo, querida. Y si yo encuentro algo extraño en ese lapso de tiempo, sin mencionar que a la joven Emily también le ocurre lo mismo, ¿no crees que un magistrado con experiencia se preguntará qué estuvo haciendo la difunta durante todo ese extraordinario espacio de tiempo?

—Sí —admitió Daisy frunciendo el ceño—. Pero, de todos modos, ¿por qué son importantes esas horas? Quizá se marchó y volvió más tarde.

—O quizá nunca fue a «Clonloughlin» por la tarde —repuso Crawford con calma—. Esa posibilidad se le puede ocurrir al magistrado fácilmente, como se me ha ocurrido a mí y, probablemente, a la joven Emily también. ¿No lo comprendes, Daisy? Esas horas inexplicables plantean algunos interrogantes... respecto a la versión de Lord Dunvale sobre la hora de llegada de su mujer, una versión que, debo añadir, sólo es corroborada por su madre.

—¿Quieres decir que el magistrado podría pensar que Anthony está mintiendo, que Min fue allí por la noche?

Daisy se quedó sin aliento.

—¡Oh, Dios mío, sí, ya veo a lo que te refieres! El magistrado puede llegar a la conclusión de que Anthony estuvo también en el lago por la noche...

Desfalleció y empezó a temblar, sintiéndose nerviosa de repente por primera vez desde que había llegado a Irlanda.

—Quizá. Pero, querida Daisy, dije *quizá*. Me sentiría mucho más tranquilo si tuviésemos un testigo que hubiese visto a la difunta condesa entrando en «Clonloughlin» por la tarde, o marchándose alrededor de esa misma hora. Por desgracia, no tenemos tal testigo.

Crawford miró a Daisy con simpatía. La adoraba desde hacía años y siempre la quiso proteger.

—Por favor, no te aflijas innecesariamente, querida mía. No te he mencionado antes mi inquietud por la simple razón de que sabía que te preocuparía si lo hacía.

Con una sonrisa segura y tranquilizadora, finalizó:

—Por lo general, la autopsia es la clave en este tipo de casos. Aportará pruebas concluyentes sobre la forma en que murió.

Crawford dirigió una mirada intencionada a Jim.

—Estoy casi seguro de que el forense dictaminará que se ahogó accidentalmente.

«Si ha encontrado agua en sus pulmones», añadió Crawford para sí. De no ser así, tendrían problemas, los más graves que podían imaginar. La falta de agua en los pulmones del cadáver probaría que había muerto antes de que su cuerpo cayese al agua. En tal caso, el asesinato sería achacado a alguna persona... o personas desconocidas.

Jim comprendió que John quería mitigar el nerviosismo de su suegra y habló con determinación.

—Estoy de acuerdo contigo en todo, John —dijo con voz firme—. Es seguro que la muerte de Min fue accidental. Bueno, Daisy, cálmate y permanece tan serena como has estado durante toda esta dura prueba. Edwina desfallecerá si detecta en ti el menor signo de angustia.

—Me encuentro bien. No tienes por qué preocuparte. Estoy de acuerdo, creo que todos deberíamos permanecer tan seguros como nos sea posible. Sea como fuere, Anthony y Edwina van a encontrar el juicio bastante penoso, así que debemos apoyarles y conservar el ánimo.

De nuevo, Daisy McGill Amory se volvió a echar hacia atrás en un rincón del asiento y, durante el resto del viaje a Cork, permaneció callada, dejó la charla para Jim y John Crawford. Tenía sus propios turbadores pensamientos y la preocupación.

Mr. Liam O'Connor, un abogado de la ciudad, era el magistrado que presidía la investigación judicial para esclarecer las causas de la muerte de Minerva Gwendolyn Standish, la difunta condesa de Dunvale.

El juicio se iba a celebrar en una pequeña sala del edificio de juzgados de la ciudad de Cork, cabeza de partido del Condado de Cork.

El jurado, formado por seis personas, estaba sentado a

la derecha de O'Connor. Todos eran residentes de la localidad y había sido requerida su participación al pasar aquella mañana por los Juzgados. Ésa era la costumbre de la Justicia británica en aquel tipo de vistas. A pesar de las obligaciones que tuviesen aquel día, no tenían más opción que acatar lo ordenado y entrar en la sala para formar parte del jurado.

—Y ahora, Lord Dunvale —dijo el magistrado—, antes de oír los testimonios de McNamara, el sargento de la Policía, del forense y de otros presentes, quizá pueda dar una idea al tribunal del estado psíquico de la difunta antes de su trágica muerte. Puede hablar desde donde está sentado. No tiene que subir al estrado por el momento.

—Mi esposa y yo estábamos separados e íbamos a divorciarnos —dijo—. En consecuencia, se fue de «Clonloughlin House» y estaba viviendo en Waterford. Últimamente, había empezado a adquirir la costumbre de visitar «Clonloughlin» y, el mes pasado, empecé a darme cuenta de que su disposición había cambiado radicalmente. Se comportaba de una forma algo irracional, incluso muy violenta, verbal y física. Yo empecé a preocuparme bastante por su equilibrio mental.

El magistrado asintió.

—¿Mencionó la difunta el suicidio alguna vez? ¿Amenazó con quitarse la vida durante aquellos arrebatos de inestabilidad emocional?

—No, no lo hizo —contestó Anthony en un tono más firme—. Es más, me gustaría afirmar categóricamente que no creo que mi mujer se quitase la vida, cualquiera que fuese su estado emocional. No era de la clase de personas que se suicidan. Estoy convencido de que su muerte fue un accidente.

El magistrado le preguntó más detalles sobre la conducta de la difunta y, mientras Anthony le respondía, Daisy miró fijamente al magistrado, mientras escuchaba con gran atención. Liam O'Connor era un hombre pequeño, inquieto, con un rostro surcado de arrugas. Su expresión parecía algo severa, pero se dio cuenta de que sus ojos brillaban astutos y amables y tenía un aire reflexivo. Esas características la tranquilizaron un poco. Estaba segura de que Liam O'Connor no aguantaría ninguna tontería en la sala y que se ceñiría a la Ley de la forma más estricta, aunque también tenía la sensación de que sería escrupulosamente justo.

Mientras el magistrado seguía interrogando informalmente a Anthony, Daisy miró a Edwina de refilón. Su tensión era tan grande que temió sufriera un colapso en cualquier momento. Le cogió la mano y la mantuvo apretada entre las suyas, queriendo comunicarle su fortaleza y seguridad.

—Gracias, Lord Dunvale —estaba diciendo el magistrado—. Lady Dunvale, me pregunto si tiene usted algo que añadir sobre la conducta anormal de su nuera poco antes de su muerte.

Edwina quedó sorprendida al oír pronunciar su nombre. Miró al magistrado, boquiabierta, sin poder decir una palabra y comenzó a temblar.

Daisy le apretó la mano con más fuerza y le susurró:

—Edwina, no temas. Contesta al magistrado, querida.

Aclarándose la garganta varias veces, Edwina habló finalmente con voz baja y excesivamente temblorosa.

—Min... es decir, mi nuera, estaba... *estaba* afligida estas últimas semanas. Sí, eso es cierto.

Se calló de repente, quedándose sin palabras, y empezó a llorar al pensar en la muerte de la joven a quien había querido como a una hija. Edwina, desolada, vaciló durante un rato antes de continuar.

—Me temo que estaba... estaba... bebiendo demasiado últimamente. Al menos, llegó a «Clonloughlin» en estado de embriaguez numerosas veces en el último mes. Bridget, er... er... Miss O'Donnell, el ama de llaves de mi hijo... de Lord Dunvale...

Edwina se calló otra vez, y miró a Bridget.

—Hace pocos días —continuó—, Miss O'Donnell tuvo que acostar a mi hija en la habitación de los invitados de «Clonloughlin». Recuerdo la ocasión claramente. Miss O'Donnell me dijo que temía que Lady Dunvale sufriese un accidente si la dejábamos conducir para volver a Waterford en... en el estado en que se encontraba.

Edwina hizo un gesto de tragar saliva. Tenía la boca seca y no podía continuar. Además, el esfuerzo de hablar de manera coherente y de conservar el control de sí misma la habían dejado agotada. Se dejó caer en el respaldo de la silla, con el rostro pálido y cubierto de sudor.

—Gracias, Lady Dunvale —dijo el magistrado con expresión de simpatía.

Se caló las gafas y se centró en los papeles que tenía sobre la mesa. Después, alzó la vista, se quitó las gafas y examinó a los que estaban agrupados frente a él.

—Miss O'Donnell, ¿podría darme algún detalle más de

aquella ocasión en particular a la que la condesa acaba de referirse, por favor?

—Sí, señor, por supuesto que sí.

Bridget se inclinó ligeramente hacia delante y, en su habitual forma escueta y precisa, confirmó la historia de Edwina y también otras muestras de irracionalidad que Anthony había contado.

Escuchándola, Daisy pensó que no se podría oír a mejor testigo. Era una mujer extraordinaria, sobre todo por su atención a los detalles más pequeños; obviamente, tenía una memoria prodigiosa, casi fotográfica.

—¿La difunta le sugirió a usted, Miss O'Donnell, alguna vez que pensaba hacer algo para lastimarse?

El magistrado cruzó los dedos de sus manos delante de la cara y miró por encima de ellas, fijando sus ojos astutos en el ama de llaves.

Aparentemente, Bridget no tuvo que pensarse dos veces esa pregunta.

—Oh, sí señor, la señora Su Señoría (1) lo hizo. No una vez, sino varias en los últimos días.

Se oyó un murmullo en la sala.

Anthony se enderezó en la silla.

—¡No puede ser...! —exclamó.

Hizo ademán de levantarse, pero John Crawford le sujetó, y le rogó que se callase, consciente de la severa mirada del magistrado.

Éste ordenó silencio en la sala y los susurros apresurados que habían comenzado, cesaron.

—Por favor, cuéntenos aquellos incidentes, Miss O'Donnell —pidió.

—Sí, señor —dijo sin dudarlo, aunque le lanzó una mirada fugaz a Anthony antes de proseguir.

Daisy, cuyos ojos no se habían apartado del rostro de Bridget, creyó haber visto un aire de disculpa en su mirada, pero no estaba segura.

—La difunta condesa fue otra mujer las últimas semanas de su vida —dijo Bridget, dirigiéndose al magistrado—, como el señor ha indicado. Se puso histérica en mi presencia en numerosas ocasiones y me dijo en privado que no tenía ningún motivo para vivir, que deseaba estar muerta. La última vez que amenazó con quitarse la vida fue, aproximadamen-

(1) Este tratamiento se le da, aparte a un magistrado, a una señora que tenga título de *Lady*. *(N. del T.)*

te, una semana antes de su muerte. Llegó a «Clonloughlin» una tarde, pero yo fui la única que la vio. El señor estaba en el campo con Mr. Lambert, y la condesa Viuda estaba en Dublín. En cualquier caso, señor, Su Señoría se encontraba muy deprimida, y me repitió una y otra vez que quería escapar de la miseria y tristeza de su vida y morir. Aquella tarde, lloró desconsoladamente y, aunque intenté tranquilizarla, mostrándole mi comprensión, en realidad ya no se la podía ayudar. En cierto momento, cuando intenté calmarla rodeándole los hombros con el brazo, me dio una bofetada. En el mismo instante en que lo hizo, pareció que volvía a razonar y me pidió perdón muchas veces. Hice un té y nos sentamos en la cocina a charlar durante un rato. Fue entonces cuando Su Señoría se confió a mí algo más. Me dijo que la tragedia más grande de su vida era que no había tenido niños.

Bridget se detuvo para tomar aliento.

—Lady Dunvale empezó a llorar otra vez, pero más tranquila, como descorazonada, y añadió que era estéril, que no podía tener hijos. Intenté consolarla una vez más. Le dije que era joven, que aún tenía mucho por lo que vivir y que podría crearse una nueva vida. Eso le ayudó a tranquilizarse, y pensé que parecía más esperanzada cuando se marchó un poco después.

Bridget se recostó en el respaldo de la silla. Se miró las manos. Alzó la vista, la fijó en el magistrado, y dijo con voz clara:

—Creo que Su Señoría se quitó la vida, señor, por el fracaso de su matrimonio y porque sabía que nunca podría tener hijos.

El magistrado inclinó la cabeza y volvió a mirar los papeles que tenía sobre la mesa.

Había un silencio sepulcral en la sala. Nadie se movió ni se oyó una sola palabra.

Daisy, miró a su alrededor con discreción y vio que los miembros del jurado parecían absortos. No tuvo ninguna duda de que la historia de Bridget O'Donnell le había afectado a todo el mundo. En su contexto, dejaba muy poco margen para las suposiciones sobre el estado mental de la difunta, sobre su infelicidad y desesperación. Miró a Anthony subrepticiamente y se sorprendió al notar su intensa palidez y ver cómo le latía una vena en la sien. Su rostro reflejaba una profunda desolación.

La voz del magistrado puso fin a esa extraordinaria quietud. Miró a Michael Lamont.

—Como usted trabaja para Lord Dunvale y es el encargado de la finca, Mr. Lamont, seguramente mantuvo algún contacto con la difunta durante las últimas semanas. ¿Tiene algo que añadir a las observaciones de Miss O'Donnell?

Lamont se aclaró la garganta.

—En realidad no, señor —dijo en voz baja—. Nunca oí que la difunta mencionase el suicidio. Yo me siento inclinado a coincidir con Lord Dunvale, en el sentido de que no era la clase de persona que pudiera hacerse tal daño. De todos modos... puedo corroborar el descorazonamiento de su señoría... Miss O'Donnell tiene razón en lo que ha dicho. Hablé con Lady Dunvale hace dos semanas y *estaba* muy deprimida.

Se aclaró la garganta nerviosamente.

—También bebía. Aquel día me pareció que había bebido bastante. Pero lo que más me sorprendió fue su expresión desolada. Parecía estar hundida. Pero eso es todo lo que le puedo decir. Lady Dunvale no me comentó porqué estaba deprimida, ni yo se lo pregunté.

Se produjo otra pausa y, luego, dijo con tranquilidad.

—No creí que debiese inmiscuirme en la vida de su señoría. Como empleado de Lord Dunvale, hubiese sido un atrevimiento por mi parte.

—Gracias, Mr. Lamont. —El magistrado se volvió en la silla y centró su atención en el sargento de la Policía.

—Sargento McNamara, ¿puede usted arrojar alguna luz sobre el carácter y el estado psíquico de Lady Dunvale?

—Bueno, Señoría, me temo que no podré decir nada que yo haya observado personalmente —empezó a decir McNamara, frotándose la mejilla y moviendo la cabeza algo tristemente—. No tuve ocasión de hablar con Su Señoría en las últimas semanas. La verdad, Señoría, sabía que hacía visitas a «Clonloughlin House». Oh, sí, lo hacía. La veía atravesar el pueblo en su pequeño coche rojo. Y, en las últimas semanas, en el pueblo se hablaba de su extraña conducta, lo que viene a confirmar la afirmación de Miss O'Donnell y de Lord Dunvale acerca de su inestabilidad y de que no se comportaba como antes.

—¿Se ha formado alguna opinión sobre las causas de su muerte? —preguntó el magistrado.

—Bueno, Señoría, me he formado varias opiniones —dijo McNamara enderezándose con algo de importancia—. Al principio, creí que su muerte había sido accidental. Luego, debo admitir que pensé en el suicidio. También me pregunté si podría ser un asunto sucio, pues Su Señoría murió en circunstancias extrañas.

McNamara sacó una libreta de notas y la abrió.

—Podrá usted explicarnos sus descubrimientos desde el estrado cuando empiecen las diligencias dentro de un momento, sargento McNamara —dijo el magistrado.

—Sí, señor —contestó el sargento de la Policía, cerrando el cuaderno de un golpe.

El magistrado se echó hacia atrás en la butaca con las manos unidas y se dirigió a toda la sala.

—Es el deber y la responsabilidad de este tribunal establecer la manera, causa y circunstancias de la muerte de Minerva Gwendolyn Standish, condesa de Dunvale. Después de oír los testimonios, el tribunal debe decidir si la muerte fue o no por causas naturales, un accidente, un suicidio o un homicidio cometido por personas conocidas o desconocidas.

Entonces, se le pidió a Anthony que subiera al estrado y que volviese a contar, lo mejor que pudiera, los acontecimientos del sábado anterior.

—A última hora de la tarde —dijo Anthony en voz baja—, mi madre me llamó desde «Dower House». Había visto el coche de mi mujer entrar en la propiedad y dirigirse hacia la casa principal. En vista de las molestas escenas que se habían producido entre nosotros dos en las semanas anteriores, decidí irme de «Clonloughlin House». Creí que, cuando viese que no me encontraba en casa, mi mujer se marcharía y que evitaríamos más disgustos y preocupaciones. Me fui al lago en el «Land-Rover». No llevaba mucho tiempo allí cuando vi cómo se acercaba a lo lejos el «Austin Mini» rojo de mi esposa. Yo me hallaba debajo de un árbol, junto al lago, y regresé al «Land-Rover» con la intención de irme de allí. No arrancaba, parecía como si se hubiese quedado sin batería, así que regresé andando a «Clonloughlin House» dando un largo rodeo para evitar encontrarme con mi esposa. Cuando llegué a casa, hablé con mi madre por teléfono y, un poco más tarde, vino a cenar conmigo. Sobre las nueve y media, la acompañé, dando un paseo, hasta «Dower House», luego volví a casa y permanecí en la biblioteca varias horas llevando la contabilidad de la finca. Luego, me fui a la cama. No supe que mi mujer se había quedado en «Clonloughlin» hasta que Mr. Lamont me despertó al día siguiente y me dijo que había encontrado el cuerpo...

—Anthony acabó con voz temblorosa—, el cuerpo de mi mujer en el lago.

Se calló, respiró hondo, y siguió hablando con enorme tristeza.

—Debería haberme quedado en el lago y hablar con mi mujer. Si lo hubiese hecho, ahora estaría viva.

Después de darle las gracias a Anthony, el magistrado pidió a Bridget O'Donnell que prestase juramento para hacer su declaración. Comenzó a interrogarla sobre sus actividades el día de la muerte.

—No, señor, no vi el coche de Lady Dunvale aquella tarde, ni sabía que el señor hubiese salido de casa —dijo Bridget—. Estaba haciendo la cena en la cocina. Más tarde, serví la cena al señor, y a su madre, la condesa Viuda y, después, estuve una media hora quitando la mesa, yendo y viniendo del comedor a la cocina.

Luego, habló de su jaqueca, contó que había pasado por la puerta de la biblioteca sobre las once cuando subía a buscar las pastillas y que había visto al conde ante el escritorio, y que había vuelto a verle sobre la medianoche cuando fue a acostarse.

—Me levanté temprano aquella mañana, señor —prosiguió Bridget O'Donnell—. Después de tomarme una taza de té en la cocina, fui a Waterford para asistir a misa con mi hermana. Me quedé a comer en Waterford y, a media tarde, me dirigí al pueblo de Clonloughlin a ver a mi madre. Fue allí donde me enteré de que Su Señoría había muerto y, naturalmente, volví a la finca. Allí, el sargento McNamara me entrevistó.

El siguiente en subir al estrado fue el encargado de la finca. Michael Lamont dijo también que no había visto a Lady Dunvale el sábado por la tarde, y explicó sus movimientos de la mañana siguiente.

—Yo también me levanté bastante temprano el domingo pasado. Iba a mi oficina en «Clonloughlin House» a recoger unos papeles que me había dejado allí y que me hacían falta para trabajar aquel día. Vi el «Land-Rover» del señor junto al lago y salí a investigar.

Lamont tragó saliva.

—Pensé que Lord Dunvale estaría por los alrededores. Cuando me di cuenta de que no era así, me volví y regresé al jeep. Fue entonces cuando divisé el coche de Su Señoría al otro lado del lago. Antes de llegar al «Austin Mini» vi que había un cuerpo flotando en el agua.

Lamont pareció desconcertado de repente, trastornado, se mordió el labio inferior y logró controlarse casi de inmediato.

—Salí del jeep para mirar desde más cerca —continuó—. El cuerpo, o más bien el trozo de tela, estaba agarrado a un tronco largo, junto a la orilla. Inmediatamente vi que se trataba de Lady Dunvale. Fui en seguida a «Clonloughlin House» para informar al conde.

—¿Y después de informar al conde supongo que llamaría a la Policía?

—En efecto; el sargento McNamara llegó muy pronto y nosotros, es decir el conde y yo, fuimos con él al lago.

El magistrado llamó entonces al sargento McNamara para que informase de sus hallazgos. Tras confirmar los detalles de la historia de Lamont, McNamara se lanzó a hablar sobre la investigación que había llevado a cabo el domingo por la mañana tras el descubrimiento del cadáver.

—Mr. Lamont y yo recuperamos el cadáver, pues el señor estaba muy afectado para ayudarnos. Entonces llevé el cuerpo a la clínica del doctor Brenan, en el pueblo, para que lo examinara y estableciera la posible hora de su muerte. Desde allí, llamé por teléfono al forense de Cork, pues sabía que se tendría que hacer la autopsia, para que se realizase el transporte inmediato del cuerpo al laboratorio del forense de Cork. Regresé a «Clonloughlin House», donde tomé declaración al señor, a la condesa Viuda y a Mr. Lamont. Luego, examiné la zona alrededor del lago y, también, el «Austin» de Lady Dunvale. En la guantera del coche había una pequeña botella plateada de bolsillo, vacía, pero que olía a whisky. Su bolso estaba en el asiento, y nadie parecía haber tocado su contenido. Había una considerable cantidada de dinero en la cartera. Por la tarde, pensé que sería mejor que volviese al lugar de los hechos. ¿Sabe, Señoría? Era como... Me encontraba desconcertado... sobre varias cosas. El doctor Brenan me dijo que creía que la muerte se había producido sobre las once y media de la noche. No pude dejar de preguntarme qué había estado haciendo Su Señoría *sola en el lago durante cinco horas o más*. Había otra cosa que me extrañaba. No me podía imaginar cómo alguien se puede *caer* accidentalmente en ese lago. No hay ningún lugar alto; de hecho, el terreno es muy llano. Para entrar en el lago de «Clonloughlin», una persona tendría que meterse *andando* por su propio pie. Fue durante esta segunda inspección cuando encontré una botella de whisky vacía tirada entre unos arbustos. Aquello me hizo pensar, sí que lo hizo, Señoría, sí señor. Me pregunté si, en realidad, la muerte había sido accidental, como todo el mundo pensaba. Mientras más vueltas le daba al asunto, más me convencía de que podía ser un suicidio, quizás incluso un asesinato.

El sargento McNamara asintió.

—Sí, debo admitir que pensé que Su Señoría había sido víctima de una mala jugada.

—¿Una mala jugada de quién, sargento McNamara?

El magistrado lo miró fijamente; la expresión de su rostro más triste que nunca.

—De personas desconocidas, Señoría. Un vagabundo, un gitano errante, quizás algún forastero de paso por aquí, capaz de cualquier cosa, que podía haber sorprendido a Su Señoría en aquel lugar desierto y solitario. Pero no había señales de forcejeo ni de lucha. Ni matorrales aplastados ni marcas en la hierba de la orilla del lago, marcas como las que se dejarían al arrastrar un cuerpo. No, no, nada de eso, Señoría. El «Mini» estaba bien aparcado y, como he dicho, el bolso colocado en el asiento.

McNamara se frotó un lado de su gran nariz colorada.

—No estoy sugiriendo que Lord Dunvale tenga algo que ver en la muerte de su esposa. La declaración de Miss O'Donnell aseverando que él se encontraba en la biblioteca a la hora en que la difunta se ahogó aleja toda sospecha de él. La verdad es que tuve que interrogarle una segunda vez el domingo por la tarde, Señoría. Lo hice cumpliendo con mi deber.

McNamara miró a Anthony detenidamente, como si lo quisiera exonerar con la mirada.

—De cualquier forma, están esas cinco o seis horas. Lo que Su Señoría estuvo haciendo allí durante todo ese tiempo sigue siendo un gran misterio para mí, Señoría.

El magistrado reflexionó durante unos instantes.

—Claro que Lady Dunvale pudo haberse marchado de «Clonloughlin House» —dijo, pensativo—, regresar a Waterford y volver a «Clonloughlin» más tarde, durante la noche, quizás esperando poder hablar entonces con el conde.

—Oh, sí, Señoría, eso es cierto. Muy cierto, sí que lo es. *Pero no fue así.* Hice algunas averiguaciones en el pueblo, sí que las hice, y ni una sola persona la vio durante esas cinco horas *misteriosas.* Hubiera tenido que conducir por en medio del pueblo para coger la carretera de Waterford.

Daisy, que permanecía muy quieta, apenas se atrevía a

respirar. Dirigió su vista, preocupada, a John Crawford, quien le devolvió una mirada tranquilizadora. Pero suponía que, en ese momento, se encontraba tan preocupado como ella misma. «¡Caramba con el sargento McNamara!», pensó.

—Gracias, sargento.

El magistrado lo despidió del estrado con un movimiento de cabeza y llamó a Patrick Brennan, el médico del pueblo, para que hiciese su declaración.

El testimonio del doctor Brennan fue breve.

—Examiné el cuerpo de la difunta a última hora del domingo por la mañana, después de recibir una llamada telefónica del sargento McNamara y de esperar la llegada del cuerpo a mi clínica. En seguida observé que el *rigor mortis* estaba presente en todo el cadáver. Establecí la hora de la muerte entre las once y media y la medianoche, aproximadamente.

—¿Presentaba el cuerpo alguna marca visible? —le preguntó el magistrado.

—Ninguna, excepto una magulladura en la mejilla izquierda que podría haber sido causada por el tronco al que se refirió Mr. Lamont.

El magistrado dio las gracias al doctor y llamó al forense de Cork, doctor Stephen Kenmarr.

Daisy se sentó en el borde de la silla, mirando al forense con gran atención. El suyo sería el testimonio crucial, y ella y el resto de la familia lo sabían. Sintió que la tensión de los Dunvale y de Jim la envolvía, como si fuese algo palpable. Una vez más, se hizo un silencio sepulcral en la sala, de tal forma que Daisy podía oír los latidos de su propio corazón.

El doctor Stephen Kenmarr resultó ser un testigo tan preciso como Bridget O'Donnell. Fue directo al asunto.

—Estoy de acuerdo con la teoría del doctor Brennan sobre la moradura en la mejilla izquierda de la difunta. Podría haber sido causada por un objeto que flotase en el lago, y la golpease cuando entró en el agua, probablemente el tronco antes mencionado. En la mejilla y pómulo izquierdos de Lady Dunvale había una equimosis, es decir, un hematoma oscuro, azul rojizo. Supe que era reciente por el color. En beneficio de los legos en la materia aquí presentes, diré que un hematoma cambia de color en distintas etapas, empieza siendo azul rojizo o morado, luego marrón claro, y va pasando de verde amarillento a amarillo en las últimas etapas. Por lo tanto, a causa de su color oscuro, supe que era reciente. No encontré lesiones traumáticas en el cráneo, ni otras heridas en la cabeza. No había marcas exteriores visibles en niguna parte del cuerpo, ni signos de violencia, ninguna evidencia indicadora de que la difunta hubiese sido atacada físicamente de forma violenta o de que la hubiesen matado antes de que el cuerpo entrara en el agua. Después del examen, procedí a practicarle la autopsia.

Kenmarr se detuvo y buscó entre un fajo de papeles sus notas.

—Descubrí que la sangre de la difunta contenía gran cantidad de alcohol y barbitúricos. Sus pulmones contenían agua. Por lo tanto, llegué a la conclusión de que la muerte había sido producida por asfixia, debido a la excesiva cantidad de agua que había entrado en los pulmones. La muerte ocurrió sobre las doce menos veinte de la noche aproximadamente.

—Gracias, doctor Kenmarr —dijo el magistrado.

Se puso las gafas y miró los papeles que tenía ante él. Después de unos minutos, se recostó en el respaldo del sillón y se volvió hacia su derecha, dirigiéndose a las seis personas del jurado.

—Por los testimonios que hemos oído hoy en este tribunal, podemos tener la plena y triste seguridad de que la difunta era una mujer atormentada, sometida a una gran tensión psíquica, cuyo carácter normal se veía afectado por una acusada depresión debida al fracaso de su matrimonio y a su incapacidad para tener hijos.

Se inclinó hacia delante.

—He puesto gran atención en el testimonio de Miss O'Donnell, un claro, coherente y objetivo testigo, la cual, quizá, vería a la difunta de una manera más imparcial que su marido. Miss O'Donnell ha sido muy convincente y creo que tiene razón cuando dice que, sólo unos días antes de su muerte, la difunta estaba en tal estado de ánimo que bien pudo intentar hacerse daño a sí misma. Hemos oído el testimonio del doctor Kenmarr, el forense. Nos ha dicho que no había señales de lucha ni otras marcas visibles en el cuerpo, excepto esa moradura que, según nos ha explicado, era reciente y, con toda probabilidad, causada por el tronco. También hemos escuchado su informe de toxicología: el hallazgo de alcohol y barbitúricos en la sangre. La excesiva cantidad de agua en los pulmones es una prueba concluyente para el doctor Kenmarr de que esa muerte fue producida por ahogamiento.

La mirada directa del magistrado se detuvo un instante en cada uno de los miembros del jurado.

—El sargento McNamara ha dirigido nuestra atención hacia ese curioso espacio de tiempo entre la llegada de la difunta al lago y de su muerte cinco horas más tarde. El sargento McNamara se ha referido a ellas como *horas misteriosas*; pero, ¿lo son en realidad? Intentemos reconstruir aquellas horas cruciales durante las cuales la difunta estuvo sola en el lago, y debemos presumir que se quedó allí, pues nadie la vio por las tierras de «Clonloughlin House» ni pasar por el pueblo. También hemos de considerar el estado de la difunta: una mujer preocupada y deprimida, en un estado de irracionalidad que, con toda seguridad, había potenciado el alcohol. Pudo haber estado bebiendo antes de llegar, pero lo que resulta indudable, es que sí consumió gran cantidad de alcohol después de su llegada. Se encontró en su sangre, y el sargento McNamara testificó que no sólo había descubierto un pequeño *frasco* vacío que olía a *whisky*, sino que también una *botella de whisky* vacía entre los arbustos. Bien, tenemos a la difunta sentada en la orilla del lago, bebiendo, posiblemente deseando o, quizás esperando que su marido regresase al lago en un espacio corto de tiempo. No olvidemos que el «Land-Rover» se hallaba en la otra orilla y que ella lo podía ver claramente desde donde se encontraba. ¿No cabe entonces la posibilidad de que se quedara allí, esperando, a fin de poder discutir sus problemas con él y encontrar algún alivio para su tristeza? Permítanme hacer la siguiente suposición: Las horas pasan... oscurece... mientras ella continúa consumiéndose en la espera, ¿no podría el alcohol haber embotado su sentido del tiempo? O incluso podía haber perdido la noción de todo. Y, de nuevo, ¿haberse autoconvencido de que su marido pensaba regresar a recoger el «Land-Rover»? Pero, finalmente, dándose cuenta de que sus esperanzas eran infundadas, ¿no podría haber llegado a esa terrible y trágica decisión? ¿La decisión de poner fin a su vida? Nos han dicho que estaba muy deprimida, sin ninguna clase de esperanza en su futuro... y han sido *dos* testigos. En mi opinión, es bastante probable que la difunta tomase barbitúricos en ese terrible momento, bien en un equivocado intento de aliviar su angustia mental o, quizá, para nublar sus sentidos antes de entrar andando en el agua. Sí, creo que los acontecimientos de aquella noche se podrían haber desarrollado en la forma que he supuesto y que acabo de esbozarles a ustedes. No hay otra explicación factible. El examen médico ha descartado la posibilidad de un asunto sucio, el homicidio. El sargento McNamara ha señalado que sería muy difícil que una persona cayese accidentalmente dentro del lago de «Clonloughlin», incluso si dicha persona estaba bajo los efectos del alcohol, debido a las características topográficas de la zona. No existe ningún punto elevado en el terreno que rodea ese lago.

Antes de que el magistrado terminase, se produjo una pausa de unos segundos.

—Así, después de prestar la debida consideración a todos los testigos presentados hoy, debo llegar a la conclusión de que éste es un caso claro de suicidio.

El magistrado escudriñó con la mirada a los miembros del jurado una vez más.

—¿Alguna pregunta?

Todos ellos se miraron entre sí y hablaron en voz baja durante unos segundos y, finalmente, un joven de buen aspecto se dirigió al magistrado con el aparente consentimiento del resto.

—Todos estamos de acuerdo, señor. Creemos que sucedió como usted ha dicho.

Enderezándose en la silla, el magistrado se dirigió a toda la sala:

—Como magistrado presidente de este Tribunal de Justicia del Condado de Cork, declaro que Minerva Gwendolyn Standish, condesa de Dunvale, murió por su propia mano, mientras se encontraba en un estado de desequilibrio mental y bajo la influencia del alcohol y los barbitúricos.

Se produjo un momento de completo silencio y, luego, empezó a extenderse un murmullo por la sala. Daisy le dio unas palmaditas a Edwina en la mano, se inclinó hacia delante y miró a John Crawford, el cual sonreía abiertamente y asentía con la cabeza. Los ojos de Daisy se fijaron momentáneamente en Anthony, que se hallaba sentado, inmóvil como una estatua. Parecía afligido, desconcertado. Daisy se sintió apenada y entristecida por él. Anthony había deseado tanto el veredicto que hubiese sido de muerte accidental.

Daisy se levantó, ayudó a la llorosa Edwina a ponerse en pie y la siguió hasta el pasillo. Bridget O'Donnell las alcanzó.

—Lo siento, Señoría —murmuró Bridget.

Edwina se volvió, la miró fijamente y, sin hablar, movió

la cabeza con vehemencia.

Bridget continuó:

—Tuve que decir lo que dije de Lady Dunvale porque... —se detuvo una fracción de segundo— porque era la verdad.

Observándola, Daisy pensó: «Oh, no lo era.» Sorprendida consigo misma, se preguntó qué le había impulsado a suponer tal cosa e, instantáneamente, desechó la extraña idea de que Bridget O'Donnell había mentido. Pero el pensamiento volvería a ella con frecuencia y el testimonio del ama de llaves la preocuparía durante mucho tiempo.

Edwina le volvió la espalda a Bridget y Daisy se giró hacia su hermanastra.

—Ven, querida Edwina, siéntate —murmuró con gran amabilidad, conduciéndola hacia un banco.

Bridget se apresuró a ayudar.

—Iré a buscarle un vaso de agua, Señoría.

—¡No! —exclamó Edwina—. No quiero que me traigas nada.

La brusquedad del tono de Edwina pareció sorprender a Bridget, y se echó hacia atrás, desconcertada.

—Pero, Señoría... —empezó a decir.

Ignorándola, Edwina abrió el bolso, sacó una polvera y se maquilló la nariz enrojecida y la cara surcada por las lágrimas. Bridget siguió mirando a Edwina, con la perplejidad reflejada en sus fríos ojos azules, y después se puso cerca de la puerta de la sala. Cuando Michael Lamont salió por ella, se apresuró a unirse a él.

—¿Estás bien ahora, Edwina? —preguntó Daisy, inclinándose sobre ella con preocupación.

Edwina no respondió. Se levantó y miró a Daisy a la cara. A ésta le pareció como si se hubiese producido un cambio enorme en ella en sólo unos segundos. Un velo de dignidad cubría su rostro y su porte era regio, casi imperioso.

Finalmente, habló con voz clara e inusualmente fuerte.

—Acabo de recordar quién soy. Una de las hijas de Emma Harte y mi hijo es su nieto; por lo tanto, estamos hechos de un material más duro de lo que mucha gente cree. Ya es hora de que lo sepan y de que deje de tener compasión de mí misma.

Una cálida sonrisa cruzó por la sorprendida cara de Daisy. Después, cogió a Edwina por el brazo.

—Bien venida a la familia —dijo.

CAPÍTULO XXVIII

Miranda O'Neill estaba riendo con tanta alegría que las lágrimas se le saltaron.

Recuperándose en unos segundos, se las enjugó con las yemas de los dedos.

—De verdad, Paula, no he oído tantas tonterías en toda mi vida.

—Confirmas mis sospechas... Estaba convencida de que Sarah mentía —dijo Paula.

Merry buscó un pañuelo en el bolso y se sonó la nariz.

—Mentir es una palabra muy seria —comentó—. Digamos que cambió los hechos. O, para usar una de las frases favoritas del abuelo, amañó la verdad a su gusto.

—Entonces, ¿qué pasó en las Barbados realmente? —preguntó Paula—. Habló como si hubiese trabajado como un esclavo en galeras.

—¡Oh, tonterías! Le ayudaron mucho las dos chicas que contraté y la joven que va a ser la encargada de la *boutique*.

Merry se levantó y se dirigió al sofá, colocado junto a la ventana, en la oficina de Paula del almacén de Leeds.

Observándola mientras andaba por la habitación, Paula se dijo que no había visto a Miranda con tan buen aspecto desde hacía mucho tiempo. Se le había pegado el sol del Caribe y su cara pecosa, generalmente pálida, tenía un suave bronceado que le iba muy bien y le daba un color especial. Vestía un traje de lana de un extraño tono rojizo que hacía resaltar el cobrizo de su pelo. Sus ojos, de color avellana, parecían lucir una sombra dorada. A Paula le recordaron el follaje de otoño del jardín de «Long Meadow». El color natural de Merry y el vestido que había elegido reflejaban sus tonos bermejos perfectamente.

Miranda se acomodó en el sofá.

—Desde el momento en que Sarah llegó —explicó—, adoptó esa actitud suya de mandamás, con aires de superioridad y de importancia, hasta exigente. Me ofrecí a ayudar en lo que pudiese pero, prácticamente, me ordenó salir de la tienda, dijo que ella se las podría arreglar sola y que muchas gracias. Eso, con franqueza, me sorprendió, pues ella no está incluida con nosotras en el asunto de las *boutiques*. Pero decidí dejarla hacer lo que quisiera.

Las cejas castañas se juntaron cuando arrugó el entrecejo y su expresiva cara reflejó su irritación.

—No me quería por allí, Paula, eso era todo. Yo *estaba* muy ocupada con otras cosas del hotel, pero no tanto como para no detenerme varias veces al día para telefonear. Y fui todas las noches para comprobar que todo estaba saliendo bien.

Los grandes ojos de Miranda miraron a Paula interrogadores.

—Seguro que sabías que yo estaba al tanto de las cosas.

—Por supuesto que sí, tontina. Sólo lo he mencionado porque Sarah armó un gran escándalo sobre el enorme trabajo que decía que había hecho. También dejó caer que no se había divertido y que los O'Neill la habían condenado al ostracismo.

—¡Eso sí que es mentira! —exclamó Miranda, más enfadada que antes—. Mi padre y Shane hicieron varias visitas a la tienda y la invitaron a todas y cada una de nuestras veladas especiales.

Miranda observó sus manos con aire pensativo, asintió con la cabeza y miró a Paula.

—Bueno, puede que no se divirtiera. Se comportó de forma extraña. Parecía creer que Shane tenía el deber de ser su escolta permanente, de llevarla con él a dondequiera que fuese y de prestarle constante atención. Shane fue muy amable y paciente, teniendo en cuenta las circunstancias; después de todo, él estaba preocupado por el hotel. Por el amor de Dios, *todos estábamos trabajando*.

—Ya lo sé —respondió Paula—. Y, en realidad, no presté atención a las cosas que me dijo..., pero debo admitir que al principio me sorprendió. ¿Por qué me mentiría? Tenía que saber que tú me dirías lo ocurrido realmente.

—Sarah es extraña, vive en su propio mundo.

Miranda se inclinó hacia delante y clavó su vista en Paula con aire conspirador.

—Piensa en las cosas abominables que nos hacía cuando éramos niñas. Siempre ha estado imbuida de su propia importancia. Se ha sentido muy orgullosa y satisfecha de sí misma. Oye, no creo que se merezca esta larga charla, ¿verdad? Vamos...

—Hay algo que no te he dicho. La verdadera razón por la

que vino hace dos semanas fue para hacerme una oferta... quería comprar las *boutiques*.

Paula se echó hacia atrás, esperando la reacción de Merry, consciente de que aún se enfadaría más, pero tenía que decírselo.

—¡Qué cara más dura! *¡Nuestras boutiques!* Nunca he oído nada tan disparatado en toda mi vida... ¿Dónde tenía la cabeza? Pertenecen a una Sociedad Anónima. Supongo que la mandaste por donde había venido después de haberle dicho unas cuantas cosas al oído. ¡Espero que lo hicieras!

—Sí, claro. Pero no aceptó mi negativa por respuesta. Amenazó con mandarle un télex a la abuela, a Australia.

—¿Y lo hizo?

—No. La llamó por teléfono a Dunoon. ¿Te lo imaginas? ¡Molestándola para eso! De todos modos, la abuela la despachó.

Paula sonrió al pensar en la reciente conversación que había mantenido con Emma.

—Cuando Sarah le dijo a la abuela que pensaba que debería dejarle adquirir las *boutiques* para su división, en pago a su esfuerzo, trabajo, genialidad, etcétera, la abuela me contó que le contestó: «Oh, ¿de verdad, Sarah? ¿Eso es lo que crees? Pues, recuerda, pensando de esa manera no vas a llegar muy lejos.» Luego, la abuela le dijo que su sugerencia era descabellada, ridícula y fuera de toda discusión. Añadió que siempre estaría fuera de lugar y le aconsejó que nunca más se atreviese a mencionar el asunto.

—No hay nadie tan expresiva y mordaz como tía Emma cuando se lo propone —dijo Miranda, echándose hacia atrás—. Supongo que la querida Sarah entendería bien el mensaje.

—No he oído una palabra de ella desde entonces.

—Bueno, eso no quiere decir nada. Ahora mismo está muy ocupada con la moda de verano.

El rostro de Miranda adquirió un aire de comprensión.

—Lo que me acabas de decir quizá sea la explicación a algo: Sarah estuvo muy rara conmigo cuando fui a «Confecciones Lady Hamilton» el otro día. No puedo decir que se comportase de manera grosera, porque siempre tiene buenos modales, pero estuvo algo fría y reservada, más de lo que es habitual en ella. A propósito, y no es por desviar el tema, pero el estilo de este verano es encantador, espero que lo veas cuando vayas a Londres la semana próxima. Deberíamos hacer pronto nuestros encargos, Paula.

—Sí, lo sé, es por eso que Gaye me ha concertado una cita para un pase de modelos. Aparte de su forma de ser Sarah, como diseñadora, es espléndida. La «Colección Lady Hamilton» ha sido maravillosa siempre.

—Sí —dijo Miranda.

Se quedó pensativa, meditando en lo generosa y justa que era Paula. Siempre intentaba encontrar algo positivo en los demás.

—Por cierto —continuó hablando—, Allison Hidley estaba en el pase de modelos, y también la noté rara conmigo, me trató como si yo tuviese una enfermedad contagiosa.

—Quizás haya sido a causa de Winston y Emily.

—¿Qué tiene eso que ver *conmigo*?

—Estás muy unida a Emily y he oído que Allison está furiosa en extremo con Winston. Con el corazón partido según Michael Kallinski, que vino a verme ayer. Me contó que ella y Sarah se han hecho muy amigas últimamente y, sin duda, Allison te considera un miembro del bando enemigo. Además, Michael dijo que Allison está pensando marcharse a vivir a Nueva York. *Para siempre.*

Miranda se sorprendió.

—Bueno, bueno, bueno... quizás esté pensando en asociarse con esa amiga suya... Skye Smith.

Hubo tal tono de desprecio en la voz de Merry que Paula se apresuró a mirarla.

—¿No te gusta Skye Smith?

—No mucho —respondió Merry, siendo abierta y sincera, como siempre, con su mejor amiga—. Tengo que admitir que se ha portado muy bien con Shane desde que él está en Nueva York. Ha dado algunas fiestas en su honor y le ha presentado a alguno de sus amigos, y a él parece que ella le gusta. Pero... —la voz de Merry se apagó mientras hacía una mueca—. En mi opinión, es demasiado buena para que sea sincera, muy dulce siempre, demasiado, si te digo la verdad. Se porta como si no hubiese roto un plato en su vida, hace el papel de inocente, pero presiento que tiene mucha experiencia... en lo que a hombres se refiere. Se lo advertí a Shane, pero él se rió y pensó que resultaba muy divertido. Winston parece opinar lo mismo que yo. Estoy segura de que te habrá contado que Shane nos ofreció una pequeña fiesta a los dos en el «Club 21» cuando estuvimos en Nueva York la semana pasada. Pues, en realidad, era para Winston, celebrando el cierre del trato con la papelera canadiense.

—Creí que Winston no había omitido detalle alguno —dijo Paula lentamente—, pero está claro que sí, no mencionó a Skye Smith.

—¡Oh! —exclamó Merry.

Pensó que tal omisión resultaba muy extraña.

—Pero Skye *estaba* allí. —Se apresuró a decir—. Con Shane. Tuve oportunidad de conocerla un poco mejor, de observarla más de cerca. Salí de allí con una sensación muy extraña. Creo que tiene algo que ocultar... ya sabes, sobre su pasado.

—¡Es raro en ti que pienses algo así, Merry!

—¿A que sí? —reconoció Merry—. Y no me preguntes el porqué, no podría darte ninguna explicación adecuada. Instinto, quizás, un poco de intuición.

Merry se encogió de hombros levemente.

—Aunque, viniendo a Londres en el avión con Winston —continuó—, mantuvimos una larga discusión sobre ella, y los dos estuvimos de acuerdo en que tiene un carácter retorcido. A Winston ya no le gusta aunque, al principio, le pareció bien cuando él y Shane la conocieron en primavera.

—¿Es serio? Me refiero a lo de Shane y ella.

Paula se sorprendió de lo baja que sonaba su voz y, con el estómago encogido, se dio cuenta de que no le gustaban las relaciones de Skye con su viejo amigo. No apartó la vista del rostro de Merry.

—¡Sinceramente, espero que no! No me gusta la idea de tenerla por los alrededores para siempre. Winston cree que es algo platónico y él tenía que saberlo... Hablando de Winston, ¿cómo está Sally?

—Oh, mucho mejor. Anthony vino de Irlanda hace unos diez días y se fue inmediatamente a «Heron's Nest», donde se encontraba Sally. Hablé con ellos por teléfono ayer y están disfrutando de la paz y la tranquilidad, contentos de poder estar solos. Por cierto, Anthony vendrá a verme esta tarde.

—Qué mal lo debes haber pasado con lo de la muerte de su mujer. Yo tuve que estar fuera del país. ¡Ojalá hubiese estado aquí para darte mi apoyo moral, Paula!

—Oh, Merry, eres muy amable. Pero, por fortuna Emily, regresó de París y nos confortamos la una a la otra. Logramos superarlo, que es lo importante.

—Sí, pero pareces cansada aventuró Merry.

Había usado el adjetivo más moderado que pudo encontrar. En cuanto llegó al almacén, le sorprendió el rostro pálido y hundido de Paula y sus ojeras oscuras. Le dio la sensación de que estaba enferma.

—¿No te puedes tomar unos días de descanso e irte por ahí a relajarte?

—¡Debes estar bromeando! Mira mi mesa.

Merry no hizo ningún otro comentario y decidió que era más prudente no hablar de la inquietud que sentía por la salud de Paula. Volvió la cara para ocultar su preocupación. Su vista se posó en la colección de fotografías que Emma tenía sobre la mesa grande de caoba. Algunos rostros familiares le contemplaban desde allí: sus abuelos; Blackie y Laura, en el día de su boda con Jim; su padre, cuando era un bebé, echado en una alfombra de pelo; ella y Shane de niños; sus padres el día de su boda; y los hijos de Emma en distintas fases de crecimiento.

Cogió la fotografía más grande, la de un apuesto joven vestido con uniforme de oficial, y se puso a estudiarla con detenimiento.

—Tu madre se parece mucho a Paul McGill —afirmó—. Sí, tía Daisy tiene los ojos de su padre. Pero, bueno, tú también.

Contenta por haber encontrado otro tema de conversación, siguió hablando.

—El marco está roto, Paula. Deberías arreglárselo a tía Emma. Es una pena tratándose de un marco de plata tan precioso. Una antigüedad.

Merry le mostró el marco y le señaló el lugar donde estaba roto.

—La abuela no quiere arreglarlo —dijo Paula con una agradable sonrisa—. Cuando le dije eso mismo hace un par de años, ella se rió y me contestó que esa muesca forma parte de sus recuerdos.

—¿A qué se refería? —preguntó Merry.

—Mi abuelo no regresó a Inglaterra después de la Primera Guerra Mundial. Se quedó en Australia. La historia es un poco complicada pero, un día, en un momento de ira y frustración, la abuela arrojó su foto a través de la habitación, esa misma foto y ese mismo marco. El cristal se hizo añicos y el marco se rompió, pero, sin embargo, lo guardó. Me dijo que, desde entonces, cada vez que mira esa fotografía, recuerda que debe confiar en el amor. Piensa que si hubiera confiado en Paul cuando desapareció, *en el amor que él sentía por ella*, y hubiese tenido una fe ciega en él, habría esperado su regreso. Cree que se hubiera ahorrado los terribles años de sufrimientos que duró su horrible e infeliz matrimonio con Arthur Ainsley.

—Pero Paul y ella se unieron al final y juntos vivieron años de felicidad —dijo Merry en voz baja, con una repentina expresión desconsolada.

—Pareces triste, Merry. ¿También tú tienes problemas sentimentales? No ha vuelto ninguno de tus antiguos amigos, ¿es eso? —preguntó Paula con simpatía.

Merry asintió.

—Tampoco tengo nuevos. En ese aspecto, parece que la muy mala suerte me persigue últimamente. La mayoría de los hombres con los que he salido en los últimos meses parece que no pueden ver más allá del dinero de los O'Neill, de mi físico y de lo que llaman sexualidad. Cada día soy más suspicaz.

Merry hizo una mueca.

—Probablemente, *acabaré* siendo una vieja solterona. Emily tuvo suerte al atrapar a Winston de esa manera. Al menos, sabe que está enamorada de *ella* y no de su cuenta corriente. Sobre todo, sabiendo que la de él es muy fuerte también.

—Vamos, Merry, no todos los hombres buscan el dinero... —empezó a decir Paula.

Se calló sabiendo que había algo de verdad en la afirmación de Merry. Ser la heredera de una gran fortuna tenía manifiestas desventajas y el dinero era sólo una de ellas.

Miranda permanecía callada.

—*Quizá* —dijo, pasado un momento—. El problema es que los hombres que conozco no son capaces de ver más allá de sus narices, no pasan de la apariencia externa ni comprenden cómo soy yo verdaderamente. Diablos, no soy una princesa de cuentos de hadas. Trabajo muchísimo y tengo una gran responsabilidad en «O'Neill Hotels International». Y, como sabes, tengo muchos valores reales. A Shane y a mí nos enseñaron a comprender el valor del dinero, igual que a ti. Y, aparte de mi padre y de mi abuelo, que también lo hicieron, tía Emma me inculcó bastante sentido común durante aquellos veranos en «Heron's Nest».

—Sí, entiendo lo que quieres decir. La gente tiene ideas preconcebidas muy graciosas de nosotras, ¿verdad? Pero nada es lo que parece, al menos, lo que les parece a ellos —dijo Paula.

Dirigiéndose hacia el escritorio de Paula, Merry se sentó en una silla frente a ella, con la tristeza reflejada en sus ojos de color leonado y el rostro ensombrecido.

—Te diré algo, Paula. Preferiría casarme con un hombre al que conociese de toda la vida, que me quisiera por lo que soy yo como persona, y no por lo que él se *imagine* que soy. El otro día llegué a la conclusión de que no deseo entablar relaciones serias con un extraño fascinante. Al diablo con ellos. Traen problemas y, frecuentemente, están llenos de sorpresas desagradables. Si no es el dinero, entonces es poder lo que buscan. Luego tenemos a los maníacos sexuales, los tipos que sólo están interesados en llevarte a la cama.

Sonrió irónicamente.

—Como dice Shane, el sexo es fácil que aparezca, pero el amor es difícil de encontrar. En este caso, mi hermano tiene razón.

—Has sido muy buena dedicándome tanto tiempo esta tarde, Paula —dijo Anthony—. De verdad, lo aprecio mucho y me gustaría decirte otra vez que has sido maravillosa durante este difícil período. No puedo agra...

Paula levantó una mano.

—Si me lo agradeces una vez más, te echo de mi oficina.

Cogió la tetera y le sirvió una segunda taza de té.

—Estoy contenta de poder ayudar en lo que me sea posible, y no olvidemos el hecho de que eres un miembro de esta familia.

Le brindó una sonrisita afectuosa.

—Además —añadió con rapidez—. no estoy tan ocupada esta tarde —mintió con aire de inocencia para que él se sintiera mejor—. Ahora, para responder a tu pregunta, creo que la abuela se enfadaría, y mucho, de verdad, si Sally y tú os casáis antes de que ella regrese de Australia.

—¿De verdad? —murmuró con expresión alicaída.

Encendió un cigarrillo, se acomodó en el sillón y cruzó las piernas. Miró por encima de la cabeza de Paula, fijándose en el cuadro que estaba sobre la antigua cómoda, al otro lado de la habitación. Parecía momentáneamente distraído, como si tuviese la mente en otro lugar.

—¿Y cuándo crees que volverá? —preguntó al fin, volviendo a prestar atención a Paula.

—Prometió que llegaría a tiempo para las tradicionales Navidades familiares a «Pennistone Royal»...

Paula se calló, sorprendida ante una repentina idea muy

atractiva. Se inclinó sobre la bandeja que había entre ambos.

—¡Será entonces cuando os caséis! —exclamó—. En Navidad. A la abuela le encantará y podréis quedaros con ella en «Pennistone Royal» durante todas las vacaciones.

Él no respondió.

—Es una idea maravillosa, Anthony —añadió Paula con rapidez—. ¿Por qué dudas?

Siguió callado y, al observarle con detenimiento, Paula vio una expresión dolorida en su rostro sensible, el cual aparecía sombrío y surcado por la tristeza. Sus ojos miraban ansiosos, casi alarmados. «Los tiene como Jim, como tía Edwina, ojos de Fairley», pensó Paula, distraída. Se olvidó de esta observación inconsecuente y trató de convencerle.

—De verdad, la Navidad *sería* el momento perfecto, ideal. Di que sí. Podemos intentar localizar a la abuela en Sidney. No, ya es muy tarde —murmuró, pensando en voz alta sobre la diferencia horaria y mirando el reloj.

Eran las cuatro. Las dos de la madrugada en Australia.

—Bueno, le podemos enviar un télex —dijo con decisión.

—Supongo que la Navidad será un buen momento —dijo Anthony en voz baja, de mala gana—. Tendrá que ser una boda tranquila, Paula. Muy tranquila. Porque para entonces...

Su voz había temblado ligeramente y acabó convirtiéndose en un balbuceo apenas audible cuando habló.

—Sally está embarazada, y su estado se notará.

Consciente instantáneamente de la incomodidad de su primo, Paula adoptó un tono alegre y casual.

—Me imagino que Sally estará de seis meses en diciembre, así que tendremos que hacerle un bonito vestido de novia que disimule su figura.

—*¿Lo sabías?* —preguntó Anthony sorprendido.

—No, pero lo suponía. Emily y yo pensamos que había engordado cuando la vimos en setiembre y llegamos a la conclusión de que podía estar embarazada. No te preocupes, aparte de Winston, nadie lo sabe.

—Su padre y Vivienne también están enterados.

—Me refería al resto de la familia, Anthony. Y, como tú has dicho, debería ser tranquila... sólo un puñado de gente. Los Harte, por supuesto. La abuela, Jim y yo, tu madre y Emily. Se enfadaría mucho si no asistiera.

—Sí —dijo—. Emily me gusta mucho, nos ayudó... —se

calló y tragó saliva—. ¿Crees que es indecente... que me case otra vez, teniendo en cuenta las circunstancias? Pienso si no será demasiado pronto desde la muerte de Min.

—No, claro que no.

Anthony miró a Paula con inseguridad.

Ella le devolvió una mirada directa y penetrante.

Vio a un hombre sometido a una gran tensión, y esto se reflejaba en su rostro ojeroso, se traslucía en su debilidad de carácter y en la apatía que había notado en él en cuanto llegó. Estaba claro que había envejecido en las últimas semanas. No era la misma persona que había estado en la celebración del cumpleaños de su abuela. En aquella ocasión, había lucido su apuesto y rubio atractivo inglés y había estado más guapo que nunca con un elegante esmoquin que llevaba con el mismo estilo que Jim. Aquella noche se rió mucho, estuvo muy alegre y despreocupado, inusualmente extrovertido y encantador con todos. Ahora, estaba hundido.

Paula tomó una rápida decisión. Se inclinó hacia delante y clavó su mirada en él.

—Escúchame, Anthony. No fuiste feliz en tu matrimonio con Min, estabais separados y a punto de divorciaros. Su muerte y las circunstancias en que se produjo te han dejado desolado, y es muy comprensible. De cualquier forma, no fue culpa tuya. Debes grabarte esa idea en la mente; de lo contrario, se interpondrá entre tú y la felicidad que puedes conseguir con Sally, afectará a tu futuro, y, quizás, arruine tu vida incluso.

Se dio cuenta de que había hablado con demasiada dureza y suavizó el tono.

—Desde ahora, debes pensar en Sally y en el niño... ellos son lo más importante para ti.

—Oh, sí, eso que dices es cierto —admitió—. No soy un hipócrita. Por favor, no pienses que estoy lamentándome en exceso por Min —su voz tembló—. Pero nunca deseé su muerte. Que muriese de esa forma tan terrible es más de lo que yo...

Paula se levantó y se sentó en el sofá junto a él, le cogió una mano y le miró a la cara con una expresión de inmensa compasión.

—Lo sé, lo sé, Anthony. Por favor, créeme, no soy insensible, ni mucho menos. Y, a pesar de lo que pienses, no *fuiste* el responsable. Mi abuela, *nuestra* abuela, dice que cada uno de nosotros es responsable de su propia vida, que nosotros escribimos el guión y lo interpretamos hasta el final. Es la verdad, ¿sabes? Min era responsable de sí misma, de su vida, no tú. Trata de sacar fuerza y coraje de la filosofía de la abuela.

—Sí —dijo—. Pero es difícil, muy difícil.

Paula estaba más convencida que nunca de que su primo tenía un grave problema emocional, y se exprimió el cerebro pensando en qué decir y en cómo sacarle de aquel estado. No era insensible a sus sentimientos, pero también sabía que, si él dejaba que la muerte de Min dominara su vida, estaba eliminando la posibilidad de una nueva vida con Sally.

Hablando en voz baja, tan suavemente que apenas si se le oía, Paula dijo:

—Puede que te sea difícil creerme cuando te digo que comprendo tus sentimientos pero, de verdad, es así. Debes superar esta tragedia. Si no lo haces, acabará contigo. Entonces, estarás cometiendo un pecado horrible... contra tu propio hijo.

A propósito, se calló repentina y bruscamente, se quedó esperando, mirándole.

Él parpadeó y abrió los ojos sorprendido.

—¿Qué demonios quieres decir con eso? —musitó con voz ahogada—. No entiendo... *cometer un pecado contra mi propio hijo.*

Estaba horrorizado.

—Sí. Si permites que el recuerdo de Min, su suicidio, te persigan, te llenen de culpa, no podrás amar a ese niño como debieras, con toda tu alma y voluntad. Porque Min estará siempre ahí, interponiéndose entre los dos y, permíteme que te lo diga, entre tú y Sally. Además recuerda que engendrasteis al niño por vuestro mutuo amor... él no pidió nacer. Es una cosita inocente. No lo olvidéis por tus problemas. Él, o ella, va a necesitar lo mejor de ti, Anthony. Darle menos al niño... bueno, sí, eso sería un pecado.

Se la quedó mirando durante un buen rato, parpadeando, intentando reprimir las emociones que tan peligrosamente cerca estaban de la superficie. Se levantó, fue hasta la ventana y se quedó mirando con aire ausente a la calle. Pero sólo veía la máscara de la muerte en el rostro de Min cuando la sacaron del lago. Cerró los ojos ante la necesidad de expulsar esa imagen. Después, buscó su pañuelo y se sonó la nariz, meditando sobre las palabras de Paula. Y, entonces, resonaron en su cabeza enfebrecida las palabras de Sally.

La vida es para los vivos —le había dicho la noche anterior—. *No podemos cambiar lo que ha sucedido. No podemos pasarnos el resto de nuestras vidas martirizándonos. Si lo hacemos, Min habrá vencido. Y desde la tumba.* Las cosas que Sally había dicho se basaban en algunas verdades fundamentales y pensó en que era mejor aceptarlo. Le vino otra idea a la mente que le hizo levantar la cabeza con un movimiento repentino. La mujer en que Min se había convertido no se parecía en nada a la chica de quien él se enamoró en su día. Min se había vuelto una persona agria, amargada y vengativa, y su amargura y resentimiento sólo habían servido para erosionar su amor. Sally no había destruido su matrimonio, como Min había afirmado de forma tan violenta. Sólo los matrimonios fracasados pueden ser destruidos por otra persona. Las uniones fuertes permanecían inmutables contra cualquier fuerza exterior. Entonces pensó: «Fue Min quien destruyó nuestro matrimonio.» Por unas décimas de segundo, creyó que era una revelación repentina, pero entonces se dio cuenta de que siempre había estado escondida en algún rincón de su mente. Había permanecido tan ocupado culpándose por todo que no había dejado que ese hecho aflorase a la superficie. El dolor de su pecho empezó a ceder y, lentamente, fue recuperando el control de sí mismo de nuevo. Después, se volvió y regresó al sofá con Paula.

Los ojos transparente de Anthony se posaron en los de Paula y esta vez le tocó a él cogerle la mano.

—Eres una mujer muy especial, Paula. Inteligente y muy compasiva, una persona buena y encantadora. Gracias por llevarme hasta el razonamiento. Les daré, a Sally y a nuestro hijo, cada gramo de amor que hay en mí. Será suyo lo mejor que tengo. Te lo prometo.

Después de marcharse Anthony, Paula se puso a trabajar en serio. Estaba ocupada todavía cuando, a las seis y media, Agnes asomó la cabeza por la puerta.

—¿Cuánto tiempo se va a quedar aquí esta noche, Mrs. Fairley?

Paula levantó la vista, dejó la pluma y se recostó en el respaldo del sillón.

—Pase, Agnes.

Se frotó la contraída cara, cogió la taza de té y, dándose cuenta de que se había enfriado hacía horas, la dejó haciendo una mueca.

—Tardaré una media hora más, pero puede marcharse si quiere.

—Oh, no, ni soñarlo —repuso Agnes.

Notando el rostro tenso de Paula, miró la taza.

—Déjeme que le haga una buena taza de té, Mrs. Fairley —ofreció—. Parece usted agotada.

—Sí, muchas gracias, Agnes. No, espere un minuto, vamos a tomarnos una copa. Esta noche me lo puedo permitir y estoy segura que usted también.

—Con mucho gusto, Mrs. Fairley. Pero, ¿qué es lo que hay?

Paula dejó escapar su primera carcajada sincera aquel día.

—Lo siento —se excusó, observando la expresión dolida y contrariada de su secretaria—. Lo ha dicho en un tono muy gracioso. Y tiene razón, ¿qué tenemos...? Sospecho que no mucho que se pueda beber. Había una botella de jerez en el armario. ¿Por qué no va a mirar si continúa allí todavía?

Agnes se dirigió presurosa al amplio armario ropero y Paula empezó a recoger los papeles, metiéndolos en carpetas de diferentes colores esparcidas sobre la mesa, ordenando el escritorio rápidamente.

Un segundo después, Agnes salió del ropero sonriendo triunfalmente.

—«Bristol Cream», Mrs. Fairley —dijo, esgrimiendo la botella en la mano.

—Oh, bien, tomaremos una copa y así matamos dos pájaros de un tiro, daremos un vistazo final a todo esto porque mañana es sábado y he decidido no venir, Agnes. Quiero pasar el día con los niños. Usted puede tomarse el día libre también.

—Gracias, Mrs. Fairley.

Agnes la miró, sonriendo.

Diez minutos después, entre sorbos de jerez, Paula había reducido el montón de carpetas que tenía sobre el escritorio y que habían pasado a los pies de Agnes, en el suelo.

—Puede mandar las tres últimas a Gaye Sloan a Londres. La carpeta azul contiene los últimos detalles de la nueva tienda de modas. A propósito, he decidido usar el nombre que se le ocurrió a Emily. Después de todo, creo que es el mejor... La «Total Woman» dice exactamente lo que yo quiero decir: la mujer al completo, ¿le gusta?

—Sí, mucho. Se lo dije a Miss Emily el otro día. Estuvo, bueno, haciendo como una encuesta en las oficinas, preguntándoles su opinión a las secretarias y mecanógrafas.

—¿De verdad? —murmuró Paula, sonriendo al pensar con afecto en Emily.

Para ella era su pequeña abejita que siempre quería servir de utilidad.

—La carpeta roja contiene toda la información del desfile de modelos de enero y la verde mis notas sobre «Trade Wings», además de una lista de proveedores de Hong Kong, India y Japón. ¿Tiene la libreta?

Paula asintió cuando Agnes se la mostró.

—Escríbale a Gaye y dígale que haga copias de las listas. Mande también un informe a...

El teléfono del escritorio de Paula empezó a sonar y Agnes descolgó.

—Espere un minuto, por favor —dijo, apretando el botón de espera y alargándole el auricular a Paula—. Es Mr. Stevens que llama desde Odessa, Texas.

—Hola, Dale, ¿cómo es...?

Él la interrumpió con brusquedad.

—Paula, lo siento, pero tengo malas noticias.

—¿Qué pasa, Dale?

—Me temo que lo peor. Uno de nuestros petroleros tiene problemas. Estaba cargando crudo en Galveston, en la costa de Texas y, esta mañana se produjo una explosión en la sala de máquinas... una explosión muy grave.

Asió el teléfono con fuerza e intentó oírle entre los ruidos que le llegaban a través del auricular.

—¿Hubo heridos, Dale? —preguntó Paula con aprensión creciente.

Se produjo un momento de silencio.

—Sí, me temo que hemos perdido seis tripulantes... otro cuatro miembros de la tripulación resultaron gravemente heridos.

—¡Oh, Dale, eso es horroroso! —exclamó Paula—. ¡Por Dios! ¿Cómo sucedió?

—No lo sabemos. Lo estamos investigando. El fuego se extendió por todo el barco. Ya está controlado. No se ha hundido. Repito, *no* se ha hundido...

Había muchos ruidos y Paula gritó:

—Tengo dificultad en oírte.

—Sigo aquí —respondió él gritando—. Hoy se oye muy

mal. Te decía que no conocemos las causas de la explosión, pero llevaremos a cabo una investigación. Hemos perdido más de un millón de litros de crudo y tenemos que acometer un trabajo masivo de limpieza. El crudo se está extendiendo ya por la Bahía de Gavelston. Las aves marinas, la fauna y los viveros de mariscos se ven amenazados. Dios sabe cuánto petróleo llegará hasta la costa.

—Esto es un desastre —dijo Paula temblorosamente.

—¡No puedo oírte, Paula! —bramó Dale Stevens.

—Digo que es una catástrofe. Todo el mundo se nos va a echar encima, desde los ecologistas hasta... me da miedo pensar quien más. Las familias de los tripulantes muertos, hay que encargarse de esa pobre gente, Dale, como supongo que sabrás sin necesidad de que te lo diga. La compensación económica les será de poco consuelo. Escucha, ¿quieres que vuele hasta allí? No sé que es lo que podría hacer, excepto, quizá, darte apoyo moral.

—No, no, Paula, casi no merece la pena. Todo lo tengo bajo control. Me he puesto en contacto con la compañía de seguros. Los trabajos de limpieza nos van a costar millones de dólares.

—¿Cuántos?

—No lo sé. Depende de la marea negra, del daño que haga. Un buen trabajo puede oscilar entre cinco y diez millones de dólares.

A Paula se le cortó la respiración, sorprendida por aquella cifra.

—Al diablo con lo que cueste —dijo de pronto—. Tenemos que hacerlo. Sigue en contacto conmigo, Dale. Quiero saber cómo pudo haber ocurrido una explosión semejante. Teníamos un buen récord de seguridad.

—Nadie es inmune. Ése es el negocio del petróleo. Te llamaré mañana y, si tengo otras noticias, lo haré antes.

—Estaré en casa toda la noche —dijo Paula—. Y, Dale, haz todo lo que puedas por ésas desconsoladas familias.

—Ya estoy en ello.

—Esto va a ser una mancha en nuestro récord de seguridad.

—Lo sé, encanto. Bien, tengo que colgar. Estoy en una situación apremiante.

—Dale, una cosa más... no me has dicho qué barco ha sido.

—Lo siento, Paula. Es el *Emeremm III*. Lo siento, mucho, querida.

Paula colgó el teléfono y se recostó en el respaldo del sillón, se sentía enferma. Su expresión era lúgubre.

Agnes dijo con preocupación:

—Me he enterado de algo de la conversación, Mrs. Fairley —dijo Agnes con preocupación—. Se ha hundido uno de los petroleros de la «Sitex».

Esto último lo dijo en tono de interrogación.

Paula asintió y le dio los detalles a su secretaria.

—El *Emeremm III* se llama así por mi abuela —explicó—. Una vez, tuvo una compañía que se llamaba «Emeremm» y a mi abuelo le encantaba el nombre: es una contracción de esmeraldas y Emma. La piedra preciosa y la mujer favorita de mi abuelo.

Intentó esbozar una sonrisa sin conseguirlo.

—Él fue quien botó el primer *Emeremm* y, luego, el *Emeremm II*. Desde entonces, es una tradición tener en la flota de «Sitex» una nave que lleve ese nombre... tan especial.

—Lo siento, Mrs. Fairley —dijo Agnes comprensiva—. Sé lo orgullosa que se sentía del récord de seguridad de la compañía. Es terrible.

—Gracias, Agnes —murmuró Paula—. Es un golpe muy duro, en especial por la pérdida de vidas humanas.

Reunió fuerzas de flaqueza, suspiró y cogió la libreta que tenía encima de la mesa.

—Más vale que le mande un télex a mi abuela.

Al coger la pluma, Paula tembló, sintió que un escalofrío lento le recorría la columna vertebral. Aunque no era supersticiosa por naturaleza, tenía el extraño presentimiento de que el desastre se cernía amenazador. La explosión en el *Emeremm III* era un mal presagio.

CAPÍTULO XXIX

—¿No te has divertido, Winston? —preguntó Emily, mirándole de reojo en el resplandor apagado que emanaba del fuego moribundo del salón de «Beck House».

Winston dejó la copa de coñac y la miró con los ojos

muy abiertos, reflejándose en su cara un asombro verdadero. Movió la cabeza con perplejidad.

—Paula se sienta allí toda la noche como si estuviese a las puertas de la muerte, sin apenas abrir la boca. Jim se las arregla para emborracharse como una cuba entre el aperitivo y el primer plato. Mi hermana está tan gorda que parecía que se iba a poner a parir trillizos allí mismo, en la mesa del comedor. Merry no deja de lamentarse porque se está quedando para vestir santos con veintitrés años, ya que todos los hombres que son de su edad y que conoce de toda la vida tienen otros compromisos. Alexander está furioso por las aventuras sexuales de tu madre con la mitad del maldito Gobierno. Maggie Reynolds me aburre hasta el delirio con un incesante parloteo sobre algún refugio de caza destruido en las Hébridas. Y tú me haces una pregunta como ésa. Oh, sí, Emily, me divertí muchísimo. Me lo pasé muy bien. Ha sido una de las más excitantes y entretenidas veladas de mi vida.

Empezó a reírse, encontrándole, de pronto, el lado divertido.

Emily rió con él. Se acurrucó en un extremo del sofá, y metió sus pies debajo de Winston.

—Pero Anthony estaba en buena forma —dijo.

—Asombrosa. Bueno, parece que sabe por dónde pisa estos días; está tomándose la situación muy bien.

—Gracias a Paula. Me dijo que tuvo una larga charla con él hace algunas semanas; más o menos le leyó la lección, le acosejó que dejase atrás el pasado y que siguiera viviendo su vida.

—Paula lo hace muy bien —musitó Winston, dándole vueltas a la copa de coñac con expresión pensativa.

—¿A qué te refieres?

—A dar consejos. La verdad es que, por lo general, tiene razón en todo lo que dice. Lo único que haría falta sería que ella misma siguiese sus consejos.

La cara de Emily se ensombreció instantáneamente.

—Sí.

Winston se acomodó entre los cojines, colocó los pies sobre la mesita de café y se dejó llevar por sus pensamientos. La cena en «Long Meadow» había sido un desastre, y sintió un gran alivio al poder escaparse con Emily relativamente temprano y regresar a la comodidad y tranquilidad de «Beck House». Aunque una mala velada no tenía mucha importancia, era algo trivial. Paula le preocupaba en su aspecto físico y espiritual. Hacía ya algunas semanas, desde su regreso de Vancouver, vía Nueva York, había sido vagamente consciente de su tristeza. Las últimas horas le habían confirmado sus presentimientos. No parecía una mujer feliz. Estaba convencido de que su matrimonio con Jim era la causa de su dolor.

Emily dijo:

—Te veo muy callado, Winston. Estás preocupado por Paula, ¿verdad?

—Eso me temo, cariño. Aparte de que tenía muy mal aspecto esta noche, hablaba con monosílabos. Sé que, a veces, se muestra algo reservada y no charla tanto como tú pero, por lo general, es mucho más comunicativa, en especial con los familiares.

—No es el trabajo lo que la deprime —exclamó Emily—. Está acostumbrada a soportar horas, largas y agobiantes, sobrellevando el peso de enormes responsabilidades. De todos modos, tiene el vigor de un toro, como la abuela.

—Ya lo sé, Emily. Conozco a Paula casi tan bien como tú. Precisamente pensaba en eso cuando he dicho que parece estar a las puertas de la muerte. De todos modos, ya sé que no está físicamente enferma. Se encuentra emocionalmente alterada...

Puso los pies en el suelo y buscó en el bolsillo de su batín la cajetilla de tabaco.

—Ese matrimonio tiene muchos problemas. ¿Apuestas algo? —preguntó, encendiendo un cigarrillo.

—Nada porque tienes mucha razón, Winston. Últimamente, he tratado de sacar el tema a colación muchas veces, pero me mira divertida y se encierra en sí misma o cambia de conversación.

—Pero las dos sois íntimas amigas desde siempre. ¿No te ha comentado nada en absoluto?

—No, en realidad, no. Te lo he dicho antes, se enfadó ese horrible domingo de setiembre. Ya sabes, ante la actitud de Jim al hablarle de aquella forma cuando ocurrió el problema con Sam Fellowes. El día que regresé de «Pennistone Royal», me di cuenta de que había estado llorando. Aquel fin de semana que Jim regresó de Irlanda, cuando estuvimos los tres en Londres, comentó que Jim estaba de un humor insoportable; mostrándose irritable e irascible. Empecé a tantear un poco el terreno y ella, bueno... le restó importancia y se volvió tan poco comunicativa como esta noche. Aunque he observado que en estos últimos meses continúa haciendo lo mismo y se está enfrascando cada vez más en el trabajo. Eso es lo único que hace, excepto aprovechar el tiempo libre que tiene para estar con los niños. Adora a los gemelos. De hecho, se ha convertido en toda su vida, fuera de los negocios, claro.

—Eso no es bueno. A tía Emma no le va a sentar nada bien y se disgustará cuando venga el mes próximo y vea a Paula así.

Winston cambió de postura en el sofá y vio la preocupación reflejada en el rostro de Emily. Le cogió la mano.

—¡Eh! Vamos, niña, no te pongas tan triste. Todo se arreglará. En esta vida, las cosas se arreglan cuando menos te lo esperas.

—Supongo que sí —murmuró Emily. Pero, a pesar de su respuesta, se preguntó si sería así y decidiendo que no, dado el carácter de Paula. A pesar de lo que pudiese ocurrir, se aferraría al matrimonio, a causa de los niños y de su extraordinario sentido de responsabilidad para con ellos, sin olvidar su determinación a no ser derrotada.

—¿Quieres que hable con Paula? —aventuró Winston—. Podría...

—¡No, por Dios! —Repuso Emily con un grito, incorporándose de un salto—. Se molestaría, lo consideraría una intrusión en su vida privada y, de todos modos, sólo conseguirías que te mandase con viento fresco.

Winston suspiró.

—Sospecho que es cierto. Escucha, si quieres mi opinión, creo que ella y Jim deberían divorciarse.

—¡Nunca lo hará! Tiene idéntica opinión que yo en lo que al divorcio se refiere.

—¡Oh! ¿Y cómo es eso? —Preguntó, aguzando el oído mientras le dirigía una larga e impasible mirada.

—Bueno —dijo Emily lentamente—, en realidad, no lo aprobamos. Me refiero a que, después de todo, tenemos un buen ejemplo con mi madre. Ha tenido tantos maridos y se ha divorciado tantas veces que ha perdido la cuenta.

—Tu madre es la excepción que confirma la regla, Emily.

Pero ella ignoró ese comentario.

—Paula piensa que si existen problemas en un matrimonio tienen que ser solucionados. Considera que las personas no pueden estar divorciándose continuamente con cualquier pretexto, sólo por encontrarse un par de obstáculos en el camino, que ésa no es la solución. Opina que el matrimonio requiere muchos esfuerzos...

—Hay que estar a las duras y a las maduras, ¿sabes?

Emily asintió con expresión pensativa.

—¿Quieres decir que Jim no pone de su parte...? ¿Es a eso a lo que te refieres?

Winston vaciló.

—Quizás. Aunque podría estar equivocado y, de todos modos, ¿quién conoce bien la vida privada de otras personas? Por eso considero que debemos poner fin a este tema de conversación. Es bastante fútil, *Zampabollos*.

—De acuerdo —dijo—. Ah, Winston, no me llames *Zampabollos*. Ahora tengo una figura *esbelta*.

Él se rió.

—Ha sido una palabra cariñosa, sin ninguna intención, tontorrona. —Dejó el vaso y se corrió hacia el otro lado del sofá. Después, la rodeó con su brazo—. Así que, en vista de tu opinión sobre el divorcio —susurró junto a su cara—, tendré que permanecer junto a ti el resto de mi vida.

—Sí —musitó—, los dos estaremos siempre juntos. ¡Gracias a Dios!

—Esperémoslo así.

Se separó ligeramente de ella y contempló su carita inocente. ¡Qué bella era! Había algo candoroso en Emily; era muy joven, pero hacía gala de una sabiduría que, a veces, le sorprendía sobremanera.

—Ahora que te tengo, *Zampabollos* —dijo en voz baja—, sólo puedo ser feliz contigo.

—¿Por qué? —preguntó ella mientras le devolvía la mirada con ojos seductores.

—Siempre curioseando, ¿no?

—Dime por qué...

—Porque te conozco y te entiendo muy bien, mi amor, y porque somos compatibles sexualmente.

—¿Estás seguro de eso último? —bromeó.

—Ahora que lo mencionas... bueno, quizá deberíamos comprobarlo otra vez.

La miró sonriendo, con el amor asomando a sus ojos. Se levantó y la cogió de la mano.

—Vámonos a la cama, cariño, y experimentaremos un poco más, sólo para estar seguros.

Y dicho eso, se la llevó escaleras arriba.

—Es estupendo que en esta casa haya calefacción central, de no ser así, nos habríamos congelado. Hace mucho frío esta noche —dijo Emily media hora más tarde, envolviéndose en parte de la sábana.

—Pues a mí no me lo parece. Creo que juntos tenemos buena materia para entrar en calor.

Winston le hizo un guiño, se puso una almohada detrás de la cabeza y cogió una copa de coñac que se había llevado consigo. Se la ofreció a Emily.

—¿Quieres un trago?

—No, gracias, no quiero más. Me produce palpitaciones.

—¡Oh, cielos!, era yo quien pensaba que te las producía.

—¿Enciendo el fuego? —preguntó sonriente.

—¿No vamos a dormir?

—Eso no entraba en mis planes —dijo, mirándola de reojo—. ¿Ya estás cansada?

Negó con un gesto, riéndose, y le siguió con la mirada mientras salía de la cama, se ponía la bata y se dirigía a la chimenea, situada justo enfrente de la antigua cama estilo imperial. Encendió una cerilla y prendió el papel y la leña que ya estaban preparados; luego, cogió unas tenazas para arreglar el fuego. A Emily le agradaba mirar a Winston cuando hacía algo. Era inteligente y mañoso, siempre estaba reparando cosas en la casa y en el jardín. Pensó en el pequeño puente que había construido en el estanque de «Heron's Nest» cuando eran pequeños. Le quedó encantador, fue una obra maestra del diseño intrincado y la ingeniería creativa. Sí, era un excelente carpintero. Aún conservaba el pequeño joyero que le había hecho por su décimo cumpleaños. Pintado con primor y forrado por dentro con terciopelo rojo. Pero, cuando él y Shane formaron los *Heron's*, cambió la carpintería por la música.

Sonriendo interiormente, le preguntó de pronto.

—Winston, ¿qué pasó con tu trompeta?

Él se encontraba en cuclillas frente al fuego y volvió la cabeza, sorprendido por aquella pregunta inesperada.

—¿Cómo demonios te has acordado ahora de mi trompeta?

—Estaba recordando... ya sabes, hechos de nuestra infancia.

—Es gracioso, Sally se la encontró hace unas semanas en el momento en que estaba husmeando en un armario de «Heron's Nest».

Retornó a la cama, se quitó la bata y se echó junto a ella.

—¿Era insoportable, no? Me divertí bastante con aquel viejo instrumento; además, consideraba que lo hacía bien.

—Yo pensaba que eras *maravilloso*. Aunque, bueno... tocabas la trompeta fatal. ¡Diantres, apuesto a que fuiste tú quien puso el pez muerto en mi cama!

Le dio un puñetazo en el brazo.

—¡Asqueroso! Nunca olvidaré ese olor. ¡Ag!

Él la cogió por los hombros y la apretó contra la almohada, sujetándola con las manos.

—Te lo merecías. Eras un brujilla precoz.

Se inclinó sobre ella y la besó, explorando su boca con la lengua.

—Si hubiese tenido un poco de cabeza —susurró cuando se separaron—, me habría metido yo en la cama...

—No te hubieses atrevido, Winston Harte, así que no me vengas con ésas. La abuela tenía ojos hasta en el cogote.

—Y todavía los tiene.

Se separó de ella, con la risa bailando en sus ojos. Cogió la copa de coñac, la sostuvo un momento entre las manos y, luego, bebió un trago. Se sentía tan bien. Le divertían aquellas bromas con Emily, disfrutaba de esos descansos en sus intensas y excitantes sesiones amorosas. Siempre lo hacían así. Era muy fácil estar con ella después de haber hecho el amor. Nunca había tensión entre ellos cuando la pasión desaparecía. Solamente durante el acto; entonces, el intenso deseo de Emily le encendía y le capturaba. Winston le cogió la mano que tenía encima de la sábana y se la oprimió suavemente, pensando en su apurada escapada. Sabía que nunca hubiese salido bien con Allison Ridley. No había estado enamorado de ella en realidad, no en la forma que amaba a Emily.

Winston cerró los ojos, reviviendo aquella noche especial de domingo en el mes de abril, cuando invitó a cenar a Emily lo que se suponía que él iba a cocinar. No hizo nada de eso. Al entrar ella, se miraron a los ojos durante un momento. Y acabaron, diez minutos después, en la cama, donde él mismo se sorprendió al hacer el amor tres veces en rápida sucesión. Su prima, en tercer grado, se corrigió a sí mismo, le había asombrado con su falta de inhibición, su disposición a dar y a recibir placer y su desprendida generosidad y alegría en la cama. A las once y media, envueltos en toallas de baño y sentados frente a la chimenea del cuarto de estar, tomaron una cena fría con lo que quedaba en su nevera de soltero, acompañándola con una botella de champaña de Shane. Había sido una noche maravillosa...

—Winston, por favor, no te enfades conmigo, pero quiero decirte una cosa. Es muy importante.

Emergiendo de sus divagaciones eróticas, alzó los párpados y la miró de reojo.

—¿Por qué me iba a enfadar? Venga, dímelo, gordita.

—Eso es peor que *Zampabollos* —se quejó, haciendo una mueca y pretendiendo estar enfadada—. ¿Por qué tienen los ingleses esa ridícula predilección por los apodos tontos?

—Porque son nombres cariñosos que expresan cordialidad, afecto, familiaridad, intimidad e interés. ¿Me vas a contar esa *cosa realmente importante* o no, gordita?

—Sí lo voy a hacer.

Se incorporó y, apoyándose en un codo, volvió la cabeza hacia él y lo miró fijamente.

—Es sobre la muerte de Min... la investigación.

—¡Oh, no, Emily, otra vez no! —se lamentó, elevando los ojos hacia arriba con exageración—. Has vuelto loca a Paula. Y ahora lo intentas conmigo.

—Escúchame, por favor, sólo un minuto.

—De acuerdo, pero será mejor que te des prisa. Creo que me están entrando ganas de nuevo.

—Winston, eres insaciable.

—Sólo contigo, mi dulce, seductora y apasionada cosita.

—No soy tan pequeña —contestó—. Escucha: Sally me dijo que Anthony no está convencido aún de que Min se suicidase. Él cree que fue un accidente, y yo...

—Esto es una pérdida de tiempo terrible, cariño —la interrumpió Winston con impaciencia, deseándola desesperadamente—. Tía Daisy y Jim nos han dado cuenta detallada de la investigación. Por lo que tengo entendido, no pudo ser un accidente. No existe ninguna posibilidad de que lo fuese.

—Estoy de acuerdo contigo en que no se trató de un accidente. De todos modos, tampoco pienso que fuese suicidio.

Winston lanzó una carcajada de incredulidad.

—¿Insinúas que fue asesinato? ¡Oh, vamos, Emily!

—Pues yo creo que sí, Winston.

—¿Y quién lo cometió? De ninguna manera puedes abrigar la idea de que el pobre Antonhy fuese el autor, que es incapaz de matar una mosca.

—No. No sé quién habrá sido. Pero su muerte me preocupa mucho... no la puedo olvidar. ¿Sabes, Winston? Son esas cinco horas. Hay algo extraño en ellas. Hasta un policía un policía irlandés las califica de misteriosas. Lo son, y bastante.

—Te has equivocado de oficio, muñeca. Deberías haber sido escritora de novelas de misterio —replicó, riéndose entre dientes—. Quizá se murió de la merluza que había cogido.

—Ríete si quieres, Winston, pero te apuesto lo que quieras a que algún días se sabrá. Espera y verás —contestó Emily con voz seria.

Winston se sentó y le prestó atención. Desde que podía recordar, siempre había pensado que Emily era excepcional: brillante, inteligente, sagaz y más perspicaz de lo que algunos miembros de la familia se imaginaban. Esa creencia se había ido reforzando considerablemente desde que empezó a mantener relaciones serias con ella. Lo razonaba todo y él se había acostumbrado a escucharla y a fiarse de sus opiniones. Ella era quien le había impulsado a continuar insistiendo con el asunto de la fábrica de papel canadiense y a no desistir de ello cuando las conversaciones se rompieron. Más tarde, le había inculcado parte de su decisión y ambición, y le convenció de que era su deber intervenir con más celo en la empresa periodística. De tal manera que había abandonado la idea de vivir como un caballero terrateniente.

Por todas esas razones, ahora tenía que tomarla en serio.

—No sabes quién pudo haberla matado —dijo en voz baja—, y eso lo admito, resulta un hueso duro de roer. Pero, por otro lado, es obvio que has pensado mucho sobre la muerte de Min, así que debes tener alguna teoría sobre lo sucedido. Cuéntamela. Soy todo oídos. De verdad, gordita, no me estoy riendo de ti.

Emily esbozó una pequeña sonrisa de agradecimiento.

—Nada logrará convencerme de que Min permaneció tanto tiempo por el lago. Creo que se marchó, *fue a ver a alguien* y empezó a emborracharse horriblemente. Quienquiera que estuviese con ella quizá le ayudó a conseguirlo, aunque podría ser que le diera las pastillas, ya sabes, Winston, para atontarla. Entonces, una vez quedó fuera de combate, inconsciente, fue arrojada al lago para simular un suicidio o un accidente.

—Bueno, no es para ridiculizarte, palabra que no, pero

eso es suponer demasiado. Además, según todos los testimonios, nunca salió de la finca.

—Lo sé, pero sólo se trata de una suposición. *Pudo* haberlo hecho. Pudo haber ido *andando* a algún sitio y haber dejado el «Mini» cerca del lago.

—Oh, Emily, Emily.

Movió la cabeza, mirándola con impotencia.

—Eso no tiene sentido. ¿Quién querría matar a Min? ¿Por qué? ¿Con qué motivo? Se me ocurren muchas preguntas y puedo observar muchos espacios en blanco en tu teoría. Estoy seguro que Paula también los encontró. ¿Qué te dijo?

—Más o menos lo que tú... después me aconsejó que lo olvidase, que el caso estaba cerrado y que todos habían escapado de él relativamente inmunes. Dijo eso de «más vale no despertar al dragón dormido...» y se desembarazó de mí. Pero, ¿qué ocurrirá si Anthony y Sally tienen que vivir sabiendo que Min se suicidó por su culpa? Y hay otra cosa, Winston, piensa en la pobre Min. Si la asesinaron a sangre fría, que es lo que yo creo que pasó, la persona que lo hizo debería ser llevada ante la Justicia.

Winston permaneció callado, meditando sobre sus palabras.

—Oh, querida, no seas una cruzada —dijo tranquilamente—. No hay nada que puedas hacer, en serio, y Paula tiene razón, el caso está cerrado y archivado. Sólo empeorarías las cosas, harías pasar más momentos desagradables a Anthony y Sally. Podría estar hablándote durante horas sobre el asunto, gordita, pero, de momento, no tengo fuerza ni ganas.

Emily se mordió el labio.

—Lo siento. No he debido mencionarlo esta noche.

—Bueno, la verdad, cariño, es que has escogido el momento más inoportuno.

Le acarició la mejilla suavemente con un dedo, lo bajó por el cuello, cruzó diagonalmente su pecho desnudo y llegó hasta el borde de la sábana en la que estaba liada.

—Emily, por si no te has dado cuenta, tengo otras cosas en la cabeza.

Una atractiva sonrisa se dibujó en su rostro mientras se despojaba de sus preocupaciones sobre la investigación.

—He dicho que lo siento. Olvidémoslo.

—Tus deseos son órdenes para mí.

Se volvió, puso la copa de coñac en la mesita de noche

y, entonces, giró la cabeza rápidamente.

—Preferiría que no le dijeras nada de esto... de tu teoría... a Sally.

—Por supuesto que no lo haré. No soy tonta.

—Ni mucho menos. Ven aquí. Te quiero.

Apagó la lámpara.

Emily hizo lo mismo con la de su lado; después se deslizó por la cama y se acurrucó en sus brazos abiertos para ella, rodeándole el cuerpo con sus piernas y amoldándose a él.

—¿Ves lo que ha pasado? —dijo Winston—. Tu teoría sensacionalista sobre el asesinato me ha dejado incapaz de cumplir con mis deberes de compañero devoto.

Le acarició el pelo, el cual emitía un resplandor dorado a la luz del fuego que ardía en la chimenea.

—No por mucho tiempo, si es que te conozco —murmuró ella, haciéndole bajar la cabeza, buscando su boca y besándole apasionadamente.

Respondiendo a sus ardientes besos, Winston le pasó la mano por todo el cuerpo, acariciándole los senos, el estómago, las piernas, disfrutando con la sensación de aquella piel sedosa. Subió una mano con rapidez y le cogió un seno, bajó la boca y pasó la lengua junto al pezón. Sintió cómo ella le acariciaba el pelo y le apretaba el cuello con los dedos; luego escuchó el débil gemido de su garganta cuando le acarició el pezón endurecido con la punta de la lengua.

Emily permaneció muy quieta, respirando ahogadamente mientras Winston se apartaba de su pecho y empezaba a descender. Empezó a besarle el estómago y su mano le acarició la parte externa de los muslos, pasando después a la parte interna de ellos, con un toque sensual que cautivaba. Sabía exactamente cómo excitarla. Aunque siempre lo había sabido. Había adquirido más experiencia, más delicadeza y mejor conocimiento del cuerpo de una mujer desde los días de su infancia. Metió la mano entre sus muslos; luego, la caricia la envolvió completamente. Con un movimiento rápido y repentino que le sorprendió momentáneamente, sacó la mano y se colocó encima de ella.

Deslizó las manos bajo su espalda, alzándola hacia él mientras penetraba en ella y la poseía. Sus bocas se encontraron y quedaron encadenadas, mientras el cuerpo de ella se arqueaba contra el suyo. Emily se agarró a sus hombros, dejándose llevar por los rítmicos movimientos de Winston y el creciente ímpetu de sus cuerpos subiendo y bajando al unísono.

Algún tiempo después, mientras yacían exhaustos y abrazados. Emily le habló con una sonrisita.

—Me pregunto quién se inventó esa historia errónea de que los ingleses son unos amantes malísimos.

Winston exhaló un suspiro de satisfacción y se rió entre dientes.

—Los extranjeros, ¿quién si no? —dijo.

CAPÍTULO XXX

Era un día ventoso.

Las hojas se arremolinaban alrededor de los pies de Paula mientras bajaba por el sendero y cruzaba la pradera de césped, dirigiéndose hasta la carretilla que había dejado allí el día anterior. Los rayos del sol aparecieron tras la masa de plomizas nubes, que se amontonaban en el cielo revuelto pintándolo de un gris sombrío, y, con su brillantez, atravesaban el follaje otoñal. Los árboles, agitados por el viento, resplandecían repentinamente con el brillo del sol, como si estuviesen envueltos en jirones dorados y cobrizos.

Detuvo sus pasos y levantó la cabeza, contemplando el jardín. «¡Qué bonito es, incluso en noviembre!», pensó. Sus ojos recorrieron la pradera, que también parecía como si estuviese cubierta con un manto dorado o, quizá, con un tapiz antiguo, tejido con hilos rojos, cobrizos, ocres tostados y amarillos cromo.

Siguió adelante y, después, cogió el rastrillo para empezar a recoger las hojas en un gran montón. Trabajaba afanosamente, contenta de salir de la casa durante un rato. Tenía la cabeza nublada por las preocupaciones y el cansancio y esperaba que una hora en el jardín la animaría, le ayudaría a desprenderse de ese sentimiento de desesperación que se iba transformando poco a poco en depresión, un estado de ánimo inusual en ella. Al cabo de unos minutos se paró, dejó el rastrillo apoyado en la carretilla y se quitó los guantes de jardinería. Se lió bien la bufanda, se caló el gorro de lana hasta tapar su orejas y se subió el cuello del viejo abrigo de paño, sintiendo las punzadas del viento del Norte. El aire era helado y parecía que fuese a nevar. Se puso los guantes de nuevo y siguió rastrillando; luego, se paró y cargó las hojas en la carretilla. Al cabo de casi media hora oyó el crujir de unas pisadas tras ella. Siguió rastrillando, sabiendo que se trataba de Jim.

—Buenos días, querida —la saludó en un forzado tono de despreocupación—. Te has levantado de madrugada.

No quiso mirarle hasta que su rostro hubiese adoptado una expresión neutra y siguió rastrillando.

—Pensé que podía quitar algunas hojas antes de irme a Londres. De cualquier forma, el aire fresco y el ejercicio me sientan bien.

Dejó de oír sus pisadas.

—Sí —dijo Jim—, supongo que sí, pero no tienes que matarte. Fred puede hacerlo mañana. Para eso se le paga.

—Es demasiado para un jardinero.

Paula se enderezó y se volvió; clavó el rastrillo en el suelo, apoyándose en él y, finalmente, le miró a los ojos.

Él tenía una sonrisa tímida y avergonzada.

—Estás enfadada conmigo.

—No, Jim, no lo estoy.

—Deberías estarlo. Anoche estaba borracho como una cuba.

—Eso no sucede a menudo —dijo ella.

Luego, se preguntó por qué le excusaba y le daba la oportunidad de salir airoso. Se había emborrachado varias veces en las últimas semanas, pero su estado y su comportamiento en la cena de la noche anterior habían sido inexcusables.

El alivio se reflejó en la cara de su marido al acercarse a ella. Puso las manos sobre las de ella, en el rastrillo.

—Venga, hagamos las paces de verdad —dijo, tembloroso—. Después de todo, ¿qué significa una copa de más cuando se está entre amigos?

Como ella permaneciese en silencio, se inclinó y la besó en la mejilla.

—Lo siento. No volverá a suceder.

—No pasa nada, de verdad —dijo Paula con un esbozo de sonrisa—. De todos modos, fue una velada bastante incómoda. Todo el mundo actuaba de forma extraña, no me sorprende el que Winston y Emily se marcharan muy temprano.

—Esos dos tenían algo mejor que hacer.

Era perceptible el nerviosismo en su risa.

—Oye, espero que no me propasase con Winston ni con ningún otro.

Parecía preocupado, contrito.

—No, no lo hiciste. Aunque estabas muy borracho, fuiste muy cordial.

—Por si te sirve de consuelo, esta mañana estoy pagando la bacanal. Me encuentro fatal.

Se arrebujó en el abrigo y, tiritando, metió las manos en el bolsillo.

—Aquí fuera hace un frío de perros. No sé cómo puedes aguantarlo.

No respondió, se limitó a examinar su rostro cuidadosamente. Estaba pálido y algo ojeroso. El viento le revolvía el cabello, que emitía reflejos dorados con los rayos del sol. Se lo apartó de la frente, mirándola de reojo.

—Bueno, querida. Más vale que me vaya. Sólo he venido para decirte cuánto siento lo de anoche, darte un beso y desearte buen viaje.

Paula frunció el ceño.

—¿Dónde vas? —preguntó, sorprendida.

—A Yeadon.

—Supongo que no irás a volar con este viento y la resaca que tienes.

—La resaca desaparecerá cuando me encuentre allá arriba —dijo, elevando la mirada al cielo—, en aquel azul brillante.

Bajo los ojos y la observó con una ligera sonrisa.

—Es agradable que te preocupes por mí, resulta reconfortante, de verdad, pero no lo hagas, por favor, estaré bien. He telefoneado al aeropuerto hace un rato y me han dicho que la predicción meteorológica es favorable. Se supone que el viento amainará de aquí a una hora.

—Jim, por favor, no te vayas a Yeadon, aún no, espera hasta que me vaya a Londres. Entremos a tomar una taza de café. Voy a estar en Nueva York dos o tres semanas y no quiero dejar las cosas como están entre nosotros. Debo hablar contigo.

—Puede que yo sea un poco torpe —afirmó él con despreocupación, aunque entrecerró sus ojos que adquirieron un reflejo de cautela—. No te sigo. ¿De qué quieres hablar?

—De nosotros, Jim. De nuestro matrimonio, de nuestros problemas, de esta terrible tensión que existe entre nosotros.

—¿Tensión?

La miró desconcertado.

—No existe nada que yo sepa de... ambos estamos cansados, eso es todo... y *si* tenemos problemas, son baladíes, muy normales actualmente. Los dos hemos trabajado mucho y hemos estado sometidos a una gran tensión provocada por ese terrible problema de Irlanda. Así que... no es extraño que haya tensión a veces. Pero pasará, Paula. Sucede así generalmente. Ya sé...

—¿Por qué haces siempre esto? —gritó ella con ojos encendidos—. ¿Por qué te comportas como el avestruz, escondiendo la cabeza en la arena? Tenemos *problemas*, Jim, y ya no puedo seguir así.

—¡Eh! Cálmate, no te excites —dijo, sonriendo tímidamente.

Buscaba una forma de aplacarla. Se había dado cuenta de sus continuos intentos de discutir y analizar el matrimonio, de profundizar en aspectos de los que era mejor olvidarse. Se preguntaba cómo terminar aquella conversación inesperada. Quería marcharse, volar, perderse en las alturas durante un rato. Sólo entonces, cuando subía más y más alto, por encima de las nubes, se sentía libre, en paz consigo mismo y capaz de escapar de sus preocupaciones mundanas, de sus disensiones internas. Sí, aquéllos eran los mejores momentos de su vida... y estando con sus hijos... y cuando hacía el amor con Paula.

Se acercó a ella y la cogió del brazo.

—Oh, vamos, cariño, no nos peleemos así antes de irte de viaje. Todo va bien. Te amo. Tú me amas, eso es todo lo que importa. Te sentará bien estar fuera unos días. Volverás refrescada y resolveremos nuestras pequeñas diferencias.

Sonrió con aire infantil.

—Lo más probable será que se hayan solucionado por sí solas antes de que regreses.

—No lo creo, a menos que empieces a hablar conmigo, que discutamos nuestras dificultades de forma razonable y madura. Ése es uno de los problemas, quizás el peor, tu eterna reluctancia a hablar abiertamente conmigo, es un pequeño toma y daca verbal.

—Si tenemos problemas, como insistes en afirmar, Paula, es por tu tendencia a reaccionar de manera exagerada ante todas las situaciones, al ver desproporcionados los pequeños incidentes sin importancia. Y hay otra cosa: eres demasiado susceptible.

Lo miró con asombro.

—Oh, Jim, no intentes echarme a mí la culpa. ¿Por qué no admites que tienes problemas para comunicarte?

—Porque no es así... Eso es lo que tú imaginas. En cualquier caso, la mejor forma de comunicación que existe entre dos personas es hacer el amor y, en ese aspecto, no tenemos problemas de ningún tipo.

—Yo creo que sí —dijo Paula en un tono de voz tan bajo que él apenas la oyó.

Entonces, el sorprendido fue Jim.

—¡Cómo puedes decir eso! En lo sexual tenemos una compenetración perfecta. Te gusta tanto como a mí.

Paula parpadeó, dándose cuenta una vez más de que no la entendía como persona, ni tenía idea de lo que deseaba.

—Tengo deseos normales, Jim. Después de todo, soy una mujer joven y te amo. Pero a veces eres...

Se calló y buscó la expresión apropiada, sabiendo que estaba pisando un terreno peligroso y delicado.

—¿Soy qué? —la acució, acercándose y fijando la vista en sus ojos transparentes, bastante interesado.

—Eres demasiado... entusiasta. Creo que es la mejor forma de decirlo. A veces, cuando regreso a casa de la oficina, vengo exhausta por completo y no me apetecen las maratones de media noche en la cama.

Vaciló, mirándolo directamente, y se preguntó si había sido razonable entrar a discutir un tema tan delicado. Deseó no haberle respondido al principio.

—Te he estado diciendo durante meses que trabajas demasiado. Tienes que aminorar el ritmo. No necesitas continuar con esta estúpida rutina. ¡Dios mío, un día te convertirás en la mujer más rica del mundo! —dijo lentamente.

Aunque esa afirmación la irritó, habló tan serena como pudo.

—Trabajo porque me gusta y tengo un gran sentido de la responsabilidad, no sólo por la abuela y la herencia que me vaya a dejar, sino por nuestros empleados.

—Sin embargo, si no trabajases con tanta obsesión, no estarías tan cansada siempre.

Parpadeó y se puso la mano a modo de visera sobre los ojos para protegerse del sol. Un pensamiento le cruzó la cabeza.

—¿Estás diciendo que no te dejo satisfecha en la cama? —preguntó con ansiedad.

Ella negó con la cabeza.

—No, no es eso.

Dudó un momento y luego, en contra de un proceder más razonable, añadió:

—Pero mis necesidades son algo diferentes de las tuyas, Jim. Las mujeres no están hechas exactamente igual que los hombres. Las mujeres... nosotras... yo necesito ser llevada... bueno, hasta el acto final, y de manera gradual. ¿Sabes? es...

No acabó la frase, notando el cambio de su expresión. Parecía como si hubiese descubierto alguna verdad esencial.

De hecho, Jim no estaba seguro si se sentía preocupado o contento. «Así que es eso —pensó—. *El sexo*. La raíz de todo mal, al menos eso es lo que dicen.» Le lanzó una mirada aguda, paseando la vista por ella.

—Paula... querida... lo siento, no quería ser egoísta ni pensar sólo en mí. No me había dado cuenta, de verdad. En cierto sentido, tú tienes la culpa, por hacer que me sienta de esa manera. Quizá me siento inclinado a dejarme llevar por mis propios impulsos y deseos. Seré de otra manera en el futuro, te lo prometo.

Soltó una pequeña carcajada.

—He de admitir que nunca he sido hombre de... esto... de... los preliminares en la cama. Siempre me ha parecido que era algo poco viril. A pesar de eso, trataré de ayudarte, de ser menos impaciente y de esperar a que estés...

Se aclaró la garganta.

—Creo que la palabra correcta es *preparada* para mí.

Paula sintió que se ruborizaba. Lo había dicho en un tono de voz levemente sarcástico, con acento protector, y se sintió mortificada por ello. «*Ayudarme* —pensó—. Me hace sentir como una inválida. Todo lo que quiero es un poco de comprensión en cualquiera de los aspectos del matrimonio. Por desgracia, se ha detenido en nuestras vida sexual, ignorándome, y yo me niego a morder ese anzuelo.» Y, además, había otra cuestión, ¿por qué estaban allí fuera, manteniendo una conversación tan vital y seria? ¡Por el amor de Dios, en mitad del jardín! «Pues porque se sentiría atrapado en el interior —se respondió—. No quiere hablar. La verdad es que está deseando escapar de la forma que sea para ir a volar o a entretenerse con cualquiera de sus otros pasatiempos. Me está tomando en broma.» Paula se estremeció, sintiéndose helada ahora que las nubes habían atrapado el sol y presagiaban lluvia.

—Tienes frío —observó él, cogiéndole el brazo con inquietud—. Más vale que entremos en casa.

Sonrió lenta y sugestivamente.

—Tengo una buena idea, cariño. ¿Por qué no nos metemos en la cama ahora mismo? Te demostraré que puedo ser el amante más considerado del mundo y...

—¡Jim, cómo puedes decir eso! —exclamó ella, deshaciéndose de su mano y separándose de él, mientras lo miraba con fijeza—. ¡Crees que el sexo resuelve todas nuestras diferencias!

—Acabas de dar a entender que tenemos problemas sexuales. Me gustaría demostrarte que no es verdad.

—Yo no he insinuado tal cosa. He dicho que no me gusta hacer el amor interminablemente.

Casi añadió *despreocupadamente*, pero se contuvo.

—Vamos —dijo, conduciéndola por el sendero del jardín.

Paula no protestó, se dejó llevar hasta la casa. Cuando estaban en el recibidor, Jim se volvió hacia ella y dijo con tranquilidad:

—Traeré café.

—Gracias, estoy helada.

Se quitó el abrigo.

—Me encontrarás en el estudio.

Sabía que su voz había desfallecido, pero no pudo evitarlo. Su exasperación iba en aumento. Mientras él desaparecía sin decir nada en dirección a la cocina, ella abrió la puerta de sus dominios privados. El fuego brillaba alegremente en la chimenea, despidiendo un calor enorme en la pequeña habitación, una de las más recogidas de «Long Meadow».

Tomó asiento en un sillón frente al fuego, e intentó relajarse pero, cuando él regresó un momento después llevando las tazas de café, observó que su rostro aparecía frío e impasible y se le fue el alma a los pies.

—De acuerdo —dijo Jim con animación, ofreciéndole una taza y sentándose en el otro sillón—, hablemos.

—Jim —dijo, aunque su tono no la había animado—, te quiero, y deseo que nuestro matrimonio funcione porque, francamente, creo que ahora no va bien, aunque sea por el momento.

—¿Qué está mal? —preguntó.

Ella observó la expresión y se preguntó si era sincero o estaba disimulando.

—Existe esa falta de comunicación que antes he mencionado —comenzó—. Cada vez que quiero sacar a colación algo que me preocupa, me rechazas inmediatamente y me das la espalda, comportándote como si mis pensamientos y mis sentimientos no te importasen.

Lo miró tristemente.

—Pero sé que me quieres aunque, por otro lado, me siento olvidada. Es como si hubieses construido un muro a tu alrededor. No puedo llegar a ti. Y, cuando surge algo entre nosotros, todo lo que se te ocurre como solución es hacer el amor. Crees que nuestras dificultades desaparecerán una vez lo hayamos hecho; pero no es así porque después, todavía siguen ahí.

Él suspiró.

—Lo siento. Por desgracia, yo no crecí rodeado de una gran familia como tú. Fui un chico solitario, con la única compañía de mi abuelo, un anciano. Quizá tenga alguna dificultad en decirte las cosas, pero estaba convencido de que siempre te había escuchado. En lo concerniente al sexo, es la única forma que conozco para arreglar las cosas entre nosotros. Creí que disfrutabas tanto como yo, pero si piensas que lo estoy forzando, entonces...

—¡Jim, no! ¡Cállate! —exclamó—. No me estás interpretando correctamente. Por supuesto que quiero mantener unas relaciones sexuales normales contigo... pero no soporto que las uses para manipularme. Es injusto y una forma de explotación.

Contuvo la respiración asombrado.

—¿Ves? ¡Ya empiezas *otra vez*! Exagerando e imaginando cosas. Nunca te *he manipulado*.

Paula tragó saliva. Decidió intentar otra forma de aproximación esperando, de alguna manera, forzarle a sincerarse con ella.

—Quizá te parecerá que te estoy criticando, pero no es así. Sólo he mencionado las cosas que me molestan un poco. Mira, estoy segura de que yo también puedo hacer cosas que te molestan a veces. Así que... lo que es justo es justo. Te toca a ti. Airea todo lo que piensas de mí, ventila tus opiniones y tengamos una conversación inteligente como adultos maduros.

Jim empezó a reírse.

—Oh, Paula, te muestras tan nerviosa esta mañana, tan irritada. Con franqueza, creo que te estás comportando a lo tonto, creando una situación inexistente. En cuanto a lo que pienso de ti, bueno, cariño, sólo puedo decirte que creo

que eres maravillosa, y que te amo. Si tengo quejas o alguna cosa que criticar... bueno... son tan mínimas que me parecen triviales, sin consecuencias.

—Lo son para mí. Dímelas, Jim. *Por favor.*

Con obvia desgana, dijo lentamente:

—Creo que tiendes a ser demasiado severa contigo misma
en lo que respecta al trabajo —dijo, con obvia desgana—.
Trabajas hasta ahogarte, y no tienes por qué hacerlo. Sólo
porque tu abuela trabajase como una esclava no significa
que tú tengas que hacer lo mismo. Además, me parece que
te interesas por demasiados proyectos innecesarios.

Paula ignoró aquel comentario sobre Emma.

—¿Te refieres a las nuevas secciones de los almacenes
«Harte» y al desfile de modelos?

—Sí. Después de todo, los almacenes «Harte» son un buen
negocio y desde hace mucho tiempo. No necesitas...

—Jim —le interrumpió con impaciencia—, el secreto de
la venta al por menor consiste en evolucionar y crecer sin
cesar. Necesitamos renovarnos continuamente tenemos que
satisfacer las peticiones de los clientes, adelantarnos a las
nuevas tendencias, tener la visión de saber exactamente
cuándo y cómo extendernos en el futuro. Ningún negocio
puede permanecer estático, en especial una cadena de grandes almacenes.

—Si tú lo dices, querida. Tú lo sabes mejor.

Pero, en su interior, pensaba que estaba equivocada por
completo, trabajando de aquella manera. Mas no sentía interés, energía ni deseos de embarcarse en una larga discusión sobre sus negocios. Eso no tenía sentido, pues ella
siempre hacía lo que quería. Sin embargo, sentía la urgente necesidad de acabar con las quejas y los análisis de
sus relaciones. Ya estaba bastante aburrido y tenía unas ansias terribles de marcharse. Lanzó una mirada furtiva a su
reloj.

Paula se dio cuenta de su gesto.

—Esto es muy importante, Jim —dijo con rapidez—. Estamos empezando a hacerlo bien. Deberíamos seguir. Los
trastos...

—Y yo creo que debes relajarte, Paula. Aprender a dominar esos impulsos que te empujan a convertir los problemas
triviales en intensos dramas. Si quieres saber mi opinión,
esta discusión es bastante estúpida. No puedo imaginar por
qué has pensado que era necesaria, y especialmente *hoy*,
cuando te vas de viaje y estarás fuera casi un mes. Somos

felices juntos, aunque tú insistas en buscar problemas para tratar así de hacerme creer que no es así.

—Oh, Jim, sólo quiero salvar...

—Cállate, cariño, cállate —dijo en voz baja, con una simpática sonrisa, y le cogió la mano—. Cuando veo a nuestros amigos y conocidos, sé que nuestro matrimonio es maravilloso. Tenemos mucha suerte, Paula, yo me congratulo todos los días cuando pienso en lo compatibles que somos.

El desaliento se alojó en su estómago como una pesada piedra. Observando la impasibilidad de su rostro, reconoció que no había razón para continuar. Era como si estuviese hablándole a la pared.

—De repente, *pareces* muy pensativa —dijo Jim—. ¿Sabes una cosa? Piensas demasiado y muy de prisa.

Se rió levemente, con despreocupación, quitándole el veneno a sus palabras.

—Analizar las cosas con tanta minuciosidad como tú sueles hacer no es muy inteligente. Lo descubrí hace años. Siempre que uno pone algo en el microscopio, buscándole defectos, acaba por encontrarlos. No hay nada malo en nuestras relaciones, Paula. Trata de tranquilizarte, querida.

Se inclinó sobre ella, la besó en la mejilla y se incorporó con decisión.

—Ahora que ya hemos hablado, me voy, si no te importa. Conduce con cuidado y llámame esta noche antes de acostarte —dijo con un guiño mientras la agarraba el hombro—. Es entonces cuando más te echo de menos.

Paula se quedó mirándole fijamente, estupefacta, sin poder articular palabra. Finalmente, consiguió asentir con la cabeza. Cuando se dio la vuelta, lo siguió con la mirada. Sintió un vacío en el corazón mientras le veía cruzar la habitación. La puerta del estudio se cerró tras él. Después oyó el eco de sus pasos en el recibidor, el ruido de la puerta principal al cerrarse y, unos segundos más tarde, el rugido del motor de su coche. Cuando él se hubo marchado, Paula se quedó sentada, rígida, en el sillón durante un largo rato, invadida por la desesperación y una agobiante sensación de derrota.

Tras un esfuerzo, logró zafarse de sus molestos pensamientos, se levantó y salió de la habitación. Subió la escalera con lentitud, débilmente, y fue a ver a sus hijos. Siempre habían sido la alegría de su vida. Ahora eran su misma vida.

CAPÍTULO XXXI

Paula miró a Dale Stevens y a Ross Nelson.

—Mi abuela nunca consentirá en vender sus acciones de la «Sitex Oil». Jamás.

Ross Nelson sonrió con una expresión optimista.

—*Jamás* es una palabra de la que he aprendido a desconfiar. Tiene el hábito de volver para acosarle a uno, por eso casi nunca la uso.

—Comprendo cuáles son tus razones —dijo Paula—, pero, sin embargo, sé lo que mi abuela siente por la «Sitex», y no le interesará tu proposición. Le prometió a mi abuelo...

Paula se calló y encogió sus hombros con brusquedad.

—Pero ésa es otra historia, y esta conversación es una verdadera pérdida de tiempo, Dale, para ti y para mí.

—Quizá deberías hablarle del tema a Emma cuando regrese de Australia el mes que viene —dijo Dale Stevens—, tantéala, averigua qué es lo que opina. Puede que le guste la idea. Los tiempos han cambiado, y no olvidemos el hecho de que ganará millones si las vende.

—No creo que el dinero importe mucho en este asunto —contestó Paula.

—Harry Marriott y sus secuaces del consejo de administración son unos tipos duros, Paula —recalcó Dale, dirigiéndole una mirada significativa con sus atentos ojos oscuros—. Han querido tener a Emma en sus manos desde hace años, resentidos por su influencia, y lo único que puede ocurrir es que la situación empeore, poniéndose más difícil en el futuro. Cuando ella ya no esté, te encontrarás...

—Mi abuela no ha muerto todavía —le interrumpió Paula manteniendo la mirada de Dale con ojos fríos—, y me niego a especular sobre el futuro o las eventualidades que se puedan presentar. Manejo los negocios de la única forma que sé: trabajando a diario. Lo cierto es que no voy a buscar problemas, y me gustaría recordarte que Marriott es un hombre muy viejo. No durará mucho y, por lo tanto, su influencia tampoco.

—Está ese sobrino suyo —señaló Dale con tranquilidad—. Marriott Watson es un asqueroso hijo de perra, un alborotador.

—¡Oh, no me vengas con sobrinos ahora! —dijo Paula.

Pero se calló, mordiéndose el labio, y se volvió hacia Ross, recordando que era el sobrino y heredero de Daniel P. Nelson.

—Lo siento, Ross, estaba hablando de los sobrinos en general. No me refería a ti.

Los dos se rieron, y hubo un chispazo de humor en sus ojos color avellana.

—No te preocupes. No me ofendo con tanta facilidad.

Se inclinó hacia delante adoptando una expresión seria.

—Lo que Dale está tratando de decir es que los miembros del consejo de administración que se han ido conteniendo con Emma, se volverán muy duros contigo, por la simple razón de que eres una...

Paula levantó la mano.

—No tienes que decirlo, Ross. Conozco el motivo. Soy una *mujer*, y joven además. Sé que han escuchado a mi abuela durante todos estos años porque no tenían otra opción. Es la que posee la mayoría de acciones en solitario, mi abuelo *fue* el fundador de la compañía y, obviamente, ciertas personas la han odiado siempre por su enorme poder y, por supuesto, porque es una mujer.

Paula hizo una pausa.

—Con todo, Emma Harte se las arregló, y muy bien, por cierto. Siempre ha manejado al consejo de administración, y yo lo haré también. No me falta inteligencia ni creatividad. Encontraré la forma de que me escuchen y me hagan caso.

Ross y Dale se quedaron callados e intercambiaron una mirada de entendimiento.

Ross fue el primero en hablar.

—No quiero que pienses que soy un fanático, un cerdo chauvinista como alguno de esos idiotas del consejo de administración de la «Sitex», pero, a pesar de las incursiones que las mujeres han realizado en los negocios últimamente y que, debo añadir, yo apruebo totalmente, me temo que tenemos que afrontar los hechos. Los hombres son todavía...

Paula lanzó una carcajada, interrumpiéndole inmediatamente.

—Sé que todavía es un mundo de hombres. No tienes por qué recalcarlo. Y lo será hasta el día en que las mujeres puedan entrar en el servicio de caballeros.

Ross Nelson esbozó una sonrisa vaga, divertida. Apreciaba tanto el sentido del humor de Paula como su severidad y coraje innatos. Era un diablo de mujer. Sus ojos la examinaron con detenimiento. Se sentía fuertemente atraído por ella, fascinado por su autodominio, su gran inteligencia y su extraordinaria seguridad. Quería que fuese suya. Se preguntó qué camino de aproximación tomar, qué tácticas usar, cuánto tardaría en conseguir llevársela a la cama con él. Tenía la intención de hacerlo, y cuanto antes mejor.

Apartó los ojos de los suyos, consciente de su prolongado silencio.

—No todos los negocios se hacen en el servicio de caballeros, Paula —dijo con una risita ahogada.

—La mayoría sí —replicó ella, lanzándole una mirada retadora otra vez—. O en el equivalente al servicio de caballeros —añadió, haciendo una mueca con la boca.

Esto le excitó más aún y sólo pudo sonreír, sintiéndose repentinamente estúpido, como un colegial inexperto. Le asaltó el impulso de apretar su boca contra la de ella, y lo hubiese hecho si Dale no hubiera estado presente.

Dale tosió, con la mano en la boca.

—Marriott Watson está detrás de mí desde hace mucho tiempo porque soy el protegido de Emma, Paula. Creo que, cuando deje de contar con su protección, él tomará alguna medida severa contra mí. Está deseando hacerlo.

—Lo sé muy bien —respondió Paula, con un tono tan serio como el de él—. Pero ahora mismo tienes su protección; y la mía, por si te sirve de algo. Además, no menospreciemos a los miembros del consejo de administración que están de nuestro lado. Juntos, tenemos mucho poder. En setiembre me prometiste que seguirías como director hasta Navidad. El mes pasado accediste a quedarte hasta que tu contrato expire, a pesar del actual hostigamiento por parte de ciertos sectores de la compañía. No habrás cambiado de opinión y te estarás echando atrás, ¿verdad?

—No, encanto, de ninguna manera. Me quedaré contigo, peleando como los buenos —insistió Dale con firmeza—. De todos modos, me gustaría que le mencionases la idea de Ross a Emma cuando regrese a Inglaterra.

—Ésa era mi intención, tiene derecho a saberlo. No te preocupes. Le daré un informe detallado de esta reunión.

Volvió la cabeza para mirar a Ross.

—Me *preguntará* quién es tu cliente, Ross. Como es natural, tendrá interés en saber quién está interesado en comprar sus acciones. Aún no me has dicho el nombre.

Se recostó en el respaldo de la silla, lanzándole una mirada especulativa.

Ross Nelson, plenamente controlado otra vez, negó con la cabeza.

—No te lo puedo decir, Paula. Por lo menos, todavía no. Cuando muestres verdadero interés en vender las acciones de «Sitex» lo haré inmediatamente, por supuesto. Hasta entonces, el nombre es confidencial. Por indicación expresa de nuestro cliente. Y me gustaría repetir lo que he dicho al comienzo de la reunión: que la parte interesada ha sido cliente del Banco desde hace mucho tiempo, y es muy respetado.

Paula estaba asombrada por su insistencia en mantener el secreto, pero conservó una expresión neutral en el rostro.

—Obviamente, es otra compañía petrolífera, y dudo que sea una de las grandes, como «Getty» o «Standard». Debe ser una compañía mediana, ¿«International Petroleum», quizá?

Sus ojos astutos tenían un brillo de perspicacia.

Ross estaba impresionado. Su admiración por ella aumentó. Quizás estaba haciendo suposiciones, pero había dado en el centro de la diana.

—No, no es «International Petroleum» —mintió con toda tranquilidad—. Y, por favor, no empieces a jugar a las adivinanzas porque eso no conduce a nada.

Lanzó una de sus sonrisas intensas y afectuosas.

—El nombre no puede ser revelado hasta que nuestro cliente no nos dé permiso, y quizá te interese saber que Dale tampoco tiene idea de quién se trata.

«Pero no has negado que sea una compañía petrolífera», pensó Paula.

—Entonces —dijo—, supongo que nunca lo sabré, pues a mi abuela no le interesará vender.

Paula cruzó las piernas y adoptó una postura más relajada mientras se preguntaba si le había dicho la verdad cuando negó que fuese «International Petroleum». No estaba segura de ello ni tampoco de lo que sentía hacia ese hombre. Su actitud frente a él siempre había sido ambivalente. Nunca había podido decidir si le gustaba o no. Superficialmente, Ross Nelson era afable, cortés, estaba seguro de sí mismo y siempre dispuesto a complacer. Era un hombre apuesto, con cerca de cuarenta años y casi uno ochenta de estatura, bien formado, de piel clara y con un rostro franco, casi inocente, en el que brillaba una sonrisa afectuosa que lucía incansablemente para revelar sus dientes grandes, blancos y perfectos. Su apariencia era elegante y refinada, sus trajes impecables, al igual que sus modales.

Aunque todo era engañoso, o eso le parecía a Paula. No podía dejar de pensar que había algo oculto y dañino en él. Observando ahora a Ross tranquilamente, se le ocurrió de repente que los trajes elegantes y la despreocupación de la que hacía gala, no eran sino mera fachada para camuflar unas características desagradables que sólo salían a la luz tras las puertas cerradas de la sala de juntas del Banco. Como Emma había adivinado antes que ella. También percibió Paula una crueldad fría y calculadora en él, una despiadada dureza, tras el encanto, las sonrisas y la imagen de buen chico.

Dale y Ross habían comenzado a charlar sobre la explosión en la sala de máquinas del *Emeremm III* y Paula les prestó toda su atención.

Dale estaba diciendo:

—Por supuesto que pensé en un sabotaje, Ross, pero ha sido descartado. Se ha llevado a cabo una reciente investigación que no ha revelado nada nuevo, nada en absoluto. Además, ¿quién haría tal cosa?

Movió la cabeza con rapidez y frunció el ceño.

—No, no, definitivamente se trató de un accidente, aunque no hayamos podido descubrir la causa exacta de la explosión.

Paula pensó: «El desastre del *Emeremm III* fue un presagio de mala suerte»; pero dijo:

—O sea, que sigue siendo un misterio y una terrible mancha en nuestro récord de seguridad.

—Eso me temo, encanto.

Dale dijo aquella frase con una sonrisa triste y entrecerrando sus oscuros ojos y formando arrugas en su cara correosa y curtida por el sol y el aire.

—Lamento tener que repetirme, pero el asunto del petróleo es un negocio con grandes riesgos. De todos modos, el *Emeremm III* es un barco fuerte y acabo de saber esta misma mañana que ya está navegando e integrado en la flota.

—¡Bien, eso es una buena noticia! —exclamó Paula, sonriendo a Dale con afecto y dando la impresión de estar contenta. El presidente de la «Sitex» era un hombre que le agradaba, en quien confiaba y del que nunca había tenido queja alguna. Inteligente, severo y excesivamente ambicioso, era honesto y exactamente lo que aparentaba ser, no le gustaba disimular ni era dado a las estratagemas. Estudiándolo de manera furtiva, pensó que hasta los trajes reflejaban la clase de persona que los lucía. Eran excelentes pero de línea clásica y carentes de la costosa elegancia de que llevaba Nelson. Se preguntó qué podía tener en común ese astuto y trabajador tejano de cincuenta y tres años, que se había abierto camino en la vida, con el refinado banquero de la Costa Este que se encontraba sentado junto a él. A este último le sobraba estilo, un montón de dinero y una herencia privilegiada. Con todo, eran amigos. Fue Ross Nelson quien le presentó Dale Stevens a Emma dos años antes y fue por el banquero inversor por quien Dale era el presidente de la compañía petrolífera.

—Espero que no pienses que no confío en ti, encanto, porque no es verdad —dijo Dale viendo cómo lo miraba.

—Pero soy una incógnita, ¿no? —contestó Paula rápidamente y siguió hablando con la misma voz amable—. Comprendo tus motivos, Dale, y no te puedo culpar. Estás pensando en el futuro y has llegado a la conclusión de que las cosas funcionarán mucho mejor en «Sitex» si nuestras acciones preferentes son controladas por otra persona, alguien que tú crees que *puede* estar en mejor situación para manejar a la facción disidente del consejo de administración de «Sitex».

Mientras la examinaba con detenimiento, siempre consciente de su astucia y sensibilidad y nunca dispuesto a infravalorar a la inteligente joven, Dale decidió ser del todo sincero.

—Sí —dijo, lanzándole una mirada directa y franca—, eso es parte de mi razonamiento, lo admito. Pero no es todo. En cierto sentido, también pienso en ti, en tu pesada tarea. Me parece que ya tienes las manos ocupadas con la cadena de almacenes «Harte» y con tus considerables intereses financieros en Inglaterra y Australia. Y, por supuesto, tienes tu base en Inglaterra, encanto.

—El teléfono funciona —dijo Paula expresivamente—, los teletipos transmiten, los aviones vuelan.

—Pero, aun así, la Sitex es un problema adicional para ti —repuso él sin prestar atención a su tono sarcástico—. ¿Y lo necesitas realmente?

Dale negó con la cabeza, como si estuviese pensando por ella.

—Me parece que no y, si fuera yo, convencería a Emma de que vendiese e hiciese un provechoso negocio. Podrías reinvertir los millones que ganases con las acciones en otros asuntos, en algo que no te diese tantos quebraderos de cabeza.

Ella permaneció callada.

—Estoy de acuerdo con Dale —afirmó Ross con tono apagado.

Se aclaró la garganta.

—Como es lógico, he tenido conocimiento de las dificultades que hay en «Sitex», no sólo a través de Dale, sino por lo que me ha contado Emma en estos últimos años. Y así, cuando el cliente del Banco manifestó un interés en comprar acciones de «Sitex», pensé inmediatamente en los vastos intereses de Emma en la Compañía. Hablé con Dale y él accedió a plantearte el asunto inmediatamente. El cliente del Banco ya ha invertido en acciones ordinarias de «Sitex». Y con tu cuarenta y dos por ciento... —se calló y le dirigió una de sus perpetuas sonrisas que lo abarcaban todo—. Bueno, Paula, eso le daría a nuestro cliente una influencia real.

—*Cualquiera* que posea el cuarenta y dos por ciento de las acciones tiene *influencia* —dijo Paula enérgicamente—. Que seamos nosotros o tu cliente no tiene nada que ver. Sabes tan bien como yo que lo que cuenta es el capital en sí, no el dueño. Y, de todos modos, las acciones ordinarias de tu cliente no le dan derecho al voto y, por lo tanto, no conllevan ningún poder. Obviamente, ese cliente tuyo, ya sea un particular o una empresa, necesita las acciones de mi abuela para darle, o darles, voz en el manejo de la compañía. Lo que buscan es el *control*. Lo comprendo perfectamente.

Ninguno de los dos hombres respondió. Ambos reconocieron que no tenía sentido negarlo, ya que sería tonto hacerlo.

Paula se levantó, adoptando sus más elegantes modales.

—Me temo que tengo que dar por terminada esta conversación informal, caballeros. Creo que hemos tratado cuanto nos ha sido posible. Hablaré con mi abuela en diciembre y estoy segura que tendrán noticias suyas. En realidad, es asunto suyo, será su decisión.

Paula se rió suavemente.

—Y, quién sabe —murmuró—, puede que hasta me sorprenda y, después de todo, decida vender.

Dale y Ross se habían levantado cuando ella lo hizo y, mientras Paula le acompañaba a la puerta, Dale dijo:

—Vuelvo a Odessa esta noche, pero avísame si necesitas algo. En cualquier caso, te llamaré la semana que viene para hablar más a fondo de todo esto.

—Gracias, Dale, eres muy amable —dijo Paula ofreciéndole la mano.

—¿Estás segura de que no quieres venir a almorzar con nosotros? —preguntó Ross.

—Gracias de nuevo, pero no puedo. Tengo una cita con el director del departamento de moda de «Hartes USA» y no me es posible cancelarla, pues vamos a discutir la organización de la Semana del Diseño Francés durante el almuerzo.

—Nosotros nos lo perdemos —dijo con tono contrariado, sin quitarle la vista de encima y estrechándole la mano todavía—. A diferencia de Dale, yo no voy a ningún sitio. Me quedo aquí, en el viejo Manhattan. Si te puedo servir en algo, en lo que sea, házmelo saber. Espero que puedas cenar conmigo alguna noche de esta semana.

Paula retiró la mano de entre las suyas.

—Eres muy amable, Ross, pero me temo que esta semana estaré muy ocupada. En realidad, tengo comprometidas todas estas noches.

Eso no era cierto, pero no sentía deseos de verle en una reunión social.

—¡Espero sinceramente que no ocurra lo mismo la semana que viene!

Se acercó a ella y la cogió del brazo.

—Te llamaré el lunes y no aceptaré una negativa por respuesta —la previno con una sonrisa cordial.

Cuando hubieron salido, Paula se dirigió con paso lento hasta su escritorio, una gran lámina de vidrio sobre una sencilla base de acero pulido. Constituía el aparatoso centro de atención del recargado despacho de Emma en «Harte Enterprises», donde Paula siempre recalaba cuando se encontraba en Nueva York. La habitación estaba amueblada con piezas modernas y decorada en brumosos tonos grises y azules. Los colores suaves y apagados se enriquecían con algunos de los valiosos cuadros de impresionistas franceses de la colección de Emma, mientras que las esculturas de Henry Moore y Brancusi y los bustos del templo de

Angkor-Vat se encontraban distribuidos por el salón sobre pedestales de mármol negro. Todo conformaba una situación fuerte y definitiva al tiempo que evidenciaba el gran amor de Emma por el arte.

Sentándose tras el escritorio, Paula puso los codos sobre el cristal con la cara apoyada entre las manos, pensando en la reunión que acababa de terminar. El germen de una idea parpadeó en su mente, empezó a tomar forma y, mientras eso sucedía, comenzó a dibujarse una sonrisa en su cara. Sin proponérselo, Ross Nelson y Dale Stevens le habían mostrado una forma de resolver algunos de los problemas de la «Sitex», si no todos. «Pero ahora no —pensó—. Más tarde, cuando de verdad necesite que todo el mundo baile al compás que *yo* marque.»

Se rió en voz alta al enderezarse. No era una idea muy agradable, en realidad, resultaba bastante diabólica, maquiavélica, pero sería efectiva, y tenía el sello inimitable de Emma Harte. Todavía riéndose calladamente, pensó: «Me debo estar pareciendo a la abuela cada día más.» Esa posibilidad la alegró sinceramente. En cierto sentido, le ayudaba a aliviar un poco la depresión y frustración que experimentaba desde su intento fallido de hablar con Jim antes de salir para Inglaterra.

Si su matrimonio estaba arruinado y su vida íntima era árida, entonces se aseguraría de que su vida profesional fuese provechosa, su éxito en los negocios compensaría las demás pérdidas. El trabajo había sido el baluarte inexpugnable de Emma cuando su vida íntima se destrozó, y también sería el de Paula, le ayudaría a soportarlo. Con los negocios ocupando su mente y el inmutable amor a sus hijos nutriendo su espíritu, sobreviviría, y bien, quizás incluso con estilo, como su abuela había hecho. Sus pensamientos se centraron en Jim, aunque en ellos no había rencor ni acusaciones. Sólo sentía una terrible tristeza, ya que no sabía lo que había perdido, y ésa era la pena, la tragedia de todo.

Shane O'Neill tenía un dilema esa tarde.

Andaba por Park Avenue dando grandes y rápidas zancadas, esquivando a los demás peatones, mientras sus pensamientos le daban vueltas en la cabeza a una velocidad similar. No podía decidirse sobre Paula. ¿La llamaba por teléfono o no? El pensamiento de que estaba en Nueva York, sentada tan sólo a unas manzanas de donde él se encontraba, le tenía tan excitado que no se podía imaginar lo que haría en su presencia. Y si la llamaba no tendría otra alternativa que verla, invitarla a salir, a comer o a cenar o, al menos, a tomar unas copas.

Aquel mismo día, al hablar con sus oficinas de Londres, se había sorprendido cuando su padre le mencionó de pasada que Paula se había ido a Nueva York.

—Merry y yo cenamos con ella en Londres el domingo por la noche —le explicó antes de centrarse en los asuntos financieros habituales.

Y después, antes de colgar, su padre exclamó:

—Ah, Shane, espera un momento, aquí viene Merry. Quiere decirte hola.

Pero Merry hizo algo más que saludarle. Le dio instrucciones.

—Por favor, llama a Paula —le exhortó—. Le di tus números de teléfono la otra noche, pero sé que no te llamará. Se sentiría intimidada.

Cuando le pidió una aclaración, su hermana le explicó que Paula hacía tiempo que era muy consciente de su reserva para con ella, como lo era la misma Merry.

—Temerá que la rechaces —afirmó su hermana—. Así que está en tu mano. Sé amable, Shane, es una buena y vieja amiga. Y no parece encontrarse muy bien.

Esta última frase la dijo con voz seria y preocupada.

—Parece hundida —continuó—, preocupada, malhumorada incluso, y ésa no es la Paula que *nosotros* conocemos. Por favor, invítala a salir, haz que se lo pase bien. Divertíos juntos, Shane, hazla reír otra vez, como hacías cuando éramos niños.

Los comentarios de su hermana lo habían alarmado. Le había instado a que le diese más información sobre Paula, pero Merry no había podido contarle mucho más y, antes de decirle adiós, le prometió a su hermana que se pondría en contacto con Paula.

Pero estaba dudándolo de nuevo. Aunque deseaba verla, sabía que si cedía a sus deseos sólo conseguiría infligirse un castigo. Era la esposa de otro hombre. La había perdido para siempre. Si pasaba un rato con ella, las viejas heridas se le abrirían..., heridas que no habían cicatrizado pero que, al menos, ya no sangraban y, en consecuencia, no le dolían tanto. «Será angustioso», pensó, contemplando la vida que se había construido en Nueva York durante los últimos ocho meses. No era una vida excitante; más bien, resultaba triste y monótona, sin grandes momentos, pero también sin períodos de debilidad. No se sentía feliz, aunque desgraciado tampoco. En cierto sentido era como estar en el Limbo, pero disfrutaba de paz y tranquilidad. No había mujeres a su alrededor. Dos intentos en esa dirección habían acabado muy mal, dejándole impotente y desamparado. Y, una vez más, decidió que el celibato era infinitamente mejor que aquellas escenas de alcoba acabando en situaciones molestas que le hacían sentirse intranquilo y mortificado por su propia insuficiencia. Así, evitaba escrupulosamente cualquier complicación femenina y pasaba la mayor parte de su tiempo trabajando. Por lo general, se quedaba en las nuevas oficinas de «O'Neill International Hotels» hasta las ocho o las nueve de la noche y, luego, se iba a casa a tomar una cena insípida frente al televisor. De vez en cuando, salía con Ross Nelson o con el otro hombre con quien había hecho amistad; alguna que otra noche acompañaba a Skye Smith al cine o al teatro y, luego, a cenar. Pero, generalmente, llevaba una existencia solitaria, con libros y música como única compañía. No era feliz, pero no había dolor contra el que combatir. Estaba muerto por dentro.

Mientras todas estas ideas pasaban por su mente, Shane cambió de pronto de parecer. En realidad, tenía que ver a Paula, aunque sólo fuese por guardar las apariencias. Si alguno de sus otros amigos de la infancia visitaba la ciudad, él lo agasajaba con todos los honores. Evitar a Paula parecería raro, descortés, y más aún se lo parecería a Emma y a Blackie quienes, sin duda alguna, le preguntarían por ella cuando pasasen por Nueva York el siguiente mes. Aparte de eso, Merry había dicho que Paula no tenía buen aspecto. Sí, sería mejor invitarla a cenar, aunque sólo fuese para cerciorarse de que se encontraba bien. «Pero tú no eres responsable de ella», se previno, pensando en Jim Fairley. *Su marido.* Inesperadamente, unos celos salvajes se apoderaron de él, y tuvo que hacer un tremendo esfuerzo para atajar ese sentimiento mientras cruzaba la Calle 59 y seguía por Park Avenue en dirección a la Calle 60.

En pocos minutos llegaría al emplazamiento del nuevo hotel. La empresa constructora casi había acabado de reformar los interiores pasados de moda y, momentáneamente, se vería rodeado por albañiles, aparejadores, arquitectos y diseñadores. Todos exigirían su atención. «Basta de vacilaciones. ¡Al diablo con Jim Fairley! Es mi mejor y más antigua amiga. Crecí con ella. Por supuesto que iré a verla. No, no puedes. Sería demasiado doloroso.» Una vez más, Shane se volvió atrás.

Y su acción se paralizó por el convencimiento de que era vulnerable a ella. Aunque sólo se atreviese a poner los ojos en la mujer que amaba, se expondría a un dolor y un sufrimiento de los que quizá no se recuperase nunca.

Skye Smith miraba a Ross Nelson, nerviosa, y su voz tembló ligeramente al hablar.

—Pero tu divorcio se solucionó hace semanas. No lo entiendo. Siempre pensé que nos íbamos a casar.

—Me temo que eso ha sido pensar demasiado por tu parte, Skye —dijo Ross intentando mantener el tono normal de su voz y ser cortés al menos.

—Pero, ¿qué pasa con Jennifer?

—¿Qué ocurre con ella?

—*¡Es nuestra hija, Ross!*

Se quedó callado durante un momento. Cuando llegó a su casa, en Wall Street, diez minutos antes, se había puesto furioso al encontrarse con Skye Smith, su antigua amante, sentada en el salón con un aire frío y, obviamente, decidida a pelearse con él otra vez. Estaba empezando a exasperarle la continua presión que ejercía sobre él. En cuanto se fuese, despediría al ama de llaves por haber sido lo bastante estúpida como para dejarla entrar en el apartamento.

Skye se retorcía las manos, mostrando una cara pálida en la que resaltaban los ojos suplicantes.

Ross Nelson la miró con fijeza y su implacabilidad aumentó al anotar lo agitada que estaba. Su aflicción no le hacía sentir simpatía ni compasión por ella. Sólo servía para impacientarle más.

—Dices que es mi hija, pero, ¿lo es de verdad? —preguntó con crueldad—. Nunca he estado muy seguro... sobre mi paternidad.

Skye, boquiabierta, se recostó en el respaldo del sofá.

—¡Cómo puedes decir eso! Sabes que eres su padre. Es tu viva imagen, Ross, además, se puede hacer un análisis de sangre que te demuestre tu paternidad. Y hay otra cosa, prácticamente me tuviste encerrada a cal y canto durante cuatro años. Ni siquiera puse los ojos en otro hombre.

Él sonrió con ironía.

—Pero ahora sí los estás poniendo, y con mucho interés. ¿No, Skye? En Shane O'Neill, para ser exactos. Y, ya que te acuestas con él, te sugiero que uses tus numerosas artimañas sexuales para embaucarle. Más te vale que lo lleves ante el altar, y tan pronto como puedas.

—No me acuesto con él —protestó acaloradamente, despojándose de su apatía, con un repentino enfurecido brillo de vida en los ojos.

—¿De verdad esperas que crea eso? —exclamó con una sonrisa cínica—. Sé todo lo que hay que saber sobre ti, Skye, y algo más.

Mientras la observaba, su rostro se contrajo, su mirada se endureció, y la comisura de su boca se alzó en una sonrisa de desprecio.

—No puedes resistirte a los jóvenes altos, fornidos y apuestos, siempre han sido tu gran debilidad, querida. Ambos lo sabemos muy bien. Lo mejor que podrías hacer sería casarte con alguno de ellos mientras aún dispongas de esa belleza rubia y tu extraordinaria y atlética habilidad sexual. No hay duda, Shane es el partido más prometedor. Disfruta de ti en la cama, así que ¿por qué no le convences para que legalice la situación mientras vuestro romance está todavía en ese estado inicial de euforia? Es tu tipo, eso no tiene vuelta de hoja, rico también y, desde luego, está disponible.

—Ross, te he dicho la verdad. No estoy teniendo ninguna aventura con Shane O'Neill —insistió.

Ross se rió a carcajadas, cogió una pitillera de plata de la antigua mesita china y encendió un cigarrillo lentamente.

Skye fijó su mirada en él. Se preguntaba por qué se había enredado con él, y de la forma más tonta, hacía años; le hubiese gustado saber por qué era tan desgraciada amando a ese hombre de la forma en que lo hacía. El problema era que él sabía exactamente cómo se sentía ella, y, por eso, su actitud se había ido haciendo cada vez más fría. Ross sólo deseaba las cosas de la vida que no podía obtener, y en especial, las mujeres que no mostraban ningún interés por él. «Es perverso —pensó—, pero, ¡oh, Dios, estoy tan enamorada de él!» Sabía que tenía que conseguir que creyera lo de Shane por el bien de la niña, y por el supo propio. Entonces, se dio cuenta de que la única forma de convencerle era siendo franca y explícita con él.

—De acuerdo, lo admito —dijo con toda calma—, me he acostado con Shane. *Una vez*. Fue cuando descubrí que te habías llevado a Denise Hodgson contigo a Sudamérica, al enterarme de tu aventura con ella. Supongo que lo hice como venganza. Pero la cosa no marchó bien entre nosotros. Nunca hicimos el amor. Y, desde entonces, jamás hemos estado cerca uno del otro, no de esa manera, Ross. Somos amigos, eso es todo. Camaradas.

—*Camaradas* —farfulló Ross moviendo la cabeza—. Venga, Skye. Estás hablando conmigo, ¿recuerdas? No he permanecido a tu lado cinco años para no saber a estas alturas cómo puedes lograr que un hombre se sienta, sobre todo al principio, cuando aún no se ha acostado contigo.

Se rió burlonamente.

—La cosa no funcionó, ¿verdad? —murmuró con una expresión de total desconfianza.

Skye se atragantó, sabía que tenía que seguir hablando y darle una explicación completa si quería hacer algún progreso, congraciarse de nuevo con él y volver a ganárselo de alguna manera.

—Sí, es cierto, te lo prometo, Ross. Shane y yo somos buenos amigos, nada más.

Volvió a atragantarse.

—No pudo... bueno, la noche que nos fuimos a la cama... no fue capaz... ya sabes, de hacer nada.

Ross se dio una palmada en la rodilla, soltando una risotada estridente.

—¿Esperas que me crea que Shane O'Neill no lo pudo hacer contigo? Oh, no, Skye. Nunca me tragaré eso de ti.

—Pero es la verdad —susurró, recordando con claridad aquella triste noche, la penosa vergüenza de Shane y su propia confusión—. Es la pura verdad.

Se inclinó sobre la mesita de café y finalizó en un tono mucho más fuerte.

—Lo juro por Jennifer, por mi propia hija, nuestra hija.

Sus carcajadas cesaron y sus ojos se entrecerraron mientras la observaba pensativo. Inmediatamente supo que no estaba mintiendo, no cuando lo juraba por su hija.

—Así que... Shane tiene un pequeño problema, ¿verdad? —dijo.

Ella asintió con la cabeza.

—Al menos, conmigo —repuso con vacilación—. Tengo el presentimiento de que está enamorado de alguien.

—Me pregunto quién podrá ser la mujer en cuestión. ¿Lo sabes?

—Esa pregunta es estúpida. ¡Cómo iba yo a saberlo! No me hizo ninguna confidencia. ¿No comprendes, Ross?, por eso él no puede ser mi marido.

—Ni yo tampoco.

—¿Por qué? —preguntó tajante.

—No siento ningún deseo de casarme de nuevo —dijo casi con desenfado—. No con el récord que tengo a mis espaldas. Ya estoy harto de mujeres avariciosas y de tribunales de divorcio. Además, pago demasiado dinero en pensiones. Cientos de miles de dólares al año. Pero si estuviese tan loco como para dar ese paso suicida, puedo asegurarte que la novia sería rica.

—¡Vamos, hombre! El dinero no te interesa, Ross —se burló—. No podrías gastarte todos tus millones aunque vivieses cien años.

Se quedó callado.

Skye, con rostro tranquilo, casi amable, dijo lentamente:

—¡Hemos vivido tantas cosas juntos! ¡Tenemos una hija y te amo tanto!

—Me parece que no lo entiendes: no te quiero.

Ella se estremeció, pero guardó el dolor para sí. Ross tenía cierta predisposición a la crueldad y su estado de ánimo cambiaba como el viento. Al cabo de cinco minutos podría dar un giro imprevisible y llevársela a la cama. Así había ocurrido antes muchas veces. Se le ocurrió una idea y se levantó, fue a sentarse junto a él, en el sofá, y le puso una mano sobre la rodilla. Se acercó más y le susurró:

—Realmente no quieres decir eso, Ross querido, sabes que no es cierto. Tú me amas. Hay una clase de magia especial entre nosotros y siempre la habrá.

Sonrió con ojos seductores, junto a su cara fría.

—Vámonos a la cama. Te mostraré lo fuertes que son los lazos que existen entre nosotros.

Él apartó su mano de la rodilla y se la dejó caer en el regazo.

—Nunca pensé que fueses masoquista y quisieras repetir tu desafortunada aventura con Shane O'Neill. Debe ser muy humillante para una mujer como tú darse cuenta de que su experiencia sexual ha perdido efectividad.

Se apartó, mirándole boquiabierta, con los ojos llenos de lágrimas.

Queriendo librarse de ella, Ross decidió atacar más fuerte, y habló con voz tranquila pero severa.

—¿Sabes? Ya no consigues excitarme.

Skye se levantó y cruzó la habitación. Anduvo temblorosa, quitándose las lágrimas de las mejillas, intentando retenerlas, con el pecho palpitante, sabía que lo había perdido. Su vida estaba destrozada.

Ross se levantó también y se dirigió hasta el pequeño escritorio de estilo regencia. Abrió el cajón, sacó un talonario, cogió una pluma y se puso a escribir. Al arrancar el cheque, ella se volvió, se le quedó mirando y la confusión sustituyó a la angustia en su rostro cansado.

—¿Qué estás haciendo? —preguntó, empezando a temblar.

—Es para ti, para la niña —dijo, levantándose de la silla y caminando hacia ella—. Daré órdenes a los administradores para que recibas la misma cantidad todos los meses. Debería ser más que suficiente.

Se detuvo ante ella y le alargó el cheque.

Skye agitó la cabeza enérgicamente.

—No lo quiero, Ross. *Yo* puedo mantener a *nuestra* hija. No estoy interesada en tu dinero, ni nunca lo he estado. Es a ti a quien quiero. Como marido, como padre de Jennifer.

—Ése es un precio muy elevado para mí.

Intentó obligarla a coger el cheque, pero ella se negó cerrando las manos y echándose hacia atrás.

Ross se encogió de hombros, se volvió y regresó al sofá, frente a la chimenea. Abrió el bolso de Skye, metió el cheque dentro y, luego, se lo llevó y lo puso en sus manos.

—Creo que es hora de que te vayas, Skye. Estoy esperando a unos invitados. Todo se ha acabado entre nosotros. No hay nada más que hablar.

Levantó la cabeza, recuperó algo de su orgullo destrozado y habló con voz sorprendentemente fría y tranquila.

—Oh, sí —dijo—, hay algo más, Ross, y es esto... —hizo una pausa y le miró fijamente a la cara—. Las cosas no han acabado entre nosotros y nunca lo harán, independientemente de que nos veamos o no otra vez. Algún día me necesitarás. No sé cómo ni por qué, pero ocurrirá.

Abrió el bolso, sacó el cheque, lo rajó en dos, sin mirarlo y arrojó los trozos al suelo. Entonces, se volvió y se alejó con pasos mesurados y controlados, sin mirarle siquiera.

Ross cogió el cheque roto y se lo guardó en el bolsillo con cara inexpresiva. Haría otro al día siguiente y se lo enviaría. Se acercó a la ventana, apartó las cortinas y se quedó mirando hacia Park Avenue. Al cabo de unos minutos, ella saldría del edificio y cruzaría la calle como hacía siempre, en dirección a Lexington. Suspiró. Era una pena lo de la niña. Su rostro se suavizó un poco. No había manera de que pudiera tener a su hija de tres años sin la madre, y a la madre ni la quería ni la necesitaba. Era demasiado problemática en cualquier aspecto. Sintió remordimientos por la manera como había manejado a Shane, arrojándole a Skye en los brazos. «Curiosa coincidencia —pensó—, que Skye y Shane se conocieran en Yorkshire y que, una semana más tarde, él me llamase al Banco de parte de Emma Harte.» En cuanto vio a Shane, pensó en Skye, dándose cuenta de que podía haber encontrado la solución a sus problemas con ella. Manipuló a Skye, intensificó el comienzo de la aventura, si podía llamarse así. «Bueno, dicen que todo está permitido en el amor y la guerra.» La inesperada revelación de Skye sobre la impotencia de Shane le había sorprendido, dejándole asombrado. Shane O'Neill, precisamente. «Pobre hijo de perra», murmuró Ross, preguntándose por segunda vez qué mujer tendría atrapado a Shane en su anzuelo de tal manera que no podía disfrutar con ninguna otra.

Ross apretó la cara contra el cristal. Skye andaba apresurada por la calle y se detenía ante un semáforo esperando a que las luces cambiasen. Llevaba el abrigo de visón que él le había regalado. Supuso que en un tiempo la había amado. Ahora le aburría. Dejó caer la cortina y ella desapareció; entonces, se centró en sus planes para el presente.

Ross Nelson anduvo hasta la chimenea y se quedó de pie unos minutos, con la mano apoyada en la repisa, mirando al vacío, perdido en un ensueño, pensando en Paula Fairley. La había conocido hacía años y le había prestado muy poca atención. Pero esa mañana, en su oficina, se había sentido atraído por ella. Tenía que poseerla. Iba a poseerla. Nada ni nadie lo detendría. «Ahora es un polvorín de sexualidad reprimida», se dijo. Lo había observado en seguida. Se notaba en la forma de mover el cuerpo, en el ansia que se detectaba en sus ojos de aquel color violeta tan poco común, ardientes y seductores. Él prendería la mecha del polvorín, lo haría explotar y luego se tumbaría y dejaría que las llamas de su sexualidad le consumiesen a ambos. Empezó a darse cuenta de que se excitaba más de lo normal pensando en ella, algo que no le había sucedido desde hacía mucho tiempo, desde que había llegado a hartarse. Estaba deseando poner sus manos en aquel cuerpo esbelto, delgado y grácil aunque, a excepción de sus her-

mosos senos, era muy parecido al de un muchacho. Cerró
los ojos y contuvo la respiración; recordó lo tersos y firmes que parecían bajo la camisa blanca de seda que llevaba puesta. Ansiaba poseerla ahora, en ese mismo instante.
Repentinamente, su imagen se le representó tan vívida que
abrió los ojos con un sobresalto y se dejó caer en el sofá.
Sabía que debía hacer desaparecer la tentadora imagen de
ambos metidos en la cama. Si no lo conseguía de inmediato, pasaría muy mala noche.

Pero Ross Nelson descubrió que era difícil olvidarse de
Paula, debido a la poderosa atracción sexual que ejercía
sobre él. Y, también, por supuesto, estaba su dinero. Empezó a pensar en su enorme fortuna; la fortuna de Emma,
que ella heredaría algún día. Con gran sorpresa, observó
que la idea del matrimonio, después de todo, le parecía
muy atractiva. Había un marido en algún sitio, ¿verdad?
Pronto prescindiría de Fairley. Una vez que se hubiese acostado con Paula, sería suya totalmente. Siempre acababa
siendo así, en especial con aquellas mujeres inexpertas que
se dejaban caer sin aliento en sus brazos. Sintió un dolor
familiar en la entrepierna. Para dejar de pensar en el sexo,
trató de concentrarse en la enorme fortuna de Paula Fairley. El dolor se intensificó. Cruzó las piernas y empezó a
sentir un incómodo calor. Empezó a burlarse de sí mismo.
Había sido muy afortunado al no dejarse llevar un poco
antes por las imágenes eróticas de Paula. De lo contrario,
se habría visto obligado a llevarse a Skye a la cama... por
última vez.

Miró el teléfono que había sobre el escritorio, preguntándose por qué no había sonado todavía. Estaba esperando tener noticias de Paula desde que llegó a casa.

CAPÍTULO XXXII

—¿De dónde han salido estas horrorosas rosas rojas,
Ann? —preguntó Paula, mirando por la puerta abierta del
salón y volviéndose hacia el ama de llaves americana de su
abuela.

Ann Donovan, que estaba de pie junto a Paula en el enorme recibidor del apartamento que Emma tenía en la Quinta Avenida, movió la cabeza de un lado a otro.

—No lo sé, Miss Paula. Dejé la tarjeta en la consola, junto al jarrón.

Entró tras ella en la habitación.

—No estaba segura de dónde ponerlas —siguió diciendo—, si le digo la verdad, dado que el aroma es demasiado fuerte. Hasta me pregunté si debía dejarlas aquí. En todos los años que llevo trabajando para Mrs. Harte, jamás hemos tenido rosas en el apartamento. ¿Tampoco le gustan a usted?

—En realidad no me molestan, Ann, al menos en la forma que molestan a mi abuela. Es que no estoy acostumbrada a ver rosas a mi alrededor. Nunca las cultivo ni las compro.

Arrugó la nariz mostrando su disgusto.

—Y ese color —afirmó con brusquedad—, es un rojo tan intenso, y el arreglo resulta demasiado recargado. Muy pretencioso.

Cogió el sobre, lo abrió y miró la tarjeta. Iba firmada por Ross Nelson. Su letra era pequeña, clara, muy apretada, y le invitaba a pasar el fin de semana en su casa de campo… «¡Qué descaro! —pensó Paula—, ¿qué le hace pensar que quiero pasar el fin de semana con él? Espero que no sea un pesado.» Rompió la tarjeta y dejó los trozos en un cenicero cercano.

—No me gustan estas rosas, Ann. ¿Pueden llevárselas a otro sitio, por favor?

—Claro, por supuesto, Miss Paula.

Ann cogió el jarrón, que era de muy mal gusto, y se fue hasta la puerta del balcón diciendo por encima del hombro:

—También han enviado otras flores, no hace mucho rato. Las puse en el estudio.

—Oh, bien. Más vale que vaya a echarles un vistazo —murmuró Paula mientras salía detrás del ama de llaves, quien ya se encontraba cruzando apresurada el recibidor en dirección a sus habitaciones.

La cara de Paula se iluminó en cuanto vio la preciosa cestita de violetas africanas en el centro de la mesita de caoba que tenía frente a la chimenea. Se inclinó sobre ella, tocó las brillantes hojas de color verde oscuro y los pétalos aterciopelados de las flores púrpura. «¡Qué delicadas y qué frágiles son!», pensó mientras cogía el sobre. Era blanco y, mientras lo abría, se preguntó quién le habría enviado las violetas. Se enderezó de la sorpresa. El nombre de *Shane* aparecía cruzando la tarjeta con su habitual letra llena de firmeza. No había ningún mensaje, nombre, su nombre nada más.

Paula se sentó en la silla más próxima, todavía con la tarjeta en la mano y el ceño fruncido, sin saber qué hacer con las flores. Por primera vez en casi dos años él había hecho algo bonito y considerado, los detalles que solía tener en el pasado. Y se encontraba desorientada, no sabía cómo tomarlo. Meditó. ¿Sería la cesta de violetas la prueba de que Shane quería volver a ser su amigo? ¿O, simplemente, un gesto de educación, nacido de la obligación y el deber familiar? Ciertamente, mandarle flores era una forma de darle la bienvenida a Nueva York sin tener que hablar con ella.

Paula se quedó mirando el fuego con una expresión absorta. Estaba segura que Merry le había dicho que ella estaba en la ciudad. Después de todo, eran hermanos y, como socios en los negocios, hablaban a través del Atlántico semanalmente, algunas temporadas casi a diario. Quizá, su amiga había presionado a Shane para que hiciera un esfuerzo y fuese amable con ella. Su reserva y distanciamiento aún la tenían perpleja. Cuántas veces se preguntó qué había hecho ella para que se sintiese dañado, molesto, y siempre obtenía una respuesta negativa. No le había hecho nada malo. Aun así, él se mantenía alejado, sin apenas hacerle caso. Y, cuando se lo hacía, Paula sabía que era porque no tenía otra alternativa, teniendo en cuenta la larga e íntima relación existente entre sus dos familias.

Apartando los ojos del fuego, Paula se quedó mirando la tarjeta durante un rato. Una simple firma, sin ninguna otra palabra, no era muy alentador. En cierta forma, le cohibía. Si al menos hubiese sugerido que le telefonease o que se viesen antes de que ella volviera a Inglaterra, sería distinto.

«¡Maldición!», murmuró en voz baja y se levantó de golpe, llena de ira. Shane O'Neill había sido su mejor amigo siempre, desde que empezó a andar y a hablar. Habían crecido juntos..., compartido muchas cosas..., se hicieron amigos íntimos en aquellos importantes años de formación..., sus vidas estuvieron entrelazadas profundamente..., y entonces se marchó, se alejó de ella sin ninguna clase de explicación. No era lógico.

«Ya es suficiente. Estoy harta y cansada de que la gente se comporte como si mis sentimientos no tuviesen importancia», pensó, estremecida aún por la ira. Salió del estudio a buscar su bolso. Lo encontró en un banco del recibidor, donde lo había dejado cuando llegó a la oficina. Lo cogió, volvió al estudio corriendo y se sentó junto al escritorio. Abrió el bolso, sacó su libreta de direcciones y buscó el número de Shane en Nueva York; luego, se apoyó en el respaldo de la silla y se quedó mirando al teléfono.

«Voy a arreglar las cosas con él de una vez por todas —decidió—, ya sea esta noche, la semana que viene o el mismo día que me vaya. No me importa cuándo si al final lo consigo. Quiero saber por qué acabó con nuestra larga amistad de una forma tan cruel. *Me merezco una explicación.*» Alargó la mano para coger el auricular pero se detuvo, pensando que sería más prudente calmarse primero. Sí, sería muy poco aconsejable enfrentarse a él en ese momento. No había visto a Shane desde abril. Le acababa de mandar flores. Por lo tanto, parecería extraño, incluso irracional, que empezara a hablarle de repente sobre su comportamiento. Además, aborrecía las discusiones por teléfono. Cuando trataba algo de una importancia crucial, prefería mirar a los ojos de la gente, necesitaba observar sus reacciones. «Tendría que haber mantenido una charla seria con él hace mucho tiempo —añadió en voz baja—. He sido débil.» De pronto, se le ocurrió que no estaba tan enfadada con Shane como consigo misma. No debería haber permitido que la ruptura de sus relaciones continuase como si nada. Su enfado empezó a disiparse.

Se enderezó en la silla, levantó el auricular y, entonces, dudó. ¿Cómo empezaría la conversación? «Esta noche estás en las nubes, como una verdadera tonta —se dijo con una sonrisa sarcástica—. Pues le das las gracias por las flores. ¿Qué más quieres? Es una forma ideal de comenzar la conversación.» Marcó el número del apartamento de Shane. El teléfono sonó y sonó, pero no hubo respuesta. Contrariada, dejó el auricular. Entonces, se acordó de algo que le había dicho el padre de Shane el domingo por la noche. Su tío Bryan había comentado que, últimamente, Shane era tan adicto al trabajo como ella. Paula miró su reloj. Faltaban unos minutos para las siete. ¿Estaría todavía en la oficina? Miranda le había dado dos números de «O'Neill Hotels International» y uno de ellos era el teléfono privado de Shane.

Volvió a marcar.

El teléfono fue descolgado al segundo zumbido.

—¿Hola? —dijo una voz muy masculina.

—¿Shane?

Hubo una pausa antes de que contestase.

—Hola, Paula —dijo finalmente.

—¡Vaya, Shane, qué listo has sido reconociendo mi voz de inmediato! —exclamó con fingida despreocupación—. Me alegra haber dado contigo. Acabo de regresar y me he encontrado con tus violetas. Son preciosas, tan primaverales, ha sido muy bonito que te acordases de mí. Gracias.

—Me alegro que te gusten —dijo.

Su tono indiferente y poco entusiasta era tan desalentador que la sobrecogió.

—Hace tiempo que no nos vemos —continuó a pesar de todo—, ocho meses por lo menos, y ahora estamos los dos aquí, lejos de Yorkshire, un par de pillos en Nueva York. Lo menos que podemos hacer es vernos... —Se calló y respiró profundamente—, y salir a cenar —añadió con rapidez.

Se produjo una pausa más larga que la anterior al otro lado de la línea.

—Yo..., esto..., bueno..., en realidad, no estoy seguro de que pueda. ¿Cuándo habías pensado que nos viésemos, Paula? ¿Qué noche?

—Esta noche me parece tan buen momento como cualquier otro —respondió decidida—. Si no estás muy ocupado, claro.

—Un poco, sí. Tenía pensado quedarme trabajando. Tengo que resolver un montón de asuntos esta semana.

—Alguna vez tendrás que cenar —afirmó con una voz muy persuasiva, riendo alegremente—. Recuerda lo que le estaba diciendo siempre la abuela a Mrs. Bonnyface en «Heron's Nest». El trabajo sin diversión, etcétera, etcétera. Y nunca has discutido esa argumentación.

Él permaneció callado.

—Lo siento —dijo Paula en voz baja—, no debería agobiarte de esta manera. Sé lo que significa estar sobrecargado de trabajo. Quizás otra noche. Estaré en Nueva York unas tres semanas. Lo dejo a tu elección; llámame si tienes alguna noche libre. Gracias otra vez por las flores, Shane. Adiós.

Colgó inmediatamente, sin darle oportunidad de responder.

Se levantó de la silla y se dirigió hasta la mesita de café; allí estaba la tarjeta, que cogió y echó al fuego, contemplándola mientras ardía. Se había mostrado frío, inflexible, con la cortesía imprescindible para no parecer grosero.

¿Por qué? ¿Por qué? ¿Por qué?

¿Qué le había hecho a Shane para que se comportase de forma tan poco amistosa y amable con ella? Se pasó la mano por el pelo con aire distraído; luego, se encogió de hombros y volvió al escritorio. «Soy una perfecta imbécil —pensó—. Quizás estará muy ocupado con Skye Smith y no se puede tomar la molestia de entretener a una amiga de la infancia, en especial a una que ya no le importa nada. Incluso puede que esté viviendo con ella. Merry y Winston creen que es una relación platónica, pero, ¿cómo pueden saberlo realmente? Siempre están diciendo que es muy reservado. Resulta gracioso, conmigo nunca lo ha sido, ni yo con él, por supuesto. Jamás tuvimos secretos; nos lo contábamos todo.»

El teléfono sonó. Lo miró y lo cogió. Antes de que dijese nada, él habló.

—No puedo estar listo hasta dentro de una hora, quizás un poco más —dijo Shane apresuradamente, casi sin aliento—. Tengo que ir al piso a cambiarme y ya son más de las siete.

—Sabes que no tienes que hacer eso por mí, por Dios santo —exclamó dulcemente, sorprendida pero contenta de que la hubiese llamado—. Después de todo, somos de la familia.

Se rió calladamente. Era presumido pero no le molestaba. Le gustaba bastante ese rasgo suyo.

—De todos modos, te puedes refrescar aquí —siguió—, y escucha, no tenemos por qué ir a un restaurante elegante, un lugar sencillo estaría bien.

—De acuerdo. Llegaré ahí sobre las siete y media —dijo—. Hasta luego.

Colgó tan rápidamente como ella había hecho unos minutos antes.

Paula se echó hacia atrás, mirando el teléfono. Había algo que la hacía sentirse exaltada y se preguntó qué sería.

Shane O'Neill suspiró hondamente y aplastó el cigarrillo que había encendido antes de llamar a Paula.

Volvió a coger el teléfono y llamó a un pequeño restaurante francés que le gustaba e hizo una reserva para las nueve; después, se puso en movimiento. Se bajó apresuradamente las mangas de la camisa, abrochando los botones de sus puños, se rehizo el nudo de la corbata y fue hasta el ropero para coger la chaqueta y el abrigo.

«Has sido un condenado estúpido —se sorprendió—, dejando que te convenciese de esa manera. Has arrojado por la borda tu decisión de no volver a verla, y todo porque te pareció triste cuando se despidió. Y contrariada. Y sola. Desesperadamente sola.» Él había vivido demasiado tiempo en aquel estado de desolación y aislamiento como para no detectarlo en seguida. Además, conocía y comprendía a Paula mucho mejor que cualquier otra persona y siempre había podido adivinar su estado de ánimo con precisión, incluso cuando trataba de ocultarlo. Al igual que su abuela, poseía esa habilidad, y podía ser muy engañosa. Era capaz de enmascarar su rostro a voluntad con una expresión inescrutable, simular una alegría al hablar que no delatase sus verdaderos sentimientos. Excepto para él, por supuesto. Hacía unos momentos, había mostrado una ligereza fraudulenta con él, lo sabía muy bien. Su impropia ligereza y aquellas carcajadas habían sido forzadas. Así que su hermana había estado en lo cierto. Paula no era la misma, estaba preocupada, alterada. Pero, ¿por qué exactamente? ¿Negocios? ¿El matrimonio? Bueno, no se iba a pensar en *esa* relación.

Tras ponerse una chaqueta deportiva, descolgó el abrigo de la percha y salió de la oficina, cerrando la puerta con llave. Algunos segundos después, al verse en Park Avenue, se tranquilizó: el tráfico había disminuido. Vio un taxi, lo paró, entró en él de un salto y le dio la dirección de la Quinta Avenida al conductor. Se recostó en el asiento, y se buscó el paquete de cigarrillos y el encendedor en los bolsillos.

Mientras fumaba, se dibujó en su ancha boca celta una sonrisa burlona. «Te estás poniendo una soga al cuello, O'Neill —se previno—, pero eso ya lo sabías cuando le enviaste las flores. Esperabas que te llamase nada más recibirlas; sé sincero, lo esperabas. Simplemente has encontrado la excusa.» Sí, era cierto..., aunque sólo en parte.

Aquella tarde, cuando regresaba del hotel a la oficina, vio las violetas al pasar frente a una floristería y, mirando el escaparate, se sintió transportado en el tiempo a aquella villa junto al mar, y ella estaba allí, en lo alto de los acantilados..., una niña de ensueño de sus sueños infantiles..., la jovencita cariñosa de la azada...

Sabiendo cuánto le gustarían, entró y compró las violetas, sin pensárselo dos veces, arrastrado por esa corriente nostálgica. Los motivos se los planteó después.

«Oh, al diablo, ya es demasiado tarde —pensó, apagando el cigarrillo con impaciencia—. La he invitado. Tenía que hacerlo. Después de todo, soy un hombre adulto, capaz de controlar la situación. Además, sólo la voy a llevar a cenar. No hay nada de malo en eso.»

CAPÍTULO XXXIII

Diez minutos más tarde, Shane se apeaba del taxi en el cruce de la Quinta Avenida y la Calle 77.

Como había vivido en el apartamento de Emma durante los tres primeros meses de su estancia en Nueva York, el portero del edificio le conocía, y cambiaron algunos saludos antes de que el hombre se volviese hacia el teléfono interior para anunciarle.

Mientras subía al décimo piso en el ascensor, Shane descubrió que sentía una punzada de aprensión en el pecho o de expectación quizá. Se hizo la advertencia de que debería ir con cuidado con Paula, controló sus emociones con firmeza y arrancó de sus labios una sonrisa de simpatía. Cuando llegó al dúplex, vaciló un instante antes de llamar al timbre. Al levantar la mano para hacerlo, la puerta se abrió de repente y se encontró con la amable cara irlandesa de Ann Donovan.

—Buenas noches, Mr. O'Neill —dijo, apartándose a un lado para dejarle entrar—. Me alegro de verle.

—Hola, Ann, lo mismo digo.

Entró, cerró la puerta tras de sí y se quitó el abrigo.

—Tiene buen aspecto.

Ann le cogió el abrigo.

—Gracias; usted también, Mr. O'Neill.

Se volvió al armario ropero y añadió:

—Miss Paula está esperándole en el estudio.

Pero no se encontraba allí. Llegaba a él cruzando el es-

460

pacioso recibidor, con una cordial sonrisa de bienvenida en el rostro.

El impacto que sintió al verla fue como un puñetazo en el estómago y las piernas empezaron a temblarle. Durante un momento, se quedó clavado en el sitio, incapaz de moverse o de hablar. Se recuperó rápidamente, y empezó a andar hacia ella, mientras se agrandaba la sonrisa de su cara.

—¡Paula! —exclamó.

Él mismo se sorprendió al notar que su voz sonaba tranquila y perfectamente normal.

—Has tardado muy poco en venir, Shane —dijo ella—. Acaban de dar las siete y media.

—No hay mucho tráfico esta noche.

Clavó la mirada en ella cuando se detuvo frente a él.

Paula lo miró con ojos resplandecientes.

Se inclinó para besar la mejilla que ella le ofrecía, la cogió del brazo y la acercó hacia él; entonces, dejó caer la mano rápidamente, asustado hasta de tocarla.

Ella empezó a reírse mientras lo miraba.

—¿Qué sucede?

—¡Te has dejado bigote!

Lo miró con ojo crítico, doblando la cabeza a un lado.

—Oh, sí...

Se llevó la mano a la boca en un gesto automático.

—Claro..., no lo habías visto.

—¡Cómo habría podido verlo! No te he puesto los ojos encima desde abril.

—¿No te gusta?

—Sí..., creo que sí —dijo vacilante.

Después, lo cogió del brazo, y lo llevó al estudio.

—Pareces estar en plena forma. ¡Dios mío, qué bronceado! Y las noticias que me llegaban eran que estabas trabajando mucho en Nueva York. Apuesto a que la verdad es que has ido a holgazanear en las playas doradas del Caribe.

—Ni soñarlo. El viejo es un negrero.

Se alegró cuando le soltó el brazo y se separó de él. Fue hasta la pequeña cómoda, en el otro extremo de la habitación. Él se quedó cerca de la mesita de café, viendo cómo ponía el hielo en el vaso. Se fijó en que le sirvió whisky con soda sin haberle preguntado. Pero, ¿por qué tendría que hacerlo? Ella sabía muy bien lo que él tomaba. Vio la cesta de violetas y sonrió. Luego, de repente, ella

461

se encontraba a su lado, ofreciéndole la bebida.

La cogió y le dio las gracias.

—¿No tomas nada? —preguntó Shane.

—Sí, una copa de vino blanco. La tengo ahí. Me la acababa de servir cuando has llegado.

Mientras hablaba, se sentó en el sillón junto a la chimenea y levantó la copa.

—Salud, Shane.

—Salud.

Se dejó caer en una silla frente a ella, aliviado de poder sentarse. Todavía se sentía tembloroso, intranquilo y tan pendiente de ella que estaba algo alarmado. «Más vale que tengas cuidado», pensó, mientras dejaba el vaso sobre la mesa. Encendió un cigarrillo para ocultar su nerviosismo y, al empezar a fumar, notó que tenía la boca seca. Miró a su alrededor, admirando la habitación como solía hacer. Se sentía cómodo en ella. Emma había usado una mezcla de tonos claros y oscuros de verdes, para decorarla, una vistosa tapicería estampada en el sofá y las sillas y algunas elegantes antigüedades de estilo Regencia. El ambiente le hacía sentirse como en su hogar y le evocaba sentimientos nostálgicos en él.

—Prácticamente hacía la vida en este estudio cuando estuve aquí —dijo.

—Es gracioso que lo digas. Yo también.

Paula se recostó en el respaldo del sillón y cruzó las piernas.

—Me recuerda a la sala del piso de arriba de «Pennistone Royal» aunque, claro, es más pequeño. Pero resulta cómodo, íntimo y acogedor.

—Sí —dijo Shane aclarándose la garganta—. He reservado una mesa en «Le Veau d'Or». ¿Has estado alguna vez allí?

—No, nunca.

—Creo que te gustará, te agradará el ambiente. Es un pequeño restaurante francés, muy animado y alegre, y la comida es excelente. Llevé a tía Emma y al abuelo allí una noche, cuando estuvieron en Nueva York. Se lo pasaron bien.

—Me parece estupendo. Y hablando de nuestros respectivos abuelos, estarán aquí dentro de unas semanas, en su viaje de regreso a Inglaterra, ¿verdad? ¿Volverás a casa con ellos a pasar las Navidades?

—Me temo que no, Paula. Papá quiere que vaya a las

Barbados durante las vacaciones. Es temporada alta en el hotel.

—Todo el mundo lamentará no verte por Yorkshire —murmuró Paula.

Lo miró con fijeza, intentando acostumbrarse al bigote. Cambiaba mucho su aspecto, le hacía parecer distinto, mayor de veintiocho años, y más guapo, si eso era posible. Siempre había sido el tipo de hombre que la gente mira dos veces, por su estatura y constitución, su piel morena y aquel estilo tan atractivo.

—Te has quedado mirándome con mucha atención —dijo.

Arqueó una de sus cejas y adoptó una expresión interrogadora.

—Yo podría decir lo mismo de ti.

—Has perdido peso —empezó a decir, pero se calló y cogió su vaso.

Paula frunció el entrecejo con preocupación.

—Sí, lo sé. Y no he seguido ninguna dieta. Ya sabes que nunca lo hago. ¿Estoy demasiado delgada?

—Sí, un poco. Lo que necesitas es engordar, jovencita, y ya que hablamos del tema, también...

—Llevas diciéndome eso toda tu vida, y la *mía* —le interrumpió apretando los labios—. Por lo menos, desde que yo recuerdo.

—Muy cierto. Había empezado a decir que también pareces cansada, con aspecto de necesitar un buen descanso, unas vacaciones.

Se llevó el vaso a la boca y miró por encima del borde, examinándola. Después de beber un largo trago, lo dejó en la mesa y se inclinó hacia delante.

—Has hecho un buen trabajo con el maquillaje, pero siempre ha sido así. De todos modos, los cosméticos no me engañan. Estás demacrada y tienes ojeras muy profundas —afirmó con su habitual e inmutable sinceridad—. No me extraña que mi hermana y Winston estén preocupados por ti.

Ese comentario sorprendió a Paula, que exclamó con rapidez:

—No sabía que lo estuviesen. Ninguno de los dos me ha dicho nada.

—De eso estoy seguro. En realidad, supongo que nadie lo habrá hecho, todos te temen, tienen miedo de que te molestes. Pero yo no, *Espingarda*. Siempre hemos sido sinceros y honestos el uno con el otro. Espero que eso no cambie nunca.

—Yo también.

No pudo dejar de pensar en su conducta de los últimos meses, la ruptura que él mismo había provocado. Eso no era honestidad, de eso estaba segura. Se preguntó si aprovecharía sus palabras para preguntarle lo que quería saber, pero decidió no hacerlo. Quizá fuese más apropiado hacerlo en otra ocasión. No deseaba que se pusiera a la defensiva, ni crear problemas aquella primera noche. Había echado mucho de menos a Shane, quería que ocupase el lugar que siempre había tenido en su vida, necesitaba reavivar la amistad de la infancia. Era de vital importancia para ella.

—Es maravilloso volver a verte y me alegro de que estemos cenando juntos, Shane. Será como en los viejos tiempos.

Le ofreció una sonrisa tan cálida y afectuosa, y había tal anhelo en sus hermosos e inteligentes ojos, que se le encogió el corazón. Él le devolvió la sonrisa.

—Ya lo es —dijo.

Y se dio cuenta de que era la verdad. Desapareció su tensión y comenzó a reírse.

—No soy muy amable, ni muy galante, ¿verdad? Te estoy criticando desde que he llegado. Pero, a pesar de lo que te he dicho, estás maravillosa, Paula, y tan elegante como siempre.

Pasó la vista por ella con expresión aprobadora, se fijó en la camisa de seda escarlata y en los pantalones blancos. La comisura de su boca se estiró con una sonrisa.

—Bueno, si sólo añadieses un pañuelo de color púrpura, resultaría estupendo, una combinación perfecta.

La perplejidad se reflejó en el rostro de Paula. Se miró la camisa y entonces empezó a reírse.

—¡Los *Heron's*! No se me ocurrió mientras me vestía pero, claro, éstos eran vuestros colores.

Él asintió, mientras sus negros ojos brillaban alegres, y se levantó. Fue con el vaso en la mano hasta la cómoda y le puso más hielo y soda para diluir el whisky. Ella lo había preparado perfectamente, pero esa noche quería ser especialmente cuidadoso. Volvió frente a la chimenea y dijo con voz más tranquila:

—Winston me dijo que Sally se había quedado en «Heron's Nest» durante todo ese lío de Irlanda y tengo entendido que todo ha vuelto ya a la normalidad. Pero, ¿cómo se encuentra Sally *en realidad*?

—Estupendamente. Muy bien. Anthony está viviendo por el momento en «Allington Hall». Supongo que sabrás que está embarazada.

—Sí, Winston me lo dijo... —se detuvo y la miró atentamente—. No me extraña que estés agotada y rendida, con todo lo que *has tenido* que afrontar.

De pronto, se mostró comprensivo, y ese sentimiento se reflejó en su rostro.

—Me las arreglé.

Quería mantenerle la conversación dentro de un tono despreocupado y como se hallaba cansada de los problemas familiares, Paula cambió de tema y empezó a hablar de Emma y Blackie y de sus viajes. Entretuvo a Shane con los párrafos que recordaba de las largas cartas de Emma y con fragmentos elegidos al azar de sus conversaciones telefónicas semanales. Salpicó las historias con comentarios propios, carcajadas y risas que se intercalaban entre sus palabras mientras se iba animando.

La risa de Shane hacía eco a la suya, y asentía de vez en cuando, escuchándola atentamente, contento de poder descansar y dejarle la charla a ella. Eso le daba la oportunidad de poder observarla con más atención y disfrutar de ella. La familiar vivacidad estaba allí presente, brotando de Paula que alternaba el humor, la concisión y el cariño, mostrando su amor por Emma y el abuelo de Shane en cada palabra que pronunciaba.

Si su alegría había sido forzada y engañosa cuando hablaron por teléfono, ya había dejado de serlo. Él se dio cuenta de que Paula estaba mostrando su auténtica personalidad, abierta, sociable; era la chica con la que había crecido, a la que conocía tan bien como a él mismo. Después de los primeros momentos de tensión, ya existía una armonía entre ellos y se sintió como si la hubiese visto el día anterior, como si no hubiese existido nunca el distanciamiento que él mismo había provocado.

Mientras seguía escuchando su voz suave y armoniosa, Shane se vio envuelto por la tranquilidad. Se encontraba en paz consigo mismo, y de una forma en que no se había sentido desde hacía mucho tiempo. Pero, generalmente, siempre estaba relajado cuando se encontraba con Paula. Nunca había situaciones extrañas entre ellos. No existían falsas barreras, ni fingimientos, ni actitudes ambiguas. Eran ellos mismos y estaban tan perfectamente compenetrados como cuando eran niños.

Estudió su cara abiertamente, sin preocuparse más de esconder su interés por ella. Sus rasgos angulosos pálidos se suavizaron con la cálida luz que emanaba de la lámpara situada detrás de ella. Eran volubles, expresivos, y reflejaban gran parte de sus pensamientos y sentimientos. Había quien decía que Paula no era guapa. A él sí se lo parecía. Su aspecto sorprendía por su viveza, resultaba exótico en verdad. El pelo, negro y brillante, cedía paso a unas entradas exageradas sobre la frente amplia y lisa. La piel de marfil translúcido, carente de color, los ojos de color violeta, bastante separados y con pestañas largas y tupidas: esos rasgos se combinaban para crear una clase única de belleza. Si hubiese tenido que compararla con alguna de las flores que a ella le gustaba cultivar, lo habría hecho con una orquídea o una gardenia pero, aun así, nunca le enviaría ninguna de ellas, sólo violetas. Entonces, pensó en su carácter: tímido, reservado y amable. Pero, a la inversa, también era viva, ardiente, apasionada, en sus gustos, y honrada. Sonrió. Podía mostrarse tortuosa cuando estaba haciendo negocios, pero ése era un rasgo familiar, heredado de la temible E. H. Ahora, mientras pensaba en Paula, tuvo que admitir que era la más compleja de las mujeres, más complicada que cualquier otra que hubiese conocido. Pero le gustaba esa complejidad que otros podrían considerar desconcertante, incluso molesta. Quizá porque sabía de dónde venía, conocía cuáles eran las fuerzas y los elementos que la habían formado en lo que era.

Se acomodó tratando de mirarla objetivamente, como lo hubiese hecho otro hombre. La contempló un momento más y bajó los ojos. Sus propias emociones se interponían, cegándole, haciendo imposible para él cualquier tipo de objetividad. ¿Cómo podría ser de otra forma? Estaba enamorado de ella, desesperadamente. ¡La amaría siempre! Si no podía tenerla, y sabía que no podría, entonces, cualquier otra mujer estaría de más. Tener la segunda mujer mejor del mundo era peor que no tener ninguna. Además, si no había otra mujer en su vida no se vería forzado a hacer comparaciones al pensar en Paula. Y *seguiría* anhelándola. «No debes pensar en eso —se dijo severamente—. Es tu mejor amiga, y la más antigua. La has echado de menos. Conserva su amistad, si eso es todo lo que puedes tener. Y disfruta esta noche por lo que es, no por lo que podría ser en tu imaginación.»

—Bueno —estaba diciendo Paula—, ésas son las noticias que tengo de nuestros infatigables y trotamundos abuelos. Por lo visto, se lo están pasando en grande.

—Sí, eso parece —afirmó Shane—. Y Emma es una corresponsal más diligente que Blackie. Todo lo que hace el abuelo es mandarnos una postal semanal a cada uno de nosotros con un escueto mensaje garabateado por detrás. Tengo tres que conservaré siempre. Una de Hong-Kong, mostrando unos juncos chinos en una anaranjada puesta de sol, con una sola palabra en el reverso: *¡Hurra!* Otra de Bora-Bora en la que había escrito: *Bebiendo agua de coco a tu salud.* —Shane dijo sonriendo—: Eso, como ambos sabemos, es puro cuento.

Paula soltó una risita.

—¿Y la tercera postal?

—Es de Sidney, y dice: *Hoy nos marchamos al interior del país.* ¡Vaya carácter! Debo decirte que me ha gustado oír las noticias que me has dado de ellos y de sus actividades. Me hace sentirme más cerca de los dos.

—Sí, es verdad, pero ahora te toca hablar a ti —dijo Paula—. Cuéntame todo sobre tu vida en Nueva York.

—No hay mucho que contar, Paula —dijo, pensando en su existencia solitaria, en la aridez de su vida—. Trabajo en la oficina y en el hotel seis y hasta siete días a la semana, vuelo a Jamaica y a las Barbados una vez al mes, más o menos, para asegurarme de que los hoteles van bien. La misma pesadez de siempre, y la verdad es que *trabajo* como un condenado.

Ella asintió.

—Pensé que te quedarías en Nueva York seis meses solamente. Ya llevas ocho.

—Papá y yo decidimos que sería más práctico que permaneciese aquí hasta que abramos el hotel y esté en marcha. Es mucho más práctico que estar yendo y viniendo entre Londres y Nueva York. Además, el Caribe queda mucho más cerca. Ahora bien, papá me ha indicado que desearía que me quedase en los Estados Unidos indefinidamente.

—Bueno, puedo entender sus razones —reconoció en voz baja.

Se quedó mirando el vaso, moviendo la bebida, con rostro pensativo. La idea de que Shane se quedase en Nueva York de forma permanente le hacía sentir una ansiedad repentina e inexplicable. Entonces, Skye Smith le vino a la mente y experimentó la misma sensación de malestar que había sentido cuando Merry mencionó su nombre unas semanas antes.

Antes de poderse contener, Paula dijo con una sonrisa abierta:

—Supongo que Nueva York es un buen sitio donde vivir... un solterón juerguista como tú, Shane. Apuesto a que las chicas caen a tus pies y hacen cola para obtener una cita.

Su cara reflejó la sorpresa.

—No me interesan las otras mujeres —exclamó, y se calló, dándose cuenta de su desliz y maldiciéndose en voz baja.

Decidió dejarlo pasar, pues sabía que cuanto menos hablase sería mejor.

Sin entender a lo que se estaba refiriendo, Paula asintió.

—Oh, sí, claro, ahora tienes novia. Merry me habló de Skye Smith.

Aunque se sintió irritado con la bocazas de su hermana, se las arregló para componer una sonrisa, aliviado de que Paula hubiese pensado en eso.

—Oh, a pesar de lo que Merry te haya dicho, Skye es sólo una amiga. No tengo una relación con ella ni con ninguna otra.

Miró a Paula con severidad.

—Ya te lo he dicho, papá tiene mucha práctica en hacer crujir el látigo y yo dedico mi tiempo a los negocios. No disfruto mucho con las relaciones sociales. Me quedo en la oficina hasta horas tardías, vuelvo después al apartamento y caigo exhausto en la cama.

—Parece que todos estamos atrapados por la rutina estos días —dijo Paula. Para ella resultaba obvio que Shane había cambiado mucho. Él y Winston habían sido un par de conquistadores, unos donjuanes briosos e incansables, según los chismes familiares que había oído. Pero Winston había sentado cabeza. Quizá Shane lo había hecho también. Le agradaba que no estuviese comprometido con Sye. ¿Por qué le preocupa aquella mujer? Probablemente, porque Merry se había mostrado mordaz en extremo cuando habló de ella.

—Seis peniques por tus pensamientos —dijo Shane.

Ella se rió.

—No eran importantes. Merry me dijo que tienes un apartamento en Sutton Place South —siguió—. ¿Cómo es?

—No está mal, en realidad. Lo alquilé amueblado aunque el gusto del propietario no coincide mucho con el mío. Pero es un ático y tiene unas vistas grandiosas, ante todo por la noche. Todo Manhattan se extiende a mis pies, hasta donde alcanza la vista. Me siento y disfruto contemplando esas imágenes parpadeantes durante horas. Es una ciudad excitante, Paula, y retadora. También me atrevo a pensar que es hermosa, y su arquitectura nunca deja de sorprenderme.

—Puedo notar en tu voz que te gusta, pero a veces medito mucho sobre este país...

Agitó la cabeza, poniéndose seria y pensativa.

—¿Qué quieres decir?

—No puedo dejar de pensar que es una nación violenta. Todos esos horribles asesinatos tan desconcertantes: Martin Luther King, el presidente Kennedy y, luego, el año pasado, Bobby Kennedy. Y el pasado agosto el espantoso asesinato de Sharon Tate en California —dijo, con un encogimiento de hombros—. Y los hippies, las drogas, los crímenes y las marchas de protesta.

Shane la miró.

—Lo que dices es muy cierto —admitió—. Pero, en cierto sentido, es un país joven aún, y tiene que pasar todavía por las dificultades de la formación. Las cosas se arreglarán; se estabilizarán, te lo garantizo. Además, también nosotros tenemos hippies, drogas, crímenes y manifestaciones en Inglaterra..., en cualquier lugar del mundo. La década de los años sesenta ha sido turbulenta, pero pronto entraremos en otra nueva. Quizá los años setenta sean más tranquilos.

—Espero que sí. En fin, me gustaría que me invitases a ver tu apartamento antes de que me fuese.

—Cuando tú quieras. Y hablando de marcharse, creo que es mejor que nos vayamos para el restaurante. No quiero quedarme sin mesa.

—Estupendo. Voy a recoger mis cosas.

Estaba ya en el centro de la habitación cuando se volvió hacia él.

—Vaya despiste el mío. Te dije que te podrías acicalar aquí y ahora se me olvidaba. ¿Quieres usar mi cuarto de baño?

—No, no, gracias. El de aquí abajo está bien.

Se levantó y la siguió.

—Entonces nos vemos dentro de un minuto —dijo ella.

Luego subió las escaleras corriendo. Shane atravesó el

recibidor en dirección al cuarto de baño de invitados. Se lavó la cara y las manos, se peinó su rizado cabello negro y se quedó mirándose al espejo. Se preguntó si debía afeitarse el bigote al día siguiente por la mañana. No. Le gustaba. Hizo una mueca pensando que tenía que haber ido a casa a cambiarse de ropa. «Oh, qué diablos, no estoy tratando de impresionar a Paula», pensó, saliendo del cuarto de baño.

Ella le estaba esperando en el vestíbulo.

Llevaba puesta una chaqueta blanca de lana a juego con los pantalones y se había echado sobre los hombros una capa, también de lana. A él le pareció que no podía estar más guapa.

Se volvió a coger el abrigo del armario y apretó los dientes al brotar de nuevo en su interior el deseo que sentía por ella. Reprimió ese sentimiento, sabiendo que era inútil y descorazonador. Estaba casada con Jim Fairley, y muy enamorada de él.

«Lo único que puedes hacer es ser su amigo, como lo has sido siempre», se recordó Shane cuando hubieron salido del apartamento y bajaban en el ascensor.

«La Veau d'Or» estaba lleno, abarrotado de gente, como Shane sabía que ocurriría.

Gérard, el perfecto anfitrión, como siempre, se les acercó a recibirles sonriendo. Les prometió que la mesa estaría lista en diez minutos y les sugirió que tomasen una copa en el pequeño bar mientras esperaban.

Shane condujo a Paula hacia allí, le buscó un taburete y, sin preguntarle qué quería, pidió dos *kir royales*. Encendió un cigarrillo, vio cómo el camarero servía el jarabe de grosella en dos copas altas y las llenaba hasta el borde con champaña burbujeante.

Cuando les sirvieron las bebidas, Shane se volvió hacia Paula y brindó con ella.

—Por la vieja amistad —dijo mirándola con ojos cariñosos.

—Por la vieja amistad, Shane.

—¿Sabes? La última vez que bebí esto fue en «La Reserva», en el sur de Francia…, contigo.

La miró fugazmente y su boca esbozó una sonrisa provocada por los recuerdos.

—Ya me acuerdo… fuiste muy poco amable con Emily.

La llevaste en la barca a toda velocidad y haciendo locuras. Estaba aterrada, pobrecilla. Luego, para arreglarlo, nos llevaste a la pura fuerza a invitarnos a demasiados *kir royales*.

Agitó la cabeza riéndose.

—Fue hace cuatro años, el verano que fuimos todos a la villa de la abuela en Le Cap.

—Pero, si no recuerdo mal, las bebidas no sirvieron de nada. La escapada con la lancha fuera-borda me costó cara... un carísimo pañuelo de seda fue el precio que tuve que pagar por mi insconsciencia y temeridad. Pero valió la pena, sólo por volver a ver a Emily con la sonrisa en la cara.

—Le horroriza el agua... igual que a la abuela.

—Pero tú no tienes miedo de nada, ¿verdad?

—¿Por qué me lo preguntas? —Paula lo miró frunciendo el ceño.

—De niña eras muy intrépida, siempre ibas detrás de mí, haciendo todo lo que yo hacía. Eras como un muchacho, muy valiente, nunca parpadeabas, cualquiera que fuese el obstáculo y el peligro.

—Pero confiaba en ti. Sabía que no dejarías que me sucediera nada malo, y así fue.

«Y así será querida mía», pensó invadido por el amor que sentía hacia ella. Se le hizo un nudo en la garganta y eso le sorprendió. Bebió un largo trago de su bebida, apartando la cara momentáneamente mientras dejaba la copa en la barra, sin querer que ella le mirase a los ojos. Hubiesen revelado demasiado.

Paula empezó a charlar sobre el compromiso de Emily y Winston y, una vez más, Shane se alegró de poder dejarla hablar. Así se daba a sí mismo la oportunidad de ordenar sus sentimientos y dominarlos antes de que lo abrumaran. Al fin, pudo participar en la conversación de una forma normal. Hablaron de muchas cosas. Chismorrearon sobre amigos comunes, discutieron sobre las *boutiques* «Harte» y los hoteles «O'Neill» y aventuraron sus opiniones sobre las oportunidades de *Emerald Bow* en el «Grand National», y aún estaban hablando sobre las dificultades del hipódromo de Aintree y de la carrera de obstáculos más importante del mundo cuando les avisaron que ya podían sentarse a la mesa.

—Sólo he almorzado un bocadillo en el despacho así que estoy hambriento. Conociéndote, sé que vas a decir que tú no tienes apetito, pero creo que es mejor que pidamos la comida inmediatamente.

—Pues estoy hambrienta —protestó con entera sinceridad.

Por primera vez en muchos meses le apetecía ponerse a cenar. Sus ojos violeta, rebosantes de alegría, se posaron en él.

—De todos modos, te dejaré que elijas por los dos. Tomaré lo mismo que tú, es más seguro, ¿no crees?

La boca de Shane se contrajo.

—Creo que sí —dijo—. De todos modos, pedirías lo mismo que yo, como hacías siempre cuando éramos niños, y acabarías comiéndote la mitad de mi plato y dejándome muerto de hambre.

Le hizo un guiño.

—No creas que me he olvidado de tus malas costumbres...

Después de examinar la carta, Shane hizo una seña al camarero. Pidió *saucisson chaud, tripes à la mode de Caen* y una botella de borgoña.

Era costumbre de «La Veau d'Or» servir unos aperitivos antes de la comida, mientras se esperaba a que la cena estuviera dispuesta. Instantáneamente, pusieron dos platos frente a ellos.

—¡Bien, mejillones esta noche! —exclamó Shane—. Están deliciosos. Pruébalos, Paula.

Introdujo el tenedor en la fuente de moluscos antes de continuar hablando.

—¿Irás a Texas mientras estás en los Estados Unidos?

—No creo... ¡Diantres! Tienes razón, son buenísimos.

Se comió algunos con satisfacción manifiesta.

—Espero que no tenga que ir a Odessa. Vi a Dale Stevens esta mañana y, por fortuna, las cosas marchan relativamente bien en «Sitex». Por supuesto, Henry Marriott sigue alborotando. Ese hombre está particularmente ciego. Siempre trató de obstaculizar la labor de mi abuelo, odiaba la expansión y la innovación y sigue tratando de hacer lo mismo con nosotros. Todavía se está quejando de que «Sitex» se haya metido en el mar del Norte. Pero, como ya sabes, todo está saliendo a la perfección. La plataforma de prospección dio buenos resultados y hemos sido una de las primeras compañías que han extraído crudo este año. Una vez más, Emma Harte ha demostrado que ese hombre está equivocado por completo.

Shane sonrió, asintió y siguió comiendo.

—Sé que la abuela te dio una carta de presentación para Ross Nelson. ¿Qué piensas de él?

—No está mal. De hecho, nos llevamos bastante bien en la actualidad. Aunque sospecho que, tratándose de mujeres, es bastante cabrón. En cuanto a los negocios —dijo Shane con un encogimiento de hombros—, es honrado. Muy listo, atención, pero sincero. Como es lógico, siempre busca el beneficio del Banco. Pero ha sido muy servicial, me ha ayudado de muchas maneras. ¿Y cuál es tu opinión sobre Mr. Nelson?

—La misma que la tuya, Shane.

Paula le contó la reunión que había mantenido con Dale y Ross aquel mismo día, mencionándole todos los detalles.

—Emma nunca vendería sus acciones de «Sitex» —exclamo Shane cuando hubo acabado.

Sus cejas negras se unieron al fruncir el ceño.

—No puedo imaginarme cómo pudo Ross pensar algo así, so pena que estuviese muy interesado en que vendieses. No puede obtener beneficios con la información confidencial sobre las transacciones y el comercio de valores, está penado por la Ley y, siendo un banquero de su importancia y reputación, debería ceñirse a la legislación vigente y mantenerse dentro de las leyes, siguiendo las directrices que marca la Comisión de Intercambio de Valores. No, los beneficios económicos no tienen nada que ver con esto y, además, es más rico que Creso. Claro que si Ross ayudase a algún cliente del Banco a hacer el negocio, conseguiría una gran influencia sobre ese cliente, ¿verdad?

Shane no esperó una respuesta. Y continuó hablando.

—Sí, por eso está interesado en «Sitex». Según me has dicho, su cliente quiere el control sobre la compañía o, al menos, eso parece. Entonces, si es tan amigo de Dale, éste le servirá de pantalla. Intentará matar dos pájaros de un tiro.

—Tienes razón. Cuando se fueron, pensé lo mismo que tú. Ross Nelson puede acosarme todo lo que quiera, no tengo ninguna intención de convencer a la abuela para que venda, y eso es lo que desea que yo haga; al menos, eso creo.

Shane le dirigió una mirada fría y penetrante.

—Vigila al viejo Ross, quiere conquistarte.

Paula iba a contarle lo de las rosas, la invitación para pasar el fin de semana en la casa de campo de Ross y, por alguna razón que no pudo adivinar, cambió de opinión.

—No se atrevería —dijo con una seca sonrisa—. Estoy casada. Además, no querría molestar a la abuela.

—No seas ingenua, Paula —respondió Shane rápidamente—. Ni tu estado civil ni el disgusto de tu abuela influirían en Ross Nelson para nada. Si hay que creer los rumores que corren, y me temo que sí, no tiene ningún escrúpulo.

A Shane no le gustaba mucho la idea de que Ross Nelson estuviese rondando cerca de Paula y cambió de tema de conversación. Empezó a charlar del hotel de Nueva York y siguió hablando hasta que acabaron el primer plato y esperaban el siguiente.

Ella le escuchaba con creciente interés, contenta de ser depositaria de sus confidencias. Antes de que Shane llegase al apartamento, Paula había pensado que podrían sentirse incómodos, quizá violentos, incluso desconcertados y reprimidos... no habían pasado un rato juntos desde hacía mucho tiempo. Pero no había ocurrido así, ni ocurriría ahora. *Era* igual que en los viejos tiempos, como ella misma predijo durante el aperitivo. No les había costado mucho volver a alcanzar el equilibrio anterior. El calor y el afecto los rodeaban, y claramente se notaba la camaradería de la juventud.

—Así que te agradecería que vinieses al hotel a echar un vistazo —dijo Shane—, cuando tengas una hora libre esta semana. Varias plantas ya están terminadas y te puedo enseñar algunas *suites*. Me gustaría saber tu opinión sobre la decoración... esta tarde he recibido los diseños de los decoradores de interiores. Tú tienes muy buen gusto. Apreciaría mucho tus consejos.

La cara de Paula se iluminó de alegría.

—Vaya, me encantaría. He oído hablar mucho del hotel a tío Bryan y a Merry. La verdad es que mañana es un buen día para mí. Podría verte allí a última hora de la tarde.

Se acercó a él y la miró a la cara mientras la suya reflejaba su anhelo.

—Y quizá puedas venir al apartamento a cenar. Ann me dijo que quiere cocinar algo para ti. Me habló algo sobre tu estofado irlandés favorito. ¿Y por qué no mañana por la noche?

Porque mientras más te vea, más te querré, pensó Shane.

—Muchas gracias, será estupendo —dijo.

474

Le sorprendió haber aceptado su invitación con tanta rapidez. Entonces, de pronto, con un pequeño sobresalto, se dio cuenta de que tenía la intención de pasar con Paula tanto tiempo como pudiese mientras ella permaneciese en Nueva York.

La acompañó andando hasta el apartamento.

Era una noche clara, limpia y fría, aunque no demasiado para noviembre. Tras el calor y el ruido del pequeño restaurante, el aire era refrescante y el silencio que les acompañaba tranquilizador.

Iban por Madison Avenue, acercándose a la Calle 72, cuando Shane dijo:

—¿Te gustaría ir a montar a caballo el domingo?

—Me encantaría —exclamó Paula, volviéndose a mirarle—. Hace años que no lo hago. Aunque no tengo aquí la ropa de montar, pero supongo que podrá ponerme unos pantalones vaqueros.

—Sí, o podrías ir a «Kauffman's». Está en el centro y tienen todo lo que necesitas.

—Entonces, eso es lo que haré. ¿Adónde vas a montar?

—A Connecticut... a una ciudad que se llama New Milford. En realidad, poseo una casa allí. Un viejo granero. Lo he estado reformando y decorando durante los últimos meses y...

—¡Shane O'Neill! ¡Qué callado te lo tenías! ¿Por qué no me lo has dicho antes?

—No ha habido oportunidad de hacerlo. Teníamos muchas otras cosas de las que hablar durante la cena, asuntos mucho más importantes, como tus negocios o el nuevo hotel.

Su risa sonó grave, gutural.

—¿Te gustaría verla?

—Esa pregunta es ridícula. Claro que sí. La veré, ¿no? El mismo domingo, ¿verdad?

—Desde luego.

—Si quieres puedo preparar una cesta de comida y llevárnosla. ¿A qué hora saldremos el domingo? —preguntó Paula.

—Deberías salir bastante temprano. Yo ya estaré allí, ¿sabes? He citado a un par de carpinteros para que vayan el viernes y trabajen conmigo. Yo me iré en coche el jueves por la noche. Tenía pensado pasar el fin de semana en la granja.

—Entonces, ¿cómo me voy yo el domingo?

—No hay problema. Te buscaré un coche con chófer para que te lleve. A menos que...

Hizo una pausa.

—Tengo una gran idea, Paula —exclamó—. ¿Por qué no te vienes conmigo el jueves por la noche y te quedas a pasar el fin de semana allí? Seguro que te puedes tomar el viernes libre.

La miró por el rabillo del ojo y añadió en tono burlón:

—Te compraré una azada. Podrás cavar arreglando el jardín hasta que te hartes.

Ella se rió.

—¿Con este tiempo? La tierra estará más dura que una plancha de hierro. Pero me encantaría ir a pasar el fin de semana, Shane.

—Estupendo.

Sonrió para sí.

Ella le cogió del brazo y acomodó el paso al suyo. Pasearon en silencio. Ella pensaba en los días de su infancia en «Heron's Nest» y, aunque no tenía forma de saberlo, él estaba haciendo lo mismo.

CAPÍTULO XXXIV

Paula se despertó el viernes por la mañana al oír enérgicas voces masculinas y risas estridentes fuera.

Se sentó sorprendida en la cama y se frotó los ojos, desorientada momentáneamente y preguntándose dónde se encontraba. Entonces, se acordó. Claro, estaba en casa de Shane, cerca de New Milford. Miró el pequeño despertador de viaje que había puesto en la mesita de noche de mimbre blanco y vio, para su sorpresa, que eran cerca de las diez. Le parecía imposible haber dormido cuatro horas más de lo que tenía por costumbre. Normalmente, se levantaba y estaba vestida a las seis en punto todos los días.

Saltó de la cama, descansada y llena de energía, fue hasta la ventana, apartó las cortinas rojas de algodón asargado y miró al jardín. Justo debajo de la ventana, dos hombres estaban hablando junto a una pila de maderos.

No veía a Shane, pero supo que estaba por allí cuando le oyó hablar.

—¡Eh, muchachos! ¿Podéis hacer menos ruido? La señora está durmiendo todavía. Y, cuando digo señora, me refiero a una verdadera *señora*... así que vigilad vuestro lenguaje.

Sonriendo, se volvió y miró a su alrededor con interés. La noche anterior estaba muy cansada para fijarse en el dormitorio. Ahora se dio cuenta de lo acogedor que resultaba, pequeño y original, con paredes blancas que se unían a un suelo pintado de rojo y algunos muebles de mimbre blanco. Pero la cama de metal dorado, cubierta con un edredón de colores, era lo que dominaba el espacio.

Paula se metió en el minúsculo cuarto de baño anexo a la habitación, tomó una ducha rápida, se peinó, se maquilló y pintó los labios y volvió al dormitorio. Se puso unos pantalones vaqueros, una camisa rosa de algodón, y un grueso jersey púrpura. Luego, se calzó unas botas altas, metiendo los pantalones por dentro. Tras ponerse el reloj de pulsera, bajó corriendo las escaleras y fue a la cocina.

Ésta era grande, rústica, con vigas de madera y utensilios de cobre colgados de las paredes, pero no carecía de electrodomésticos modernos y se veía muy aseada. Parecía como si la hubiesen limpiado hacía poco. Los muebles blancos, las repisas y las paredes, blancas también, resplandecían con el sol que se filtraba a través de las dos pequeñas ventanas con cortinas a cuadros blancos y azules.

Paula olfateó. Había un agradable aroma a café en el aire y, viendo la cafetera, empezó a abrir los armarios buscando una taza. Encontró una, la llenó y se fue a la pieza principal del granero.

Se detuvo en el centro de la espaciosa habitación, mirando, a su alrededor, intentando fijarse en todo de una vez, pero supo que sería imposible. Se necesitaban días para absorber el resultado de la decoración que Shane había realizado. La noche anterior le había parecido bonito; esa mañana, bañado por el sol, era impresionante.

«Sólo una habitación», le había dicho mientras se dirigían hacia allí. Pero ¡qué habitación!: enorme, de dimensiones espectaculares, con un techo alto en el que los pares descubiertos se entrecruzaban con las vigas, un ventanal en una de las largas paredes y una enorme chimenea de piedra. El fuego ya estaba encendido y los gruesos troncos silbaban y chispeaban.

Se acercó al piano y se sentó en el taburete, bebiéndose el café y mirando todavía a un lado y a otro. Shane había colocado el piano en el centro exacto de la habitación, y entendió porqué. Creaba una demarcación natural entre los sillones, dispuestos frente a la chimenea, y el comedor, junto a la cocina. El color blanco predominaba en la habitación, su frialdad se suavizaba con los tonos oscuros de la madera. Las paredes habían sido encaladas; los dos largos sofás y los grandes sillones estaban tapizados con una fuerte tela asargada blanca; las cortinas hacían juego y había dos grandes alfombras blancas en el suelo de madera encerada. Pero los cuadros, los grabados, los libros y las plantas añadían pinceladas de colores más cálidos sobre el fondo blanco.

Shane le había dicho que había comprado varias antigüedades en la zona y que algunas de ellas eran piezas buenas. Sus ojos se posaron sobre dos elegantes cómodas en las que no había reparado la noche anterior y, luego, se fijó en un biombo de Coromandel que, evidentemente, era muy antiguo y raro. Sus decorativos paneles servían de fondo a la mesa de caoba del comedor. «Apuesto a que ese biombo vale una fortuna», pensó.

Se sintió invadida por un sentimiento de consternación.

Era evidente que había gastado mucho dinero en la casa, por no decir tiempo y esfuerzos. Shane le explicó que la mayor parte de las reformas básicas las habían llevado a cabo Sonny y Elaine Vickers, a quienes les había comprado el granero. «Todo lo que he tenido que hacer ha sido la escalera voladiza y el ventanal, después, he añadido algunos toques finales a la estructura antes de amueblarlo», le dijo.

Sin embargo, en los últimos minutos Paula había percibido algo que la preocupaba. El lugar tenía todo el aspecto de permanencia, había sido arreglado como una verdadera casa para alguien que tenía la intención de vivir en ella durante largo tiempo. Y no sólo eso, él se hallaba ahora en algún lugar con los carpinteros, aserrando madera para estanterías y armarios. Estaban destinados a una pequeña habitación que le había enseñado y que, según le dijo, iba a convertir en un estudio para él.

¿Pensaría quedarse en América para siempre? ¿No volvería nunca a Inglaterra? ¿Por qué le importaba eso a ella?

Paula se levantó de un salto y se acercó al fuego. Se sentó en un mullido sofá y dejó la taza en la repisa de la chimenea. Vio los cigarrillos y el mechero de Shane y, aunque rara vez fumaba, cogió uno, lo encendió y se quedó fumando, pensando en la noche anterior. Habían llegado a las nueve, justo cuando la tormenta descargaba por aquella zona. Se empaparon al hacer varios viajes al coche a coger las bolsas de provisiones y las maletas. Cuando lo hubieron trasladado todo, él insistió en que se pusiera un vestido seco y le hizo subir inmediatamente al piso de arriba.

Veinte minutos más tarde bajó y se quedó en el umbral de la habitación, admirándola. Durante su ausencia, él había encendido todas las lámparas y prendido el fuego de la chimenea. La sala, de dimensiones señoriales, parecía más íntima, inmersa en una atmósfera cálida y acogedora a los acordes de *Blowin in the wind* de Bob Dylan. Tras dirigirse hacia la chimenea, Paula se volvió y se apoyó de espaldas a ella, un viejo hábito. En ese instante, se sorprendió al verle entrar en la cocina llevando dos vasos y con aspecto acicalado. Se había puesto una camisa de un blanco prístino y unos vaqueros.

—Te has dado prisa, haciendo todo esto y también cambiándote —exclamó.

Él le sonrió con frescura.

—Dicen que a fuerza de adiestramiento... y yo fui entrenado por una generala quisquillosa, recuérdalo.

Ella hizo una mueca de desaprobación.

—¡Emma Harte una quisquillosa! No es muy agradable que digas eso de mi distinguida abuela.

Ofreciéndole un vodka con tónica, Shane hizo chocar su vaso con el de ella.

—Emma apreciaría mi descripción —afirmó—, aunque tú no lo hagas.

Entonces empezaron a recordar cosas de «Heron's Nest», riéndose mucho y gastándose bromas mutuamente. Después, él sacó una gran fuente con salmón ahumado y una tabla de quesos. Se sentaron en el suelo y comieron en la pequeña mesa de café junto al fuego, acompañando la ligera cena con un «Poully Fumé» helado. Hablaron interminablemente, hasta muy tarde, sobre muchas y variadas cosas, contentos de estar juntos, sintiéndose relajados y cómodos en su mutua compañía.

Hacia el final de la velada, Shane observó que Paula se

frotaba el cuello con insistencia.

—Está entumecido... —dijo ella como respuesta a su mirada—, de pasar largas horas sentada al escritorio. No es nada. De verdad.

Sin decir una palabra, Shane se arrodilló detrás de ella y comenzó a darle masaje en los hombros, la nuca y la base del cráneo.

Al revivir la escena, Paula recordó el placer que había sentido mientras los dedos fuertes y recios de Shane le acariciaban los músculos doloridos y relajaban la tensión que sentía. No hubiese querido que se detuviera. Y más tarde, cuando Shane le dio un beso de buenas noches en la puerta de su habitación, había sentido el impulso de rodearle el cuello con los brazos. Entró rápidamente en el dormitorio y cerró la puerta, con las mejillas encendidas.

Paula se enderezó en la silla. La noche anterior se había sorprendido de sí misma. Ahora comprendía. Deseaba que Shane la tocase, que la besase. «Afróntalo. Tu llamado amor fraternal hacia él no es tal. No lo será nunca más. *Es sexual. Te sientes atraída por él sexualmente.*»

Ese pensamiento la sorprendió y conmocionó de tal manera que casi perdió el equilibrio, tiró el cigarrillo al fuego y se dirigió hacia el ventanal casi corriendo.

Se quedó mirando el paisaje y, mientras trataba de calmarse, apenas se fijó en su belleza. *Debía* eliminar los extraordinarios sentimientos que Shane le había provocado. Le desconcertaban y angustiaban. No tenía ningún derecho en interesarse por Shane O'Neill, estaba casada. Además, para ella era un amigo de la infancia, nada más.

Intentó apartar esos pensamientos de su cabeza, pero descubrió que se negaban a desaparecer. La acosaban mientras la imagen de Shane, con la indumentaria que llevaba la noche anterior, bailaba frente a sus ojos. Él le había parecido diferente, aunque su aspecto y modales fuesen los de siempre. Entonces cayó en la cuenta. Era ella quien había cambiado, y había sido ella quien le había mirado con una nueva objetividad y perspicacia.

¿Por qué repentinamente soy consciente de Shane? ¿Porque es apuesto, viril, divertido y afectuoso o porque rezuma tal atractivo sexual? Pero siempre ha sido así, no ha cambiado. Además, ese llamativo encanto sexual no me impresiona. Su sexualidad no es llamativa. Simplemente, existe como parte integral de él. ¡Dios mío! Debo estar loca al pensar en Shane bajo esa perspectiva. A pesar de todo, el

sexo no me interesa. Se me han quitado las ganas. Jim se encargó de eso.

Paula sintió un pequeño escalofrío. La imagen de Jim apareció ante ella. «Merry usa una expresión para describir a ciertos tipos. Los "si-te-vi-no-me-acuerdo". ¡Qué apropiado!», Paula lanzó un hondo suspiro; parpadeó al entrar el sol por la ventana en un torrente cegador de brillante luz. Siguió pensando en Jim. La imagen de Shane se desvaneció.

La tarde anterior, sobre las dos, las siete en Inglaterra, había telefoneado a «Long Meadow». Habló con Jim, pero sólo brevemente. Le contestó de manera agradable, afable como siempre, pero con prisa pues, según le dijo, salía a cenar. En seguida, le pasó el teléfono a Nora, para que pudiera hablar con ella sobre los niños y le contase todas las novedades que hubiese. Echaba de menos a Lorne y a Tessa terriblemente. Cuando le pidió a Nora que se pusiera su marido de nuevo, ella le contestó que ya se había ido. Paula apenas podía creer que no le hubiese dicho adiós. Furiosa con él, colgó el auricular. Entonces, la depresión se adueñó de ella. Por lo visto, Jim había olvidado el enfrentamiento del domingo anterior, y las causas que lo habían motivado.

«Dios mío, hace menos de una semana», pensó mientras volvía a recordar claramente la escena de los dos en el jardín. Algo había muerto dentro de ella aquel día, algo que nunca renacería. Jim había mostrado una actitud impasible, desdeñosa y arrogante. Y, sí, irresponsable e indiferente hacia ella, casi insensible, ahora que pensaba en ello otra vez. No le habían importado sus sentimientos, sus ideas ni sus necesidades. Una vez más, Paula hubo de reconocer que eran incompatibles. Y a todos los niveles, no sólo sexualmente. Si el sexo fuese el único problema, ella podría aguantarlo. Su actitud durante la llamada telefónica no había hecho sino aumentar su desesperación respecto a él. Los últimos vestigios de su compromiso hacia el matrimonio desaparecieron y ella se volcó en los documentos de su despacho, agradecida de tener tantos negocios de los que ocuparse.

«Mi trabajo y mis hijos... en eso centraré mis energías de ahora en adelante», se recordó por enésima vez. Volvió hacia la chimenea, cogió la taza de café y se dirigió a la cocina. Ya era hora de que saliese a buscar a Shane para darle los buenos días y preguntarle cuáles eran los planes que tenía para el resto del día.

Pero Shane ya se encontraba en la cocina, sirviéndose una taza de café.

—¡Así que estás aquí! —exclamó—. Apuesto a que los muchachos te han despertado. ¡Bronquistas!

Paula se le quedó mirando, con curiosidad, consciente de su burda indumentaria. Vestía pantalones de pana holgados, sin forma; unas pesadas botas de faena, un abultado jersey de pescar y una gorra de paño ladeada con gracia sobre los rizos negros. Empezó a reírse y a mover la cabeza.

—¿Qué sucede? —preguntó con el ceño fruncido y los ojos entristecidos.

—¡Tu ropa! —farfulló—. ¡Pareces un peón caminero irlandés!

—Jovencita, ¿no te ha dicho nadie que es eso exactamente lo que soy? Igual que mi abuelo.

Aquella misma mañana fueron a New Milford.

En su descenso por la colina, Shane le señaló la granja donde vivían sus amigos, Sonny y Elaine Vickers, y, al pasar, le dijo que los había invitado a cenar esa noche.

—Él es músico y ella escritora. Son muy divertidos, te gustarán —dijo antes de que empezasen a discutir sobre el menú.

Para cuando aparcaron el coche, se habían puesto de acuerdo en que Paula cocinaría una clásica cena anglosajona con todos los ingredientes. Empezarían con un budín de Yorkshire, de plato fuerte tomarían pierna de cordero, patatas asadas y coles de Bruselas, acabarían con un bizcocho inglés.

Fueron a varios mercados, compraron verduras frescas, fruta, el cordero y otros tipos de carne para el fin de semana, especias, velas y ramos de crisantemos de sendos colores oro y bronce. Fueron tambaleándose por Main Street, con los brazos cargados de paquetes, riendo y bromeando con gran regocijo.

En el viaje de vuelta, Paula se dio cuenta de que su comportamiento con Shane era de lo más cordial, lo mismo que él. Pero, ¿por qué tendría que ocurrir lo contrario? Él no podía leer sus pensamientos y, si pudiese, no leería nada extraño en ellos, sólo amistad, afecto y recuerdos alegres de la juventud. Por fortuna, aquellas extrañas y perturbadoras sensaciones que había provocado en ella la noche anterior habían desaparecido en las últimas horas. Shane era su viejo compañero, su buen amigo, y formaba parte de la familia. Todo volvía a la normalidad. El alivio le hizo sentir debilidad.

Cuando llegaron a la casa, Shane desempaquetó las compras y las guardó; entretanto, ella puso las flores en dos grandes tiestos de piedra.

—Me temo que el almuerzo también será informal —dijo Shane mientras lo hacían—. ¿Te parece bien, *Espingarda*?

—Claro. Pero, ¿y tus carpinteros? ¿No les das de comer?

—No. Se trajeron unos bocadillos y me han dicho que comerían a mediodía, mientras nosotros estuviésemos de compras. Pero me pregunto dónde se pueden haber metido. Se supone que debían haber empezado a colocar algunas estanterías... todo está muy silencioso.

Se rió al empezar a oír unos martillazos en el piso de arriba.

—Me parece que he hablado antes de la cuenta. Ya están trabajando.

El almuerzo que tomaron frente al fuego del salón consistió en un queso de Brie, gruesos trozos de pan francés, fruta y una botella de vino tinto. En cierto momento, Paula miró a Shane fijamente.

—¿Te piensas quedar a vivir en los Estados Unidos para el resto de tu vida?

—¿Por qué dices eso?

Se preguntó por qué le importaba a ella.

Mirando a su alrededor, Paula dijo:

—Este lugar tiene el aspecto de una residencia permanente y salta a la vista que le has dedicado mucha atención y dinero.

—Sí. El poder venir aquí de vez en cuando y trabajar en este lugar ha sido una especie de terapia para mí. He ido haciendo algo los fines de semana, en mi tiempo libre. No tengo muchos amigos, ni una vida social de la que hablar. Además, ya sabes, siempre me ha gustado reformar casas antiguas.

Se acomodó en la silla, descansando los ojos en ella pensativamente.

—Winston y yo logramos obtener un buen beneficio al vender aquellas viejas granjas de Yorkshire que reformamos y sé que aquí pasará lo mismo cuando llegue la hora de vender la casa.

Siguió observándola. ¿Era alivio lo que veía en sus ojos o lo estaba soñando?

—¿Qué va a pasar con «Beck House» ahora que Winston y Emily se van a casar? —preguntó Paula con curiosidad.

—Cuando Winston estuvo en Nueva York, me dijo que él y Emily querían vivir allí durante un tiempo, para ver si le gustaba a Emily. Si es así, me comprará la casa. Si no...

Shane se encogió de hombros.

—No habrá problema. Lo más probable es que seguiremos compartiéndola los fines de semana. O quizá la pongamos a la venta.

—Winston comentó que te había pedido que fueses su padrino.

Shane asintió.

—Y yo voy a ser la madrina de Emily.

—Sí, lo sé.

—¿No irás a Inglaterra antes, Shane?

Allí estaba otra vez, aquella peculiar expresión de preocupación en sus ojos.

—No tengo, ni idea, Paula. Como te expliqué el otro día, Papá quiere que pase las vacaciones de Navidad en Jamaica y las Barbados, y puede que tenga que ir a Australia en febrero o marzo próximo.

—¡Australia!

Se enderezó en el sofá con aspecto de estar confundida.

—Sí. Blackie le ha cogido cariño a Sidney y muchas veces, cuando ha hablado con papá por teléfono últimamente, le ha estado instigando para que construya un hotel allí. Hablé con el viejo ayer por la mañana y había recibido una carta del abuelo sobre lo mismo. Así que, quizá tenga que ir allí para buscar el lugar idóneo.

—Blackie es como la abuela. ¿No van a dejar esos dos de pensar en los negocios nunca?

—¿Lo haces tú? ¿Y yo?

Shane rió entre dientes.

—De tales palos, tales astillas, ¿no te parece?

—Supongo.

Se inclinó hacia delante con atención.

—¿Crees que trabajo demasiado?

—Claro que no —dijo él—. De todos modos, eres trabajadora por naturaleza, Paula. También tiene que ver la forma en que te educaron... y en que nos educaron. No tengo

484

tiempo de ser un parásito. Francamente, me volvería loco si dispusiera de mucho tiempo libre. Me encantan los negocios, la acción y el dinamismo independiente, igual que a ti. Y otra cosa, siento mucha satisfacción sabiendo que sigo en el negocio familiar que empezó el abuelo, y tú debes sentir exactamente lo mismo.

—Sí.

—Es lo que se espera de nosotros... El deber nos ha sido inculcado desde el día que nacimos; no sabríamos vivir de otra manera. Mira, nuestros respectivos abuelos dedicaron sus vidas a construir dos grandes imperios financieros, lucharon por conseguir una vida mejor de la que tuvieron al comienzo, cón una seguridad económica, independencia y poder. Como...

—Jim dice que la consecuencia del poder conduce a la soledad, a la muerte de los valores humanos y del alma —le interrumpió Paula.

Era la primera vez que hablaba de Jim desde que había llegado a Nueva York y Shane quedó desconcertado de momento. Se aclaró la garganta. No deseaba hablar con ella de su marido, pero sabía que tenía que responder algo.

—¿Y tú? ¿Estás de acuerdo con esa idea?

—No, la verdad es que no. ¿No fue Lord Acton quien dijo que el poder tiende a corromper y el poder absoluto corrompe totalmente? Creo que Jim se refería a eso precisamente. Pero, ¡al diablo con Lord Acton!, quienquiera que fuese. Prefiero la filosofía de Emma Harte. Dice que el poder corrompe cuando aquellos que lo poseen se aferran a él. La abuela dice que el poder puede ennoblecer si uno comprende que es una enorme responsabilidad. En especial, ante los demás. Da la casualidad de que estoy de acuerdo con ella, no con Jim. Me siento responsable, Shane. Ante la abuela, ante nuestros empleados y accionistas. Y ante mí misma.

Shane asintió.

—Tienes razón, y Emma también. Hace un momento iba a decir cuán desagradecidos e inconscientes seríamos si permaneciésemos indiferentes a nuestro legado, y le diésemos la espalda. Sería negar a Blackie y a Emma y todos sus esfuerzos sobrehumanos.

Se levantó y miró el reloj.

—Son casi las cuatro y, ya que estamos hablando de responsabilidad, más vale que vaya a buscar a los muchachos, les pague y les diga que lo dejen.

Paula se levantó también, Shane la miró y lució una abierta sonrisa.

—Y para tu información, *Espingarda*, Lord Acton fue un historiador inglés, un católico devoto, miembro liberal del Parlamento y amigo íntimo de Gladstone.

—Bueno es saberlo —dijo Paula riendo.

Luego, entró en la cocina.

Después de llenar el lavavajillas, peló las patatas, limpió las coles de Bruselas y preparó el cordero, untándole mantequilla y condimentándolo con pimienta y romero. Cuando el bizcocho estuvo hecho y guardado en la nevera, batió harina, huevos y leche para el budín de Yorkshire, mientras tarareaba alegremente. Shane asomó la cabeza por la puerta varias veces durante la hora que Paula estuvo trabajando y le ofreció su ayuda, pero ella declinó la oferta, diciéndole que se largase. Estaba disfrutando, sintiendo el mismo placer que con la jardinería, usando las manos en vez de la cabeza, para variar. «Terapéutico», pensó, recordando lo que Shane había dicho sobre su trabajo en el granero.

Cuando regresó a la sala, vio que Shane había puesto la mesa para la cena y que había amontonado unos troncos junto a la chimena. La Novena Sinfonía de Beethoven sonaba en el equipo estéreo. Pero él no estaba a la vista. Paula se acurrucó cómodamente en el sofá para escuchar la música. Se sintió relajada y algo soñolienta al poco rato. Bostezó. «Es el vino. No estoy acostumbrado a beber en el almuerzo», pensó, cerrando los ojos. Había sido un día muy agradable, el mejor que había pasado en mucho tiempo, sin tensiones ni disputas verbales. Era un alivio comportarse con naturalidad, sin estar constantemente a la defensiva, como le ocurría tan a menudo con Jim.

Paula se sobresaltó cuando Shane le dijo:

—Bueno, ¿qué ocurre con ese paseo?

Se sentó y se tapó la boca con la mano mientras bostezaba repetidas veces.

—*Lo siento*. Tengo mucho sueño. ¿Te importa si dejamos el paseo por hoy?

Él permaneció de pie junto al sofá, mirándola.

—No. Yo también estoy rendido. Me he levantado al amanecer.

No le dijo que apenas si había dormido sabiendo que ella se encontraba en la habitación de enfrente, tan cerca y, aun así, tan lejos de él. La noche anterior la había deseado intensamente, hubiese querido poder estrecharla entre sus brazos.

—¿Por qué no echas una cabezadita? —dijo.

—Creo que es lo mejor —asintió Paula—. Y tú, ¿qué harás?

—Tengo que acabar unas cosas, luego debo hacer un par de llamadas y, después, quizá te imite y me eche un rato.

Paula se arrebujó en los cojines sonriendo mientras él salía silbando. En medio de su somnolencia, recordó que aún no le había preguntado a Shane la razón de su conducta durante los últimos dieciocho meses. «Lo haré otro día.» Algo se agitó en su mente. Era un pensamiento inacabado que se escurría antes de que pudiera agarrarlo. Suspiró con satisfacción, sintiéndose envuelta por la música y el calor. A los pocos segundos, se había dormido.

CAPÍTULO XXXV

Era una de aquellas noches que, desde el principio, estaba destinada a ser perfecta.

Pocos minutos antes de las siete, Paula bajó buscando a Shane.

Vestía un ligero caftán de lana que Emily le había hecho. Era de un violeta intenso, sencillo, holgado y amplio, con unas mangas japonesas que se abotonaban en las muñecas. Lucía un collar de cuentas de jade azulado, otro regalo que Emily le había comprado en Hong Kong.

Paula encontró a Shane en la sala. Estaba de pie junto al ventanal, mirando afuera.

Se fijó en que había encendido todas las velas, que habían dispuesto antes por la habitación, y transformado una de las cómodas en bar.

Un gran fuego ardía en la chimenea, las pocas lámparas que estaban encendidas brillaban alegremente y, de música de fondo, se oía la voz de Ella Fitzgerald interpretando temas de Cole Porter.

—Ya veo que no puedo hacer otra cosa que sentarme y tomar algo —dijo Paula, andando hacia él.

Shane se volvió y paseó la vista por ella.

Al acercarse, observó que se había maquillado los párpados con una sombra púrpura y, a causa de eso y del color del vestido, sus ojos parecían más violetas que nunca. El pelo negro brillante, peinado hacia atrás y con las puntas vueltas hacia dentro, rodeaba su cara pálida, acentuando su translucidez. El «pico de viuda» formaba un ángulo muy marcado en su amplia frente. Era impresionante. Como ella.

La tensión había desaparecido de su rostro. Pensó que estaba más guapa que nunca.

—Estás muy bien, Paula.

—Gracias..., tú también.

Shane rió desoyendo la frase.

—Has dicho que ibas a tomar algo. ¿Qué quieres?

—Vino blanco, por favor.

Paula se quedó junto al fuego, observándole mientras abría la botella.

Vestía pantalones grises, un suéter de cuello alto de color gris claro y una chaqueta deportiva negra de cachemira. Mientras lo contemplaba, pensó: «Es el mismo Shane de siempre aunque, de alguna manera, tampoco lo sea. Resulta diferente. Quizá se trate del bigote, después de todo. ¿O soy yo?» Desechó esta posibilidad instantáneamente.

Le llevó la bebida. Advirtió el leve aroma a jabón y colonia. Estaba recién afeitado, bien peinado y con las manos arregladas. Paula se tragó una sonrisa al recordar lo nerviosa que se ponía su abuela con el viejo hábito de Shane de mirarse en los espejos cada vez que pasaba por delante de alguno. Emma amenazó incluso con hacer quitar todos los espejos de «Heron's Nest» si no dejaba de ser tan vanidoso. Por aquel entonces, Shane tenía dieciocho años y era consciente de su asombroso atractivo y su constitución fornida y atlética. Sospechó que todavía era consciente de aquel atractivo físico, aunque ya no se miraba en los espejos... al menos, en público. Quizás había aprendido a aceptar su aspecto llamativo. Se volvió hacia el fuego para esconder otra sonrisa. *Era* presumido, incluso un poco vanidoso, a causa de algunos de sus atributos y logros, y muy seguro de sí mismo siempre. A pesar de todo ello, había en él una dulzura y una afabilidad innatas y resultaba encantador y amable hasta la médula con los amigos y la familia. Qué bien conocía a Shane Desmond Ingham O'Neill.

Shane, sirviéndose un whisky con soda, le habló desde donde se encontraba.

—No te sorprendas si Sonny trae su guitarra, generalmente lo hace. Puede que yo le acompañe al piano... para entretenernos. Quizás hasta demos un concierto después.

—¡Oh, Dios, reminiscencias de los *Herons*! —rió Paula—. Realmente, lo hacíais fatal, ¿sabes?

—Al contrario, creo que éramos bastante buenos —respondió él, riéndose también.

Fue hasta donde ella estaba.

—Tú y las demás chicas estabais celosas porque os robamos el espectáculo aquel verano; nosotros fuimos el centro de atracción. Y sentíais envidia de nuestros trajes deslumbrantes. Me sorprendió que no formases un grupo musical de chicas sólo para hacernos la competencia.

Ella volvió a reír. Shane se acercó y brindó.

Paula levantó la vista hacia él, sintiéndose empequeñecida junto a su metro noventa de estatura y, de repente, débil, indefensa y decididamente femenina. No había duda alguna, tenía algo irresistible. Los extraños sentimientos que había provocado en ella la noche anterior empezaron a tomar vida. Sintió un hormigueo en la piel. Su corazón comenzó a latir con fuerza.

Shane mantenía los ojos clavados en los de ella.

Paula quería apartar la vista, pero su mirada, oscura y penetrante, la tenía como hipnotizada.

Shane rompió el contacto y se volvió con rapidez, fingiendo que buscaba los cigarrillos mientras reprimía su deseo de besarla. «Debes tener cuidado», se dijo. Se preguntó si se había equivocado al invitarla a pasar el fin de semana. Estaba convencido de que pisaba un terreno peligroso. «No la volveré a ver mientras permanezca en los Estados Unidos.» Rió para sí. Sabía que lo haría.

Se oyeron una serie de alegres «Hola». Y, para alivio suyo, Sonny y Elaine entraron en la sala.

Shane cruzó la habitación con rapidez para saludarles, llevando una gran sonrisa dibujada en su rostro. Se alegraba de haberlos invitado. Su tensión disminuyó.

Tras dejar la funda de la guitarra contra una silla, Sonny le estrechó la mano y lo abrazó.

—Coñac... —dijo— para después de la cena.

Le alargó una botella envuelta en papel de regalo.

Elaine le entregó una cesta.

—Y un poco de mi pan casero recién hecho para el desayuno —exclamó, mientras Shane se inclinaba y le besaba la mejilla.

Shane les dio las gracias, puso los regalos en una cómoda y se acercó con los Vickers para presentarles a Paula.

En cuanto Paula vio a la pareja, supo que le iban a gustar. Sonny era alto, delgado y rubio, con una barba dorada y unos alegres ojos castaños. Elaine, delicadamente bella y femenina, era una de aquellas personas en las que se adivina su dulzura de inmediato. Tenía un rostro despejado y amistoso, sus ojos eran de un azul intenso y su cabello, corto y rizado, de un tono prematuramente plateado.

Se sentaron los tres y Shane preparó unas bebidas para los recién llegados. Paula se alegró de haber elegido el caftán, aunque Shane le había advertido que se vistiera de una manera informal. Elaine llevaba puesto unos pantalones de terciopelo negro y una chaqueta de chiné con brocados azules. Se le notaba una elegancia desenvuelta.

—Shane nos ha contado que eres la nieta de Emma Harte y que ahora llevas sus negocios —dijo Elaine, sonriente—. Tus grandes almacenes de Londres me vuelven loca. Me podría pasar el día entero allí...

—Y no bromea —la interrumpió Sonny, sonriendo a Paula—. Mi mujer y tus almacenes me van a llevar a la bancarrota.

—Oh, no le hagas caso a mi marido. Está bromeando —repuso Elaine y siguió hablando maravillas de los almacenes «Harte», de Knightsbridge.

Pero la conversación se centró en asuntos del campo y chismorreos del lugar cuando Shane regresó con las copas de vino para Sonny y Elaine. Paula se recostó en el respaldo del sillón, escuchando tranquilamente y bebiendo. Mientras el tono de la charla entre Shane y sus amigos subía y bajaba, se dio cuenta de lo que le agradaban a él y observó que se sentía muy relajado en su compañía. Pero, claro, ella también. Eran muy tratables, afectuosos, extrovertidos, realistas y con la cabeza en su sitio. El ingenio de Sonny competía en vivacidad con el de Shane, aunque no resultaba tan brillante ni tan mordaz, y pronto estuvieron gastándose bromas mutuamente. Había una gran alegría y jovialidad en el ambiente y prevalecía una atmósfera festiva.

Después de media hora, Paula se sintió como si conociese a aquella entretenida pareja desde hacía varios años. Cada uno de ellos le prestaba atención, induciéndola a hablar sobre su trabajo y los almacenes. Ambos se sintieron particularmente interesados por su abuela. Y ella, que por lo general era reservada con los extraños, pronto se encontró charlando animadamente. Discutió con Sonny sobre música y sobre sus composiciones y se enteró de que había escrito varios musicales de Broadway, así como el tema musical para varias películas de Hollywood. Elaine, a su vez, le habló de su carrera de escritora y de sus obras. Y lo hacía de tal manera que no sólo la informaba sino que, además, la entretenía, sobre todo, cuando le contó las anécdotas que le habían sucedido en sus viajes para promocionar los libros. Contó una buena historia y, al acabarla, se produjo un estallido de risas y de alegría entre los cuatro.

De vez en cuando, Paula lanzaba miradas furtivas a Shane. Era un anfitrión maravilloso, constantemente iba y venía de un lado para otro, ofreciéndoles bebidas, cambiando los discos en el estéreo, echando leños al fuego e introduciendo en la conversación diversos temas en los que pudiesen participar todos. Y, obviamente, se mostró muy contento por la forma en que los Vickers la habían acogido. No dejaba de sonreírle y, en dos ocasiones, cuando pasó junto a su sillón mientras hacía algo, le estrechó el hombro con afecto.

Paula ya se había levantado una vez para vigilar la comida. La segunda vez que lo hizo, Elaine también se puso en pie.

—Te estoy dejando cargar con el trabajo —dijo—, y eso no es justo. Voy a ayudarte.

—Está todo controlado —protestó Paula.

—No, no, insisto.

Elaine siguió a Paula a la cocina.

—Huele muy bien —exclamó al entrar—, se me está haciendo la boca agua. Bueno, ¿en qué te puedo ayudar?

—En nada, de verdad.

Paula la sonrió, se inclinó, sacó la carne del horno y la puso en una fuente.

—Bueno, sí, una cosa... ¿Podrías envolver esto en papel de aluminio, por favor?

—Eso está hecho —dijo Elaine.

Arrancó un largo trozo de papel de aluminio y lió en él la pierna de cordero. Después, se quedó mirando a Paula y, tras un momento, dijo:

—Es una velada muy agradable —dijo, tras un momento de silencio—. Estoy muy contenta de que te encuentres aquí. Desde luego, has alegrado a Shane.

—¿De verdad?

Paula volvió la cara hacia Elaine y le dirigió una curiosa mirada de desconcierto.

—Lo has dicho como si hubiese estado deprimido.

—Eso cremos nosotros. Sonny y yo nos hemos preocupado mucho por él. Es tan bueno, tan generoso, tan simpático, agradable y encantador. Aunque...

Se encogió de hombros.

—Para ser sincera, siempre viene aquí solo, nunca trae... amigas. Y hay veces que parece desolado, melancólico.

Volvió a encogerse de hombros.

—Claro, Inglaterra está muy lejos y...

—Sí, creo que siente un poco de nostalgia —informó Paula, dándose la vuelta y volviendo a centrar la atención en el horno.

Elaine se quedó mirando la espalda de Paula con el ceño fruncido.

—Oh, pero no me refería a eso...

Se calló de repente cuando Shane entró agitando un sacacorchos en la mano.

—Creo que más vale que abra una botella de vino para que respire durante un rato.

Empezó a hacerlo así mientras hablaba con Paula.

—Supongo que antes de trinchar la carne habrá que dejarla que repose durante quince minutos para que se acabe de hacer. Bueno, me quedaré aquí mientras tanto y os haré compañía.

Elaine se marchó en silencio, dejándoles solos.

—La cena estaba exquisita —dijo Elaine poniendo el tenedor y la cuchara de postres en el plato y mirando por encima de la mesa a Paula—. Me encantaría que me dieses la receta de este bizcocho. Tiene un sabor delicioso.

—Y la receta del budín de Yorkshire —sugirió Sonny.

Le dirigió una sonrisa maliciosa a su mujer, pero también cariñosa.

—Sé que Elaine no se molestará si te digo que el budín le sale como si fuese un montón de masa pastosa.

Todos rieron.

—Os las escribiré mañana —prometió Paula.

En su boca se dibujó una sonrisa de satisfacción.

—Los dos sois muy amables. Nadie me ha hecho nunca tantos cumplidos por mi forma de cocinar.

—Eso no es cierto —exclamó Shane—. Yo te he estado alabando durante años. Nunca prestas atención a nada de lo que te digo, ése es tu problema —se quejó, aunque su rostro mostraba alegría.

—Oh, sí que lo hago —respondió Paula—. Y siempre lo he hecho.

Shane retiró su silla riendo entre dientes.

—Más vale que me vaya a la cocina y haga el café.

—Te ayudaré —se ofreció Sonny, levantándose y saliendo tras él.

Elaine se acomodó en la silla, estudiando a Paula con atención. Ésta tenía una belleza llamativa y extraña. Se preguntó su edad. Antes, Elaine supuso que rondaba los treinta o que, quizá, ya los tuviese. Pero ahora, a la tenue luz de las velas, Paula parecía más joven; su rostro mostraba la vulnerabilidad del de una niña pequeña, y era muy atractiva. Fue consciente de que la estaba mirando con enorme descaro.

—Eres una mujer hermosa, Paula —dijo—, y muy competente. No me extraña que Shane esté triste la mayor parte del tiempo.

Paula se enderezó al momento y dejó el vaso sobre la mesa con mano temblorosa.

—Me temo que no te entiendo.

Elaine dijo de buenas a primeras:

—Shane... ¡está loco por ti! Lo lleva escrito en su cara y se refleja en todo lo que dice. Qué pena que estés en Inglaterra, tan lejos. Eso es lo que te iba a decir antes, cuando nos encontrábamos en la cocina.

Paula estaba conmocionada.

—Oh, Elaine, sólo somos amigos de la infancia —balbuceó.

Durante un instante, Elaine creyó que Paula no hablaba en serio, siguiendo las bromas con las que había acompañado la cena. Luego, observó la expresión de horror de su rostro.

—¡Oh, Dios mío! Está claro que he metido la pata. Lo siento. Daba por supuesto que tú y Shane estabais... —Su voz se fue apagando tristemente.

Paula logró calmar su desaliento.

—No te preocupes tanto, Elaine, por favor. No pasa nada, de verdad. Lo comprendo. Simplemente has interpretado mal el afecto fraternal que me tiene Shane, lo has confundido con otra cosa, algo diferente por completo.

Cualquiera podría cometer ese error.

Mientras las dos mujeres se miraban, se produjo un incómodo silencio. Ambas se habían quedado sin saber qué decir.

Elaine se aclaró la garganta.

—Bueno, he logrado estropear esta estupenda velada... soy una bocazas.

Tenía una expresión de contrariedad y disculpa.

—Sonny dice que siempre estoy metiendo la pata. Tiene razón.

Queriendo que se sintiese más tranquila, Paula murmuró con amabilidad:

—Oh, por favor, Elaine, no le molestes. Yo no lo estoy. Me gustas y quiero que seamos amigas. Además, ¿por qué no ibas a sacar esa conclusión? Después de todo, estoy aquí, con él, viviendo bajo el mismo techo, y nos tratamos con mucha libertad y confianza. Pero es porque crecimos juntos y hemos estado uno cerca del otro durante toda nuestra vida. Hay una cierta clase de naturalidad entre nosotros que podría malinterpretarse con facilidad. Pero nuestra relación no es lo que tú piensas.

Paula intentó esbozar una sonrisa y se miró las manos.

—Ahora me doy cuenta de que esta noche no llevo la alianza, y no hemos hablado de mi vida privada, así que no había posibilidad de que supieses que estoy casada.

—¡Ah, bueno, entonces eso explica muchas cosas! —exclamó Elaine enrojeciendo inmediatamente.

Agitó la cabeza.

—Ya empiezo otra vez... Perdóname, Paula. Lo siento mucho. Esta noche estoy diciendo todo lo que no debo. Quizás, he bebido demasiado.

Paula esbozó otra ligera y despreocupada sonrisa.

—Creo que deberíamos cambiar de conversación, ¿no? Shane y tu marido volverán en cualquier momento.

—De acuerdo. Y, por favor, no le digas nada a Shane... de lo que yo pensaba. Creerá que soy una verdadera entrometida.

—Claro que no —aseguró Paula.

Se levantó.

—Vamos a sentarnos junto al fuego.

Mientras cruzaban la habitación, Paula la cogió del brazo.

—Intenta no parecer tan molesta, tan preocupada —dijo en voz baja—. Shane se daría cuenta inmediatamente. Tiene mucha intuición. Son sus raíces celtas, supongo. Cuando era pequeña, yo creía que podía leer mis pensamientos... Siempre lo he hecho de tal forma que conseguía irritarme.

Elaine se limitó a sonreír con este comentario y se dejó caer en un sillón. Estaba maldiciéndose en voz baja. «Qué estúpida he sido al presumir que tenían una aventura. Pero quién no lo pensaría... Existe tanta intimidad entre ellos, una especie de unión, y Shane devora a Paula con los ojos, está pendiente de cada una de sus palabras. Resulta evidente que está enamorado de ella, a pesar de lo que Paula crea. ¿A quién trata de engañar? Sólo a ella misma. Bueno, engañarse a uno mismo es un rasgo muy humano», pensó Elaine, mirándola furtivamente. Paula se hallaba sentada en un sillón frente a ella. «Lo sepa o no, lo adora. Y no como si fuese una vieja amiga... es mucho más que eso, más complejo, más profundo. Aunque quizá no se haya dado cuenta todavía del alcance de sus sentimientos. No debería haber dicho nada.» Elaine volvió a maldecirse.

Pero, unos segundos más tarde, cuando Shane llevó la bandeja del café a la chimenea, Elaine vio cómo Paula clavaba los ojos en su rostro inmediatamente y detectó la curiosidad y un nuevo y ávido interés brillando en ellos. «¿Quién sabe? Quizá no haya sido tan tonta... Puede que haya hecho un gran favor a ambos al decir lo que no debía», pensó.

Shane sirvió el café. Sonny abrió la botella de coñac y, diez minutos después, cogió la guitarra y empezó a tocar. Era un concertista de música clásica y poseía un inmenso talento. Los demás descansaron, cautivados por su forma de tocar y su música, extasiados por la magia que estaba creando para ellos.

Paula escuchaba sólo a medias. Se alegraba de no estar obligada a mantener una conversación. Se hallaba confusa. Elaine la había sorprendido, mucho más de lo que ella había dejado entrever. Pero el asombro iba cediendo y ahora trataba de ordenar sus pensamientos.

Estaba segura de que, simplemente, Elaine había interpretado mal la actitud de Shane, su conducta con ella. Pero, ¿y si Elaine tenía razón? Había afirmado que su matrimonio explicaba muchas cosas... refiriéndose, por supuesto, a la infelicidad de Shane que, por lo visto, ellos habían detectado. Paula se acordó, de repente, del pensamiento que se le escapaba aquella tarde mientras dormitaba en el sofá. Durante los últimos días había vivido pensando que Shane volvía a ser el mismo, tal como era antes de que ella se casara. Aquella tarde, algo se había encendido en su cabeza, pero se había quedado dormida. Ahora, ese pensamiento se completaba y se formaba del todo. *Shane había cambiado se había alejado de ella, desde el mismo momento en que se había anunciado su compromiso con Jim.* ¿Por qué? Porque estaba celoso. Ésa era la explicación más obvia. Había sido una estúpida al no haberse dado cuenta antes. Aunque, ¿por qué no le había aclarado Shane que la quería cuando ella no estaba comprometida? Quizá porque no lo había comprendido hasta que no fue demasiado tarde.

Paula se recostó en el respaldo del sillón, pasmada ante sus propias conclusiones. Cerró los ojos y dejó que la música la envolviese. Observó a Shane. Estaba sentado a sólo unos pasos de ella. ¿Cuáles eran sus pensamientos y sus sentimientos en esos momentos? ¿Estaba enamorado de ella realmente? *Loco por ella*, así lo había dicho Elaine. Se le encogió el corazón. «¿Y yo? ¿Qué siento por él? ¿Estoy respondiendo inconscientemente a sus vibraciones? ¿O me he enamorado de *él*...? ¿Habré estado enamorada siempre sin saberlo?» Trató de añadir sus emociones más intensas y examinar sus sentimientos. Quedó desconcertada.

Se fueron a las doce menos cuarto y Shane salió a despedirlos.

Ella sabía lo que iba a hacer.

Se levantó, fue hasta la cómoda, cogió la botella de coñac y se la llevó junto al fuego. Volvió a llenar las copas, dejó la botella en el centro de la mesa de café y echó un par de leños al fuego.

Luego, se sentó en el sofá a esperarle.

Algunos minutos después, oyó sus pasos y se volvió cuando entraba. Lo miró sonriendo.

Shane vaciló, sorprendido al verla sentada allí, con otra copa en la mano y frunció el ceño.

—¿Te vas a quedar levantada toda la noche? Creí que a estas horas ya estarías medio muerta. Ha sido un día muy largo y has trabajado mucho en la cocina, ¿no deberíamos...?

—¡Es sólo mi segunda copa! —gritó, interrumpiéndose antes de que sugiriese que se fueran a la cama—. Una más antes de acostarme. Te he servido otra a ti. ¿No me vas a acompañar?

Al no contestarle, rió alegremente.

—¡Venga! No seas tan aguafiestas, Shane.

Él dudó un instante, temía permanecer a solas con ella. Había estado fijándose demasiado en ella esa noche. El deseo había surgido una y otra vez. Sus emociones estaban aflorando a la superficie. Había bebido demasiado. De repente, ya no se sentía seguro de poder controlarse. Ese pensamiento le molestó. No era un joven inmaduro, en su primera cita, intentando conquistar a una chica. Era un adulto. Estaba con la chica que conocía de toda la vida. Sí, la amaba. Paula confiaba en él. Era un caballero. Podría controlarse. «Con todo, tengo que poner fin a la velada cuanto antes», pensó.

—Bueno, una para el camino. Había pensado que saliésemos mañana a cabalgar..., pero muy temprano —dijo al fin.

Se dirigió a la chimenea, esforzándose por parecer indiferente. Cogió la copa que Paula le había servido y se alejó de la mesita, pensando sentarse en el sillón del rincón junto a la chimenea.

Paula dio unas palmaditas en el sofá.

—No, siéntate aquí, Shane, a mi lado. Quiero hablar contigo.

Se tensó, mirándola alarmado y escudriñando su rostro. Su expresión era neutra, incluso plácida. Le desconcertó. Por lo general, parecía mucho más animada.

—De acuerdo.

Se sentó tan lejos de ella como le fue posible y se apretó contra el rincón opuesto del sofá.

—Salud —dijo Paula, acercándose y entrechocando su copa contra la de él.

—Salud.

Sus manos se rozaron al levantar las copas. Sintió como si una corriente eléctrica le atravesara el brazo. Se apretó más contra el rincón y cruzó las piernas.

—¿De qué quieres hablarme?

—Me gustaría hacerte una pregunta.

—Adelante con ella.

—¿Me responderás la verdad?

Le dirigió una mirada cautelosa.

—Depende de la pregunta. Si no me gusta, podría darte una evasiva por respuesta.

Paula lo miró extrañada.

—Cuando éramos niños siempre nos decíamos la verdad.

Entonces, nunca nos contábamos mentiras... Me gustaría que otra vez fuese así.

—¡Pero si lo es!

—En realidad, no, Shane.

Vio que sus ojos reflejaban sorpresa.

—Oh, sí —dijo—, durante esta semana ha sido como antes, lo admito, pero ha habido cierto distanciamiento entre nosotros, dos años casi. Por favor, no intentes negarlo.

Bueno, allí estaba al fin.

—De hecho —prosiguió con rapidez—, te has portado conmigo de una manera fría y distante durante mucho tiempo. Cuando te pregunté por qué te habías alejado y apartado de mi vida, oh, hace ya mucho tiempo, te desentendiste de mí dándome excusas tontas. Mucho trabajo y viajes, dijiste.

Paula dejó la bebida en la mesita de café y lo miró severamente.

—Nunca me lo creí de verdad. Y eso me lleva a hacerte una pregunta. —Se paró y continuó mirándole—. Y es ésta: ¿Qué te hice yo de de malo para que desaparecieras de mi vida? *Tú*... mi viejo y querido amigo.

Él le devolvió la mirada, sin ser capaz de darle ningún tipo de respuesta. Si le decía la verdad, se descubriría y revelaría sus verdaderos sentimientos. Si mentía, se odiaría a sí mismo por hacerlo. Y, además, ella era muy inteligente. Lo notaría en seguida. Se atragantó, dejó la copa y se quedó mirando el fuego con expresión pensativa. Era mejor permanecer en silencio.

Ninguno de los dos habló durante un rato.

Paula, con los ojos fijos en él, supo de repente lo que significaba ese dilema. «Oh, querido —pensó—, sincérate, cuéntamelo todo.» Sintió que le invadía el amor que sentía por Shane, barriendo todo lo demás. Se quedó sin respiración por la sorpresa que le produjo reconocer finalmente sus verdaderos sentimientos. Deseaba abrazarle, borrar la tristeza de su cara besándole.

El silencio se prolongó.

—Me doy cuenta de lo difícil que es responder a mi pregunta —dijo Paula en voz muy baja, vacilando ligeramente antes de terminar—. Así que lo haré por ti. Me olvidaste porque me comprometí con Jim y me casé con él poco después.

Él siguió sin atreverse a abrir la boca, temiendo traicionarse. Lo había adivinado. ¿Pero *cuánto* había adivinado exactamente? Parpadeó mientras seguía contemplando las llamas ondulantes. Sabía que no podía dejar que le viese el rostro antes de borrar todo rastro de emoción de él.

Al final, se volvió y habló con lentitud en un tono de voz extrañamente ronco.

—Sí, ése es el motivo por el que guardé la distancia entre nosotros, Paula. Quizá me equivoqué al hacerlo. Pero... ¿sabes...? pensé que... que Jim se ofendería, sí, y tú también. Después de todo, ¿por qué ibais a querer ninguno de los dos a un viejo compinche rondando vuestra puerta...?

Dejó la frase sin terminar.

—Shane, no me estás diciendo la verdad; lo sabes tan bien como yo.

Fue el tono de su voz lo que atrajo la atención de él, lo que le impulsó a volver la cabeza. En el tenue brillo del fuego, la palidez de su rostro había adquirido una curiosa luminosidad, un reflejo nacarado. Los ojos tenían un tono violeta más oscuro, ardían con una mirada extraña que no podía desvelar. Vio cómo le latía una vena en el cuello. Abrió los labios como si fuese a decirle algo, pero permaneció callada. *Esa expresión de sus ojos.* Una vez más, le atrajo con una fuerza poco normal. Sentía oleadas de deseo. El corazón le latía con fuerza, experimentó una sacudida interior. Necesitó de toda su sangre fría para quedarse sentado lejos de ella. Entonces, supo lo que debía hacer: levantarse, salir y dejarla. Pero se dio cuenta de que no podía moverse.

Se miraron fijamente.

Paula vio su amor, el cual, sin que pudiese ocultarlo, se reflejaba en sus ojos de un negro brillante. Instantáneamente, Shane observó, con claridad, el amor en ella, vio el anhelo en su rostro, el ansia y el deseo que hasta ahora sólo él había ocultado y retenido.

La conmoción de ese descubrimiento lo transfiguró.

Y, entonces, con seguridad y certeza absoluta, se movieron exactamente al mismo tiempo.

Se abrazaron. Unieron sus bocas. Los labios de Paula eran cálidos y suaves y estaban ligeramente entreabiertos, dándole la bienvenida. Sus lenguas se entrelazaron, se acariciaron y descansaron. La hizo tumbarse entre los cojines, sujetándole el cuello con la mano izquierda y apartándole el cabello de la cara con la derecha, acariciándole las mejillas, el esbelto cuello. Ella le puso las manos en la espalda, luego las deslizó hacia la cabeza, acariciéndole el cabello con ímpetu y firmeza. Shane empezó a buscarla como había querido hacerlo durante tanto tiempo, con pasión y fuerza, con labios tenaces y exigentes, la lengua abriéndose paso, su saliva, su aliento uniéndose a los de ella. Pero, inesperadamente, sus besos se hicieron más suaves y delicados mientras deslizaba la mano hacia uno de sus senos. Lo cogió con firmeza; luego, empezó a acariciarlo poco a poco hasta que el pezón se endureció bajo sus dedos. El corazón le latía violentamente contra el de ella.

Al fin se separaron y tomaron aliento. Shane le miró a la cara. Sus ojos la atravesaban. Ella alzó una mano, le tocó el rostro y le pasó el dedo por el labio superior, bajo el bigote.

Él se levantó, se desvistió con rapidez y echó la ropa en un sillón. Paula hizo lo mismo, y volvieron a juntarse en el sofá, con extrema urgencia, apretándose en un abrazo. La tuvo entre sus brazos y la apretó suavemente contra sí, besándole la cara, el pelo, los hombros. Después, se apoyó en un codo y se quedó inclinado hacia ella. ¡Qué bien conocía ese cuerpo! Lo había visto crecer desde la infancia hasta la juventud. Pero nunca como en ese momento, completamente desnudo, cada centímetro descubierto ante él, esperándole. Deslizó la mano por sus pechos firmes y altos, luego por el estómago, la cadera, los muslos; con suavidad, delicadamente, acariciando cada parte de su cuerpo hasta que se detuvo sobre ese triángulo de vello suave y oscuro que ocultaba la esencia de su sexo. Lo cubrió completamente con la mano y se movió hasta que pudo poner su rostro en la cadera de ella. Sus dedos parecían moverse con voluntad propia, explorando con delicadeza, tanteando, conociéndola. Y, finalmente, su boca descendió y se unió a ellos en aquella sensible exploración.

Shane sintió que el cuerpo de Paula se enervaba. Se paró, levantó la cabeza, la miró y se encontró con sus ojos muy abiertos. Ella le observaba fijamente, con una expresión de asombro y alarma. Sonrió. ¡Vaya con su matrimonio! Al parecer, su forma de amarla, de darle placer, era completamente nueva para ella. Esa idea, el conocimiento de su inexperiencia, le deleitó y emocionó. Al menos, ningún otro hombre la había tocado de ese modo.

La tensión de Paula aumentó. Trató de incorporarse sobre los hombros y abrió la boca para hablar.

—Tranquilízate, déjame amarte —murmuró Shane.

—Pero, ¿y tú? —susurró ella.

—¿Qué significan unos minutos más después de todos los años que he estado esperándote?

Paula se echó sobre los cojines, suspirando con suavidad. Cerró los ojos, se relajó, dejándole hacer lo que quisiera con ella. Sus sentidos empezaron a dar vueltas, no sólo por la rapidez con que se habían unido, sino también por la pasión y sensualidad de Shane. La forma de besarla y de acariciarla por todo su cuerpo era erótica, poco familiar. Con su conocimiento, experiencia y sensibilidad sabía exactamente cómo excitarla. Ella lo sentía como si no la hubiesen excitado antes, y se entregó a él sin ningún tipo de inhibición. Sintió una oleada de escalofríos mientras la boca y los dedos de Shane la amaban con delicadeza, luego con fervor, y siempre con consumada pericia. Parecían transmitirle un calor ardiente, acariciaban lo más íntimo de su ser con una exquisita sensación que, hasta ese momento, no supo que existiese. El calor se extendió abrasándole el cuerpo.

—Oh, Shane, Shane, no te detengas, por favor —gimió, sin darse cuenta de que había hablado.

Él no podía contestarle sin detenerse, y ya le era imposible parar. Estaba siendo arrastrado por la creciente excitación de Paula. Era tan intensa como la suya propia. Nunca había estado tan excitado como ahora y el deseo que ella sentía era un atractivo y poderoso afrodisiaco para él. Intensificó su concentración en ella, saboreando su calor, llevándola a la cima del éxtasis. Sabía que, en cualquier momento, la abrazaría. Al conseguirlo, se puso encima, uniéndose a ella con un poder y una fuerza que les hizo gemir a ambos. Paula se agarró a él, gimiendo su nombre. La besó con fuerza. Ella arqueó el cuerpo, apretándolo contra el suyo. Empezaron a moverse al unísono, aumentando la pasión mutua.

Shane abrió los ojos. La luz de la habitación era brillante. Y él, que hacía tan poco tiempo buscaba la oscuridad, ahora deseaba esa luz... una luz resplandeciente, cegadora. Quería verle la cara, capturar todas las señales de emoción que afloraban en ella, necesitaba saber que era a Paula a quien de verdad estaba amando. Se elevó, poniendo las manos a cada lado del cuerpo de Paula. Ella abrió los párpados y se quedó mirándole. Shane le devolvió la mirada. Empezó a moverse otra vez con energía y ella lo siguió sin que él le quitase los ojos de encima ni un momento. De repente, los movimientos se hicieron más lentos, Shane quería prolongar su unión.

Comprendió, de repente, que aquello iba mucho más allá de la mera posesión sexual. Estaba poseyendo su alma, su corazón, su mente, igual que ella estaba haciendo con él. Era su niña de ensueño de sus sueños infantiles... en sus brazos por fin... verdaderamente suya. Ahora le pertenecía. Tenía el mundo en sus manos. El dolor con que había vivido cesó de pronto. Su antigua vida se hundía... hacia abajo... abajo... en el oscuro vacío... Una nueva vida empezaba... era alguien enteramente nuevo. Un hombre totalmente realizado... formado mientras surgía... salía al resplandor, a la luz cegadora en cuyo centro de radiación ella se encontraba esperándole.

Se quedaron hipnotizados mutuamente. Los ojos encadenados se abrieron al examinarse con intensidad. Se miraron, intentando expresar el alcance y lo extraño de sus emociones y vieron el infinito, sus propias almas. Y todo se aclaró.

«Ella es mi vida —pensó—. ¡Oh, qué paz siento!»

«Sólo existe Shane. Nunca ha existido otro sino él», pensó Paula.

Empezó a moverse contra ella, lentamente al principio y, después, con más fuerza y sin reprimirse. Paula le siguió con tanto ímpetu como él. Sus cuerpos entrelazados. Las bocas unidas. Se hicieron uno.

Cuando él sintió que la esencia de la vida brotaba de él y se expandía dentro de ella, gritó:

—Te amo, siempre te he amado, te amaré hasta el día de mi muerte.

El dormitorio de Shane era mucho más grande y espacioso que el que le había dado a ella, pero estaba caldeado gracias a la calefacción central.

Como en su habitación, una gran cama de cobre amarillo dominaba el espacio. Paula estaba echada sobre una montaña de cojines mullidos, envuelta en un edredón de pluma que la cubría hasta los hombros. Suspiró, se sentía satisfecha y con un extraordinario sentimiento de paz interior y de perfección. La liberación física que había experimentado con Shane era algo nuevo para ella. Nunca había conseguido alcanzar esa satisfacción antes, estaba maravillada con él, con ella y con esa forma de hacer el amor. Qué generoso y amable era y cómo había respondido ella a su emoción, a su anhelante deseo. Y, al conocerla Shane tan bien, la forma de amarse había sido natural, sin inhibiciones, llena de júbilo y alegría, una verdadera unión en todos los aspectos.

Cuando al fin apagaron las luces de la sala y se deslizaron al piso de arriba llevando las ropas en la mano, ella creyó que la pasión mutua se había extinguido por completo. Se dejaron caer en la gran cama, exhaustos, con los cuerpos rozándose, las manos cogidas bajo las sábanas y sin dejar de hablar. Y entonces, inesperadamente, el mutuo deseo volvió a agitarse en ellos, e hicieron el amor por segunda vez, con la misma urgente necesidad e idéntica emoción.

Shane había encendido la lámpara y había apartado la ropa de la cama, diciéndole que debía mirarla, saber que era ella realmente, presenciar las emociones que la provocaban. Los besos, las caricias, fueron calmados y voluptuosos y, una vez más, la llevó a aquel maravilloso estado de satisfacción antes de hacerla suya, la había conducido a nuevas regiones, murmurándole lo que deseaba, mostrándole cómo excitarse más y cómo amarle de la forma en que lo había hecho él con ella. Y Paula lo hizo con gusto, con amor, obteniendo placer del de Shane. Pero la detuvo cuando iba a llegar a la cima de ese placer, la hizo ponerse encima de él y su cuerpo se tensó elevándose contra el de ella. Y juntos alcanzaron un éxtasis más intenso que la primera vez.

Finalmente, Shane apagó la luz e intentaron dormir, arropados mutuamente en sus brazos, pero no lo consiguieron. Se encontraban demasiados excitados y pendientes uno del otro, necesitaban prolongar aquella intimidad recién descubierta. Así, empezaron a hablar en la oscuridad y, luego, a los pocos minutos, Shane se fue abajo para hacer té.

Paula se incorporó y miró el reloj que había sobre la pequeña cómoda, en el lado de Shane. Eran casi las cuatro. «Hemos hecho el amor interminablemente —pensó—, pero no inconscientemente. Oh, no, en absoluto.» Hasta esa noche, no se había dado cuenta de lo hermosa que podía ser la unión sexual entre un hombre y una mujer. De hecho, nunca había pensado que el sexo fuese lo que había resultado ser. ¡Qué equivocada había estado! «Pero tiene que ser el hombre apropiado con la mujer apropiada», se dijo en voz baja. Se hundió en los cojines, suspirando otra vez mientras esperaba a Shane.

Regresó un momento después, con una bandeja llena en

las manos y cantando a voz en grito.

—¿Quién crees que eres, una estrella de la canción? —preguntó ella en voz alta, sentándose en la cama y sonriéndole.

Como respuesta, Shane dio varias vueltas y se contoneó de forma exagerada.

Le llevó la taza de té y el plato de galletas de jengibre que le había pedido y puso su taza y las galletas de chocolate en la cómoda de su lado de la cama. Mientras seguía tarareando la canción, se quitó la bata y la tiró a una silla cercana.

Le miró la amplia espalda, los anchos hombros y los brazos fuertes y se quedó admirada. Era un hombre corpulento, bien proporcionado y le había visto en bañador desde hacía años. Entonces, ¿por qué le parecía tan atractivo su poderoso físico esa noche? ¿Porque *sabía* cómo era de verdad? ¿Porque había conocido su cuerpo de esa forma tan íntima, como él había conocido el de ella?

Al volverse, se dio cuenta de que le estaba mirando.

—¿Qué sucede? —preguntó.

—Nada. Sólo pensaba que no te había visto nunca tan moreno.

Rió entre dientes.

—Aunque el trasero está muy blanco.

—Y, para dentro de una semana, señora, también usted tendrá una espalda morena y un trasero blanco.

Se dirigió a la cama sin importarle su desnudez y se metió dentro, junto a ella, dándole un beso en la mejilla después.

—Bueno, si lo dejas de mi parte, claro.

—Oh —fue todo lo que ella contestó, mirándole con los ojos muy abiertos.

—Sí. Tengo que ir a las Barbados el martes. Ven conmigo, Paula —dijo, con mirada suplicante.

—Oh, Shane, qué buena idea. Claro que iré.

Su cara se entristeció de repente.

—Pero no me podría ir hasta el miércoles.

—Muy bien.

Se volvió a coger la taza de té y le dio un sorbo.

—Así podré trabajar un poco. La verdad es que tendré que ir todas las mañanas un rato a las oficinas. Pero dispondremos de las tardes... y de todas las hermosas noches.

Su sonrisa era sugestiva y sus inquietos ojos negros la miraron divertidos.

—Me muero por ir a las Barbados... para ver la *boutique*

«Harte» —dijo ella con una pequeña sonrisa.

Shane levantó las cejas.

—¡Ajá! Así que por eso has accedido tan rápidamente. Y yo que pensaba que sería por volver a estar conmigo.

Paula le golpeó el brazo cariñosamente.

—¡Oh, cómo eres!

Bebió un poco de té. Estaba bueno, calentaba y reconfortaba. Se sentía bien. No, estupendamente. Y maravillada. Alargó el brazo y cogió una galleta del plato que tenía Shane, se la comió y cogió otra.

—Me pregunto qué diría un psiquiatra de esto —dijo Shane.

—¿De qué?

—De ese deseo constante que sientes de comer de mi plato. Lo has hecho toda la vida, y quizá tenga algún significado sexual oculto. ¿Crees que es alguna forma de placer oral, conectada de algún modo conmigo y con lo que sientes por mí?

Ella rió, echando la cabeza hacia atrás, divirtiéndose, disfrutando con él.

—No lo sé. Y trataré de no hacerlo más, pero es difícil romper los hábitos de la infancia. Bueno, en serio, tengo que controlar mi apetito. No he dejado de comer desde que estoy contigo. Cualquiera diría que he estado haciendo una dieta.

Shane se limitó a sonreír y pensó: «Y así ha sido, querida mía, más de lo que piensas.»

Acabaron el té y las galletas y siguieron hablando del viaje a las Barbados. Shane se mostró encantado de que a ella le gustase y excitase la perspectiva de pasar cinco días al sol con él. En cierto momento, Shane saltó de la cama, cogió los cigarrillos y abrió la ventana.

—No te importa que fume, ¿verdad? —preguntó, volviendo a la cama.

—En absoluto.

Paula se acercó a él, rozando sus piernas y hombros, queriendo estar cerca de él.

—¿Estás contenta, cariño? —preguntó, mirándola por el rabillo del ojo.

—Mucho. ¿Y tú?

—Como nunca lo he estado.

Se produjo un silencio.

—Nunca he hecho el amor de esa manera —confesó Paula.

—Lo sé.

—¿Era tan obvia... mi inexperiencia?

El rió entre dientes, le apretó la mano y no respondió nada.

—Pero tú tienes mucha experiencia —dijo Paula.

Lo miró disimuladamente. Le invadió el orgullo, un sentimiento que no le era familiar.

—Has estado con muchas mujeres.

No estaba seguro si este comentario era una pregunta o una afirmación.

—Has oído los chismes sobre mis escapadas románticas de estos años.

—Entonces, ¿eran ciertos?

—Sí.

—¿Por qué no conmigo, Shane?

—Eso es obvio y fácil de contestar. Por Emma y Blackie, por su relación, por la amistad e intimidad entre nuestras dos familias. Incluso, aunque hubiese comprendido antes cuáles eran mis verdaderos sentimientos por ti, Paula, no me hubiese atrevido a acercarme, no hubiera tratado de hacerte el amor. Me hubiese arrancado la piel a tiras antes, y tú sabes que lo hubiese hecho.

Pensó en las palabras de Dorothea Mallet.

—Antes de que te casaras eras como... bueno, la princesa heredera de los tres clanes. Y, por lo tanto, inasequible. Un hombre no se acuesta con una mujer como tú ni tiene una aventura con ella. Propone el matrimonio. Tristemente, por desgracia, no sabía que te quería con verdadera desesperación ni qué era lo que sentía por ti cuando estabas todavía disponible, sin compromiso. Supongo que estábamos demasiado unidos.

—Comprendo.

Paula le miró a la cara. Le invadió un sentimiento de posesión y el orgullo que sentía se intensificó.

—Esas otras mujeres..., ¿hiciste el amor con ellas como lo has hecho conmigo esta noche? —preguntó en voz baja.

La pregunta le sorprendió momentáneamente. Estuvo a punto de mentir, no deseaba herirla ni enfadarla, y entonces supo que debía ser sincero y optar por la fría verdad.

—Sí, algunas veces, pero no siempre, no con todas. Tú y yo hemos hecho el amor de la manera más íntima que existe, Paula. La mayoría de las amigas que he tenido no han despertado en mí esa clase de deseo, esa necesidad, como lo has hecho tú. El sexo oral es... bueno, *extremada-*

mente íntimo, como te he dicho. Tengo que estar muy interesado emocionalmente para querer hacer eso.

Esbozó una sonrisa.

—No es algo que se pueda hacer indiscriminadamente, Paula.

Ella asintió.

—Creo que, quizá, sea el resultado de la atracción, el impulso y el deseo de poseer totalmente a otra persona —dijo Paula.

—Oh, sí, eso es.

Shane le dirigió una penetrante mirada.

—Desde que estás en Nueva York...

Se detuvo, odiándose por curiosear, pero no lo podía evitar. Se aclaró la garganta.

—¿Has tenido muchas aventuras?

—No.

—¿Por qué no?

—Por ti.

Shane aspiró una bocanada de humo, la soltó y dijo:

—Desde el día en que comprendí que te amaba, mis experiencias en la cama han sido un completo desastre.

Volvió la cabeza y la miró fijamente a los ojos.

—La verdad es que he tenido muchos problemas en ese sentido... He sido impotente.

Vio que la sorpresa y la consternación afloraban a su cara. Se apretó contra él, pero no dijo una palabra.

—Logré conseguirlo de vez en cuando —prosiguió él—, si la habitación estaba a oscuras y mi pareja no destruía mi frágil fantasía... la fantasía de que eras tú la persona con quien estaba. Si podía retener tu imagen en mi mente, entonces, todo iba bien. Pero la mayor parte de las veces, me resultaba condenadamente difícil.

Sin mencionar nombres, le contó su experiencia en Harrogate, la tarde del bautizo, y relató otros incidentes desastrosos. No sentía ni vergüenza ni turbación de hablarle a ella de esa manera tan sincera. Estaba contento de poder desahogarse y, mientras seguía contándole todo, se dio cuenta de que sólo estaba haciendo lo que siempre había hecho: compartir sus secretos con ella como cuando eran niños.

Al terminar él, Paula se incorporó, le echó los brazos al cuello y se le acercó.

—Oh, Shane, querido mío, siento haberte causado tanto dolor y angustia.

Él le acarició la cabeza, apretándola con la mano contra su hombro.

—No era culpa tuya —repuso Shane en voz baja—. ¿Cuándo descubriste lo que sentías por mí?

—He pensado mucho en ti desde que llegué a Nueva York. Anoche, y esta noche otra vez, unos extraños sentimientos empezaron a agitarse mi interior. Noté que te deseaba sexualmente, quería que me hicieses el amor. De repente, cuando estábamos hablando después de que Elaine y Sonny se fueran, me di cuenta de que estaba enamorada de ti.

Se quedó callado durante unos segundos.

—No te traje aquí para seducirte, Pau...

—¡Lo sé! —le interrumpió.

—Sólo quería estar contigo, pasar algún tiempo juntos. Te he echado tanto de menos.

Se produjo una breve pausa.

—Durante años he tenido una regla de oro: nada de mujeres casadas. Nunca he querido tener algo que pertenezca a otro hombre.

—Creo que no pertenezco a nadie —dijo.

Shane guardó silencio. Le acuciaba la curiosidad sobre su matrimonio y sentía celos de Jim, pero prefirió no tratar ese tema, temeroso de estropear el clima que existía entre los dos.

—Estoy segura de que sabes que no estaría aquí, haciendo esto contigo, Shane, si fuese feliz en mi matrimonio —dijo Paula con frialdad.

—¡Por Dios, Paula! ¡Por supuesto que lo sé! No eres una libertina. Sé que no andarías jugando por ahí simplemente porque sí.

Frunció el entrecejo y la observó fijamente por entre los párpados entornados.

—Entonces, ¿no marcha bien?

—No. Lo he intentado, Shane, Dios sabe que lo he intentado. No estoy culpando a Jim. Cuando ocurre una cosa así, es culpa de los dos. No lo odio, no es mala persona. Pero no estamos bien juntos, eso es todo. Somos incompatibles en todos los aspectos.

Se mordió el labio.

—Me gustaría dejarlo así... al menos por esta noche. De repente, no quiero hablar de mi matrimonio.

—Lo sé, cariño, lo sé.

508

Permanecieron callados durante un rato, perdidos en sus propias reflexiones.

—Oh, Shane, ¡qué lío ha formado! ¡Si pudiésemos volver atrás!

—Ah, pero eso no es posible... y, ¿sabes?, el tiempo no es tan importante. No debes pensar en ayer o en mañana, sólo en hoy. Ten en cuenta que el tiempo no está troceado y guardado en cajitas. El tiempo es como un río. El presente, el pasado y el futuro fluyen juntos en una larga y permanente corriente inmutable. Todos los días oímos ecos del pasado y vemos imágenes del futuro mientras vivimos el presente. El tiempo que se fue y el que aún no ha llegado están a nuestro alrededor, Paula, el tiempo es, en sí, una dimensión.

Miró esa cara tan familiar y amada y, en su imaginación, le vio en su niñez, recordó su preocupación por su espíritu celta, sus antepasados celtas y la leyenda de los celtas. La vieja mirada de ensueño que nacía de su misticismo apareció en sus ojos, y en su expresión era evidente su intensa introspección, ella sabía que estaba perdido en algún lugar lejano, en un pasado distante. Shane parpadeó y le dirigió una graciosa sonrisita torcida, que ella recordaba muy bien. El hombre se convirtió en el niño de «Heron's Nest» y los días de la niñez les rodearon, envolviéndolos, llenando la habitación. Supo que Shane tenía razón al decir que el tiempo era como la corriente de un río, le cogió del brazo y se lo dijo.

—Y aún hay más, Paula —añadió lenta y pensativamente—. La vida es como un entramado intrincado... Hay un gran bosque, de verdad. Lo que nos ha ocurrido en nuestras vidas tenía que pasar, quizá para mostrarnos el camino y llevarnos a nuestra unión. Y el futuro ya está aquí, con nosotros, *ahora*, en este mismo momento, nos demos cuenta o no.

La cogió de la barbilla, le levantó la cara y la miró al fondo de los ojos.

—Y no vamos a pensar en otra cosa que no sea en este fin de semana. Después, viviremos los días como vengan.

Se inclinó sobre ella, la besó suavemente y se echó hacia atrás.

—No te pongas seria. Las cosas de la vida se arreglan solas. Presiento que lo vamos a hacer muy bien juntos.

Paula sintió un nudo en la garganta con una oleada de emoción. Se abrazó a él y le susurró:

—¡Te quiero tanto, Shane! ¿Cómo no me había dado cuenta antes?

—Pero ahora ya lo sabes, y eso es lo que importa, ¿no?

CAPÍTULO XXXVI

Llegó a las Barbados el miércoles por la tarde.

Mientras pasaba por la aduana, con la chaqueta del traje en el brazo y la bolsa de viaje en la mano, pensó que, después de todo, él no había ido a recibirle. La esperanza remplazó a la contrariedad. Miró a su alrededor, buscando a un chófer o alguien con el uniforme del hotel que hubiese acudido en su lugar.

El mozo que iba tras ella, llevando su gran maleta, le preguntó si quería un taxi. Ella le explicó que esperaba que fuesen a recibirla y volvió a mirar a la multitud de gente que se amontonaba en la entrada del aeropuerto.

Paula vio a Shane antes de que él la viese a ella.

Llegaba corriendo por las grandes puertas de cristal y parecía ansioso. Ella se detuvo, rígida, tensa por la excitación. Su corazón empezó a latir apresuradamente. Había estado con él el lunes por la noche. Hacía dos días. Pero al verle se sintió conmocionada. Cada detalle de su aspecto resaltó a sus ojos, como si estuviese contemplando a un verdadero extraño, a alguien que no conociese. El cabello ondulado, cayendo en rizos por su cuello, las cejas oscuras bien definidas y el característico bigote daban la sensación de ser mucho más negros, y sus brillantes ojos semejaban piedras de ónice en su rostro bronceado. Hasta el hoyuelo de su barbilla parecía más pronunciado. Observó que vestía un elegante traje de seda color crema, una camisa del mismo color con rayas en un rojo oscuro y una corbata también roja. En el bolsillo de la chaqueta lucía un pañuelo de seda del mismo color. Sus zapatos marrones estaban brillantes. Tenía un aspecto inmaculado de la cabeza a los pies. Pero era el mismo viejo Shane. Era ella quien había cambiado. La nueva Paula que estaba enamorada de él. El único hombre a quien quería.

510

Finalmente, él la vio y se abrió paso entre la multitud con decisión y seguridad. Allí estaba, mirándola desde su altura, sonriendo, con ojos brillantes de alegría.

Sintió que las rodillas se le doblaban.

—Cariño —dijo—, lo siento. Como es normal, he llegado muy justo.

Ella no pudo hablar, simplemente se quedó mirándole absorta.

Shane se inclinó para besarla y, luego, la cogió del brazo, indicó al mozo que les siguiera y la condujo hacia la salida.

El chófer, que estaba apoyado en la capota de un «Cadillac» gris metalizado, se incorporó de un salto, abrió la portezuela de atrás y después, metió la maleta en el portaequipajes. Shane le dio una propina al mozo, ayudó a Paula a entrar en el coche y luego lo hizo él. Apretó un botón. El cristal de separación que había tras el asiento del conductor se cerró. Mientras el coche se separaba del bordillo silenciosamente, la rodeó con el brazo y aproximó la cara de Paula a la suya. Se quedó mirándola fijamente, como si no la hubiese visto en muchos años. Ella le devolvió la mirada y se vio reflejada en sus brillantes ojos negros. Se le secó la boca mientras él se inclinaba sobre ella. Y, cuando su lengua se deslizó entre sus labios pegados y le rozó la suya, sintió que la sangre comenzaba a correr acelerada por sus venas. Se sintió mareada. Shane la apretó con más fuerza. Ella le pasó los brazos por el cuello y metió las manos entre su cabello. Notó que estaba terriblemente excitado. Pero también ella lo estaba.

Shane se separó un poco moviendo la cabeza y esbozando una sonrisa.

—Me parece que es mejor que me controle; de lo contrario, voy a acabar haciéndote el amor aquí mismo y provocaríamos un escándolo.

Le miró a los ojos. Inesperadamente, parecía que se divertía.

—Haces que me ponga excitado y ansioso.

—También sucede en sentido inverso.

Sonriendo, Shane encendió un cigarrillo, le preguntó si había tenido un buen viaje y empezó a hablar tranquilamente sobre la isla, mostrándole los lugares más interesantes, contándole una breve historia de las Barbados. Habló sin interrupción durante media hora y, de vez en cuando, alargaba el brazo y le cogía la mano.

—Coral Cove está en la costa oeste de la isla —decía Shane—. No está lejos del «Hotel Sandy Lane», por el que pasaremos dentro de unos momentos. Te llevaré a comer allí un día, es un lugar encantador. Bueno, nuestro hotel está situado en una zona que se conoce como la Costa de Platino, debido a sus playas de arena blanca. Espero que te guste.

—Oh, Shane, seguro que sí, pero contigo soy feliz en cualquier sitio, cariño.

Instantáneamente, volvió los ojos hacia ella.

—¿De verdad, Paula?

—Sí, Shane.

—¿Me amas?

—Locamente.

—Más te vale.

—¿Y tú?

—Estoy loco por ti, cariño. Mi amor es tan loco e intenso que nunca dejaré que te separes de mí —le contestó en voz baja.

Entonces, le apretó la mano y su expresión y su voz cambiaron.

—Lo digo de verdad, Paula. No dejaré que te vayas. *Nunca.*

Sorprendida, se atragantó sin saber qué decir. Inglaterra y su vida allí, olvidadas momentáneamente por la euforia de estar con él, surgieron amenazadoras. Se enfrentó a su mirada penetrante.

—Existen muchos prob... —intentó decir con voz entrecortada.

Pero él le tapó la boca con su mano grande y tostada por el sol y movió la cabeza.

—Lo siento, cariño, no tendría que haber dicho eso. Al menos, no ahora.

Lució su sonrisa desenvuelta e infantil.

—Durante los próximos días no pensaremos en los problemas ni nos tomaremos la molestia de hablar de ellos. Habrá mucho tiempo para eso cuando regresemos a Nueva York.

Antes de que ella pudiese contestar, la velocidad empezó a aminorar. Mientras el coche atravesaba la verja de hierro deslizándose, vio, fugazmente, el letrero de «Coral Cove». Un momento después, al final del camino de entrada, se pararon frente al hotel.

El intenso calor golpeó cuando Shane la ayudaba a salir

del coche con aire acondicionado. Miró a su alrededor. El «Coral Cove» era más grande de lo que había supuesto, con la fachada pintada de blanco y rosa. Estaba rodeado de unos jardines exuberantes y exóticos. Un poco más allá de las verdes praderas de césped, pudo ver la franja plateada de la playa y el mar azul turquesa brillando bajo el sol.

—Oh, Shane, es precioso —exclamó mientras él la miraba con ojos expectantes y ansiosos.

Asintió y la cogió del brazo.

—Eso creo... gracias. Pero, vamos, a esta hora del día hace un calor tremendo fuera.

La condujo por el vestíbulo, espacioso y alegre, pintado de blanco, con muebles de junco y enormes plantas tropicales en macetas de cerámica. Los ventiladores del techo zumbaban armoniosamente enviando una agradable brisa, y el ambiente era fresco, umbrío y acogedor.

Aunque quería detenerse y observar a su alrededor, Shane no la dejó retrasarse.

La llevó animadamente a la *suite* y, una vez dentro, la atrajo hacia sí con ansiedad. Empezó a besarla, apretándola con fuerza. Paula se aferró a él y le devolvió los besos. Unos fuertes golpes en la puerta interrumpieron ese momento de intimidad y les obligaron a separarse.

—Entra, Albert —dijo Shane y se dirigió hacia la puerta para cogerle la maleta al botones.

—Los besos me van a llevar a otra cosa en cualquier momento —comentó él al quedarse solos de nuevo—. Y, como no quiero que pienses que soy un maníaco sexual, voy a llevarte a dar una vuelta.

La condujo al centro de la habitación.

—Escucha, te he organizado todo un programa. Tomar el sol y dormir —mientras hablaba, apareció en sus labios una sonrisa impúdica—. Y Shane. Mucho Shane, montones de Shane. Día y noche, sin parar. ¿Cómo te suena esto?

—Maravilloso —dijo ella, riéndose—. Lo mismo que la *suite*.

—Sabía que ésta en particular te gustaría, Paula.

Miró a su alrededor con satisfacción, fijándose en los tonos coral y verde lima que daban un toque cálido a la fría blancura de la habitación, los elegantes muebles de mimbre y los cómodos sofás tapizados con telas floreadas.

Había llenado la habitación con multitud de flores. Las macetas y jarrones estaban llenos de toda clase de flores exóticas que formaban un fondo de llamativos colores.

—Shane... las flores... son preciosas.

Le sonrió y alargó el brazo para tocar un ramo de un delicado tono púrpura.

—Exquisitas. Gracias.

—Ésas son orquídeas diminutas..., silvestres. Aunque es probable que ya lo sepas. Crecen en la isla. Ven, te voy a a enseñar el dormitorio.

Hizo que pasase y se encontró en otra gran habitación blanca, en esta ocasión salpicada de amarillo y azul pálido. Los muebles eran de madera lacada blanca; había una cama grande con unos cortinajes de muselina, blanca también, encarada a la terraza que ocupaba toda la extensión de la *suite*. Al igual que en la otra, abundaban las flores y, mientras paseaba la mirada a su alrededor, observó que el dormitorio, al igual que el salón, parecía curiosamente vacío. Tenían aspecto de estar deshabitados.

Se volvió hacia él.

—¿Tienes otra *suite* para ti, Shane?

—Sí, la de al lado. Pensé que sería más discreto.

Sonrió con ironía.

—No es que vayamos a engañar a nadie, los que trabajan en un hotel son famosos por saber todo lo que ocurre en él.

Sacó una llave del bolsillo abrió una puerta y le hizo un gesto para que lo siguiera.

La *suite* era similar a la suya, pero sus pertenencias aparecían esparcidas por toda la habitación; la cartera estaba sobre una mesa, un jersey amarillo colgaba del respaldo de una silla; papeles y carpetas atestaban el pequeño escritorio; una botella de whisky, un cubo con hielo y unos vasos aparecían en una bandeja, sobre una consola de mimbre blanca.

—Entonces, ¿por qué preocuparse de tener otra *suite* si no sirve de nada? —le preguntó—. Me refiero a que nuestras familias nunca sospecharán de nosotros, se supone que somos como hermanos.

—Bueno, si esto es incesto, dame incesto a cualquier hora.

Ella rió.

Shane se puso serio.

—Pero nunca se sabe... —añadió—, creo que es más sensato... aunque sólo sea por las apariencias, la centralita y el registro del hotel. No debemos buscarnos problemas innecesarios. He dado instrucciones a la telefonista para que nos avisen de las llamadas que haya para ambos. Así no nos cogerán desprevenidos.

La rodeó con el brazo y la condujo a la otra *suite*.

—No temas, tengo intención de estar contigo todo el tiempo. Bueno, ¿quieres refrescarte? ¿Deseas tomar una copa o una taza de té o prefieres bajar a ver la *boutique*?

—Oh, Shane, déjate de tonterías.

Le dirigió una estudiada mirada de seriedad.

—Después de todo, ésa es la verdadera razón de mi venida a las Barbados.

—¡*Traidora*!

La *boutique* «Harte» estaba situada en el extremo más apartado del gran jardín que rodeaba el hotel. Era el edificio central de un semicírculo formado por cinco tiendas que miraban a una verde pradera. Una fuente murmuraba en el centro. Los macizos de flores añadían pinceladas de color alrededor del borde del césped cuidadosamente cortado.

Paula vibró con un sentimiento de excitación. Allí estaba, el familiar y característico rótulo de *E. Harte*, encima de la puerta pintada de rosa. Los grandes escaparates, a ambos lados de ésta, estaban montados de una forma profesionalmente llamativa.

Se cogió del brazo de Shane.

—Sé que sólo es una *boutique* y no otros grandes almacenes, pero me siento muy orgullosa, Shane. ¡Aquí estamos... en el Caribe! Otra sucursal de «Harte». ¡Ojalá la abuela pudiese verla! Estaría tan emocionada como yo.

—Sí, te entiendo muy bien. Es una mezcla de sentimientos: el orgullo de la posesión, gratificación y una sensación de tremenda satisfacción. Y no olvides que es tuya, Paula, como lo serán las otras *boutiques* de la cadena de hoteles.

—Fue Merry quien tuvo la idea, Shane, no yo.

—Tú hiciste todo el trabajo.

—Según Sarah, no.

—Te dije la semana pasada que te olvidases de Sarah Lowther. Está celosa de ti.

—¿Porque dirijo los grandes almacenes?

—Sí. Es una cretina. Nunca podría llevar los negocios de tía Emma, y ésta lo ha sabido siempre. Escogió el mejor hombre que tenía... tú.

—Si eso lo hubiese dicho otra persona, le acusaría de ser un macho patriotero.

—Lo siento, sabes que no lo digo con segunda intención. Es una forma de hablar.

Le dirigió una significativa mirada.

—No hay nada de masculino en ti, querida mía, eso te lo puedo asegurar. Venga, entremos.

Empujó la puerta y se oyó el sonido de campanita tintineando.

Entraron juntos y Paula se quedó asombrada. La zona central de la *boutique* era blanca, con abundantes estanterías cromadas, y el suelo estaba cubierto con baldosas blancas de cerámica. Había un orden impecable, pero esa sobriedad era un fondo magnífico para los vistosos vestidos y accesorios. Una pequeña escalera voladiza conducía al piso superior. Los ventiladores del techo creaban un ambiente agradable.

—Oh, Shane, te has superado a ti mismo —exclamó Paula.

Él le lanzó una sonrisa de satisfacción y se volvió para presentarle a Marianna, la encargada, y a las tres empleadas de «Harte». Paula charló animadamente con ellas mientras le enseñaban todo. Las jóvenes eran agradables, extrovertidas y estaban bien informadas sobre la moda. Paula les cobró simpatía mientras le mostraban las distintas secciones, le ponían al tanto de las ventas y le enseñaban los últimos estados de cuenta.

—Tengo que comprar algunas cosas —dijo a Shane al cabo de una hora—. No me dio tiempo a coger del almacén de Nueva York todo lo que necesitaba. Aunque, bueno, no tienes porqué esperarme. Puedo volver a verte en el hotel.

—No, no tengo prisa —dijo con una sonrisa negligente—. No te veo desde el lunes por la noche. Así es que no vas a deshacerte de mí con tanta facilidad. Además, quizá tenga que darte mi opinión sobre lo que te vas a comprar.

Tras probarse dos bañadores y otras ropas de playa, y habiendo recibido la aprobación de Shane, Paula empezó a mirar trajes de noche. Se colgó del brazo varios trajes informales de verano y Shane hizo lo mismo, cogió algunos que le gustaban. Se los dio y sonrió con aire conspirador.

—¿Qué te parecen éstos?

Paula hizo una mueca.

—No estoy segura de que *me* sienten bien.

—Sí, ya verás. Fíate de mí.

Como no quería alborotar en la tienda, los cogió. Desde

pequeña, Paula había querido satisfacer a Shane siempre y acatar sus gustos y, ahora, ese deseo volvió a aflorar, haciendo que ella ocultase sus objeciones a los vestidos que él había elegido. Todos los trajes llevaban la etiqueta de *Lady Hamilton* y, mientras se dirigía al probador, Paula volvió a pensar en Sarah. Shane tenía razón sobre su prima. Instantáneamente, se olvidó de ella, pues no quería estropear su estado despreocupado de ánimo volviendo a recordar los detalles de su último encuentro con ella. Se probó uno de los trajes y salió del probador.

Dio una vuelta sobre sí misma y le gustó su reflejo en el espejo de cuerpo entero. Estaba claro que a él también le agradaba. Asentía con énfasis. Le dijo que estaba sensacional.

Paula se quedó frente al espejo mirando el vestido. Era corto, en gasa azul oscuro y de hechura sencilla, llevaba un solo hombro y un adorno de encaje en el talle. Aunque carecía de la sobria elegancia que solía favorecerla tanto, le sentaba bien, era femenino y lo llevaba de una forma curiosamente sexy. Era toda una nueva imagen para ella, pero el color aparecía espléndido.

Shane se entusiasmó con unos pantalones blancos de seda que él había elegido, pero dijo que se olvidase de un vestido corto que también había cogido él. Al final, Paula compró dos prendas escogidas por él, la blanca y la azul, y un traje recto de punto amarillo adornado con lazos violeta. Shane esperó pacientemente mientras se probaba varios pares de sandalias y añadía a sus compras un par de sombreros de paja. Después de felicitar a Marianna por la forma en que llevaba la *boutique*, Paula prometió regresar al día siguiente.

Pasearon por el semicírculo de *boutiques* mirando los escaparates.

—La tienda es asombrosa, Shane. Merry me enseñó los planos, pero uno no se puede hacer una idea clara con ellos. Gracias por conseguir darle a nuestra *boutique* ese aspecto tan especial —dijo Paula.

—Soy famoso por complacer a quienes amo y adoro —repuso él.

Pasearon lentamente de regreso al hotel. Shane no pudo dejar de sonreír al ver cómo Paula miraba de un lado a otro, examinando las numerosas y variadas plantas tropicales, los arbustos en flor y las extrañas flores propias de la isla.

—Bueno —dijo Shane—, si te pierdes algún día ya sabré dónde encontrarte. ¿Te has traído la azada?

—No, y es extraño, Shane, no deseo entretenerme en el jardín.

Era verdad, y ella misma estaba sorprendida. Lo miró.

—Lo único que quiero es estar contigo.

Él le echó un brazo por los hombros y la besó en la cabeza.

—Vayamos a la *suite*, ¿te parece bien?

Estaba echada entre sus brazos.

La habitación permanecía a oscuras, llena de sombras. Las finas cortinas de muselina que rodeaban la cama se mecían con la suave brisa y al otro lado de las puertas de celosía, abiertas a la terraza, el cielo había adquirido un tono azul pavonado. El único sonido audible era el gemir de las palmeras y el distante murmullo del océano.

La quietud de la penumbra era un sedante tras su frenético y apasionado acto amoroso, y Paula disfrutaba en ella y en su propia satisfacción. ¡Qué sorprendente era con Shane! Siempre que se separaban después de haber hecho el amor, se sentía completamente saciada, exhausta y asombrada. Pero en cuanto Shane se excitaba otra vez, ella también lo hacía, y con una impaciencia febril que hacía eco a la de él. Cada vez que la poseía, alcanzaban cotas insospechadas de excitación y de máximo placer.

Paula emitió un débil suspiro de satisfacción. No se podía reconocer a sí misma. Sólo unos pocos días de amor con Shane... siendo amada por él... y nunca volvería a ser la misma mujer de antes. De alguna forma, Shane le había ayudado a esconder su antigua personalidad. Había vuelto a crearle y, al mismo tiempo, la había hecho suya.

Paula había trabajado frenéticamente el martes para poder estar el miércoles en las Barbados. Fue como una loca del apartamento al almacén y a «Harte Enterprises» y trabajó hasta las tres de la madrugada. Él no dejó de estar presente en su mente y, siempre que hacía algo, se le insinuaba entre sus pensamientos. Sus relaciones habían vuelto a lo que fueron mientras crecían. Con nuevas dimensiones: la adoración sexual y un amor profundo y duradero, el de un hombre por una mujer, el de una mujer por un hombre.

No había situaciones de discordia, ni costumbres irritantes a las que enfrentarse. Shane sabía comunicarse. Veneraba el lenguaje, expresaba todo lo que surgía en su men-

518

te ágil, fértil e inquieta. Nunca le hacía callar. Compartía y confiaba sus pensamientos con ella, no se los guardaba para sí. Ella hacía lo mismo. Los secretos de Shane eran ahora sus propios secretos. También ella le contó los suyos con todo detalle. Sus respuestas, sus opiniones y su comprensión le sirvieron de gran consuelo. Él consiguió que se sintiese completa e íntegramente femenina. Una mujer total.

Le miró la cara. Estaba relajada. Dormitaba. Sintió su corazón henchido. Shane era una gran mezcla: impetuoso, extravagante y presumido en algunas cosas, pero inteligente, sensible, cariñoso, serio y apasionado en todo lo que hacía. Poseía algo de vidente, el lado místico de su personalidad, que ella sabía que brotaba de sus raíces celtas y, algunas veces, podía mostrarse melancólico e introvertido. Y, sí, tenía un temperamento terrible. En el pasado había habido entre ellos violentas discusiones. De niña, fue víctima a menudo de sus antojos y estallidos temperamentales. Pero Shane era flexible, y la podía desarmar y encantar con un humor que combinaba la autocrítica, el ingenio y su encanto arrollador y natural. La complejidad de Shane como hombre era igual que la suya como mujer.

De pronto, intentó evaluar el estado de sus relaciones hasta ese momento. Era muy raro que no pudiese encontrar una forma de describirlas. Entonces pensó: «La intimidad entre Shane y yo es tanto física como espiritual. Juntos alcanzamos la unión perfecta. Me siento más casada con Shane que con Jim.»

Se contuvo de inmediato, sorprendida por ese pensamiento. Poco a poco, lo reconsideró y hubo de reconocer que era cierto. Sus pensamientos se centraron en Jim.

¿Por qué te casaste con él?, le había preguntado Shane la noche anterior en Nueva York. Porque estaba enamorada de él, respondió ella. Shane admitió que, probablemente, lo había estado, pero también sugirió que pudo ser el apellido de Jim lo que la atrajo fatalmente. El apellido Fairley estaba vedado para ti, por el pasado de Emma, aventuró Shane y quizá tuviese razón. Se había autoconvencido de que estaba enamorada de Jim, aunque ahora comprendiese que ese sentimiento no había igualado nunca los importantes lazos emocionales que le unían a Shane. Jim y ella eran diferentes por completo; ella y Shane eran increíblemente parecidos. Nunca había sabido lo que era el sexo, jamás había disfrutado de él, hasta que Shane le hizo el amor. Se lo había confiado a Shane. Él no dijo nada, sólo suspiró y aumentó la presión de sus fuertes y amorosos brazos en torno a su cuerpo.

Su vida, sus responsabilidades, las complicaciones de sus negocios y la familia empezaron a entremezclarse en sus pensamientos. De pronto, el futuro se le apareció como un terrible espectro. Estaba asustada. ¿Qué les iba a pasar a ellos dos? ¿Qué iban a hacer? «Olvida el miedo, aparta esos angustiosos pensamientos —se dijo—. Por el amor de Dios, no pienses en tus problemas ahora. Estropearás los próximos días si lo haces. Disfruta de este tiempo con Shane, disfruta siendo libre, sin cadenas.»

Se acurrucó contra él, deslizando la mano por su estómago, se agarró a su cintura y se acercó más, amoldándose a la forma de su cuerpo.

Shane se movió, abrió los ojos y se quedó mirándola. Sonrió para sí, henchido de amor y ternura por ella. La niña de ensueño de sus sueños infantiles se había convertido en su mujer de ensueño. Pero no era ningún sueño. Paula era una realidad. Su realidad. Su vida. Ella había logrado eliminar todo el dolor, todo el daño, toda la angustia de su corazón y de su mente. Con ella podía volver a ser él mismo y mostrarse tal como era, con defectos y todo, en una forma que no había sido capaz de hacerlo con ninguna otra mujer. Hasta hacía dos años, había tenido legiones de mujeres. Demasiadas, en realidad, y de muy poca categoría. Ahora pertenecía a Paula, como siempre había sido en su alma, en su corazón y en su imaginación. Le pertenecería el resto de su vida. Ella le pertenecía.

Paula abrió los ojos y sonrió. Él le devolvió la sonrisa, la besó, le acarició los redondeados senos y, luego, dejó descansar la mano entre sus muslos. Tendió la mano para acariciarle. Sabía el placer que le proporcionaba con ello. A los pocos minutos, los dos estaban excitados, anhelándose mutuamente. Shane se puso encima de ella, deslizó los brazos debajo de su espalda y la hizo suya. Empezó a moverse con lentitud, mirándola a los ojos extrañamente azules, maravillado con la alegría que iluminaba su rostro. Susurró su nombre, le dijo cuánto la quería y el corazón le latió apresuradamente al oír sus respuestas, rápidas y ardientes. Cerró los ojos, y ella también lo hizo. Ambos se perdieron en su amor.

El sonido del teléfono rompió el silencio.

Se detuvieron sorprendidos, abrieron los ojos y se quedaron mirando uno al otro.

—¡Oh, vaya! —farfulló Shane.

Se separó de ella, encendió la luz y volvió a mirar a Paula mientras ella le agarraba el brazo con fuerza.

—Si es mi *suite*, quizá sea mejor que conteste yo —exclamó, sentándose.

—No te preocupes —repuso Shane—, no hay por qué alarmarse. Te he dicho que la centralita me pasa las llamadas de ambos.

Cogió el auricular la cuarta vez que sonó.

—Shane O'Neill.

Se quedó callado escuchando.

—Gracias, Louanne. Ponme con él.

Tapó el auricular con una mano.

—Es mi padre —dijo.

—¡Oh!

Paula cogió la sábana y se tapó.

Shane empezó a reír.

—No te puede ver desnuda, ¿sabes?

Ella tuvo el buen humor de reír.

—Pero me siento rara. Como si estuviese al descubierto.

—Más te vale que sea así... ante mí —dijo Shane antes de gritar al teléfono—. ¡Papá! ¿Cómo estás? ¿Qué sucede? Mientras escuchaba, sostuvo el auricular entre la cara y el hombro, encendió un cigarrillo y se acomodó entre las almohadas.

—Bueno, he de admitir que me lo esperaba, papá, y, seamos sinceros la idea tiene mucho mérito. Pero, oye, no puedo ir allí ahora. Seguramente no podré hasta enero o febrero. Estoy muy ocupado en Nueva York. Sabes que el hotel se encuentra en un fase crucial. Sería un desastre si me fuese. Creí que me querías en las Barbados durante las vacaciones. ¡Por Dios, papá, no puedo estar en dos o tres sitios al mismo tiempo!

Shane le quitó la ceniza al cigarrillo y se relajó mientras volvía a escuchar.

—Oh, bien —le interrumpió—. Sí, sí, estoy de acuerdo. Te gustará hacer el viaje. ¿Por qué no te llevas a mamá contigo?

Paula se levantó de la cama, encontró su bata en el cuarto de baño y volvió al dormitorio. Empezó a recoger las ropas de ambos, esparcidas por toda la habitación. «Teníamos prisa por meternos en la cama», pensó y, luego, se sentó en una silla y se quedó mirándole.

Shane, que estaba callado otra vez, le guiñó un ojo, le mandó un beso y, después, volvió a interrumpir a su padre.

—Oye, papá, Paula acaba de entrar y quiere decirte hola.

Paula movió la cabeza. Se sintió cohibida de una forma ridícula e irracional.

Shane dejó el teléfono y el cigarrillo, saltó fuera de la cama, la cogió de un brazo y la llevó al teléfono.

—No sabe que hemos estado haciendo el amor apasionadamente durante dos horas, tonta —susurró—. Aquí son las siete y media. Estoy seguro que piensa que estamos tomando una copa antes de cenar.

Paula no tuvo otra alternativa que coger el teléfono.

—Hola, tío Bryan —dijo en el tono de voz más normal que pudo encontrar.

Luego se quedó callada, escuchando al padre de Shane.

—Oh, sí —dijo después—. He llegado esta tarde. El hotel es sencillamente precioso, y la *boutique* también, tío Bryan. Shane ha hecho un trabajo maravilloso. Tiene mucho talento. Estoy impresionada.

Se sentó en la cama mientras Bryan le contaba las noticias de Londres.

Finalmente, Paula tuvo oportunidad de responder.

—Entonces, verás a la abuela y a tío Blackie antes que yo. Dales besos de mi parte. Y también a tía Geraldine y a Merry. Te veré pronto, tío Bryan, que tengas buen viaje. Shane se pone otra vez.

Shane le cogió el auricular y ella se tumbó a los pies de la cama. Él volvió a hablar de negocios con su padre, pero al cabo de unos minutos dijo:

—De acuerdo, papá, en eso quedamos entonces. Estaré aquí hasta el lunes por la mañana. Después, me puedes llamar a Nueva York. Un abrazo para mamá y para Merry y besos para la pequeña Laura, y tú cuídate mucho. Oye, no olvides darles recuerdos de mi parte a tía Emma y a Blackie. Adiós, papá.

Shane colgó, miró a Paula y alzó la vista. Empezaron a reírse.

—Ven aquí, bruja —dijo, levantándola de la cama y estrechándola entre sus brazos.

Ella forcejeó, riendo y despeinándole. Rodaron por la cama con acelerada jovialidad.

—Mi padre ha escogido la peor hora para llamar, ¿verdad? —jadeó él—. Justo cuando estábamos disfrutando de

522

unos pocos minutos de pasión amorosa.

—¡Pocos minutos! —chilló Paula—. Querrás decir más de una hora.

—¿Es una queja o un testimonio de gratitud?

Besó la oreja de Paula y volvió a reír mientras la imitaba y decía:

—Shane ha hecho un trabajo maravilloso, tío Bryan. Tiene mucho talento. Estoy impresionada.

Volvió a adoptar un tono de voz normal.

—Espero, sinceramente, que Shane haya hecho un trabajo maravilloso —murmuró en su oído—, que tenga talento y que estés lo que se dice verdaderamente impresionada, encanto.

—¡Oh, calla! —dijo, golpeándole el pecho con suavidad—. ¡Vanidoso, presumido, guapo insoportable!

La agarró por las muñecas, las mantuvo agarradas con suavidad y le miró a la cara.

—¡Oh, pero cómo te amo, querida!

La soltó repentinamente y se sentó.

Paula hizo lo mismo.

—¿Te imaginas a tío Blackie comprándose un hotel en Sidney? Te apuesto cualquier cosa a que mi abuela le ha estado incitando a hacerlo.

Le dirigió una mirada prolongada.

—Tío Bryan quería que fueses a Sidney, ¿verdad?

—Sí. En realidad, el abuelo no ha comprado el hotel todavía. Por eso quiere que papá o yo vayamos inmediatamente, para darle el visto bueno. Lo que le dije es cierto, Paula, no puedo ir. Estoy muy atareado. A papá le vendrá bien irse durante una o dos semanas. Dijo que quizá fuese a Nueva York con Emma y Blackie a primeros de diciembre. Pero ya veremos. Espero que se lleve a mi madre, se lo pasarán bien.

Shane la besó en la punta de la nariz.

—Más vale que me duche, me vista y baje a revisar algunas cosas.

Se levantó de un salto y tiró de ella.

—¿Te importaría buscarme cuando estés lista?

—No, claro que no. ¿Dónde te encontraré?

—¿Cuánto tardarás en vestirte?

—Unos tres cuartos de hora.

—Te estaré esperando en el bar, junto al vestíbulo principal. No puedes perderte, le llaman *La Pajarera*.

Le dio una ligera palmadita en la mejilla.

523

—Le hubiese puesto de nombre La Jaula, pero no quería que se me acusara de plagio.

Durante la fiesta del vigésimo cuarto cumpleaños de Shane, en junio de 1965, Emma le hizo un comentario a Paula sobre él. Le dijo que Shane tenía un gran atractivo. Ella no comprendió entonces lo que su abuela quería decir exactamente. Ahora sí.

Paula estaba en la puerta de *La Pajarera*, mirándole con una objetividad sin precedentes. Se hallaba en el otro extremo del bar, con un codo apoyado en el mostrador y un pie en la barra de metal que lo rodeaba

Vestía unos pantalones negros de lino, una camisa negra de raso y una chaqueta de seda de color gris plateado. Aunque no llevaba corbata, su aspecto era muy elegante, tan impecable como era habitual en él. Pero la aureola de atractivo de la que su abuela había hablado tenía muy poco que ver con la ropa, como Paula empezaba a comprender mientras le observaba sin que él se percatase de ello. Emanaba de su altura y constitución física, de su belleza natural y de la fuerza de su personalidad. Tenía pleno dominio de sí mismo, y de las situaciones. «Es carismático —pensó Paula—, eso es, la clase de carisma por el que cualquier político del mundo daría un ojo de la cara.»

Shane estaba hablando animadamente con una pareja que, debían ser clientes del hotel; su rostro era vivo y expresivo. La mujer parecía estar en trance, pendiente de cada una de sus palabras. Pero, al parecer, el hombre que la acompañaba también lo estaba.

Shane volvió la cabeza. Vio a Paula, se enderezó y se excusó con elegancia.

El bar estaba bastante lleno y, mientras se acercaban uno al otro, Paula observó que más de un par de ojos femeninos seguían a Shane.

—Me alegro que te hayas puesto el vestido azul —dijo, cogiéndole la mano al llegar a su lado.

La condujo a una mesa reservada en un rincón.

—Te sienta muy bien. Estás maravillosa.

Su sonrisa radiante y sus brillantes ojos le mostraron a Paula su satisfacción y agradecimiento.

—Como esto es una fiesta, he pensado que podemos tomar champaña —dijo Shane.

—¿Qué celebramos?

—Nuestro nuevo encuentro.

—Oh, Shane, qué detalle tan hermoso.

Un camarero se acercó, abrió la botella, que ya estaba en la mesa dentro de un cubo de hielo, y vertió un poco en la copa de Shane. Él lo probó.

Perfecto, Danny. Gracias.

—No hay de qué, Mr. O'Neill.

El sonriente camarero llenó las dos copas y se retiró en silencio.

—Por nosotros —dijo Shane levantando su copa.

—Por nosotros, Shane.

Unos segundos después, Paula daba una discreta ojeada por la sala, fijándose en la decoración.

—Ya veo de dónde ha salido el nombre para este lugar... es exactamente igual que la cafetería de los grandes almacenes de «Leeds» —dijo en tono bromista.

—Pero nuestras jaulas no son ni la mitad de bonitas que las tuyas —respondió Shane con una sonrisa—. La verdad es que el artista hizo un buen trabajo con los murales. Tengo que admitir que me encantan los pájaros exóticos.

Su mirada era sugestiva.

Paula se rió de la insinuación.

Shane se movió en la silla y sacó del bolsillo una cajetilla. Llevaba la camisa desabrochada por arriba y ella pudo ver fugazmente el resplandor del oro en su pecho bronceado. Se quedó mirándole con atención.

—¡Dios mío! ¿Es ésa la medalla de San Cristóbal que te regalé?

Se la miró y la cogió.

—La misma.

—Pero antes no la llevabas... hasta esta noche.

—No la he llevado durante dos años. La encontré en el piso el lunes por la noche mientras hacía las maletas. La anilla estaba rota. Me la traje y la han arreglado en Holetown. Hace media hora que me la han traído.

—Me alegro de que las vuelvas a llevar.

—¿Te acuerdas cuándo me la regalaste?

—Por tu cumpleaños, de eso hace ocho años.

—¿Y qué te regalé yo a ti cuando cumpliste los veinte?

—Un par de pendientes antiguos de amatista.

Frunció el ceño y rió ligeramente.

—¿Creías que lo había olvidado, Shane O'Neill?

—Estaba seguro de que no. De todos modos, apuesto a que no te acuerdas de lo que te regalé cuando llegaste a la madura edad de cinco años.

—Oh, sí que me acuerdo. Una bolsita de canicas azules.

Él se echó hacia atrás con aire satisfecho.

—Exacto. Y empezaste a perderlas pronto, una a una. Lloraste tanto que tuve que prometerte que te compraría otra bolsita. Pero nunca lo hice, así que... —Metió la mano en el bolsillo de la chaqueta— ... aquí está el equivalente. Siento haber tardado tanto en cumplir una promesa de la infancia.

Dejó caer, frente a ella, una bolsita de plástico de color oscuro.

Paula la cogió mientras se reía y bromeaba, disfrutando de su estado de ánimo, la abrió y miró en su interior.

—Eres un loco, pero adorable...

Calló de pronto. Un par de pendientes de zafiros y diamantes, de un diseño y una calidad insuperables, brillaba en sus manos.

—Oh, Shane, son exquisitos. Gracias, muchísimas gracias.

Le dio un beso en la mejilla.

—Pero eres terriblemente derrochador.

—Eso dicen. ¿Te gustan?

—¡Que si me gustan! Me encantan. Sobre todo porque vienen de ti.

Se quitó los pendientes de oro que llevaba, los guardó en su bolso de noche, sacó un espejito de bolsillo y se puso los de zafiros. Se miró y contempló los pendientes con admiración.

—Oh, Shane, me favorecen mucho, ¿verdad?

—Casi tanto como esos ojos misteriosos.

Ella le apretó la mano. Se sentía conmovida, abrumada en realidad, con ese inesperado regalo. Sintió la garganta atenazada. Se acordó de los regalos que le había hecho cuando era una niña. Su generosidad siempre había sido poco común, ahorraba durante meses para poder comprarle algo especial. Y siempre tuvo el don de regalarle lo apropiado como los pendientes de esa noche. Por algún motivo que no pudo comprender, sus ojos se llenaron de lágrimas.

—¿Qué sucede, cariño? —preguntó Shane con ternura, inclinándose sobre la mesa.

Ella movió la cabeza y parpadeó.

—No lo sé, qué tonta soy, ¿verdad?

Rebuscó en el bolso, encontró un pañuelo, se limpió la nariz y esbozó una llorosa sonrisa.

Él la miró en silencio, esperando a que se tranquilizara.

—Estaba pensando en nuestra infancia —empezó a decir Paula unos segundos después—. Entonces parecía como si no fuesen a acabar nunca, todos aquellos encantadores veranos en «Heron's Nest». Pero ya se terminaron, al igual que aquellos veranos.

Antes de poder contenerse, añadió:

—Como también acabará esto.

Shane le cogió una mano.

—Cariño, querida, no te pongas triste.

—Aquellos días al sol, aquella época mágica... sólo es un breve espacio de tiempo, Shane.

Él apretó su mano y entrelazó sus dedos con los de ella.

—Hablas de lo que acaba... —dijo en voz baja—, yo pienso en lo que empieza. Porque esto lo es, Paula, un nuevo comienzo. ¿Recuerdas lo que te dije sobre el tiempo? Bueno, éste *es* el futuro. Está aquí, ahora. A nuestro alrededor. Es parte de la corriente del tiempo.

Ella permaneció callada, con los ojos puestos en él, escudriñando su rostro.

—Hubiese preferido no entrar aquí en una discusión sobre el lío en que nos hemos metido, Paula. Pero quizá sea mejor que hablemos. ¿Te gustaría?

Paula asintió.

La sonrisa que se dibujó en su rostro era confiada, muy segura.

—Sabes lo mucho que te quiero. Hoy mismo, en el coche, te dije que no dejaría que te marchases de mi lado, y no lo haré, Paula. Nuestros mutuos sentimientos son demasiados fuertes, no podemos ignorarlos. Estamos destinados a vivir juntos el resto de nuestras vidas. ¿Estás de acuerdo?

—Sí —susurró ella.

—Entonces, está claro lo que tienes que hacer: divorciarte para casarte conmigo. ¿Quieres casarte conmigo?

—Oh, sí, Shane, lo deseo muchísimo.

Vio que estaba pálida y que sus ojos brillantes de un azul sobrenatural se ensombrecían con el temor.

—Dime lo que te preocupa, Paula.

—Dijiste que yo había sido una niña intrépida... pero como mujer ya no lo soy. Tengo miedo, Shane.

—¿De qué? —preguntó él con creciente cariño—. Vamos, dímelo. Si hay alguien que pueda ahuyentar tu miedo, ése soy yo.

—Temo perder a mis hijos, y perderte a ti.

—Sabes que eso nunca sucederá. Los tres estaremos contigo siempre.

Paula respiró hondo, angustiada.

—No creo que Jim me conceda el divorcio.

Shane se enderezó ligeramente, mirándola con aire interrogador.

—No puedo imaginar que tome esa actitud. Sabe, sin ninguna duda, que tú acabarías con tu matrimonio si fuese mal.

—No conoces a Jim —le interrumpió ella con voz tensa—. Es obstinado, puede convertirse en una persona difícil. Tengo el horrible presentimiento de que adoptará una actitud inflexible. Te lo he dicho, él no piensa que nuestro matrimonio va mal. Usará a los niños como excusa, especialmente si cree que hay otro hombre.

—Él no va a creer que existe otro hombre en tu vida —dijo Shane tranquilamente—. Sólo me verá a mí, y nadie sospechará nada.

Esbozó una sonrisa.

—¡No pueden sospechar de mí, de tu compañero de juego de la infancia!

Alzó las cejas.

—Vamos, cariño, no estés tan triste.

Paula lanzó un hondo suspiro.

—Sí, quizá no debiera anticiparme.

Agitó la cabeza.

—¡Pobre Jim! La verdad es que me da pena.

—Lo sé. Pero no puedes basar una relaciones de pareja en un sentimiento piadoso, Paula. Ninguna de las partes consigue nada. Tú empezarías a considerarte una mártir y él se hundiría bajo el peso de la humillación. Acabaríais por odiaros.

—Supongo que tienes razón —admitió ella, adivinando la verdad en sus palabras.

—Sé que tengo razón. Oye, tampoco debes empezar a sentirte culpable. Ésa es otra emoción vana.

Le apretó más los dedos.

—No tienes ningún motivo para sentirte así, Paula. Por lo que me has contado, sé que has puesto en tu matrimonio lo mejor que tenías, has hecho todo lo posible para que vuestra unión no se rompiese. Simplemente, no ha salido bien. Y debes acabar con ella, tanto por el bien de Jim como por el tuyo.

Paula se mordió el labio. Su preocupación se intensificó.

—Puede que lleve algún tiempo solucionarlo todo de la forma más apropiada —murmuró.

—Soy consciente de eso, estas situaciones emocionales nunca son fáciles. Esperaré, seré un modelo de paciencia. Siempre estaré dispuesto a darte mi apoyo moral. Y, otra cosa: ambos somos jóvenes. Tenemos todo el tiempo del mundo por delante.

—¡No tientes a la Providencia, Shane!

Éste agitó la cabeza y carraspeó, un poco sorprendido.

—No lo estoy haciendo. Sólo estoy afirmando unos hechos.

Aunque confiaba en ella, en secreto coincidía con sus afirmaciones sobre Jim, pero no quería preocuparla más reconociéndolo ante ella. Esa noche, no. Al contrario, quería disipar su tristeza restándole importancia a los problemas. Esbozó una sonrisa de seguridad y adoptó una actitud de simpatía.

—Hagamos un trato, como cuando éramos niños.

—De acuerdo. ¿Qué clase de trato?

—Vamos a olvidar nuestros problemas, pues son tan míos como tuyos, durante las próximas semanas. Tendremos una larga sesión dos días antes de que que regreses a Inglaterra y discutiremos a fondo el asunto. Decidiremos juntos tu forma de proceder. ¿Qué dices?

—Sí, es una buena idea. No debemos permitir que nos afecten esas cosas. De lo contrario, no disfrutaríamos de este preciso tiempo que tenemos para estar juntos.

—¡Ésa es mi chica! ¿Brindamos por nuestro pacto? Apenas si hemos tocado el champaña.

Ella asintió. Shane le sirvió. Entrechocaron las copas. Sus manos se entrelazaron casi sin proponérselo.

Los ojos de Shane la miraban con cariño y afecto. Un momento después, dijo:

—Debes confiar en mi, Paula —dijo un momento después—, en mi amor.

Lo miró, sorprendida, recordando que su abuela le dijo una vez que era importante confiar en el amor. Mientras sostenía la mirada fija y oscura de Shane O'Neill, pudo ver la profundidad y la fuerza de sus sentimientos hacia ella, y los temores de Paula empezaron a disiparse poco a poco. Su depresión cedió.

—Confío en tu amor, y tú debes confiar en el mío.

Una pequeña sonrisa apareció en la comisura de sus labios.

—Todo se arreglará, Shane, porque nos tenemos el uno al otro.

Pero Paula se equivocaba. Sus problemas estaban a punto de comenzar.

CAPÍTULO XXXVII

Emma Harte miró a Paula con severidad, frunciendo el ceño.

—Me parece que no te comprendo —dijo—. ¿Qué quieres dar a entender con eso de que las Navidades van a ser difíciles?

—Antes de que te lo explique —dijo con rapidez—, quiero que sepas que él está bien...

—¿Quién está bien?

—Jim, abuela. Ha tenido un accidente. Un accidente bastante grave y...

—¿En ese avión suyo? —exclamó Emma, enderezándose en la silla bruscamente y arrugando más la frente.

—Sí. Se estrelló. Hace dos semanas. Ocurrió un par de días después de que yo regresara de Nueva York, a principios de diciembre —dijo Paula apresuradamente.

Como quería aliviar las preocupaciones de su abuela, siguió hablando con rapidez.

—Pero, en cierto modo, tuvo suerte. Su avión se estrelló en el aeropuerto de Yeadon. Pudieron sacarle del aparato antes de que estallara en llamas.

—¡Oh, Dios mío!

Emma se indignó más mientras pensaba que Jim se había escapado por los pelos. Pudo haberse matado y Paula podía haber estado con él y, quizá, no se hubiese salvado. Se inclinó hacia delante.

—¿Cómo está? —le preguntó con voz apremiante.

—Se ha roto la pierna derecha y el hombro izquierdo y también algunas costillas. Tiene muchas contusiones, pero no tiene heridas de las que no se puede recuperar. Aunque, al parecer, son bastante graves.

—¿Tiene lesiones internas?

—Ninguna, gracias a Dios, abuela. Llevaron a Jim en seguida al Hospital de Leeds y estuvo internado tres o cuatro días. Le hicieron toda clase de pruebas... neurológicas y qué sé yo. Por fortuna, los médicos no encontraron nada. Todas las lesiones que tiene son externas.

Paula se calló y miró a su abuela con atención. La preocupación asomó a su semblante.

—Le han puesto dos escayolas y tiene el tórax vendado. Tuve que contratar a un enfermero para que lo atendiese. Jim no se puede vestir solo y le resulta muy difícil, por no decir imposible, hacer cualquier cosa por sí mismo y sin ayuda.

Emma suspiró, estremecida aún con la noticia.

—¿Por qué diablos no me lo dijiste cuando me encontraba en Nueva York, o ayer, al llegar yo a Londres?

—No quise preocuparte ya que todavía estabas de vacaciones, y tan lejos. Y anoche estabas tan excitada por haber regresado que no quise estropear tu llegada a casa, ni la cena que mi madre había organizado para ti aquí. Tenía intención de habértelo dicho cuando veníamos del aeropuerto, pero... —Paula se encogió de hombros y se excusó con una sonrisa—, decidí que podía esperar hasta hoy.

—Ya.

Emma se echó hacia atrás agitando la cabeza.

—Lo siento, Paula, es horrible, simplemente horrible. Pero debemos agradecer que no haya sido peor ni más serio de lo que es. Estará convaleciente varios meses, claro.

—Sí —murmuró Paula—. Tiene que permanecer escayolado seis semanas por lo menos. Luego deberá someterse a una terapia intensiva de recuperación, los músculos se atrofiarán por la falta de ejercicio. Los médicos le han explicado a Jim que no podrá levantar el brazo ni apoyar su peso en la pierna hasta que esos músculos vuelvan a estar fortalecidos. Al parecer, pasarán unos seis meses antes de que vuelva a la normalidad.

—Romperse los huesos es más grave de lo que mucha gente piensa —dijo Emma sosegadamente.

Clavó su mirada acerada en Paula.

—¿Cómo sucedió?

—Un fallo en el motor. Jim intentó aterrizar lo mejor que pudo y, por fortuna, se hallaba en las inmediaciones de la pista de Yeadon. Pero... bueno, no pudo controlar el aparato. Se precipitó al suelo, y, prácticamente, se partió en dos. Ha tenido muchísima suerte.

—Desde luego.

Emma apretó los labios.

—Siempre supe que algún día tendría un accidente en ese maldita avioneta, Paula. No dejaba de preocuparme.

Volvió a agitar la cabeza con visible consternación.

—Aunque siento mucho que Jim esté herido, no puedo dejar de pensar que, en cierta forma, ha sido un irresponsable.

Lanzó una mirada prolongada y cautelosa a Paula, entrecerrando los ojos.

—Es un hombre casado con dos hijos y no debió arriesgarse de esa manera. Ha sido una estupidez por su parte. Si se hubiese desprendido de ese montón de chatarra cuando yo se lo dije, esto no hubiese ocurrido.

—Bueno, Jim suele ser un poco obstinado.

—¡Eso es decir muy poco! —replicó Emma—. No quiero parecer insensible o antipática, pero me choca que siempre haya corrido riesgos físicos innecesarios. Y nunca *sabré* por qué. Quizá tu marido me escuche *ahora*. E insisto que, si tiene que haber un avión en esta familia, será un reactor de la empresa. No permitiré que Jim se ponga a dar vueltas por el cielo en esas avionetas ligeras. Oh, no. Bajo ningún concepto.

Emma se recostó en las sillas con una expresión infalible que mostraba su rígida determinación.

—Sí, abuela.

Paula se miró las manos, reconociendo la implacabilidad en esa familiar y querida voz. Su abuela estaba furiosa, y no podía reprochárselo. Jim era un irresponsable que había ignorado la recomendación que todo el mundo le hizo de comprarse un avión más seguro y moderno.

De repente, Emma se dio cuenta de que había hablado con brusquedad y siguió hablando en un tono distendido y más amable.

—Supongo que el pobre Jim estará sufriendo mucho, ¿no, encanto?

—Está atormentado. El hombro le vuelve loco. Dice que no está seguro de lo que es peor, si el dolor punzante y persistente del hombro o los calambres y el envaramiento que le produce el tener el brazo siempre inmóvil. Es agobiante, ya sabes.

Paula hizo una mueca de tristeza al recordar los diez últimos días, sabiendo que Jim estaba sufriendo tanto.

Cuando la sorpresa y el temor del principio desaparecieron, surgió su enfado con él, que fue sustituido por la compasión. Como tenía una bondad innata, estaba haciendo todo lo posible para que se sintiera más tranquilo. Y había arrinconado la discusión sobre el divorcio. Debería esperar a que él estuviese en mejores condiciones físicas para hablar de su libertad.

—Estoy segura de que el médico le habrá recetado algunos sedantes —dijo Emma.

—Sí, y le sirven de alguna ayuda. Pero dice que le hacen sentirse mareado, como si estuviese drogado y aislado.

—Yo también odio las pastillas aunque, si le hacen sentir menos dolor, debería seguir tomándolas. Ahora veo por qué decías que la Navidad iba a ser difícil. ¡Querida mía! Es una terrible carga de más para ti, además del trabajo en la temporada de más bullicio en los almacenes. Y no sólo eso; hemos planeado hacer tantas cosas en «Pennistone Royal»: nuestra tradicional fiesta de Nochebuena con los O'Neill y los Kallinski, la comida del día de Navidad, la boda de Sally y Anthony...

Emma se quedó callada.

Sus ojos verdes se hicieron más pensativos. Se le ocurrió una idea y tomó una rápida decisión, con su habitual forma de hacerse cargo de las situaciones.

—Estar yendo y viniendo de tu casa a la mía te va a destrozar, y llevar a Jim de aquí para allá acabará siendo agotador. Creo que es mejor que todos os vengáis a mi casa... Jim, los niños, Nora y el enfermero. Hay habitaciones de sobra y, en realidad, disfrutaré teniéndoos a todos después de mi ausencia de ocho meses.

—¡Oh, abuela, es una idea estupenda! —exclamó Paula, sintiéndose muy aliviada—. Y una solución maravillosa.

Una sonrisa afloró a sus labios.

—Sentía pánico al pensar en cómo me las iba a arreglar —se sinceró con Emma.

Ésta rió discretamente con expresión divertida.

—Tú sabes arreglártelas siempre, hija mía, es tu forma de ser. Pero no veo por qué no tienes que hacerte la vida más fácil ya que cargas con responsabilidades que acabarían con tres personas. Ahora que estoy de vuelta en casa, voy a ocuparme de que las cosas mejoren para ti. Has pasado unos meses muy duros, entre los problemas de los negocios y los contratiempos familiares.

—Gracias, abuela. Es una idea estupenda ésa de venirse a «Pennistone Royal» y estar *contigo*. ¿Por qué no se me ocurrió a mí?

—Sospecho que has tenido mucha tela que cortar estas últimas semanas. Estoy segura que Jim no es un buen paciente... es un hombre demasiado activo para estar confinado de esa manera. ¿Está haciendo algo?

—No. Desde que vino del hospital de Leeds, duerme en su estudio y, prácticamente, vive en él... no puede subir ni bajar escaleras. Su incapacidad le tiene frustrado. Y se siente más frustrado aún porque no puede ir al periódico. Lo echa de menos.

—Estoy segura. Pero no podrá ir a trabajar durante mucho tiempo. No tiene sentido quejarse por eso. Bueno, seguro que no podrá subir la escalinata de «Pennistone Royal», es demasiado larga y empinada. Pero no importa, Hilda puede prepararle un pequeño dormitorio en la salita que hay junto al comedor. Ahora, Paula, no te preocupes más, por favor. Lo hecho, hecho está. Hemos de afrontar los problemas lo mejor que podamos.

—Tienes razón, abuela, mi vida va a ser mucho más fácil cuando me mude aquí contigo —dijo Paula, pensando que estar rodeada de gente iba a ser como una bendición.

Jim estaba de muy mal humor a causa de su dolor y desesperación. Había empezado a quejarse del trabajo de ella con más energía vociferante de lo que era habitual en él y siempre estaba protestando sobre las horas a las que llegaba. Además bebía más de lo que debía.

Emma se levantó y cruzó la habitación hacia la chimenea; una vez allí se quedó de pie dándole la espalda, calentándose. Estaban tomando café en el acogedor estudio que Emma tenía en su piso de Belgrave Square, donde se habían alojado hasta su marcha a Yorkshire al día siguiente.

Paula miró a su abuela con detenimiento, pensando en el aspecto tan descansado que tenía esa mañana después del vuelo transatlántico que había hecho el día anterior. Llevaba un vestido coralino de lana y un collar de perlas. Su cabello plateado estaba peinado con un gran estilo y aparecía perfectamente maquillada. «No representa los ochenta años que tiene. Por lo menos, parece diez años más joven», pensó.

—Me estás mirando con mucha atención —dijo Emma—. ¿Hay algo raro en mi persona?

—Nada, abuela, de verdad. Te estaba admirando. Tienes un aspecto estupendo esta mañana.

—Gracias. Debo admitir que me siento de maravilla. No estoy cansada —dijo mientras miraba el reloj—. Son sólo las diez. Es mejor que no llame a Blackie todavía. Puede que aún esté durmiendo. Bryan lo traerá a Harrogate hoy, ¿sabes?

—Eso me dijo Merry anoche en el aeropuerto.

—Fue estupendo que Bryan y Geraldine fuesen a Sidney un par de semanas —dijo Emma con una sonrisa en la que se adivinaban los buenos recuerdos—. Se divirtieron mucho. De todos modos, me decepcionó un poco que no fuese Shane quien acudiera a negociar la compra del hotel.

—Por lo que me dijo, noviembre fue un mes difícil para él.

—Sí, Bryan me comentó lo mismo.

Dirigiéndole una mirada de profundo cariño, Emma continuó:

—Me alegro de que tuvieses tiempo de ir a las Barbados a ver la *boutique* cuando Shane se encontraba allí. Al parecer, te ha sentado bien. Tienes muy buen aspecto, Paula. No te veía así desde hace años.

—Disfruté con el viaje y el pequeño descanso —dijo Paula, conservando el tono tranquilo de su voz—. Todavía se me nota el bronceado, así que puede que sea eso.

Emma asitió. Estudió a su nieta favorita. «Paula se ha vuelto tan inescrutable como yo —pensó—. En este momento no puedo adivinar lo que piensa.» Se aclaró la garganta.

—Así que tú y Shane sois buenos amigos otra vez —dijo—. Me alegro.

Paula no hizo ningún comentario.

—¿Y te explicó al fin por qué había sido todo? —la tanteó Emma, llena de curiosidad. ·

—Por la presión del trabajo, los compromisos, los viajes, lo que ha dicho siempre, abuela. De todos modos creo que temía entrometerse. —Paula sostuvo la mirada burlona de su abuela con unos ojos fríos e inmutables que reflejaban una completa inocencia.

—Ya sabes a lo que me refiero... —añadió con voz tranquila—, molestar a una pareja de recién casados. Creo que, simplemente, actuaba con diplomacia y consideración.

—¿De verdad? —dijo Emma, levantando una ceja blanca como la nieve.

No se creyó esas razones pero, sin decir nada, se dirigió hasta el escritorio. Se sentó ante él y dirigió su atención a las tres carpetas que Paula había puesto allí antes. Abrió una, se quedó mirando el memorándum que había encima pero, en realidad; no leía. Estaba pensando en Paula y en Shane. Desde que se enteró que habían vuelto a reanudar su amistad, lo que no era ningún secreto, se preguntaba si, finalmente Shane había empezado a actuar. No había olvidado la expresión de su rostro el día del bautizo. Un hombre que amase a una mujer como Shane amaba a Paula no podía reprimir sus sentimientos por tiempo indefinido. Antes o después, tendrían que manifestarse. Algún día. Él no sería capaz de dominarse. ¿Habría sucedido ya? Y de ser así, ¿qué aceptación había tenido? No podía adivinarlo. Shane había mantenido una expresión ilegible en Nueva York, como sucedía ahora con Paula. Se concentró en Shane, a quien conocía como si fuese de los suyos, y meditó sobre su carácter. Era impetuoso, impulsivo, apasionado. ¿Y Paula? Ella le habría ignorado, por supuesto. ¿Seguro? «Sí —se contestó Emma—. Está felizmente casada. Pero, ¿es cierto eso?»

Levantó la vista ligeramente y miró a Paula con disimulo por encima de las gafas. Existía algo distinto en su nieta... lo había notado la noche pasada. Parecía más mujer, más femenina de lo habitual. ¿Se había producido un cambio interno radical o era, simplemente, un cambio en su apariencia exterior: el cabello más largo, el aumento de peso, el aire de dulzura que había adquirido? ¿Sería producto de la influencia de un hombre? ¿De Shane? ¿O formaría parte de un nuevo estilo que hubiese adoptado por gusto? «¡Que me cuelguen si lo sé! —pensó Emma—. Y me niego a curiosear. Es su vida. Nunca interferiré en ella. No me atreveré a hacerlo. Si tiene algo que contarme, lo hará... antes o después.»

—Les dije a Alexander y a Emily que preparasen esos informes para ti, abuela, y yo he redactado otro. Cada carpeta...

—Ya me he dado cuenta —la interrumpió Emma levantando la vista—. ¿Se refieren a los negocios durante estos últimos ocho meses nada más o has incluido algo que desconozca yo?

—Oh, no abuela, simplemente hemos resumido todos los asuntos de los que ya te habíamos informado por télex o por teléfono. No hay nada nuevo de momento, pero pensé que podías tener los informes para refrescar tu memoria más tarde, con tranquilidad.

—No necesito refrescarme la memoria —exclamó Emma secamente—. No olvido nada. Pero, de todos modos, gracias por tomarte la molestia. Estoy segura que no hace falta decir que confío en los tres y que me siento muy orgullosa de ti y de tus primos. Vuestro comportamiento ha sido ejemplar, habéis mostrado ser muy diligentes y debo añadir que, en algunas ocasiones, también muy sagaces.

Los ojos de Emma brillaron intensamente bajo los párpados arrugados.

—¿Y cómo se porta Gianni como-se-llame en «Trade Wings»?

Paula no pudo evitar la risa al oír aquella expresión.

—Es el mejor experto en antigüedades que ha tenido la empresa —dijo Paula—. Ha hecho un trabajo estupendo en su último viaje a países orientales. Se merece el sueldo que le pagamos.

—Eso espero. Supongo que ahora le concederá el divorcio a Elizabeth sin armar escándalo.

—Sí, así es, abuela.

—Alexander no me explicó muy bien ese lío de padre y muy señor mío con su madre cuando me llamó a Australia.

Emma entrecerró los ojos.

—¿A quién iba a citar en lugar de Marc Deboyne?

—Oh, a algunos ministros del Gabinete, creo —dijo Paula, intentando parecer despreocupada y sin querer entrar en incómodos detalles—. A Alexander le preocupaba eso porque involucrar a un conocido político en el divorcio sólo serviría para atraer más la atención de la Prensa sobre la familia.

—Bien pensado —aprobó Emma apoyándose en el escritorio—. Hablando de políticos, o más bien del hijo de un político, ¿qué tienes que decirme sobre Jonathan?

—No gran cosa, abuela —repuso Paula vacilante—. Pero Mr. Graves, de «Graves & Saunderson», descubrió una desagradable información sobre Sebastian Cross.

Paula hizo una mueca.

—El informe lo tiene Alexander. Estoy segura de que no querrás leerlo... es indignante. Alexander te lo explicará mejor que yo.

—Me he pasado la vida rodeada de cosas desagradables, Paula. De todos modos, como es obvio que prefieres no hablar sobre ello, lo dejaremos por ahora. Ya me lo explicará Alexander cuando venga. ¿Y qué hay de tu prima Sarah? ¿Se porta bien?

—No la he visto, pero Emily dice que está muy tirante con ella, y que se mantiene apartada. Por lo visto, Sarah se ha hecho muy amiga de Allison Ridley, la antigua novia de Winston. Emily cree que ésa es la razón por la que se muestra tan distante.

—Me sorprende mucho —murmuró Emma—. ¿Por qué va a estar Sarah resentida con Emily?

Miró a Paula fijamente y se burló de sí misma.

—Si pensamos en las cosas tan terribles que se han hecho los miembros de esta familia, es una pregunta bastante tonta —dijo, recostándose en la silla—. ¿Puedes servirme otra taza de café, por favor?

—Cómo no, abuela. En seguida.

Después de llenar la taza y ponerle leche y azúcar, Paula le llevó el café a la mesa, y se quedó junto a ella.

—Escucha —dijo fríamente—, no es por criticar a Emily, abuela, ya sabes lo mucho que la quiero, pero tiene una obsesión ridícula por el asunto de Irlanda. Me gustaría que hablases con ella...

—Oh, ya me lo han comentado, Paula —la interrumpió Emma—. Anoche, cuando tú estabas llamando por teléfono a «Long Meadow».

Emma contuvo una sonrisa al observar la expresión de seriedad en el rostro de su nieta.

—Un espantoso asesinato y todo eso, ¿no? —comentó.

Paula asintió.

—Le leeré la cartilla. No creo que vuelva a hablar de eso.

Emma miró a su nieta atentamente.

—A pesar de todo..., ¿sabes?, tu madre me contó algo de Irlanda anoche. Cuando saliste de la habitación. Ella cree que el ama de llaves no dijo la verdad... en lo referente a que Min estaba fuera de sí y que bebía.

—¡Buen Dios! ¡Las dos son incorregibles! Con sinceridad, abuela, espero que cortes ese imaginativo charloteo de raíz. No son más que tonterías que sólo pueden ocasionar problemas adicionales. Las lenguas sueltas son peligrosas —exclamó Paula acaloradamente, con irritación.

—Estoy de acuerdo. Pero, tonterías o no, nada tiene que ver, Paula. Lo que de verdad importa es que el caso está cerrado. *Definitivamente cerrado*. La muerte de Min fue un suicidio. Ése fue el veredicto del magistrado; para mí es suficiente. Y para John Crawford también. No te preocupes, ni tu madre ni Emily volverán a mencionar nada sobre asesinatos en el futuro. Yo me encargaré de eso.

—¡Gracias a Dios!

Paula anduvo alrededor de la mesa, abrazó a su abuela con cariño y le dio un beso en la mejilla.

—Abuela querida, me alegro mucho de que hayas vuelto. Te he echado mucho de menos. Esto es un verdadero lío cuando no estás aquí.

Emma le sonrió y le dio unos golpecitos en la mano.

—Si eso me lo hubieses dicho nada más bajarme del avión, lo hubiese apreciado mucho más, querida. Pero, gracias de todos modos, es bueno saberlo. Yo también os he echado de menos... a todos. Me lo he pasado muy bien viajando con Blackie, viajando por el mundo, viendo tantísimas cosas hermosas. Por una vez, he podido divertirme. Fue muy bueno conmigo. Me miró como nadie lo había hecho nunca, desde que tu abuelo murió. Pero las vacaciones en el extranjero se acabaron.

—No estoy resentida porque te hayas ido de viaje, por favor, no pienses eso... pero parecías estar muy lejos demasiado tiempo.

—Mi espíritu permanecía aquí, Paula.

—Sí, lo sé, ¡pero no es igual que tenerte en persona!

—Alexander llegará dentro de unos minutos.

Emma miró el reloj que había en la repisa de la chimenea.

—Y, luego, Emily, a mediodía. Pensé que podíamos comer a la una.

Su boca se torció con una sonrisa.

—Le dije a Parker que comeríamos pescado con patatas... y de la pescadería del pueblo. Es una de las cosas que más he echado de menos.

Paula rió a carcajada.

—Oh, abuela, ¡eres encantadora! No has cambiado nada.

—Y es muy difícil que lo haga ya, a mi edad.

—Tengo el tiempo justo de ir a los grandes almacenes, hacer unas cuantas cosas y regresar para el almuerzo.

—Sí, date prisa, querida. Sé cómo te sientes... a mí también me ocurría eso cuando tenía tu edad. Siempre estaba impaciente por ir al almacén.

—Entonces, te veré luego.

Paula se inclinó para besar a Emma en la mejilla.

—Sí. Ah, por cierto, Paula, almorcé con Ross Nelson el día antes de irme de Nueva York. No he tenido ocasión de decírtelo, pero he rechazado esa idea suya de que yo vendiese las acciones de «Sitex».

—Estupendo. Comenzaba a ser una lata... en más de un sentido, si quieres que te diga la verdad.

Emma apretó los labios y se quedó mirando a Paula con atención.

—¿De verdad? —dijo—. Bueno, sí, debo admitir que presentía que le gustabas bastante. Es un pesado. Se tiene muy creído lo muy pagado de sí mismo, de sus supuestos encantos fatales, ¿no te parece?

—Resulta aburridísimo. Lo más pesado que conozco. Y tan transparente... Creo que no lo soporto.

Paula fue andando hasta los grandes almacenes de Knightsbridge.

Era un día muy frío. La nieve flotaba en el cielo descolorido, pero su tono apagado hacía que la luz tuviese una curiosa luminosidad, a pesar del sol fugitivo.

Apenas se fijó en el tiempo mientras caminaba con pasos apresurados. Pensaba en Shane. Siempre estaba pensando en él. Apenas se apartaba de sus pensamientos durante un rato. Estaban a veintiuno de noviembre. Cuando habló con ella el día anterior, le dijo que la llamaría a las siete, hora de Nueva York. A mediodía en Londres. Inmediatamente después, se iría a las Barbados, pues era la temporada alta en el hotel «Coral Cove».

Paula suspiró en tanto se metía por una calle lateral para llegar antes a la avenida. El accidente de Jim había dado al traste con sus planes de ellos dos.

Además, aparte de eso, él casi se había matado y todo a causa de su arraigada cabezonería. Sus pensamientos volvieron a ese horrible fin de semana de dos semanas antes. Llegó a Londres el sábado por la mañana, en un vuelo nocturno procedente de Estados Unidos y el chófer de su abuela la llevó a Yorkshire directamente.

Cuando llegó a «Long Meadow» a primera hora de la tarde, lo primero que hizo fue ir a las habitaciones de sus hijos. Con gran aflicción, vio que los gemelos y Nora estaban muy acatarrados. A las cuatro, cuando Jim llegó del periódico, dijo que él también comenzaba a notar síntomas catarrales y se metió en la cama inmediatamente. Paula aprovechó aquella oportunidad para cambiarse de dormitorio. Aquella noche durmió en una de las habitaciones de invitados y le explicó a Jim que no podía arriesgarse a enfermar ella también teniendo que dirigir el negocio y con todo el servicio de la casa de baja por enfermedad. Él no puso ningún obstáculo.

El domingo, Jim se encontró mucho mejor, al menos lo suficiente como para levantarse, comer con apetito y beberse media botella de vino tinto. Se quedó espantada cuando él insistió en salir a volar en su peligrosa avioneta y le rogó que se quedara en casa. Jim se burló de ella y le dijo que su comportamiento era ridículo, luego, protestó diciendo que no estaba ni borracho ni enfermo. Cuando más tarde la llamaron del aeropuerto, el corazón se le detuvo durante unos segundos, saltó al coche y se dirigió a toda velocidad al hospital de Leeds para estar con él. A pesar de su enfado con él y de su amor por Shane O'Neill, Paula albergaba sentimientos de afecto hacia su marido todavía. Le había querido, era el padre de sus hijos y no le deseaba ningún mal.

Pero después, cuando pudo pensar con claridad, se dio cuenta de que su conducta había sido inexcusable. El accidente no tendría por qué haber ocurrido. Había sido una temeridad por parte de Jim. En el fondo, Paula dudaba de su historia sobre la avería del motor. Había tomado pastillas para el catarro y acabado con media botella de vino. Aunque no hubiese estado exactamente borracho o drogado, por completo lo cierto era que no se hallaba en condiciones de pilotar la avioneta.

Cuando telefoneó a Shane a New Milford, la noche de aquel domingo fatal, él sintió mucha pena por ella. Pero comprendió el dilema en el que se encontraba y estuvo de acuerdo en no hacer nada hasta que Jim se encontrase en otras condiciones para recibir la noticia. Paula le diría que quería divorciarse.

Mientras entraba por Knightsbridge, rezó para que Jim accediese a ello. En el fondo de su mente se agitaba el temor a que se opusiera.

«No pienses esto, no seas pesimista —se dijo con firmeza—. Todo lo que necesitas es aguantar los próximos meses.» La semana anterior, ella y Shane habían hecho nuevos planes y cambiaron sus obligaciones para acomodarse uno al otro. En enero ella iría a Nueva York para poder reunirse con él. Durante febrero y marzo, Shane estaría en Australia para empezar a trabajar en la reforma del hotel que la cadena O'Neill había adquirido. Viviría con su hermano Phillip. Shane iría a Inglaterra en abril para ver participar a *Emerald Bow* en el «Grand National», pero Paula se quedaría en Londres con él antes y después de la carrera. Él regresaría a Nueva York a finales de abril. Pensaron esperar a que Jim estuviese recuperado para que entonces, una vez que Shane se hubiese marchado a los Estados Unidos, Paula se lo dijese a su marido. Finalmente, en mayo, se lo contaría todo a su abuela y se mudaría con los niños a «Pennistone Royal».

«*Mayo* —se dijo Paula en voz baja—. ¡Está tan lejano! No, en realidad no es así. Y, de todos modos, Shane y yo tenemos toda la vida por delante.»

Aceleró el paso automáticamente. Ansiaba oír su voz. «Gracias a Dios que existe el teléfono —pensó mientras atravesaba la entrada de personal de los almacenes "Harte"—. Al menos, podemos hablar todos los días.»

CAPÍTULO XXXVIII

Nevó copiosamente durante los siguientes cuatro días. Yorkshire quedó cubierto de un manto blanco. Los alrededores de «Pennistone Royal» estaban particularmente atractivos. Las cercas de piedra desaparecieron bajo las ráfagas de nieve, los árboles se inclinaron por el peso de sus ramas cargadas, los ríos y arroyos se cubrieron con una delgada capa de hielo azulado.

Pero la tormenta de nieve cesó abruptamente la tarde del día de Nochebuena. De repente, los paisajes, de un blanco cegador, adquirieron una belleza cristalina al ser iluminados por el sol. Había un brillo de diamante en el cielo y un frío vivificante en el aire.

Al caer la noche, los campos, los barrancos y los páramos ondulados tenían un aspecto etéreo bajo una clara luna invernal que los revestía de brillo plateado.

Emma, de pie, junto a la ventana de su dormitorio, se quedó momentáneamente paralizada al mirar al jardín. La nieve y el hielo habían creado un efecto mágico, envolviendo la tierra en un extraño silencio blanco, una impresionante quietud que casi se podía palpar. Pero, a pesar de la asombrosa belleza que se desplegaba ante ella, Emma sabía que, más allá de la gran verja de hierro de su casa, las carreteras y caminos se volvían peligrosos, traicioneros, con ese tiempo.

Mientras se volvía y se dirigía al salón del piso superior, no podía dejar de preocuparse pensando en los familiares y amigos que, en esos momentos, viajaban por aquellas carreteras. Todos afrontaban valerosamente las pésimas condiciones atmosféricas para poder pasar esa noche tan especial en su compañía. Era una tradición de hacía muchos años y ninguno de ellos quería faltar. Esperaba que todos llegaran bien y sin contratiempos.

Emma tenía la casa llena.

Cuando regresaron a Yorkshire, Paula no perdió tiempo en mudarse con su familia a «Pennistone Royal». Jim, los niños, la niñera y el enfermero se encontraban ya bien instalados. Emily había sacado a Amanda y a Francesca del «Harrogate College» a principios de semana y las había llevado a casa. David y Daisy habían llegado en tren desde Londres el día anterior, acompañados por Alexander y su novia, Maggie Reynolds. Edwina y Anthony volaron desde Dublín al aeropuerto de Manchester aquella misma mañana y llegaron a la antigua mansión a tiempo para el almuerzo.

Emma se acercó a su escritorio, cogió la lista de invitados y la leyó rápidamente. Sus hijos, con sus respectivas esposas habían sido invitados, pero estaba segura de que no irían. Bueno, ya no le importaba. Se había acostumbrado a vivir sin ellos. Kit y Robin volverían a esquivarla. Sabía porqué. Eran culpables de haberla traicionado. Elizabeth tampoco acudiría, se quedaba en París con Marc Deboyne pero, al menos, había tenido la delicadeza de llamarla para decírselo y para desearle una feliz Navidad. «Espero que éste sea el último marido que tenga», pensó Emma mientras recorría la lista con la mirada.

Sus ojos se detuvieron en el nombre de Jonathan. Había aceptado la invitación. Y Sarah también. Irían juntos en coche desde Bramhope. No pudo dejar de pensar en la amistad que existía entre ellos dos. ¿Buscarían algo? «Bueno, Emma Harte, nada de malos pensamientos esta noche», se advirtió. De repente, comprendió que estaba indeciblemente cansada de tantas intrigas. La habían perseguido durante toda su vida. Estaba haciéndose demasiado vieja para empuñar la espada de nuevo.

Su rostro adquirió un aire pensativo mientras permanecía de pie junto al escritorio, escudriñando la lista de invitados. *Tenía ochenta años.* Había pagado sus deudas hacía mucho tiempo. Su tiempo era demasiado valioso como para meterse en batallas. «Dejémosles que sigan con lo suyo —murmuró—. Como yo seguiré con mi vida, lo que me queda de ella. Lo único que quiero es disfrutar de paz y tranquilidad y estar con mi querido y viejo amigo. Juntos marcharemos hacia el futuro. Blackie y yo... un par de viejos guerreros.» Sintió como si se quitara un gran peso de encima cuando se dio cuenta, de pronto, que había abdicado hacía ocho meses. Estaba fuera de combate. Había decidido mantenerse al margen.

Emma acabó de estudiar la lista. Blackie, que pasaba las Navidades con Bryan y Geraldine, en Wetherby, llegaría con ellos y con Miranda dentro de poco. Todo el clan Kallinski había prometido ir temprano. Los Harte lo harían en masa esa noche. Randolph, también, tenía la casa llena, pues Charlotte, su madre, su tía Natalie estaban en Allington Hall, con Sally, Vivienne y él mismo. Winston se había autoinvitado a «Pennistone Royal», había llegado a las cuatro con una maleta y tres grandes bolsas cargadas de regalos. «Sólo Shane y Philip —se dijo Emma, dejando la lista—. Quizá vengan el año que viene. Puede que entonces estemos todos juntos. En ese caso, los tres clanes completos se habrán reunido.»

El reloj dio las seis.

Las campanadas la sacaron de sus divagaciones. Se quedó mirando el único regalo que quedaba encima de la mesa. Se habían llevado todos los demás para ponerlos bajo el árbol instalado en el Vestíbulo de Piedra. Emma se sentó, meditó durante un momento y escribió cuidadosamente en una tarjeta.

Llamaron a la puerta.

—¡Holaaa, abuela, soy yo! —dio Emily, flotando en una nube de perfume.

Emma levantó la cabeza y sonrió a su nieta.

—¡Qué guapa! —exclamó, mirándola escrutadora.

—Ese es el uniforme de tartán de los *Seaforth Highlanders* —comentó Emma, refiriéndose a la larga falda de tafetán que llevaba Emily, reconociendo inmediatamente el tartán—. El antiguo regimiento de mi padre, y el de Joe y Blackie cuando estuvieron en la Primera Guerra Mundial. Va muy bien con esa camisa blanca de seda.

—Sí, eso me pareció a mí también.

Emily le plantó un beso a Emma en la mejilla.

—Parecías un poco sorprendida cuando llegó Winston esta tarde. Hubiese jurado que te había dicho que se quedaría hoy aquí.

—No, no lo hiciste. Pero no importa.

Emma se recostó en la silla, apretó los labios y dirigió una mirada significativa a Emily.

—Supongo que será demasiado pedir que os comportéis pero, *por favor*, sed discretos si os cambiáis de dormitorio durante la noche.

Emily se ruborizó.

—¿Cómo puedes pensar una cosa así, abuela?

—Porque yo también fui joven, lo creas o no, y sé lo que es estar enamorada. Pero ten cuidado, querida. Después de todo, tenemos muchos huéspedes en casa. No quisiera que tu reputación saliese malparada.

—¡Con esta familia! ¡Buen Dios! Nadie puede tirar la primera piedra...

Emily se calló.

—Lo siento, abuela, mi intención no era la de ser grosera.

—No te excuses por decir la verdad, Emily. Pero recuerda lo que te he dicho.

Emily asintió y, con aire de alivio, se dirigió hacia la chimenea y se quedó allí, de pie, observando a su abuela.

—Deberías llevar siempre trajes de terciopelo verde oscuro. Te sienta muy bien, especialmente con todas tus esmeraldas.

—¡Dios mío, Emily, lo dices como si las llevase colgadas por todas partes! Sólo me he puesto los pendientes y el anillo de Paul y el pequeño broche de Blackie. Pero gracias por el cumplido, y, dime, ¿qué hace la gente por ahí abajo?

—Amanda y Francesca están acabando de adornar el árbol; al menos, la mitad de la parte de arriba, que yo había empezado a adornar. Son unos diablillos, no me han ayudado nada en todo el día. Todo lo que han hecho ha sido estar en su habitación sin dar golpe, escuchando a los Beatles y chillando como locas o haciendo como si se desmayasen y otras tonterías. Las cogí hace una hora y las puse a trabajar.

—Bien hecho. Voy a tener que hacerme cargo de esas dos durante las vacaciones y ponerme seria. Debe haber un límite al tiempo que pasan escuchando esos discos. Además, el ruido era ensordecedor esta tarde. ¿Hay alguien abajo ya?

—Tía Daisy, con un aspecto maravilloso. Lleva un traje pantalón de seda roja y montones de rubíes y diamantes...

—¿Por qué eres tan exagerada siempre?

Emma agitó la cabeza con una leve reprobación, pero con ojos cariñosos.

—Por lo que yo sé, no tiene montones de rubíes ni de diamantes.

—Bueno, unos pendientes preciosos —admitió Emily arrugando la nariz—. Se había puesto a ayudar con las bebidas. Jim está allí, sentado en la nueva silla de ruedas que les has buscado, tomando una copa y...

—Ha empezado un poco pronto, ¿no? —exclamó Emma, alzando una ceja canosa en un gesto de sorpresa.

—¿Cómo que ha empezado pronto? No ha parado desde el almuerzo.

Emma estaba consternada.

—¿Piensas que bebe? —preguntó a su nieta—. Paula me dijo que está tomando calmantes. Esa combinación puede resultar muy peligrosa.

Sus párpados se entrecerraron con una mezcla de preocupación y de enfado.

Emily asintió.

—Se lo he insinuado hace unos minutos, así que no le digas nada. Me contestó que me ocupase de mis propios asuntos. Está de muy mal humor. No envidio nada a Paula.

—Sí, ya lo he notado. Aunque supongo que tendremos que hacerle algunas concesiones. ¿Ha vuelto Paula de los almacenes?

—No, pero no tardará mucho.

—¡Dios mío! Las carreteras están tan mal esta noche... —la voz de Emma se desvaneció.

—No temas, abuela; ella conduce con cuidado. Además, esta tarde fue al almacén de Harrogate. De todos modos, conociendo a Paula, hay que pensar que se quedará hasta la hora de cerrar. Pero, al menos, el trayecto de vuelta es mucho más corto.

—Me quedaré más tranquila cuando haya regresado. Bueno, continúa, ¿quién más ha hecho su aparición?

—Maggie. Está eligiendo los adornos del árbol, ayudando a las niñas. Alexander y tío David están colocando muérdago por toda la casa. Hilda y Joe preparan el bufé en la mesa del comedor y Winston va amontonando los regalos debajo del árbol.

Emily sonrió.

—Ah, sí, y, por una vez, tía Edwina no se limita a mirar. Le está diciendo a Winston la forma de colocar los paquetes de los obsequios en el árbol para que produzcan el mejor efecto, como si eso fuese muy importante.

—Al menos, para variar, está dirigiéndole la palabra a un Harte. Eso es todo un paso en la dirección correcta.

Emma le hizo un gesto a Emily.

—Ven aquí, querida, quiero enseñarte algo.

Al llegar Emily a su lado, Emma abrió la tapadera de un viejo joyero de cuero y le mostró su interior.

Emily se quedó boquiabierta, mirando el precioso collar de diamantes que había sobre el terciopelo rojo del joyero. Era como un brillante encaje de piedras preciosas, perfectamente talladas y montadas. Los diamantes tenían tal fuego, tal vida y tal perfecta belleza que Emily boqueaba todavía.

—Es extraordinario, abuela, y, seguramente, muy antiguo. ¿De dónde ha salido? Me parece que no te lo he visto puesto nunca.

—Tienes razón en eso, porque no me lo he puesto jamás. Desde que es mío, no se me ha pasado por la cabeza la idea de lucirlo.

—No te comprendo —dijo Emily con ojos perplejos.

—No he querido ponérmelo. Cuando lo subastaron, lo compré porque..., bueno, sólo porque para mí era como una especie de símbolo. Representaba todo lo que yo no había poseído cuando era muchachita y trabajaba como sirvienta en «Fairley Hall».

Emma cogió el joyero de las manos de Emily, sacó el collar y lo puso a la luz.

—Sí, es magnífico. Soberbio. Perteneció a Adele Fairley, la bisabuela de Jim. Todavía recuerdo la noche de una gran cena, cuando ayudé a Adele a vestirse y se lo coloqué alrededor del cuello. Fue una noche muy amarga. Escucha, el collar representaba el trabajo y la opresión de la gente del pueblo, y de mi padre, mi hermano y mía.

Emma agitó la cabeza.

—Cuando los Fairley empezaron a arruinarse, después de la muerte de Adam, Gerald lo puso a la venta.

Se encogió de hombros ligeramente.

—Pujé más alto que nadie —dijo.

Después, depositó el collar en su joyero.

—¿Pero por qué no te lo has puesto nunca, abuela? —preguntó Emily.

—Porque, una vez que fue mío, perdió todo su significado... Preferí las cosas que quienes me querían me habían regalado con amor.

—¿Qué vas a hacer con él?

Emily vio el papel fantasía y el lazo plateado encima de la mesa.

—¡Oh, ya sé! Se lo vas a regalar a Paula porque está casada con Jim.

—No; a Paula, no.

—¿Entonces a quién?

—A Edwina.

—*A Edwina*. ¿Por qué a ella? ¡Siempre se ha portado muy mal contigo!

—¿Y qué? Sólo porque ella se porte mal yo no tengo que hacer lo mismo. Por otro lado, durante toda mi vida he tratado de estar por encima de esa clase de cosas. Recuerda siempre que resulta mucho mejor ser amable en las situaciones difíciles que rebajarte al nivel de los demás, Emily. De todos modos, Paula no lo querría. Puede que lleve el apellido Fairley, pero no creo que se considere uno de ellos, no, en absoluto. Y, por otra parte, Edwina *sí*. El apellido Fairley es muy importante para ella y creo que, de todos los de la familia, es a la persona a quien más le gustaría tenerlo.

—Pero, abuela... —empezó a decir Emily.

Emma levantó la mano.

—A Edwina se le negaron sus derechos porque era ilegítima y sé cómo le han afectado las circunstancias de su nacimiento, y quizás eso perdure. Creo que es justo que tenga algo que les perteneciera... esta especie de reliquia familiar. Yo no lo quiero, no significa nada para mí. Tampoco intento congraciarme con ella o buscar su perdón. Simplemente, quiero dárselo, eso es todo. Le gustará ponérselo, de eso estoy segura. Bueno, ¿serías tan amable de envolverlo, Emily?

—Por supuesto. ¿Puedo hacerlo en el escritorio? Es más fácil trabajar encima de la mesa.

—Sí.

Emma se levantó, anduvo hacia la chimenea y se quedó de pie junto a ella, calentándose la espalda.

Emily volvió a mirar el collar, cerró el joyero y empezó a envolverlo, pensando en lo extraordinaria que era su abuela. No había nadie como ella en todo el mundo. ¡Era tan generosa e indulgente! «¡Maldita Edwina! —pensó—. ¡Ojalá tuviese un gesto de cariño para la abuela! Eso me haría sentirme mejor.»

Llamaron a la puerta. Se abrió y Paula apareció.

—¡Hola a las dos! —exclamó—. Me temo que llego un poco tarde. Los grandes almacenes de Harrogate estuvieron atestados durante todo el día; hasta que hemos cerrado, aquello parecía una casa de locos. Y luego, las carreteras estaban fatal. Os veré dentro de un rato. Voy a ver a los niños y a Nora antes de cambiarme.

—¡Gracias a Dios que has llegado bien!

Emma se sintió muy aliviada al ver la cara sonriente de Paula.

—Hazlo todo tranquilamente, querida. Nadie se va a ningún sitio.

—Lo haré.

Paula salió y cerró la puerta con suavidad.

—Cuando acabes de envolver el collar —dijo Emma a su nieta—, será mejor que vayamos abajo. Los O'Neill y los Kallinski llegarán de un momento a otro.

—Ya he acabado.

Emily cortó el extremo de la cinta plateada y se recostó en el respaldo del sillón para admirar su obra. Levantó sus inquietos ojos verdes y los fijó en su abuela.

—¡Seguro que a la vieja Edwina le da un ataque al corazón cuando lo abra, abuela! —dijo, sonriendo maliciosamente.

—De verdad, Emily, algunas veces...

Emma movió la cabeza, intentando parecer molesta, pero sin conseguirlo.

El Vestíbulo de Piedra debía su nombre a las piedras grises del lugar que habían sido usadas en la construcción del techo, las paredes, el suelo y la chimenea. Pero era algo más que un vestíbulo, contenía elegantes muebles de estilo jacobino y tudor que hacían resaltar su arquitectura y le daban el aspecto de un gran salón.

Las vigas de oscura madera se entrecruzaban en el techo de piedra y, junto con las descoloridas alfombras de Aubusson y los antiguos tapices y óleos de las paredes, le daban a la habitación un aire más acogedor. Los tonos señoriales se suavizaban bastante con el resplandor rosado de la araña de cristal, de los candelabros de pared y del gran fuego que ardía en la chimenea del fondo. Los jarrones con crisantemos amarillos, rosas y púrpuras y amarilis de un naranja brillante añadían pinceladas de color a las superficies de madera y algún rincón aparecía adornado con grandes recipientes de cobre llenos de acebo verde oscuro en el que resaltaba el rojo intenso de sus frutos.

Pero, esta noche, había un gigantesco árbol de Navidad ocupando un lugar de honor y dominando el vestíbulo. Tenía casi tres metros de alto y ramas de gran envergadura y llegaba casi hasta la galería voladiza del fondo de la habitación.

Emma se paró con Emily a mitad de la escalera y se quedó contemplando la escena durante un momento.

—¡Oh, qué ambiente tan alegre! —exclamó.

Sin esperar una respuesta, bajó corriendo la escalera y se unió a la muchedumbre de familiares, con ojos alegres y con el rostro repleto de sonrisas.

—¡Hola a todos! —dijo—. Bien hecho. Habéis trabajado mucho para que el vestíbulo esté bonito esta noche. Gracias.

Se acercaron a saludarla, la besaron y le dijeron que estaba maravillosa. Winston cogió el regalo que ella había llevado y lo puso bajo el árbol. Jim, que tenía problemas para manejar la silla de ruedas, la saludó con un gesto.

Emma se apresuró a acercarse a él, le puso una mano en el hombro sano, le dio un apretón y se inclinó para besarle.

—¿Cómo te sientes? —preguntó con un tono en el que se adivinaba la preocupación por su bienestar.

—Muy mal, pero sobreviviré —dijo él, levantando los ojos de color gris claro—. ¡Vaya forma de pasar las Navidades!

—Sí, lo sé, querido. Debes estar terriblemente incómodo. ¿Quieres que te traiga algo?

—No, gracias. ¿Dónde está Paula? Ya tendría que haber llegado. Casi son las seis y media.

Su voz fue inesperadamente quejumbrosa y miró a Emma con el ceño fruncido y la boca torcida en un gesto de enfado que no pudo ocultar.

—No sé por qué tenía que ir hoy a los almacenes —exclamó, antes de que ella le respondiese—. Es ridícula la forma que tiene de trabajar, y hoy es Nochebuena. Debería estar con su familia. Los niños la necesitan y, es más, yo también..., inválido como estoy. Creo que es muy desconsiderada.

Emma se enderezó, sorprendida por sus palabras, su tono desagradable y su petulancia. Sabía que Jim no se encontraba bien, pero no pudo dejar de pensar que se había excedido un poco.

—Tiene que estar en los almacenes precisamente porque es Navidad, Jim. Sabes que en estas fechas hay más trabajo —dijo con calma.

—Tendría que haberlo dejado a mediodía —farfulló él—, y venirse a casa conmigo. Después de todo, las circunstancias son algo excepcionales, ¿no te parece?

Emma se tragó una réplica cortante, sabía que debía perdonarle, y achacar su irascibilidad y su inmadurez a su estado.

—*Yo* nunca fui una absentista y dudo que Paula lo sea —repuso con más tranquilidad que antes—. Y, por cierto, acaba de regresar. Bajará dentro de unos minutos. Se está poniendo un traje de noche. Ya veo que tienes tu copa y tus cigarrillos, Jim, así que, si me excusas, voy a ocuparme de esas dos revoltosas.

Amanda y Francesca estaban discutiendo junto al árbol de Navidad, cada una subida en una escalera. Emma se acercó a ellas apresuradamente.

—Bueno, chicas, callaos y bajos de ahí —exclamó—. ¡Inmediatamente! ¿Me oís?

—Sí, abuela —dijo Amanda con sumisión, haciendo rápidamente lo que se le había ordenado.

Francesca se entretuvo arriba. Estaba colocando una campanita plateada en el extremo de una rama, estirando el cuello para ver el efecto.

Al llegar al suelo, Amanda se retiró para contemplar a su hermana.

—¡Ahí no, tonta! Es a la derecha, al lado de una cinta plateada. Hace falta más color en esa rama. Pon la estrella roja que tienes en la mano en el lugar de la campanita.

—¡Vete al diablo! —replicó Francesca—. Me tienes harta esta noche. Eres una estúpida. Y demasiado *mandona*.

—¡Basta ya! —exclamó Emma—. Bájate de ahí inmediatamente, Francesca. De lo contrario, pasarás la noche en tu habitación.

—Sí, abuela —murmuró Francesca, bajándose de la escalera para unirse a su hermana, que se hallaba junto a Emma.

—Bueno, id arriba, las dos.

Emma les dirigió una mirada de reprobación.

—Parecéis dos golfillas de la calle. Quiero que os quitéis esos horribles pantalones vaqueros y esas camisas sucias y que os pongáis ropa más apropiada. *De inmediato.* Lavaos la cara y peinaos. Nunca os he visto con un aspecto tan desastroso. Y, por favor, no os vistáis las dos igual. Me pone enferma y me cansa vuestra actuación de hermanas gemelas. Parecéis la pareja de un número musical.

—Sí, abuela —murmuró Amanda dócilmente.

—¿Qué quieres que nos pongamos? —preguntó Francesca, mirándola con atrevimiento y sonriendo con descaro.

Emma sintió unas inesperadas ganas de reírse, pero se controló.

—Tú puedes ponerte el vestido de terciopelo rojo, Francesca. Y *tú*, Amanda, el de seda azul. Será lo mejor. Así, al menos, seré capaz de distinguiros a una de la otra. Ahora, daos prisa.

Emily, que había presenciado la escena, empezó a reír cuando sus hermanastras no podían oírle.

—Gracias, abuela. Estos últimos días andan muy revoltosas. He estado a punto de amenazarlas con mandarlas a París a reunirse con nuestra madre, pero hubiese sido en vano. No hubiera podido hacerles eso…, por muy pesadas que sean.

—Están tanteándonos, ¿sabes? Para ver hasta dónde pueden llegar con nosotros.

Emma rió entre dientes.

—Lo sé. ¿Quieres tomar algo?

—¿Por qué no, Emily? Quizá puedas decirle a Winston o a tu hermano que abran una botella de champaña. Me gustaría tomar una copa. Vamos a oír algo de música.

Emma se volvió mientras Emily se alejaba en busca de la bebida.

—Por favor, pon un disco, David, querido —pidió Emma—, uno de villancicos. No, los villancicos todavía no. Preferiría algo como ese disco de Bing Crosby… *Navidades blancas*, creo que se llama.

—En seguida, Emmy. Y, desde luego, resultará muy apropiado para esta Navidad.

Emma se concentró en la caja de los adornos para el árbol y empezó a colgarlos de las ramas inferiores, las cuales se veían relativamente vacías y desnudas. Llevaba unos segundos con ella cuando sintió que le tocaban el brazo tímidamente. Se volvió y se encontró cara a cara con Edwina.

—¿Puedo ayudarte, madre?

—Sí, desde luego —dijo Emma, disimulando su sorpresa—. Rebusca en la otra caja. Quizás encuentres algo bonito y llamativo para estas ramas de abajo. Creo que los adornos más bonitos acaban poniéndose en la copa del árbol.

Emma pasó revista a su hija mayor y asintió.

—El azul te ha favorecido mucho siempre, Edwina. Te encuentro muy bien esta noche, es un traje muy bonito.

—Gracias... Daisy me convenció de que me lo comprase —repuso Edwina, con alguna vacilación—. Tú estás muy elegante, madre, aunque siempre es así.

Edwina esbozó una sorisa tan tímida como cuando la había tocado en el brazo.

Emma la sonrió como respuesta, preguntándose la manera de tomarse ese cumplido sin precedentes. Cogió una pera de cartón dorado y la colgó de una rama, con el ceño fruncido. De repente, Edwina estaba muy cordial. Y, desde luego, tenía que admitir que le agradaba aquella muestra de afecto.

Un momento después, Edwina le daba unos golpecitos en el brazo, mostrándole una estrella azul de cristal.

—Mira, madre, ¿te gustará colgar esto? Quizás allí arriba, junto al ángel. O donde creas que vaya mejor.

Emma lo cogió y se quedó mirando la cara de su hija.

Durante unos instantes, retrocedió en el tiempo..., a unas Navidades de hacía muchos, muchos años. *Diciembre de 1915*. Joe Lowther vivía aún. Fue el año antes de que lo matasen en la batalla del Somme. Vivían en Towers Avenue, en Armley. El recuerdo apareció con tal claridad en su mente que Emma se quedó sin respiración. Edwina tenía nueve años y era una niña preciosa en extremo, con su cabello largo y rubio, los ojos grises como los de Adele y los finos rasgos, heredados de Edwin Fairley, su padre. Pero la pequeña creía que Joe era su padre, y lo adoraba. En realidad, lo veneraba.

Los tres se hallaban de pie junto a un gran abeto, parecido al que ahora tenía delante, una Nochebuena también. En su cabeza resonaba un eco lejano de risas alegres. Pero eran el hombre y la niña quienes reían y com-

553

partían la diversión de arreglar el espléndido árbol. Ella había sido la intrusa, innecesaria para su hija. Cada vez que le había ofrecido una preciosa bola para que la colgase del árbol a aquella niña guapa y desdeñosa, ésta la había despreciado con soberbia. Emma había abandonado la habitación con el corazón desgarrado. Se puso el abrigo y bajó corriendo la corta avenida hasta la casa de Blackie y Laura, y su querida Laura la había consolado, la había ayudado a soportar el dolor que el rencor de su hija le producía.

—¿Te encuentras bien, madre? —preguntó Edwina.

Emma parpadeó y con ello el recuerdo se desvaneció.

—Sí —dijo—, oh, sí. Estoy bien. Pensaba en el pasado.

—¿Qué era?

—Oh, unas Navidades... hace tanto tiempo que, seguramente, ya no las recuerdes —dijo Emma con una débil sonrisa—. Pero, la verdad, es que yo nunca las he olvidado.

—Estabas pensando en la Navidad de 1915, ¿verdad?

Edwina se acercó a ella.

—Sí.

—Madre...

Edwina miró directamente a los viejos ojos astutos de Emma.

—Yo tampoco he olvidado esas Navidades —dijo, pero se calló.

Parecía considerar algo y, entonces, cogió la mano de Emma impulsivamente.

—Perdóname, madre, por favor, por favor perdóname por esas terribles Navidades —susurró.

Emma miró a su hija estupefacta. Y entonces, como un relámpago, comprendió lo que Edwina estaba intentando decirle. Quería su perdón por todos los errores que había cometido en su vida y no sólo por el de aquellas Navidades.

—Eras una niña, demasiado joven —dijo Emma lentamente—. No comprendías..., no comprendías cómo eran las cosas en el mundo de los adultos. Desconocías lo que era el dolor y la desolación.

—Por favor, di que me perdonas, madre —imploró Edwina con evidente sinceridad—. Es muy importante para mí.

—Claro, por supuesto que te perdono, Edwina. Eres mi hija, mi primera niña. Te dije hace meses que siempre te he querido. Mi amor no ha cambiado ni disminuido, aunque dudaste de mí.

—No lo haré más.

Las lágrimas anegaron sus ojos claros.

—¿Crees que, después de tanto tiempo, podríamos ser amigas de verdad?

—Claro que sí.

Emma le sonrió de aquella manera incomparable que hacía resplandecer su rostro.

—Y lo creo porque ya lo somos, querida mía —dijo, apretándole la mano con fuerza.

Jonathan Ainsley empezó a darse cuenta de las peligrosas condiciones existentes cuando abandonó la carretera general de Ripon e introdujo su «Aston Martin» en una estrecha carretera secundaria, buscando el camino más corto para llegar a «Pennistone Royal».

—No deberías haber venido por aquí —se quejó Sarah—. Hay demasiadas curvas. Tendremos un accidente si no vas con cuidado.

—Es el camino más corto —contestó Jonathan, mientras en su boca se dibujaba una fría sonrisa—. No quiero perderme nada esta noche. Creo que va a ser...

Se calló al sentir que las ruedas patinaban en el hielo. El coche empezó a hacer el trompo. Se agarró al volante con fuerza, girándolo en el mismo sentido que patinaba el coche en un esfuerzo por evitarlo y pisando el freno suavemente para intentar enderezarlo.

Sarah, muerta de miedo, le agarró el brazo.

Jonathan se desprendió de su mano con enfado y se las arregló para dominar el «Aston Martin» justo a tiempo.

—¡Acabaremos en la cuneta! —le gritó. Redujo la velocidad al paso de un hombre.

—Por el amor de Dios, Sarah, no vuelvas a hacer una cosa como ésa. Es muy peligroso.

—Lo siento. Fue una reacción estúpida. No te enfades conmigo. Sabes que no lo soporto cuando te dejas llevar por tu mal humor.

—Vale vale, olvidémoslo —murmuró él, dejando su enfado a un lado.

Lo último que deseaba era molestar a Sarah. La necesitaba demasiado como para incurrir en su desgracia. Permaneció con la vista clavada en la carretera, atento a las partes heladas que brillaban bajo la luz de los faros.

Ninguno de los dos primos habló durante un rato.

Sarah se hundió en el asiento, arrebujándose en su abrigo de piel de zorro plateado y deseando que él recuperase pronto su buen humor.

Jonathan se concentró en la carretera y condujo con infinito cuidado. El «Aston Martin» era nuevo, aún no lo había pagado. Un roce o un parachoques dañado le supondría un buen gasto. Se relajó un momento al ver un trozo de carretera más seguro, pero no aumentó la velocidad, determinado a ser cauto. Centró los pensamientos en su prima, sentada a su lado. Se preguntaba cómo podría persuadirla para que invirtiera más dinero, unos cuantos miles de libras más, en la empresa que había fundado en secreto con Sebastian Cross. Sarah se había asociado con ellos. Su dinero era vital para ellos. Lo necesitaban con urgencia. Habían tenido muy mala suerte últimamente. Y Sebastian había hecho unos tratos desastrosos que sólo habían servido para contrarrestar los buenos que él había conseguido cerrar. Pero saldrían de ésa. Con un buen asunto bastaría.

Su rostro se ensombreció mientras su mente pérfida continuaba girando a un ritmo vertiginoso. Quizá tuviese que traspasar alguno de los negocios que llevaba de «Harte Enterprises» o «Stonewall Properties», su propia empresa. ¿Por qué no? Este pensamiento lo divirtió. Jonathan Ainsley sabía que tenía instintos de ladrón, aceptaba su avaricia, el ansia que sentía por las buenas cosas de la vida y su hambre de poder. También sabía que jugaba sucio, a pesar de los esfuerzos de su abuela por inculcarle la importancia de respetar las reglas. «¿A quién le importan las reglas?», se dijo. Era un mal perdedor. No le importaba. Pero se maldeciría si volvía a ser el perdedor. Esa vez, iba a ganar...

—Ya casi estamos llegando al final del camino, Johnny —dijo Sarah.

—Sí, lo sé.

Jonathan empezó a pensar en ella. Había estado manejando a Sarah durante meses, sirviéndose de su odio contra Paula, avivando su rencor, su envidia y su acritud. Pero ella tenía motivos para guardarle rencor. Y él también. Paula era la favorita, la princesa heredera. Ella lo tenía todo. Y también Alexander. Jonathan sintió un ligero temblor de furia. Lo reprimió instantáneamente, recordándose a sí mismo que debía permanecer impasible esa noche. Había estado preparándose para no descubrir su juego a la familia y, menos aún, a su abuela. «¡Maldita vieja bruja! —pensó—. Mi padre tiene razón, nunca va a estirar la pata. Al final, *tendremos* que pegarle un tiro. ¡Pobre papá!, lo dejaron sin herencia. Pero es un gran político y uno de los hombres más importantes de Inglaterra. Puede que hasta llegue a ser Primer Ministro algún día. ¡Es tan listo! Pensó que la idea de comenzar mi propio negocio era magnífica. Me dio su aprobación.» Jonathan se preguntó si su abuela sospecharía de él. Jamás. Era demasiado vieja, se estaba volviendo senil. Cuando Emma Harte muriese, él heredaría el apartamento de Nueva York. Lo decía en su testamento. Valdría unos cinco millones de dólares. Y Sarah recibiría la casa de Belgrave Square. «Haré que la venda y que invierta el dinero con nosotros.» La mera idea de aquella enorme suma de dinero lo animó. Sintió un estremecimiento de excitación y optimismo. De repente, se encontró mucho mejor y dispuesto a aguantar a su aburrida familia. Deseaba poder aparcar y fumar un poco de droga antes de llegar a la casa. No le importaba que Sarah lo desaprobase. Era una aburrida, una verdadera molestia en realidad. Pero era mejor tenerla contenta. Necesitaba su apoyo y su amistad. Sebastian había tenido, poco tiempo antes, la idea de casarse con Sarah. Jonathan no estaba seguro de aprobarlo. Despreciaba a Sarah, pero Sebastian era un pájaro de cuenta, un jugador empedernido y más temerario cada día. Pero Jonathan no quería dejar de controlar a Sarah o, más exactamente, su dinero.

Jonathan paró el coche al final del camino, hizo un cambio de luces y salió a la carretera principal.

—Ha sido un trayecto incómodo, pero ha merecido la pena. Al menos, no apareceremos por allí demasiado tarde.

—¿Por qué estás tan impaciente por llegar a casa de la abuela? ¿Qué temes perderte? —preguntó Sarah con curiosidad.

—*Dramas familiares.*

Jonathan rió entre dientes.

—Con todos los que van a ir, algo ocurrirá. Estará nuestro par del reino cortejando a su dama embarazada. ¡Cielos, Sarah! Anthony ha tenido suerte. Se ha escapado por los pelos de que lo juzguen por asesinato. He oído comentar que Sally Harte parece un globo de helio. Él metió su nabo en el horno de ella tan contento, a pesar de que todo el mundo lo veía.

—¿Tienes que ser siempre tan ordinario? —dijo Sarah con sus habituales remilgos.

Le dirigió una rápida mirada por el rabillo del ojo, pero no se inmutó.

—Y estarán nuestros dos enamorados tortolitos, dándose el pico y arrullándose. Desde que éramos niños supe que Emily estaba loca por meterse en los pantalones de Winston. Siempre ha sido una cachonda, igual que la calentona de su mamá.

—Allison Ridley está hecha polvo con lo de Winston —comentó Sarah de la forma más indiferente que pudo, ignorando tanta vulgaridad—. Se va a mudar a Nueva York dentro de algunas semanas. No puedo decir que la censuro. Nuestro círculo es muy cerrado..., siempre acabaría topándose con Winston.

—Él debe estar en plena forma ahora, controlando la empresa periodística él solo desde que Jim tuvo el accidente.

Instantáneamente, Jonathan vio otra forma de avivar el rencor de Sarah.

—Ese accidente en la avioneta fue un poco extraño, ¿no te parece?

—¿En qué sentido?

—Cuando sucedió, se me ocurrió que Jim había intentado..., ya sabes, acabar con todo en un momento fatal.

Sarah estaba horrorizada.

—¡Jonathan! ¡Es horrible lo que acabas de decir! ¡Por el amor de Dios! ¿Por qué querría Jim matarse?

—¿Quién no..., estando casado con la Reina de Hielo?

—Sí —murmuró Sarah—. Es una zorra. Y, probablemente, frígida.

—Oh, yo no diría tanto...

Jonathan se calló y esperó a que Sarah mordiese el anzuelo.

—Creí que odiabas a Paula tanto como yo.

—Y no he cambiado de opinión —aseguró él.

—Acabas de dar a entender que no es frígida, Jonny.

—He oído algo sobre ella que me hace pensar lo contrario...

Volvió a quedarse en silencio, esperando intrigar más a Sarah.

—¡Oh! Cuéntame los chismorreos.

Jonathan suspiró.

—No debería haber empezado esta conversación contigo, querida Sarah. Lo último que deseo es disgustarte en Nochebuena.

—No me disgustaré... Venga, no seas malo, cuéntame todos esos chismes sobre Paula. Soy toda oídos —dijo Sarah.

—No, estoy seguro de que no debería continuar.

Ocultó una sonrisa de felicidad, contento de jugar al ratón y al gato. Siempre lo hacía así. Le hacía sentirse importante.

Se produjo un corto silencio.

—Aunque, por otro lado, ya eres una mujer... —dijo, dándole unos golpecitos en la mano—. Y, claro, puede que no sea verdad.

—Por el amor de Dios, cuéntamelo..., me estoy volviendo loca —exclamó Sarah.

—Como sabes, Paula viajó a las Barbados en noviembre. Pero, ¿sabías que Shane O'Neill estuvo también allí al mismo tiempo?

Sarah se tensó. Contuvo la respiración con evidente sorpresa.

—¿Y qué? —pudo decir tras un momento—. También se encontraba allí cuando *yo* fui a supervisar la apertura de la *boutique*. Su presencia en la isla no significa nada.

—Quizá no..., en apariencia. Pero tú fuiste quien me dijo que la había estado mirando en el bautizo con ojos ávidos y excitados.

—¡Y era cierto!

—Pues Rodney Robinson, mi viejo camarada de Eton, estuvo en las Barbados al mismo tiempo que Paula. Se alojó en el «Hotel Sandy Lane» y me dijo que la vio comiendo allí, en compañía de un hombre...

—Puede que no fuese Shane —dijo Sarah rápidamente.

Apenas podía soportar el pensamiento de que su prima estuviese con él. Le hacía sentirse enferma.

—*Era* Shane —aseguró Jonathan con firmeza—. A Rodney le resultó familiar su cara. Cuando se marcharon, habló con el encargado y le preguntó si sabía el nombre del señor que acompañaba a aquella mujer, morena y elegante. El encargado le dijo que era un tal Mr. O'Neill, el propietario del «Hotel Coral Cove».

—No hay nada de extraño en que almuercen juntos. Siempre han sido buenos amigos —protestó Sarah, intentando expulsar el dolor de su corazón.

—Estoy de acuerdo, encanto. Excepto por una cosa. Rod me dijo que parecían muy contentos; íntimos, fue su palabra. De hecho, dijo que Shane prácticamente estaba haciéndoselo con ella en la mesa.

—Por... por... por favor —repuso Sarah, tartamudeando—, tú... tú... mira, cuando te pones de esa manera no te aguanto.

—Lo siento, encanto.

Le volvió a dar unos golpecitos en la mano. Su regocijo aumentó.

—Estaban que se les caía la baba y actuando de una forma asquerosa. Al menos eso dijo Rodney. Desde luego, nuestra reina de hielo no es tan fría ni tan santita como aparenta. ¡Pobre Jim!

Sarah se atragantó. Se sentía desbordada por los celos y apenas si podía respirar.

Jonathan, consciente de lo que Sarah sentía por Shane O'Neill, continuó despiadadamente.

—Sí, me parece que *hay algo podrido en el reino de Dinamarca* (1), por citar al viejo Will Shakespeare. Quizás el *adulterio* está sacudiendo la Casa de los Fairley.

Soltó una cínica carcajada.

—No pueden estar liados —gimió Sarah—. Paula no se atrevería. Tendría miedo de que la abuela lo descubriese. Además, está enamorada de Jim.

—Cien contra uno a que te equivocas de medio a medio, Sarah, guapa.

—Creo que deberíamos dejar de hablar de esto. No me encuentro bien. La verdad es que estoy un poco mareada.

—Espero que te pongas bien —murmuró Jonathan en voz baja, simulando preocuparse—. Sabía que no te lo tenía que haber dicho. Pero siempre me has manejado a tu antojo. Menos mal que nos tenemos el uno al otro, Sarah. Pelearemos contra nuestros primos hasta el final. Los venceremos, ya lo verás. Sebastian y yo ya tenemos la empresa marchando sobre ruedas. Vas a ganar millones con nosotros y serás tan rica y poderosa como la maldita Paula Fairley.

Sarah no respondió. Estaba ahogándose e intentando reprimir las lágrimas. Amaba tanto a Shane que le hacía mucho daño oír esas cosas sobre él y Paula. No dudaba de Jonathan.

—Anímate, encanto. Y recuerda una cosa: Shane nunca se casará con una mujer divorciada; él es católico. Y, si

(1) De la obra de William Shakespeare, *Hamlet*. (N. del T.)

tiene algo con Paula, se cansará de ella muy pronto. Es un verdadero estú... —Jonathan carraspeó y se corrigió de inmediato—, es un mujeriego. Y todavía va de picos pardos. De ahí su asunto de Paula. Por eso no durará mucho con ella. Shane se calmará pronto y, *voilà!*, tú estarás esperándole. También serás rica cuando lo lleves ante el altar. A propósito, quería decirte que últimamente estás preciosa, Sarah. Has adelgazado mucho. Shane no podrá resistirse. No te preocupes, voy a ayudarte. Me voy a asegurar de que tengas al hombre que amas.

—Oh, Jonny, eres muy bueno conmigo siempre —dijo Sarah alegrándose en seguida—. Todo lo que dices es cierto, sé que lo es. Shane acabará siendo mío. Y me alegro de que nuestra inmobiliaria vaya bien.

Lo miró en la débil luz del interior del coche.

—¿De verdad que voy a ser tan rica como Paula?

—Claro que sí, te lo garantizo. A propósito, después de Navidad, Sebastian y yo queremos que asistas a la primera reunión del consejo de administración. Te enseñaremos los libros, te informaremos de los negocios que hemos hecho y de los que estamos pendientes. Quizá tengas que invertir un poco más de dinero, pero merecerá la pena. Piensa en la dote que le ofrecerás a Shane. Me doy cuenta de que parezco un poco anticuado pero, en este caso, no debemos ser tan tontos como para olvidarnos del dinero. Shane O'Neill es condenadamente ambicioso, no miraría dos veces a una mujer pobre. Así que me voy a asegurar de que tengas lo suficiente, Sarah.

—¿Qué haría sin ti? —suspiró ella, pensando feliz en su prometedor futuro—. Me siento muchísimo mejor ahora.

Soltó una risita.

—Debe de ser el pensamiento de que me voy a burlar de Paula en un futuro no muy lejano, quitándole a Shane delante de sus narices.

—¡Así se habla, Sarah! ¿Qué día quieres que concierte una cita con Sebastian Cross?

—El que tú quieras. Y, por supuesto, invertiré más dinero. Confío en ti, Jonny. Siempre has estado de mi parte y has sido mi mejor amigo.

—Y tú, de la mía, guapa.

A los pocos minutos, Jonathan daba la vuelta a la verja para entrar en «Pennistone Royal». Al aparcar, se fijó en la larga fila de coches y comprendió que, probablemente, eran los últimos en llegar. Riéndose para sí de la credulidad de Sarah pudo, sin embargo, mantener la cara impasible mientras la ayudaba a que saliese del coche y sacaba los regalos para su abuela del portaequipajes.

Henchido de orgullo por la habilidad con que manejaba a su prima, la cogió del hombro, dibujó en su cara una apropiada sonrisa de despreocupación y la acompañó al interior.

Joe, el mayordomo, abrió la puerta y les deseó una feliz Navidad mientras les cogía los abrigos. Ellos le devolvieron el saludo. Jonathan movió de un lado para otro sus fríos, y siempre atentos ojos, mientras bajaba con Sarah los escalones del Vestíbulo de Piedra. La fiesta estaba en pleno apogeo. Todos se hallaban presentes. La música navideña y el murmullo de las voces, salpicado con estallidos de alegres carcajadas, flotaban en el ambiente. El fuego rugía en la chimenea, las luces brillaban en el enorme árbol y los rostros familiares se volvieron a saludarles con alegres sonrisas.

Jonathan también sonrió y asintió, pero no se detuvo. Acompañado de Sarah, cruzó el vestíbulo con paso decidido. Vio a Paula sentada en un brazo del sillón de Blackie, su rostro era cariñoso y hablaba animadamente con el viejo. «Aunque exageré la versión de Rod para incitar a Sarah, sé que no ando muy descaminado —se dijo Jonathan—. Apuesto a que Shane O'Neill la lleva siempre a donde quiere. A su cama. ¡Bien por el viejo Rod! Le debo una.»

Entonces, Jonathan vio a Jim que, atrapado en la silla de ruedas, hablaba con Anthony. Intercambiaron una mirada inescrutable. «La sangre de los Fairley», pensó. Sintió que una risa sardónica pugnaba por salir al exterior, ahogándole casi. Tragó saliva, se aseguró de que su sonrisa afectuosa siguiese intacta. «Tan pronto como Jim se quede solo, iré a charlar con él sobre su espabilada mujer y sembraré algunas semillas de duda en su cabeza. Entretanto, será mejor que encuentre al viejo dragón y me arrodille a sus pies.»

A pesar de que Jonathan le predijo a Sarah lo contrario, aquella noche no ocurrió ningún drama en «Pennistone Royal».

La tradicional cena de Nochebuena en casa de Emma transcurrió sin contratiempos. En cualquier caso, el comentario de Emily diciendo que Edwina casi se moriría de la impresión al ver el collar de diamantes no fue exagerado.

Después de haber sido servida la cena y antes de que empezasen a cantar villancicos, Emma distribuyó sus generosas pruebas de afecto entre sus familiares y amigos. Los regalos les encantaron y emocionaron cuando comprendieron el tiempo que le habría llevado elegir algo muy especial para cada uno de ellos. Hasta los insatisfechos quedaron contentos: Jonathan con sus gemelos de oro y jade y Sarah con el collar de perlas y jade que había recibido.

Pero Edwina fue la más sorprendida de todos. Se quedó sin habla mientras miraba, asombrada y maravillada, el collar de los Fairley. Emma se fijó en ella y pensó que su hija se iba a desplomar de un ataque al corazón. En lugar de eso, empezó a llorar.

Cuando se recuperó, Edwina se dio cuenta de que la joya de los Fairley que había recibido era un gesto del amor desinteresado de una madre hacia su hija y se alegró de haber realizado el movimiento inicial de acercamiento hacia su madre. Permaneció al lado de Emma durante toda la noche.

El ambiente feliz se prolongó hasta media noche. Únicamente Paula se sentía fuera de lugar cuando pensaba en Shane. Atendió solícita a Jim en sus necesidades y charló con todo el mundo, pero constantemente buscaba a los O'Neill, necesitaba sentirse rodeada por la familia de Shane. De alguna manera, le hacían sentirse más cerca de él.

«El año que viene —pensaba constantemente—. El año que viene. Estaremos juntos el año que viene.»

CAPÍTULO XXXIX

Era una noche lluviosa de mediados de enero.

Jim Fairley estaba sentado en el salón decorado con tonos melocotón. Bebía vodka mientras contemplaba su cuadro favorito, el Sisley que tanto apreciaba y ansiaba poseer. Se hallaba tan enfrascado en su contemplación que no se dio cuenta de que Emma había aparecido en la puerta del salón.

Se quedó allí observándole con detenimiento.

Su preocupación por Jim iba en aumento y, en ese momento, no pudo dejar de pensar que estaba contemplando la lenta pero implacable destrucción de un hombre. Había cambiado tanto durante su ausencia y en las últimas seis semanas, que apenas se podía reconocer en él al atractivo y joven editor al cual un día contrató. A pesar de sus intentos de hablar con él, parecía como si sus palabras estuviesen dirigidas a otra persona, como si no le afectaran. Seguía deslizándose por la cuesta abajo.

Siempre estaba bebiendo. Desde que Emma le reprendió por ello, pocos días después de Navidad, había tratado de disimular sus borracheras. A pesar de todo, ella sabía que consumía grandes cantidades de alcohol... día y noche.

Pensó en la familia de Jim. Todos y cada uno de los Fairley habían sido bebedores. Adele, la bisabuela de Jim, se cayó por la escalera de «Fairley Hall» estando borracha y se rompió el cuello. Los trozos de cristal de un vaso de vino aparecieron junto a su cuerpo cuando Annie, la sirvienta, se la encontró muerta aquella horrible mañana.

Emma frunció el ceño. Se preguntó si el alcoholismo sería congénito. Jim no era un alcohólico todavía, pero ella estaba convencida de que llevaba camino de serlo. Y a eso había que añadirle los sedantes. En realidad, no la había convencido de que hubiese dejado de tomarlos. Y no se podía ni imaginar cómo los conseguía. Siguió estudiando su perfil y pensó en lo apuesto que era a pesar de los estragos que estaba causando la bebida en él, además de las pastillas y el dolor físico; se acordó de una frase que Blackie había usado recientemente. Se encontraban en los establos de «Allington Hall», contemplando los caballos de carreras. «Es de buena raza, pero no tiene resistencia», dijo Blackie refiriéndose a uno de los sementales. «Una analogía muy apropiada», musitó Emma. Aunque era reacia a acusar a Jim, veía claramente que era débil, falto de fortaleza de carácter. Pero, ¿no lo había sospechado siempre?

Emma se aclaró la garganta.

—Buenas noches, Jim —dijo con voz alegre.

Entró en la sala con aire decidido.

Lo había sorprendido, ya que volvió la cabeza con brusquedad. Sonrió débilmente.

—Me preguntaba dónde estarías —exclamó él, fingiendo una jovialidad que no sentía.

—No te he esperado, mas espero que no te importe.

Miró el vaso que tenía en la mano.

—Es el primero de hoy, Emma.

«Qué gran mentira», pensó.

—Me entretuve en el teléfono —dijo—, pero me voy a tomar una copa contigo antes de cenar.

Emma se sirvió una copa de vino blanco.

—Estuve hablando con Daisy —prosiguió ella—. Llamó desde Chamonix. Sienten mucho que no puedas estar allí. David te echa de menos cuando sale a esquiar.

Cogió la copa y se sentó junto a la chimenea.

—Daisy no es muy buena esquiadora, como sabes, y David se encuentra un poco solo sin ti, sin su buen compañero. Bueno, no importa, podrás ir con ellos el año que viene.

—Espero sinceramente que así sea.

Movió su hombro un poco y esbozó una sonrisita.

—Es un alivio tenerlo en cabestrillo, te lo aseguro, y el doctor Hedley me va a quitar mañana la escayola de la pierna.

Emma ya lo sabía, pero simuló su sorpresa, pues no quería que se enterase de que ella le preguntaba al médico de la familia sobre su accidente.

—Es una noticia *estupenda*. Debes empezar con la terapia inmediatamente, esos músculos tienen que ponerse en forma de nuevo.

—No conseguirás detenerme.

Le dirigió una mirada larga y calculadora.

—¿Te ha llamado Paula hoy desde Nueva York?

Emma parpadeó.

—No, no lo ha hecho, pero tampoco lo esperaba. Estoy segura de que, cuando te llamó anoche, te comentó que hoy se marchaba a Texas. Por asuntos de la «Sitex», ya sabes.

—Oh, es verdad. Lo había olvidado.

Emma se preguntó si habría sido así en realidad, pero lo dejó pasar.

—Emily me acaba de decir que Winston vendrá a cenar. Te vendrá bien, Jim..., un poco de compañía masculina te alegrará. Debe ser muy aburrido... estar rodeado siempre de mujeres.

—Sois muy atentas —dijo riendo—. Me gustará ver a Winston y oír lo que está sucediendo por ahí fuera, en el mundo. Me siento aislado y estoy harto de esta inactividad. Espero que pueda volver al periódico dentro de un par de semanas. ¿Qué opinas?

A Emma se le ocurrió que sería una buena medida.

—Me parece estupendo —dijo en seguida—. El trabajo me ha parecido una cura maravillosa siempre cuando uno está afligido.

Jim se aclaró la garganta.

—Hablando de periódicos, Emma, hay algo que te quería preguntar desde hace mucho tiempo.

—¿De qué se trata, Jim?

Vaciló un instante y, luego, dijo en voz baja:

—Cuando regresé de Canadá, en setiembre, Paula y yo tuvimos una discusión sobre Sam Fellowes y las órdenes que ella le había dado durante mi ausencia; ya sabes, que suprimiese las historias concernientes a la muerte de Min.

—Sí, mencionó algo de eso; pero me habló de su decisión, no de la pelea.

Emma le dirigió una mirada interrogadora.

—Paula me dijo que tiene poderes notariales tuyos y de Winston para actuar en vuestro nombre cuando sea necesario.

—Eso es cierto.

—No pude dejar de preguntarme por qué no me habías dado esos poderes a mí.

Emma se puso rígida y permaneció en silencio durante unos segundos.

—Jim —repuso despacio—, cuando dimitiste de tu cargo de director gerente de «Yorkshire Consolidated Newspaper Company», perdiste tu derecho a tener alguna influencia en la empresa, excepto la que se deriva de tu puesto de redactor jefe, por supuesto. Como dijiste que no estabas interesado en el aspecto administrativo del periódico, me pareció obvio que esos poderes debía detentarlos alguien que estuviese capacitado, dispuesto y preparado para actuar y hacerse cargo de cualquier situación; me refiero a que tomase el control *administrativo*.

—Ya veo.

Observándole con detenimiento, vio que su rostro se tensaba por el enfado y sus ojos se nublaron con el resentimiento.

—Dimitiste por tu propia voluntad, Jim —recalcó ella en el mismo tono cortés de voz.

—Lo sé.

Bebió un largo trago de vodka, dejó el vaso en la mesa y se quedó mirando el fuego. Finalmente, volvió los ojos hacia ella.

—Paula también es la fideicomisaria de las acciones que mis hijos tienen en la empresa, ¿verdad?

—Sí.

—¿Por qué, abuela? ¿Por qué no me nombraste a mí? Después de todo, yo soy su padre.

—No es tan simple como parece, Jim. Las acciones que les dejo a Lorne y a Tessa forman parte de un fideicomiso más amplio, en el que hay muchas otras acciones de mis diferentes empresas. Me parece evidente que tan importante fideicomiso debe ser controlado por una sola persona. Sería ridículo montar varios fideicomisos distintos y que cada uno de ellos fuese controlado por personas diferentes. Demasiado complicado.

Él asintió sin hacer comentarios.

Emma le dirigió una mirada perspicaz y descubrió que no sólo se había molestado, sino que se había puesto furioso, aunque estuviera haciendo lo imposible para ocultarle sus emociones a ella. Aunque sabía que no tenía ninguna obligación de explicar su proceder a nadie quiso, sin embargo, hacer que se sintiera mejor consigo mismo.

—Mi decisión de nombrar a Paula no ha sido un menosprecio hacia ti, a tu inteligencia. Si se hubiese casado con otro hombre, ella y sólo ella hubiese sido la fideicomisaria de las acciones de sus hijos.

—Comprendo —murmuró, aunque, en realidad, no era cierto.

Pensó que había sido pasado por alto. Pero, entonces, el único culpable era él. Comprendió de pronto que nunca tendría que haber dimitido de su cargo de director gerente de la empresa periodística.

Emma ignoró su malhumorada expresión y su colérico silencio.

—Si Emily y Winston tienen hijos antes de que yo muera y crease un fideicomiso para ellos, algo que, por supuesto, *haría*, Winston estaría en tu mismo caso. Y también el marido de Sarah, si es que se casa con alguien mientras yo viva. No te estoy dando un trato especial.

—Lo entiendo, de verdad, Emma. Gracias por explicarme las cosas. Aprecio...

Hubo una llamada en la puerta y Hilda entró.

—Disculpe, Mrs. Harte, pero Mr. O'Neill está al teléfono. Dice que puede usted llamarle luego si ahora se encuentra ocupada. Está en casa de Mr. Bryan, en Wetherby.

—Gracias, Hilda, lo cogeré.

Se levantó y sonrió a Jim.

—Perdona, querido, será un momento.

Él asintió y, en cuanto estuvo solo, hizo rodar la silla hasta el mueble de estilo regencia, se llenó el vaso de vodka y le puso hielo. Después de cogerlo con la mano izquierda, que le colgaba del cabestrillo, manejó la silla de ruedas con la derecha hasta que llegó junto a la chimenea.

Se bebió rápidamente la mitad de la vodka para que Emma no se diera cuenta de que había vuelto a llenar el vaso y reflexionó sobre sus palabras. Entonces, lo vio todo con claridad. Emma iba poniendo sus poderes en manos de sus nietos. Se estaba asegurando de que permanecieran en la familia. Y de una forma muy estricta. Él había pensado que pertenecía a la familia. Pero, después de todo, sólo era un intruso.

Suspiró y puso los ojos en el Sisley. El cuadro ejercía un poder hipnótico sobre él. Una vez más, como sucedía siempre que lo miraba, anheló que fuese suyo. Le hubiese gustado saber lo que le atraía tanto de la pintura. Había otros Sisley en la habitación, y algunos Monet. Todo aquello valía millones.

Repentinamente, con una punzada de agudo horror, Jim comprendió el porqué. El cuadro representaba el poder y la riqueza para él. Por eso lo codiciaba, ése era el *verdadero* motivo. Que el Sisley fuese una impresionante, magnífica e inspirada obra de arte que le atraía más que los otros, no tenía nada que ver. La mano le tembló y dejó el vaso en la mesa, cerró los ojos y apartó el cuadro de su mente.

«Quiero el dinero, el poder, que me lo devuelvan todo..., todo lo que mi bisabuelo y mi tío-abuelo perdieron o despilfarraron a tontas y a locas, lo que Emma le quitó a los Fairley.»

Instantáneamente, Jim se quedó sorprendido de sí mismo y de su pensamiento.

«He bebido demasiado. Estoy empezando a ponerme sensiblero. No, no he tomado mucha vodka hoy. Voy teniendo bastante cuidado.»

El temblor empezó a apoderarse de todo su cuerpo, abrió los ojos y se agarró a los brazos de la silla para controlarse. La imagen de Paula apareció en sus pensamientos. Se había casado con ella porque la amaba locamente. Sí. Sabía que había sido así. *No*. Existía otra razón. La había querido porque era la nieta de Emma Hart. Otra equivocación. Era la principal heredera de la enorme fortuna de Emma.

Durante una instante, James Arthur Fairley se observó a sí mismo como era en realidad. Fue su última iluminación. Y no le gustó lo que vio en aquel intenso resplandor de claridad, *la verdad*. Amaba a su esposa, pero codiciaba su dinero y su poder. Gimió en voz alta y sus ojos se llenaron de lágrimas. Esta inesperada revelación le resultaba insoportable. No era el hombre que había creído ser durante toda su vida. Su abuelo le había educado para que fuese un caballero, fijándose los ideales más altos de la vida, y no se preocupase del dinero ni de la posición social. Edwin Fairley le había lavado el cerebro. Aunque, en secreto, él había anhelado la riqueza, el poder y la gloria. Existía una dicotomía en su personalidad. Ésta era la verdadera causa de su lucha interna. «He estado rehuyéndome durante años —pensó—. He vivido engañándome.»

Se lamentó otra vez y se pasó la mano por el cabello. «Amo a Paula por su forma de ser.»

Empezó a sentir el dolor punzante de su hombro con tanta intensidad que hizo una mueca de aflicción. Era el tiempo lluvioso. Su hombro le servía de barómetro. Rebuscó en sus bolsillos hasta encontrar una pastilla que se tragó con la vodka.

—Blackie se siente muy nervioso —dijo Emma desde la puerta y, luego, entró riéndose alegremente—. Está haciendo un montón de planes para el «Grand National». Nos va a llevar a todos a Aintree para que veamos la carrera. Es el primer domingo de abril.

Emma se sentó y bebió un poco de vino.

—Así que podrás venir con nosotros. Para entonces estarás en plena forma.

CAPÍTULO XL

—¿Qué vamos a hacer, Shane?

Paula le observó con expresión preocupada.

—Daremos este paso de una vez y soportaremos cada

día lo mejor que podamos —dijo con seguridad.

Esbozó una de sus sonrisas confiadas.

—Lo conseguiremos —acabó.

Estaban sentados en la oficina de Paula, en los grandes almacenes de Leeds. Era una tarde de mediados de abril de 1970. Shane acababa de regresar de un rápido viaje a España, donde había estado supervisando la reforma que se estaba llevando a cabo en el hotel de Marbella.

Se sentó más cerca de ella en el sofá, la rodeó con el brazo y estrechó sus hombros suavemente.

—Trata de no preocuparte tanto, querida.

—No puedo evitarlo —dijo Paula—. La situación no ha mejorado..., sólo ha empeorado. Se está prolongando de una manera que parece interminable. Estoy empezando a pensar que nunca me veré libre de mis problemas.

—Sí, se solucionarán.

Se separó de ella, le cogió la cara y la miró a los ojos.

—Ambos tenemos innumerables obligaciones laborales y grandes responsabilidades. Nos concentraremos en ellas y nos mantendremos ocupados sabiendo que, al final, podremos estar juntos. Y cuando eso ocurra, será para siempre. Piensa en el futuro, Paula, mantén la ilusión puesta en él.

—Lo intento, lo intento, Shane, pero... —su voz tembló y se apagó.

Tenía los ojos húmedos.

—Venga, amor, venga —le dijo—, nada de lágrimas. Tenemos que seguir adelante y no desfallecer. No me cansaré de repetírtelo: el tiempo está de nuestra parte. Somos jóvenes y, al final, venceremos.

—Sí —admitió ella.

Se limpió los ojos con los dedos e intentó que su rostro reflejase una expresión más alegre.

—Es sólo que... ¡Oh, Shane! ¡Te echo tanto de menos!

—Lo sé, lo sé. Yo también te echo de menos. Es un infierno vivir alejado de ti. Pero, escucha, tendré que ir a Nueva York la semana próxima, y quedarme después dos meses en Sidney, incluso si se arreglara nuestra situación. No hay forma de que yo pueda cambiar esas circunstancias. Después de todo, no nos ha ido tan mal, ¿verdad? Estuvimos juntos en Nueva York parte de enero y nos las hemos ingeniado para volver a estarlo algunas veces durante las últimas semanas. Así que...

—No puedo dejar de pensar en que esta situación es

muy injusta para ti. Por mi culpa estás pendiente de...

Él interrumpió sus palabras con una carcajada.

—Te amo a ti y sólo a ti. Te esperaré, Paula.

La abrazó con fuerza.

—¿Qué clase de hombre crees que soy, tonta, muchacha tonta? No es culpa tuya. Es algo que escapa a tu control. Las circunstancias de la vida se interponen entre nosotros. No lo podemos evitar. Pero vamos a luchar contra ellas hasta el final.

—Lo siento, Shane. No hago más que lamentarme hoy, ¿verdad? Quizá sea porque te irás dentro de pocos días. ¡Me siento tan desesperadamente sola cuando no estás en Inglaterra!

—Pero eso no es cierto, Paula. Me tienes a mí, tienes mi amor y mi apoyo... *siempre*. Te llevo en mi corazón, dondequiera que vaya, y nunca te alejas de mi pensamiento, ni un solo momento. Hablamos por teléfono casi todos los días y, si me necesitaras con urgencia, acudiría en seguida. Sabes que tomaría el primer avión, ya sea desde Australia o desde los Estados Unidos.

La miró con fijeza y, de pronto, sus ojos adquirieron un brillo burlón.

—Lo sabes, ¿verdad?

—Sí, sí, por supuesto que sí.

—¿Recuerdas lo que te dije en las Barbados?

—Sí, que debo confiar en tu amor por mí.

—Exacto. *Y confiarme el tuyo*. Bueno, ¿cambiarás de opinión y vendrás a cenar esta noche a «Beck House»? Te hará bien, y Emily se quedó muy decepcionada cuando declinaste su invitación.

—Sí, después de todo, quizá vaya.

Paula frunció el ceño.

—¿Crees que ella y Winston sospechan algo de nosotros?

—*De ningún modo*. Piensan que volvemos a ser amigos y eso es todo.

Paula no estaba muy convencida de que tuviese razón. De todos modos, no quería inquietarle con ideas preocupantes.

—No podré llegar antes de las ocho. Quiero ir a casa a ver a Tessa y a Lorne y luego tengo que ir a la clínica a visitar a Jim.

—Entiendo.

—¿De verdad, Shane?

—Claro, no esperaría menos de ti, Paula. Eres una mujer demasiado buena y compasiva como para darle la espalda a Jim en un momento como éste. Dijiste en el almuerzo que se encontraba un poco mejor. ¿Cuál es el pronóstico?

—El médico me dijo ayer que podría salir de la clínica dentro de algunas semanas, si sigue mejorando de la forma en que lo está haciendo. No está tan deprimido como antes, y está respondiendo bien al tratamiento, y a la ayuda psiquiátrica.

Movió la cabeza con evidente preocupación.

—Pero con una crisis nerviosa nunca se sabe. Me refiero a que algunas personas se recuperan rápidamente y otras tardan meses, y no es raro que se produzcan recaídas.

Vaciló y habló después con una voz tan baja que casi era un murmullo.

—No estoy convencida de que deba hablarle todavía... sobre mi libertad.

—Sí, lo sé, no tienes por qué repetírmelo —dijo Shane con voz cariñosa y rápida—. Quedamos en que, antes de decirle a Jim que quieres el divorcio, debemos esperar a que se haya recuperado y sea capaz de afrontarlo. No me arrepiento de nuestra decisión. ¿Qué otra cosa *podemos* hacer? Me gustaría poder mirarme a la cara en el futuro, y sé que a ti también.

—Sí. ¡Oh, Shane! Gracias, muchas gracias por tu comprensión y, sobre todo, por tu amor. No sé qué haría sin ti.

La estrechó entre sus brazos y la besó. Se quedaron abrazados unos minutos. Finalmente, la soltó.

—Debo regresar a la oficina. Tengo concertadas un par de citas y, mientras papá asiste en Londres al Congreso Hotelero Internacional, estoy muy ocupado. Después quiero pasarme a ver al abuelo de camino a «Beck House».

Se levantaron y Paula lo acompañó hasta la puerta.

—Dale recuerdos a tío Blackie —dijo, mirándole al tiempo que lucía una sonrisa resplandeciente—. Me siento mucho mejor..., después de verte.

Shane le acarició el rostro.

—Todo se arreglará, cariño, nos sentiremos mejor mientras no perdamos la calma y mantengamos una actitud positiva. No debemos dejar que nada nos desconcierte o nos aparte de nuestro camino.

Unas horas más tarde, cuando Shane abrió la puerta de la biblioteca de la casa de su abuelo, Blackie estaba de pie junto a una antigua cómoda. Tenía una bayeta amarilla en las manos y estaba frotando con esmero el trofeo de plata que era su felicidad y su orgullo.

Shane sonrió. Si su abuelo limpiaba el trofeo una vez al día, él lo hacía por lo menos media docena de veces. De todos los objetos que Blackie poseía, aquél se había convertido en el tesoro más valioso y preciado para él. A primeros de abril, *Emerald Bow*, la yegua de ocho años de Blackie, había corrido en el hipódromo de Aintree y había ganado el «Grand National». La victoria en la carrera más importante del mundo había sido la consecución del sueño de Blackie de toda su vida. «Es curioso que, de todos los caballos que tiene, haya sido la yegua que le regaló Emma la que ha conseguido el trofeo que más codiciaba —pensó—. Ha sido como una profecía.»

Avanzando, Shane dijo:

—Hola, abuelo —saludó Shane entrando—, siento llegar tarde.

Blackie se volvió y su cara se iluminó con la alegría de ver a su apuesto y fornido nieto.

—¡Shane, hijo mío! —exclamó, atravesando la habitación con pasos lentos.

Se abrazaron. Pero al estrechar a su abuelo en un abrazo de oso, Shane se sorprendió al darse cuenta de que Blackie había perdido peso desde la última vez que lo vio. «¡Dios mío! Puedo notar sus huesos a través del traje. Se ha vuelto tan frágil...», pensó Shane con una mezcla de preocupación y tristeza. Se separaron y Shane lo miró con fijeza. Esta pérdida de peso se evidenciaba en sus mejillas hundidas, su delgado cuello. Alrededor del cual la camisa quedaba demasiado holgada, y su piel de una palidez poco común. Sus ojos de color de ébano se veían nublados y parecían cubiertos por un velo blanquecino.

—¿Te sientes bien, abuelo? —preguntó Shane mirándole con atención.

—Nunca he estado mejor.

—Me alegro —respondió su nieto.

Pero recordó que su abuelo solía decir eso siempre. Como no quería presionarle preguntándole sobre su salud, Shane miró la bayeta que Blackie tenía en la mano.

—Como no tengas cuidado, vas a acabar haciéndole un agujero de tanto frotar y, entonces, ¿qué será de ti?

Blackie dio un resoplido de alegría y siguió la mirada de Shane, que estaba puesta en el trofeo. Se dirigió a la cómoda donde éste se encontraba, con los mismos pasos lentos de antes. Dejó la bayeta y puso la mano sobre el símbolo del gran triunfo de *Emerald Bow*.

—No me atrevería a afirmar que el momento en que gané esto fue el más importante de mi vida pero, desde luego, sí que fue el más emocionante.

Blackie asintió con un movimiento de cabeza.

—Sí que lo fue.

Shane sonrió mirando a su abuelo desde el otro lado de la habitación.

—También lo ha sido de la mía —afirmó.

—¡Ay, chaval!, pero tú vas a conseguir más triunfos en la vida que los que yo pude imaginar. Está escrito, seguro que lo está.

Blackie se acercó a un pequeño mueble, cogió una botella y sirvió dos vasos de whisky.

—Bebamos un poco de mi viejo whisky irlandés por la exactitud de mi predicción.

Shane se le acercó, cogió el vaso y brindó con él.

—Por futuros triunfos..., por nosotros, abuelo.

—Sí, muy bien. Y por *Emerald Bow* y el «Grand National» del año que viene. Nunca se sabe, puede que gane otra vez.

Blackie le dirigió una mirada conspiradora, se acercó a la chimenea y se sentó en su sillón con orejeras favorito.

Shane lo siguió, sorprendido una vez más por los pasos lentos de su abuelo, que casi arrastraba los pies, y por su fragilidad. Su preocupación aumentó, pero trató de ocultarla. Quizá sólo fuese que su abuelo se hallaba cansado esa noche. Además, la excitación del «Gran National», de haberlo ganado, y de la fiesta con la que celebraron la victoria, podían haber hecho mella en él. Después de todo, era un anciano, muy viejo ya. Tenía ochenta y cuatro años.

Blackie murmuró para sí durante unos segundos, mirando las llamas con ojos absortos, luego le dijo a Shane:

—Creo que no olvidaré nunca la llegada.

Se inclinó hacia delante con un impulso de energía y excitación, apretando el vaso entre las manos y comenzó a rememorar la carrera mientras sus ojos brillaban resplandecientes.

—¡Allí estaban, Shane! —exclamó excitado—. ¡Saltando el último obstáculo! ¡*Emerald Bow* con otros dos caballos grandes! *Casi parejos los tres*. El pequeño cabrón de Steve Larner iba como si se lo llevara el diablo. De pie en los estribos, empujándola hacia delante, con una expresión feroz en el rostro. Yo tenía el corazón en la boca, sí que lo tenía, Shane. Creí que la yegua no lo conseguiría. Pensé que alguno de los otros dos la ganaría por un pelo. Cuando *Highland Boy* se adelantó, saltó el primero, golpeó el obstáculo y rodó por los suelos quedando fuera de carrera, no podía creer lo que mis ojos estaban viendo. Y, luego, a *King's Gold* le pasa lo mismo, sale catapultado por el aire y cae sobre su espalda patas arriba. Me di cuenta de que había comenzado el salto desde demasiado cerca del obstáculo. Mis cansados ojos estaban clavados en *Emerald Bow*. Y, una fracción de segundo después de que los otros dos se cayeran, allí estaba mi valiente yegua, saltando el obstáculo como una gacela y llegando a la meta con más de doscientos metros de ventaja. Sí, Shane, fue la llegada más espectacular que he visto nunca, y he asistido a un buen montón de carreras de caballos en mi vida.

Blackie había enrojecido y se recostó en el sillón. Se había quedado sin aliento, pero se recuperó en unos momentos.

—Estuve allí, abuelo. Recuerda que lo vi todo.

Blackie le guiñó un ojo.

—Claro que lo viste, pero no puedo dejar de recordarlo cuando estoy contigo. Hace que me sienta correr la sangre por mis venas otra vez, ya sabes que tu padre, en realidad, no entiende cómo me siento. Eres tú, Shane, quien ha heredado mi pasión por los caballos. Tienes tan buen ojo como yo cuando se trata de elogiar los sementales.

Blackie hizo una pausa y sus ojos bailaron alegremente al ocurrírsele otra cosa.

—¡Pobre Emma! ¡Cómo sufrió aquel día! Se preocupaba porque me estaba excitando demasiado y pensaba en mi desilusión si *Emerald Bow* perdía. La abracé tan fuerte cuando acabó la carrera que estuvo dolorida durante varios días, al menos eso es lo que dice, porque casi le había roto sus huesos viejos y frágiles. Aunque, a pesar de eso, disfrutó, no te quepa la menor duda. Y se excitó tanto como yo. Aunque a mí todavía me dura, todo hay que decirlo.

—¿Y por qué no, abuelo? Has obtenido una maravillosa victoria, y te la tenías muy merecida.

Blackie se echó hacia atrás y bebió un poco de whisky.

Mientras pensaba, su rostro adquirió una expresión algo grave.

—Randolph siempre había tenido razón sobre *Emerald Bow*, ¿sabes?, desde el día que Emma me lo regaló. Nunca dejó de decirme que tenía el vigor suficiente para ganar el «National». Es una dura competición y una carnicería, si piensas que hay treinta obstáculos y que tienen que saltar dos veces el obstáculo de Becher. Muchos caballos salen malparados y los que consiguen terminar acaban exhaustos. Cuando llegan a la recta final ya van rendidos.

—El «National» es también una endiablada carrera muy *rápida* —opinó Shane—. Todo sucede en diez minutos.

—Vaya, sí que lo es, sí.

Blackie miró a Shane. Tenía una expresión de alegría y satisfacción.

—Me han dicho que la fiesta que ofrecí en el hotel «Adelphi» después de la carrera fue una de las mejores que he dado nunca. Di el gran golpe, ¿verdad?

—¡Extraordinaria! Lo mismo que la bienvenida que nos dieron en Middleham el domingo a mediodía. La pancarta de felicitación que cruzaba la calle de un extremo a otro, los jóvenes saliendo de los bares cuando tú y Randolph paseasteis a la yegua por todo el pueblo y la comida en «Allington Hall»… todo ello memorable, abuelo. Estaba muy contento y orgulloso de ti. No me lo hubiese perdido por nada del mundo.

—Sé que no lo hubieses hecho pero, con todo, debo admitir que me preocupé cuando te surgió más trabajo de la cuenta en Sidney, a primeros de marzo. Tuve el alma pendiente de un hilo, de verdad. Creí que no conseguirías acabarlo a tiempo, y eso hubiese sido un duro golpe para mí, hijo mío.

Blackie suspiró y una sonrisa de satisfacción afloró en su rostro.

—Cuando miro hacia atrás, pienso que han sido doce meses maravillosos. Primero, el viaje con mi querida Emma y, luego, esto…

Se calló y miró el trofeo con la sonrisa en los labios.

—Imagínate, yo, el vencedor de la carrera de obstáculos más importante del mundo.

—¿Todavía estás hablando del «Grand National»? —preguntó Emma de repente, entrando en la habitación con su habitual paso vivo—. Por lo que veo, no vas a dejar de hacerlo nunca.

Blackie se levantó riendo para saludarla y la besó en la mejilla.

—Bueno, querida, no me estropees la fiesta.

Se apartó un poco y la examinó con detenimiento.

—Tan guapa como siempre, y observo que llevas mi broche de esmeraldas.

Su rostro se iluminó de placer al señalar el broche prendido en el cuello de encaje de seda de su vestido de lana gris.

—Veo que no te lo has quitado desde que ganamos. Bueno, si no es un emblema del «Grand National», no sé qué otra cosa podría ser, querida.

Emma rió, le apretó el brazo y se volvió hacia Shane cuando se acercaba a ellos.

—Hola, tía Emma. El abuelo tiene razón, esta noche estás encantadora —dijo Shane.

Se inclinó y la besó en la mejilla.

—Gracias, Shane. ¿Cómo fue ese viaje a España? Observo que tu bronceado va en aumento.

—Hago lo que puedo —dijo él sonriendo—. El viaje ha sido un éxito.

Blackie volvió al sillón junto a la chimenea y se llevó a Emma con él.

—Shane, sirve algo de beber. ¿Qué te apetece, Emma?

—Un jerez, por favor.

—¿Dónde está Emily? —preguntó Blackie—. Creí que venía a tomar una copa. ¿Se ha quedado aparcando el coche?

—No. Me dejó aquí y se marchó. Tenía que estar temprano en «Beck House». Me ha encargado que te dé un abrazo. Por lo visto, va a invitar a cenar a Shane y a Winston esta noche.

—Oh, me disgusta no verla. Estaba esperando su visita hace tiempo... siento debilidad por la joven Emily. Siempre me hace reír mucho, no hay nadie tan expresiva y franca como Emily... excepto tú, por supuesto.

Blackie cogió un puro y le cortó un extremo.

Emma frunció el ceño.

—¿Te vas a fumar esa cosa? Me prometiste que los ibas a dejar —exclamó con gran energía.

Él se rió con voz hueca y la miró sonriendo.

—¡A mi edad!

Se encogió de hombros.

—No me canso de decírtelo —continuó—. Ya estoy viviendo más de lo que me corresponde. No pienso privarme de mis últimos placeres. *Esto* —dijo pasándose el puro por la nariz— y mi traguito de whisky.

Emma dejó de discutir con él, sabiendo que no serviría de nada, y lanzó un largo suspiro de paciencia.

Shane le llevó la copa de jerez a Emma y se sentó en el sofá. Su abuelo y Emma habían empezado a charlar sobre la boda de Emily, que se celebraría al cabo de dos meses. Se recostó en el respaldo, encendió un cigarrillo y, con la mente puesta en Paula, se dispuso a escuchar. Constantemente se hallaba preocupado por Paula y, aunque su conducta hacia ella era paciente y comprensiva, se impacientaba porque Jim se recuperase pronto de la enfermedad que tenía. ¿Y qué enfermedad tenía Fairley? «Las borracheras y los sedantes», pensó Shane. Estaba convencido de que esa mortífera combinación había contribuido al reciente colapso de Jim, si es que no era directamente lo que se lo había provocado. Emma, Winston y Emily coincidían con él, y Paula le había confesado en enero su creencia de que Jim era un alcohólico.

—Winston me ha dicho que, después de todo, no podrás ser el padrino —dijo Emma, introduciendo a Shane en la conversación—. Estamos decepcionados.

—No más que yo, tía Emma. Pero papá quiere que me vaya a Sidney otra vez cuando haya pasado un par de semanas en Nueva York, y tendré que quedarme allí hasta finales de mayo o primeros de junio. No puedo hacer nada al respecto, alguien tiene que supervisar la construcción del nuevo hotel.

—Sí, eso me ha dicho Winston.

—Michael Kallinski lo será en mi lugar —añadió Shane—, no creo que haya otro hombre que lo pueda hacer mejor.

—Me he enterado de que su padre no se encuentra muy bien —interrumpió Blackie con preocupación—. ¿Has hablado con Ronnie estos últimos días, Emma?

—Sí, ya está haciendo una vida normal. Ha tenido un ataque de neumonía, pero ya está mucho mejor. Ha sido un tiempo muy traicionero el de este mes de abril. Con sol, pero soplando un viento muy frío, ¿verdad? Estos últimos días me siento helada hasta los huesos.

—Eso no es nada nuevo —dijo Blackie, recostándose en el sillón y mirándola con simpatía—. Desde que eras una chiquilla has sido muy friolera. Me acuerdo de cómo temblabas y te quejabas del frío que pasabas en «Fairley Hall».

Los dos se embarcaron pronto en una conversación sobre el pasado, algo que, según había notado Shane, hacían con frecuencia esos días. Los escuchó durante un rato pero, al sonar el reloj de la repisa de la chimenea, vio que eran las seis y media. Tras apagar el cigarrillo y beberse el último trago de su bebida, se levantó.

—Voy a marcharme y os dejaré que os las arregléis solos. No hagas nada que yo no hiciese, abuelo.

—Eso me da un margen bastante amplio —replicó Blackie, haciendo un guiño exagerado.

—Más del que te hace falta —contestó Shane con tono bromista.

Se inclinó sobre el sillón, besó a su abuelo con cariño y le apretó el hombro.

—Tómatelo con calma, vendré a verte mañana.

—Sí, hazlo, por favor, hijo mío. Te estaré esperando, y que te diviertas esta noche.

—Gracias, lo haré, abuelo.

Shane se acercó a Emma. Pensó en lo bonita que estaba a pesar de su avanzada edad.

—Vigila a este viejo guerrero por mí, tía Emma —dijo tras darle un beso—. Sé que es un latoso, pero tú lo tienes calado desde hace años.

La mirada que Emma lanzó a Shane estaba llena de cariño.

—Lo haré.

—¡Bah! —repuso Blackie, pasando los ojos de Emma a Shane—. ¿Te piensas que yo no la tengo calada a ella? ¡Desde siempre!

Las carcajadas de ambos acompañaron a Shane hasta la puerta. Éste, al salir, les miró por encima del hombro y vio que ya se habían enfrascado en su charla otra vez, replegándose en su mundo privado, compartiendo sus recuerdos. Cerró la puerta con suavidad detrás de él.

Blackie miró hacia allá, se inclinó hacia delante y cuando habló lo hizo con un susurro de conspiración.

—Emma, ¿crees que Shane sigue llevando esa vida tan loca y que anda persiguiendo a las mujeres frescas como siempre?

—No, no lo creo —aseguró Emma—. Con tanto como trabaja, pienso que no le quedará tiempo para eso, querido Blackie.

—Todos se están casando y él sigue soltero. Y con veintiocho años —se quejó Blackie con un extraño tono de tristeza—. Me gustaría verle sentar la cabeza antes de morir, pero me da la sensación de que no será así. No tendré la oportunidad de mecer a sus hijos en mis rodillas.

Emma lo reprendió con la mirada y chasqueó sonoramente la lengua.

—¡Claro que la tendrás, tonto! ¿Qué te ocurre esta noche? Tú eres el que siempre está diciendo que va a llegar a cumplir los noventa.

—¡Ay! Eso lo dudo mucho, querida.

Ignorando ese comentario, Emma añadió apresurada:

—Shane sentará la cabeza, pero sólo cuando esté bien preparado.

—Sí, lo supongo.

Blackie movió su blanca cabeza leonina de un lado a otro. Su rostro adoptó una expresión descorazonada.

—Esta generación... no sé, Emma, me sorprende a veces. Me parece que se complican la vida demasiado.

Emma se quedó helada en su silla y, aguzando la vista, lo observó con atención. ¿Generalizaba o se refería a alguien en particular? Estaba segura de que no había descubierto lo que Shane sentía por Paula.

—¿Éramos nosotros diferentes? Nuestra generación tenía las mismas reacciones que ésta, querido Blackie —dijo.

Él guardó silencio.

—Piensa en ello... sabes que tendrías que acabar dándome la razón.

Sonrió y sus verdes ojos se movieron inquietos.

—Porque, ¿quién se ha complicado la vida tanto como yo algunas veces?

Él no tuvo más remedio que reírse.

—Es cierto. Y aquí estoy yo, hablando continuamente de Shane sin haberte preguntado por Paula. ¿Qué tal va?

—Se las arregla, la pobre chica. Sigue estando muy atareada. De todos modos, creo que Jim se está enmendando. Espero, sinceramente, que sea así, por el bien de los dos. Ha estado muy preocupada por él, y yo también.

—Iba a preguntarte por él.

Blackie le dirigió una mirada significativa y se quedó callado un momento antes de hablar.

—¿Cuánto tiempo va a estar en el manicomio?

—En la clínica psiquiátrica —corrigió Emma—. Otro mes o, quizá, seis semanas.

—¡Cuánto tiempo! Dios mío, querida Emma, es una carga terrible para Paula.

Se frotó la mejilla y le dirigió una mirada de preocupación.

—Se pondrá bien, ¿verdad?

—¡Claro! —dijo Emma con voz muy convencida. Pero, a pesar de su respuesta, no pudo dejar de preguntarse si sería cierto. Sus pensamientos se perdieron en la turbulenta historia de la familia de Jim.

—Una familia curiosa, los Fairley —dijo Blackie, como si le hubiera leído los pensamientos.

Volvió a mirarla durante largo tiempo.

—Adele Fairley siempre fue como un alma en pena para mí... vagaba por «Fairley Hall» como si se tratarse de una aparición. Y acuérdate de la forma en que miró. Trágica. Eso me hace pensar que la enfermedad de Jim podría ser...

—Si no te importa, preferiría no hablar sobre eso, querido —dijo con decisión—. Es demasiado deprimente y preocupante para todos.

Echándose hacia delante, Emma lució su sonrisa más persuasiva y cambió de tema.

—Quedamos de acuerdo en que no saldríamos más a divertirnos por el extranjero, pero me pregunto si te gustaría venirte conmigo a mi casa del sur de Francia. Este verano, Blackie, quizá a mediados de junio, después de la boda de Emily y antes de la de Alexander, que es en julio. ¿Qué te parece?

—Es una idea tentadora. Podría dejar que les diese un poco de sol a estos viejos huesos. Yo también me he resentido del frío viento del Norte la semana pasada. Creí que iba a coger la gripe. Te lo digo en serio.

—¿No te encuentras bien?

La rápida e inquieta mirada de Emma desveló su preocupación por él.

—Oh, seguro que sí, querida mía. No empieces a importunarme, Emma, sabes que nunca te lo permitiré.

Su gran boca de rasgos celtas se alzó con una sonrisa cariñosa.

—Afrontémoslo. Ya no somos unos pollitos. Ambos hemos ido envejeciendo, y mucho.

Se rió entre dientes y la miró divertido, con ojos bromistas.

—Dos manojos de huesos viejos, eso es lo que somos, Emma.

—Habla sólo por ti —replicó ella con una expresión tan cariñosa como la suya.

Mrs. Parker, el ama de llaves de Blackie les interrumpió para decirles que la cena estaba servida.

Mientras atravesaban la biblioteca y salían al encantador vestíbulo circular, Emma, al igual que Shane, observó cuán trabajoso era el paso de Blackie. Tuvo que aminorar el suyo para poder andar junto a él, y eso la preocupó.

Durante la cena, se dio cuenta de que sólo pizcaba del plato pero que, en realidad, no comía. No parecía tener apetito y apenas tocó la copa de vino tinto, lo cual era inusual en él. Pero no dijo nada; en vez de eso, decidió hacerse cargo del asunto. Al día siguiente llamaría al doctor Hedley y le pediría que se acercase a examinar a Blackie de arriba abajo.

Durante un rato, Blackie habló del «Grand National» y Emma, sabiendo lo importante que esa victoria había sido para él, le dejó explayarse. Pero, inesperadamente, Blackie cambió de tema.

—Siempre me ha extrañado que Shane no se haya interesado por ninguna de tus chicas, Emma. Hubo un tiempo, cuando estaban creciendo, que pensé que Paula y él acabarían casándose... algún día.

Emma contuvo la respiración. Durante un instante, estuvo a punto de confesárselo pero, instantáneamente, cambió de opinión. Si Blackie supiese que su nieto amaba a Paula, se entristecería. Sobre todo, cuando Emma había llegado a la conclusión de que Paula no le correspondía. Blackie no soportaría la idea de que Shane se sintiera desolado.

Emma se inclinó sobre la mesa y le dio unos golpecitos en la mano.

—Supongo que, al haber estado juntos toda la vida, se quieren como si fueran hermanos.

—Sí, es probable, pero habría sido estupendo que se hubiesen casado, ¿verdad, querida mía?

—Oh, sí, Blackie, hubiese sido maravilloso.

Cuando salieron del comedor, Mrs. Padgett le recordó a Blackie que se tomaría el resto de la noche libre y les deseó buenas noches. Lentamente, atravesaron el vestíbulo y entraron en la biblioteca. Emma sirvió un coñac para Blackie y un «Bonnie Prince Charlie» para ella.

Se quedaron sentados en silencio durante un rato, saboreando las bebidas, perdidos en sus pensamientos, con la misma confianza de siempre. Pero, al rato, Blackie salió de su ensimismamiento.

—¿No te gustaría escuchar algún disco, Emma? ¿Quieres que oigamos alguna de esas viejas canciones que tanto nos gustaban?

—Es una buena idea.

Emma se levantó, se dirigió al pequeño mueble en el que estaba el equipo estéreo y empezó a mirar el montón de discos.

—¡Dios mío! No sabía que todavía tuvieses éste... aquella selección de viejas baladas irlandesas de John McCormack que te regalé hace años. ¿Quieres oírlo?

—Sí, ¿por qué no?

Mientras ella regresaba a su sillón, Blackie le dirigió una pequeña sonrisa.

—Todavía tengo buena voz, ¿sabes? —dijo con presunción—. Si quieres, cantaré con la música.

—Siempre me ha gustado tu excelente voz de barítono.

Escucharon la selección de canciones y Blackie, fiel a su palabra, cantó en algunas ocasiones, pero su voz era tan débil y temblorosa, que sólo podía murmurar las melodías.

—Esas canciones me traen muchos recuerdos... en especial *Danny Boy* —afirmó Emma al acabarse el disco—. Nunca olvidaré la noche que salí corriendo de «Fairley Hall» y me fui a buscarte. Te encontré en el «Mucky Duck», cantando esa balada como si tu vida dependiese de ello. ¡Oh, Blackie! Estabas maravilloso, allí de pie junto al piano, cantando de una forma tan teatral. Eras un verdadero comicastro.

Blackie sonrió.

Emma lo miró con afecto, se fijó en su pelo rizado, abundante todavía, pero blanco como la nieve recién caída, en sus rasgos afilados, en su cara amplia marcada por los surcos de la edad y, de repente, apareció en su imaginación con el mismo aspecto que había tenido de joven, como la noche que fue a buscarle al bar. Los rizos negros bailaban sobre su cuello curtido, sus negros ojos se movían inquietos, los dientes blancos resplandecían entre sus labios rosas y la belleza de su rostro resaltaba al resplandor de las lámparas de gas.

Emma se incorporó.

—¿Te acuerdas de aquella noche, Blackie? —preguntó.

—¿Cómo podría olvidarla nunca? Nos sentamos juntos

en el bar y tú te bebiste una limonada. Yo pedí una cerveza. Ah, sólo eras una muchachita... y me dijiste que estabas embarazada... y yo te pedí que te casaras conmigo. Quizá debieras haberlo hecho.

—Sí, quizá. Pero no quería ser una carga para ti...

Emma no acabó la frase, cogió la copa de licor y bebió un sorbo.

Blackie se recostó en el sillón sonriendo y asintió con un movimiento de cabeza.

—Estás preciosa esta noche, Emma. Eres la mujercita más atractiva de todo el condado.

—Me miras con buenos ojos —murmuró ella, devolviéndole su mirada impasible y su sonrisa afectuosa.

Blackie se enderezó y la observó con fijeza en el tenue resplandor que iluminaba la habitación.

—Nunca lograré decirte lo que han significado nuestras vacaciones para mí, Emma. Esos ocho meses contigo han compensado todo lo malo que me ha ocurrido en mi vida... el dolor, la desolación, la tristeza. Te lo agradezco mucho, querida mía.

—Dices unas cosas muy bonitas, Blackie. Pero soy yo quien debería darte las gracias por tu Plan con P mayúscula.

—Fue un buen plan... —Blackie se calló e hizo una mueca.

Emma se levantó instantáneamente y se acercó a él.

—¿Te sucede algo? ¿Estás enfermo?

Blackie negó con la cabeza.

—No es nada... sólo un poco de indigestión.

—Voy a llamar al médico y después te llevaré a la cama.

Emma se volvió e hizo un movimiento en dirección a la mesa situada junto a la ventana.

—No, no.

Él intentó detenerla, pero su mano cayó débilmente.

—No lo conseguiré, Emma.

—Sí que lo harás —insistió—. Te ayudaré.

Blackie movió la cabeza lentamente.

—Voy a llamar al doctor Hedley —dijo Emma con su decisión de siempre.

—Siéntate aquí conmigo, Emma. *Por favor* —rogó—. Sólo un par de minutos.

Ella apartó un cojín, se sentó, le cogió la mano y escudriñó su rostro.

—¿Qué quieres, Blackie?

Él le apretó la mano y sonrió.

—Toda mi vida —susurró pesadamente—. Te he conocido toda mi vida. Hemos pasado mucho juntos, Emma.

—Sí —dijo—, así es. Y no sé lo que yo hubiese hecho sin ti, Blackie.

Él exhaló un suspiro largo y lento.

—Siento tener que dejarte sola. Lo siento mucho, queridísima mía.

Emma no pudo hablar. Las lágrimas acudieron a sus ojos, se deslizaron por sus arrugadas mejillas y cayeron sobre el cuello de seda de su vestido resbalando por el broche de esmeraldas hasta caer en sus manos entrelazadas.

Blackie abrió más los ojos y su mirada se hizo más intensa, como si estuviese grabando en su cerebro cada detalle del rostro de Emma.

—Siempre te he amado, cariño mío —dijo con una voz sorprendentemente clara.

—Y yo te he amado a ti siempre.

En los pálidos labios de Blackie apareció una sonrisa fugaz. Sus párpados temblaron, se cerraron y dejaron de moverse. Su cabeza cayó hacia un lado. Su mano se quedó inerte entre las de Emma.

—Blackie —dijo—. ¡Blackie!

Se sintió abrumada por el silencio.

Le agarró la mano con fuerza y cerró los ojos. Las lágrimas manaron de sus cansados ojos y se deslizaron en torrentes por sus mejillas. Dejó caer la cabeza y la apoyó en sus manos entrelazadas, empapándolas de lágrimas.

—Adiós, mi queridísimo amigo, adiós —dijo al fin.

Siguió llorando en silencio, sin poder contener las lágrimas, y se quedó así, sentada durante un largo rato, con su corazón pleno de dolor y de un gran amor por él.

Después, levantó la cabeza, le soltó la mano y se levantó. Se inclinó sobre él, le pasó la mano suavemente por el pelo blanco y le besó los labios helados. «¡Qué frío está!», pensó.

El paso de Emma era lento y vacilante cuando se dirigió ciegamente hacia el sillón que se encontraba junto a la ventana, donde Blackie solía sentarse a contemplar el jardín. Cogió la pequeña manta de lana con los colores del tartán de los *Seaforth Highlanders* y, volviendo a su lado, le tapó las piernas ajustando la tela cuidadosamente, a su alrededor.

Luego, con el mismo andar pesado, se acercó al escritorio de Blackie, cogió el teléfono y marcó el número de

«Beck House» con manos temblorosas.

Fue Shane quien respondió.

—¿Hola? —dijo.

Al oír el tono vibrante y fuerte de su voz, empezó a llorar otra vez.

—Es Blackie —dijo Emma entre sollozos, con voz temblorosa—. Se ha ido... ven, Shane, por favor.

Shane llegó antes de que pasara una hora. Paula, Emily y Winston llegaron con él.

La encontraron sentada en un cojín, junto a Blackie, con la mano puesta sobre la rodilla de él y la cabeza inclinada. No se volvió ni hizo ningún otro movimiento, se quedó sentada allí, mirando el fuego.

Shane corrió hasta Emma, le puso la mano en el hombro suavemente y acercó su cara a la de ella.

—Estoy aquí, tía Emma —dijo con la voz llena de ternura.

Ella no respondió.

Shane le cogió las manos y tiró de ellas para ponerla en pie, lentamente, con extremada delicadeza.

Emma levantó la cara, lo miró y comenzó a sollozar. Shane la cogió entre sus brazos y la encerró en ellos, consolándola.

—Ya le estoy echando mucho de menos, y acaba de irse —dijo Emma con un gemido desgarrador—. ¿Qué voy a hacer sin Blackie?

—Calla, tía Emma, calla —murmuró Shane mientras la conducía hasta el sofá y, con los ojos, le hacía una seña a Paula, que se encontraba en la puerta con el rostro pálido y temblorosa. Paula se acercó, se sentó a su lado y empezó a consolarla. Emily se les unió.

Shane se acercó a Blackie. Se le hizo un nudo de emoción en la garganta, el dolor aumentó en él de tal forma que las lágrimas comenzaron a rodar por sus mejillas. Miró el rostro de Blackie y vio cuánta paz y tranquilidad reflejaba. Entonces, se inclinó sobre él y le dio un beso en la mejilla.

—Buena suerte, abuelo —dijo en voz baja y triste—. Buena suerte.

CAPÍTULO XLI

—Dentro de dos días es tu cumpleaños, abuela —empezó a decir Paula con cautela—, y he pensado que podríamos hacer una...

—¡Dios mío! —la interrumpió Emma con tono amable y el ceño fruncido—. No digas eso. Blackie murió hace sólo dos semanas y no estoy de humor para celebraciones.

—Lo sé y no estoy pensando en una gran fiesta. Sólo en una cena aquí en «Pennistone Royal». No estaríamos más que Emily, Winston, mis padres y yo. Pensamos que eso te animaría.

—Animarme —repitió Emma con voz hueca mientras alargaba el brazo y le daba a Paula unas palmaditas en la mano—. Creo que nada conseguiría alegrarme ahora. Pero supongo que tengo que seguir adelante como sea. Bueno, de acuerdo... pero sólo los cinco. No invites a nadie más, por favor. No tengo ganas de ver a la gente. Me cansan.

—Te prometo que no invitaré ni a una sola persona más —le aseguró Paula, complacida de que su sugerencia hubiese tenido éxito.

—Y nada de regalos, Paula. No quiero ninguno. Me parece que cumplir ochenta y un años es un motivo para lamentarse, no para recibir regalos y celebrarlo.

—No te preocupes, abuela, será algo muy sencillo e informal. Te hará bien que mamá y papá vengan a pasar unos días aquí contigo.

—Sí —murmuró Emma.

Miró el álbum que tenía en el regazo. Estaba viéndolo cuando Paula llegó unos minutos antes. Se quedó mirando las viejas fotografías con aire ausente y sus pensamientos volvieron al pasado durante unos segundos. Luego, levantó la cabeza y le mostró el álbum a Paula.

—Míranos aquí: Blackie, Laura y yo —comentó—. Estamos en la puerta de mi primera tienda, en Armley. Ésta soy yo... la de la boina escocesa.

—Sí, te reconozco.

Paula había visto esa fotografía muchísimas veces, se sabía el álbum de memoria pero quiso animar a su abuela.

—Vamos a ver otras y me cuentas historias sobre la época de tus primeros negocios. Ya sabes lo que me gusta oírlas.

Emma asintió y empezó a hablar inmediatamente, animándose a medida que las hojas iban pasando. Estuvieron veinte minutos sentadas en el saloncito del piso superior, reviviendo partes de la vida de Emma Harte.

En cierto momento, Emma se calló y miró a Paula.

—¿Cuánto tiempo crees que voy a vivir? —preguntó.

Paula le devolvió la mirada con recelo, sorprendida con la pregunta e inquietándose inmediatamente. Se aclaró la garganta.

—Mucho tiempo, cariño —repuso con gran firmeza en su voz.

—Eres muy optimista —dijo Emma, volviendo la cara y mirando al vacío con una expresión distante.

—Estás muy bien para tu edad —exclamó Paula—, yo diría que estupendamente, y no has perdido tu buena memoria. Mientras te cuides, vivirás muchos años todavía.

Emma fijó sus ancianos y venerables ojos verdes en el rostro de Paula y sonrió lentamente.

—Sí, sí, tienes razón. No sé qué me pasa hoy... estoy algo morbosa, ¿verdad? La muerte de Blackie ha sido un duro golpe para mí, pero supongo que tengo que ser firme.

Rió entre dientes.

—En fin, puede que ahora sea vieja y débil, pero todavía no me apetece dejar este mundo.

—¡Así se habla, abuela!

Emma no respondió. Se levantó, fue hasta el ventanal y se quedó mirando el jardín, donde los narcisos se mecían con el viento. «¡Qué tarde tan bonita! —pensó—. Otro estupendo día de primavera... como el del funeral de Blackie. ¡Qué constante es la tierra! Está renovándose continuamente. Sí, la muerte significa vida siempre.» Emma volvió a suspirar, regresó a la chimenea y se sentó en un sillón.

—Me ha alegrado mucho que hayas venido a verme, querida Paula. Aunque ahora me gustaría estar sola durante un rato y descansar un poco antes de cenar.

Paula se acercó a ella y le dio un beso con el corazón henchido de amor por su abuela.

—De acuerdo, abuela, vendré mañana con los niños.

—Estupendo —respondió Emma.

Se recostó en el sillón mientras Paula salía de la habitación. Empezó a meditar. «En realidad, los jóvenes no comprenden nada —pensó—. Paula lo intenta, y hace lo que puede, pero ella no sabe lo que supone ser la única superviviente de la propia generación. Los demás ya se han ido. Están muertos y enterrados. Mis mejores amigos, los más queridos. Incluso mis enemigos han desaparecido, ya no pueden molestarme ni provocar en mí el deseo de la lucha. Me siento sola sin Blackie. Nos ayudamos mutuamente a seguir adelante durante todos estos años, y nos hemos hecho compañía al final de nuestra vida. Compartíamos muchos recuerdos, toda una vida llena de experiencias, nos amábamos y había una entrañable amistad entre nosotros. ¡Vaya! Me he pasado la vida con mi encantador irlandés. Nunca creí que llegase a ser así. Semejante a una conmoción. Sabía que era un anciano, como yo, pero parecía tan fuerte e indomable, al igual que yo. Es curioso, pero siempre pensé que yo moriría primero. ¿Qué haré ahora? ¿Cómo me las arreglaré sin él?»

Emma se sintió inundada otra vez por el dolor y una inmensa sensación de pérdida, como le iba sucediendo con frecuencia en las dos semanas que habían transcurrido desde la muerte de Blackie. Las lágrimas brotaron de sus ojos; se llevó la mano a los temblorosos labios y ahogó un gemido. «¡Echo tanto de menos a Blackie! ¡Siento tal vacío sin él! Hay tantas cosas que no le dije y ahora es demasiado tarde para hacerlo. Debería haberle hablado del amor que Shane siente por Paula. No quería inquietarle. Se hubiese preocupado. Pero, ¡ojalá se lo hubiese dicho a pesar de todo!»

Emma se secó las mejillas con la mano y descansó la cabeza en el respaldo del sillón. Sentía una punzante desolación que no podía mitigar. Cerró los ojos y, pasados unos minutos, comenzó a adormecerse y se hundió en un sueño tranquilo.

Tras dejar a su abuela, Paula fue al piso de abajo en busca de Emily. La encontró en la biblioteca y se quedaron allí, hablando sobre Emma.

—Intenta poner buena cara, por supuesto —dijo Paula—, pero sufre mucho interiormente.

Emily frunció el ceño con preocupación.

—Eso me parece a mí. Está perdida por completo sin Blackie. Pienso que todo el afán de lucha ha desaparecido de ella. Si te digo la verdad, el otro día casi deseaba que *encontrásemos* algo sobre Jonathan. Al menos, eso serviría para que recuperase el interés, le haría enfadarse lo suficiente como para salir de su resignación.

—Estaba muy atareada con los preparativos de tu boda antes de que Blackie muriese. ¿No podrías hacer que volviera a interesarse por eso?

—No creas que no lo he intentado. Pero parece tan distraída, casi ausente, algo que no es normal en ella.

—¿Sabes que, Emily? ¡Sólo hay una cosa que le pueda atraer!

Paula se echó hacia delante con decisión.

—Emma Harte ha sido una trabajadora durante toda su vida. Los negocios eran su refugio en los momentos de tristeza y desolación. Tenemos que persuadirla de que abandone su retiro... y reanude su trabajo.

Emily se enderezó, con el rostro iluminado.

—Es la mejor idea que he oído en semanas. La abuela solía decir que tenía la intención de morir con las botas puestas. ¡Oh, hagámoslo, Paula!

De repente, su rostro se volvió a ensombrecer, se mordió el labio y movió su rubia cabeza.

—No estoy segura de que acceda... sabes que, a veces, puede ser muy rara.

—Tenemos que intentarlo. Personalmente, creo que es su única salvación. Se irá apagando y morirá si no la animamos a que recupere las energías y vuelva al trabajo.

—De acuerdo, puedes contar conmigo. Otra cosa...

Emily vaciló, miró a Paula atentamente y, luego, continuó precipitadamente:

—¿Por qué no te vienes a vivir aquí con Nora y los niños? Por lo menos, hasta que Jim salga de la clínica.

—Por extraño que parezca, pensé en eso cuando estaba con la abuela hace un rato. No hay nada como un par de niños para animar el ambiente y, quizá, teniendo a sus bisnietos, con ella la abuela encuentre un nuevo sentido a la vida.

—Sin duda. Y juntas, tú y yo, podremos hacer que supere su tristeza, ¿no te parece?

—Dios quiera que sí, Emily.

—¿Cuándo crees que podrás venirte a «Pennistone Royal»?

Paula rió.

—¿Qué te parece mañana?

—¡Magnífico! Iré a ayudarte si quieres.

—Me encantará. Y el lunes por la mañana volveré a mi antiguo despacho y dejaré libre el de la abuela en los almacenes de Leeds. Por la noche, cuando estemos cenando por su cumpleaños, tú y yo le haremos nuestra proposición. Se lo diré a mis padres para que también ellos la animen.

Paula se levantó.

—Más vale que me vaya, Emily. Quiero pasar por la clínica, le prometí a Jim que iría hoy a última hora.

Las dos primas salieron de la biblioteca y atravesaron el Vestíbulo de Piedra hasta la puerta principal.

Emily cogió a Paula por el brazo antes de llegar al otro tramo de escalones.

—Jim está allí desde hace diez semanas. ¿Cuánto le queda, Paula?

—Un mes o seis semanas más. Si sigue mejorando. De lo contrario...

Paula se encogió ligeramente de hombros.

—Podría ser mucho más tiempo, claro —añadió.

Emily la miró con atención.

—Escúchame, espero que no te molestes porque te diga esto, pero ojalá Jim sepa lo que la bebida puede hacerle. Me refiero a que no podrá volver a tocarla y...

—Lo sabe —la interrumpió Paula—. Y puedes estar muy segura de que *yo* también lo sé. Gracias por interesarte, Emily. Cada cosa en su momento... ésa es la única forma en que puedo vivir ahora, pasar cada día sin ir perdiendo el juicio. Y, francamente, nuestra abuela tiene prioridad para mí en estos momentos.

—Sí —admitió Emily—. Te entiendo, también para mí. Puedes estar segura de que te ayudaré en todo lo que pueda.

La halagaron, suplicaron, desafiaron y probaron a intimidarle con amenazas, utilizaron todas las estratagemas que conocían para conseguir que Emma Harte volviese al trabajo.

Pero se negó a ceder con firmeza. Su postura fue inflexible. Movió la cabeza enfáticamente de un lado a otro, y repitió, una y otra vez, que se había retirado y que eso era todo.

Al final, Paula y Emily renunciaron, al menos en apariencia. Pero, todos los días, soltaban indirectas y hacían comentarios a las horas de las comidas. No dejaban de pedirle consejo, incluso cuando no lo necesitaban, y aprovechaban cualquier oportunidad para conseguir que se interesara e imbuirle la idea de tomar parte activa en sus negocios de nuevo.

Emma se daba cuenta de sus tretas y sonreía para sí, conmovida por su cariño hacia ella y lo preocupadas que estaban, pero no cedió en su determinación de llevar una vida tranquila en «Pennistone Royal».

Y, entonces, una mañana de mediados de mayo, Emma se despertó temprano. Descubrió que estaba rebosante de la misma energía, vigor e inquietud de antes. Eso la sorprendió, y se quedó en cama pensando durante un rato.

—Me muero de aburrimiento —dijo a Hilda cuando el ama de llaves le subió la bandeja del desayuno a las ocho en punto.

Hilda dejó la bandeja sobre el regazo de Emma y sonrió con simpatía.

—Me lo imagino, Mrs. Harte. Toda su vida ha sido una mujer tan activa que estar tanto tiempo sentada sin hacer nada no le hace ningún bien a usted. Quizá debería hacer que Tilson la llevase hoy a Leeds. Podría almorzar con Miss Paula o Miss Emily. Salir un poco de esta casa sé que le va a venir bien.

—Tengo una idea mejor, Hilda —dijo Emma, pensativa—. Creo que voy a empezar a ir todos los días a la oficina durante un rato. No quiero volver a meterme en los negocios. Pero, por otro lado, me gustaría tener algo que hacer.

Emma movió la cabeza con aire de arrepentimiento.

—Debería estar ayudándole a Emily a organizar su boda. Ahora que pienso en ello, creo que me he portado como una anciana negligente y egoísta... lamentándome por haber perdido a mis viejos amigos.

Su rostro adquirió una expresión perspicaz.

—Bueno, Hilda, mis nietos son amigos míos, ¿no?

—De eso puede estar segura, Mrs. Harte —respondió Hilda—. Miss Emily estará encantada de que la ayude con lo de la boda, ya que su madre vive en París y no parece muy interesada en ello. Tiene mucho que hacer y el tiempo se le está echando encima. ¿Sabe, señora? El quince de junio no está tan lejos.

Hilda sonrió.

—Bajaré ahora mismo y le diré a Tilson que tenga el coche preparado a las diez y media. ¿Qué le parece?

—Estupendo, Hilda. Muchas gracias.

Eran las doce menos diez cuando Emma Harte entraba en sus grandes almacenes de Leeds. Vestía un elegante traje de color azul marino y un abrigo a juego. En el cuello lucía un collar de perlas blancas y unos pendientes de diamantes brillaban en sus orejas. Su cabello plateado estaba perfectamente peinado y el maquillaje era impecable.

Atravesó la sección de cosméticos, en la planta baja, con paso firme y decidido y una amplia sonrisa dibujada en su boca. Cuando se paró a saludar a los dependientes, pensó que estaba a punto de llorar por la buena acogida que la dispensaron.

Subió en el ascensor hasta las oficinas y, cuando estuvo frente a la puerta de su despacho, vaciló un instante. No pudo dejar de preguntarse qué dirían Paula y Agnes. Giró el pomo y entró.

Paula y Agnes estaban de pie junto al escritorio de esta última, enfrascadas en una conversación. Ambas miraron a la puerta de forma automática. Se quedaron mudas de asombro al ver a Emma.

—Bueno —dijo ella—. He vuelto. Y vengo a quedarme.

Empezó a reírse al ver en sus caras aquellas expresiones de sorpresa.

—No os quedéis ahí calladas mirándome como un par de bobas —añadió, adoptando el acento del Norte—. Decid algo.

Paula sonrió con placer.

—Bien venida, abuela —dijo mientras se acercaba y la cogía del brazo—. Vamos, tu despacho te espera... está preparado desde hace semanas.

A Emma le pareció que los meses siguientes pasaban en un abrir y cerrar de ojos. Cada día, llegaba al almacén de Leeds a las once y se quedaba hasta las cuatro. Pronto se puso al corriente de todo y tomó un renovado interés en sus colosales negocios, aunque dejó que sus nietos siguieran manejándolos. Se negó, de una manera tenaz, a volver a coger las riendas, diciéndoles, una vez más, que se había retirado el año anterior y que no tenía ninguna intención de reasumir el papel de directora de sus múltiples empresas. Accedió a aconsejarles cuando lo necesitasen y siempre estuvo disponible para ellos con su proverbial astucia. Actuó con la misma perspicacia, tacto y agilidad de toda su vida.

Y, así, con un ojo puesto en los negocios, dedicó la mayor parte del tiempo, a organizar las bodas que tendrían lugar en junio y julio. Emily se sintió muy aliviada al poder contar con la ayuda de su abuela al igual que Maggie Reynolds, la novia de Alexander. La madre de Maggie había muerto varios años antes y su padre, un coronel retirado, no gozaba de muy buena salud. Tampoco era de la clase de hombres que se interesara por un asunto tan femenino como era la boda de su hija, además de tener un carácter hosco y taciturno.

Con su eficiencia inimitable, y su extraordinaria capacidad para concentrarse en lo que hacía, Emma se puso a la cabeza, trabajando hasta los más mínimos detalles. Se ocupó de las invitaciones, la lista de invitados, los servicios del restaurante, las flores, las modistas y los músicos que habían de tocar en las dos recepciones. Visitó varias veces al Reverendísimo Edwin LeGrice, Deán de Ripon, para hablar de cada ceremonia matrimonial que él mismo celebraría en la catedral de Ripon. Emma habló con el organista y el director del coro con bastante antelación y ayudó a los novios a elegir la música apropiada para las dos ceremonias.

No se olvidó de ningún detalle que estuviese en su mano. Emma Harte quería que todo resultase perfecto y lo iba a conseguir, cualquiera que fuese el precio en tiempo, energía y dinero.

—Bueno, tía Emma —dijo Winston una noche—, ha sido estupendo que hayas vuelto a tomar el mando y, como buen general, estés haciendo crujir el látigo sobre nuestras cabezas, igual que en «Heron's Nest». ¿Qué haríamos sin ti?

—Estoy segura de que os las arreglaríais —replicó Emma con voz seria, pero rió, complacida con el comentario de Winston.

Quería servir de algo, le gustaba sentirse útil. «Me ayudan a mantenerme joven, viva y alegre», pensó aquella misma noche mientras se preparaba para meterse en la cama. También reconoció que el haber organizado las bodas le había ayudado a dejar de pensar en la muerte de Blackie, había aliviado su tristeza y su sentimiento de soledad. «Acciones positivas y tener momentos de felicidad —murmuró para sí mientras se ponía el camisón—. Eso es lo que cualquier anciano necesita para sentir el impulso de seguir viviendo.»

Emma, henchida de amor, orgullo y alegría, vio entrar a Emily en la gran nave de la catedral de Ripon, cogida del brazo de su padre, Tony Barkstone, a las doce de la mañana del día quince de junio.

Le pareció que su joven nieta estaba más hermosa que nunca. Parecía una delicada figurita de porcelana de Dresde con su vestido blanco de tafetán. Estaba inspirado en los trajes antiguos de miriñaque, la sobrefalda, que subía desde el mismo dobladillo, iba drapeada y recogida con ramitos de nomeolvides y lirios del valle confeccionados en seda. Una mezcla de esas mismas flores, también de seda, había sido entretejida con la pequeña diadema que mantenía el ondulante velo en su lugar. Las únicas joyas que llevaba, aparte del anillo de compromiso, eran los pendientes de diamantes, en forma de lágrimas, que Emma le había regalado en 1968, y el collar de perlas de su tía abuela Charlotte, que había sido el regalo de compromiso del hermano de Emma, Winston, inmediatamente después de la Primera Guerra Mundial. Las hermanastras de Emily, Amanda y Francesca, era sus damas de honor y estaban encantadoras con sus vestidos azules de tafetán y una diadema de madreselvas en la cabeza.

La fiesta se celebró en los jardines de «Pennistone Royal». Y, mientras Emma se movía entre familiares, amigos y los muchos invitados, no dejó de repetirse lo afortunada que era por estar presente en ese día tan señalado de la vida de Emily y de la suya propia. El día lucía espléndido. El cielo tenía un color azul brillante y el sol resplandecía. Al mirar a su alrededor, Emma pensó que los jardines nunca habían tenido una belleza tan llamativa, las variadas flores eran como pinceladas de vivos y bulliciosos colores en contraste con el verde limpio del césped y los árboles. Aquella tarde disfrutó de una sensible percepción que le hizo contemplar el encanto de la Naturaleza y a las personas presentes con ojos más penetrantes que nunca. De repente, hasta los más pequeños detalles adquirieron nueva importancia y significado y, en cierto momento, Emma se dio cuenta de que sentía una satisfacción que no había conocido nunca.

Mientras se sentaba a tomar un té viendo bailar a los jóvenes, pensó en su ardua vida, su lucha, el dolor, la pena que había soportado y en las pérdidas que había sufrido. De repente, todo dejó de tener sentido para ella. «He sido muy afortunada —se dijo—. De hecho, mucho más afortunada que la mayoría de la gente. He experimentado un gran amor, he tenido amigos queridos y cariñosos, he conseguido enormes éxitos y amasado una fortuna colosal, y he disfrutado de buena salud durante toda mi vida. Y, algo muy importante, que debo añadir a eso: unos nietos que me quieren y que se ocupan de mí ahora que soy una anciana. Oh, sí, he sido muy afortunada por tener todo esto.»

Cinco semanas más tarde, a finales de junio, Emma experimentó parecidas emociones el día que se celebró la boda de su nieto y Marguerite Reynolds. Maggie fue otra novia encantadora, elegante y esbelta en su vestido de corte muy sencillo, en satén de color crema. Era de cuello alto, llevaba unas mangas largas y ajustadas y una bonita falda que se prolongaba en una larga cola. Lo complementaba un casquete de satén, adornado con aljófares y un velo de encaje de Bruselas. El espléndido tiempo de junio preparó el de julio para la ceremonia en la catedral de Ripon y la fiesta que, una vez más, se celebró en los jardines de la antigua mansión de Emma.

Un domingo, siete días después de que se celebrase la segunda boda, Emma y Paula salieron a dar un paseo por los jardines de «Pennistone Royal».

—Gracias por hacerme recuperar el ánimo tras la muerte de Blackie —dijo Emma de pronto—. Si no lo hubieseis hecho, quizá no hubiera presenciado estos dos maravillosos acontecimientos, y me habría quedado sin ver casada a Emily con Winston, ni a Sandy con Maggie.

Le hizo un guiño malicioso a Paula.

—Ahora —añadió—, con un poco de suerte, quizá siga aquí para que pueda dar la bienvenida a la familia a un par de nuevos bisnietos en un futuro no muy lejano.

—¡Estarás aquí esperando, abuela! —exclamó Paula devolviéndole la sonrisa—. De eso me encargaré yo.

Emma se cogió del brazo de Paula mientras caminaban por el Paseo de los Rododendros. Transcurridos unos momentos, Emma dijo sosegadamente:

—Me alegro de que Jim pudiera salir a tiempo de la clínica para asistir a la boda de Alexander.

—Y yo también, abuela —dijo Paula con sinceridad—. Ya está mucho mejor. Pobre Jim... ha sido un infierno para él. A partir de ahora sólo puede mejorar.

—Sí, querida, esperemos que sea así.

Emma vaciló un instante.

—He intentado hablar con él de su crisis nerviosa para averiguar qué la había causado —añadió en un murmullo—. Pero no está muy hablador, ¿verdad?

—Es cierto. Parece que no es capaz de hablar de eso, ni siquiera conmigo. Decidí que sería mejor no presionarle. Estoy segura de que, tarde o temprano, se sincerará —dijo Paula suspirando—. En cierto modo, Jim es muy introvertido, abuela. El doctor Hedley me ha dicho que los psiquiatras de la clínica estaban un poco desconcertados con él. Por lo visto, no han podido descubrir las causas de su depresión.

Emma no hizo ningún otro comentario, y los dos continuaron su paseo en silencio. Después de un rato, se sentaron en un banco, al final de la cuesta. Emma tenía los ojos muy abiertos, pensando en Jim todavía. La expresión de su rostro cambió, se hizo más triste al preguntarse por qué se reprimía Jim y no se sinceraba con el psiquiatra, un médico que podría ayudarle.

Paula miró a su abuela y le dijo:

—¿En qué piensas, cariño? —preguntó—. Te has quedado muy pensativa de repente.

—En nada importante —murmuró Emma—. Me alegro de que Jim se fuese con Daisy y David al sur de Francia. Creo que esas vacaciones le sentarán bien. El sol, el aire puro, las actividades al aire libre, la comida y el descanso hacen maravillas. Cuando regrese a finales de agosto, podrá volver al periódico.

Como Paula no decía nada, Emma la miró con curiosidad.

—Lo hará, ¿verdad? ¿No me estás ocultando nada, querida?

—No, no, claro que no —exclamó Paula emergiendo de sus inquietos pensamientos—. Al igual que tú, me alegro de que haya accedido a irse de vacaciones con mis padres.

—Me sorprendió que no insistiera en que te fueras con él —aventuró Emma mirándola con gran interés.

—Le prometí a Jim que, si a ti te viene bien, iría a pasar con ellos unas semanas a partir de mediados de agosto. La verdad es que había pensado que tú vinieses también.

—Oh, no, no quiero empezar a dar vueltas otra vez. Me quedaré aquí y cuidaré de mis bisnietos.

Emma hizo una pausa, reflexionó y, después, habló con el tono más indiferente que pudo adoptar.

—Me agradaría mucho que te quedases en «Pennistone Royal», Paula. Si a Jim le gustase y quisiera vivir aquí, claro. La casa es grande y se ha quedado muy vacía sin la pequeña Emily.

Emma rompió a reír.

—Será mejor que no la llame así, nunca más, ¿verdad? Después de todo, ahora es una mujer casada.

—Y muy consciente de ello —dijo Paula, riéndose también—. Me encantaría que nos viniésemos aquí, abuela. Hablaré con Jim cuando vaya al Cap.

Paula estuvo a punto de decirle que también hablaría con Jim sobre el divorcio. Miró a su abuela disimuladamente y cambió de opinión. ¿Por qué preocuparla? Era mucho mejor hablar primero con Jim.

CAPÍTULO XLII

Era una calurosa tarde de finales de agosto.

Emma, sentada frente al escritorio de su despacho en los grandes almacenes de Leeds, comprobaba una lista de saldos de caja cuando, de repente, tuvo la sensación de que no estaba sola. Levantó la cabeza rápidamente y miró hacia la puerta que comunicaba su despacho con el de Paula, esperando ver a su nieta.

Pero no había rastro de ella.

—Comienzo a imaginar cosas —dijo Emma en voz alta y riéndose para sí.

«También hablo sola —pensó—. Espero no estar convirtiéndome en una mujer senil. No podría soportarlo.»

Dejó la pluma y se quedó mirando los números que llenaban la hoja que había sobre su mesa. Estaba hastiada. No tenía ningún interés en ellos. Miró su reloj de pulsera. Eran casi las cinco. Por lo general, Paula salía a la tienda a estas horas y, quizá hubiese ido con Emily a la zapatería «Rayne-Delman». Emily le había dicho que iría a comprarse unos zapatos. Cuando la llamó desde la oficina de «Genret» aquella mañana.

Una sonrisa de intenso placer afloró en la comisura de su implacable boca, suavizando aquellas líneas decididas. Como casi todos los viernes, esa noche tendrían una reunión de mujeres en «Pennistone Royal». Ellas tres y Merry O'Neill.

Emma se recostó en el sillón, pensando y deseando que llegase la noche; en ese momento, parpadeó con la luz resplandeciente que entraba a raudales por las ventanas. «¡Cómo brilla el sol ahora! —se dijo—. Vaya que sí.» Se levantó, fue hasta el sofá y se sentó.

Cerró los ojos, esperando aislarse del intenso resplandor que había en la habitación. Pero parecía que penetrase a través de la piel de sus viejos párpados, y los abrió. Se quedó mirando aquel resplandor extraordinario y anormal. Entrecerró los ojos y se los protegió con la mano. «¡Qué deslumbradora es esa luz! —pensó otra vez—. Debo decirle a Paula que ponga persianas en la oficina. No se puede estar aquí con tanto sol.»

Volvió la cabeza para evitar el intenso fulgor. Su mirada se posó en las fotografías enmarcadas que había en la mesa junto al sofá. La plata, el cobre y el cristal emitían destellos en la luminosidad que bañaba su oficina, y había un curioso brillo en aquellas caras que le miraban fijamente y de manera obsesionante. Sí, últimamente la perseguían... Laura, Blackie, sus hermanos Winston y Frank, y Paul. Oh, sí, siempre su querido Paul. En los últimos días, sus rostros habían surgido claramente en su imaginación. Le parecían tan reales como cuando estaban con vida.

A Emma se le ocurrió que el pasado había empezado a adquirir una realidad más palpable que el presente. Los recuerdos de años pasados la invadían constantemente, se sucedían con una fuerza y una claridad sorprendentes. Se sentía engullida y transportada a otras épocas y, frecuentemente, tenía la sensación de que el tiempo se había detenido en algún momento perdido en el pasado, cuando era joven. Sus seres queridos y amados fallecidos habían comenzado a apoderarse de los ratos que permanecía en vela, invadiendo sus noches inquietas. Durante la última semana, había tenido muchos sueños extraños en los que sus amigos muertos aparecían con ella.

Emma cogió la fotografía de Paul y rió para sí. La apretó entre sus manos, mirando fijamente su rostro. Durante las últimas cuarenta y ocho horas, había cogido esa fotografía innumerables veces, en particular atraída, de manera irresistible, por la sonrisa y los ojos alegres de Paul.

El destello centelleante de la luz se hizo tan intenso que Emma volvió a parpadear. Todo el despacho estaba iluminado por una brillante iridiscencia. Era como si miles de bombillas encendidas estuviesen girando y enfocasen el centro de la habitación. Estrechó la fotografía de Paul contra su pecho mientras contemplaba aquella luz sobrenatural con los ojos muy abiertos, sin que le molestase su refulgencia. Era radiante y tenía un aura de resplandor.

Pero, al cabo de unos momentos de contemplación, Emma recostó la cabeza en los cojines y cerró los ojos. Dejó escapar un débil suspiro de satisfacción. Se sentía invadida por una suerte de felicidad que nunca había conocido antes ni sospechaba que existiese. Una cálida sensación le recorrió el cuerpo. «¡Qué agradable es!», pensó. Y ella, que siempre había sido muy friolera durante toda su vida, se sintió bañada con un calor y una paz que eran la perfección misma. Experimentó cierta somnolencia, debilidad y falta de fuerzas. Pero, de alguna forma, Emma comprendió que ahora era más fuerte de lo que había sido nunca. Y, de manera gradual, empezó a darse cuenta de otra cosa. Él estaba allí. En aquella habitación, con ella. Era su presencia lo que había sentido pocos minutos antes.

Surgió de la luz y anduvo hacia ella, acercándose más y más. Estaba muy joven... exactamente igual que la noche en que lo vio por primera vez en el hotel «Ritz», durante la Primera Guerra Mundial. Vestía su uniforme militar. El comandante Paul McGill, del Ejército australiano. Se hallaba de pie, frente a ella, y lucía su sonrisa cautivadora. Sus ojos azules, tan claros y grandes, brillaban de amor por ella. «Sabía que te encontraría aquí, en tu despacho, Emma —dijo Paul—, pero ya es hora de que lo dejes. Tu trabajo en este mundo ha terminado. Has conseguido todo lo que te habías propuesto y has realizado todo lo que debías hacer. Ahora debes venirte conmigo. Te he esperado durante treinta años. Ven, Emma mía.» Él sonrió y le tendió la mano. Emma suspiró entre sonrisas. «Todavía no, Paul —dijo—. No me lleves aún. Déjame que las vea una vez más... a Paula y Emily. Vendrán en seguida. Permíteme decirles adiós a mis niñas. Después, iré contigo de buena gana. Quiero estar junto a ti. Demasiado sé que es hora de que me vaya.» Paul sonrió, se alejó del sofá y se adentró en el brillante resplandor. «¡Paul, espérame, querido!», exclamó Emma. «Sí, estoy aquí —respondió él—. Nunca te volveré a dejar. Estarás a salvo, Emma.» Ella alargó los brazos, tendiéndolos hacia él.

La fotografía cayó de sus manos, se estrelló contra el suelo y el cristal saltó hecho añicos. Emma sintió que no tenía fuerzas para recogerlo. Ni siquiera para abrir los ojos.

Paula y Emily oyeron aquel ruido inesperado cuando entraban en el despacho contiguo. Se miraron aterradas y corrieron al despacho de su abuela.

Emma yacía inmóvil sobre los cojines. Su reposado rostro tenía una expresión tan relajada, tan pacífica, que ambas se sintieron inquietas. Paula agarró el brazo de Emily con una calma tranquilizadora y se acercaron al sofá. Se quedaron mirando a su abuela llenas de aprensión.

—Está echando una de sus cabezaditas —susurró Emily, relajándose inmediatamente.

Vio la fotografía en el suelo, la cogió y la puso en su lugar.

Pero Paula escudriñaba el rostro tranquilo y bondadoso con gran atención. Se fijó en el tinte blanco que rodeaba los orificios de la tersa nariz, en los pálidos labios y en la sombra lechosa de sus mejillas.

—No, no está durmiendo.

La boca de Paula comenzó a temblar incontrolablemente.

—Se está muriendo, la abuela se está muriendo.

Emily palideció y se tensó, asustada. Sus ojos, tan verdes como los de Emma, se llenaron de lágrimas.

—¡No, no, no puede ser! Tenemos que llamar al doctor Hedley inmediatamente.

Paula sintió un nudo en la garganta y las lágrimas brotaron a raudales. Se las enjugó con mano temblorosa.

—Es demasiado tarde, Emily. Creo que sólo le quedan unos minutos.

Ahogó un gemido y se arrodilló a los pies de Emma, cogiéndole una de sus delicadas manos.

—Abuela —dijo en voz baja—. Soy yo, Paula.

Emma abrió los ojos. Su cara se iluminó instantáneamente.

—Te esperaba, cariño, y a Emily. ¿Dónde está? No la veo.

Su voz sonaba débil y apagada.

—Estoy aquí, abuela —gritó Emily con voz sofocada.

Ella también se arrodilló y le cogió la otra mano.

Emma la vio, e inclinó la cabeza un poco. Cerró los ojos, pero los volvió a abrir en seguida. Se enderezó con un pequeño empuje de energía y se quedó mirando fijamente el rostro empapado de lágrimas de Paula. Cuando habló, lo hizo con voz débil pero clara, casi juvenil.

—Te pedí que protegieras mis sueños... pero también tú debes tener los tuyos, Paula, al igual que yo. Y tú también, Emily. Debéis aferraros a vuestras ilusiones... siempre.

Se recostó en el sofá como si estuviese exhausta y sus párpados se cerraron.

Sus dos nietas la miraron sin poder articular palabra, mientras le apretaban las manos, abrumadas por la tristeza. En la habitación sólo se oían sus sollozos ahogados, era el único sonido audible allí.

De repente, Emma abrió los ojos por segunda vez. Miró sonriendo a Paula y a Emily y, luego, apartó la vista y la dirigió al lejano vacío, como si pudiese contemplar un lugar que ellas no podían ver o a alguien que no les era posible distinguir.

—Sí —dijo Emma—. Sé que ya es hora.

Sus verdes ojos se agrandaron, adquirieron un brillo resplandeciente, ardieron con una purísima luz interior. Y sonrió de aquella manera suya incomparable que hacía resplandecer su rostro. Y, entonces, su rostro adquirió una expresión de éxtasis e inmensa alegría, mientras miraba a sus nietas por última vez. Sus ojos se cerraron.

—Abuela, abuela, te queremos mucho.

Emily empezó a llorar y le pareció que el corazón se le iba a romper.

—Ha alcanzado la paz —susurró Paula con una mueca de dolor y tristeza.

Las lágrimas se deslizaron a raudales por su cara. Pasado un momento, se levantó. Se inclinó sobre su abuela, y la besó en los labios.

—Siempre te llevaré en mi corazón, abuela —susurró mientras sus lágrimas humedecían las mejillas de Emma—. Todos los días de mi vida. Tú eres la mejor parte de mí.

Emily, que había estado besando la mano de Emma una y otra vez, se levantó también. Paula se hizo a un lado para que su prima pudiera darle el último adiós a Emma.

Emily alargó el brazo, acarició la mejilla de su abuela y le besó los labios.

—Mientras yo viva, tú vivirás, abuela. Te querré siempre. Nunca te olvidaré.

Inmediatamente después, Paula y Emily se fundieron en un abrazo. Las dos jóvenes permanecieron así durante unos minutos, llorando, compartiendo su dolor, intentando consolarse mutuamente. Poco a poco consiguieron irse calmando.

Emily se quedó mirando a Paula.

—Siempre me ha dado miedo la muerte —dijo con voz trémula—, pero ya no la temeré más. Nunca olvidaré el rostro de la abuela, la expresión que tenía cuando murió. Era radiante y luminoso y sus ojos tenían un brillo de felicidad. Sea lo que fuere lo que nuestra abuela vio, tenía que ser algo muy hermoso, Paula.

Ésta notó un nudo en la garganta.

—Sí —dijo temblorosa—. Debió ver algo hermoso, Emily. Vio a Paul... a Winston y a Frank... y a Laura y a Blackie. Y estaba contenta porque, al fin, iba a reunirse con ellos.

CAPÍTULO XLIII

En la muerte, al igual que en vida, Emma Harte fue ordenada por entero.

Después de avisar al doctor Hedley para que acudiese a los grandes almacenes, de comunicar la noticia a la familia y de acompañar el cuerpo de Emma a la funeraria, Paula y Emily se fueron a «Pennistone Royal».

Hilda las recibió, llorando, en el Vestíbulo de Piedra.

El ama de llaves le tendió una carta a Paula.

—Mrs. Harte me dio esto hace unas semanas. Me dijo que la guardase, Miss Paula, y que se la entregara a usted cuando ella muriese.

Hilda, que había trabajado para Emma Harte durante más de treinta años, rompió a llorar.

—Me parece imposible que haya muerto —dijo enjugándose las lágrimas—. Tenía tan buen aspecto esta mañana cuando se fue a los almacenes.

—Sí, es verdad —murmuró Paula en voz baja—. Pero debemos agradecer que conservase todas sus facultades hasta el final y que su muerte fuese tan tranquila; en realidad, casi hermosa, Hilda.

Paula y Emily estuvieron consolando a la apenada ama de llaves unos minutos y le contaron la muerte de Emma con detalle, lo que pareció calmarla.

Finalmente, Hilda se dominó.

—Sé que deben tener mucho que hacer. Si necesitan algo, estaré en la cocina.

—Gracias, Hilda —dijo Paula.

Cruzó el Vestíbulo de Piedra con lentitud y subió la escalera, manteniendo la carta apretada contra el pecho. Emily fue tras ella.

Entraron en el saloncito de Emma donde el fuego ardía en la chimenea y las lámparas estaban encendidas. Se sentaron en el sofá y Paula, con manos temblorosas, abrió el sobre lacrado y leyó las cuatro páginas que Emma había llenado con su letra apretada y elegante. La carta no era ni sentimental ni triste, sino animada y realista, y contenía las instrucciones de Emma para su funeral. Deseaba una ceremonia corta y sencilla, una sola oración y dos himnos, uno de ellos cantado por Shane O'Neill. No quería panegíricos, pero sugería, si Paula lo creía conveniente, podía haber uno de su sobrino Randolph, y nadie más.

Fue el tono alegre de su carta lo que hizo llorar a Paula. Se la dio a Emily entre sollozos.

—Es la última voluntad de la abuela. No quiere un funeral largo y monótono, ni muy religioso. Tenemos que hacer lo que nos pide, Emily.

Emily lloró también mientras leía la carta. Después de limpiarse los ojos llorosos y de sonarse la nariz, preguntó con voz vacilante:

—¿Qué vamos a hacer sin la abuela, Paula?

Paula la rodeó con el brazo y la consoló durante un rato.

—Vamos a hacer lo que ella quiere que hagamos —dijo después, en un tono amable, pero firme—, nos encargaremos de enterrarla como ha dejado escrito. Y, de ahora en adelante, vamos a ser fuertes y muy valientes. Ella no esperaría menos de nosotras. Después de todo, ése fue el camino que nos marcó. Nos educó para que resistiéramos, como ella hizo durante toda su vida, y como nosotras debemos hacer. No podemos decepcionarla. Ahora no. Nunca.

—Sí, tienes razón —dijo Emily lanzando un suspiro hondo—. Lo siento, no quiero ser ninguna carga para ti.

Frunció el ceño.

—¿Te has fijado en la fecha de la carta? —añadió.

—Sí. La escribió pocos días después de la boda de Alexander... hace un mes.

—¿Crees que la abuela sabía que iba a morir pronto?

—Quizás, aunque, no estoy muy segura. Si bien se dice que los viejos ven cómo la muerte se les acerca. La falta repentina de Blackie la conmovió, como sabes, e hizo que se sintiese vulnerable, mucho más consciente de su propia mortalidad.

Paula esbozó una sonrisa llorosa.

—Pero, por otro lado, me gastaría pensar que escribió esa carta siguiendo su impulso de ser eficiente y pensando en cualquier contingencia. Sabes tan bien como yo que Emma Harte no dejaba ni la más mínima cosa al azar.

Esos comentarios parecieron animar a Emily.

—Es cierto. Al menos, la abuela murió como deseaba... en el despacho, con las botas puestas.

Las dos jóvenes volvieron la vista al abrirse la puerta de pronto.

Winston entró precipitadamente en el salón, llevaba el rostro serio y los ojos rojizos.

—Siento llegar tarde. He estado un buen rato al teléfono —dijo.

Besó a su mujer, apretándole el hombro en un gesto de consuelo y, después, se inclinó sobre Paula y la besó en la mejilla.

—Parecéis tan deprimidas como yo. ¿Os apetece beber algo?

—Gracias, Winston. Yo tomaré un vodka con tónica —aceptó Paula.

—Para mí lo mismo —dijo Emily.

Les llevó las bebidas, se sentó en un sillón junto al fuego y encendió un cigarrillo.

—Éstas son las últimas instrucciones de Emma, su última voluntad —le explicó Paula al entregarle la carta de Emma.

—Emma ha sido muy explícita y precisa —dijo Winston cuando la leyó—. Gracias a Dios. Ahorrará muchas charlas y discusiones sobre su funeral, en especial con Robin. Ya sabéis cómo es, muy escandaloso para todo, un maldito testarudo.

Paula lo miró con curiosidad.

—No creo que se atreva a opinar sobre el funeral de su madre... No bajo las presentes circunstancias. No osaría hacerlo.

Winston hizo una mueca.

—Conociéndole, puede que lo haga. Pero la carta está

muy clara, y no hay más que hablar.

—Puedes estar seguro de que el funeral de la abuela será tal y como ella lo planeó —exclamó Paula.

Winston asintió.

—¿Qué dijo el doctor Hedley después de examinar a tía Emma? —preguntó.

—Fallo cardiaco —informó Emily, que luego se atragantó—. El pobre viejo corazón de la abuela se cansó, dejó de latir.

Winston se llevó el cigarrillo a la boca y apartó la vista con los ojos inundados de lágrimas. Al hablar, su voz tembló ligeramente.

—El abuelo Winston solía decirme que su hermana tenía el corazón tan grande como una catedral, y era cierto, muy cierto.

Suspiró débilmente.

—Al menos, murió en paz, y debemos alegrarnos de eso.

Volvió sus ojos hacia Paula.

—¿Cuándo será el funeral? ¿Lo habéis decidido ya?

—Me temo que no podremos llevarlo a cabo hasta el martes por lo menos. Tenemos que esperar a que Phillip venga de Australia —dijo Paula—. Por fortuna, Pip se encontraba en Sidney y no en la explotación ganadera de Coonamble. Lo llamé antes y me dijo que saldría a primera hora de la mañana. Muy temprano. Va a alquilar un avión particular. Cree que será más rápido que tomar un vuelo comercial. También hablé con mi madre. Como es lógico, está tan apenada como nosotros y quiere volver a casa lo antes posible. Cogerá un avión en Niza, con mi padre y con Jim, y llegarán al aeropuerto de Manchester mañana a primera hora. Alexander y Maggie vendrán mañana también.

—Yo llamé a mamá a París y le dije que no tenía que volver hasta el domingo o el lunes —informó Emily—. También hablé con Robin y con Kit. Están en Yorkshire, así que no hay problema. Llamamos a todos los de nuestra lista, incluyendo a Sarah y a Jonathan. ¿Y tú, Winston?

—Yo localicé a papá en su hotel de Londres. Cogerá el tren por la mañana. Vivienne está en Middleham, claro. Sally y Anthony se encontraban en Clonloughlin, pero tía Edwina estaba en Dublín. Anthony me dijo que hablaría con ella esta noche. Vendrán el domingo en avión. Vas a tener la casa abarrotada, Paula.

—Sí, ya lo sé.

—Creo que Emily y yo deberíamos venirnos aquí contigo durante unos días —dijo Winston pensativo—. ¿Qué te...?

—Oh, sí, por favor —le interrumpió Paula—. Os lo agradecería mucho.

Winston se aclaró la garganta, pero habló con voz ahogada.

—¿Cuándo traerán el cuerpo... de tía Emma a «Pennistone Royal»?

Paula parpadeó rápidamente al sentir sus ojos inundados de lágrimas.

—Mañana por la tarde. A primera hora del día, llevaré a la funeraria el vestido que ella deseaba que le pusieran.

Paula dobló la cabeza, reteniendo las lágrimas con los dedos. Siguió hablando un segundo después.

—Emily y yo no estábamos dispuestas a dejarla sola estos días allí, sin nosotras. Puede parecerte una tontería, pero no queríamos... que nos echasen en falta. Así que la traerán aquí, a su casa, a su hogar, al único lugar de la tierra que ella amaba realmente. Hemos decidido instalar el ataúd en el Vestíbulo de Piedra. Le gustaba tanto... —su voz se apagó.

—¡No te puedes imaginar lo estúpido que fue el encargado de la funeraria, Winston! —exclamó Emily en un pequeño acceso de ira—. Un burócrata. La verdad es que intentó discutir con nosotras esta tarde cuando insistimos en acompañar a la abuela a... su lugar.

—Oh, lo supongo, cariño —murmuró Winston con simpatía—. Siempre hay un montón de trámites estúpidos por resolver. Pero conseguisteis lo que os habíais propuesto y eso es lo importante.

—Puedes apostar tu última moneda a que lo hicimos —afirmó Paula—. Por cierto, Emily dio con Merry antes de que saliera de la oficina para venir a cenar aquí, y ella fue a decírselo al tío Bryan. Por lo visto, se sintió tan apenado que tuvo que acompañarle a casa, a Wetherby.

—Estoy seguro que lo sintió y lo siente mucho —contestó Winston—. Tía Emma fue como una madre para Bryan cuando era niño.

—Merry nos llamó a la oficina —dijo Emily—. Los O'Neill vendrán sobre las nueve para estar con nosotros.

—A propósito, traté de localizar a Shane. Regresaba de España esta tarde.

Winston clavó los ojos en Paula.

—Pero, cuando llamé a su despacho de Londres a las siete menos cuarto, no contestaron. Me parece que ya se había ido...

—Yo sí lo cogí allí —le interrumpió Paula—. A las seis. Acababa de llegar del aeropuerto. Ya está de camino... en coche. Llegará aquí sobre las once. Vendrá directamente.

Llamaron a la puerta y Hilda entró en el saloncito.

—Perdone, Miss Paula —dijo—, pero, como todos los viernes, había preparado una cena fría antes de que usted me llamase...

El ama de llaves se calló y se llevó una mano a la boca. Después, tomó aliento para poder seguir hablando con voz temblorosa

—... para decirme que Mrs. Harte había muerto.

Se quedó mirando a Paula con desamparo, incapaz de pronunciar ninguna palabra más.

—Lo siento, Hilda, pero no me apetece comer.

Paula miró a Winston y a Emily.

—¿Y a vosotros?

Ambos negaron con un movimiento de cabeza.

—Me parece que esta noche no cenaremos —añadió Paula—. Gracias de todos modos, Hilda.

—Oh, lo entiendo, Miss Paula.

Hilda hizo una mueca.

—Yo tampoco puedo comer. Si le digo la verdad, me entran ganas de vomitar —dijo antes de desaparecer.

—Hilda sigue tan expresiva como siempre —comentó Winston—. Pero la entiendo muy bien. A mí me ocurre lo mismo.

Se levantó y se dirigió a la consola, donde se sirvió otro whisky con soda. De repente, se volvió, miró primero a su mujer y luego a Paula.

—Esto puede pareceros raro y exagerado —dijo pensativo—, pero, ahora que tía Emma ha muerto, siento su presencia con más intensidad que nunca. No lo digo porque ahora esté en esta habitación, que era su favorita, sino por todo. Ella... bueno, *está* conmigo. Siento su proximidad desde que me llamaste a la oficina de Harrogate para decirme que había muerto.

Emily asintió con énfasis.

—No es ninguna rareza, Winston. Paula y yo comentamos lo mismo cuando veníamos hacia aquí.

Paula se quedó callada un momento, pensando.

—Todos sentimos su presencia porque se encuentra aquí

—dijo con un tono lleno de equilibrio—, Winston. A nuestro lado. Y en nuestro interior. Ella hizo de nosotros lo que somos, nos dio tanto de sí misma que estamos rebosantes de su espíritu.

Una repentina sonrisa, afectuosa y encantadora, se extendió por el rostro cansado de Paula.

—La abuela permanecerá con nosotros toda la vida. Así que, en cierto modo, nunca morirá realmente. Emma Harte vivirá siempre a través de nosotros.

El funeral de Emma se celebró en la catedral de Ripon tal como ella había pedido, a la una del mediodía del martes siguiente a su muerte.

Estuvo presente toda su familia junto con amigos, colegas, empleados y la mayoría de los habitantes del pueblo de Penniston Royal, donde había vivido durante más de treinta años. La catedral se hallaba abarrotada y, si bien algunos de los presentes conservaban los ojos secos, la mayoría tenía el rostro lloroso y apenado.

Los seis portadores que Emma había dejado elegidos llevaron su féretro por la gran nave desde la puerta, atravesando el presbiterio hasta el altar. Tres de ellos eran sus nietos: Phillip McGill Amory, Alexander Barkstone y Anthony Standish, conde de Dunvale. Los otros tres eran Winston Harte, su sobrino nieto, Shane O'Neill y Michael Kallinski, estos dos últimos, nietos de sus dos amigos más queridos.

Aunque el féretro no pesaba, los seis jóvenes anduvieron despacio, con pasos reposados, acompasándolos con la música del órgano que se elevaba hasta la gran bóveda de la antigua catedral. Finalmente, los portadores se detuvieron frente al magnífico altar y dejaron el féretro de Emma rodeado de exquisitos ramos y coronas de flores. El lugar donde colocaron el ataúd estaba iluminado por la luz vacilante de innumerables velas y los rayos de sol que penetraban por las vidrieras de colores de los ventanales.

La familia ocupaba los primeros bancos. Paula estaba sentada entre su madre y Jim. Su padre se hallaba al otro lado de Daisy. Él, a su vez, tenía, a su derecha, a Emily, que consolaba a Amanda y a Francesca las cuales lloraban ininterrumpidamente con la cara oculta tras sus pañuelos mojados. Aunque Emily estaba tan apenada como sus hermanas, pudo conservar la calma e intentó dar ánimos a las dos jovencitas.

Cuando los portadores del féretro se sentaron con el resto de los asistentes, el reverendísimo Edwin LeGrice, Deán de Ripon, comenzó la corta ceremonia. Dijo palabras muy bellas sobre Emma, de manera elocuente y conmovedora y, cuando descendió del púlpito, diez minutos después, Randolph Harte, el sobrino de Emma, ocupó su lugar.

Randolph pronunció el único panegírico. A veces le costaba trabajo hablar, su fuerte voz se quebraba por la emoción y se ahogaba en mitad de las frases, mostrando su pena por haberla perdido. Las palabras de Randolph sobre su tía fueron sencillas y cariñosas, y salieron de su corazón con genuina sinceridad. Sus elogios se limitaron a la enumeración de los atributos de Emma como ser humano. No mencionó su actividad en los negocios como una de las magnates más poderosas del mundo. En vez de eso, se refirió a su generosidad de espíritu, su bondad natural, su corazón comprensivo, su lealtad como amiga y pariente, sus extraordinarias cualidades como mujer de carácter notable y a su indómita fuerza de voluntad.

Tras el panegírico, que había hecho llorar a muchos, el coro de la catedral de Ripon se levantó y, en un hermoso tono, dulce y armonioso, interpretó ¡*Adelante, Soldados Cristianos!*, uno de los dos himnos que Emma había aprendido de niña y que dispuso que se cantase ese día.

Cuando el coro se sentó, el Deán de Ripon regresó al púlpito. Rezó una oración con los asistentes antes de ofrecer su propio rezo por el alma y el descanso eterno de Emma Harte. Al terminar rogó a todos los asistentes que también ellos rezasen su oración y pidiesen por Emma Harte durante los siguiente minutos de absoluto silencio.

Paula, con la cabeza inclinada, cerró los ojos con fuerza pero, a pesar de eso, las lágrimas brotaron y cayeron sobre sus manos entrelazadas. El silencio reinó en la catedral, envolviendo a todos los presentes. Aunque, de vez en cuando, resonaba en el silencioso lugar santo el eco de un gemido contenido, un suspiro de dolor o una tos ahogada.

Y, entonces, de pronto, su voz sonó, tan clara y pura que Paula pensó que su corazón iba a detenerse. Sabía que Shane iba a cantar *Nueva Jerusalén*, pues era uno de los últimos deseos de Emma pero, sin embargo, se sorprendió. Se llevó el pañuelo a la cara y se preguntó qué haría para soportar esta parte de la ceremonia.

Shane O' Neill de pie, solo, en una esquina de la catedral, cantó el viejo himno de William Blake sin acompañamiento y su espléndida voz de barítono resonó en cada rincón de la iglesia.

Cuando llegó al final de la primera estrofa y comenzó la segunda, Paula experimentó que una sensación de paz y liberación la envolvía con sus palabras. Shane la tenía hipnotizada.

Su voz vibrante se extendía para caer sobre todos los presentes mientras cantaba:

> ¡Dadme mi arco de oro ardiente!
> ¡Dadme mis flechas de deseo!
> ¡Traed mi lanza! ¡Abríos, oh nubes!
> ¡Traedme mi carro de llama!
>
> No cejará en mi espíritu la lucha
> ni ha de dormirse en mi mano la espada,
> hasta que levantemos otra Jerusalén
> en el solar verdeante y dulce de Inglaterra.

Al apagarse la voz de Shane, Paula comprendió inesperadamente la necesidad, el significado y la importancia de la ceremonia y el ritual de la muerte. De alguna forma, le estaban ayudando a mitigar su tristeza. Las oraciones, aunque hubiesen sido breves, el coro y Shane cantando armoniosamente, los ramos de flores y la extraordinaria belleza de esa antigua catedral aplacaban su intenso dolor. La presencia del Deán, a quien conocía desde hacía años, la tranquilizaba y reconfortaba. Pensó que cuando el dolor podía ser compartido de esa manera, su peso era más soportable. Sabía que la ceremonia había sido un poco más elaborada de lo que a su abuela le hubiese gustado pero sintió que, en cierto modo, había consolado mucho a aquellos que habían querido a Emma y que lamentaban haberla perdido. «La hemos honrado y le hemos rendido un maravilloso tributo al dejar esta vida terrena —pensó Paula—. Ha sido la forma de darle nuestro último adiós lleno de cariño.» Al levantar la cabeza, Paula sintió que nuevas fuerzas la impelían a continuar.

En ese momento observó la angustia de su madre. Daisy lloraba desconsoladamente sobre el hombro de David. Paula le puso la mano sobre el hombro.

—No te preocupes, mamá —susurró—. Consuélate sabiendo que ha encontrado la paz. Se ha ido con tu padre, con Paul, y ahora están juntos para siempre, para toda la eternidad.

—Sí —gimió Daisy—. Lo sé, cariño, lo sé. Pero la echo tanto de menos. Era la mejor. La mejor de todo el mundo.

Cuando los portadores volvieron a coger el féretro, la música del órgano comenzó a sonar de nuevo y fue aumentando de volumen gradualmente. Lo sacaron de la catedral volviendo a recorrer el presbiterio y la nave principal. Los familiares de Emma siguieron al féretro y se quedaron en la puerta viendo cómo lo introducían en el coche fúnebre y lo cubrían con un manto de flores para su último viaje.

Paula vio que Edwina estaba tan conmocionada y llorosa como su madre y, en un súbito impulso, se acercó a ella y la cogió del brazo.

—Me alegro de que hicieras las paces con la abuela —dijo Paula con voz entrecortada—. Me alegro mucho, tía Edwina.

Ella se volvió a mirarle con aquellos ojos, de un gris tan claro, llenos de lágrimas.

—Fue demasiado tarde. Debí haberlo hecho mucho antes. Yo estaba equivocada. Muy equivocada, Paula, querida.

—Ella lo entendió —dijo Paula—. Siempre lo comprendía todo, ésa era la mejor virtud de Emma Harte. Y se puso muy contenta cuando os hicisteis amigas... Estaba entusiasmada, si te digo la verdad.

—Eso me sirve de consuelo —dijo Edwina en voz baja—. Tú y yo también debemos ser amigas. ¿Me perdonas?

—Sí —fue todo lo que Paula pudo decir al inclinarse y darle un beso.

Una larga fila de coches formaba el cortejo que salió de Ripon por la carretera de Harrogate. Pronto dejaron atrás los bucólicos valles de los Dales, atravesaron Leeds, el centro del imperio de Emma, y los sucios valles industriales de West Riding, hasta empezar a ascender por la estrecha carretera que cruzaba la cordillera Penina.

Bajo la luz del sol de una tarde de primeros de setiembre, los siniestros y salvajes páramos de Yorkshire habían perdido esa negrura y aspecto lúgubre que tanto podían intimidar. Oscuros e impecables durante la mayor parte del año, esa tarde resplandecían con un maravilloso y repentino esplendor. Como sucedía siempre al acabar el verano un mar ondulado de brezales de color púrpura y magenta se extendía sobre la gran extensión de páramos silvestres y vacíos. Era como si un gran manto de púrpura real se hubiese desplegado y se agitase bajo la brisa suave. Sobre él flotaba un cielo resplandeciente, tan azul como las verónicas, en el que brillaba la increíble claridad de la luz del norte de Inglaterra. El aire era puro y vivificante. Las alondras y pardillos revoloteaban y daban vueltas en el cielo y sus cantos armoniosos rompían el silencio del aire luminoso en el que flotaba el aroma del brezo, las campánulas y otras flores silvestres.

Finalmente, el cortejo empezó a descender dejando atrás los páramos y, algunas horas después de haber partido de Ripón, se adentraba lentamente en el pueblo de Fairley. El coche fúnebre se detuvo frente a la pintoresca iglesia normanda donde Emma había sido bautizada ochenta y un año antes.

Los seis jóvenes portadores, que representaban a los tres clanes levantaron el féretro por última vez. Con paso lento y cuidadoso, atravesaron la verja del cementerio y se dirigieron a la tumba junto a la que les esperaba el reverendo Huntley.

Los habitantes de Fairley se hallaban junto a los muros de piedra, bajo los árboles, en los senderos que rodeaban el cementerio. Estaban afligidos, en silencio. Los hombres con la gorra en la mano, las mujeres y los niños con ramos de flores silvestres y brezos para la tumba; todos tenían la cabeza inclinada y la mayoría lloraba en silencio. Habían venido a rendir su último tributo y decir adiós a una mujer que era de los suyos, alguien que, a pesar de haber tenido tanto éxito, nunca los había olvidado.

Tras una breve ceremonia bajo ese cielo vasto y resplandeciente que ella había considerado único, enterraron a Emma Harte en la tierra benigna en la que descansaban, desde hacía tanto tiempo, las personas a las que ella había amado. Su tumba estaba entre la de su madre y la de Winston; el lugar de su último descanso se escondía entre los páramos que tanto había amado, por los que había deambulado tan a menudo cuando era niña y en los que nunca se sintió sola en su tristeza.

Libro tercero

LA MAGNATE

Deja de preguntarte lo que el mañana te deparará
y descansa mientras disfrutas cada día que la For-
[tuna te conceda.

HORACIO

CAPÍTULO XLIV

—Creo que todavía sucede algo sospechoso —murmuró Alexander, yendo y viniendo por el despacho de Paula en los grandes almacenes de Londres.

—Yo también —dijo Paula, siguiendo con la vista sus pasos entre la chimenea y el escritorio—. Pero tener una sospecha no es suficiente. Necesitamos alguna evidencia concreta para tomar medidas contra Jonathan. Y quizá, contra Sarah también. Todavía no estoy segura de que ella nos esté traicionando o no.

—Yo tampoco. Pero tienes mucha razón, tenemos que encontrar pruebas para poder acusarle.

Alexander se frotó la mejilla con expresión pensativa. Se paró frente al escritorio de Paula y se quedó mirándole.

—Mi instinto me dice que el doble juego de Jonathan está ante mis propias narices y puedes apostar a que muy pronto me toparé un día con él —dijo agitando la cabeza—. Y, para decirlo con palabras de la abuela, no me gustan las sorpresas desagradables.

—¿Y a quién sí? —suspiró Paula, sintiendo que su preocupación aumentaba.

Sabía que Alexander era el más moderado de los hombres, poco amigo de las exageraciones y los vuelos de la imaginación. Además, su abuela había estado convencida del engaño de Jonathan Ainsley hasta el día de su muerte, cinco semanas antes. Aunque, como ellos, Emma no había encontrado ninguna prueba. Paula se recostó en la silla.

—Sea lo que quiera que esté buscando —dijo—, lo hace

con mucha astucia, pues los contables no han encontrado nada raro al revisar los libros.

—Claro que sí, ya sabes lo solapado que ha sido siempre —repuso Alexander—. ¡Por Dios!, jamás ha dejado que su mano derecha se enterase de lo que hacía la izquierda. No ha cambiado mucho con los años.

La miró con una expresión triste.

—Don Littleton cree que estoy loco de atar. Si ya le hice revisar los libros una vez, ahora he hecho que los investigue docenas de veces.

Alexander se encogió de hombros con aire de impotencia.

—Don y otros dos auditores de su empresa han revisado la inmobiliaria con microscopio. No hay nada raro... ni una sola cosa que parezca sospechosa. Al menos, en lo que al dinero se refiere.

Paula se echó hacia delante, apoyó los codos sobre la mesa y se llevó las manos a la cara.

—No iba a ser tan estúpido como para dedicarse a *robar*, Sandy. Es listo, habrá cubierto todas las pistas que conduzcan a él. Ojalá pudiéramos encontrar alguna forma de que se descubriese y nos mostrase su juego...

Dejó la frase sin terminar y consideró la idea, estrujándose el cerebro para encontrar alguna alternativa viable.

Philip, el hermano de Paula, que estaba sentado en el sofá, al otro extremo del despacho, había escuchado en silencio durante los últimos quince minutos. Finalmente, se decidió a hablar.

—De la única manera que conseguirás atrapar a nuestro querido primo es tendiéndole una trampa.

Alexander giró sobre sus talones.

—¿Cómo? —preguntó.

Philip se levantó y se dirigió hacia ellos. De todos los nietos de Emma, Philip McGill Amory era el más apuesto. Parecía una réplica exacta de la imagen de su abuelo y tenía el aire McGill que su madre y su hermana habían heredado. Su cabello era de un negro brillante, sus ojos, de un extraño color azul, rayaban en el violeta oscuro. Y era alto, varonil y arrollador como lo había sido Paul McGill. Con sólo veinticuatro años, Philip resultó ser también el más inteligente de los nietos de Emma Harte; había sido dotado con la extraordinaria perspicacia para los negocios y el genio financiero de Paul, así como gran cantidad de la nada despreciable brillantez de su abuela. Había sido entrenado por Emma, con sumo cuidado, desde los diecisiete años y, tras hacerse cargo del vasto imperio McGill en Australia, había demostrado muchas veces ser merecedor de la confianza de Emma. Era considerado como un hombre a tener en cuenta, y alguien con una sabiduría que no correspondía a su edad.

Se detuvo junto a Alexander y le puso una mano en el hombro.

—Te diré cómo dentro de un minuto, Sandy.

Se sentó en uno de los sillones que había frente a su hermana.

—Ese detective que la abuela contrató, Graves —señaló—, no pudo encontrar nada raro sobre Jonathan. De todos modos, *pienso* que es muy probable que tenga su propia empresa... dirigida por algún hombre de paja...

—No creas que he desechado esa posibilidad —le interrumpió Alexander con ardor—, porque no lo he hecho.

Phillip asintió.

—De acuerdo, pero partamos del supuesto de que posee su propia inmobiliaria, y que ha estado canalizando los negocios hacia ella... grandes negocios que, por derecho, «Harte Enterprises» debería haber realizado. Eso es suficiente para ahorcarlo.

Philip se inclinó hacia delante con decisión. Miró a su hermana primero y, después, a Alexander.

—Propongo que le pongamos la soga al cuello. Y os diré cómo. Es muy sencillo, en realidad. Debemos hacer que alguien le proponga un negocio a Jonathan para «Harte Enterprises». Bueno, la clave es ésta...: tenemos que conseguir presentárselo tan atractivo y tan jugoso que no pueda resistir la tentación de traspasarlo a su empresa. Como es natural, ha de ser tentador en extremo, y tan grande, tan extraordinario, que su codicia ciegue su entendimiento. Si la apuesta es lo bastante grande, actuará a la ligera, creedme, lo hará.

Philip se recostó, cruzó sus largas piernas y pasó su mirada de Alexander a Paula para volverla al primero.

—Bueno, ¿qué decís? —preguntó.

Alexander se dejó caer en el otro sillón y asintió lentamente.

—Debo admitir que es un plan interesante y yo le respaldaré, contando con que puedas responder a un par de preguntas.

—*Suéltalas.*

—Philip, seamos prácticos, ¿dónde diablos vamos a encontrar ese tentador negocio que nos sirva de cebo para Jonathan? Ésa es para empezar, y segunda, ¿a quién vamos a buscar para que se lo ofrezca? —Alexander esbozó una sonrisa—. No subestimes a nuestro perspicaz primo... Detectará los fallos inmediatamente.

—¡Ah, pero es que no habrá ninguno —contestó Philip con indiferencia—. Conozco a alguien que puede ofrecerle el negocio a Jonathan, es un amigo íntimo que tiene una inmobiliaria aquí, en Londres. Eso responde a tu primera pregunta. En cuanto al negocio en sí, creo que mi amigo tendrá en el bolsillo algo apropiado y tentador. Todo lo que necesito es vuestra aprobación; después, hablaré con él.

—Supongo que merece la pena intentarlo —dijo Alexander, consciente de la inteligencia y discreción de Phillip.

Se volvió hacia Paula.

—¿Qué opinas?

—Si tú estás de acuerdo, yo también, Sandy —dijo ella.

Miró a su hermano.

—¿Cómo se llama tu amigo? —preguntó.

—Malcolm Perring. Seguro que te acuerdas del viejo Malcolm... estuvimos en Wellington juntos.

—Vagamente. Creo que me lo presentaste una vez, cuando fui a visitarte a mitad de curso.

—Sí, lo hice. El caso es que seguimos siendo bastante buenos amigos cuando salimos del colegio; después, fue a Australia durante un año y...

—Jonathan se va a dar cuenta de que hay gato encerrado —le interrumpió Paula tajante—. Tú y Malcolm estuvisteis en la misma escuela, él estuvo en Australia. Jonathan puede relacionaros juntos.

—Lo dudo —dijo Philip con tono seguro y confiado—. Malcolm volvió aquí hace un par de años. Cuando su hermano murió de un ataque al corazón con treinta y nueve años, heredó su inmobiliaria. Además Jonathan no va a hacer muchas preguntas personales y Malcolm puede mostrarse hábil y evasivo.

—Te creo. Sé que no meterías a nadie en nuestros asuntos si no supieras que es absolutamente discreto. Tendrás que depositar tu confianza en él —afirmó Paula.

—Por supuesto. Pero podemos fiarnos de Malcolm... es todo un tipo, Paula —rió Philip entre dientes—. Estoy seguro que tiene preparado cualquier negocio, «Perrins and Perrins» es una gran empresa, y, ¿no sería irónico que fuésemos capaces de matar dos pájaros de un tiro? Cogemos a Jonathan con las manos en la masa y hacemos un buen negocio para «Harte Enterprise» al mismo tiempo.

Alexander se rió secamente, lanzó una seca carcajada, divertido con la idea.

—¡Oh, cómo le gustaría esto a la abuela!

Paula esbozó una sonrisa.

—Ya que Alexander está de acuerdo, deberíamos seguir adelante, Philip. Tiene que ser decisión suya... es el director gerente de «Harte Enterprises».

—No tenemos nada que perder y, francamente, me alegro de que hayamos pasado a la acción —exclamó Alexander—. Estar esperando a que Jonathan Ainsly se descubra es muy frustrante. Creo que debemos obligarle a delatarse si podemos.

—Hablaré con Malcolm a primera hora de la mañana. —Philip consultó su reloj—. Si vamos a comer algo antes de ir al despacho de John Crawford, creo que deberíamos empezar a salir ya. Son las once y media. Tenemos que estar allí a las dos y media, ¿no, Paula?

—Sí.

Ella se levantó, se quitó una pelusa del vestido negro.

—No me apetece nada de lo de esta tarde... —comenzó a decir.

Se calló, el labio superior le tembló y los ojos se le llenaron de lágrimas. Apartó la mirada con rapidez. Tras un momento, logró serenarse y les dirigió una débil sonrisa a los dos hombres.

—Lo siento —dijo—. Me sucede cuando menos lo espero. Pienso en la abuela y me derrumbo. No me habitúo a su ausencia. Es horrible, se ha hecho un gran vacío en mi vida... en las vidas de todos nosotros, supongo.

—Sí —coincidió Philip—. Alexander y yo nos sentimos igual que tú. Hablamos de eso cuando cenábamos ayer. Es duro darse cuenta de que no va a dejar caer algún consejo poco ortodoxo entre nosotros, pero increíblemente astuto, o uno de sus comentarios expresivos y directos.

Philip dio la vuelta alrededor del escritorio, cogió a Paula por los hombros con cariño y se quedó mirando su cara pálida.

—La lectura del testamento será muy penosa, Paula, porque acentúa la realidad de su muerte. Pero debes estar allí... todos debemos asistir.

Intentó acabar con un tono despreocupado:

—La abuela se pondría furiosa con nosotros si no lo hiciésemos.

Paula asintió y lanzó una tenue sonrisa ante aquel último comentario, sabiendo que lo había dicho para tranquilizarla. Se sintió algo menos triste.

—Te diré una cosa... se me revuelve el estómago cuando pienso en esas sanguijuelas que van a estar presentes —dijo, lanzando un suspiro—. En fin, no podemos evitarlo, vuelvo a rogaros que me perdonéis. Creo que mientras menos hablemos de lo de esta tarde, mejor. Ahora, vamos a almorzar. Emily se reunirá con nosotros, he reservado una mesa en el «Ritz».

—¡El «Ritz»! —exclamó Philip con sorpresa—. ¿No es un poco elegante para tomar un almuerzo frugal?

Paula se cogió del brazo de su hermano; después los miró, a él y luego a Alexander, con un brillo de alegría en los ojos.

—No, de verdad. Era uno de los sitios favoritos de la abuela. Y lo elegí porque va asociado a muchos momentos felices de nuestras vidas... a todas aquellas veces que nos llevó allí cuando éramos pequeños —aclaró Paula, y se dirigió a su hermano—. ¡Además, tú y yo quizá no estuviéramos aquí si Emma y Paul no se hubiesen permitido un ligero coqueteo en el «Ritz» hace sesenta años!

—Exacto —contestó Philip riéndose—. ¡Y creo que, en ese caso, el almuerzo debería correr a cuenta de Paul McGill! Considero que debo invitaros.

—Muy amable de tu parte —dijo Alexander mientras salían al despacho y se dirigían al ascensor.

Durante la bajada, Alexander y Philip hablaron un momomento sobre Malcolm Perring. Satisfecho el primero de sus respuestas y convencido de que su primo había escogido al hombre adecuado para que les ayudase a acorralar a Jonathan, preguntó:

—Por cierto, ¿cuánto tiempo vamos a tener el placer de verte por aquí?

—Me quedaré hasta finales de octubre; por lo visto, en esa fecha, iré a Texas con Paula. Eso me ha comunicado antes de que llegaras. Asuntos de «Sitex». Desde allí, volveré a Sidney durante un par de semanas y, luego, vendré a casa otra vez, por Navidades.

—¡Oh! exclamó Paula—. No me lo habías dicho.

—Lo he decidido esta mañana en el desayuno. No he tenido oportunidad de hacerlo. Mamá se encuentra muy deprimida todavía, creo que yo debería estar aquí. Ella se alegrará. También he accedido a ir con ellos a Chamonix en enero y, como es lógico, los dos se han alegrado mucho.

—Y yo también, es una excelente noticia.

Alexander sonrió.

—Tía Daisy y tío David nos han invitado a Maggie y a mí.

Miró a Paula.

—¿Vas a cambiar de planes ahora que viene Philip?

—No. Cuando me tomo vacaciones, me gusta tumbarme al sol y ponerme morena. Como sabéis, las pistas de esquí no me han atraído nunca. Además, tengo que estar en Nueva York en enero. Vamos a hacer una promoción de moda francesa e italiana en los almacenes y también inauguraré entonces la tienda de «La Mujer Total» en nuestra sucursal de la Quinta Avenida.

Al salir del ascensor, les dirigió una sonrisa maliciosa.

—Alguien tendrá que trabajar en esta familia.

Salieron a Knightsbridge, riéndose, cogieron un taxi y se dirigieron al «Hotel Ritz».

Emily ya estaba esperándoles en el restaurante. Vestía un elegante traje negro que le sentaba muy bien y realzaba perfectamente su rubia belleza pero, sin embargo, su expresión era melancólica. Mientras sus primos y su hermano se sentaban, los miró con ojos tristes.

—Estaré más tranquila cuando se haya acabado el día —murmuró a Alexander—. Me deprime mucho pensar que voy a oír la lectura del testamento.

—Vamos, Emily —dijo su hermano—, encanto, anímate.

—Philip y yo acabamos de decirle lo mismo a Paula.

Le apretó el delicado brazo.

—La abuela no lo aprobaría. Seguro que se pondría furiosa si nos viese aquí sentados lamentándonos. ¿Recuerdas lo que solía decir?

—¿Qué cosa en particular? —preguntó Emily pensativa.

—El comentario que repetía con tanta frecuencia cuando fracasábamos en algo o sufríamos alguna decepción. Solía decirnos que nos olvidásemos de lo pasado y que pensáramos en el futuro sin volver la vista atrás. ¿No crees que es eso lo que deberíamos hacer, sobre todo hoy?

—Sí —admitió Emily, dirigiéndole una sonrisa más alegre.

Philip se puso serio.

—Voy a pedir una botella de champaña y vamos a brindar por esa mujer tan extraordinaria que nos dio la vida, nos enseñó todo lo que sabemos e hizo de nosotros lo que somos.

Llamó al camarero de los vinos con un gesto.

Cuando Philip pidió una botella de «Don Pérignon», y mientras esperaban a que la llevasen, Paula se inclinó hacia Emily.

—Philip ha tenido una buena idea, ha pensado una forma con la que posiblemente hagamos que Jonathan se descubra. Te lo contará con todo detalle cuando hayamos brindado por la abuela —susurró.

—Estoy impaciente por oírle —exclamó Emily.

Al pensar en la perdición de Jonathan, sus brillantes ojos verdes se entrecerraron con una mirada perspicaz.

—Ese sí que sería un buen tributo a la abuela; si pudiésemos descubrir su traición y le tratásemos en la forma que ella hubiese hecho.

CAPÍTULO XLV

John Crawford, abogado de Emma y socio mayoritario de la firma Crawford, entró apresuradamente en la gran sala de juntas.

Lanzó una mirada a su alrededor y asintió con satisfacción. Las veinticuatro sillas que normalmente rodeaban la larga mesa de caoba se habían aumentado con cinco más hasta llegar a veintinueve. Su secretaria las había llevado de los otros despachos de la firma de abogados para que las veintiocho personas que esperaba de un momento a otro se pudiesen acomodar en la sala.

John cruzó la habitación y dejó el testamento de Emma en la cabecera de la mesa, frente a su propia silla. Le dirigió una breve pero pensativa mirada. Era un abultado documento y le esperaba una larga sesión. «No importa», pensó y, encogiéndose de hombros ligeramente, se dirigió a la ventana, apartó las cortinas y miró a Upper Grosvenor Street.

Unos segundos después, vio que un taxi se paraba en la puerta. David Amory se apeó de él, seguido por Daisy y Edwina. Incluso desde esa distancia, pudo observar que Daisy parecía cansada y muy triste, pero se la veía tan hermosa como siempre. Lanzó un hondo suspiro. No era de extrañar que su matrimonio hubiese sido un fracaso. Resultaba imposible estar casado con una mujer mientras se adoraba a otra. Él había estado enamorado de Daisy desde que podía recordar. Pero, sobre todo, desde que era adulto. Nunca tuvo esperanzas. Ella se casó muy joven, y sólo había tenido ojos para David. ¡Qué especial era!, tan dulce y sencilla, sin que su extraordinaria fortuna la hubiese estropeado. Siguieron siendo buenos amigos, y trabajaban juntos dos días al mes, pues Daisy presidía la «Fundación Emma Harte», una rica institución benéfica. Era frecuente que Daisy necesitase su consejo en muchos otros asuntos y, algunas veces, tenía suerte y podía pasar un poco más de tiempo con ella. Él agradecía esas pequeñas migajas y siempre anhelaba aquellos almuerzos de negocios.

Se alejó de la ventana al oír la voz de su secretaria haciendo pasar a los Amory y a Edwina a la sala de juntas. Se acercó a saludarlos sonriendo, sorprendido por la palidez de Edwina. Al igual que Daisy, vestía un traje negro y, en consecuencia, su rostro parecía más descolorido y falto de vida que nunca. Además, aparte de eso, había envejecido mucho en las últimas semanas. Por lo que se veía, la muerte de Emma le había afectado profundamente, al menos en apariencia.

Se quedó charlando con los tres durante unos instantes y, luego, cuando los demás fueron llegando en rápida sucesión, los condujo a sus asientos respectivos. A las dos y veinte sólo Jim y Winston faltaban. Entraron apresuradamente cinco minutos más tarde, se excusaron y explicaron que habían sido retrasados por el intenso tráfico de Fleet Street.

A las dos y media en punto, John puso orden en la habitación.

—Es una ocasión muy triste la que nos reúne hoy aquí —pero, la última vez que vi a Emma, a principios de agosto, me dijo: «Nada de caras largas cuando me muera. Mi vida ha sido extraordinaria, he conocido lo mejor y lo peor, así que no me he aburrido. No me cantéis canciones tristes.» De todos modos, antes de que procedamos con el asunto que nos tiene reunidos, me gustaría decir que lamento, personalmente, la pérdida de una buena y querida amiga, que era la mujer más notable, no, permitan que me corrija, la persona más notable que he tenido el privilegio de conocer. La echaré mucho de menos.

Estas palabras provocaron unos murmullos aislados de aprobación antes de que John continuase hablando, pero con voz más solemne.

—Éste es el testamento y la última voluntad de Emma Harte Lowther Ainsley, a quien, de ahora en adelante, durante toda la lectura del documento, se citará, simplemente, con el nombre de Emma Harte.

Se aclaró la garganta y, en un tono más informal, añadió:

—Antes de su muerte, Mrs. Harte me dijo que algunos de los miembros más próximos de la familia conocían ciertos detalles del contenido, pues ella misma se los había revelado en abril de 1968. De todos modos, como en el testamento se dispone de todo el patrimonio y como no hay otros beneficiarios, debo leerlo en su totalidad. Además, es la ley. Por lo tanto, debo rogarles que sean comprensivos conmigo. Me temo que es un documento largo y bastante complejo.

Paula que se hallaba sentada entre Jim y Philip, se recostó en la silla juntó las manos sobre su regazo y dirigió su atención al abogado de la familia. Su rostro permanecía impasible.

Las primeras cinco o seis páginas detallaban el legado de Emma a los empleados de sus diversas casas y mostraban su generosidad y su especial consideración a cada persona según sus necesidades. Paula se alegró mucho cuando oyó que Hilda recibiría una espléndida pensión cuando se retirase, así como el título de propiedad de una de las casas que Emma poseía en el pueblo de Pennistone Royal.

Hilda no se encontraba presente, pero Gaye Sloan sí. La secretaria de Emma miró a Paula con una sonrisa de sorpresa y satisfacción cuando John leyó lo que Emma le había dejado a ella. Gaye recibiría doscientas mil libras y un juego de broche y pendientes en oro y diamantes.

En la segunda parte del testamento se disponía de la importante colección de obras de arte de Emma.

—En el testamento redactado en 1968 —explicó John—, Emma Harte legaba todas sus obras de arte, excepto los cuadros que están en «Pennistone Royal» a su nieto Philip McGill Amory. Este legado ha sido modificado. Mrs. Harte me dijo que había comentado este cambio contigo, que te había explicado sus razones para hacerlo y que tú habías entendido sus motivos perfectamente.

—Sí —dijo Philip—. La abuela quiso que le diera mi aprobación, pero le dije que no era necesario, que ella podía disponer de sus obras de arte como más le gustase, pues eran suyas y sólo suyas. Estoy totalmente de acuerdo con ella.

John asintió, miró el documento y continuó con él.

—*Como muestra de reconocimiento por sus muchos años de devoción, lealtad y amistad, lego a Henry Rossiter el paisaje de Van Gogh; a Ronald Kallinski, el Picasso de la «época azul»; a Bryan O'Neill, la bailarina de Degas, todos los cuales se hallan en mi residencia de Belgrave Square. A mi amado sobrino Randolph Harte, en aprecio de su amor y amistad, lego los cuatro cuadros ecuestres de Stubbs y las dos esculturas de Barbara Hepworth que, en la actualidad, se encuentra en «Pennistone Royal». Todas mis otras obras de arte, a excepción de aquellas que se encuentran en «Pennistone Royal», se las lego a mi nieto Philip. También queda excluido de este legado a Philip el cuadro pintado por Sally Harte titulado* La Cima del Mundo.

Philip se inclinó hacia Paula.

—Tío Randolph y los demás están muy conmovidos —susurró—. Me alegro que esos regalos sean para ellos, ¿tú no?

Paula asintió y esbozó una ligera sonrisa.

John Crawford continuaba:

—*En cuanto al reloj de Fabergé...*

El abogado hizo una pausa, bebió un poco de agua y siguió explicando que Emma deseaba que aquella obra de arte se subastara y que el dinero recaudado fuese repartido entre los nietos que se lo habían regalado en su octogésimo cumpleaños. Si obtenían por el «Huevo de Pascua Imperial» más de lo que habían pagado por él, la diferencia sería destinada a obras de caridad, de acuerdo con los deseos de Emma.

Paula miraba disimuladamente a su alrededor. Se daba cuenta de que la tensión se había ido acumulando durante los últimos quince minutos, observó la ansiedad escrita en los rostros de Robin, Kit y Elizabeth. Edwina, por otro lado, parecía indiferente a la reunión, mientras se retorcía las manos sobre el regazo. Parecía más apenada que nunca.

—Ahora llegamos a los fideicomisos que Emma fundó para sus hijos —empezó a decir John.

Paula casi podía sentir la ansiedad y los nervios que emanaban de sus dos tíos y de su tía. Apartó la mirada de ellos y volvió a dirigirla hacia John.

El abogado se recostó en la silla.

—Los fideicomisos —dijo—, que empezaron a ser efectivos hace algunos años, no han sido rescindidos ni modificados en forma alguna por Mrs. Harte. Siguen intactos y los beneficiarios, Edwina, Kit, Robin y Elizabeth seguirán recibiendo los intereses de dichos fideicomisos.

Mientras John aclaraba algunos detalles al respecto, Paula, al igual que había notado antes el temor dibujado en las caras de los tres, vio que iban cambiando por un profundo alivio. Robin y Elizabeth, su hermana gemela, eran incapaces de ocultar su júbilo. Kit conservó la expresión de seriedad, pero le traicionó el brillo de triunfo de sus ojos. Sólo Edwina estaba indeciblemente afligida y lloraba copiosamente tras el pañuelo. Paula supo, sin duda, que su tía pensaba en Emma y que comprendía, una vez más lo justa que su madre había sido.

—Ahora seguiré con los fideicomisos que Emma Harte creó para sus nietos —anunció John.

Paula adoptó una expresión muy alerta. No podía dejar de preguntarse si su abuela los habría cambiado. Pronto supo que Emma no lo había hecho. Emily, Sarah, Alexander, Jonathan, Anthony, Francesca y Amanda seguirían recibiendo el rédito de los fideicomisos que Emma les dio en abril de 1968. Tras especificar los términos del fideicomiso, el abogado se detuvo y cambió de postura en la silla.

Dirigió la mirada a Paula y, luego, a Anthony.

—Llegados a este punto —recalcó—, debo decirles que Emma Harte creó tres fideicomisos adicionales. Son para sus bisnietos, Lorne y Tessa Fairle, hijos de Jim y Paula Fairley, y Jeremy, vizconde de Standish, hijo de Anthony y Sally Standish, condes de Dunvale. Cada uno de estos fideicomisos es de un millón de libras.

John volvió a coger el testamento y leyó durante un rato, las palabras exactas con las que Emma expresaba su voluntad al respecto del tema. Cuando terminó ese apartado, empezó con cierta rapidez, la parte del testamento en la que Emma repartía sus vastas empresas y la enorme fortuna de los McGill. Esa vez, también había dejado intacto el testamento de 1968. Alexander recibía el cincuenta y dos por ciento de las acciones de «Harte Enterprise» y era nombrado formalmente director de la compañía con carácter vitalicio. Emily, su hermana, así como Sarah y Jonathan, recibían el quince por ciento de las acciones cada uno. En caso de muerte o incapacidad de Alexander, Emily asumiría, automáticamente, el control de la compañía, también con carácter vitalicio.

Paula miró a Jonathan y se preguntó si sabían la suerte que habían tenido. Jonathan apenas si podía ocultar su júbilo, Sarah sonreía satisfecha y Paula, al darse cuenta, adoptó una expresión fría e inescrutable.

Al oír mencionar su nombre, prestó toda su atención a John, aunque no esperaba ninguna sorpresa. Escuchó mientras el abogado repetía las palabras que Emma había escrito en 1968. Paula recibía todas las acciones de Emma en «Harte Stores», lo que le daba el control total de la compañía.

Daisy McGill heredaba toda la fortuna de los McGill, estipulándose que su hijo Philip seguiría siendo el director ejecutivo de la «McGill Corporation» de Australia, un conglomerado que formaban las diversas compañías de los McGill. Paula seguiría siendo también la representante de su madre en todos los asuntos concernientes a «Sitex Oil». Cuando Daisy muriese, todas las empresas de los McGill serían divididas equitativamente entre Paula y Philip. Daisy heredaba «Pennistone Royal», todas las tierra y propiedades que lo rodeaban, los muebles, los objetos y obras de arte que había en la casa, así como las esmeraldas de Paul McGill. La casa, las tierras y las joyas pasarían a Paula cuando su madre muriese. Ésta recibiría, también, el resto de la gran colección de esmeraldas que su abuela poseía.

—Las otras joyas de Mrs. Harte serán repartidas, en su mayor parte, entre sus nietas. De todos modos, hay otros legados para Marguerite Barkstone, esposa de Alexander; sus sobrinas nietas, Sally Harte Standish y Vivienne Harte y a su sobrina Rosamund Harte Ellsworthy —dijo John—. Éstas son las joyas que Emma escogió para cada una: «A mi querida nieta Emily Barkstone lego mi colección de zafiros, compuesta de...»

John empezó a leer la larga lista con voz monótona.

El abogado tardó casi una hora en acabar la relación de esa parte del testamento, pues Emma había sido poseedora de una gran colección de joyas, los que no eran beneficiarios empezaron a impacientarse. Se oyeron ruidos apagados que hacían al moverse alrededor de las sillas. Comenzaron a fumar. Alguien se sirvió un vaso de agua. Edwina se sonó la nariz varias veces. Robin tosió con la mano delante de la boca...

John Crawford, como siempre, conservaba su perfecta calma y, resultaba obvio, permaneció indiferente a los ruidos aislados. Leyó con todo detalle y lentitud la relación y todos ellos comprendieron que no tenía ninguna intención de darse prisa. Al fin terminó:

—Con esto acaban los detalles del legado de la colección de joyas de Mrs. Harte. Ahora, procederé con la parte en la que se dispone de algunas de sus propiedades inmobiliarias, a saber: la casa en Jamaica, en las Indias Occidentales, el apartamento de la avenida Foch, en París; y la villa en Cap Martin, en el sur de Francia.

El abogado les comunicó que el testamento otorgado por Emma Harte, en abril de 1968, seguía vigente. Emily Barkstone Harte heredaba el apartamento de París; su hermano, Alexander Barkstone, la villa de la Riviera, y Anthony, la casa en el Caribe.

Llegado a este punto, John, de repente, dejó el testamento encima de la mesa. Paseó su mirada por aquellos rostros y en el suyo pudo observarse un cambio perceptible al enderezarse la silla.

—Ahora es mi deber informarles que Emma Harter modificó el resto del testamento —anunció con un tono cauteloso.

Se oyeron algunas exclamaciones y la mayor parte de los asistentes se irguieron en sus sillas. Se intercambiaron miradas de preocupación. Paula sintió que la mano de Phillip le tocaba la rodilla y volvió la mirada hacia él arqueando las cejas antes de prestar atención a John Crawford de nuevo. Éste pasaba la página que acababa de leer y se quedaba examinando la siguiente.

Paula sintió que la tensión volvía a su alrededor y notó una atmósfera de expectación en el aire. Sus mejillas se atirantaron mientras apretaba una mano contra la otra, preguntándose qué bombas estarían a punto de caer. «En el fondo, yo lo sabía —pensó—. Sin darme cuenta, tenía el convencimiento de que la abuela se habría guardado alguna sorpresa en la manga.» Estaba impaciente por que John continuase.

Se produjo un silencio mortal en la habitación.

Veintiocho pares de ojos estaban enfocados, inmutables, en el abogado.

Finalmente, John levantó la mirada. Escudriñó sus caras por segunda vez, fijándose en la expresión de cada una. Algunas reflejaban miedo o ansiedad; otras, una ávida curiosidad y, el resto, interés simplemente. Sonrió y leyó en voz alta:

Yo, Emma Harte Lowther Ainsley, citada de aquí en adelante con el nombre de Emma Harte, declaro que los codicilos que se adjuntan a mi testamento en el día de hoy, veinticinco de abril del año del Señor de mil novecientos sesenta y nueve, han sido redactados con pleno uso de mis condiciones físicas y mentales. Asimismo, por la presente declaro y doy fe de que no he sido presionada ni influenciada por personas o persona alguna para introducir en mi testamento las modificaciones que se especifican a continuación, las cuales ha sido hechas por mi propia voluntad y obra.

John hizo una breve pausa al pasar la hoja y, luego, prestó toda su atención al documento que tenía en las manos.

—*Codicilo Uno. Lego a Shane Desmond Ingham O'Neill, nieto de mi fiel y muy querido amigo Blackie O'Neill, el anillo de diamantes que su abuelo me regaló. También, lego a Shane O'Neill el cuadro conocido como* La Cima del Mundo. *Además, lego a Shane O'Neill la suma de un millón de libras en forma de un fideicomiso que se ha creado para él. Dejo esto a Shane como muestra de mi cariño hacia él y en reconocimiento del amor y la devoción que me ha profesado siempre.*

Codicilo Dos. Lego a Miranda O'Neill, nieta de mi amigo Blackie O'Neill, el broche de esmeraldas que su abuelo me regaló; así como todas las otras joyas que Blackie me regaló a lo largo de su vida. La lista de dichas joyas se adjunta al final de estos codicilos. También, lego a Miranda la cantidad de quinientas mil libras en forma de fideicomiso. Lo hago como muestra de reconocimiento por el amor y afecto que me tenía y en memoria de su abuela, mi queridísima amiga Laura Spencer O'Neill.

Codicilo Tres. Lego a mi sobrino nieto Winston John Harte, nieto de mi querido hermano Winston, la propiedad conocido como «Heron's Nest», en Scarborough, Yorkshire, y la suma de un millón de libras en un fideicomiso similar a los mencionados con anterioridad. Además, lego a Winston Harte el quince por ciento de mis acciones de «Consolidated Newspaper International», la nueva empresa que él y yo fundamos en marzo de mil novecientos sesenta y nueve. Hago esto como prueba de mi cariño y por su amor, devoción y extraordinaria lealtad a lo largo de los años, y por ser el marido de mi nieta Emily, para beneficio de ambos y de los hijos que tengan en su matrimonio.

En este punto, John se detuvo, bebió un poco de agua y, consciente de la tensión que prevalecía en la atmósfera, se apresuró a continuar:

—*Codicilo Cuatro. Lego a James Arthur Fairley, esposo de mi nieta Paula Fairley, el diez por ciento de mis acciones de «Consolidated Newspaper International». Este es un legado personal para Jim Fairley y no tiene relación alguna con los fideicomisos establecidos para mis bisnietos Lorne y Tessa. Es una muestra de mi aprecio por su dedicación a mi persona y a mis intereses en «Yorkshire Consolidated Newspaper Company»; asimismo, también lo hago como prueba de mi afecto por él.*

Codicilo Cinco. A mi sobrina nieta Vivienne Harte, nieta de mi querido hermano Winston, y a mi sobrina Rosamund Harte Ellsworthy, hijo de mi querido hermano Frank, les lego quinientas mil libras a cada una en forma de fideicomisos creados para ellas. Hago esto por el considerable afecto que tengo a ambas y en memoria de mis hermanos.

Codicilo Seis. Lego a mi nieta Paula McGill Amory y a mi nieto Philip McGill Amory mi apartamento de la Quinta Avenida de Nueva York y la casa de Belgrave Square, de los que serán copropietarios. Se las dejo a Paula y a Philip porque fueron residencias que compró su abuelo, Paul McGill para mí. Tras una larga y cuidadosa consideración, he decidido que los nietos de Paul McGill tienen derecho a heredar dichos inmuebles. Por este motivo, he rescindido el legado que hice de ellos en el testamento redactado en abril de mil novecientos sesenta y ocho.

Codicilo Siete. Lego a mi nieta Paula McGill Amory Fairley el resto de mis pertenencias, incluidos los coches, los trajes, las pieles y el dinero de mis cuentas corrientes. Asimismo, lego a Paula Fairley todos los bienes de mi empresa privada «E. H. Incorporated». Dichos bienes incluyen la inmobiliaria de la que soy única propietaria, mi capital y mis acciones y beneficios. El valor total de dichos bienes está estimado en seis millones ochocientas noventa y cinco mil libras con seis chelines y seis peniques.

El notario levantó la cabeza y dijo a los reunidos:

—Con esto concluye la lectura del testamento de Emma Harte Lowther Ainsley, excepto...

—¡Un momento! —explotó Jonathan.

Se levantó de un salto, acalorado. Su mirada era violenta y su rostro estaba tan blanco como la pared.

—¡Voy a revocar este testamento! En el original me dejaba a mí el apartamento de la Quinta Avenida, y es mío por derecho. Voy a...

—Por favor, sé tan amable de sentarte, Jonathan —exclamó fríamente el abogado mientras lo miraba—. Aún no he terminado.

Congestionado, con visible ira, Jonathan hizo lo que se le pidió, pero no sin exclamar antes:

—¡Papá! ¿No tienes nada que decir a esto?

Robin, aunque estaba furioso, le hizo un gesto para que se callara.

Crawford continuó:

—Estaba a punto de leer la declaración que Mrs. Harte hace al final de su testamento —continuó Crawford—. Ahora, procederé a hacerlo y debo rogarles que no provoquen interrupciones de esa naturaleza. Ésta es la última declaración de Mrs. Harte: *Creo sinceramente que he distribuido mis bienes materiales de una forma correcta, apropiada y justa. Espero que mis herederos comprendan por qué algunos de ellos reciben un legado mayor que los otros.*

De todos modos, si alguno de ellos piensa que ha sido engañado o ignorado en favor de otros miembros de la familia, debo volver a afirmar que éste no es el caso. Además, si alguno piensa en revocar este testamento, debo advertirle encarecidamente de que no lo haga. Una vez más, afirmo que no he efectuado estos cambios bajo la influencia perniciosa de nadie. John Crawford, mi abogado, era el único que conocía mi decisión que he tomado por mi propia voluntad. Debo señalar también que hay documentos de fe de vida, firmados por cuatro médicos distintos, adjuntos a este escrito, que es mi última voluntad. Estos médicos me eran desconocidos antes de la fecha de este testamento y, por lo tanto, son partes desinteresadas. Dos médicos y dos psiquiatras que me examinaron la mañana y la tarde del veinticinco de abril de mil novecientos sesenta y nueve, los resultados de sus exámenes se describen con detalle en los documentos de fe de vida y confirman que gozo de una excelente condición física y perfecta salud, que soy mentalmente estable y que no tengo perturbadas mis facultades.

Por lo tanto, ahora debo advertir que este testamento es irreversible, irrevocable y absolutamente irrefutable. No puede ser impugnado ante los tribunales. Nombro albacea a mi querida y fiel hija Daisy McGill Amory, coalbacea a Henry Rossiter, del «Rossiter Merchant Bank» y a John

Crawford, de «Crawford, Creighton, Phillips and Crawford».

John se echó hacia atrás, esperando que la tormenta hiciese erupción.

Algo que sucedió casi de inmediato.

Todos empezaron a hablar al mismo tiempo. Jonathan se levantó y salió casi corriendo por toda la habitación, como si fuese a golpear a John Crawford. Robin también se levantó, y lo mismo hicieron Kit Lowther y Sarah. Los tres fueron hacia John con expresión enfurecida y una rabia incontrolada, mientras chillaban a coro.

Jonathan estaba furioso, comentaba a voces cuánto le habían perjudicado en favor de los O'Neill, y cómo Paula y Philip le había robado su herencia. Sarah comenzó a llorar. June, su madre, se le acercó corriendo. Intentaba consolarla y trataba de ocultar su gran contrariedad sin conseguirlo.

Bryan O'Neill se puso en pie, se acercó a Daisy y, como único miembro presente de su familia, afirmó que, en vista de la actitud de Jonathan, los O'Neill no aceptarían el legado de Emma.

Paula sentía el alboroto a su alrededor. Jim, que se hallaba sentado frente a ella, volvió la cabeza para mirarla con intensidad.

—¿No crees que la abuela ha sido muy buena al dejarme las acciones de la nueva empresa periodística? —preguntó a su mujer.

—Sí —dijo ella, notando el brillo de sus ojos y su sonrisa de satisfacción.

Philip, que estaba sentado a su derecha, le dio un golpecito en el hombro y se inclinó hacia ella. Paula volvió la vista y miró a su hermano. Se observaron con una larga mirada de entendimiento. Paula intentó conservar su expresión impasible, pero no lo consiguió. Apretó los labios para evitar reírse a carcajadas.

—La buena de la abuela pensó en todo, como siempre. Esas declaraciones juradas médicas han sido una brillante jugada de su genialidad. Los insatisfechos no pueden hacer nada... Emma Harte les ha dejado las manos bien atadas —murmuró.

Philip asintió.

—Sí, pero tendremos problemas con ellos, acuérdate de mis palabras. Por otro lado, conociendo el carácter de Jonathan, este inesperado giro de los acontecimientos quizá le induzca a actuar de forma precipitada. Probablemente, descubriremos su traición a la abuela antes de lo que pensábamos.

—Esperemos que sí. Tal vez ella lo pensó así también, Philip. No dudo de su sinceridad cuando escribió que nos dejaba esas casas porque éramos McGill, pero no olvidemos lo astuta y perspicaz que era.

Paula no pudo evitar una sonrisa afectada.

—Debemos reconocer que Emma Harte ha sido la última en reír.

—Y yo diría que lo ha hecho a carcajadas —contestó Phillip riendo entre dientes.

Daisy echó hacia atrás su silla y dio la vuelta alrededor de la mesa rápidamente.

—¡Pobre John...! Está siendo acusado injustamente —dijo, inclinándose sobre Paula—. Mamá ha sido la redactora de su testamento, y no él. Sólo es el abogado de la familia. ¿No puedes hacer que dejen de comportarse de esa manera tan grosera? Los Lowther y los Ainsley se están sobrepasando.

—Quizá papá pueda hacer algo —murmuró Paula.

—No —respondió Daisy con firmeza—. Emma Harte te ha designado cabeza de esta familia. Es responsabilidad tuya, cariño. Lo siento, pero es así.

Paula asintió y se levantó.

—Por favor, tranquilizaos un momento, todo el mundo.

Su natural reserva hizo que tuviese dificultades para imponerse a un grupo como aquél, pero, al ver que ninguno de los alborotadores le prestaba atención, se inclinó sobre la mesa y le dio un golpe con el puño cerrado.

—¡Callaos! ¡Todos! ¡Y sentaos!

Los Lowther y los Ainsley la miraron con antipatía y, aunque se quedaron alrededor de John Crawford, dejaron de discutir entre ellos.

—Gracias —dijo Paula con un acento más normal.

Pero su voz reflejaba la frialdad de sus ojos. Se enderezó completamente y su fuerte personalidad e innata autoridad sorprendieron a todos.

—¿Cómo os atrevéis a comportaros de manera tan inconsciente? —les reprendió con severidad—. Vuestra conducta es muy censurable, la de todos. Me parece que demostráis muy poco respeto por Emma Harte. ¡Dios mío! Sólo hace unas pocas semanas que ha muerto y aquí estáis vosotros, comportándoos como buitres, mientras os disputáis sus despojos.

Paula fijó su dura mirada en Jonathan y en Sarah, que estaban juntos.

—Mi abuela sabía muy bien lo que hacía y creo que ha sido demasiado generosa con ciertos miembros de esta familia.

Paula se agarró con fuerza al respaldo de la silla y continuó hablando en un tono que casi resultaba amenazador.

—Que a ninguno de vosotros se le ocurra impugnar el testamento de Emma Harte. Porque, si lo hace, lucharé contra vosotros hasta el final aunque me lleve cada hora de de mi vida y me cueste hasta el último penique que tengo.

Todos los reunidos la miraron con asombro. La inmensa mayoría de ellos la admiraban y el resto la maldecía, pero todos estaban hipnotizados por la aureola de poder que emanaba de ella.

Winston se acercó a Emily y le tocó el brazo.

—Mírala... es Emma Harte personificada —dijo en un susurro—. Creo que la leyenda sigue viva.

CAPÍTULO XLVI

Shane y Paula atravesaron la terminal de «British Airways», en el aeropuerto Kennedy, subieron en el ascensor hasta la segunda planta y entraron en la sala de espera de primera clase.

Encontraron un rincón tranquilo.

Tras ayudarla a quitarse la esclavina de visón salvaje, Shane se despojó de su gabardina y la echó en una silla cercana.

—Vamos a tomar algo —sugirió—. Tenemos tiempo antes de que salga tu avión.

—Estupendo. Gracias, cariño.

Shane la sonrió y se dirigieron sin prisa hacia el bar que había en el otro extremo de la sala.

Paula lo miró. Qué aspecto tan maravilloso tenía. Tan moreno, apuesto y seguro de sí mismo. Los rasgos de su cara se suavizaron; sus ojos se llenaron de amor. Desde que sus relaciones amorosas empezaron, el cariño que sentía por él no había hecho sino intensificarse. Significaba tanto para ella que se sentía perdida cuando estaban separados y medio muerta sin él. Nunca había dejado de sorprenderla. Aunque lo conocía de toda la vida, jamás se había detenido a pensar en lo seguro que era en cualquier circunstancia o emergencia. Se sentía muy comprometido con ella y con todas las cosas que significaban algo en su vida. Su fuerte personalidad la impresionaba. «Tiene una voluntad férrea», pensó.

Lo miró cariñosamente mientras regresaba con las bebidas. Shane le sonrió, le dio el vodka con tónica y se sentó a su lado. Después, entrechocaron los vasos.

—Por el mes próximo, Paula, por el comienzo de un nuevo año.

—Por 1971 —dijo Paula.

—Será nuestro año, querida. Todo se arreglará con Jim. Conseguirás la libertad y, piensa sólo en ello, estarás de vuelta en enero, no es mucho, la verdad. Podemos comenzar a hacer planes para nuestro futuro. Por fin.

—Será maravilloso —dijo Paula, pero la preocupación nubló sus ojos luminosos.

Shane lo notó. Frunció el ceño.

—No me gusta esa mirada, Paula. ¿Qué sucede?

Ella agitó la cabeza y rió despreocupadamente.

—Nada. Sólo que me alegraré cuando haya hablado con Jim y hayamos aclarado las cosas. Resulta frustrante. Se niega a admitir que algo no vaya bien entre los dos y esconde la cabeza debajo del ala. Puede que creas que no he sido capaz de solucionar este asunto. Pero es difícil hablar con alguien que, simplemente, no te escucha.

Shane alargó la mano y le apretó el brazo.

—Lo siento —continuó Paula—. Siempre vuelvo sobre lo mismo y me repito.

—No te preocupes. Lo entiendo. Pero hablarás del asunto con él cuando regreses.

Shane esbozó una sonrisa y añadió:

—Lo meterás en una habitación, cerrarás la puerta con llave y te la guardarás en el bolsillo. De esa manera, no tendrá más remedio que escucharte.

Lo haré, si es necesario. Te lo prometo. Estoy decidida a zanjar ese asunto de una vez por todas. Por supuesto, sé que no resulta un buen momento, a sólo dos semanas de Navidad. Pero, por otro lado, supongo que nunca es buen momento para discutir sobre un divorcio... las situaciones emocionales son muy difíciles siempre.

—Sí.

Se inclinó hacia delante con decisión.

—Ya supongo que no será fácil, Paula. Ojalá pudiese estar en Inglaterra contigo, al fondo, por si me necesitases, pero tengo que ir a las Barbados. No me da otra alternativa. Sin embargo... —se calló y la miró fijamente— volaría a Londres de inmediato si no pudieses hacerlo sola.

—Ya lo sé, pero me las arreglaré. De verdad, Shane, lo haré.

Se produjo un pequeño silencio.

—Gracias por este mes —dijo Paula—. Ha sido maravilloso. El estar juntos todo este tiempo me ha parecido un milagro. Me siento mejor que cuando vine en noviembre... en todos los sentidos.

—Yo también. Escucha, Paula, creo que ha sido un mes triunfante para ti si lo piensas con detenimiento. Dale Stevens ha renovado su contrato y has vencido a Marriot Watson en muchos asuntos de «Sitex». Puede que sea un buen augurio para el futuro. Has tenido muchos asuntos tristes que afrontar.

—Tú me has hecho salir adelante, Shane, lo digo de verdad. Me has apoyado y animado. Gracias a ti, a tu amor y comprensión, me siento más fuerte que nunca. Y, hablando de «Sitex»... —dijo con un tono poco convincente, mientras lo miraba fijamente y arrugaba la nariz—. Como en el fondo eres un supersticioso con raíces celtas, sé que no te burlarás de mí cuando te diga esto...

Volvió a detenerse. Sus ojos se mantenían clavados en el rostro de Shane.

—Nunca me burlo de ti. Así que, venga, dímelo.

Los labios de Paula se curvaron con una ligera sonrisa y, de pronto, empezó a agitar la cabeza, riéndose de sí misma.

—Bueno, cuando me comunicaron la explosión en el *Emeremm III*, se me ocurrió pensar que era un mal presagio, un aviso de nuevos desastres que ocurrirían en el futuro. Si echamos una mirada retrospectiva, veremos que los últimos catorce meses han estado llenos de problemas: la muerte de Min, el asunto de Irlanda sobre el tiempo de la explosión. Las sospechas de la abuela con respecto a Jonathan; la aversión de Sarah hacia mí y su intento de hacerse con las *boutiques*. El desastre de mi matrimonio. El terrible comportamiento de tía Elizabeth, el temor del escándalo de su divorcio y la actitud de Giani. Los continuos problemas en «Sitex», la lucha interna por la empresa, por no mencionar el accidente de Jim y su posterior crisis nerviosa. La muerte repentina de Blackie y la de la abuela tan poco tiempo después y todas esas horribles peleas familiares por su testamento.

Apretó los labios.

—Siento como si hubiese una maldición sobre mí o, más bien, sobre la familia de Emma —concluyó.

Shane la cogió la mano.

—En cierto modo, has soportado mucho más de lo que te correspondía. Pero, seamos objetivos. Para empezar, Blackie tenía ochenta y cuatro años y Emma ochenta y uno, así que era de esperar que falleciesen pronto. Murieron en paz, Paula, tras unas vidas largas y productivas. Después acallaste las protestas de ciertos sectores a causa del testamento. Arreglaste muchos de los problemas de «Sitex» y Emma atajó la idea de Sarah inmediatamente. Por lo visto, Jim se ha recuperado. Anthony y Sally están casados y tienen un niño encantador. Hasta Elizabeth consiguió su divorcio y ahora parece feliz con Marc Deboyne. En cuanto a tu matrimonio, estaba acabado mucho tiempo antes de que el *Emeremm III* explotase.

La rodeó con el brazo, la besó y se echó hacia atrás, mirándola a la cara fijamente.

—¿Y si hablásemos de lo positivo? Blackie y Emma pudieron celebrar juntos el octogésimo cumpleaños de ella, y pasaron ocho estupendos meses viajando alrededor del mundo. *Emerald Bow* ganó el «Grand National», lo que fue un gran triunfo para el abuelo. Edwina se reconcilió con Emma quien, además, vivió lo suficiente para presenciar las bodas de Emily y Winston, y de Alexander y Maggie. Ha habido muchos acontecimentos felices; es decir, que, además de cosas malas, también han ocurrido buenas.

—Oh, Shane, tienes mucha razón. ¡Qué tonta debo parecerte!

—En absoluto, como has dicho, no hay nadie más superticioso que yo. Pero intento buscar el lado positivo de las cosas. Todas lo tienen.

La expresión de su rostro cambió ligeramente mientras le dirigía una mirada interrogadora.

—Cuando me telefoneaste aquella noche de octubre, después de la lectura del testamento de Emma, me dijiste que había elegido uno de sus herederos porque me quería como si fuese de los suyos y por la amistad que le había unido a mi abuelo. Y no has dejado de repetírmelo, pero...

Se recostó en el asiento, buscó en sus bolsillos el paquete de cigarrillos, cogió uno y lo encendió. Permaneció en silencio, fumando y mirando al vacío durante un momento.

Paula lo observó con más detenimiento e interés.

—¿Adónde quieres llegar? —preguntó.

—No puedo dejar de preguntarme si Emma tenía otros motivos o, para ser exactos, *otro* motivo.

—¿Como cuál?

—Quizás Emma sabía lo nuestro, Paula.

—¡Oh, Shane, no lo creo! —exclamó Paula, mirándole con curiosidad—. Estoy segura que me hubiese dicho algo. Ya sabes lo unidas que estábamos la abuela y yo. Además, se lo hubiese comentado a Blackie, sé que lo hubiese hecho, y él hubiese hablado contigo. No habría resistido la tentación de hacerlo.

Shane le quitó la ceniza al cigarrillo.

—No estoy tan seguro como tú. Emma era la persona más inteligente que he conocido. Teniendo en cuenta las circunstancias, dudo que *hubiese* dicho algo. Primero, porque no hubiese querido inmiscuirse en mi vida privada, o en la tuya, y, segundo, no se lo hubiese dicho al abuelo para no preocuparle. Reconozcámoslo, me dejó el anillo de compromiso. ¿Con la esperanza de que yo acabase dándotelo algún día?

—Si tenemos en cuenta su procedencia, puede que pensase, simplemente, que te pertenecía con todos los derechos. Es muy valioso. Además, también te dejó el cuadro, que era otro regalo de tu abuelo.

—Es cierto. Pero, Paula, ¿y el fideicomiso de un millón de libras...? Eso es un regalo de todos los diablos.

—Desde luego.

Paula lo miró sonriendo y sus azules ojos adquirieron un brillo violeta, llenándose de calor y afecto.

—Mi abuela te quería mucho, Shane. Te consideraba otro nieto más. ¿Y qué me dices de Merry? También la abuela fue muy generosa con ella.

—Sí.

Shane dejó escapar un débil suspiro.

—Me hubiese gustado conocer la verdad. Pero supongo que nunca la sabré.

Soltó una carcajada y sus ojos brillaron maliciosamente.

—Debo confesar que me gusta pensar que Emma sabía lo nuestro, y que lo aprobaba.

—Esto es algo en lo que creo tener razón, Shane. Sé que nos hubiese dado su consentimiento. Además...

Paula se detuvo de pronto al oír los altavoces. Se quedó mirándole e hizo una mueca.

—Bueno, cariño, están anunciando la salida de mi vuelo.

Hizo el ademán de levantarse, pero Shane la detuvo. Le dio un abrazo y susurró:

—Te quiero mucho, Paula. Acuérdate de eso en las próximas semanas.

—¿Cómo podría olvidarlo? Eres parte de mi gran fuerza. Yo también te quiero, Shane, y te querré durante toda mi vida.

—No, Jim, no ha llegado todavía —dijo Emily—. Mas espero que venga pronto.

Con el auricular entre la cara y el hombro, Emily siguió arreglándose la camisa mientras escuchaba a Jim. Llamaba desde Yorkshire y la había cogido vistiéndose.

Tras unos segundos, Emily exclamó con impaciencia:

—Ya sé que el avión ha llegado. Llamé a Heathrow y llegó a su hora. Aterrizó a las siete y media *exactamente*. Pero Paula tiene que pasar la aduana y venir hasta la ciudad, ¿sabes?

Emily miró el reloj de la mesita de noche.

—Por el amor de Dios, sólo son las *nueve*, Jim. Escucha, tengo que irme. Le diré que te llame en cuanto vuelva.

—Estoy a punto de irme de la oficina, Emily —dijo Jim—. Voy a Londres. Dile a Paula que no se moleste en venir a Yorkshire como tenía planeado. La veré esta noche en la casa de Belgrave Square. Y a ti y a Winston también. Vamos a cenar juntos, y haremos una fiesta de despedida.

—Oh, sí —murmuró Emily—. Ya entiendo por qué lo dices. Es a causa de la marcha de Winston mañana a Canadá.

—Sí..., y yo me voy con él, Emily. Acabo de llamarle a la oficina de Londres y dice que se alegra de que haya decidido ir.

—Oh —exclamó Emily con sorpresa—. Bueno, supongo que le servirás de compañía. Nos veremos esta noche, Jim. Adiós.

—Adiós, Emily.

Ella colocó el auricular sobre el teléfono y se quedó mirándolo durante un momento. Hizo una mueca y se preguntó si Winston se alegraba tanto como Jim pensaba. Lo dudaba. Últimamente, ninguno de ellos hacía mucho caso a Jim Fairley.

El teléfono volvió a sonar. Emily lo cogió rápidamente, segura de que era su marido.

—¿Winston? —dijo.

Éste lanzó una carcajada.

—¿Cómo sabías que era yo?

—Porque he estado hablando con Jim hace un momento. Preguntaba por Paula. Me ha dicho que se iba contigo a Toronto. ¿No te parece estupendo? —preguntó en un tono sarcástico.

—¡En absoluto! —dijo Winston—. No hay ningún motivo real por el que tenga que venir, pero no le puedo decir que me deje en paz. Es el dueño del diez por ciento de las acciones de la nueva empresa, siente curiosidad por la última adquisición y quiere echarle un vistazo al nuevo periódico. Ya sabes de la forma tan rara que se comporta estos días. Es un quisquilloso y, con sinceridad, está empezando a ser una molestia.

—¡Qué latazo para ti, Winston! —suspiró Emily—. Oye, espero que no empiece a armar líos en el *Sentinel* de Toronto. En la redacción del periódico, quiero decir. Eso podría retrasarte. Debes estar de regreso para Navidad, Winston.

—Volveré, no te preocupes, cariño. En cuanto a Jim, bueno, si empieza a molestar le pararé los pies.

—Ha dicho que todos íbamos a cenar juntos esta noche. Me aclaró que sería una fiesta de despedida. Yo preferiría estar sola contigo, pero supongo que tendremos que ir con ellos —comentó Emily con tono quejumbroso.

—No nos queda otra alternativa. En fin, sólo te llamaba para decirte que Jim se venía a Canadá conmigo. Debo darme prisa. Tengo una reunión.

Cuando se despidió de él, Emily sacó del armario la chaqueta del traje y se la puso. Bajó, corriendo, las escaleras de la casa de Belgrave Square, donde pasaban el fin de semana, y se dirigió al estudio.

La habitación, blanco y lima con tonos amarillos y anaranjados, estaba iluminada por la fría luz de diciembre de esa triste mañana del lunes. Pero los jarrones de flores, el fuego que ardía en la chimenea y las lámparas encendidas, le daban un aire acogedor. Emily observó que Parker había llevado una bandeja de café con tres tazas. Su hermano llegaría a las diez y esperaba que Paula apareciese por allí un poco antes de esa hora.

Se sentó al escritorio, llamó a su secretaria a la oficina londinense de «Genret» para comunicarle que no iría aquel día. Al colgar, oyó que el mayordomo saludaba a Paula en el recibidor. Se levantó y se apresuró a darle la bienvenida a su prima.

—Qué agradable sorpresa ver tu cara sonriente —dijo Paula con cariño, acercándose a abrazar a Emily—. No esperaba que estuvieses en Londres, *Zampabollos*. ¿Qué estás haciendo aquí?

—Te lo diré dentro de un minuto.

Paula se volvió hacia Parker.

—Que Tilson deje el equipaje en el coche, Parker, me marcho esta misma tarde para Yorkshire.

—Oh, esto... Paula, Jim ha llamado hace un rato —dijo Emily—. Viene de camino a Londres. Quería que lo supieras y me dijo que te quedases aquí esta noche.

Paula reprimió una exclamación de contrariedad.

—Ya veo —murmuró.

Miró al mayordomo con una ligera sonrisa.

—¿Puedes decirle entonces a Tilson que suba el equipaje, Parker?

—Sí, señora.

Parker se dirigió a la puerta de la calle.

Paula dejó su chaquetón de visón en una silla del vestíbulo y se encaminó hacia el estudio detrás de Emily. Cerró la puerta y se apoyó en ella.

—¡Maldición! —dijo acaloradamente—. ¡Jim sabía que deseaba ir a Yorkshire directamente a ver a Lorne y a Tessa! ¿Te dijo por qué, de repente, ha decidido venir a Londres?

—Sí. Winston se va mañana a Toronto a revisar el estado real del nuevo periódico. Jim ha dicho que se va con él.

—¡Oh, no! —exclamó Paula, con expresión grave.

Se dirigió hacia la chimenea y se dejó caer en el sofá. Sintió que la furia ardía en ella. Jim volvía a quitarse de en medio, como había hecho en octubre, cuando se fue a Irlanda para acompañar a Edwina. ¿Tenía un sexto sentido? ¿Sabría, de alguna manera, el momento en que ella iba a abordar el tema del divorcio?

Emily se quedó de pie junto a la chimenea y miró a su prima atentamente.

—Pareces muy enfadada, Paula. ¿Pasa algo malo?

Ella vaciló, pero luego se sinceró.

—Emily, supongo que no te sorprenderás si te digo que Jim y yo tenemos que discutir muchos problemas personales. Y resolverlos. Esperaba poder ir al grano en los próximos días. Y ahora se esfuma. *De nuevo*. Como no logre convencerle de que cancele el viaje con Winston, tendré que esperar su regreso de Canadá para poder hablar con él.

Emily se sentó junto a ella y le dio unos cariñosos golpecitos en la mano.

—Sé, desde hace mucho tiempo que tenéis dificultades entre vosotros, Paula. *Deberías* hablar con Jim... sobre el divorcio, si quieres mi opinión. Winston piensa lo mismo.

Paula escudriñó, alarmada, el rostro de Emily.

—¿Tan aparente resulta?

—Oh, para todo el mundo no, pero sí para quienes estamos muy próximos a ti.

—¿Y mis padres? —preguntó Paula rápidamente, enderezándose en el sofá.

—Tu padre sabe que hay una gran tensión en vuestro matrimonio y le preocupa la situación, pero de tu madre no estoy segura. Quiero decir que no creo que tía Daisy piense que las cosas han llegado a ese punto, Paula. Es muy buena, siempre se muestra muy indulgente con todo el mundo.

Paula suspiró pesadamente.

—¿Crees que puedo convencerlo de que no vaya a Canadá?

—No, definitivamente no. Como la abuela le dejó esas acciones, Jim se cree una parte importante de la nueva compañía y quiere meter las narices en todo. Últimamente, se muestra bastante impertinente.

—Lo sé.

Paula se frotó la cara de pronto, se sentía fatigada. Parpadeó.

—Odio estos vuelos trasatlánticos nocturnos.

Emily asintió. Lanzó un profundo suspiro y dijo:

—De todas formas, hoy no podrías haberte ido a Yorkshire, Paula. Alexander te necesita aquí, en Londres. De hecho, va a venir dentro de unos minutos para celebrar una reunión.

—¿Qué ha pasado?

Instantáneamente, adoptó una expresión de entendimiento.

—¿No será Jonathan?

—Sí, eso me temo.

—Cuéntame.

Paula miró a Emily con ansiedad, olvidándose, por el momento, de Jim y el divorcio.

—Alexander prefiere decírtelo en persona, Paula. Me dijo que te quedases aquí hasta que él llegara. Es bastante complicado. Por eso estoy en Londres..., a causa de Jonathan. Alexander quiere que asista a esta reunión con vosotros. La verdad es que él y yo hemos estudiado la situación a fondo durante las últimas dos semanas...

—¿Significa eso que lo habéis sabido todo este tiempo y no me lo habéis dicho?

—Queríamos estar seguros y trazar un plan juntos. Además, teníamos que hablar con Henry Rossiter y con John Crawford. Necesitábamos sus consejos. Vamos a tener que tomar medidas drásticas, Paula.

—¿Tan grave es?

—Bastante serio. De todos modos, Sandy y yo lo tenemos todo bajo control. También Sarah se halla involucrada hasta cierto punto.

—Tal como pensábamos —suspiró Paula.

Su consternación fue en aumento.

La puerta se abrió silenciosamente y Alexander entró en el estudio.

—Buenos días, Emily. Bien venida, Paula.

Se acercó al sofá, les dio sendos besos y se sentó en una silla frente a ellas.

—Me gustaría tomar una taza de café, Emily —dijo a su hermana—. Vengo andando desde Eton Square y hace un tiempo de perros esta mañana. Estoy helado.

—Sí, por supuesto.

Emily cogió la cafetera de plata y comenzó a servir el café.

—¿Quieres tú también, Paula?

—Sí, gracias, me apetece —dijo mientras dirigía una mirada penetrante a Alexander—. Deberías habérmelo dicho.

—Para ser sincero, pensé hacerlo, Paula. Emily y yo lo discutimos y, finalmente, decidimos que no tenía mucho sentido hacerlo. Te hubieses preocupado y, desde Nueva

York, no podrías haber hecho nada. Además, estabas ocupada con «Sitex». No quise que te sintieras obligada a regresar a Londres. Es más, he llegado al fondo de todo durante este fin de semana. Bueno, más o menos.

Paula asintió.

—Cuéntamelo todo, Sandy.

—Bien, aquí va. El plan de Philip ha funcionado. Malcom Perring me ayudó a descubrir a Jonathan. Pero tuve otra fuente de información que fue, realmente, la que me permitió atraparle. Pero me estoy adelantando. Será mejor comenzar por el principio.

—Por favor —dijo Paula.

—Malcolm Perring encontró la transacción inmobiliaria perfecta para «Harte Enterprises». Se la ofreció a Jonathan, quien mostró un interés considerable. Pero no sucedió nada. Malcolm le estuvo llamando durante dos semanas y, entretanto, Jonathan se anduvo con rodeos. Sin embargo, a mediados de noviembre, invitó a Malcolm a que fuese a su despacho para celebrar una reunión. Por lo visto, Jonathan le dijo que se trataba de un excelente negocio, pero, finalmente, lo rechazó, alegando que «Harte Enterprise» no podría hacerse cargo del asunto por el momento. Le sugirió a Malcolm que ofreciese el negocio a un tal Stanley Jervis, de «Stonewall Properties», una nueva empresa. Le explicó que Jervis es un antiguo amigo, serio y con ganas de hacer grandes negocios inmobiliarios.

—No me digas más —murmuró Paula—. Jonathan es el dueño de «Stonewall Properties».

—*Exacto*. Y escucha esto: Sebastian Cross es su socio.

—¡Uf, ese hombre tan odioso!

Paula sintió un escalofrío.

—Sarah también ha invertido dinero en la empresa —dijo Alexander, agitando la cabeza—. Estúpida.

—Jonathan ha vuelto a engañarle, igual que cuando era pequeña —comentó Paula en voz baja.

—Precisamente —interrumpió Emily—. Sólo que esta vez, las consecuencias serán mucho más graves para ella.

—Sí —dijo Paula arrugando la frente con perplejidad y preguntó—: Pero, ¿cómo averiguó Malcolm todo eso?

—No lo descubrió él —respondió Alexander—. Lo hice yo. Malcolm Perring siguió el consejo de Jonathan, pues ése era todo el propósito de nuestro plan: cogerlo con las manos en la masa, por decirlo de alguna manera. Malcolm se entrevistó dos veces con el tal Jervis y, entonces, Sebastian Cross apareció en escena. Es el que representa a la empresa legalmente pues, por lógica, Jonathan se oculta tras algún testaferro, ya que su nombre no aparece en ninguna parte.

Alexander encendió un cigarrillo.

—Malcolm empezó las negociaciones por Jervis y Cross —continuó—, le siguió el juego y les indujo a pensar que estaba dispuesto a cerrar el trato con «Stonewall». No se fió de ninguno de los dos y sospechó que la compañía estaba en muy mala situación económica. Empezó a investigar, habló con algunas personas de la ciudad y sus sospechas fueron confirmadas pronto. Tal y como estaba planeado, Malcolm empezó a volverse atrás, con gran asombro de Jervis y Cross. Ellos tuvieron miedo de perder el negocio y le contaron los grandes negocios que habían hecho últimamente. Malcolm me pasó esta información. Una noche, fui a los archivos de nuestra inmobiliaria y descubrí que nosotros podíamos haber hecho aquellos negocios. Jonathan se los había pasado a «Stonewall». Eso era todo lo que me hacía falta, Paula. Supe, positivamente, que era tan culpable como el diablo. Poco después, Malcolm interrumpió las negociaciones con «Stonewall» y les explicó que otra inmobiliaria había presentado una oferta muy superior a la suya, que sus socios insistían en aceptar.

—¿Y compraron? —preguntó Paula.

—No tuvieron otra alternativa. Yo estaba preparado para caer sobre Jonathan cuando, de repente, me llegó otra información y, a las cuarenta y ocho horas, tenía material suficiente como para colgarlo.

—¿Dónde lo obtuviste?

Paula se inclinó, sintiendo una gran curiosidad.

—De John Cross.

—¡Alexander, no puedes hablar en serio!

El asombro de Paula resultó evidente.

—*John Cross* —repitió y, abriendo mucho los ojos, miró a Alexander con desconfianza—. No me lo puedo creer.

—Es la verdad.

—Pero, ¿por qué se confió a ti?

—La verdad es que John Cross quería sincerarse contigo, Paula. Me avisó a mí porque tú no te encontrabas en el país. Me pidió que fuese a verle a Leeds... estaba en el hospital de St. James.

—Oh —dijo Paula—. ¿Qué le sucedía? ¿Se hallaba enfermo?

—Pobre viejo —murmuró—. Ha muerto, Paula. John Cross murió pocos días después de que yo le viese. Me parece que tenía cáncer. Estaba acabado y, evidentemente, sufría mucho.

—Oh, Sandy, ¡qué horrible! —dijo Paula apretando los labios—. Pobre hombre. Eso no se lo deseo a nadie. Y no era tan malo. Débil, sí, un poco desafortunado, quizá, y, además, se encontraba entre las garras del infame de su hijo.

Alexander se aclaró la garganta.

—Cogí el coche y me fui a Leeds inmediatamente a ver a John Cross al hospital. Permanecí a su lado casi cuatro horas. El médico me dejó quedarme todo ese tiempo porque... bueno, se *estaba* muriendo. John Cross habló de ti durante un rato. Dijo que te respetaba mucho, Paula, y que admiraba tu honestidad y equidad. Luego me explicó que estuviste muy cortés con él cuando os encontrasteis en Londres en el otoño de 1969. Le dije que tenía conocimiento de aquel encuentro. Comentó lo paciente y bondadosa que te habías mostrado aquel día con él y aseguró que comprendía por qué no habías tenido interés en reanudar las negociaciones para la adquisición de «Aire Comunications»... porque su compañía ya no tenía bienes reales una vez que habían vendido el edificio. Entonces, fue cuando empezó a sincerarse. Si te soy sincero, me quedé de piedra cuando me dijo que «Stonewall Properties» había comprado el edificio de «Aire» por quinientas mil libras. A lo que parece, su hijo le convenció para que vendiese. Insistió en que lo habían engañado, pues el edificio valía un millón por lo menos. Tuve que darle la razón. John Cross se enfadó mucho y me dijo esto, Paula: «Imagínese la conmoción que sufrí hace seis meses cuando descubrí que era mi hijo quien me había robado, además de arruinarme e impedir que "Aire Communications" pudiera recuperarse. Me quedé destrozado al saber que Sebastian era capaz de hacerme algo tan terrible. Mi hijo... mi único hijo.» Empezó a llorar y no puedo decir que le censurase por ello.

—Es horrible lo que le ha pasado... Así que la abuela tuvo razón siempre sobre Jonathan... Sospechaba mucho de él cuando negociamos con «Aire Communications» —dijo Paula.

—Y con buenos motivos.

Alexander cruzó las piernas y se recostó en el sillón.

—Mr. Cross deseaba que supieras, que supiésemos, la asociación existente entre Jonathan y Sebastian y que su hijo había estado actuando contra Emma Harte desde hacía muchos años. Murmuró algo de que despreciaba las traiciones familiares y que deseaba morir con la conciencia tranquila.

Paula suspiró y se restregó el rostro cansado.

—¿Qué más reveló sobre «Stonewall Properties»?

—No mucho, al menos nada que no supiese por Malcolm. Mr. Cross confirmó que Jonathan traspasaba los negocios de «Harte Enterprises» a «Stonewall» y reconoció que su hijo lo había exprimido hasta sacarle el último penique. El viejo me explicó con gran amargura que si tenía una habitación individual y médicos particulares en el hospital era gracias a la generosidad de su hermana. Ya ves, Paula, el viejo Cross estaba en la miseria.

Paula se hundió entre los cojines y, por algún motivo que desconocía, los ojos se le llenaron de lágrimas. Tosió tapándose la boca con la mano y cogió un cigarrillo del paquete de Alexander.

—Es muy triste que acabase sus días de esa forma tan espantosa... traicionado por su propio hijo.

—Sebastian Cross es un bastardo. Y Jonathan Ainsley no lo es menos, ¿verdad, Sandy? —declaró Emily.

—Cierto.

Alexander dirigió una larga mirada a Paula.

—John Cross me dijo algo más, y es lo peor de todo. Pero, gracias a eso, voy a coger a Jonathan realmente, Paula. En un intento de sacar del apuro a «Stonewall Properties», que pasaba por serias dificultades económicas, Jonathan pidió un elevado préstamo... avalado con sus acciones de «Harte Enterprises».

Por unos instantes Paula se quedó muda de desconcierto. Miró boquiabierta a sus primos.

—¡Pero no puede hacer eso! —exclamó con voz entrecortada.

—Ahí está su fallo —exclamó Emily—. ¿Comprendes? Por eso le podemos atrapar... la verdad es que ha sido él quien se ha puesto entre la espada y la pared, ¿verdad?

Paula asintió.

—¿Estás seguro de que no hay errores? —preguntó con acritud.

—Ninguno —contestó Alexander—. John Cross sabía lo del préstamo, no me preguntes cómo, pero lo sabía. No me reveló cuáles eran sus fuentes ni comprendía la importancia de esa noticia para nosotros. Simplemente, quería prevenirnos contra las actividades de nuestro primo. Resulta gracioso, pero creo que culpaba a Jonathan de los delitos de su hijo, aunque me da la sensación de que en eso estaba equivocado. De todos modos, pudo darme el nombre de la financiera que le concedió el préstamo a Jonathan. Como es lógico, no pudo pedir un préstamo en el Banco, hubiesen querido saber demasiado.

—No puedo creer que haya sido tan loco —dijo Paula—. Sabe perfectamente que no puede utilizar sus acciones de «Harte Enterprises» como garantía subsidiaria de un préstamo y que sólo puede vendérselas a otro accionista...

—Exacto —la interrumpió Alexander—. Únicamente nos las puede vender a uno de nosotros tres: a mí, a Emily o a Sarah. Ésas son las reglas de la compañía y están muy bien especificadas en los estatutos que redactó la abuela. Se quiso asegurar de que «Harte Entreprises» siguiera siendo una empresa no cotizada públicamente, un negocio familiar en el que no tuviesen participación nadie ajeno a la familia, e hizo todo lo necesario para conseguirlo.

—¿Con qué financiera se puso en contacto?

—Con «Financial Investment and Loan».

—¡Santo cielo, Sandy, son unos ladrones! —exclamó Paula horrorizada—. Todos sabemos que no se puede confiar en ellos. ¿Cómo pudo ser tan estúpido?

—Ya te lo dije, no podía acudir a un Banco. No hubiesen querido saber nada de las acciones, ni tampoco las financieras acreditadas.

—¿A cuánto ascendía el préstamo y contra cuántas acciones?

—Entregó el siete por ciento de sus acciones, casi la mitad de las que tiene, y pidió un préstamo de cuatro millones de libras. En total, hizo un mal negocio. Esas acciones valen el doble, claro que nadie puede comprarlas excepto, por supuesto, alguno de nosotros. Pero en la financiera no lo sabían cuando le concedieron el préstamo. Ahora ya lo saben.

Paula experimentó una repentina sensación de alivio y su expresión de preocupación se suavizó.

—Has pagado la deuda y retirado las acciones, ¿no, Sandy?

—Sí. El jueves pasado, Emily y yo, junto con Henry Rossiter y John Crawford, mantuvimos una reunión con el director de esa dudosa financiera. Resultó muy molesto y bastante desagradable, discutimos acaloradamente e intercambiamos algunas palabras violentas. Volvimos, todos, el viernes, les di los cuatro millones de libras y me devolvieron las acciones. Había que pagar los intereses, pero Henry y John fueron inflexibles, se negaron a que yo los abonase. Le dijeron al director que fuese tras Jonathan. Y con esto acaban los detalles escabrosos.

—¿De dónde sacasteis tú y Emily los cuatro millones? ¿Empleasteis vuestro propio dinero?

—No. John Crawford encontró la forma de que «Harte Enterprises» comprase las acciones mejor que adquirirlas en plan particular. Como sabes, Paula, la abuela redactó y legalizó unos documentos de la compañía antes de morir. Esos documentos me conceden poderes extraordinarios y plena libertad de acción en caso de que los intereses de la empresa peligren. John y Henry convinieron en que el asunto de Jonathan era uno de esos casos. Sin embargo, les dije que, si ellos lo creían conveniente, Emily y yo estábamos dispuestos a comprar esas acciones en un futuro próximo, que era el mejor camino a seguir.

—Ya veo.

Paula se levantó y se acercó a la chimenea. De pronto, se le ocurrió algo.

—¿Sarah comprometió sus acciones también?

—No. Por muy estúpida que sea, no arriesgaría sus acciones jamás —contestó Alexander.

—¿Qué vas a hacer sobre Jonathan y Sarah? —preguntó Paula entornando los ojos.

—Tengo la intención de acabar con ellos. Hoy a mediodía. Les he convocado para una reunión. Me gustaría que estuvieses presente, Paula.

CAPÍTULO XLVII

Jonathan Ainsley tenía un aire optimista al entrar en el despacho de Alexander en «Harte Enterprises».

Como era un engreído, con el convencimiento de ser

más listo y perspicaz que los demás, no se le había ocurrido que podían haber descubierto su doble juego.

—Hola, Alexander —dijo, atravesando la habitación con aplomo y estrechándole la mano a su primo—. Sarah me ha dicho que también le has pedido que asista a esta reunión. ¿De qué se trata?

Alexander se sentó en el sillón del escritorio.

—Tenemos que discutir algunos asuntos muy importantes —dijo—, no nos llevará mucho tiempo.

Sus azules ojos, inteligentes y sinceros, se posaron durante unos instantes sobre Jonathan. Removió los papeles de la mesa, notando un enorme desprecio y extremado odio hacia su primo.

Jonathan fue hasta el sofá, se sentó, encendió un cigarrillo y se arrellanó entre los cojines. Miró hacia la puerta al entrar Emily y la saludó con una sonrisa afectuosa. Pero era totalmente falsa, pues Jonathan la odiaba. Pero ese odio no tenía punto de comparación con el que sentía por Paula, y lo demostró cuando ella apareció en el despacho un momento después.

Jonathan se levantó y saludó a Emily con cierta cordialidad pero, al dirigirse a Paula, habló en el tono más frío que pudo encontrar.

—Tú no tienes nada que ver en la gestión de «Harte Enterprises», ¿qué estás haciendo aquí?

—Alexander me ha invitado porque tengo que hablar de un asunto de familia.

—Ah, sí, parece que de un tiempo a esta parte, te preocupa mucho todo lo referido a la familia, ¿no, Paula? —dijo con ironía.

Se sentó en una silla.

—Espero que no se trate del testamento otra vez —añadió.

—No, no es eso —contestó Paula con una voz tranquila que no le permitió descubrir a Jonathan nada.

Siguió a Emily hasta el sofá y se sentó. Desde que se destapó en la lectura del testamento, Jonathan había dejado de fingir. No le importaba mostrar su aversión hacia Paula y ella notó su antipatía. También se dio cuenta de que la inquietud traicionaba la expresión impasible que intentaba mantener. Paula se miró las manos y sonrió para sí. Su presencia le había intranquilizado, aunque se esforzase en ocultarlo. Después de unos segundos, Paula levantó la cabeza, y le observó disimuladamente con una mirada objetiva. Era muy atractivo. Rubio y de rasgos refinados. Sí, muy apuesto y había veces, como en ese momento, que tenía el aire inocente de un niño del coro de una iglesia. Pero sabía que se trataba de un conspirador que no dudaría en hacer lo que fuese para conseguir sus propósitos.

Sarah entró con movimientos majestuosos y escudriñó la habitación.

—Hola a todos —murmuró con frialdad antes de dirigirse a Alexander—. Tengo bastante prisa. He concertado una cita a la una para almorzar con un cliente importante. Espero que no tardemos mucho.

—No, no tardaremos —repuso Alexander—. Quiero que nuestra reunión sea lo más corta posible.

—Oh, bien.

Sarah se alejó del escritorio, vio a Paula y a Emily en el sofá y deliberadamente, eligió una silla junto a Jonathan. Se acomodó en ella y le dirigió una sonrisa afable a Alexander.

Éste se quedó mirándola durante un momento sin pestañear, con un rostro frío e implacable. La sonrisa de Sarah se desvaneció y, visiblemente desconcertada por su comportamiento, frunció el ceño.

—Me extraña mucho que «Stonewall Properties» se encuentre en una situación financiera tan grave y delicada —empezó a decir Alexander, mirando a Jonathan—. Supongo que será a causa de una mala administración.

Jonathan sintió que se tensaban los músculos de su estómago y todos sus sentidos se pusieron alerta para afrontar las posibles dificultades. Seguro que no podía relacionarle con «Stonewall», así que, logró mantener una actitud tranquila. Se encogió de hombros.

—¿Cómo puedo saberlo? No me digas que nos has hecho venir aquí para hablar de otra empresa.

—Pues sí, ésa es una de las razones.

Alexander se inclinó hacia delante y miró a Sarah.

—¿Sabías que es muy probable que «Stonewall Properties» quiebre muy pronto?

Sarah abrió la boca y la cerró de inmediato. Le sorprendió aquella inquietante información sobre la compañía secreta en la que había invertido tanto dinero. No dudó que fuese cierto, sobre todo viniendo de Alexander. Estaba impaciente por hablar con Jonathan a solas, pero no se atrevía a preguntarle. A veces, Jonathan se ponía muy difícil y fue el temor a su ira lo que la hizo callarse.

Alexander siguió mirándola, impasible. Sarah había palidecido ante su expresión inmutable y en sus ojos se reflejó la alarma. Sabía que se hundiría si la seguía presionando.

Pero él se dirigió a todos los presentes.

—Aunque lo que de verdad no me explico es cómo han podido llegar a esa situación. «Stonewall» ha hecho un número sorprendente de buenos negocios. No me puedo imaginar porqué se han hundido de esa forma. A menos que alguien haya estado metiendo las manos en la caja.

—¿Lo crees posible? ¿Y si...? —exclamó Sarah, crispada por ese comentario.

Jonathan la interrumpió autoritariamente.

—Bueno, escucha, Alexander, vamos a olvidarnos de los problemas de «Stonewall» y hablemos de nuestros propios asuntos.

—Oh, pero «Stonewall» es asunto *nuestro* —dijo Alexander con voz baja e implacable—. Y tú lo sabes, Jonathan, ya que eres el propietario de esa compañía.

Sarah soltó una involuntaria exclamación y, después, se echó hacia atrás.

Jonathan rió con serenidad y le lanzó una mirada a Alexander que era un reto y una amenaza al mismo tiempo.

—Estás diciendo estupideces. Nunca he oído nada tan absurdo.

—Jonathan, sé todo lo que hay que saber de «Stonewall». Sebastian Cross y tú sois los dueños de la empresa y Sarah ha invertido una gran cantidad de dinero en ella. La manejan Cross y Stanley Jervis, junto con cierto número de personas que actúan en tu nombre. Cross y tú fundasteis la empresa en 1968. Has estado pasando varios asuntos de «Harte Enterprises» a tu propia empresa. Nos has hecho perder muchos negocios, importantes y rentables, Jonathan, y estropeaste los proyectos de la abuela cuando entablo las negociaciones con «Aire Communications». Estoy horrorizado. Has sido traidor y desleal con la compañía. Has defraudado la confianza que la abuela depositó en ti. Por lo tanto, no me queda más alternativa que...

—¡Demuéstralo! —exclamó Jonathan airadamente al ponerse en pie.

Puso las manos en el borde de la mesa de Alexander y se inclinó sobre ella mirando a su primo.

—Tendrás dificultad en conseguirlo. No hay ni una sola

evidencia que demuestre o apoye tus ridículas acusaciones.

—Estás equivocado. Tengo todas las pruebas que necesito —respondió Alexander sin alterarse.

Pero lo había dicho en un tono glacial al tiempo que le dirigía una mirada acusadora. Dio unos golpecitos encima del montón de carpetas que había encima de la mesa, que no contenían nada relacionado con «Stonewall».

—*Todo* está aquí —dijo con una ligera sonrisa—. Aunque, claro, también lo de tu socio en este...

Alexander alzó las manos y se encogió de hombros.

—Llamémosle delito, a falta de una palabra mejor. Sí, tu socio, la que está sentada ahí, sin poder hablar del asombro... Sarah Lowther.

—Y encima intentas involucrar a la pobre Sarah en esta conspiración —gritó Jonathan—. Sí, eso es, un complot para desacreditarnos a ambos. Siempre has ido a por mí, Alexander Barkstone, desde que éramos niños. Y a por Sarah también. Pero no te vas a salir con la tuya. Antes, nos veremos en el infierno. Lucharé por mis derechos, y por los de Sarah. Así que ten cuidado —amenazó.

Alexander se recostó en el sillón y la mirada de sus ojos azules, antes tan fría e impasible, se transformó en una de piedad al fijarse en Sarah.

—Sí, es cierto, *pobre* Sarah —dijo en voz baja—. Me temo que has sido engañada. Te han hecho tirar el dinero por la ventana, Sarah. Es una pena, de verdad, pero ya no puedes hacer nada.

—A... A... Alexander —farfulló Sarah—. Yo... yo... yo no...

—Tranquilízate y déjame hablar, Sarah, querida. Es un diablo. Hará que digas lo que no te conviene.

Jonathan le dirigió una mirada furiosa a su primo e hizo una mueca de desprecio.

—¡Eres el mayor bastardo que existe!

—¡Bueno, basta ya! —dijo Alexander poniéndose de pie tras el escritorio—. No te atrevas a llamarme eso.

—Te he dado donde te duele, ¿no?

Jonathan rió groseramente.

—Pero no hay duda de que lo eres y tu hermana también. Harías bien en recordar que es tu madre, y no la mía, quien se acuesta con todo el mundo.

—¡Estás despedido! —exclamó Alexander ardiendo de rabia.

—No puedes despedirme.

Jonathan se puso a reír a carcajadas, moviendo la cabeza hacia atrás.

—Soy un accionista y...

—Tus acciones en esta compañía han disminuido de manera considerable —le interrumpió Alexander en un tono más tranquilo, recuperando el control de sí mismo—. Exactamente un siete por ciento.

Cogió la carpeta de encima del montón y la agitó ante el rostro de Jonathan.

—He recuperado éstas hace poco... el viernes pasado. «Harte Enterprises» tuvo que pagar cuatro millones de libras exactos para saldar tu deuda con la financiera donde las entregaste, pero no me importó hacerlo para recuperarlas.

Jonathan había palidecido. Se quedó mirando, estupefacto, a Alexander. Por una vez en su vida, no encontraba nada qué decir. Durante un instante, pensó que estaba acabado y, entonces, exclamó con una sonrisa irónica:

—Todavía tengo el nueve por ciento de las acciones de esta compañía. Es más, no puedes despedirme de ningún modo. Según los estatutos de la empresa, un accionista no puede ser expulsado.

—La abuela redactó esos estatutos en 1968, cuando hizo su testamento y repartió todas sus acciones entre nosotros cuatro. Sin embargo, las acciones eran *suyas* hasta que murió y, por lo tanto, la compañía le pertenecía. Mientras fuese la única propietaria de «Harter Enterprises», Emma Harte podía hacer lo que quisiera, como tú ya sabes. Y así, antes de marcharse a Australia, la abuela modificó todos los estatutos. De hecho, lo que hizo fue reestructurar la compañía y redactar nuevos estatutos. Bajo éstos, yo, como director gerente, presidente del consejo de administración y accionista mayoritario, puedo hacer, prácticamente, todo lo que desee. Tengo poderes extraordinarios. Puedo comprar la parte de un accionista, si está de acuerdo. Estoy facultado para contratar y despedir.

Alexander se inclinó sobre la mesa y atravesó a Jonathan con la mirada.

—Así que... estás despedido.

Miró por encima de Jonathan y fijó la vista en Sarah.

—Y tú también, Sarah. Has sido tan traidora como Jonathan.

Sarah fue incapaz de responder. Parecía haberse convertido en piedra.

—Ya veremos qué son todas esas tonterías —insistió Jonathan—. Iré a visitar a John Crawford en cuanto salga de aquí, y Sarah me acompañará. Hay...

—Ve a verle si así lo deseas —le interrumpió Alexander, dejando los certificados de las acciones encima de la mesa.

Se metió las manos en los bolsillos y se balanceó sobre sus tacones.

—Tendrá mucho gusto en confirmarte lo que te he comunicado. De hecho, quiere charlar contigo un rato. Estuvo conmigo en las dos reuniones que celebramos en «Financial Investment and Loan» y se enfadó un poco al enterarse de lo que les debías. Son unos tipos sucios, Jonathan. Más vale que les pagues, y pronto.

Jonathan abrió la boca y la volvió a cerrar mientras observaba a su primo.

Sarah se había recuperado en parte y se acercó al escritorio apresuradamente. Apeló a Alexander con ojos llorosos.

—Yo no he hecho nada con mis acciones... no he hecho nada malo. ¿Por qué me expulsas a mí también?

—Por que sí *has hecho* algo malo, Sarah. Invertiste en una empresa que competía directamente con la división inmobiliaria de «Harte Enterprises». Has sido tan desleal y traidora como Jonathan. Lo siento pero, como te acabo de decir, no puedo perdonar tu conducta.

—Pero estoy entusiasmada con «Confecciones Lady Hamilton» —musitó ella y rompió a llorar.

—Deberías haber pensado en eso cuando decidiste compartir la suerte con tu primo —contestó Alexander con tranquilidad, impasible ante sus lágrimas—. Sólo Dios sabe por qué lo hiciste.

Jonathan gritó airadamente:

—Tengo intención de llevar este caso a otro abogado. No estoy convencido de que esos documentos que redactó la abuela sean tan legales como tú crees.

—Te puedo asegurar que lo son... *muy, muy legales*. John Crawford y Henry Rossiter los aprobaron como directores de «Harte Enterprises», y yo lo hice también. No intentes recusar lo que redactó Emma Harte porque, créeme, no conseguirías nada. Era mucho más inteligente que tú.

De repente, Jonathan desató toda su furia.

—¡Me las pagarás por esto, cabrón!

Giró sobre los tacones y agitó el puño en dirección a Paula.

—¡Y tú también, zorra!

—*Fuera* —gritó Alexander dirigiéndose hacia él—. Antes de que yo mismo te agarre por el cuello y te eche de aquí.

Paula se puso de pie de un salto, fue corriendo hasta donde Alexander estaba y lo cogió de un brazo.

Se quedó mirando a Jonathan y a Sarah e intentó reprimir su enfado y el desprecio que sentía por ellos.

—¿Cómo pudisteis? —preguntó en voz muy baja—. ¿Cómo le hicisteis eso a *ella*? A ella, que os dio tanto y que fue tan justa y generosa. Sospechaba de ti mucho antes de que muriese, Jonathan, y de ti comenzó a hacerlo más tarde, Sarah. Y, a pesar de eso, os concedió el beneficio de la duda porque no tenía pruebas tangibles. No rescindió vuestros fideicomisos, ni recuperó las acciones de «Harte Enterprises» que con tanta generosidad os había dado.

Paula agitó la cabeza con tristeza.

—Representáis todo lo que la abuela odiaba y condenaba... traidores, falsos, deshonestos y, además, embusteros y estafadores.

Ninguno de los dos habló. El rostro de Jonathan reflejaba un odio acérrimo y Sarah parecía que se iba a desmayar.

Al seguir hablando, la voz de Paula adquirió un nuevo tono, llenó de fría determinación.

—Me temo que no soy tan clemente como lo fue Emma Harte. Toleró a vuestros padres después de sus intentos de traicionarla. Pero yo no os soportaré a ninguno de los dos. Sólo tengo una cosa que añadir... En el futuro, no seréis bienvenidos en las reuniones familiares. Por favor, recordadlo.

Sarah, pálida y temblorosa, se puso histérica ante esas palabras condenatorias. Se volvió hacia Jonathan y le acusó a gritos:

—Tú tienes la culpa. No debería haberte escuchado nunca. No sólo he perdido mi dinero sino también «Confecciones Lady Hamilton» y a la familia.

Empezó a llorar de nuevo.

Jonathan la ignoró. Se acercó a Paula con el rostro desencajado por una máscara de odio y con una mirada siniestra en los ojos.

—Acabaré contigo, Paula Fairley. ¡Sebastian y yo acabaremos contigo para siempre!

Finalmente, Alexander perdió la calma por completo. Se puso delante de Paula, agarró a Jonathan de un brazo con rudeza y lo arrastró hasta la puerta.

—Es mejor que te vayas antes de que te dé la mayor paliza de toda tu vida.

Jonathan se desembarazó de la garra tenaz de su primo.

—¡Quítame tus asquerosas manos de encima, chivato cabrón! —gritó—. No te creas que eres inmune. No olvides lo que he dicho. También acabaré contigo, Barkstone. Aunque me lleve toda la vida, me aseguraré de que recibas tu merecido.

Jonathan abrió la puerta impetuosamente y la cerró de un golpe.

Sarah corrió hacia Alexander, que todavía se hallaba junto a la puerta.

—¿Qué voy a hacer? —gimió, restregándose las manos en la cara llena de lágrimas.

—No tengo ni idea, Sarah —contestó Alexander con una voz fría e impasible—. La verdad, no lo sé.

Ella se le quedó mirando con expresión desvalida, luego, fijó la vista en Paula y, finalmente, en Emily. Supo, por la expresión inescrutable de sus rostros, que se encontraba en una situación desesperada. Maldiciendo a Jonathan en su interior, cogió el bolso y salió del despacho con tanta rapidez como pudo, luchando por contener las lágrimas.

Alexander cruzó la habitación, se sentó tras el escritorio y cogió un cigarrillo. Al encender la cerilla y acercársela al rostro, vio que las manos le temblaban, pero no le extrañó.

—Fue bastante desagradable —dijo—, pero no peor de lo que esperaba. He de admitir que me ha dado la impresión de que han actuado a espaldas de Sarah y que ella estaba metida en todo esto sin saberlo.

—Sí —afirmó Paula, volviendo su mirada hacia Emily—. Hubo un momento en que sentí pena por ella, pero se me pasó cuando me acordé de la abuela y de todas las cosas las cosas maravillosas que hizo por ellos.

—¡Pues yo no le tengo simpatía a Sarah! —exclamó Emily indignada—. Se lo tenía bien merecido. Y Jonathan... es despreciable.

—Intentará crearnos problemas, pero no lo conseguirá —dijo Alexander—. Se pondrá furioso y moverá cielo y tierra, pero no logrará hacernos ningún daño. Eran amenazas fútiles. Cuando vi que agitaba el brazo en tu dirección, como el villano de un drama victoriano, no me lo podía creer —sonrió.

Paula rió nerviosamente.

—Te comprendo. Pero, por otro lado, creo que no debemos menospreciar a Jonathan tan a la ligera, Sandy. No mientras Sebastian Cross, mi enemigo, esté detrás, incitándole a que haga Dios sabe qué cosas. Te lo he dicho otras veces, tengo muy mala opinión de Cross.

Alexander se recostó en el sillón y la observó con tranquilidad, meditando sobre sus palabras.

Emily se acercó corriendo y se quedó junto a Paula.

—Sinceramente, Alexander, creo que Paula tiene razón. Esto no es lo último que vamos a saber de Jonathan Ainsley, Sarah Lowther y Sebastian Cross... ni mucho menos.

Alexander se apoyó en el escritorio y sonrió con afecto y seguridad.

—Olvidaos de los tres, por favor. No pueden hacernos nada... ni ahora ni en el futuro. No tienen ningún poder.

Paula no estaba segura de eso, pero dijo:

—Hablas como un verdadero nieto de Emma Harte.

Se desprendió de la preocupación y adoptó una actitud positiva.

—Y, como Emma hubiese dicho, vamos con ello. Todavía nos queda mucho que hacer hoy. Bueno, Sandy, ¿quién crees que podría llevar «Confecciones Lady Hamilton»?

—Pues, de hecho, estaba pensando en Maggie. Tiene buena cabeza para los negocios y con un poco de vuestra ayuda...

Se calló y miró a su hermana y a su prima.

—¿Y bien? —preguntó.

—¡Es una idea magnífica! —exclamó Emily.

—Lo mismo digo —secundó Paula.

CAPÍTULO XLVIII

Aunque la vieja habitación de los niños en «Pennistone Royal» tenía un aspecto algo anticuado, resultaba confortable y acogedora. Un gran fuego crujía en la chimenea, las lámparas brillaban alegremente y se respiraba un ambiente agradable y acogedor.

Era una noche fría, un sábado de enero de 1971. Emily se encontraba sentada junto a la ventana, observando a Paula y a sus hijos y se divertía con las alegres escenas que contemplaba. Paula estaba muy contenta esa noche. Sus ojos, que últimamente habían reflejado una extraña sombra de preocupación, brillaban con alegría. En su rostro se reflejaba una nueva expresión de tranquilidad y, como siempre que se hallaba con sus hijos, su comportamiento era atento y afectuoso.

Los gemelos, que al mes siguiente cumplirían dos años, ya estaban bañados y con los pijamas puestos. Paula los tenía cogidos de la mano y formaban un corro en el centro de la habitación.

—¡Preparados! ¡Listos! ¡Ya! —exclamó Paula.

Empezó a moverse con pasos cortos, dando vueltas y vueltas con los niños. Sus caras, recién lavadas, rebosaban de alegría y lucían unas sonrisas radiantes y sus expresiones eran gozosas.

Paula empezó a cantar.

—Agáchate y vuélvete a agachar, que los niños bonitos se agachan... ¡ya!

Al pararse, Lorne se soltó y se tiró al suelo, revolcándose y riendo sin parar.

—¡Ya! —dijo gritando—. ¡Ya! ¡Ya!

Siguió riendo y agitando las piernas en el aire con el abandono de un cachorrillo juguetón.

Tessa, cogida de la mano de Paula, lo miró antes de echar hacia atrás la cabeza y mirar a su madre.

—Tonto —dijo—. *Rorn*... tonto.

Paula se puso en cuclillas y sonrió delante de esa cara que la miraba con tanta atención y solemnidad.

—No es tonto, cariño, Lorne está contento. Todos estamos contentos después de este día tan divertido. Intenta decir Lorne, cielo.

Tessa asintió.

—*Rorn* —repitió, incapaz todavía de pronunciar el nombre de su hermano.

Paula se sentía henchida de amor, alargó el brazo y acarició con un dedo la mejilla de porcelana de la niña. El tono verde de los ojos que la miraban le recordaba el del «Chartreuse» poco diluido; era llamativo e intenso. La cogió y la estrechó entre sus brazos, acariciéndole los rizos pelirrojos.

—Oh, eres un encanto, Tess.

La niña se quedó abrazada a Paula durante un momento y, después, se echó hacia atrás. Hizo una mueca, estiró el cuello y apretó los labios.

—Mamá... Mamá —dijo mientras hacía sonoros ruidos con la boca.

Paula sonrió, se inclinó sobre su hija, la besó en la mejilla, y volvió a acariciarle el pelo.

—Corre y dale un beso a tía Emily, cielito. Ya es hora de irse a la cama.

Paula se quedó mirando a Tessa mientras cruzaba la habitación con pasos decididos. Estaba adorable con su camisón de franela blanca y la bata azul, parecía un querubín. Volviéndose hacia Lorne, Paula se arrodilló y empezó a hacerle cosquillas. Él se retorció y pateó disfrutando con el juego, sus carcajadas flotaban en el tranquilo silencio. Finalmente, Paula se detuvo e hizo que se levantase. Le acarició las mejillas encendidas y le pasó la mano por el cabello, de un tono rojizo más oscuro que el de su hermana, mientras intentaba calmarle.

—Mamá es la tonta, Lorne, por excitarte de esta manera cuando es hora de irse a dormir.

Ladeó la cabeza y miró a Paula con gran interés.

—Yo —dijo—. Mam... Mam.

Lorne le ofreció la mejilla para que le diera un beso y puso la misma boca que su hermana. Era un ritual nocturno para los niños y Paula le cogió la cabeza entre las manos y le besó la mejilla, la punta de la nariz y los labios rosados. Se echó hacia atrás.

—Eres un niño muy bueno, Lorne —murmuró mientras le arreglaba el cuello del pijama, sintiendo un gran amor por su hijito.

Lorne alargó el brazo, le tocó la cara y se apretó contra ella, dándole un fuerte abrazo y meciéndose de un lado a otro. Paula lo estrechó contra sí, siguiendo el movimiento de vaivén y acariciándole la pelirroja cabeza que resplandecía con la luz de la chimenea. Cuando pasaron unos segundos, se desprendió de él, se levantó e hizo que él también se pusiera en pie. Lo cogió de la mano y se acercaron a Emily y a Tessa, que estaban sentadas junto a la ventana.

—El Duende está a punto de llegar, tía Emily —anunció Paula en un tono sugestivo e importante—. ¿Por qué no vamos al dormitorio a darle la bienvenida?

—¡Qué buena idea! —exclamó Emily cogiendo a Tessa

de la mano y ayudándole a bajarse de la silla—. No he visto al Duende desde hace años.

Los cuatro entraron en la habitación contigua, donde brillaba una lamparita de noche entre las dos camas.

—A quitarse la bata y a la cama —ordenó Paula—. ¡Rápido! No queremos que se vaya el Duende al ver que sois unos niños trasnochadores.

Lorne y Tessa forcejearon con los cinturones de las batas y Paula y Emily se acercaron a ayudarles. Paula abrió la cama, los acostó y les dio un beso a cada uno.

—Siéntate, tía Emily, y quédate quietecita para que el Duende no se asuste —aconsejó Paula mientras cogía un taburete y se acomodaba entre las dos camas.

—Me quedaré más callada que en misa —susurró Emily siguiéndole el juego y sentándose a los pies de la cama de Lorne.

Paula miró a sus hijos.

—¡Ssssss! —dijo en voz baja, llevándose un dedo a los labios.

—Pom —pidió Tessa—. Pom... Mam.

—De acuerdo. Os recitaré el poema del Duende, pero acurrucaos y cerrad los ojos, los dos.

Ambos hicieron lo que les decía. Lorne se metió el pulgar en la boca y Tessa se abrazó a una ovejita de peluche que tenía al lado de su cama y empezó a chuparle una de sus orejas.

Paula empezó a recitar en voz baja:

El Duendecillo tiene alas ligeras
y sus zapatos están hechos de oro.
Viene a verte cuando la primera estrella brilla,
y la noche no ha avanzado mucho.
Tiene una cucharita de plata
y un cubo lleno de noche.
Te tapa los ojos con trocitos de luna
y con polvo de estrellas y relumbra.
Te lleva a navegar en un barco
por un mar de sueños y alegría
y te cuenta maravillosos relatos
de dragones y juguetes mágicos.
Por eso, ahora duerme, descansa
y cierra los ojos muy apretados.
Pues si no te duermes y te levantas
el Duendecillo no vendrá cuando se haga de noche.

Paula se calló, se levantó y se acercó a mirar a los gemelos. Ambos estaban bien dormidos. Esbozó una sonrisa de ternura. Habían tenido un día muy ajetreado y estaban rendidos. Los besó con suavidad y quitó la banqueta de en medio. Emily se acercó a besar a Lorne y a Tessa y, después, las dos jóvenes salieron de la habitación andando de puntillas.

A las siete en punto, Paula empezó a preguntarse qué podría haberle sucedido a Jim. Emily se había marchado hacía media hora, después de que hubieron tomado una copa rápida en la biblioteca. Ella se sentó en el escritorio con la intención de trabajar un poco, pero sus preocupaciones no se lo permitieron.

Era cinco de enero, el día que ella había pensado tener una charla seria con Jim. Sus padres y Phillip habían vuelto a Londres tres días antes, tras pasar las Navidades en «Pennistone Royal». Ya se habían marchado de vacaciones a Chamonix.

La Navidad fue excepcionalmente tranquila. Randolph y Vivienne habían aceptado la invitación de Anthony y Sally y se habían ido a Clonloughlin, y los O'Neill se decidieron, en el último momento, a viajar a las Barbados para visitar a Shane. Emily y Winston fueron con Maggie y Alexander y se quedaron allí, con ella, unos días. Toda la familia Kallinski pasó la Nochebuena en «Pennistone Royal». Pero, sin Emma, pasaron unas Navidades tristes y deprimentes para todo el mundo. Emma siempre había sido el centro de la reunión, la que hacía y deshacía y, sin ella, las cosas no eran lo mismo.

Paula aguantó como pudo, hizo un esfuerzo supremo por los niños y por sus padres mientras contaba las horas que faltaban para ese día cinco. Y, esa mañana, Jim se fue corriendo al periódico antes de que ella tuviese la oportunidad de abrir la boca.

De repente, Paula escuchó un automóvil en el camino de grava, se volvió en la silla y se levantó de un salto. Se acercó a la ventana que había detrás del escritorio. Ahuecó las manos contra el cristal y apoyó las manos en ellas para mirar afuera. La luz de la puerta trasera estaba encendida e iluminó claramente el «Aston Martin» de Jim.

Se quedó rígida y contuvo la respiración al ver los esquíes que sobresalían por la ventanilla trasera. Ésa había sido la causa de su retraso. Había ido primero a «Long Meadow» a recoger su equipo de esquí. Después de todo, se iba a Chamonix.

«Ahora o nunca», pensó Paula conteniendo la respiración y cruzando la biblioteca a grandes pasos. Abrió la puerta violentamente y, reprimiendo su enfado, se detuvo a esperarle en el Vestíbulo de Piedra.

Jim entró un momento después y se encaminó hacia la escalera, al otro extremo del vestíbulo.

—Estoy aquí, Jim —exclamó.

Sorprendido, giró sobre sí mismo rápidamente y se quedó mirándola con inseguridad.

—¿Puedes concederme unos minutos? —preguntó Paula.

Intentó mantener un tono de voz tranquilo, pues no quería ponerle sobre aviso o asustarle.

—¿Por qué no? Ahora mismo iba a cambiarme. He tenido un día muy ajetreado —repuso, yendo hacia ella—. Sorprendentemente ajetreado para ser sábado.

«No es tan sorprendente —pensó Paula. Dio un paso hacia atrás y abrió más la puerta—. Has estado quitándote trabajo de encima para poder irte a Chamonix.» Pero no dijo nada de eso.

Jim pasó junto a ella y entró en la biblioteca sin besarla ni hacerle un gesto cariñoso. Existía una gran tensión entre ellos y, últimamente, se había transformado en un verdadero distanciamiento.

Paula cerró la puerta con energía. Por un momento, pensó en echarle la llave, pero cambió de opinión. Lo siguió hasta la chimenea.

Paula se sentó en un sillón y se quedó observándole mientras él permanecía de pie.

—La cena no estará dispuesta hasta las ocho. Tienes tiempo de sobra para cambiarte. Ponte cómodo, Jim. Vamos a charlar un rato.

Después de dirigirle una mirada extraña, Jim se sentó en el otro sillón, sacó un cigarrillo y se lo puso en la boca. Lo encendió y se quedó fumando en silencio y mirando el fuego durante un momento.

—¿Cómo te ha ido hoy? —preguntó.

—Muy bien. He pasado el día con los niños —repuso Paula—. Emily vino a almorzar y se quedó toda la tarde. Winston había ido a un partido de fútbol.

Jim no comentó nada.

—Así que te *vas* a Chamonix —dijo Paula con voz tranquila.

—Sí —contestó él sin mirarla.

—¿Cuándo te marchas?

Jim se aclaró la garganta.

—He pensado salir para Londres está noche, sobre las diez o las once. Las carreteras estarán casi vacías. Puedo llegar en un tiempo récord. Así, mañana podré coger el primer avión para Ginebra.

Un sentimiento de ira la invadió, pero lo reprimió sabiendo que tendría que mantenerse tranquila y que no debía decir nada que lo enfadara si quería conseguir algo.

—Por favor, Jim, no te vayas. Espérate unos días al menos.

—*¿Por qué?*

Volvió la cabeza, fijó en los de ella sus grises ojos plateados y, en un gesto de sorpresa, alzó una ceja.

—Tú te vas a Nueva York —dijo.

—Sí, pero no hasta el ocho o el nueve. Cuando regresaste de Canadá, te dije que deseaba hablar de nuestras diferencias. Te desentendiste de mí alegando que era Navidad y esperábamos invitados. Me prometiste no marcharte a Chamonix hasta que hubiésemos aclarado las cosas y arreglásemos nuestros problemas.

—*Tus* problemas, Paula, no los míos.

—*Nuestros problemas.*

—Siento no estar de acuerdo. Si hay algún problema en nuestro matrimonio, tú lo has creado. Desde hace más de un año has estado buscándolos, insistiendo en que teníamos dificultades cuando no era así. Además, tú has... abandonado el lecho conyugal, no yo. Tú has sido quien ha provocado esta situación insostenible.

Sonrió levemente y entrecerró los ojos.

—Tú eres la responsable de que esto sea un matrimonio a medias, pero yo estoy preparado para vivir así.

—Esto no es un matrimonio.

Él soltó una risa hueca.

—Pero tenemos dos hijos y estoy dispuesto a compartir la misma casa contigo por el bien suyo. Nos necesitan a los dos. Y, hablando de casas, cuando regrese de Chamonix, nos mudaremos a «Long Meadow». Ésa es *mi* casa, *mi* hogar, y *mis* hijos se van a criar allí.

Paula lo miró sorprendida.

—Sabes muy bien que la abuela quería...

—Ésta no es tu casa —la interrumpió tajante—. Es de tu madre.

—Mis padres tienen que vivir en Londres para que papá pueda ir todos los días a las oficinas de «Harte».

—Es problema suyo, no el nuestro.

—La abuela no quería que «Pennistone Royal» se quedara vacío durante seis meses. Se daba por hecho que yo viviría aquí la mayor parte del año y que mis padres vendrían los fines de semana que pudiesen y que se quedarían a pasar los meses de verano y algunos días de fiesta.

—Estoy decidido a regresar a «Long Meadow». Con los niños —dijo precipitadamente—. Serás bien venida. Porque, claro, no puedo obligarte a que vengas con nosotros...

Se calló a mitad de la frase y se encogió de hombros.

—Lo tienes que decidir tú —añadió después.

Paula lo miró y se mordió el labio.

—Jim, quiero divorciarme.

—Yo no. Y nunca accederé. *Jamás.* Y, otra cosa, creo que deberías saber que, si decides dar ese paso, lucharé por la custodia de Lorne y Tessa. *Mis* hijos se vendrán conmigo —dijo con frialdad.

—Los niños necesitan una madre —empezó a decir Paula, agitando la cabeza—. Lo sabes mejor que nadie. Naturalmente, tendrías todo el derecho a visitarles. Nunca alejaría a los niños de ti. Podrías verlos cuando quisieras y ellos irían a pasar temporadas contigo.

Jim esbozó una sonrisa torcida.

—No tienes precio, ¿sabes? Eres sorprendente y, además, la mujer más egoísta que conozco. Lo quieres *todo*, ¿no? Libertad para hacer lo que quieras, para ir donde te apetezca y llevarte a los niños.

Su mirada era glacial.

—¿También quieres quitarme el trabajo?

Paula se quedó sin aliento.

—¡Cómo puedes pensar una cosa así! Por supuesto que no. La abuela te renovó el contrato antes de morir, tienes el empleo asegurado para toda la vida. Y también posees las acciones de la nueva compañía.

—Ah, sí —murmuró con suavidad—. La nueva compañía. Me gusta mucho Toronto... es una ciudad encantadora. Quizá me vaya allí unos años. Se me ocurrió en diciembre. Me gustaría dirigir el *Sentinel* de Toronto. Por supuesto, los niños se vendrían conmigo.

—¡No! —exclamó ella notando su propia palidez.

—Oh, sí —contestó Jim—. Pero eso depende de ti, Paula. Si persistes en tu ridícula idea de divorciarte, si destruyes mi familia, me estableceré en Toronto, y estoy decidido a llevarme a mis hijos.

—También son míos.

—Sí —dijo—, lo son. Y tú eres mi esposa.

Suavizó el tono de su voz y le dirigió una mirada cálida.

—Somos una familia, Paula. Los niños te necesitan, yo te necesito.

Alargó el brazo y la cogió de la mano.

—¿Por qué no dejas de hacer tonterías y te olvidas del rencor estúpido e infundado? ¿Por qué no haces un esfuerzo para arreglar nuestro matrimonio? Yo estoy dispuesto a intentarlo.

En sus labios se dibujó una afable sonrisa.

—¿Por qué no empezamos ahora... *esta noche?*

Le apretó los dedos, se acercó a ella y, cuando habló, lo hizo en un tono insinuante:

—No hay tiempo como el presente. Venga, subamos y hagamos el amor. Te demostraré que esas diferencias de las que siempre estás hablando son imaginarias y sólo existen en tu *cabeza*. Vuelve a mi cama, y a mis brazos, Paula.

Ella no se atrevió a decir una palabra.

Se produjo un silencio largo y desagradable.

Finalmente, Jim murmuró:

—De acuerdo, esta noche no. Es una lástima. Escucha, como yo me voy a Chamonix y tú a Nueva York, aprovechemos esta separación para aclarar nuestras ideas. Así, cuando nos reunamos en casa dentro de unas semanas, podremos empezar de nuevo y construir las mejores relaciones que hayamos tenido nunca.

—No queda nada entre nosotros, Jim, así que tampoco hay nada que podamos hacer —susurró Paula con tristeza.

Jim le soltó la mano y se quedó mirando al fuego. Un momento después, dijo:

—Los psicólogos lo llaman repetición compulsiva.

Paula no sabía de qué estaba hablando.

—No te entiendo —dijo ella, frunciendo el ceño.

Jim volvió la cara para mirarla.

—Los psicólogos lo llaman *repetición compulsiva.*

—¿Qué se supone que significa eso? —preguntó Paula, con aspereza mientras pensaba si estaría intentando despistarla otra vez como había hecho tan a menudo.

—Se refiere a la pauta de comportamiento de algunas personas... como un hijo que *reviviese* la vida de uno de sus padres o abuelos con exactitud y la repitiese, con errores y todo, como si siguiese en realidad algún terrible impulso interno.

Paula lo miró atónita. Pero se recuperó rápidamente.

—¿Intentas decirme que estoy reviviendo la vida de mi abuela?

—*Exactamente.*

—¡Estás muy equivocado! —exclamó Paula—. Tengo mi propia personalidad. Vivo mi *propia* vida.

—Piensa eso si así lo deseas, pero no es verdad. Estás haciendo todo lo que hizo Emma Harte, y con impresionante exactitud. Trabajas como una negra, sacrificas todo nuestro tiempo a ese maldito negocio, te pones a viajar por el mundo de forma egoísta, vas de un lado para otro y descuidas tus deberes de esposa y de madre. Haces que la gente baile al compás que tú marcas y, como tu abuela, careces de estabilidad emocional.

Paula estaba furiosa.

—¡Cómo te atreves! ¿Cómo osas criticar a la abuela? Estás acusándola de algo que no hizo nunca. ¡A ella, que fue tan buena contigo! Eres un caradura. Y, además, nunca he descuidado a mis hijos, ni a ti tampoco. Nuestro distanciamiento se ha producido porque hay ciertos aspectos en los que fallas, Jim. Yo no soy emocionalmente inestable, pero me parece que tú sí lo eres. No fui yo quien estuvo...

Paula se detuvo y comenzó a estrujarse las manos en el regazo.

—Sabía que nunca olvidarías eso —dijo él con el rostro ensombrecido—. ¿No se te ha ocurrido nunca pensar que tú podías haber sido la responsable de mi crisis nerviosa? —preguntó Jim.

Paula se quedó boquiabierta.

—Si hay alguna persona compulsiva aquí, ésa eres tú. Siempre me estás acusando de todo lo que tú haces.

Jim suspiró. Apartó la vista, se quedó pensando unos segundos y, después, volvió los ojos a Paula y le dirigió una mirada penetrante.

—¿Por qué tienes tanto deseo de conseguir el divorcio?

—Porque nuestro matrimonio está acabado. Es ridículo seguir —murmuró, adoptando un tono más tranquilo y sensato—. No es bueno para los niños, ni para ti ni para mí, Jim.

—Estábamos enamorados —musitó casi para sí mismo—, ¿verdad?

—Sí, lo estuvimos —repuso Paula y tomó aliento—. Pero estar enamorado no asegura la felicidad, Jim. Es necesario que las dos personas sean compatibles y puedan vivir juntas día a día. Me temo que el amor no basta. El matrimonio necesita una base sólida fundamentada en una amistad sincera.

—¿Hay otro hombre? —preguntó Jim.

Tenía sus ojos clavados en los de Paula.

Aunque era una pregunta inesperada, Paula pudo conservar una expresión neutral. El corazón le dio un salto, pero habló con su tono más convincente de voz.

—No, Jim, no lo hay.

Durante unos segundos, él no dijo nada. Después, se levantó y se quedó de pie junto al sillón de Paula. Le apretó el hombro.

—Mejor que no lo haya, Paula. Porque, si es así, yo te destruiré. Recurriré contra la demanda de divorcio y haré que te declaren madre incompetente. No te molestes, conseguiré la custodia de mis hijos. Ningún juez de Inglaterra le dará la custodia de los niños a una madre que arruina voluntariamente el matrimonio y que los desatiende, que viaja por el mundo en beneficio de los intereses de sus negocios en detrimento de sus hijos.

Acercó su cara a la de Paula y le apretó el hombro un poco más.

—O a una que se acuesta con otro hombre.

Paula intentó hacer desaparecer su asombro. Se puso de pie con el rostro encendido.

—Inténtalo —dijo con voz fría—. Atrévete a intentarlo. Ya veremos quién gana.

Él se apartó de ella y empezó a reírse en su cara.

—Y piensas que no estás reviviendo la vida de Emma Harte. Es lo más gracioso que he oído nunca. Mírate..., hablas exactamente igual que ella. Piensas lo mismo. También crees que el dinero y el poder te hacen invulnerable. Por desgracia, querida mía, no es así.

Se volvió y se dirigió hacia la puerta.

—¿Dónde vas? —preguntó Paula tras él.

Jim se detuvo en seco y se volvió.

—A Londres. No tiene sentido que me quede a cenar

aquí... Sólo serviría para que siguiésemos peleando. Francamente, estoy cansado de todo.

Paula corrió tras él, le cogió el brazo y lo miró con ojos suplicantes.

—No hay motivo real para que disputemos de esta manera, Jim —dijo con voz temblorosa—. Podemos intentar resolver esto como personas civilizadas, como adultos maduros e inteligentes. Sé que podemos.

—Depende de ti, Paula —dijo Jim, adoptando también un tono de voz más tranquilo—. Piensa en todo lo que te he dicho y, quizá, cuando haya regresado de Chamonix, habrás entrado en razón.

CAPÍTULO XLIX

John Crawford, el abogado de la familia, escuchaba a Paula desde hacía más de una hora.

No la había interrumpido ni una sola vez, ya que consideró más conveniente dejar que se desahogase antes de hacerle algunas preguntas importantes. También, con su astucia y su perspicacia, advirtió que ella no había hablado con nadie sobre su desastroso matrimonio antes de esa noche. Desde luego, no en profundidad. Pensó que, en cierto sentido, hablar con él era una especie de catarsis para Paula. Él creyó que, si la dejaba hablar y sincerarse, ella se sentiría mucho mejor.

Finalmente, Paula se calló y tomó aliento. John detectó instantáneamente una relajación en su bonito cuerpo; los rígidos músculos faciales se distendieron y el alivio se reflejó en sus llamativos ojos azules.

—Eso es todo —dijo Paula con una sonrisa un tanto insegura—. No creo que me haya olvidado de nada.

John asintió y siguió observándola. Consideró que ya se había controlado y que se hallaba lo bastante calmada como para aceptar lo que le iba a decir. Se aclaró la garganta.

—No quiero que te alarmes, esto es sólo una sugerencia, pero quizá debiéramos poner a los niños bajo la custodia del tribunal.

Aunque se había sorprendido, Paula habló con bastante calma:

—Oh, John, ¿no es una medida demasiado drástica? Incluso puede traernos problemas. Es inflamatoria.

John, que desde hacía tiempo le guardaba una visceral antipatía a Jim Fairley, juntó las manos y se las llevó a la cara. La contempló por encima de ellas con ojos pensativos.

—Por lo que me has contado, Jim, prácticamente, te ha amenazado con sacar a los niños del país, a Canadá, para ser exactos, si no haces lo que él quiere. ¿No es así, Paula?

—Sí —admitió.

—Al poner a los niños bajo la custodia del tribunal se previene el traslado, de su país o de su domicilio, por parte de los padres, contrariados o enfadados, que atraviesan una situación emocional angustiosa.

—Sí, John, sé lo que significa. Pero Jim cree que cambiaré de opinión sobre el asunto del divorcio. No va a coger a los niños de repente y se los va a llevar a Toronto. Seguramente, primero trataría de lo que yo iba a hacer. Además, ahora se halla en Chamonix.

—Y tú, Paula, te vas a los Estados Unidos dentro de un par de días. Él lo sabe. Podría intentar algo mientras estás ausente. Al fin y al cabo, Ginebra se encuentra a unas horas de distancia nada más.

—Estoy segura de que no...

Se calló bruscamente y escudriñó el rostro del abogado con inquietud.

—Por tu expresión, deduzco que sí piensas que lo haría.

—Existe esa posibilidad.

John se levantó y atravesó el salón, se sirvió otro martini seco del carrito de las bebidas, se volvió excusándose.

—Perdona, no te he preguntado si querías otra copa. ¿Te apetece?

—No, gracias de todos modos.

Él retornó a su silla y se sentó.

—Te voy a hacer una pregunta muy directa —continuó—, Paula, crucial, y me gustaría que pensases detenidamente antes de contestarme.

Ella asintió.

—¿Crees que Jim es emocionalmente estable? —inquirió.

—Oh, sí, John —respondió Paula sin dudar un segundo—, lo es. Sé que, después de la crisis nerviosa, estuvo muchísimo tiempo en una clínica, pero ahora está recuperado del todo. Se comporta con toda normalidad. Si es que se puede calificar de normal su actitud hacia mí, claro. Es obstinado e inflexible, pero siempre lo ha sido. Cierra los ojos a la verdad, a la realidad. Como ya te he dicho, está convencido de que nuestros problemas son producto de mi imaginación. De todos modos, afirmo una vez más que no creo que sea inestable. Está enfadado de momento, sí, pero eso es todo.

—Muy bien, te creo, y también entiendo tu reticencia a tomar medidas que le puedan molestar. Sin embargo, creo que sería más aconsejable que hablases con Daisy y la pusieras al corriente de la situación. Si Jim se fuese inesperadamente de Chamonix, tu madre debería contactar conmigo inmediatamente.

—No, a mamá no —exclamó Paula—. Preferiría no preocuparla. Si te digo la verdad, no se lo he contado ni a ella ni a nadie. He hablado con Emily y con mi padre alguna que otra vez, saben lo mal que está el matrimonio. De hecho, Emily y Winston me han instado a que solicite el divorcio. El caso es que... ellos dos se van a Chamonix pasado mañana. Se quedarán allí dos semanas. Hablaré con Emily antes de que se marche, le explicaré todo y le diré que te llame si surge algún inconveniente.

—Bien, bien. Emily es sensata y espabilada. Me siento más seguro sabiendo que estará en el chalé. Como tu abuela siempre decía, Emily no se chupa el dedo. Así que, en vista de eso y de que tú te opones, desecharé la idea de poner a los niños bajo la tutela del tribunal.

Le dirigió una sonrisita divertida.

—Se me ocurre que debes pensar que soy un paranoico, pero no es así. Sin embargo, soy prudente y sé muy bien que, con frecuencia, es más sensato tomar las precauciones debidas a fin de evitar problemas.

Se inclinó hacia delante con decisión.

—Por eso te sugerí la idea. Además, me pareció que te preocupaban los niños, de lo contrario no te los hubieses traído contigo a Londres ayer.

—Sí, estaba un poco inquieta —reconoció Paula—. Me quedé muy trastornada el sábado por la noche cuando Jim se marchó. El domingo por la mañana decidí que yo debería tener a Lorne y Tessa conmigo. ¡Parecían tan pequeños e indefensos, y tan vulnerables! Sólo son unos niños y yo los quiero mucho. Incluso pensé en llevármelos a Nueva

York, pero eso sería crearles una molestia innecesaria. Nora se siente muy feliz de poder pasar unas semanas en Londres y, al menos, el tiempo es mejor que en Yorkshire. Estarán bien, Parker y Mrs. Ramsey la ayudarán mientras se encuentre allí.

—Sí, los dos son de confianza. Intenta no preocuparte, querida. Yo cuidaré del piso de Belgrave Square. Aunque tú asegúrate de que Nora tiene mis números de teléfono y explícale que debe llamarme si Jim aparece.

—Lo haré esta noche.

Paula miró por encima de John y, con rostro pensativo, fijó la vista en las cortinas de damasco.

—Jim no me los puede quitar —dijo con voz vacilante—, ¿verdad, John?

—Claro que no. ¡Ni se te ocurra pensar en esa posibilidad!

Le dio unos cariñosos golpecitos en la mano deseando tranquilizarla.

—Jim podrá amenazarte con tomar las medidas que quiera para conseguir que hagas lo que él desea, pero, a la larga, las amenazas no significan nada. Por fortuna, en este país tenemos tribunales de justicia, y son eminentemente justos, que es mucho más de lo que puedo decir de los sistemas judiciales de muchos otros países.

—Sí —murmuró dejando escapar un débil suspiro de cansancio—. Dice que lo quiero todo, que siempre deseo salirme con la mía.

John rió.

—Por lo general, quien más motivos tiene para callar es el que hablar, Paula. ¿No se te ha ocurrido pensar que Jim quiere salirse con la suya?

Sin esperar una respuesta, el abogado continuó apresuradamente:

—Está comportándose como un egoísta, espera que hagas lo que él desea, sin tener en cuenta tus sentimientos, y a despecho del factor de que vuestro matrimonio es un desastre. Ya está empezando a hacer estragos en ti e, invariablemente, empezará a afectar a los niños. Lo único que se puede hacer con un matrimonio que ha tenido un triste fracaso es acabar con él lo más pronto posible, por el bien de todos. Por decirlo de otra forma, hay que detener la hemorragia. Yo debería saberlo.

Paula lo miró abiertamente.

—¡Pobre John! Tú también pasaste por este infierno.

—Por presentarlo de alguna manera, querida —contestó—. Sin embargo, aquellos problemas quedaron atrás. Millicent y yo somos buenos amigos ahora, muy buenos amigos en realidad.

—Espero que a Jim y a mí nos ocurra lo mismo al final —dijo Paula como si estuviese pensando en voz alta—. No lo odio, ni mucho menos. Si te soy sincera, me da un poco de pena..., porque veo que no puede afrontar la realidad.

Se encogió ligeramente de hombros.

—Pero, escúchame, he venido para poner en práctica un plan y quiero aclarar que deseo ser totalmente justa con él en todos los aspectos. Darle plena libertad para ver a los gemelos y no hay ni que decir que se quedará en el periódico.

Frunció el entrecejo.

—Me dejó helada cuando me dio a entender que yo lo dejaría sin trabajo.

John se quedó mirando su copa durante un momento y, lentamente, alzó sus ojos oscuros y profundos.

—No quiero darte la impresión de que las cosas van a ser fáciles con Jim, porque no lo serán. *Sé* que tendremos que luchar. Resulta evidente, por lo que me has contado, que no quiere dejar que te vayas, que está dispuesto a soportar la peor situación marital con tal de seguir siendo tu marido. Compresible, quizás. Eres la madre de sus hijos, además de ser una joven atractiva y competente, con una fortuna y un poder inmensos. ¿Qué hombre no querría quedarse contigo? Sin contar...

—Pero Jim no está interesado en mi dinero o en mi poder —le interrumpió Paula con rapidez—. Está resentido por mis negocios y no hace sino quejarse de mi profesión.

—¡No seas ingenua!

Paula lo miró, anonadada, se recostó en el sillón frunciendo el ceño y su rostro adoptó una expresión de total incredulidad. Abrió la boca y la cerró de nuevo porque deseaba oír lo que John tuviera que decirle.

—Claro que tu dinero y tu poder le importan, Paula —afirmó el abogado tranquilamente—. Y, en mi opinión, siempre ha sido así. Jim no es tan altruista como pareces creer. Soy tu abogado, y, como tal, creo que debo advertirte de ello, por muy desagradable que pueda parecerte. Aparentemente, Jim se ha estado quejando de tu trabajo, pero, mucho tiempo antes de casarse contigo, sabía que eras la principal heredera de Emma Harte. También estaba muy bien enterado de que no sólo recibirás la mayor parte de su fortuna sino, además, *todas* sus tremendas responsabilidades. Lo único que haces es utilizar tu profesión como una excusa para molestarte, para hacerte daño y castigarte. Al mismo tiempo, eso le permite dar un imagen de marido sufrido, olvidado y ofendido. En otras palabras, adopta una actitud que le granjea la simpatía de los demás. Por favor, querida mía, sé consciente de eso por tu propio bien y la tranquilidad de tu conciencia.

—Quizá tengas razón —admitió Paula.

Sabía que John Crawford era un brillante y perspicaz abogado y un hombre con gran penetración psicológica. Se inclinó hacia delante.

—Si Jim está interesado por el dinero, como das a entender —dijo agitando la cabeza y riendo—, no, mejor dicho, como *insistes*, pues démosle dinero. Estoy dispuesta a regalarle una gran suma. Establece una cantidad, John, y concierta una cita con Jim. Él y yo estaremos de vuelta a finales de mes y me gustaría poner las cosas en marcha.

—Me es imposible pensar en una cifra determinada ahora mismo —le explicó John—. No sería justo para nadie. Hay que meditarlo con sumo cuidado.

Bebió un poco de martini, dejó la copa y se levantó. Se dirigió a la tabaquera que había sobre una mesita y cogió un puro sin permitir que Paula vislumbrase la sonrisa cínica que afloraba, de manera involuntaria, a su boca. «Si mi opinión sobre Jim es correcta, y estoy seguro de que sí, el dinero lo arreglará todo», decidió John. Cortó un extremo del puro y regresó al sillón pensando en el acuerdo. Era una buena baza que debía guardarse en la manga, sería un arma negociadora convincente si Jim se mostraba intransigente.

John encendió una cerilla y le dio varias chupadas al habano hasta que se encendió.

—En cuanto a lo de la reunión —dijo después—, podemos vernos cuando tú lo desees...

En vez de continuar hablando, movió la cabeza de un lado a otro, en un gesto negativo.

—¿Qué sucede? —preguntó Paula, juntando las manos y experimentando una punzada de aprensión.

—Nada que deba preocuparte tanto, querida mía. De todos modos, creo que te va a costar mucho trabajo... conseguir que Jim tenga una reunión conmigo. Se opone al divorcio y es obstinado por naturaleza. Quizá sería mejor que yo quedase con él una noche para tomar una copa cuando se encuentre en la ciudad. En su viaje de vuelta a Yorkshire, después de sus vacaciones en Chamonix, ¿verdad?

—Sí, me parece una buena idea —accedió Paula—. Antes de marcharse de «Pennistone Royal» el sábado, Jim murmuró algo de vernos en Londres dentro de dos semanas.

Paula se sentó en el borde del sillón y su rostro adquirió una expresión de sinceridad mientras lo miraba.

—No olvides que quiero ser muy justa con él en lo que se refiere a los niños y, en el asunto del dinero, estoy dispuesta a mostrarme muy generosa. Es muy importante para mí que Jim disfrute de seguridad económica durante el resto de su vida.

—Lo recordaré todo —aseguró John—. Mientras estés en Nueva York, trabajaré sobre las condiciones del divorcio y me aseguraré de que a Jim le parezcan muy aceptables, te lo prometo.

Una sonrisa afectuosa apareció en su rostro.

—No todas las mujeres serían tan comprensivas como tú. Tiene mucha suerte.

—Estoy plenamente convencida de que ahora mismo no piensa eso —aventuró mientras se ponía en pie—. Gracias por ser tan atento. Me siento mucho mejor y con mayor optimismo después de haber hablado contigo. Y, ahora, voy a dejarte cenar en paz, ya te he molestado demasiado esta noche.

John le apretó el brazo con afecto y la acompañó por el salón hasta el pequeño vestíbulo. El amor que sentía por Daisy le hacía ver en Paula a la hija que nunca había tenido. Algunas veces, experimentaba un desmesurado sentimiento de protección hacia ella. A pesar de su perspicacia e inteligencia para los negocios, Paula tenía poca o ninguna experiencia con los hombres, Emma Harte y sus padres la habían protegido siempre. En muchos aspectos, desconocía el lado más duro de la vida diaria y podía ser un blanco fácil para un hombre poco escrupuloso.

Cuando llegaron a la puerta, John hizo que Paula se volviese hacia él y le dio un beso en la mejilla.

—*Tú* puedes disponer de mi tiempo siempre que quieras —dijo riendo entre dientes—. A un viejo solterón huraño como yo le hace mucho bien ver una cara bonita. Lo único que siento es que nos hayamos visto para hablar sobre un asunto tan triste.

Paula lo abrazó afectuosamente.

—No eres un viejo solterón huraño —repuso con una sonrisa—, sino un amigo maravilloso... de todos nosotros. Gracias por ello, John, y por todo lo demás. Te llamaré antes de salir para Nueva York.

—Hazlo, por favor, querida mía.

Abrió la puerta y la condujo del brazo afuera.

—Todo se va a arreglar, Paula. Trata de no preocuparte.

—Lo haré.

Bajó la pequeña escalinata de la casa de Chester Street, se volvió y le dijo adiós con la mano. John levantó la suya como respuesta, entró y, conteniendo su preocupación por Paula, cerró la puerta.

Ella bajó por la calle a buen paso en dirección a Belgrave Square, que se encontraba a sólo unos minutos de distancia. Había sido sincera cuando le dijo a John Crawford que se sentía aliviada después de hablar con él. Pero ése no era el único motivo que había hecho desaparecer aquella depresión que sentía desde hacía cuarenta y ocho horas. También el haber tomado una decisión y haber empezado a actuar de forma constructiva y positiva le habían sentado de maravilla. Paula nunca vacilaba. Como Emma antes que ella, era diligente por naturaleza y prefería actuar y estar ocupada a esperar. En consecuencia, todo el tiempo que había permanecido a la expectativa, por el accidente de Jim y su posterior internamiento en una clínica psiquiátrica, había sido insoportable. Pero, ante todo, era prudente y había aprendido a ser paciente. Hacía meses que había reconocido que, si bien la espera resultaba irritante, era mucho mejor que la actuación precipitada y que hacer algo de lo que se arrepentiría toda su vida.

Pero, mientras caminaba con paso ligero, experimentó una gran sensación de alivio. El haber hablado con John y puesto el asunto en sus manos la había liberado. Estaba segura de que John llegaría a un acuerdo justo y Jim se convencería totalmente cuando supiera que había dado ese paso decisivo.

Paula rebosaba de un nuevo optimismo mientras cruzaba Belgrave Square y entraba en la gran mansión que había comprado muchos años antes Paul McGill, su abuelo. Cerró la pesada puerta de hierro forjado y cristal tras ella, subió la corta escalera circular que conducía a la entrada principal de la mansión y entró abriendo con su llave.

Mientras se quitaba el abrigo de lana y lo colgaba en el armario del gran vestíbulo, Parker salió con precipitación de las habitaciones del servicio.

—Oh, Mrs. Fairley, me preguntaba si debía llamarla a casa de Mr. Crawford. Mr. O'Neill está en el salón. Lleva bastante tiempo esperándola. Le ofrecí una copa. ¿Desea usted algo, señora?

—No, gracias, Parker.

Preguntándose qué querría el tío Bryan y por qué se habría presentado allí de forma tan inesperada, sin llamar antes; abrió la puerta del salón y se paró de golpe en el umbral. Esperando ver a Bryan, se quedó asombrada al ver a Shane, el cual se levantó, riendo como un gato de Cheshire de oreja a oreja.

—¡Dios mío! —exclamó Paula—. ¿Qué estás haciendo aquí?

Cerró la puerta con el pie y corrió hasta sus brazos con la cara inundada de alegría.

Shane la besó, la cogió de los hombros y se quedó contemplándola.

—Me quedé tan preocupado después de las conversaciones telefónicas que mantuvimos el sábado y el domingo que decidí venir. He llegado a Heathrow hace dos horas.

—¡Oh, Shane, siento haberte preocupado...! Aunque es una maravillosa sorpresa verte, y varios días antes de lo que esperaba.

Lo llevó de la mano hasta el sofá y se sentaron con las manos cogidas. Paula dijo con una alegre carcajada:

—Pero me voy a Nueva York pasado mañana y ya sabes que...

—Pensé que podíamos volar juntos —la interrumpió con una mirada cariñosa—. De hecho, he trazado un buen plan en la última media hora. Me despistaré unos días y te llevaré a pasar el fin de semana a las Barbados en nuestro viaje a Nueva York. ¿Qué te parece?

—Oh, Shane —empezó a decir Paula pero, después, su rostro se ensombreció—. Te dije que Jim me había preguntado si existía otro hombre en mi vida. Y, aunque lo negué, no sé si quedó convencido por completo. ¿Y si nos ve alguien en las Barbados o viajando juntos? No quiero hacer nada que perjudique mi posición y la custodia de los niños. Jim se mostraría muy vengativo, sé que lo haría.

—Entiendo tus precauciones, cariño, y las he tomado en consideración. Pero, escucha, Paula, nunca sospecharía de mí. Por Dios, sería como hacerlo de tu hermano Philip. Además, tienes una *boutique* en las Barbados. Además, nadie nos verá en el avión y, una vez que nos encontremos en el «Coral Cove», nos quedaremos escondidos.

—¿Que nadie nos verá? —repitió—. ¿Qué quieres decir?

—Tengo otra sorpresa para ti, *Espingarda*. Por fin he recibido el reactor que papá y yo decidimos comprar para la compañía. Acabo de cruzar el Atlántico en él, pero olvidémoslo y pretendamos que el viaje a las Barbados es el vuelo inaugural. Vamos, di que sí, amor mío.

—De acuerdo entonces —accedió Paula tomando una decisión instantánea.

No tendría problemas viajando con Shane. Después de todo, era su amigo de la infancia. Su expresión de seriedad desapareció y sus ojos violetas se iluminaron.

—Es justo lo que necesito para recuperarme de este fin de semana tan molesto.

—Claro que sí —dijo él con una sonrisa—. Tenemos que encontrar un buen nombre para el reactor, ¿sabes? ¿Tienes alguna idea?

—No, pero llevaré una botella de champaña y la estrellaremos contra uno de sus lados; lo bautizaremos aunque no tenga nombre —anunció Paula, disfrutando de una alegría repentina e inesperada, ante el gozo de estar con él.

Sintió el vértigo y la despreocupación que experimentaba siempre que se reunía con Shane después de un largo tiempo de separación. Él conseguía que todo cambiase. Hacía que todo fuese posible. Los posos de su depresión desaparecieron como si nunca hubiese existido.

Shane hizo que se levantase.

—Le dije a Parker que ibas a salir a cenar. Espero que no te importe que me haga cargo de ti.

Lució su sonrisa de muchacho y besó la frente femenina. Inmediatamente, se puso serio.

—Quiero que me pongas al corriente de tu reunión con John. Podemos hablar sobre ella mientras despachamos una buena comida y la regamos con una botella de buen vino en el «White Elephant».

CAPÍTULO L

El chalé estaba desierto.

Emily se dio cuenta de ello cuando bajó las escaleras rápidamente y se quedó parada en el vestíbulo circular, con la cabeza ladeada, esperando escuchar los habituales ruidos matutinos. Por lo general, se oían voces y risas y la música de fondo de la radio. Pero, a esas horas de la mañana de un sábado de enero, sólo había silencio.

Emily se dirigió hacia su izquierda y entró en el comedor. Su madre estaba de pie junto a la ventana, mirándose la cara en un espejito con gran atención.

—Buenos días, mamá —saludó Emily desde la puerta con voz alegre y se dirigió hacia ella.

Elizabeth se volvió bruscamente, sonriendo.

—Oh, Emily, estás aquí. Buenos días, encanto.

Tras plantarle un beso en la mejilla, Emily se sentó a la larga mesa de estilo rústico y cogió la cafetera.

—¿Dónde está todo el mundo? —preguntó.

Elizabeth se quedó un momento sin responder, siguió examinando su cara bajo la brillante luz solar que entraba por la ventana y, luego, con un suspiro, se sentó junto a su hija.

—Los entusiastas del esquí se fueron hace siglos, como hacen siempre. Winston se acaba de marchar. Decidió ir a esquiar en el último momento y salió corriendo para ver si podía alcanzar a los demás. Por lo visto, dormías tan profundamente que le dio pena despertarte. Me pidió que te dijera que os veríais a la hora del almuerzo.

—Esta mañana no me podía levantar temprano —murmuró Emily.

Se sirvió café y miró ansiosamente los *croissants*. Tenían un aroma delicioso y la boca se le hizo agua.

—No me extraña. Anoche todo el mundo se marchó muy tarde. Yo misma estoy pagando las consecuencias esta mañana...

Elizabeth se calló con brusquedad y miró a Emily resueltamente.

—¿Crees que necesito hacerme la estética en los ojos?

Emily sonrió, dejó la taza de café y se apoyó en la mesa mirando a los ojos de su madre. Estaba acostumbrada a ese tipo de preguntas y sabía que debía prestarle toda su atención cuando se las hacía. Negó con repetidos movimientos de cabeza.

—No, por supuesto que no. Tus ojos son maravillosos.

—¿Lo dices de verdad, querida?

Elizabeth levantó el espejito y se volvió a mirar.

—¡Por el amor de Dios, mamá! Eres una mujer joven, con sólo cincuenta años...

—No lo digas tan fuerte, querida —murmuró Elizabeth. Dejó el espejo en la mesa.

—Debo admitir que últimamente he estado acariciando esa idea —continuó—. Creo que tengo los párpados un poco arrugados. Marc se fija mucho en el aspecto de las mujeres y al ser mayor que él...

—¡No sabía que era más joven que tú, mamá! Desde luego, no lo parece.

Esto pareció alegrar a Elizabeth y su rostro se iluminó.

—Me alegro de que lo digas, pero me temo que es más joven.

—¿Cuántos años?

Emily cogió un bollo y lo partió en dos sin poder resistir la tentación por más tiempo.

—Cinco.

—¡Dios santo, pero si eso no es nada! Olvídate de hacerte la cirugía estética, mamá, eres una mujer muy hermosa y no pareces tener un día más de los cuarenta.

Emily hundió el cuchillo en la cremosa mantequilla, la extendió profusamente sobre un trozo de bollo y le añadió mermelada de melocotón.

Elizabeth, olvidándose por un momento de su constante preocupación por sí misma, le dirigió una mirada desaprobadora.

—No te irás a comer eso, ¿verdad, querida? Tiene muchísimas calorías.

Emily sonrió.

—Claro que sí. Estoy hambrienta.

—¿Sabes? Debes controlar tu peso, Emily. Desde pequeña has tenido tendencia a engordar.

—Ya pasaré hambre cuando volvamos a casa.

Elizabeth movió la cabeza con exasperación pero sabía que era inútil discutir.

—¿Viste a Marc filtrear con aquella condesa francesa en la fiesta de anoche?

—No, no puedo decir que le viese. Pero él flirtea con

682

cualquiera, madre. No lo puede evitar, estoy segura de que no significa nada. Me gustaría que no te inquietases por ese hombre. Es una gran suerte para él tenerte a ti.

—Y yo soy muy afortunada teniéndole a él. Se porta muy bien conmigo, y, si te digo la verdad, es el mejor marido que he tenido.

Emily lo dudaba y, antes de poder reprimirse, exclamó:

—¿Y papá? Se portó maravillosamente contigo. Fue una pena que lo dejaras.

—Es natural que te pongas a favor de Tony. Se trata de tu padre. Pero no puedes imaginarte cómo eran las cosas entre nosotros, querida. Al final, claro. Sólo eras una niña pequeña. De todos modos, no tengo ninguna intención de repasar todos los detalles de mi primer matrimonio contigo, cogiéndolo y examinándolo con lupa.

—Eso es muy clásico en ti —repuso Emily con acritud, consciente de que estaban tocando un tema explosivo.

Elizabeth le dirigió una mirada penetrante a su hija, pero también ella se contuvo prudentemente. Se sirvió otra taza de café, encendió un cigarrillo y observó a Emily pensando en lo bonita que estaba esa mañana con pantalones y jersey de color verde esmeralda. Intensificaban el color de sus ojos. Después de casi dos semanas en los Alpes franceses, su cabello se había vuelto de un rubio más claro y más vivo y su rostro delicado había adquirido la sombra del bronceado. Elizabeth se alegró de que ella y Marc hubiesen aceptado la invitación de acompañar a Daisy en el chalé que habían alquilado. Había disfrutado estando con sus hijos y se había sentido muy satisfecha por la atención que Marc les había dispensado, en especial a Amanda y a Francesca.

—Creo que iré a la ciudad más tarde —dijo Emily entre bocado y bocado—. Necesito comprar algunas cosas.

—Es una buena idea —comentó Elizabeth—. Quizá puedas dejarme en la peluquería, cariño.

Emily rompió a reír.

—No necesitas arreglarte el cabello, mamá. Estuviste allí ayer.

—Bueno, Emily, no discutamos sobre eso. Tú preocúpate de tus cosas que yo lo haré de las mías.

—De acuerdo.

Emily se inclinó hacia delante, apoyó los codos en la mesa y continuó:

—Recuerdo vagamente que Amanda y Francesca entraron en nuestra habitación esta mañana, a una hora intempestiva, y que nos cubrieron a Winston y a mí de besos. Supongo que Alexander se las ha llevado a Ginebra... y, sin duda, berreando a pulmón limpio.

Elizabeth asintió.

—Protestaron con verdadera desesperación. A ninguna de las dos parece gustarle acabar el curso en un colegio junto al lago Lemán, y no entiendo por qué. Pero se apaciguaron en seguida cuando supieron que Daisy las acompañaba a Ginebra. Quería hacer algunas compras y decidió irse con Alexander. Tienen pensado almorzar con ellas en el hotel «Richmond» antes de llevarlas al colegio. Me encanta ese hotel, Emily, en realidad les he prometido a las gemelas que cogeré un avión en París para estar con ellas en Ginebra unos días en Pascua.

Elizabeth tuvo una idea repentina y esbozó una sonrisa afectuosa.

—¿Por qué no os venís Winston y tú con Marc y conmigo y sois mis invitados en el «Richmond»? Lo pasaremos bien, Emily.

Emily se sintió agradablemente sorprendida por aquel gesto sin precedentes.

—Me parece una idea estupenda, madre, eres muy amable invitándonos. Se lo preguntaré a Winston y te contestaré más tarde.

Emily alargó el brazo y fue a coger otro bollo.

—¡Por favor, cariño, no te comas eso!

Emily retiró la mano con cara de estar un poco avergonzada.

—Sí, tienes razón. Engordan mucho.

Se levantó.

—Creo que más vale que suba y me arregle para ir a la ciudad. Sé que si me quedo hablando aquí contigo me comeré todo lo que hay en el plato.

—Yo subiré también —dijo Elizabeth—. Quiero cambiarme.

Emily gruñó.

—Estás muy bien, mamá —protestó Emily—. No tienes que preocuparte... sólo vas a la peluquería.

—Una nunca sabe con quién se puede encontrar —contestó su madre. Mirando el reloj, añadió—: Todavía no son las once. Sólo tardaré media hora. Te lo prometo.

Para gran alivio de Emily, Elizabeth fue fiel a su palabra por una vez y, algunos minutos después de las once y media, arrancaba el coche y salía del chalé. Éste se hallaba situado en una pequeña aldea, en las afueras de Chamonix, la antigua y encantadora ciudad que se extendía al pie del Mont Blanc. Mientras Emily salía a la carretera principal y circulaba por ella a una velocidad uniforme, no cesó de admirar el extraordinario paisaje que siempre la asombraba tanto.

El valle de Chamonix, con el Mont Blanc a un lado y el macizo de las Aiguilles Rouges al otro, era como una plataforma natural desde la cual se podía contemplar la montaña más alta de Europa. Y, mientras Emily contemplaba el Mont Blanc frente a ella y las montañas de los alrededores, se sintió intimidada por aquella grandeza y majestuosidad. Las brillantes cimas cubiertas de nieve se clavaban en el fastuoso cielo, en un cerúleo azul claro, inundado de sol resplandeciente y blancas nubes algodonosas.

—¡Impresionante! —exclamó Elizabeth como si hubiese leído los pensamientos de su hija—. ¿Verdad, Emily? Hoy es un día radiante.

—Sí —reconoció ella—. Apuesto a que nuestros entusiastas del esquí están más contentos que unas pascuas disfrutando de lo lindo en las pistas.

Miró a su madre por el rabillo del ojo.

—Por cierto, ¿fue Marc con tío David y los otros?

—Sí, y con Maggie.

—Oh —dijo Emily sorprendida—. Creí que se había marchado a Ginebra con Alexander.

—Prefirió ir a esquiar. Supongo que para aprovechar el tiempo al máximo, pues mañana se marchan a Londres.

—Jan me dijo anoche que ella y Peter regresarán con ellos —dijo Emily, refiriéndose a los únicos invitados de sus tíos que no eran miembros de la familia.

—Traté de convencerlos de que se quedaran unos días más —explicó Elizabeth—. Me gustan mucho, y él es un encanto.

—¡Peter Coles! La verdad, mamá, tienes unos gustos rarísimos. Me parece de un aburrido insoportable. ¡Es tan presumido!

Emily soltó una risita.

—Pero es muy atento contigo —continuó— y he observado que Marc le ha lanzado más de una mirada venenosa en los diez días que llevan aquí. Creo que el viejo franchute está celoso como un diablo.

—Por favor, no le llames *viejo franchute*, es una descripción descortés y muy poco correcta —amonestó Elizabeth.

Entonces rió con repentina alegría.

—Así que piensas que Marc está celoso de Peter. Es bueno saberlo. Mmmm.

—Mucho.

Emily rió para sí al darse cuenta de lo feliz que su madre se había puesto con aquella insignificante información. Pero quizá no fuese tan insignificante para ella. La pobre mujer estaba chiflada por Marc Deboyne. «Ese traidor», pensó Emily. Le detestaba y no se fiaba de él tanto como le hacía creer.

Elizabeth empezó a extenderse en un relato entusiasta sobre las numerosas virtudes de su nuevo marido y Emily asentía y emitía pequeños sonidos de afirmación, como si estuviese de acuerdo. Pero la escuchaba sólo a medias. Su madre podía resultar irritante cuando se ponía a hablar y a hablar de él de aquella forma tan ridícula. Emily se alegró al ver la ciudad de Chamonix frente a ella.

Tras dejar el «Citroën» en el aparcamiento, Emily y su madre recorrieron los bulevares a buen paso en dirección a la placita donde estaba situada la peluquería.

—¿Cuánto tardarás? —preguntó Emily cuando llegaron a la puerta.

—Oh, una hora aproximadamente. Sólo quiero que me peinen un poco. ¿Por qué no nos vemos en ese pequeño restaurante, al otro lado de la plaza? Tomaremos un aperitivo antes de regresar al chalé a almorzar.

—De acuerdo. Adiós, mamá.

Emily deambuló por la plaza, mirando los escaparates de las tiendas. Tenía pocas cosas que hacer y toda una hora por delante, así que paseó tranquilamente. Después de circundar toda la plaza, bajó por el bulevar en dirección de la *boutique* donde vendían trajes *après ski* muy apropiados para las fiestas en la montaña, y entró en ella. Las dependientas la conocían ya y estuvo veinte minutos charlando y probándose algunos trajes de noche, pero ninguno le gustó lo bastante como para comprárselo.

De nuevo en la calle, anduvo lentamente hacia la farmacia, compró las pocas cosas que necesitaba, las metió en el bolso que llevaba colgado del hombro y salió de la tienda. Volvió lentamente sobre sus pasos al recordar que quería comprar unas postales para enviárselas a sus amigos de Inglaterra.

Con gran asombro, Emily vio que Marc Deboyne iba hacia ella. Tenía prisa, parecía muy preocupado y resultaba evidente que no la había visto.

Cuando se halló a su lado, ella dijo maliciosamente:

—Me alegro de verte Marc. Mamá cree que estás esquiando.

Desprevenido, Marc Deboyne se sobresaltó rápidamente.

—Ah, *Emilii, Emilii,* querida.

La cogió del brazo y se lo apretó con afecto. En su inglés perfecto aunque con acento francés, añadió:

—Cambié de opinión. Fui a dar un paseo. Tengo dolor de cabeza.

Emily se acercó a él.

—No es lo único que tienes, Marc —dijo mordaz—. También llevas pintura de labios en el jersey.

Con una sonrisa indulgente pero con mirada reprobadora, farfulló:

—*Emilii,* ¿qué supones? Indudablemente, es el lápiz de labios de tu madre.

Emily ignoró esa afirmación.

—Mamá se está arreglando el pelo —dijo—. Nos reuniremos a tomar el aperitivo en el pequeño restaurante que hay frente a la peluquería. A la una en punto. Mamá sentiría que no nos acompañases.

El tono de voz de Emily era dulce. Sus ojos parecían témpanos de verde hielo.

—No quisiera decepcionar a Elizabeth. Os veré allí. *Ciao, Emilii.*

Hizo un pequeño gesto de despedida y se alejó.

Emily se lo quedó mirando mientras él cruzaba la calle y se metía por una callejuela lateral. Se preguntó dónde iría. «Bastardo —pensó—. Apuesto a que estaba tomando algo con esa horrible condesa de la fiesta de anoche, que es tan francesa como yo.» Sintiendo gran antipatía por él, Emily hizo una mueca de disgusto, giró sobre sus talones y subió por la calle en busca de algún puesto de periódicos. Encontró uno a los pocos minutos y se quedó allí durante un rato, ojeando las últimas revistas mientras seguía haciendo tiempo. Finalmente, miró el reloj y vio que casi era la una, hora de ir a reunirse con su madre. Se acercó al expositor de metal con las postales de Chamonix, eligió cuatro y las pagó.

Emily metió las postales y el cambio en el bolso y sonrió a la mujer que estaba tras el mostrador.

—Merci, madame.

La mujer empezó a responderle pero se calló bruscamente y ladeó la cabeza. En ese preciso instante, un estruendo repentino y extraordinario hendió el aire rodeándolas y se incrementó, adquirió proporciones atronadoras y ensordecedoras en pocos segundos.

—Parece una terrible explosión —gritó Emily.

La mujer la miró con ojos aterrorizados.

—¡No! —contestó a voces—. ¡Es una avalancha!

Volvió su cuerpo rollizo y agarró el teléfono.

Emily apretó el bolso con fuerza y salió a la calle.

Las puertas de las tiendas estaban abiertas y la gente salía de ellas con las mismas expresiones atemorizadas que tenían los transeúntes.

—Avalanche! —le gritó un hombre a Emily señalando en dirección al Mont Blanc mientras corría calle abajo.

Emily se quedó traspuesta, hipnotizada con lo que veía. Incluso desde aquella distancia, pudo contemplar las enormes masas de nieve que se deslizaban rugiendo por las laderas del Mont Blanc, media montaña se venía abajo en tremendos aludes que parecían medir cientos y cientos de metros y que se precipitaban hacia abajo, ganando velocidad en el descenso y barriendo todo lo que encontraba a su paso. Enormes nubes voluptuosas formadas por millones de minúsculas partículas de nieve surgían de la turbulencia de las laderas y se elevaban en el resplandeciente cielo azul.

Dos coches de Policía pasaron por la calle a velocidad suicida haciendo sonar las sirenas. Los agudos gemidos rompieron el estado hipnótico en el que Emily había caído momentáneamente. Parpadeó varias veces y, después, sintió que la sangre se le helaba en las venas. *Winston estaba allí arriba. Todos se encontraban allí. David. Philip. Jim. Maggie. Jan y Peter Coles.*

Empezó a temblar sin poder moverse de donde se hallaba. Se le doblaban las piernas al sentir que el miedo la invadía y la abrumaba.

—*¡Oh, Dios mío! ¡Winston!* —gritó Emily—. *Winston, ¡oh, Dios! ¡No!*

Fue como si el sonido de su propia voz la galvanizase. Empezó a correr por la acera con la cabeza inclinada hacia delante, parecía que sus pies volaban sobre las piedras mientras corría más y más de prisa hacia la terminal del teleférico que sabía que estaba a muy poca distancia de allí.

El corazón golpeaba en su pecho, su respiración era entrecortada mientras seguía lanzada hacia delante, cegada casi, intentando contener las lágrimas que acudían a sus ojos. *Oh, Dios, haz que Winston esté a salvo. Por favor, haz que Winston esté a salvo. Y los demás también. Haz que estén a salvo. Oh, Dios, no dejes que muera ninguno de ellos.*

Emily se dio cuenta de que también otras personas corrían a su alrededor. Algunos pasaban junto a ella a gran velocidad. Todos se dirigían a la terminal, la cual apareció ante su campo de visión. Un hombre la empujó al adelantarla, ella tropezó y casi se cayó. Pero recuperó el equilibrio y siguió corriendo, como si sus pies fueran impulsados por el miedo.

Pensó que el corazón le iba a estallar cuando llegó a la terminal al fin. Sólo entonces se detuvo a recuperar el aliento. Se apretó la mano contra el pecho palpitante. Unos gemidos ahogados surgían de su garganta. Se apoyó contra uno de los coches de Policía que había aparcados en la entrada de la terminal y rebuscó en su bolsillo. Encontró un pañuelo, se secó el sudor de la cara y el cuello e intentó controlar el vértigo en el que se sumían sus sentimientos y calmarse.

Algunos segundos después, su respiración fue casi normal, y se enderezó, mirando a su alrededor. Paseó su vista, frenética, entre la multitud que se estaba congregando allí desde hacía quince minutos.

Emily tenía la remota esperanza de que Winston hubiese dejado de esquiar antes de que la avalancha se produjese y rezaba para que se encontrara entre los turistas y la gente del lugar que se arremolinaba a su alrededor. Se lanzó en medio de ellos, volviendo los ojos de un lado a otro, buscándole con creciente ansiedad. Sintió la angustia en la boca del estómago. No lo veía por ningún lado.

Se dio media vuelta, con las manos sobre la boca, sintiéndose desfallecer. El terror se apoderó de ella. Regresó tambaleándose al coche de Policía y se apoyó sobre el capó con el corazón oprimido. *¿Cómo podría haber sobrevivido alguien a esa avalancha? Se había derrumbado con tal fuerza y velocidad que habría aplastado todo lo que estuviese en su camino.* Emily cerró los ojos. Pensó que debería ir y hablar con alguien, preguntar sobre los equipos de rescate, pero no tenía fuerzas. Sentía que las piernas se le aflojaban y que cedían bajo su peso como si estuviese perdiendo el control de su cuerpo.

De repente, unos brazos fuertes la sujetaron y le hicieron incorporarse.

—¡Emily! ¡Emily! Soy yo.

Abrió los ojos al sentir que alguien la sacudía. Era Winston. Se agarró a su chaqueta de esquí sintiéndose debilitada por la emoción y, entonces, arrugando la cara, rompió a llorar.

Winston la abrazó, sujetando su cuerpo inerte y consolándola al mismo tiempo.

—Tranquila, tranquila —repitió una y otra vez.

—¡Gracias a Dios! ¡Gracias a Dios! —sollozó Emily—. Creí que habías muerto.

Examinó su rostro preocupado.

—¿Y los otros? —empezó a decir, pero se calló al ver su expresión sombría, la rigidez de su mandíbula.

—No lo sé cómo se encontrarán. Espero de verdad que bien. Rezo para que lo estén —dijo Winston, rodeándola con el brazo.

—Pero tú...

Winston la interrumpió con energía.

—No fui a esquiar esta mañana. Cuando llegué aquí, el funicular se acababa de marchar. Esperé un rato, pensando en coger el siguiente, pero me cansé. Tenía un poco de resaca y comencé a impacientarme. Así que lo dejé y me fui a dar una vuelta por la ciudad. Compré los periódicos ingleses, me senté en un café y pedí un «Fernet Branca». Cuando empecé a sentirme mejor, ya era demasiado tarde para ir a esquiar y, por eso, decidí hacer unas compras. Estaba en el aparcamiento metiendo los paquetes en el coche cuando oí un estruendo que sonó como una explosión de dinamita. Había un americano en un automóvil aparcado junto a mí y empezó a gritar que era una avalancha y que su hija estaba esquiando, entonces, salió corriendo. Fui tras él sabiendo... —Winston se atragantó—, sabiendo que todos los del chalé estaban allí, bueno, casi todos.

Una esperanza repentina surgió en Emily.

—Quizá decidieron ir a esquiar a la otra vertiente —exclamó.

Winston negó con la cabeza. Estaba pálido.

Emily se abrazó a él.

—¡Oh, Winston!

690

Él la tranquilizó.

—Vamos, Emily, debes ser fuerte, muy valiente...

Se calló y volvió la cabeza al oír que alguien pronunciaba su nombre. Vio que Marc y Elizabeth llegaban corriendo en su dirección y les hizo una seña levantando la mano, luego miró a su mujer.

—Tu madre y Marc vienen hacia aquí.

Elizabeth se arrojó sobre Winston y se abrazó a él, llorando.

—Te encuentras a salvo. Estaba preocupadísima por ti, Winston.

Lo miró con ojos ansiosos. Elizabeth tenía el rostro blanquecino y desolado, pero ejercía un gran autocontrol. Abrazó a Emily.

—¿Y los demás, Winston? ¿Has visto a alguien de la familia, o a Jan y a Peter?

—No. No fui a esquiar esta mañana. Cambié de opinión.

Empezó a notarse una gran actividad en la zona y todos se volvieron a mirar. Los equipos de salvamento habían llegado, los formaban esquiadores profesionales que llevaban una mochila a sus espaldas y controlaban a varios perros pastores alemanes. Con ellos llegaron más policías, un grupo de soldados franceses y algunas autoridades de la ciudad.

—Iré a hacer algunas preguntas —murmuró Marc alejándose con paso decidido.

—¡Se ha detenido! ¿Os habéis dado cuenta? La avalancha se ha detenido —exclamó Winston.

Elizabeth lo miró fijamente.

—Se detuvo en el momento en que Marc y yo veníamos corriendo hacia aquí. Después del ruido ensordecedor, se hizo un silencio mortal, horrible.

Antes de que Winston pudiese responder, Marc regresó junto a ellos.

—Los equipos van a subir ahora —explicó—. En esas mochilas llevan el mejor equipo que existe hoy día para estos casos. Aparatos de escucha, equipos de sondeo, aparte de los perros, por supuesto. Seamos optimistas.

—¿Hay alguna esperanza? —preguntó Winston en voz baja y con tono apasionado.

Marc vaciló, tentado de mentir. Pero prefirió decir la verdad.

—Muy pocas —murmuró—. La avalancha debe haber

descendido a una velocidad impresionante, entre doscientos y trescientos kilómetros por hora... Hay que tener en cuenta su fuerza y el peso de la nieve. Aun así... —Esbozó una sonrisa alentadora—. Se sabe de personas que han sobrevivido a aludes y desprendimientos iguales o peores que éste. Todo depende del lugar de la ladera en que se encuentran cuando la avalancha comienza. Los que estén abajo tienen más oportunidades, suponiendo que sepan deshacerse de los esquíes y los bastones y muevan los brazos como si estuviesen nadando. Así se forman bolsas de aire frente a su cara. Incluso si una persona cae entre la nieve, es de vital importancia que mantenga los brazos haciendo esos movimientos para proveerse de aire alrededor de su cuerpo. Hay gente que ha vivido durante varios días bajo la nieve porque tenían esas bolsas de aire.

—David, Jim y Philip son esquiadores expertos, pero Maggie... —dijo Emily con acento de preocupación.

Elizabeth sofocó un grito de temor. Se quedó boquiabierta.

—Debemos tener valor y mantener la esperanza. Por favor, dejemos de hablar de esta forma tan lúgubre... me pone nerviosa. No hay que dejar de pensar que todos están vivos.

Marc la rodeó con el brazo de forma protectora.

—Tienes razón, *chérie*. Debemos ser optimistas.

—Creo que deberías llevar a tu madre a algún café cercano —dijo Winston a Emily—. Esperad allí. Aquí no podéis hacer nada.

—¡No! —exclamó Emily acaloradamente con la vista fija en él—. Quiero quedarme aquí contigo. Por favor, Winston.

—Sí, debemos permanecer aquí —insistió Elizabeth.

Se sonó la nariz y trató de recuperar la compostura. Empezó a llorar en silencio.

Exactamente una hora después de que la avalancha se produjese, los equipos de rescate y los perros empezaron a subir en los funiculares.

Al cabo de otra hora, regresaron con las primeras ocho personas que habían encontrado. Cinco de ellas estaban muertas. Tres habían sobrevivido milagrosamente. Dos eran unas muchachas. La otra era un hombre.

—¡Es Philip! —gritó Emily, alejándose de su madre y de Winston y empezando a correr en dirección a su primo.

Philip se apoyaba en un miembro de los equipos de rescate. Al acercarse cojeando hasta ella, Emily vio que tenía una herida cubierta de sangre coagulada en un lado de la cara y que sus brillantes ojos azules estaban aturdidos. Pero, aparte de esto, parecía que había escapado sin heridas de consideración.

—¡Philip! —exclamó Emily acercándose a él—. Gracias a Dios que estás a salvo. ¿Tienes alguna herida más?

Philip negó con la cabeza. A pesar de la extraña mirada de aturdimiento que había en sus ojos, la reconoció e intentó acercarse a ella.

Un segundo después, Winston, Elizabeth y Marc estaban a su lado, haciéndole preguntas. Philip seguía moviendo la cabeza con impotencia y no decía nada.

El esquiador que lo había encontrado fue el que habló con ellos.

—Este hombre, su amigo, ha tenido suerte... —dijo en un inglés entrecortado—; supo lo qué hacer. No sintió pánico. Se desenganchó los bastones... los esquíes... hizo como si nadase. Sí, ha sido muy afortunado... este hombre estaba al final de la ladera... había acabado el descenso. Sólo lo cubrían un par de metros de nieve... los perros... lo encontraron. Ahora... si me permiten. Nos vamos. El puesto de primeros auxilios está allí.

Finalmente, Philip habló.

—¿Papá? —preguntó con voz ronca—. ¿Maggie? ¿Los demás?

—Aún no hay noticias —dijo Winston.

Philip cerró los ojos, pero los abrió inmediatamente y se dejó llevar.

Winston se volvió hacia Emily.

—Amor mío, es mejor que tú y tu madre vayáis con Philip. Marc y yo esperaremos aquí. Cuando se hayan asegurado de que no tiene heridas internas, quiero que los tres regreséis al chalé.

Emily empezó a protestar, pero Winston la interrumpió bruscamente.

—Por favor, Emily, no discutas, cuida de Philip. Además, alguien tendría que estar en el chalé... para esperar a Daisy y Alexander cuando regresen de Ginebra.

—Sí —accedió Emily, comprendiendo que su marido tenía razón.

Lo besó y corrió tras su madre, que se había adelantado con Philip y el esquiador.

Winston y Marc estuvieron esperando otra hora más, fumando incesantemente, intercambiando algunas palabras entre ellos de vez en cuando y entablando conversación con las otras personas que, angustiados como ellos, velaban en la terminal.

Los equipos de rescate continuaban subiendo y bajando en los funiculares. Llevaron a cuatro supervivientes más, a los cuales siguieron nueve muertos.

Los que habían estado explorando la parte más alta de la montaña regresaron a las cuatro. Llevaban cinco excursionistas esquiadores más que habían sido atrapados por la avalancha. Las malas noticias corrieron rápidamente. Todos estaban muertos.

—Debemos ir a enterarnos —dijo Winston, tirando el cigarrillo y pisándolo con el pie.

Dispuesto a hacerlo así, se volvió hacia Marc.

—¿Vienes conmigo?

—Sí, Winston. No tiene sentido demorarse.

Los cuerpos estaban siendo depositados en unas camillas en fila. Cuando llegó a pocos metros de ellos, Winston se detuvo de repente. Su fuerza huyó de él pero, de alguna manera, pudo dar unos pasos más después de esa breve pausa.

Sintió que la mano fuerte de Marc le agarraba del brazo y oyó que el francés murmuraba tristemente:

—Lo siento, lo siento mucho. Es una tragedia para toda la familia.

Winston se dio cuenta de que no podía hablar.

Miró a las cinco personas que yacían en las camillas. A dos de ellas no las conocía, pero a las otras tres... La cabeza le dio vueltas durante un momento. Le parecía imposible que estuviesen muertos. Sólo unas pocas horas antes habían estado bromeando mientras desayunaban.

Tomando aliento y pasándose la mano por los ojos húmedos, Winston fue a identificar los cuerpos de David Amory, Jim Fairley y Maggie Barkstone, víctimas fatales de la avalancha. Pensó en Daisy y en Alexander, que regresaban de Ginebra, y en Paula, que se encontraba en Nueva York, y se preguntó cómo les iba a comunicar esa desconsoladora noticia.

CAPÍTULO LI

Shane O'Neill se hallaba de pie en la cocina de su casa de New Milford esperando a que la segunda taza de café se hiciese.

Tras encender un cigarrillo, cogió el auricular del teléfono de pared y marcó el número de la granja. Cuando Elaine Vickers respondió, le dijo alegremente:

—Muy buenos días.

—Hola, Shane —contestó Elaine—. Pensamos que este fin de semana no vendrías cuando no supimos de ti anoche. Pero Sonny ha visto tu coche esta mañana, por eso nos enteramos de que sí pudiste venir.

—Era muy tarde cuando llegamos —explicó Shane—. La granja estaba a oscuras y me pensé dos veces si os debía despertar. Paula no regresó de Texas hasta primeras horas de la noche y salimos de la ciudad a las nueve. Siento no haberte llamado antes, pero esta mañana nos hemos levantado tarde.

Elaine rió.

—Eso diría yo. Es casi mediodía. Pero, por la forma en que los dos trabajáis, os merecéis un descanso de vez en cuando. Espero que vengáis a cenar esta noche. Llevamos esperándoos toda la semana.

—Iremos sobre las siete y media, tal y como estaba previsto —aseguró él.

—Oh, Shane, tendrás que perdonarme, pero acaba de sonar el timbre del horno. Me voy a quedar sin pan si no cuelgo inmediatamente. Hasta esta noche —exclamó Elaine.

—Adiós, Elaine.

Shane dejó el auricular, apagó el cigarrillo y se acercó al fregadero. Lavó dos tazas y las secó. Iba a servir el café cuando el teléfono empezó a sonar. Dejó la cafetera y descolgó el auricular.

—¿Hola?

No hubo respuesta al otro lado del hilo, sólo unos zumbidos y un sonido hueco.

—¿Hola? ¿Hola? —dijo Shane de nuevo en un tono más alto.

Finalmente, una voz amortiguada llegó hasta él.

—Soy yo, Winston. Te llamo desde Chamonix. ¿Puedes oírme, Shane?

—Sí. ¡Winston! ¿Cómo...?

Winston le interrumpió.

—Algo horrible ha ocurrido aquí, Shane, y no sé dónde se encuentra Paula, no puedo dar con ella, y he pensado que, de todos modos, era mejor hablar contigo primero.

Shane asió el auricular con fuerza y frunció el ceño.

—La verdad es que está aquí conmigo, pasando el fin de semana. ¿Qué sucede, Winston?

—Ha habido una avalancha desastrosa en el Mont Blanc, alrededor de la una, ha sido la peor de muchos años —empezó a decir Winston con voz más ahogada y ronca que antes—. Han muerto algunos familiares.

Winston se quedó sin habla y no pudo continuar.

—¡Oh, Dios mío!

Shane se apoyó en la mesa esperando oír lo peor. El corazón empezó a latirle aceleradamente y supo que Winston le daría una noticia que destrozaría a Paula. Su espíritu celta se lo estaba diciendo.

A miles de kilómetros de distancia, en el comedor del chalé de las afueras de Chamonix, Winston se hallaba de pie junto a la ventana, con la mirada perdida en la distancia. El Mont Blanc resaltaba contra el cielo oscurecido y, después de haberse cobrado sus víctimas cinco horas antes, aparecía rodeado de quietud en la luz crepuscular. Haciéndose cargo de la situación, Winston dijo con una voz controlada:

—Siento haber desfallecido. Ha sido el peor día de mi vida. Escucha, Shane, voy a decírtelo sin rodeos porque es la única forma que sé hacerlo.

Tomó aliento y empezó a comunicarle las trágicas noticias a su amigo.

Mientras escuchaba, Shane sintió la conmoción como un puñetazo en el estómago y, diez minutos después, cuando Winston colgó, todavía estaba tambaleándose. Se quedó con el auricular en la mano, mirando con aire ausente hacia la habitación. Empezó a parpadear a causa de la luz clara que entraba por las ventanas. ¡Qué normal parecía todo en esa cocina! Había paz y tranquilidad. Y, fuera, hacía un día precioso. El cielo era de un azul claro y sin una sola nube y el sol brillaba radiante. Pero, en Francia, la familia a la que conocía de toda la vida sufría el dolor de unas muertes inesperadas. Casi en un abrir y cerrar de ojos, sus vidas habían cambiado de una forma abrupta y repentina. «Oh, Dios mío —pensó Shane—, ¿cómo voy a decírselo a Paula? ¿Dónde encontraré las palabras?»

Oyó sus pasos en el pequeño recibidor y se volvió hacia la puerta, pero permaneció inmóvil, esperando.

Paula entró riendo.

—Es la última vez que te pido que hagas café —dijo en tono de broma—. Has estado un buen rato al teléfono. ¿Con quién hablabas, cariño?

Shane dio un paso hacia ella. Trató de hablar, pero no pudo hacerlo. Sentía la garganta tensa y correosa y la boca seca.

—Tienes una expresión muy rara, Shane. ¿Qué sucede? —preguntó Paula, alarmada de pronto.

Shane le puso el brazo sobre los hombros, la llevó al salón y se quedaron frente a la chimenea.

—Shane, ¿qué ha pasado? —volvió a preguntar con más calor—. Por favor, dímelo.

Hizo que se sentara en el sofá y se acomodó junto a ella. le cogió las manos, se las apretó suavemente y miró el rostro que había amado toda la vida. Observó que el miedo y la preocupación lo estaban invadiendo.

Se le encogió el corazón mientras trataba de hablar con voz suave.

—Acabo de recibir muy malas noticias, Paula, cariño, unas noticias horribles. Aproximadamente a la una de la tarde hoy ha ocurrido un accidente espantoso en Chamonix. Una avalancha en el Mont Blanc. Algunos miembros de la familia han muerto.

Paula lo miró con la boca abierta. Abrió los ojos desmesuradamente, sin poder apartarlos de él. Él vio el horror reflejado en ellos y la ausencia de color de su rostro, que se había puesto blanco.

—¿Quiénes? —preguntó con un susurro ahogado.

Shane le apretó la mano con más fuerza, sentía en los dedos el latido de su propio corazón.

—Debes tener valor, cariño mío —dijo—. Mucho valor. Yo estoy aquí. Te ayudaré a soportarlo.

Hizo una pausa y tragó saliva con dificultad, buscando las palabras y las frases apropiadas. Pero no existían, y él lo sabía.

Paula, con la mente acelerada, pensó en los más aficionados al esquí del grupo.

—¿Papá? ¿Mi padre? —exclamó con voz áspera.

Shane notó un nudo en la garganta. Asintió.

—Lo siento mucho, amor mío. Lo siento muchísimo —murmuró con voz débil y temblorosa.

Paula se quedó sin habla durante un momento. Siguió mirando a Shane, asombrada y estupefacta, casi sin poder comprender ni concebir lo que él le estaba diciendo... o aceptarlo.

Consciente de que sería mejor comunicárselo todo de golpe, continuó en seguida, sin esperar más, con el mismo tono entristecido.

—Paula, no sé cómo decirte esto, lo siento muchísimo, pero Jim ha muerto también. Y Maggie. Estaban con tu padre en la cima de la montaña cuando ocurrió.

—¡No! —exclamó—. ¡No!

Retiró la mano con violencia y miró como enloquecida a su alrededor, como si intentase huir de ese hecho nuevo y terrible. Sus ojos se abrían más y más en su cara cenicienta. Se puso en pie bruscamente.

—¡No puede ser! —gritó con acento frenético—. ¡No! ¡No puede ser! ¡Oh, Dios mío! *Philip. Mi hermano.* ¿Le ha...?

—Él está a salvo —exclamó Shane, levantándose también y rodeándola con sus brazos—. Todos los demás están bien. Excepto Jan y Peter Coles. Aún no los han encontrado.

Paula se separó de él con brusquedad y se quedó mirándole a la cara. Sus ojos violetas se habían oscurecido con el dolor y el horror de lo sucedido y su cara estaba contraída en una mueca de tristeza, angustia y desolación. Empezó a temblar violentamente pero, cuando Shane se acercó a ella otra vez, intentando ayudarla y consolarla, Paula corrió al centro de la habitación y movió la cabeza de un lado a otro, negando una y otra vez.

Empezó a lloriquear en un tono débil y agudo, como el de un animal aterrorizado que sufriese un inmenso dolor. En realidad, sonaba como un lamento interminable. La tristeza y la conmoción seguían asaltándola, se cernían sobre ella como unas olas gigantescas que acabaron arrastrándola. Cayó inconsciente al suelo.

El reactor privado de «O'Neill Hotels International» se deslizaba por el oscuro cielo nocturno sobrevolando el Canal de la Mancha. Se dirigía al aeropuerto de Londres, donde pronto aterrizaría, después de un vuelo trasatlántico de siete horas.

Shane estaba sentado frente a Paula, que yacía envuelta en algunas ligeras mantas de viaje. La miraba con atención, casi sin atreverse a quitarle los ojos de encima. De vez en cuando, se inclinaba sobre ella y le decía en voz baja palabras de aliento, como había hecho durante todo el largo y difícil viaje. Paula se revolvía con inquietud a pesar de los sedantes que le habían administrado periódicamente desde que tuvo noticia de la tragedia de Chamonix.

El médico de New Milford, a quien Shane había llamado cuando Paula sufrió el colapso, le había puesto un tratamiento. Le inyectó un tranquilizante y le dio más a Shane en forma de pastillas. Antes de irse, le indicó que se los administrase siempre que lo creyera conveniente y le recomendó que los usase con discreción.

Shane observó de inmediato que Paula estaba combatiendo contra los tranquilizantes igual que había intentado hacer con él durante la noche. Dos veces, cuando sobrevolaban el Atlántico, intentó levantarse con los ojos nublados por el pánico y la pena. Vomitó una vez hasta que no tuvo nada en el estómago. Él había atendido todas sus necesidades con infinita paciencia, ternura y amor, y trató de ayudarla como pudo, murmurándole palabras de consuelo, intentando aliviar su trastorno mental y asegurando su comodidad física.

Mientras la observaba, Shane estaba más preocupado que nunca. No se había derrumbado ni había gritado una sola vez, y eso no era normal en ella, una mujer emotiva por naturaleza. Tampoco le había hablado, y ese extraño y prolongado silencio, además de la mirada salvaje y febril de sus ojos, era lo que más le asustaba.

Miró el reloj. Aterrizarían inmediatamente. Su padre y Miranda les esperarían con una ambulancia privada y Harvey Leagan, el médico londinense de Paula. «Gracias a Dios que está Harvey —pensó Shane—. Él sabrá lo que se debe hacer y la mejor manera de tratar su estado.» Entonces, se preguntó cómo podría tratar un médico el impresionante dolor y la angustia que Paula sentía, y reconoció, con pesar, que no sabía la respuesta.

Shane estaba con su hermana Merry en el pequeño estudio del piso de Belgrave Square. Tenía una expresión taciturna y una mirada vacía mientras se bebía la tercera taza de café y fumaba un cigarrillo.

Parker, el mayordomo, había preparado el desayuno poco antes, pero nadie había podido tomar nada, y Shane había pasado fumando todo el rato sin parar desde que entró en la habitación.

Bryan O'Neill, que había estado despidiendo al doctor, entró y se acercó apresuradamente hacia Shane. Apoyó la mano en el hombro de su hijo.

—Estabas equivocado, Shane —dijo con acento optimista—. Harvey asegura que Paula no ha sufrido un shock catatónico. Se lo pregunté, como me pediste que hiciera. Sufre un shock, como todos sabemos, pero Harvey dice que esta noche se le pasará, o mañana como muy tarde.

Shane miró a su padre y asintió.

—Oh, Dios mío, esperemos que sea así, papá. No puedo soportar verla de esta manera, sufriendo tanto. Si al menos me hablase, si me dijese algo.

—Lo hará muy pronto, Shane —dijo Bryan, apretando el hombro de Shane con afecto.

Se dejó caer en una silla suspirando y continuó:

—Esta catástrofe es devastadora, la muerte repentina, la pérdida repentina de alguien es siempre la más difícil de soportar, precisamente porque, aparte de todo lo demás, es un hecho inesperado.

—Si supiera cómo ayudarla —exclamó Shane—. Pero estoy desconcertado. Aunque sé que sufre una angustia terrible, no he sido capaz de comunicarme con ella ni de conseguir una reacción suya. Debo encontrar una manera de aliviar el peso del dolor y la tristeza que sufre.

—Si alguien la puede ayudar, eres tú, Shane —dijo Miranda—. Eres su mejor amigo y, quizá, cuando vuelvas esta noche, haya salido del shock, como ha dicho Harvey que ocurriría. Entonces, hablará contigo, lo sé. Podrás consolarla y hacerle saber que no está sola, que te tiene a ti.

Shane se quedó mirando a su hermana.

—¿Qué es eso de *cuando vuelvas esta noche*? No voy a dejarla. Me voy a quedar aquí hasta que salga del estupor de los medicamentos... No permitiré que esté sola cuando se despierte.

—Me quedaré contigo —anunció Miranda—. No dejaré que tú te quedes solo.

Bryan, que había estado escuchando esa conversación entre sus hijos, comprendió instantáneamente muchas cosas que le habían desconcertado desde hacía un año.

—Shane, no sabía... —dijo en voz baja—. No me había dado cuenta de que estabas enamorado de Paula y de que la querías tanto.

—*Quererla* —repitió Shane casi como si estuviera pensando y mirando a su padre con asombro—. ¡Diantres, papá! Es toda mi vida.

—Sí —dijo Bryan—. Sí, Shane, ahora me doy cuenta, al verte de esta manera. Se recuperará, créeme, por favor, lo hará. Las personas sacan una enorme fuerza interior al afrontar las situaciones difíciles, y Paula no es una excepción. De hecho, es más fuerte que la mayoría... una de las mujeres más fuertes que conozco. Hay mucho de Emma Harte en ella. Oh, sí, se repondrá de este suceso. Con el tiempo, todo se arreglará.

Shane le dirigió una mirada de consternación que reflejaba su dolor.

—No, no será así —dijo con una voz desolada—. Estás equivocado, papá. Muy equivocado.

CAPÍTULO LII

El crudo invierno había pasado.

La primavera llegó, trajo un nuevo y maravilloso verdor a los jardines de «Pennistone Royal». Y, entonces, antes de que ella se diera cuenta, el verano llenaba el aire con la dulce fragancia de las flores que se abrían bajo la cálida luz solar y un cielo tan azul como las verónicas, inundado por el glorioso resplandor de la luz del Norte.

Se hallaba sola. Únicamente tenía la compañía de sus hijos. Lorne y Tessa ocupaban cada minuto de su tiempo y ella lograba obtener alegría y consuelo de sus risas, sus ánimos despreocupados y sus diversiones infantiles.

El dolor que la conmocionó a finales de enero, había sido controlado.

Paula había buscado en su interior, sacando fuerzas y sustento de sus recursos más íntimos para afrontar la pérdida, el dolor y la desgracia. En realidad, no tenía otra opción. De ella dependía demasiada gente.

Su madre y Alexander regresaron de Chamonix abatidos por el dolor y destrozados por la tristeza. Automáticamente, recurrieron a ella, necesitaban su consuelo y apoyo, su inmensa fortaleza, para poder sobrellevar el difícil período de los funerales y las deprimentes semanas que los siguieron. A medida que la confusión iba cediendo y la realidad tomaba forma, se hundieron más en la consternación. Sus hijos también necesitaban la seguridad de su amor y devoción, ahora, que se habían quedado sin padre, les hacía falta toda la atención que pudiera dispensarles.

Y, finalmente, tenía que estar al frente de su enorme imperio, debía dirigir su funcionamiento, y se dedicó afanosamente al legado que había heredado de su abuela, trabajando contra reloj para asegurarlo y hacer que creciese su importancia y su capital. El trabajo se convirtió en su baluarte, de la misma manera que había sido el de Emma en el pasado.

Pero cuando la pena disminuyó y se hizo un poco más llevadera, su sentimiento de culpabilidad aumentó y se intensificó. Y era ese mismo sentimiento lo que la hacía sufrir ahora, al cabo de tantos meses de que la tragedia diezmase a la familia.

Era un sentimiento de culpabilidad multifacético... la culpa que sentía por estar viva cuando su padre, Jim y Maggie estaban muertos... la culpa por haberse despedido de Jim con tanta animosidad el día anterior a su viaje a Chamonix... y, la peor de todas, la culpa que sentía por haber estado con Shane mientras que esas tres personas a quienes había apreciado tanto se enfrentaban a una horrible e inesperada muerte.

Mientras ellos habían sido aplastados por toneladas de nieve, ella se encontraba en los brazos de Shane, transportada por la pasión y el éxtasis completos. Aunque no era lógico, ella se sentía responsable de sus muertes. Intelectualmente no podía luchar contra esa realidad.

No quiso volver a hacer el amor con Shane pues, en su mente, el acto del amor iba asociado con la muerte y la agonía. En consecuencia, el simple hecho de pensar en el sexo la horrorizaba. Estaba insensibilizada, sin emociones, emocional y físicamente frígida, incapaz de darse como mujer.

Poco a poco, Paula se había dado cuenta de que no tenía nada que ofrecerle a Shane O'Neil. Era demasiado viril, demasiado apasionado para contentarse con sólo una pequeña parte de ella y, como Paula no podía participar en el acto del amor, pensaba que sus relaciones estaban condenadas.

Así, se había alejado de él. Sabía que el corazón de Shane estaba roto y se maldecía por hacerle pasar por aquel dolor y angustia, pero se había convencido de que era lo mejor para él, y en última instancia, para los dos.

Shane estuvo a su lado durante todo el mes de febrero, siempre dispuesto cuando ella lo necesitaba, proporcionándole su continuo amor y amistad. Sensitivo por naturaleza y conociéndola tan a fondo, Shane no le reclamó nada. Compartió la tristeza, el dolor y la angustia con ella, fue el consuelo y la amabilidad en persona. Pero, tras estar un mes en Londres y en Yorkshire, tuvo que reanudar las actividades propias de sus negocios. Se fue a Australia a supervisar la construcción del nuevo hotel que Blackie había adquirido en el viaje que hizo con Emma.

Al mismo tiempo, Paula tuvo la idea de mandar a su madre a Sidney con Philip, quien regresaba con Shane en el avión privado de los O'Neill. Al principio, Daisy se había resistido alegando que debía permanecer en Inglaterra con Paula y los gemelos, pero su hija la convenció de que se fuera. Daisy hizo las maletas en el último minuto y se fue a la otra parte del mundo con los dos hombres. Aún estaba en Australia, tratando de rehacer su vida destrozada sin David, llevando la casa de Phillip e interesándose en la organización financiera de los McGill. Paula sabía que su madre estaba empezando a dominar su tristeza y a funcionar otra vez.

Shane regresó a Inglaterra en abril y fue a verla a Yorkshire. Una vez más, de acuerdo con su forma de ser comprendió el dilema en el que Paula se encontraba. Él le explicó que se daba cuenta de que necesitaba tiempo para adaptarse a la pérdida de su padre, a quien había estado tan unida, y a la de su marido quien, a pesar de haber estado separada de él, había sido el padre de sus hijos.

—Sólo quería mi libertad, divorciarme de Jim. Nunca le deseé ningún daño ni quería que muriese. Era tan joven —dijo a Shane en un susurro el día que él se marchaba a Nueva York con Miranda.

—Lo sé, lo sé, querida —repuso Shane con afecto—. Estaré dispuesto siempre que me necesites. Me encontrarás esperándote, Paula.

Pero ella no quería que la esperase, pues tenía el convencimiento de que nunca estaría preparada. Jamás podría ser la esposa de Shane. En cierto sentido, esa parte de su vida estaba cerrada, se había hecho a la idea de que nunca compartiría su vida con otro hombre. Ya no era posible.

No le habló a Shane de sus horribles noches, cuando se despertaba con la misma horrible pesadilla, que no cesaba de acosarla, en la que se asfixiaba. Era tan real que le hacía incorporarse en la cama con un sobresalto y gritar aterrorizada y llena de pánico, con el cuerpo tembloroso bañado en sudor. Siempre, en lo más profundo de su mente, se agitaba la imagen horrenda de su padre, Jim y Maggie mientras eran barridos por la avalancha y quedaban sepultados bajo la nieve helada que los había asfixiado y que había acabado con sus vidas de una forma tan repentina y tan carente de sentido.

Pero Shane O'Neill no era tonto y pronto se dio cuenta de que Paula había cambiado hacia él, y ella *sabía* que Shane lo había notado. ¡Cómo no iba a ser así! Ella no podía evitar su actitud ni su conducta, ni podía alterar las circunstancias que habían desequilibrado su estabilidad emocional. A Shane le habían sorprendido su distanciamiento, su separación y la preocupación por sus hijos y el trabajo y, después, le dijeron, prácticamente, todo lo que necesitaba saber.

Algunas veces se sentía sola, se encontraba triste y apesadumbrada con frecuencia y, de vez en cuando, tenía miedo.

Estaba sola. Su abuela y su padre, las dos personas de quienes había recibido tanto apoyo y amor, habían muerto. Era la cabeza del clan de los Harte. Todo el mundo recurría a ella, la buscaban y le consultaban sus problemas, tanto personales como laborales. Había veces que sus responsabilidades y sus tareas eran aplastantes, agobiantes, excesivas para una mujer. Pero, en esas ocasiones, pensaba en Emma y sacaba fuerzas del recuerdo de aquella mujer amada que era una parte tan importante de ella misma y cuya sangre corría por sus venas. Y todos los días le daba gracias a Dios por Winston, en quien se apoyaba, y por Emily, que era su gran consuelo, su mejor amiga y su más cariñosa, leal y fiel prima. Sin ellos, su vida sería muy sombría.

La vieja tristeza tan familiar envolvía a Paula un sábado de agosto por la mañana mientras subía lentamente por el paseo de rododendros que ella misma había plantado. Le parecía que quedaba tan lejos... aquella primavera que había plantado los arbustos. Le habían sucedido tantas cosas en los últimos años... había sufrido tantas pérdidas, tantas derrotas... y, a pesar de todo, había obtenido tantos triunfos, tantas victorias. Sonrió, de repente, al pensar en sus hijos y en la felicidad y el amor que recibía de ellos. la tristeza disminuyó ligeramente y su sonrisa se agrandó. Hacía una hora que Emily había ido a recogerlos para llevárselos con Nora a «Heron's Nest» durante tres semanas. Pasarían el resto de agosto y las primeras dos semanas de setiembre en la villa junto al mar, mientras ella iba a Texas y a Nueva York en viaje de negocios. Los niños amaban a su tía Emily y a Amanda y Francesca, sus dobles de más edad, que también irían de vacaciones a Scarborough. Fueron hasta el coche dando traspiés, muy excitados, con los cubos y las palas de plástico en las manos. Estaban adorables con los trajes de playa de algodón y los sombreros. «Como monitos», murmuró con cariño al recordar la escena que había presenciado en la entrada de la casa hacía poco rato. Tras besarla apresuradamente, subieron al coche y se marcharon sin volverse a mirarla ni una sola vez.

«No importa —pensó al darse la vuelta y volver sobre sus pasos—. El sol y el aire del mar les sentarán muy bien y lo pasarán estupendamente con Emily. Y sé que, durante mi ausencia, estarán en muy buenas manos.»

Paula se detuvo cuando llegó al estanque de los lirios al final de la larga pendiente ajardinada. Se quedó meditando al penetrar Shane en sus pensamientos.

La última vez que lo había visto, estuvieron los dos sentados en el banco de piedra que había junto al estanque. Era un día soleado y caluroso de finales de junio. Hacía casi dos meses. Aquel sábado estaba exhausta, agobiada por la inquietud, tras haber pasado una semana agotadora yendo y viniendo entre los grandes almacenes «Harte», de Leeds, Harrogate y Sheffield. Shane llegó inesperadamente y sin anunciarse después del almuerzo y acabaron teniendo una violenta discusión. No, eso no era cierto del todo. No se habían peleado. Pero él había perdido la calma y ella había permanecido allí sentada, sin importarle su enfado, consciente de que no podía hacer otra cosa. Cuando era niña, se había sometido a sus arrebatos con frecuencia, nunca había podido tranquilizarlo. Siempre era mejor quedarse callada, dejar que maldijese y se desahogase. Aquel sábado, su arrebato había estado justificado. Se engañaría a sí misma de no admitirlo.

Paula se dejó caer en el banco de piedra con mirada perdida y, mientras permaneció allí sentada, fue como si estuviese viéndose a sí misma y a Shane en una película de aquel bochornoso sábado de algunas semanas antes.

—No puedo seguir así, Paula —exclamó Shane de repente a mitad de la conversación.

Al hablar, su voz subió a un tono que no era normal en él aquellos días.

—Ya sé que sólo han pasado cinco meses y entiendo tu dolor, comprendo por lo que estás atravesando. Pero no me das ninguna esperanza para el futuro. Si lo hicieras, quizá podría seguir aguantando. Pero un hombre sin esperanzas, no tiene nada. Me diste la espalda aquel horrible día en la granja y te has ido alejando y escondiéndote en tí misma.

—No puedo evitarlo —murmuró—. Lo siento, Shane.

—Pero, ¿por qué? Por el amor de Dios, dime *por qué*.

Ella tardó un poco en contestar. Luego, lo hizo en voz baja:

—Si no hubiese estado contigo... quiero decir, de esa forma tan íntima, entonces, quizá, las cosas serían diferentes ahora. Pero, Shane, estábamos haciendo el amor a las siete de la mañana de aquel sábado. Era la una de la tarde en Francia, el momento en que se produjo la avalancha. ¿No te das cuenta? No puedo volver a hacer el amor jamás. Simplemente, no puedo. Cuando me imagino que lo hago, me siento destrozada. Lo relaciono con la trágica muerte de papá, Jim y Maggie.

Él la miró con impotencia y los músculos de su cara se tensaron.

—Lo sabía. Sabía que era eso —afirmó finalmente con una extraña voz ronca y quebrada.

Hubo un corto silencio y, después, ella expresó con palabras lo que creía desde hacía tiempo que él sabía en el fondo y comprendía sinceramente.

—Shane, es mejor que no nos veamos más —susurró—. Ni como amigos siquiera. Ahora mismo no tengo nada que ofrecerte, ni mi amistad. Escucha, no sería justo para ti que continuásemos de esta manera. Quizás, algún día, pueda volver a reanudar nuestra amistad, y ser tu amiga, pero... —su voz se desvaneció.

Él la miró con dureza, clavando sus ojos en los de Paula, la cual vio la conmoción y el dolor, la incredulidad en ellos y, después, una ira repentina se reflejó en su atractivo rostro.

—¡No puedo creer que me estás diciendo esto! —exclamó acaloradamente, con el rostro ardiendo—. Te amo, Paula. Y, aunque lo niegues en este momento, *tú me amas*. Lo sé. Hemos tenido y tenemos demasiadas cosas que nos unen. Desde esa intimidad que ha surgido del afecto infantil hasta el amor maduro y comprometido de dos adultos. Existe un gran entendimiento entre nosotros dos, y pasión. Sí, entiendo lo que sientes por el sexo a causa de la última vez que hicimos el amor, pero ese desagradable recuerdo de la catástrofe acabará por desvanecerse. Tiene que ser así. Sería anormal si no desapareciera.

Ella agitó la cabeza y permaneció callada, con las manos cogidas en el regazo.

—¡Te culpas a ti misma! —gritó, perdida la paciencia con ella—. Ahora entiendo mucho mejor tu actitud. ¡Te culpas y te castigas! Y estás pero que muy equivocada, Paula. Por completo. No fue culpa tuya. La avalancha fue obra de Dios. Tú no la provocaste. Y ahora crees que flagelándote y llevando una vida casta te redimirás. ¿No es eso?

Sin esperar respuesta, continuó hablando.

—Paula, hagas lo que hagas, no podrás conseguir que regresen. Acéptalo. Acepta que la vida es para los vivos. Tienes *derecho* a ser feliz. Y yo también. Tenemos derecho... a estar juntos. Necesitas un marido, me necesitas a mí, y Lorne y Tessa necesitan un padre. Amo a los gemelos. Quiero ser un padre cariñoso y un marido que te adore. No puedes estar sola el resto de tu vida. Sería la más terrible de las privaciones, y sin sentido además.

En ese momento, se paró a tomar aliento y Paula alargó la mano y le tocó el brazo con suavidad.

—Por favor, Shane, no te enfades de esta manera.

—¡Que no me enfade! ¡Eso es un chiste, Paula! Aquí estás, diciéndome que debemos separarnos... para siempre, al parecer, y me aconsejas que *no me enfade*. ¡Dios mío! *Tengo los nervios destrozados*, ¿no te das cuenta? Eres toda mi vida. No tengo nada si no te tengo a ti.

—Shane —empezó a decir ella, alargando el brazo otra vez.

Él se desprendió la mano de su brazo y se puso en pie.

—No puedo seguir con esta ridícula discusión. Tengo que irme y alejarme de aquí. Dios sabe cómo volveré a encontrar mi tranquilidad de espíritu, pero supongo que ése no es tu problema, ¿verdad, Paula? Es mío.

Se apartó de ella y la miró con una expresión que ella no pudo descifrar.

—Adiós, Paula —dijo con voz temblorosa. Mientras él giraba sobre sus talones, ella observó que las lágrimas brillaban en sus negros ojos.

Paula quiso salir corriendo tras él al verle subir los escalones de la terraza. Pero se contuvo, sabía que no tenía ningún sentido hacer eso. Había sido cruel con Shane pero, al menos, le había dicho la verdad y, quizás, algún día, él comprendería sus motivos. Esperaba que entendiera que le había dado libertad porque no quería continuar hiriéndole con un futuro incierto. Con algo que no existía.

Ahora, mientras subía los escalones de piedra de la terraza, frente a «Pennistone Royal», Paula recordó la extraña indiferencia que había sentido aquel día. Le preocupó entonces y le preocupaba ahora. ¿Iba a ser ella siempre así?

Con un suspiro, entró por las puertas corredizas, atravesó la sala de color melocotón, cruzó el vestíbulo a todo lo largo y, mientras subía la gran escalinata con ligereza, dejó los pensamientos privados e íntimos a un lado. A última hora de ese mismo día, se iría a Londres y el lunes cogería un avión para Texas. Estaba a punto de comenzar la batalla en «Sitex» y el plan de acción necesitaba toda su atención y concentración.

CAPÍTULO LIII

—En fin, Shane, me alegré mucho al decirme John Crawford que iba a pasar un mes en Australia con Daisy y Philip —dijo Winston por encima de la mesa a su mejor amigo.

—Yo también me alegro.

Shane levantó la copa de vino tinto y bebió un poco.

—Cuando vi a Daisy en Sidney, en agosto, tenía mucho

mejor aspecto y, desde luego, se encontraba más animada. Creo que ya se está haciendo a la idea de vivir sin David.

—Daisy es una mujer muy sensible —repuso Winston mirando a Shane y riendo después tímidamente—. Debo admitirlo: siempre sospeché que John estaba enamorada de Daisy.

Se encogió ligeramente de hombros y añadió:

—¿Quién sabe?, quizá pueda ofrecerle un poco de amor y compañía. Después de todo, ella es una mujer joven todadavía.

—Sí.

El rostro de Shane cambió. Lanzó una mirada circular al restaurante de manera ausente, con una expresión triste y pensativa. Estaba perdido en sus pensamientos, meditando sobre su propio futuro, como hacía tan a menudo últimamente.

Winston se inclinó hacia delante.

—¿Sabes? —dijo con voz baja y cautelosa—, a pesar de la actitud que Paula mantiene en este momento, podría cambiar con facilidad. Las mujeres son, en el mejor de los casos, criaturas de reacciones imprevisibles.

—Paula no —dijo Shane tras unos segundos de consideración—. Es muy fuerte y, una vez que se ha decidido a hacer algo, no cambia de opinión.

Movió la cabeza con tristeza.

—Voy a tener que buscar la forma de olvidarla y empezar de nuevo, Winston. No me resultará fácil pero, desde luego, debo intentarlo. No puedo seguir enamorado de ella toda mi vida sin conseguir que me haga caso. No se gana nada con eso.

—No, desde luego.

Shane sacó sus cigarrillos y le ofreció uno a Winston. Fumaron durante algunos minutos en silencio.

—Me alegro de que te detuvieses en Nueva York un par de días de regreso a Londres —dijo Shane—. Ha sido un...

—Yo también me alegro —le interrumpió Winston riendo entre dientes—. Me gusta la idea de volver a casa con estilo en tu avión particular, por no mencionar tu compañía. Gracias por retrasar tus planes esperándome. Te lo agradezco.

—Sí, de acuerdo. Lo que había empezado a decirte es que yo había apreciado la idea de tu compañía.

Shane apretó los labios y miró a Winston seriamente.

—Nunca te he hablado de mujeres ni de mis relaciones

con ellas, ya lo sabes, pero necesitaba contar lo que siento por Paula y desahogarme con alguien en quien confío y a quien respeto. Has sido muy paciente y amable conmigo. Gracias, Winston.

Éste se recostó en la silla, acabó su copa de vino y fumó con aire pensativo.

—Debería haberte dicho esto la otra noche —murmuó finalmente— pero parecías derrotado después de tu maratoniana charla sobre Paula. En fin, la verdad es que no me has contado nada que yo no supiese ya. Me refiero a lo de que estás enamorado de Paula. Lo sé desde hace mucho tiempo. Y Emily también.

—Y yo creía que no lo sabía nadie —dijo Shane con sorpresa—. ¡Hay que ver!

—Emma también lo sabía, Shane —añadió Winston en voz baja.

—¡Lo sabía!

El asombro de Shane resultó evidente. Durante unos segundos, se quedó sin habla. Después, sonrió vagamente.

—Es muy extraño. He tenido el extraño presentimiento, desde que murió, de que conocía nuestras relaciones. Pero Paula desechó la idea, le descartó inmediatamente.

—Tía Emma no sabía que manteníais relaciones, ésa es la verdad —exclamó Winston inmediatamente—. Y, para ser sincero, Emily y yo no estábamos seguros tampoco. Tía Emma se fijó en la expresión que había en tus ojos cuando mirabas a Paula en el bautizo de los gemelos, hace dos años y medio. Fue entonces cuando Emily y yo nos dimos cuenta también de lo que sentías por Paula..

—Ya veo.

Shane se apoyó en la mesa, y le dirigió una severa mirada interrogadora a Winston.

—Es evidente que tía Emma habló de esto contigo. ¿Qué te dijo?

—Estaba muy preocupada por ti, Shane. Te quería mucho, ya sabes, como a uno de nuestra familia, como a uno de los suyos. Creo que estaba decepcionada porque no le habías hablado a Paula del asunto antes de que se casase con Jim. Pero se lo tomó con filosofía, sabía que no podía entrometerse. Sin embargo, si viviese, no se sorprendería mucho al saber que Paula te corresponde... esto te lo puedo asegurar.

—*Correspondía*, en pasado, compañero —murmuró Shane con cara agria—. La dama prefiere andar sola por la vida.

—Podría cambiar de opinión —replicó Winston, intentando animarle—. No me cansaré de repetírtelo, las mujeres lo hacen una docena de veces al día. Además, sólo han pasado nueve meses. Dale una oportunidad, un poco más de tiempo para encontrarse a sí misma. Escucha, Shane, tengo una idea. No te vengas a Londres esta tarde. Quédate en Nueva York. Paula lleva una semana en Texas, sé que volverá aquí dentro de un par de días, quizá mañana, o el miércoles. Ve a verla otra vez, llévala por ahí, agasájala, habla con ella. Tú puedes ser muy persuasivo...

Shane levantó la mano y negó con un firme movimiento de cabeza.

—No, Winston, no servirá de nada. En junio, ella dejó muy claro que todo había terminado entre nosotros. *Acabado*. Además, no puedo retrasar la vuelta por más tiempo. Mi padre debe ir a Sidney a últimos de semana. En su turno, ya sabes y, ahora que Merry dirige ese hotel, tengo que trabajar en casa durante unos meses. Estaré viajando entre Leeds y Londres, pero espero pasar más tiempo en Yorkshire.

—Emily desea que vayas a pasar los fines de semana a «Beck House» en cuanto regrese de Scarborough. Espero que no la decepciones, ni a mí tampoco.

—No te preocupes. Iré los fines de semana que pueda, muchas gracias. Quiero visitar las cuadras y hablar con tu padre sobre *Emerald Bow* y nuestro programa de carreras del año próximo. El abuelo me dejó los caballos para que los hiciese correr, no para que se pasaran la vida pastando. No he montado desde hace meses. Estoy deseando coger unas riendas y darle unas galopadas a *War Lord* y a *Celtic Maiden*.

—Estupendo, Shane, será...

Winston se calló, sonrió de oreja a oreja e hizo una señal con la mano.

—Aquí viene la alegre de tu hermana —dijo a Shane.

Shane se volvió y el rostro se le iluminó al ver a Miranda, que cruzaba apresuradamente el restaurante con aspecto de tener algo muy importante que decir. En su rostro se dibujó una sonrisa al fijarse en su extraordinaria vestimenta, pues eso era todo lo que se le podía llamar. Parecía una gitana pelirroja con un vestido multicolor de algodón y montones de cadenas de oro. Ser la directora de la operación de Nueva York no la había inducido a modificar su forma de vestir. «¡Bien por ti, Merry! —pensó Shane—.

Manténte en tus trece. Sé siempre así de original, uno de los verdaderos espíritus libres de este mundo.»

—Hola, guapos, no os molestéis por mí —exclamó Merry al hacer ambos un gesto de ponerse en pie.

Se dejó caer en la silla libre.

—Acercaos. Os tengo que contar algo muy interesante. Les dirigió una mirada conspiradora y prosiguió:

—Nunca adivinaríais a quién acabo de ver. ¡Ni en un millón de años!

Winston la observó divertido.

—Entonces, cuéntanoslo, Merry, cariño. Nos ahorrarás mucho tiempo.

—Sí, hazlo —dijo Shane—. ¿Quieres una copa de esto? Levantó la botella de vino y se la mostró.

—Estupendo, gracias.

Merry se recostó en la silla y esperó hasta que Shane sirvió el resto del vino en los tres vasos.

—Estaba en el «Terrace Café» —continuó—, hablando con el *maître*, cuando los vi... ¡estoy hablando del *Trío Terrible*!

Se quedaron mirándola sin comprender.

Miranda sonrió y arrugó su pecosa nariz.

—Allison Ridley, Skye Smith y... *Sarah Lowther* —siseó—. Almorzaron juntas y, por decir poco, con aspecto de ser muy amigas. ¡Os lo imagináis!

—¡Sarah! —farfulló Winston con ironía—. Bueno, bueno, bueno, eso es muy interesante. Me pregunto qué estará haciendo en Nueva York. Paula y Emily no saben nada de ella desde hace meses, ni de Jonathan tampoco, desde que se fue al Extremo Oriente.

—No menciones a ese bastardo —dijo Shane frunciendo el ceño—. Siempre ha sido un perturbador más traicionero que el mismo diablo.

Winston asintió con un movimiento de cabeza.

—Supongo que tendría que haberme acercado y hablar con ellas pero, francamente, me batí en retirada —dijo Merry—. Quería preveniros de que un par de vuestras antiguas novias estaban por los alrededores del hotel. Gracias a Dios que no decidieron almorzar aquí..., ¿qué hubiese sido de vosotros entonces?

—Probablemente, Allison hubiese puesto algún veneno en mi copa —dijo Winston bromeando.

—Skye Smith nunca ha sido mi novia —exclamó Shane guiñándole un ojo a Merry—. No es mi tipo.

—Todos sabemos que no te gustan las rubias, que prefieres a las bellezas morenas y exóticas como mi querida Pau...

Miranda se tragó el resto del nombre y dirigió una abatida mirada de disculpa a su hermano.

—Lo siento, Shane, no tenía intención de hurgar en la herida.

—No te preocupes, Merry, ya soy un chico mayor. Quizá las heridas no hayan cicatrizado todavía pero, al menos, he logrado detener la hemorragia.

—Sí, lo sé.

Merry tomó un pequeño trago de vino y, haciendo un esfuerzo por cambiar de tema, empezó a hablar del inminente viaje a Londres. A pesar de la ligereza de Shane, de su fachada, sabía que estaba muy dolido y que sufría mucho por dentro. Anhelaba a Paula. La desearía toda su vida... ésa era la parte más triste. «Si Jim no hubiese muerto de forma tan trágica —pensó Merry—, Paula hubiese acabado divorciándose y se hubiese casado con Shane. Ahora, Paula se atormenta a sí misma. Y Shane también. ¿Por qué hace ella esto? —se preguntó Miranda—. No la entiendo.»

—¿Soñando despierta, Merry? Habías comenzado a decir algo del coche —dijo Shane.

—Oh, sí, lo siento —repuso Merry sonriéndole—. He dispuesto que el coche esté esperando en la puerta a las tres. Tienes tiempo de sobra para llegar al aeropuerto Kennedy antes de la hora punta.

Skye Smith fue la primera en excusarse tras el almuerzo. Estaba impaciente por escapar, y dio un suspiro de alivio al atravesar el vestíbulo del «Hotel Plaza Towers», propiedad de los O'Neill, y salir a la calle apresuradamente.

Miró su reloj de pulsera. Acababan de dar las dos y media, tenía tiempo de regresar a la tienda de antigüedades antes de la cita que tenía concertada para las tres.

Mientras caminaba en dirección a Park Avenue, pensó en Sarah Lowther. No le gustaba mucho y se preguntó qué vería Allison en ella. Sarah era la mujer más bruja que había conocido y, en cierta forma, tampoco era muy inteligente.

Por otro lado, Sarah había sido una mina de información durante el almuerzo y había hablado con tanta ligereza de sus asuntos privados que Skye estaba un poco sorprendida.

Sonrió con cinismo mientras esperaba a que las luces

del semáforo cambiasen para cruzar la avenida. *Así que Paula era la mujer misteriosa, el amor de Shane, quien le había echado el guante. Y de tal manera que él no podía acostarse con ninguna otra.*

Esa noticia había asombrado a Skye. Cuando Sarah se enteró de que Skye había salido con Shane de vez en cuando, la inglesa se quedó de piedra. Por la forma como la miraba, Skye pensó durante unos instantes que Sarah iba a sacarle los ojos, así de maléfica fue la expresión que había adquirido el rostro de la pelirroja. Resultó bastante evidente que Sarah estaba enamorada locamente de Shane, y, por eso, se apresuró a asegurarle rápidamente a la amiga de Allison que ellos habían mantenido unas relaciones platónicas nada más. Eso pareció calmar a Sarah, que se tranquilizó y siguió chismorreando sobre la familia, en especial sobre Paula. Sarah abrigaba un odio acérrimo hacia su prima. «Ni el mismo diablo tiene la furia de una mujer desdeñada —pensó Skye—. Yo debería saberlo.»

Apenas veía a Shane O'Neill últimamente. Al aumentar los negocios de los O'Neill, siempre estaba viajando por el mundo y, según tenía entendido, pasaba mucho tiempo en Australia. Sólo hacía raras y breves visitas a Nueva York desde que su hermana había sido designada presidenta de la división hotelera en América. Shane la había llamado una vez hacia casi un año, y tomaron una copa juntos, pero parecía preocupado e intranquilo y ella no se decidió a presionarle para que cenaran juntos.

Por otra parte, Ross estaba siempre invitando a Paula Fairley a almorzar, en especial desde hacía unos seis meses. Él se lo había comentado en un descuido. Cuando ella estabo tomándole el pelo sobre Paula, Ross le dijo que eso era un asunto de negocios. Y ella sabía muy bien que había mucho de verdad en eso. Ross había estado relacionado con la abuela de Paula, como lo había estado su tío, Daniel P. Nelson. Pero Skye conocía a Ross tan bien como a sí misma. Sería por los negocios pero, desde luego, él iba tras la mujer. Fairley era todo lo que a Ross le gustaba. Elegante. Joven. Rica. Poderosa. Y estaba disponible... ahora que había enviudado. Quizá, Ross tuviese un as escondido en la manga, algo habría tramado para acostarse con Paula Fairley y, probablemente, para casarse con ella. Una vez le había dicho a ella que si se volvía a casar, se aseguraría de que su futura esposa fuese rica. Sí, Ross repetiría siempre sus viejas pautas. Deseaba lo que no podía tener. Y, después de lo que

Sarah le había contado, Skye no tenía ninguna duda de que Paula Fairley se había mantenido alejada y no había sucumbido a los encantos de Ross. ¿Por qué iba a hacerlo si Shane estaba con ella... su amante de toda la vida?

Skye pensó en la cita que tenía concertada con Ross para cenar el miércoles por la noche y rió para sí. Desde que se habían vuelto a hacer amigos, cenaban juntos una vez a la semana. Le llevó mucho tiempo olvidar lo mal que le había tratado pero, al final, lo perdonó. Lo había hecho por su hija Jennifer. Cuando Ross le rogó que le dejase ver a la niña, ella no lo consintió y se negó categóricamente. Mientras más fría e inflexible había sido su actitud, rehusando dar marcha atrás en su decisión, más se había intensificado el deseo de Ross de ver a la niña. Eso era muy típico en él. Siempre se empeñaba en perseguir y en intentar conseguir lo que no podía tener. Había sentido gran placer haciendo que Ross la implorase y se arrastrara de rodillas ante ella. Y eso era lo que había hecho... bueno, casi.

Finalmente, accedió de mala gana, sólo porque había llegado a comprender lo mucho que amaba Jennifer a su padre y lo que deseaba verle y pasar el tiempo con él. No podía privar a la niña de eso porque el hombre tuviese aquel carácter.

La alegría volvió a surgir en Skye mientras seguía andando a buen paso hacia su tienda, en el cruce de la Calle 73 y Lexington. Se divertiría con Ross en la cita de esa misma semana. En el momento adecuado, dejaría caer algunas indirectas mordaces sobre Paula Fairley y Shane O'Neill y, después, se recostaría en la silla y vería cómo se atragantaba Ross con la comida. Se volvería loco cuando supiese que la viuda desconsolada era en realidad la *Viuda Alegre*, que bailaba al son de Shane y al cual otorgaba sus favores especiales. Aunque Ross y Shane habían hecho negocios juntos en el pasado, Ross siempre le había desprestigiado a sus espaldas refiriéndose a él como *el semental*.

A pesar de no ser una mujer cruel, Skye estaba resentida con Ross Nelson. Una mirada fría cruzó por sus ojos cuando pensó que lo dejaría en ridículo. «Sabía que si esperaba lo suficiente, algún día podría devolverle el golpe —pensó—. Se lo merece, después del dolor y la humillación que me hizo pasar. Lo perdonaré por nuestra hija. Pero nunca he olvidado ni olvidaré.»

No se daba cuenta de que deseaba a Ross para ella.

La expresión optimista de Ross Nelson se desvaneció. Sus ojos claros de color avellana se ensombrecieron y entrecerraron ligeramente mientras se recostaba en el sillón de cuero y miraba a Dale Stevens con severidad.

Finalmente, se aclaró la garganta.

—¿A qué te refieres exactamente cuando dices que Paula ha cambiado de opinión? —preguntó.

—Ha decidido no vender las acciones de «Sitex» —dijo Dale encogiéndose de hombros—. Ambos la habíamos interpretado mal, supongo.

—¿Se ha vuelto atrás? ¿Ha dado marcha atrás en nuestro trato? —exclamó Ross con una voz fría y tensa—. ¿Y dónde diablos estabas tú cuando eso ocurrió, Dale?

Como éste no le contestó, siguió hablando con un brusco tono acusatorio.

—¡Esto es un verdadero desastre! Voy a quedar como el tonto más grande del mundo. A Milt Jackson le va a dar una apoplejía cuando se entere.

Dale suspiró y cruzó las piernas esperando a que el banquero se calmase. Los dos hombres se hallaban en el despacho de Ross Nelson, en su Banco de Wall Street (1). Era el jueves de la primera semana de setiembre, a primera hora de la tarde, un día después de que Paula y Dale hubiesen vuelto de Texas.

—¿Qué voy a decirle? —presionó Ross apoyándose de repente en la gran mesa del despacho, intentando dominar su gran enfado.

—La verdad. Es todo lo que puedes hacer.

—¿Por qué no me llamaste después de la reunión del Consejo de Administración para que pudiese ordenar las ideas y buscar una explicación razonable? —preguntó Ross con terquedad.

—Creí que era mejor comunicártelo personalmente.

—No lo puedo creer —murmuró Ross con enfado, cambiando de postura en el sillón—. Estaba seguro de que iba a vender, estaba convencido de ello. Le retorcería el cuello por haberse burlado de nosotros.

Dale suspiró débilmente.

—Nadie se sorprendió tanto como yo cuando puso en práctica su maniobra en la reunión del consejo. Pero ano-

(1) El centro neurálgico de la Banca y la Bolsa en Nueva York. *(N. del T.)*

716

che, cuando pude meditarlo desapasionadamente, empecé a darme cuenta de que, simplemente, nos cegó... con palabras bonitas, charla agradable, amabilidad y mucho fingimiento. ¿Sabes una cosa, Ross? No se volvió atrás. Anoche tuve tiempo de analizar la situación y, mientras volvía a pensar en todo y a repasar todas las reuniones que hemos mantenido con ella, en especial durante los últimos seis meses, vi las cosas con bastante claridad. Sí, es cierto que nos habló incesantemente sobre sus problemas, sus preocupaciones, la carga que suponía dirigir la cadena de los grandes almacenes «Harte» y que no dejó de darnos a entender que desearía vender las acciones de su abuela. Pero lo cierto es que nunca afirmó que lo haría. Mi ansiedad por inutilizar a Marriott Watson y que «International Petroleum» se hiciese cargo de la compañía y tu inquietud por complacer a Milt Jackson, tu prestigioso cliente, nos hizo suponer que lo haría. En todo caso, nosotros somos los culpables por haber girado a su alrededor, dejándola ver nuestra postura.

—Nos prestó mucha atención a ambos —explotó Ross—. Nos pidió consejo y pareció seguirlo. ¡No sólo eso, sino que también insistió en saber quién era el posible comprador y yo, haciendo caso omiso de mi buen juicio, se lo dije! —gruñó Ross—. ¡Oh, Dios mío, qué tonto he sido! Nunca debería haber concertado estas citas entre ella, Milt Jackson y nosotros.

El banquero cogió un cigarrillo y lo encendió, nervioso.

—Milt cree que «Sitex» está en el bote. ¡Cielos!, va a pensar que he empezado a chochear en la flor de mi vida. Tenemos que inventarnos una historia plausible que contarle.

—Te repito lo de antes, debemos decirle la verdad y explicarle que nos engañó. Tendrá que aceptarlo. Él no puede hacer otra cosa —insistió Dale.

Ross acabó de fumar el cigarrillo y apagó la colilla. Se levantó, dio la vuelta al escritorio y empezó a andar arriba y abajo con las manos en la espalda, pensando en la reunión con Milt Jackson, presidente del Consejo de Administración de «International Petroleum» y cliente importante del Banco. De repente, se paró en seco y clavó la mirada en Dale.

—Si esto se llega a saber, pareceremos los idiotas más grandes de Wall Street. Dos ejecutivos con experiencia, maduros, listos, e inflexibles, burlados por una muchacha.

Se pasó la mano por el rubio cabello e hizo una mueca que reflejaba su disgusto con Dale y consigo mismo.

—¡Y hablábamos de Emma Harte! Pues no era nadie comparada con Paula Fairley. Maldita embustera. Nunca lo hubiese pensado de ella. Creí, de verdad, que seguía nuestros consejos.

—Yo tuve mis dudas en varias ocasiones —afirmó Dale con sequedad—. Pero tengo que admitir que cambié de parecer sobre ella, sobre todo a la vista de los acontecimientos del año pasado. Primero la muerte de Emma, eso la dejó descompuesta, y después la pérdida de su padre y su marido. Estaba conmocionada. Tú viste su estado con tus propios ojos. Allí la teníamos, completamente sola, y creí que era una cosa segura. Pensé, sinceramente, que vendería las acciones. Nos indicó que sería feliz si podía hacerlo y abandonar así la lucha en el mundo del petróleo. Vaya jugarreta.

—Le voy a decir a Milt que se volvió atrás —dijo Ross con apresuramiento—. Al diablo. La gente se vuelve atrás en los negocios cada día, tanto en la calle como en los asuntos del petróleo. ¿Por qué una mujer tendría que ser diferente? En mi opinión, es más probable que sean ellas quienes cambien de parecer. No puedo permitirme perder a Milt Jackson como cliente del Banco y quedarme sin la cuenta de «International Petroleum».

—De acuerdo —accedió Dale—. Después de todo, es tu cliente. Yo no le debo ninguna explicación.

El hombre de la empresa petrolera sacó un puro, se entretuvo cortando uno de los extremos y, finalmente, encendió una cerilla y acercó la llama al habano.

—¿Te das cuenta de que, en la reunión del Consejo de Administración, tenía las manos atadas, verdad, Ross? No pude hacer nada —dijo.

—Claro, claro —murmuró Ross volviendo a su sillón—. Cuéntame exactamente qué es lo que pasó el martes.

—Con mucho gusto, Ross. Paula llegó con el aspecto de una monjita recatada, con un vestido negro de cuello y puños blancos. Estaba más pálida de lo normal, incluso para ser ella, y daba la sensación de ser una niña desamparada. Tenía un cierto aire de inocencia.

—¡Ahórrate las descripciones, maldita sea! Me interesa lo que dijo, no cómo se presentó allí.

—Su apariencia es importante —contestó Dale.

Paula había hecho muy bien su papel. En la sala de

juntas de «Sitex», en Odessa, se dio cuenta de que había algo de actriz en ella.

—¿No comprendes, Ross? Parecía una niña, fácil de manejar; y algunos de aquellos buitres del Consejo de Administración que no la conocían muy bien, empezaron a frotarse las manos con júbilo. Metafóricamente hablando, claro. Sí, los secuaces de Marriott Watson creyeron que se la iban a comer viva.

—Como nosotros —murmuró Ross en voz baja.

Dale sonrió tímidamente.

—No fuimos los únicos a quienes engañó, Ross. Consuélate con eso, por poco que sea. Antes de que entrásemos en los asuntos generales, la situación petrolera del mar del Norte y la renovación de mi contrato, Paula pidió la palabra para hacer unas declaraciones. Naturalmente, Marriott no tuvo más remedio que acceder. Paula dijo que era su deber informar a los miembros del Consejo de Administración de que estaba a punto de vender las acciones de su madre... el cuarenta por ciento del total de la compañía. Todo el mundo se quedó asombrado, y fue entonces cuando Jason Emerson empezó a protestar.

Ross asintió.

—Por lo que sé, los viejos linces como Jason no cambian nunca. Me recosté en la silla, disfrutando cada minuto, pensando que todo marchaba según nuestros planes. No fue hasta más tarde que empecé a darme cuenta de que Paula no había perdido el tiempo en la semana que había pasado en Texas, antes de la reunión del Consejo de Administración. Había estado ejerciendo presiones y departiendo con varios directores. En especial con Jason. Ella le había puesto al corriente de todo, no tengo ninguna duda al respecto. Jason fue fiel a Pau McGill en la década de los años treinta y permaneció leal a Emma Harte durante cuarenta años...

—Eso ya lo sé —le interrumpió Ross.

—Jason Emerson le preguntó a Paula a quién se las iba a vender y cuándo lo haría. Ella le contestó en un tono muy afable que vendería el cuarenta por ciento a «International Petroleum». *Inmediatamente.* Creí que algunos de los asistentes iba a sufrir un infarto colectivo. Se armó el gran escándalo. Yo permanecí, satisfecho por la forma en que ella se estaba comportando. Se habló acaloradamente de «International Petroleum» y de Milt. No es ningún secreto en el mundo del petróleo que su compañía está en una fase de expansión y crecimiento y que, una vez que logra introducirse en una empresa, hace lo imposible por apoderarse de ella. Además, algunos consejeros parecían estar al corriente de que Milt también había estado comprando acciones ordinarias de «Sitex» y que, en la actualidad, posee una gran cantidad. Sólo un ignorante no vería las consecuencias que esa venta implicaría.

—Si estoy siguiendo la historia correctamente, y creo que sí, presumo que Jason volvió a pedir la palabra para solicitar que no vendiese a «International Petroleum».

—Lo has entendido, amigo —dijo Dale, agitando la cabeza con pesar—. Está más claro que el agua. Cuando el alboroto se calmó, Jason empezó a persuadirla para que reconsiderase su decisión. Fue una buena treta, Ross te lo digo yo. Antes de que yo pudiera saltar con algunos argumentos propios, la mayor parte de los consejeros estaba dándole la razón a Jason. Excepto Marriott Watson. Parecía como si estuviese a punto de escupir sangre. No puedo asegurarlo con certeza, pero pudo haber deducido que las duras negociaciones entre Paula y Jason habían sido planeadas con antelación.

—Y ella capituló, por supuesto.

—Al principio no. Dijo que reconsideraría su intención de vender todas las acciones si se le garantizaba que tendría una voz más fuerte en el Consejo de Administración y si se aceptaban ciertas condiciones. *Sus condiciones*. Para ser más preciso: la continuación de las prospecciones en el mar del Norte y la renovación de mi contrato.

—¡Le hizo chantaje al Consejo de Administración! —gritó Ross.

Dale movió la cabeza lentamente y en sus ojos brilló una mirada de admiración.

—No, Ross, yo no lo llamaría chantaje. Fue la maniobra más genial que he visto en mucho tiempo. En cierta forma, tengo que quitarme el sombrero ante ella, porque los negocios consisten en eso... en manipulaciones.

—Es verdad —reconoció Ross—. Al menos, a pesar de todo, conseguiste lo que querías. Tu contrato ha sido renovado y estás seguro por dos años más. Marriott Watson se encuentra maniatado para una temporada y tú tienes las manos libres. Pero, ¿cuál es tu postura con respecto a Paula, Dale?

Dale sonrió.

—La misma de antes. Soy presidente de «Sitex», ella controla las acciones de su madre y es la principal accionista particular. Tiene más poder en el Consejo de Administración del que ha tenido nunca. Naturalmente, confiaré en ella como siempre lo he hecho. Seguiré siendo su aliado. Nunca se sabe, puede que algún día decida vender sus acciones. «International Petroleum» no va a desaparecer por esto.

—Muy bien pensado.

Ross rió inesperadamente.

—Los negocios son los negocios. No todas las cosas salen como uno desearía. No tiene sentido que yo mantega una actitud inmadura. El Banco lleva algunos de los negocios de Paula en los Estados Unidos. En fin, si no he tenido éxito con ella en la sala del Consejo de Administración, quizá tenga más suerte... en el dormitorio.

CAPÍTULO LIV

Paula Fairley se retrasaba.

Ross Nelson miró por enésima vez el reloj que había en la repisa de la chimenea del salón de su casa. Se estaba impacientando. Cuando Paula lo llamó a las seis y media para decirle que llegaría algo más tarde, Ross repuso que se tomase todo el tiempo que le hiciera falta. Pero había esperado que acudiese antes a la cita.

Cruzó la antigua alfombra china y se quedó parado frente a la cómoda china de ébano con adornos dorados que había sido transformada en un mueble bar. Se sirvió otro martini seco, le puso una aceituna, anduvo hacia la ventana y se quedó mirando a Park Avenue. Sus pensamientos giraron alrededor de Paula.

Era una de las pocas mujeres a las que no había podido comprender. Tampoco había logrado convencerla de que se acostase con él. La deseaba desde hacía mucho tiempo. Desde el otoño de 1969, cuando empezó a percibir su potente atractivo sexual. Ella siempre había tratado de mantener las relaciones dentro de la frialdad de los negocios. Al principio, creyó que se la ganaría pronto. Por lo general, las mujeres se volvían locas por él. Más tarde, se impacientó al ver que ella seguía sin mostrar ningún interés. Pero había seguido acosándola por teléfono, invitándola constantemente a cenar y bombardeándola con flores. Como era un engreído y había tenido bastante éxito con mujeres de todas las clases sociales y condiciones, Ross estaba convencido de que Paula sería suya algún día.

Cuando Jim murió en la avalancha, Ross interpretó el papel de amigo preocupado siempre que ella iba a Nueva York. En los últimos nueve meses, la había visto más veces de lo habitual, pues se quería desprender de algunos de los valores que había heredado de Emma Harte. Siempre estuvo dispuesto a ayudar a la desconsolada viuda en sus negocios. Había esperado persuadirla de que vendiese sus acciones de «Sitex»... y, al mismo tiempo seducirla. La actitud afligida y curiosamente distante que Paula mostraba le había obligado a mantenerse a raya. Había estado esperando su momento. Pero ya no tenía intención de seguir haciéndolo por más tiempo. De ninguna manera, no después de las revelaciones que Skye Smith le había hecho la noche anterior.

Pensó en los chismes que Skye le había contado sobre Paula y Shane O'Neill. Se quedó asombrado y desconcertado y exigió saber la fuente de información. Skye no se hizo de rogar para contarle todos los detalles. Al final de la velada, se fue andando a su casa, encolerizado y hundido en la frustración. Todos aquellos meses, mientras él le cogía la mano y la consolaba, Paula había estado acostándose con Shane O'Neill. Sabía que Skye no le había mentido. Después de todo, era Sarah Lowther, la prima de Paula, quien había descubierto el papel.

Estaba encantado de que Dale y su esposa hubiesen sido reclamados en Texas de forma tan inesperada. Tenían pensado cenar los cuatro juntos. Le gustaba la idea de estar a solas con Paula esa noche. El camino estaba libre. *Al fin.* Después de tanto tiempo, iba a poseer a esa mujer tan evasiva.

Ross se sentó en el sofá, dejó el martini en la mesita china y cogió un cigarrillo, borrando la expresión burlona que empezaba a dibujarse en su rostro. No le había dicho a Paula que Dale y Jessica habían regresado a su rancho. ¿Por qué ponerla sobre aviso y darle la oportunidad de cancelar la cita? Le había dado la noche libre al ama de llaves y había llamado al restaurante cambiando la reserva para las diez. Eso le daría tiempo más que suficiente para hacer su jugada.

Las imágenes de aquel cuerpo esbelto y de sus senos voluptuosos empezaron a entrometerse en sus pensamientos y le hicieron sentirse acalorado. Cogió la copa, se bebió de un trago lo que quedaba en ella y fue hasta el mueble bar a servirse otra. Era la tercera. Vaciló. «¡Oh, al diablo! —murmuró—. Puedo aguantarlo.» Ross se enorgullecía de su capacidad para beber litros de alcohol y seguir manteniendo su potencia como amante. Su mirada se posó en la botella de champaña que se enfriaba en un cubo con hielo y sonrió con seguridad. Después de algunos vasos de eso y de algunas dulces palabras persuasivas, Paula Fairley sería mucho más vulnerable a su atractivo masculino.

Ross Nelson casi había acabado con el tercer martini cuando sonó el timbre del interfono. Se puso en pie, y casi sin poder contenerse, fue corriendo al vestíbulo para contestar. Le dijo al portero que hiciese subir a Mrs. Fairley y se quedó esperando de pie.

Unos minutos después, besaba la fría mejilla de Paula y la hacía pasar al salón.

Ella se detuvo en la puerta, volvió la cabeza y sus ojos violetas le dirigieron una mirada interrogante.

—¿No han llegado Dale y Jessica todavía? —preguntó antes de entrar.

Él permaneció mirándola desde atrás, contemplando el movimiento fluido de su cuerpo, el contorno de sus largas y bien proporcionadas piernas a través del fino traje de noche de seda gris claro. Casi se le hizo la boca agua de deseo. Apenas podía contener su ansiedad de quitarle el vestido, dejarla desnuda y disfrutar de su belleza.

Paula se volvió hacia él y lo cogió desprevenido. Parpadeó rápidamente y entró apresurado en la habitación.

—Tuvieron que regresar en el último momento —explicó con una sonrisa nerviosa—. Un enfermo en la familia.

Se acercó al mueble bar y empezó a abrir la botella de champaña.

—Dale te pide excusas y dice que te llamará mañana.

—Ya veo —dijo Paula sentándose en el sofá—. Siento que no cenen con nosotros. Todavía tenía que discutir algunos asuntos con Dale.

Le dirigió una leve sonrisa.

—No tiene importancia.

—Ya —murmuró Ross llevándole una copa.

Se sentó en un sillón frente a ella, levantó su copa y sonrió.

—Bueno, Paula, ¡felicidades! ¡Has dado un buen golpe en «Sitex»!

—Salud, Ross —dijo Paula.

Bebió un sorbo de champaña y lo miró reflexivamente.

—Quizás estés enfadado y molesto conmigo porque he decidido quedarme con las acciones de «Sitex». Pero...

—Claro que no —mintió él afablemente, queriendo mantener un atmósfera agradable y libre de conflictos—. Eras tú quien tenía que decidir. Dale y yo sólo podíamos aconsejarte. Lo único que deseábamos era ayudarte, Paula. Como me dijo Dale esta tarde en el Banco, «International Petroleum» no va a desaparecer. Creo que Milt Jackson estará siempre dispuesto a comprártelas.

—Estoy segura de que sí —respondió Paula con tranquilidad—. Quiero darte las gracias por tu interés y por toda la ayuda que me has prestado en el asunto de «Sitex» y en mis otros negocios en América. Te lo agradezco mucho.

—Ha sido un placer.

Paula se recostó en el sofá y cruzó las piernas, intentando ocultar la sorpresa que le ha había causado su actitud. Sabiendo lo que Ross valoraba a Milt Jackson como cliente del Banco, había esperado que se pusiera furioso. Dale, estaba segura, le daría su apoyo siempre. Pero Ross Nelson era harina de otro costal. Paula se sintió más tranquila al ver que estaba muy agradable. Aunque siempre se mostraba así, ¿no? Suspiró al pensar que debería estar unas horas a solas con él. No tenía forma de aplazar la cena de esa noche. Decidió ser cortés y pasar el rato lo mejor que pudiese.

Ross empezó a hablar de su hermano Philip, a quien había conocido el otoño anterior, cuando los dos estuvieron en Nueva York. Durante cerca de media hora, el banquero mantuvo un charla fluida sobre la familia en general, su abuela y «Harte Enterprises» Entretanto, no dejaba de rellenarle la copa, él se bebió otro martini y fumó sin parar.

A las nueve menos diez, Paula lo interrumpió.

—¿No deberíamos irnos al restaurante? —preguntó.

—No, todavía no. He tenido problemas para reservar una mesa en el «Veintiuno». No pudieron confirmármela para antes de las nueve y media o las diez. Podemos esperar aquí.

—Oh, de acuerdo —repuso Paula.

Pero se sintió irritada. No le gustaba cenar tan tarde.

Ross siguió hablando. Pensó que así la estaba entreteniendo. Y no dejó de beber. También examinaba a Paula minuciosamente, admirando su elegancia y belleza. El vestido que llevaba era muy sencillo, de cuello drapeado amplio y mangas cortas. Unos pendientes de esmeraldas y el reloj, eran las únicas joyas que lucía. Estaba muy atractiva y el vestido de seda gris moldeaba su figura en los lugares adecuados. De repente, no pudo mantener las distancias.

Se levantó, se dirigió al mueble bar, llenó la copa hasta arriba y se sentó junto a ella, en el sofá. Apoyó el brazo en el respaldo y le dio unos tragos a su bebida. La miró a los ojos y esbozó una calurosa sonrisa.

—Esta noche estás excepcionalmente hermosa, Paula.

—Gracias, Ross.

Ella le devolvió la mirada y alzó una ceja. Hubo algo que pasó por aquellos ojos claros que le hizo alertarse de inmediato. Se echó ligeramente hacia atrás, apretándose contra el brazo del pequeño sofá. Empezó a notar una cierta sensación de pánico.

Ross dejó la copa en la mesita y, con un rápido movimiento la cogió entre sus brazos y, con fuerza, apretó su boca contra la de Paula. Ella empezó a forcejear intentando apartarle, pero la aplastaba con su peso y la sujetaba firmemente. Le apretó su lengua contra sus labios, obligándola a entreabrirlos y empezó a chuparle la lengua y los labios. El deseo empezó a recorrerle el cuerpo y se movió ligeramente para poder cogerle el seno izquierdo con su mano derecha. Lo cogió y le pellizcó el pezón, apretando sus dedos con fuerza.

Paula siguió forcejeando, tratando de soltarse de sus brazos, pero era un hombre grande y fuerte y no tenía ninguna posibilidad contra él. De alguna forma, se las arregló para empujarla hacia atrás y tumbarla boca arriba en el sofá y, luego, se colocó sobre ella y volvió a meter la lengua en su boca. Paula apretó los dientes con fuerza y movió la cabeza de un lado a otro rápidamente. Él deslizó la mano por su cadera, le levantó la falda, metiendo la mano debajo y le acarició la pantorrilla; después, apretó los dedos contra su entrepierna.

Paula, aplastada bajo el peso de Ross Nelson, se hallaba en un estado de shock. Luchaba con fuerza para librarse de su tenaz garra. Se había abalanzado sobre ella de forma tan inesperada que le había cogido desprevenida, y sólo un segundo después de que ella hubiese observado la lujuria en sus ojos. Estaba horrorizada y asqueada de él y, también, terriblemente asustada. Sabía que tenía que escapar de Ross, de su apartamento. Lo más rápidamente posible. Si al menos pudiese llegar a su cara con las manos y arañarle. Pero las tenía atrapadas bajo su peso. Volvió a mover la cabeza de un lado para otro, intentando frenéticamente evitar su boca sin conseguirlo. Sus manos estaban empezando a rasgarle las medias y, entre los jadeos que sentía junto a la cabeza, oyó el ruido del nylon al romperse mientras la mano tiraba de él. «¡Dios mío!» Sus dedos le tocaron la piel y se apretaron contra ella mientras le babeaba la cara con su lengua blanda y húmeda. Sintió escalofríos. Pensó que iba a vomitar. La estaba haciendo daño, tratando de penetrarla con los dedos.

Las lágrimas brotaron de sus ojos, provocadas por el miedo, la conmoción, el asco y el dolor mientras él le apretaba la mano con fuerza entre las piernas. Al fin, dejó de besarla y se echó hacia atrás para tomar aliento.

Paula abrió la boca y empezó a gritar.

Ross estaba excitado con la exploración del cuerpo de Paula. Se sentó bruscamente, miró su cara llena de lágrimas y le puso una mano sobre la boca.

—¡Cállate! —musitó—. Sabes que te gusta, zorra. No te hagas la inocente conmigo. Lo has estado haciendo con Shane O'Neill durante meses. Ahora le toca el turno al viejo Ross.

Soltó una carcajada, y Paula se dio cuenta de que estaba muy borracho. Forcejeó, moviéndose bajo él violentamente, tratando de acercarse al borde del sofá.

Para ponerla de espaldas, él tenía que quitarle las manos de la boca. En el mismo momento, ella volvió a gritar. Una vez más, le volvió a tapar la cara con la mano, rodeó su cuerpo con una pierna y la aprisionó bajo su peso.

—Has estado jugando conmigo a la viuda desconsolada demasiado tiempo, Paula —jadeó paseando sus lascivos ojos por el cuerpo femenino.

Su lujuria iba en aumento, inflamada por la forma en que Paula se defendía. Su rostro tenía una expresión ardiente y congestionada.

—Venga, vamos al dormitorio —farfulló arrastrando las palabras—. Sabes que quieres joder conmigo.

Paula había estado esperando el momento adecuado y, entonces, asintió con un movimiento de cabeza, como si accediese a su sugerencia. Se lo dijo con los ojos, suavizando la mirada.

—Nada de gritos —murmuró—. ¿De acuerdo?

Ella asintió de nuevo.

Le quitó la mano de la boca y se inclinó sobre ella como si fuese a besarla.

—Creí que querías ir al dormitorio —susurró Paula.

Él esbozó una sonrisa de borracho.

—De eso se trata, nena.

—¿A qué esperamos entonces?

Ross se levantó, sonriendo todavía. Antes de que Paula tuviese oportunidad de hacer lo mismo, él se inclinó, la cogió por los brazos y la puso en pie.

Ella no se atrevió a pelear, conociendo su enorme fuerza. Tendría que elegir el momento apropiado para huir. Se atragantó mientras él se la acercaba y apoyaba la cara en su cabello.

—Vas a tener que decirme todo lo que el viejo Shane te hacía para excitarte, nena. Lo que puede hacer él yo lo hago mejor. Y algo más, nena.

Ahogando su miedo y su disgusto, Paula reunió todas sus fuerzas, y le dio un empujón. Cogió a Ross por sorpresa pues, borracho, creía que Paula le seguía el juego. Perdió el equilibrio, dio un traspiés y cayó en el sofá.

Paula cogió de la mesa el pesado bolsito de oro y se dio la vuelta.

Ross fue más rápido y la volvió a coger. Forcejearon en el centro de la habitación. Paula le soltó un puntapié en la espinilla que le hizo gritar de dolor y le obligó a soltarla. Finalmente, pudo separarse de él.

Ross le agarró el vestido. El amplio cuello se desgarró en sus manos.

Paula le volvió a dar un puntapié cuando intentaba acercarse a ella y, entonces, con un rápido movimiento, levantó la mano y le estrelló el pesado bolso de oro contra la cara con toda la fuerza de que fue capaz.

Él lanzó un aullido de dolor cuando el metal precioso le golpeó en la mejilla y retrocedió, tropezó contra la mesita china que estaba tras él. Se cayó al suelo:

—¡Zorra! —gritó mientras se llevaba las manos a la cara ensangrentada.

Paula se lanzó hacia el vestíbulo jadeando, temblorosa y aterrorizada. La gran alfombra china se había arrugado y tropezó con ella. Al intentar recuperar el equilibrio, se golpeó la cara contra la esquina de una alta vitrina. Pero, ignorando la punzada de dolor, corrió hasta la puerta, la abrió y la cerró violentamente tras ella. Llamó al ascensor y se se apretó contra la pared, rezando para que no saliera tras ella.

Las lágrimas acudieron a sus ojos mientras jugueteaba nerviosamente con el cuello desgarrado del vestido. Trató de retener el llanto e intentó calmarse. Cuando las puertas del ascensor se abrieron, se abalanzó dentro, ignorando la mirada de curiosidad del uniformado ascensorista. Se fue hasta el fondo, retrocedió hasta la sombra, abrió el bolso y sacó la polvera. Se maquilló con apresuramiento, y se pasó la mano por el cabello consciente de su desaliñado aspecto.

En pocos segundos, salió al vestíbulo de mármol, lo atravesó todo lo de prisa que pudo y cogió un taxi en Park Avenue.

CAPÍTULO LV

Paula se las arregló para permanecer calmada hasta que se encontró en su apartamento de la Quinta Avenida.

Tras entrar en silencio, subió las escaleras de puntillas; no quería que Ann, el ama de llaves, la viese en tan terribles condiciones y en aquel estado de nervios.

Se deslizó hasta su dormitorio, cerró la pesada puerta de madera labrada con llave y se apoyó contra ella empezando a respirar más desahogadamente. Todavía notaba el cuerpo tenso, rígido por el miedo que había sentido cuando Ross Nelson la había atacado físicamente de forma tan inesperada.

Al fin, encontró fuerzas para avanzar sobre sus inseguras piernas, sus manos temblaban mientras se desabrochaba la cremallera del vestido destrozado, se lo sacaba por la cabeza y lo tiraba al suelo. Después, se quitó la ropa interior y las medias y entró tambaleándose en el cuarto de baño.

Paula permaneció bajo la ducha durante diez minutos, enjabonándose varias veces, dejando que el agua caliente se deslizase por su cuerpo. Se sentía apaleada y sucia, tenía la urgente necesidad de desprenderse del olor y el tacto de Ross Nelson.

Cuando salió al fin y se miró en el gran espejo de pared, vio que su cuerpo tenía un color rosa intenso, rojo por algunas partes, como si se hubiese arañado y pinchado la piel. Pero se sintió limpia de Ross Nelson. Se puso un albornoz sin secarse, fue hacia el lavabo y se miró en el espejo. Tenía una magulladura en la mejilla. Se la había hecho al golpearse contra la vitrina. Al día siguiente luciría un buen hematoma.

Siguió mirándose.

Sus ojos se habían oscurecido, se veían casi negros, y tenían la expresión de un ciervo herido, desencajados por el miedo y la conmoción. Los cerró con fuerza, queriendo olvidar lo que le había pasado un rato antes. Pero no pudo, y los volvió a abrir. El rostro lascivo de Ross danzaba ante sus ojos, como si estuviese en el cuarto de baño, tras ella. Paula se estremeció y se agarró al lavabo al recordar cómo le había restregado las manos contra el cuerpo, cómo aquella horrible boca húmeda babeaba en la suya, cómo la había atrapado bajo él. Creyó que se iba asfixiar.

Se sintió inflamada de ira. Ross Nelson había intentado violarla prácticamente. Que estuviese borracho no era ninguna excusa. No la había para aquella conducta abominable. Pertenecía a la clase de hombre más repugnante. A la peor. No era un hombre, era un animal. El estremecimiento se intensificó. Se sentía violada, dañada.

Las náuseas la acometieron. Empezó a vomitar en el lavabo hasta que no le quedó nada dentro. Las arcadas continuaron durante un rato y finalmente, desaparecieron. Levantó la cabeza, se secó los ojos llorosos y la cara sudorosa con el albornoz húmedo y apoyó la cabeza en los fríos azulejos de la pared. Sentía punzadas en la cabeza, le dolían los ojos y tenía los músculos doloridos de haber peleado contra él, de haberle rechazado.

Borrando la imagen de Ross de su mente, cerró los ojos y respiró a fondo, calmándose todo lo que podía y, cuando creyó que las piernas la podían sostener, se separó del lavabo y volvió al dormitorio tambaleándose. Una vez en él, se tumbó en la cama.

Fue en ese momento cuando Paula Fairley se derrumbó.

De repente, sintió unas convulsiones y, entonces, todo su cuerpo empezó a temblar como si tuviese un ataque. Se tapó con el edredón. Los dientes le empezaron a castañear y se estremeció al sentir las convulsiones heladas que recorrían su cuerpo. Se aferró a la almohada, hundió la cara en ella y lloró desconsoladamente.

Paula estuvo derramando lágrimas sin parar durante una hora.

Y todo el dolor y la tristeza que había reprimido desde las trágicas muertes de su padre, Jim y Maggie, se desbordaron al fin.

Se sentía sobrecogida por la pena, pero dejó que saliese de ella, que la envolviese completamente. Cedió ante el dolor y se dio cuenta, al fin, de que había sido un enorme error haberlo ido acumulando en su interior. Pero no supo qué otra cosa podía haber hecho. Tenía que mantener su fortaleza, ser fuerte, por su madre, Alexander y los niños. Así que había ahogado su pena deliberadamente. La había mantenido aletargada, aunque la hubiese estado corroyendo por dentro poco a poco, comiéndosela viva, dejándola inútil para muchos aspectos de su vida.

Mientras Paula Fairley derramaba las amargas lágrimas que tendría que haber vertido nueve meses antes, empezó a experimentar una enorme sensación de alivio, un verdadero consuelo para el agudo dolor de su corazón y la angustia que había sentido desde que la avalancha se produjo.

Cuando ya no le quedaron más lágrimas, permaneció tumbada, en silencio, con el cuerpo fláccido y exhausto y con los ojos enrojecidos e hinchados muy abiertos, mirando fijamente al techo.

Con lentitud, pero con la inteligencia y la capacidad de análisis que la caracterizaban, empezó a ordenar sus confusos pensamientos, examinó sus tristes recuerdos cuidadosamente y analizó su frigidez emocional y física con una nueva y sorprendente objetividad.

Fue como si la conmoción del violento asalto de Ross Nelson le hubiese despejado el cerebro y la hubiese arrancado de su estado de hibernación sentimental. Empezó a mirarse con una nueva objetividad y supo con repentina seguridad, que el peso agobiante de su intensa culpa había aplastado todo los demás sentimientos y su respuesta emocional hacia ellos, excepto hacia sus hijos. *No tenía motivos para sentirse culpable. No tenía la culpa de nada. De ninguna cosa.*

Shane tenía razón en todo lo que le había dicho.

Qué cruel había sido con él, le había infligido dolor sólo porque el suyo propio le había impedido ver la verdad, la realidad. *Shane.* Vio su rostro reflejado en el techo. Si al menos estuviese allí, con ella. Anhelaba sentir el calor y la seguridad de su firmes brazos rodeándola, entre ellos se sentía a salvo.

Las lágrimas brotaron de sus ojos de nuevo. Lo había rechazado. Se había mantenido firme en su decisión de recorrer un camino solitario creyendo que era el único que había para ella. Se preguntó si podría perdonarla.

El rostro de borracho de Ross Nelson, malvado y sonriente, destruyó la imagen de Shane. Paula se estremeció violentamente y se sentó en la cama. La furia la invadió y la dejó aturdida momentáneamente. *Había intentado violarla.* Nunca, en toda su vida, le había ocurrido algo tan repugnante. Aunque, claro, jamás había tenido que enfrentarse al lado más duro de la vida. Siempre la habían protegido. Su abuela. Sus padres. Su gran familia. Y el poder y la riqueza. No conocía las calles, ni el mundo cruel en el que otras mujeres tenían que vivir y pelear mientras seguían conservando la entereza, a pesar de las cargas que tenían que soportar y de los castigos que cierta clase de hombres las infligían.

Desde luego, nunca había estado expuesta a los hombres... no a los hombres como Ross Nelson, unos explotadores que perseguían impecablemente. Sólo había tenido a Jim. Fue su primer amante y, después, se casó con él. Aunque fuese egoísta e interesado, cosa que era cierta, y hubiese buscado su propia satisfacción, nunca se había mostrado violento con ella. Jamás había intentado hacer las cosas por la fuerza, ni una sola vez, en todo el tiempo que estuvieron casados.

Y, después de Jim, Shane... Entre ellos hubo la más intensa de las pasiones, pero el deseo físico se había entremezclado con su profundo y duradero amor; ese amor que, según él le había dicho, se desarrolló a partir del afecto y la amistad de la infancia. Con Shane había mantenido unas relaciones sinceras a cualquier nivel.

La brutal experiencia que había sufrido a manos de Ross Nelson era aterradora. La peor clase de violación que un hombre podía infligir a una mujer, una invasión no sólo del cuerpo sino también de la mente, el corazón y el alma. Había sido cruel, dolorosa y humillante. Comprendió la suerte que había tenido al poder escapar antes de que cometiese el acto final. Una pequeña serie de convulsiones le recorrieron el cuerpo y volvió a sentirse invadida por la ira.

A pesar de todo, la violencia de Ross la había arrojado a la realidad, la había liberado del yugo de la pena, había destruido el caparazón que construyó cuidadosa y deliberadamente. Se había roto y le había permitido salir afuera, regresar al mundo real, vivir otra vez. Sí, quería empezar de nuevo, avanzar, dejar atrás el pasado, mirar hacia el futuro. «No mires atrás, sigue hacia delante», le dijo Emma siempre. Eso era lo que debía hacer.

Estaba amaneciendo cuando Paula se quedó dormida.

Durmió profundamente, como si estuviese drogada. Ni una sola vez se despertó atenazada por el miedo, ni se sentó en la cama gritando aterrorizada mientras sentía que quedaba enterrada bajo toneladas de fría nieve que llevaban la muerte helada.

La pesadilla que le había perseguido durante tantas noches había desaparecido junto con todos los fantasmas y los recuerdos turbadores.

Cuando se levantó a la mañana siguiente, tras pocas horas de descanso, descubrió que se sentía más alegre, más libre. Parecía como si se hubiese quitado un gran peso de encima, y se dio cuenta de que la culpa que había sentido empezaba a desvanecerse. Desaparecería totalmente... en el futuro.

Paula sintió un nuevo vigor mientras se vestía para ir a los grandes almacenes de la Quinta Avenida. Y, con aquel vigor, llegaron la estabilidad y la calma y una segura convicción que le alcanzaba el alma. Sabía adónde tenía que ir y lo que debía hacer y, mientras se miraba en el espejo, asintió para sí. El camino estaba libre ante ella. Iba a emprender una nueva ruta.

CAPÍTULO LVI

Estaba sentado, con expresión absorta, sobre uno de los muros derruidos del castillo de Middleham, un domingo de setiembre por la tarde.

La espectacular bóveda del cielo tenía el color del estaño y estaba cubierta de nubes que presagiaban lluvia a pesar del sol que intentaba atravesarlas valerosamente. Finalmente, grandes ráfagas de luz brillante y plateada surgieron tras los cúmulos y se expandieron por el cielo.

Shane levantó la cabeza, miró hacia arriba y se quedó admirado por el aspecto sobrenatural de aquella luz cegadora. Daba la sensación de emanar de alguna fuente oculta tras las colinas salvajes e implacables, poseía una claridad brillante y un limpio resplandor que parecían mágicos y que lo dejaron sin respiración.

Sus oscuros ojos pensativos pasearon la mirada por el cielo y, después, se posaron en el arco en ruinas de lo que una vez fue la gran fortaleza de Warwick, mientras sus pensamientos se hacían introspectivos. Estaba solo y así se sentía, aunque, en el fondo, sabía que allí, en Yorkshire, encontraría cierta paz. Había tomado una decisión cuando regresó de Nueva York con Winston a principios de semana.

Shane O'Neill iba a acabar al fin su largo exilio autoimpuesto. Su vida era ya demasiado triste como para sufrir otros pesares que, sin duda, seguirían acosándole si persistía en su decisión de exiliarse. Cuando no estuviese viajando por el mundo, viviría allí, rodeado de la belleza entre la que había crecido y a la que tanto amaba. Era el lugar de la tierra donde se sentía más feliz.

Al principio le costaría trabajo, pero se las arreglaría de alguna forma. Era un hombre, maduro, inteligente, y siempre había sido fuerte. De algún lugar sacaría el coraje suficiente para construirse una nueva vida sin ella. Y estaba decidido a vivir esa vida allí.

War Lord, que estaba atado cerca, relinchó. Shane volvió la cabeza y miró a su alrededor, esperando ver excursionistas o turistas. Pero se hallaba completamente solo. Las ruinas del castillo estaban desiertas y, aparte del canto ocasional de un martín pescador y de algún zarapito, o de los graznidos de una gaviota que llegaba volando del mar del Norte, había pocos signos de vida. Paseó la vista por los páramos ondulados que se recortaban contra el cielo con el colosal aspecto que les daba el brezo en flor y, a sus pies, se extendía el verde lujurioso de los valles.

Shane se quedó sentado durante un largo rato, deleitándose con el paisaje. La grandeza y majestuosidad de ese lugar nunca dejaba de impresionar a su espíritu celta, que tan unido estaba a la Naturaleza.

De repente, parpadeó y se llevó la mano a los ojos para protegérselos del sol. Vio una mancha que se movía por las colinas, siguiendo el camino de herradura que conducía al castillo.

Cuando el jinete solitario estuvo más cerca, se enderezó sobre el muro y se quedó mirándolo fijamente, enfocando su visión.

Era una joven. Llevaba el caballo al trote largo y montaba con elegancia, mostrando una gran pericia como amazona. El largo cabello negro se agitaba bajo la ligera brisa tras un rostro pálido y apasionado.

Al cabo de un momento, sintió que el corazón le daba un vuelco y que empezaba a latir anormalmente en su pecho. La amazona espoleaba al caballo en su dirección. Reconoció a *Celtic Maiden,* su propia yegua; y supo quién era la chica, claramente visible bajo la resplandeciente luz del Norte que bañaba el cielo, las colinas y los muros del castillo con una radiante claridad.

Era la niña de ensueño de sus sueños infantiles... cabalgando a través del paisaje de ensueño de sus sueños infantiles... cabalgando a través de los rayos del sol y de las sombras... acercándose... más cerca... más cerca... saludándole con la mano. La niña de ensueño de sus sueños de la infancia iba hacia él... al fin. Pero había crecido... y él era un hombre... mientras que ella era la mujer de ensueño a quien amaba, a quien siempre había amado y a quien amaría hasta el día de su muerte.

El ruido sordo de los cascos golpeando la tierra rica y oscura ahogó el golpeteo de su corazón. Se levantó del muro, lentamente, con incredulidad, con la mirada llena de preguntas. Pero su rostro permanecía rígido e inexpresivo.

Ella se bajó de la yegua con agilidad, echó las riendas sobre el tronco donde estaba atado *War Lord,* dio un paso hacia él y se detuvo.

—Creí que estabas en Nueva York —oyó Shane que decía su propia voz.

Estaba sorprendido de que sonara tan controlada, tan normal.

—Llegué a Manchester el viernes en el vuelo nocturno desde el aeropuerto Kennedy. Tilson me recogió ayer y me trajo a casa... a «Pennistone Royal».

—Ya veo.

Shane retrocedió involuntariamente y se sentó en el muro con una sensación de debilidad.

Ella lo hizo a su lado, sobre aquellas piedras centenarias, y se quedó mirándole durante largo rato.

Ninguno de los dos habló.

Finalmente, Shane dijo:

—¿Qué te ha pasado en la cara?

—Me caí. No es nada.

—¿Qué haces aquí?

—He venido a buscarte. Randolph me dijo dónde estabas. Venía a pedirte algo, Shane.

—¿Sí?

—¿Me darías el anillo... el anillo que Blackie le dio a Emma?

—Puedes quedártelo si quieres, Paula. Ella debería habértelo dejado a ti antes que a nadie.

—No. Quería que lo tuvieses tú. Ella cometió un error de ese tipo. No te pedía que me dieses el anillo como... ya sabes, como si fuese un regalo.

Vaciló un instante.

—Quiero que me lo des como a tu futura esposa.

La miró boquiabierto.

Ella le sonrió.

Los extraños ojos violetas de Paula se agrandaron en su cara pálida.

—Quiero pasar el resto de mi vida contigo, Shane. Si tú aún me amas.

Fue incapaz de responder. La rodeó con el brazo y la estrechó contra su corazón palpitante. Comenzó a besarle el cabello, los ojos y, finalmente, los labios, suaves y frágiles. El beso fue intenso y apasionado, aunque también lleno de ternura y de un profundo sentimiento que surgía del dolor que ambos habían mitigado.

Estuvieron sentados durante largo rato sobre el muro en ruinas del castillo de Middleham, abrazados uno al otro. Permanecieron en silencio, cada uno perdido en sus propios pensamientos.

Paula se sentía a salvo ahora que estaba con él. Nunca

le volvería a dejar. Estarían juntos hasta el final de sus días. Se pertenecían mutuamente, cada uno era parte del otro.

Shane, cuya mirada contemplaba la silueta lúgubre y desolada del castillo, se hallaba inmerso en la sensación de intemporalidad que siempre experimentaba en aquel lugar. Y entonces, lentamente, se sintió envuelto en una nueva y maravillosa tranquilidad que sabía que nunca le abandonaría, ahora que vivirían juntos el resto de sus vidas.

—Si Blackie y Emma lo supiesen... si nos pudiesen ver juntos —murmuró Paula.

Shane la miró a la cara y sonrió. Levantó los ojos hacia las oscuras montañas que resplandecían bajo la extraordinaria luz sobrenatural y paseó la mirada por el cielo.

Entonces, el espíritu celta que había en él se agitó en su interior. Shane alargó la mano y le acarició el rostro con suavidad.

—Quizá puedan, Paula —dijo—. Quizá puedan.

FIN